HEYNE <

Titus Müller

Der Kalligraph des Bischofs

Roman

WILHELM HEYNE VERLAG
MÜNCHEN

Dieses Buch ist auch als E-Book erhältlich.

MIX
Papier aus verantwortungsvollen Quellen
FSC® C014496

Verlagsgruppe Random House FSC® N001967

Umschlaggestaltung: © Johannes Wiebel | punchdesign,
unter Verwendung von Motiven von Shutterstock.com
Satz: Uhl + Massopust GmbH, Aalen
Druck und Bindung: GGP Media GmbH, Pößneck
Printed in Germany

ISBN: 978-3-453-47137-5

www.heyne.de

Marita und Rainer Geschke gewidmet

Lieber Theodemir,
was weißt du über das Königreich Italien? Bernhard hat dort regiert, ein Enkelsohn des großen Kaisers Karl, daran erinnerst du dich sicher. Bis Kaiser Ludwig letztes Jahr eine Reichsversammlung nach Aachen berief, um die Herrschaft unter seinen Söhnen aufzuteilen. Hast du davon gehört? Pippin erhielt Aquitanien, der 12-jährige Ludwig bekam Bayern, und Lothar, der jetzt 23 ist, wird Senior und Mitkaiser. Er darf Kriege führen und pflegt den Austausch mit den Gesandten anderer Länder.

Vielleicht ist dir das auch schon bekannt. Aber hat man dir von der Auflehnung in Italien berichtet? König Bernhard blieb unberücksichtigt von unserem Kaiser, es sah ganz so aus, als würde Lothar bald Italien übernehmen. Der 20-jährige Bernhard versammelte in seiner Wut ein Heer und führte es zur Schlacht gegen den Kaiser. Jetzt ist Bernhard in Gefangenschaft. Es heißt, man hat ihm das Augenlicht genommen.

Guter Freund, ich werde den Kaiserhof verlassen. Der Kaiser schickt mich in den brodelnden Kessel, nach Italien. Dort erhalte ich ein Bischofsamt, und ich weiß, dass ich nicht einfach nur einen Sprengel hüten werde. Die Sarazenen fallen an der Küste ein, und schon lange gärt Hass unter einigen Langobarden, die schwer an der Herrschaft des Frankenkaisers tragen. Hinzu kommen meine Ansichten – du kennst mich.

Wie geht es dir in Psalmody? Es erfüllt mich mit Stolz, dass mein bester Schüler binnen so kurzer Zeit zum Abt erkoren wurde. Gott mit dir in diesen bewegten Zeiten! Ich ahne, dass die nächsten Monate uns Unerwartetes bringen werden. Beten wir, dass es gute Dinge sind.

Bitte schreibe mir in den nächsten Wochen. Du hast lange

nichts von dir hören lassen, das war sonst nicht deine Art. Hoffentlich bist du wohlauf.

Aachen am Mittwoch nach dem Sonntag Letare, im 4. Jahr der Herrschaft Ludwigs, in der 11. Indiktion, 818 Jahre nach der Geburt unseres Herrn Jesus Christus.

Claudius

I

Unermüdlich liefen die zwei Ochsen. Sie sanken mit ihren gespaltenen Hufen in die Schneedecke ein und schoben sich und das Joch auf ihren Schultern vorwärts. Hinter ihnen rollte ein Karren. Er war aus grobem Holz gezimmert und mit einer Plane aus Segeltuch zugedeckt, als Räder dienten unförmige Holzscheiben, die ihn in eine rumpelnde Schaukelbewegung brachten. Schneeklumpen wurden von den Scheiben aufgehoben und fielen dumpf herab.

Der Weg war schmal, und oft stieß der Wagen gegen einen tief hängenden Tannenast oder ein Gebüsch und löste ein weißes Rieseln aus. Wie die Zweige wurden die Gerüche des Waldes vom Schnee zugedeckt, und so war die Luft unbeladen, klar, fast stechend leer. Auch das Ächzen des Karrens versank hilflos in der gedämpften Stille rechts und links des Weges. Wo am Himmel die Wintersonne stehen sollte, drang wenig mehr als ein blau-weißes Schimmern durch die Wolkendecke.

Vorn auf dem Wagen saßen zwei Männer. Der Stämmigere hatte sich eine Peitsche unter den Arm geklemmt und die Hände tief in der Pelzkleidung vergraben. Er schien mit offenen Augen zu schlafen, sein Blick wurde vom Schaukeln des Karrens umhergeworfen, fast willenlos, ohne irgendwo haften zu bleiben. Der andere dagegen sah aufmerksam um sich. Er war in eine Decke gehüllt und taute mit dem Atem die Schneeflocken, die sich darauf sammelten. Immer wieder glitten seine Augen über das Waldesdickicht. Jetzt beugte er sich seitwärts vom Karren, um nach hinten zu schauen.

»Ihr fahrt zu einem Zimmermann?«, fragte Germunt über die Schulter hinweg.

Der Stämmige brummte zustimmend.

»Gibt es vorher eine Ortschaft, in der Ihr mich absetzen könnt?«

»Ein Romane betreibt ein kleines Gasthaus am Weg.«

»Gut.«

Knochen knackten, als der Stämmige sich streckte. Nach einem lauten Gähnen fing er an, in der Kleidung zu graben, und holte ein kleines Säckchen hervor. Die Finger pickten darin herum, und ein leises Klingeln erscholl. »Nun, junger Freund, du bist mir sicher dankbar, dass du auf dem Wagen mitfahren durftest.«

Germunt sah zum Säckchen hinüber. »Natürlich, schon.«

»Wie dankbar genau? Einen Silberpfennig?« Der Stämmige grinste.

»Ihr wärt die Strecke doch so oder so gefahren.«

»Und du hättest dich fürchterlich verlaufen.«

Germunt lachte. »Diesen Weg kann man nicht verfehlen.«

Der Stämmige verstaute das Säckchen wieder. Dicke Falten erschienen auf seiner Stirn. »Hör zu, du Esel. Bis hierhin soll dich der Weg nichts kosten. Bin ja kein Unmensch. Aber wenn ich dich bis vor die Tür des Gasthauses fahre, muss was für mich rausspringen. Einen Pfennig wirst du doch bei dir haben! Entweder du zahlst, oder du läufst.«

Germunt starrte auf die weißen Wolken, die aus den Nüstern der Ochsen stoben. »Wie weit ist es bis dahin?«

»Weit.« Der Gefragte reckte aufwendig das Gesicht zum Himmel. Er nahm einen tiefen Atemzug. »Und wenn mich nicht alles täuscht, wird es bald schneien.«

»Es ist nicht christlich, die Not eines anderen auszunutzen.«

»Findest du? Ich zwinge dich zu nichts. Du hast die freie Wahl, ob du dich durch den Schnee kämpfen willst oder ob du einen Pfennig aus deiner Geldkatze opferst. Übrigens hast du mit der Entscheidung noch bis zu dieser Wegbiegung da Zeit.« Der Stämmige deutete mit der Peitsche voran.

»Zu gütig.« Germunt schälte sich aus der Decke. »Nun, dann wünsch ich Euch viel Erfolg, wenn Ihr Eure Kisten mit Nägeln verkauft. Ihr scheint ja große Not zu leiden.« Mit diesen Worten sprang er vom Karren und wandte sich rechts in den Wald. Er hatte längst das kleine Licht bemerkt, das in einiger Entfernung zwischen den Bäumen schimmerte.

»Mögen dir die Zehen abfrieren«, rief ihm der Karrenführer hinterher. Er ließ die Peitsche auf die Ochsenrücken knallen.

Tatsächlich erinnerten Germunt schon die ersten fünf Schritte daran, dass er Löcher in den Sohlen hatte. Kalt drang der Schnee in die Stiefel ein. Zuerst hatte er das Gefühl, auf rund geschliffenen Steinen zu laufen, dann spürte er seine Füße überhaupt nicht mehr. Er schlug die Decke um sich und ging weiter, mal humpelnd, mal springend, auf das Licht zu.

Das Haus, das er schließlich erreichte, bestand aus einem riesigen Dach und niedrigen Holzwänden. An der Seite hatte es drei Luken, zwei waren mit Läden fest verriegelt, eine jedoch offen, um frische Luft hereinzulassen. Als Germunt auf der Stirnseite durch die Tür trat, wurde die Luke gerade von einem Mädchen geschlossen.

Augenblicklich erlosch das Tageslicht. Rötlicher Feuerschein spielte im Raumesinneren auf vier Tischen, die von Schemeln gesäumt waren. An der Stirnseite hatte man aus Feldsteinen einen Kamin aufgeschichtet. Darin prasselte ein helles Feuer, über dem ein gerupfter Vogel hing. Immer wenn sich ein Fetttropfen löste, zischten die Flammen auf.

»Seid gegrüßt«, sagte Germunt, und als das Mädchen sich

umwandte, lächelte er sie an: »Habt Dank für dieses Fenster – es hat mir den Weg zu Euch gewiesen.«

Sie schaute kurz zu den geschlossenen Fensterläden, dann lächelte sie auch und deutete auf einen Tisch, auf dem ein Talglicht flackerte. »Wenn der Herr Wolfsjäger nichts dagegen hat, mögt Ihr Euch zu ihm setzen.«

Ein Mann mit rabenschwarzem Schopf war der einzige Gast. Er musterte Germunt mitleidig. »Kommt nur herüber. Ihr seht recht erfroren aus.«

»Ich bin's, ich bin's«, lachte Germunt. Er setzte sich auf einen Schemel und riss sich die Stiefel von den Füßen. Harte Klumpen Schnee fielen auf den Boden.

»Mit diesem Schuhwerk seid Ihr durch den Schnee gelaufen?«

»Vor sechs Sonntagen waren die Stiefel noch neu.« Germunt löste sich die Decke von den Schultern und entblößte sein abgewetztes Lederwams.

»Also kommt Ihr von weit her? Der Abend scheint unterhaltsamer zu werden, als ich erwartet hatte. Wollen wir uns nicht zum Feuer setzen, bevor Ihr erzählt? Ihr habt Wärme nötig, und ich kann einen Blick auf dieses Rebhuhn werfen, dass es nicht schwarz wird. Ich bin Otmar.« Der Mann streckte ihm die Hand entgegen, und Germunt ergriff sie und nannte seinen Namen. Als der Jäger seinen Schemel zum Feuer trug, sah ihm Germunt zögerlich nach. Dann folgte er dem Schwarzschopf.

Kaum hatte er Platz genommen, ertönte es: »Willkommen. Kann ich dem Herrn etwas bringen?« Ein kleiner Kerl mit einem grauen Haarkragen um den kahlen Kopf blickte Germunt fragend an. Die braune Haut und die dunklen Augen wiesen ihn als Romanen aus.

»Diesen Vogel dort bratet Ihr sicher für«, Germunt stockte, »den Wolfsjäger?«

»Ich geb Euch gern die Hälfte ab«, kam Otmar dem Wirt zuvor. »Bringt uns nur ein wenig Honigwein, damit unserem Freund hier warm wird.«

Und seine Zunge sich löst, ergänzte Germunt in Gedanken. »Nein, für mich nur einen Krug heiße Milch.« Er griff sich unter das Lederwams und holte das kleine Säckchen hervor, das vor kurzer Zeit noch dem Karrenlenker gehört hatte. Mit einem raschen Blick prüfte er den Inhalt und steckte es wieder ein.

»Woher kommt Ihr?« Otmar drehte den Rücken zum Feuer und stützte sich zwischen den Beinen auf dem Schemel ab. Er sah Germunt neugierig ins Gesicht.

Die dunklen Flure des Klosters standen aus Germunts Erinnerung auf, die Kammer seiner Mutter, ihr tränennasses Gesicht. Er war so wütend auf den Kantabrier gewesen, dass er mit der flachen Hand gegen den Türrahmen hatte schlagen müssen, um sich Luft zu machen. Und trotzdem wollte sie ihn zu ihm schicken. »Lauft sechs Wochen Richtung Norden«, sagte er, »dann kommt Ihr in meine Heimatgegend. Aber ich rate Euch, nehmt zwei Paar Stiefel mit Euch.«

Der Jäger grinste. »Schön dort?«

»Weinberge gibt es. Und einen Fluss, da baden die jungen Mädchen im Sommer. Das ist ein anderer Anblick als diese dunklen Wälder hier.«

»Aber Ihr werdet weniger Wild haben. Zum Jagen ist es hier gut. Was ist Eure Arbeit?«

»Ich habe bisher meinem Vater auf dem Feld geholfen. Jetzt bin ich auf der Suche nach neuem, gutem Land.«

»Verstehe. Euer Vater kann nicht mehr genug Mehl in die Kiste wirtschaften?«

»Wie denn, mit einem Acker, auf dem mehr Steine als Erdklumpen liegen? Meine Geschwister mussten sie als Knechte und Mägde auf die benachbarten Höfe schicken. Dazu hatte ich keine Lust.«

»Stattdessen wollt Ihr Euch Land suchen. Wie genau macht Ihr das?«

»Ackerland gibt's nicht geschenkt, das weiß ich selbst. Ich werde ein Waldstück roden, die Stümpfe ausbrennen und Gerste säen.«

»Ihr allein.«

»Ja, ich allein.«

»Und dann?« Die Mundwinkel des Jägers zuckten spöttisch. »Eine Familie gründen? Kinder?«

»Keine Kinder. Ein Weinberg … Ach, was erzähle ich Euch davon.«

»Ihr wollt also reich werden? Mit leeren Händen, einfach so reich werden? Ihr habt viel Gottvertrauen. Habt Ihr nicht gesagt, Euer Vater kann mit seinem Feld kaum die Familie ernähren?«

»Zu viele Fragen für einen müden Wanderer.«

Eine längere Pause folgte, bis der Wirt zwei Krüge brachte, und nachdem beide getrunken hatten, erhob sich Otmar, ging zu seinem Platz am Tisch und holte einen großen Ledersack. Er langte hinein und hob zwei Wolfsfelle heraus. »Wickelt Euch das um die Stiefel. Wartet, ich habe Hanfseile.« Er wühlte erneut.

Germunt nahm die Felle und Seile entgegen. Dann zog er seine Stiefel an und legte mit flinken Handgriffen die Felle zurecht. Seine Finger spielten, zauberten, und bald waren die zwei Wolfsfelle mit Stricken gezwungen, sich völlig an seine Stiefel anzuschmiegen.

»Ihr seid geschickt.« Otmar nickte anerkennend. »Wisst Ihr, ich könnte jemanden gebrauchen, der mit mir Wolfsfallen baut. Könntet Ihr Euch vorstellen, mir bei der Jagd zu helfen, anstatt Wald für einen Acker zu roden?« Ein verdächtiges Funkeln lag in den Augen des Jägers.

»Könnte Eure Jagd zwei Männer ernähren?«

»Der Graf zahlt leidlich, damit ihm die Wölfe nicht das Land kahl fressen. Ich wäre bereit, mit Euch zu teilen. Bin lange genug allein durch die Wälder gezogen.«

»Lasst mich nachdenken.«

»Könnt Ihr mit Pfeil und Bogen umgehen?«

»Nein.«

»Ich könnte es Euch beibringen. Wenn Eure Augen annähernd so gut sind wie Eure Hände, werdet Ihr ein guter Jagdgehilfe.«

»Seid Ihr oft am Hof des Grafen?«

» Sorgt Euch nicht. Ein Wolfsjäger arbeitet weit entfernt von größeren Orten.«

Germunt sah auf.

»Kommt, nehmt ein Stück Rebhuhn. Wenn wir es länger über dem Feuer hängen lassen, schmeckt es wie eine alte Ziege.«

Dankbar bediente sich Germunt an dem heißen Fleisch und aß. Otmar sah ihm wohlwollend zu. An Germunts Hemdsärmeln waren die Eiskristalle geschmolzen. Er war müde und schloss beim Kauen genießerisch die Augen. Plötzlich hielt er inne. Der Atem stockte ihm, seine Hände erstarrten mitten in der Bewegung.

»Stimmt was nicht?«

Germunt blieb die Antwort schuldig. Seine Schläfen pulsierten. Er bewegte sich ruckhaft und erstarrte abermals, um zu lauschen. »Ich muss fort.«

Er warf das Rebhuhnstück in die Feuerstelle, wo es einen Funkenregen bewirkte, und stürzte zum Fenster. Hastig löste er die Riegel und öffnete den hölzernen Laden um einen kleinen Spalt. Jetzt war es deutlich zu hören. Ein Pferdewiehern.

»Ihr seid kaum aufgewärmt und braucht ein wenig Schlaf. Wenn Ihr möchtet –«

Germunt lief zum Wolfsjäger hinüber und drückte ihm eine Münze aus dem Säckchen in die Hand. »Ich danke Euch. Für die Felle und für Euer Angebot.«

»Wenn Ihr es annehmen wollt, ich bin die nächsten Tage hier.«

Germunt nickte, lief dann zur anderen Seite des Raumes, trat den Fensterladen mit dem Fuß auf und sprang hinaus.

Er lief, bis ihm die Lungen zu zerreißen drohten. Irgendwann ging es nicht mehr, er musste anhalten, um zu verschnaufen, und stützte den vorgebeugten Oberkörper an einem Baum ab. Als er sich umdrehte, konnte er seine Fußspuren im Schnee erkennen, eine lange Kette. Er hätte genausogut dem Wirt eine Wegbeschreibung geben können.

»Schnee, Gott, Schnee vom Himmel!«, keuchte er. »Aber du hast mich wohl längst aufgegeben.« Er schleppte sich weiter. Seine fellumwickelten Füße waren von weißen Gewichten beschwert. Jedes Mal, wenn er sie abschüttelte, hingen nach wenigen Schritten neue daran, also nahm er sie hin. Manchmal blieb er stehen, weil er sich einbildete, neben dem Knarren seiner Schritte ein weiteres Geräusch zu vernehmen: Verfolgerfüße. Doch es blieb still, so still, dass er müde wurde. Es kostete ihn große Überwindungskraft weiterzulaufen.

Nach einiger Zeit fiel Germunt in den federnden Gang, den er sich in den letzten Wochen angewöhnt hatte. Er sah beim

Laufen dem dichten Nebel nach, den jeder Atemzug aus seinem Mund presste. Einmal blickte er an sich hinunter. Mager war er geworden, aber auch sehnig und ausdauernd. Schon bald beruhigte sich der Herzschlag, und auch das Stechen in der Brust verschwand. Gefährlich war die Kälte, nichts anderes. Er fühlte sie nicht mehr. Immer wieder musste er sich daran erinnern, dass die weiße Decke nicht nur weich, sondern auch todbringend kalt war.

Zwei Tage lang hielten ihn Wille und Überlebensdrang in Bewegung. Dann war er so ausgekühlt, dass er den Erfrierungstod für ein wenig Schlaf gern in Kauf nehmen wollte. Er sank auf dem Schnee zusammen. Augenblicke später begann er zu lächeln und schmiegte sich in das kalte Pulver, als wäre es wärmendes Stroh. Er spürte nicht mehr, dass es zu schneien begann.

Wie Federn flogen die Schneeflocken aus den tief hängenden Wolken herab. Der Wind trieb sie auf die Berge zu, aber sobald sie zwischen die Baumwipfel gesunken waren, suchten sie sich einen eigenen Platz.

Da waren Schweine, die bei der Schlachtung im letzten Winter verschont worden waren und nun unter der Schneedecke nach Eicheln und Bucheckern gruben. Sie bewegten sich frei, nur selten schauten ihre Besitzer nach, wie es ihnen ging.

Die Menschen suchten Holz zum Heizen und um daraus Schuhe oder Schüsseln zu schnitzen. Wie Käfer nahmen sie sich aus an den Rändern des riesigen Waldes, einsame, um ihr Überleben kämpfende Käfer.

Durch die Ritzen in den Fensterläden konnte man sie Wolle zupfen sehen oder Flachs brechen. Einige Unverdrossene arbeiteten draußen, reparierten Zäune und bereiteten ihre Gemüsegärten auf den Frühling vor, indem sie versuchten, die halb gefrorene Scholle aufzuhacken.

In den Heuscheuern kratzten sie Futter für die Kühe und Schafe zusammen, die sich in den Ställen dicht aneinanderdrängten, um sich zu wärmen.

Die weißen Flocken sanken auf all dies herab, bedeckten die Dächer, bis sich das Holz unter dem Gewicht des Schnees bog, setzten sich auf die Schweineborsten und duldeten keinen Farbtupfer außer dem alles regierenden Weiß.

Germunt öffnete die Augen, langsam, so, wie sich an einem Wintermorgen die Sonne über den Horizont quält. Es dauerte eine Weile, bis er etwas erkennen konnte. Er lag an einem Hang, hinter sich dichten Wald, vor sich ein riesiges Gebirge. Lange starrte er auf die Klüfte und die Geröllfelder, die sich hoch in den Himmel erhoben und Schatten von der Größe vieler Getreidefelder aufeinanderlegten. Wenn er ein Vogel wäre, könnte er einfach hinüberfliegen. Er malte sich aus, wie er die Gipfel noch einmal umkreisen und für immer hinter den Bergen verschwinden würde.

Mit diesen Beinen, dachte er, werde ich über die Berge laufen. Niemand wird mir folgen. Ich werde eines Tages zwischen Rebstöcken stehen, werde kühle Trauben im Mund zerplatzen lassen und ihren Saft schlucken. Es werden meine Trauben sein, gute Trauben. Ich muss nur aufstehen und losgehen.

Sein Gesicht fühlte sich nass an. Er hob die Linke, um darüberzuwischen, und streifte etwas Warmes, Pelziges. Als er die Hand vor die Augen hob, war sie rot. Erschrocken sah er zur Seite. Neben ihm lag ein graues Fellbündel, aus dem ein Pfeil ragte. So schnell die gefrorenen Glieder es erlaubten, richtete er sich auf und lief ein paar Schritte in den Schnee hinein. Das Herz schlug ihm gegen die Rippen, und er atmete stoßend.

War es ein Zeichen des Wolfsjägers? Zögerlich kehrte er zurück, schob seinen Fuß unter den Kadaver und drehte ihn herum. Die Fänge eines Wolfsgebisses blitzten ihn an. Die Beine des Tiers waren abgeknickt wie bei einem Hund, der es sich zum Kraulen bequem macht. Eine Blutlache hatte den Schnee aufgetaut. Vermutlich hatte ihn der warme Kadaver vor dem Erfrieren gerettet.

Germunt kniete nieder und drehte den Wolf wieder um. Er betrachtete die dunklen Federfetzen, die am Ende des Holzschafts befestigt waren. Er vertraute besser niemandem mehr, auch nicht diesem Jäger.

Von unbändigem Hunger getrieben, brach er die Schusswunde auf und riss das Wolfsfleisch mit den Zähnen heraus. Er zwang sich zum Schlucken, indem er den Kopf nach vorn neigte und so das Schütteln unterdrückte, das ihn zu erfassen drohte.

Als er nichts mehr hinunterbrachte, wandte er seinen Blick zum Gebirge. Ein weiter Weg lag vor ihm. Er lief den Hang hinab, die Beine schmerzten ihn bei jedem Schritt, aber er hielt die Augen starr auf die Berge gerichtet und humpelte weiter voran. Er erreichte einen neuen Waldrand. Unter den Bäumen hervor ertönte plötzlich eine Stimme, die ihm bekannt vorkam. »Ihr wollt also nicht mit mir gehen?«

Im Schatten einer Buche, deren Zweige so dicht wuchsen, dass darunter statt des Schnees nur dunkle Erde zu sehen war, stand Otmar. Jetzt sah er wirklich wie ein Jäger aus: die Sehne auf den Bogen gespannt, den Köcher mit Pfeilen auf dem Rücken, einen Langdolch an der Seite und vollständig in dunkles, abgewetztes Leder gekleidet. Seine Augen blickten ernst. Germunt meinte, in ihnen einen schmalen Riss von Bedauern zu entdecken.

»Ich muss über die Berge.«

»Hört, Germunt, ich bewundere Euren Mut. Aber es ist Winter, die Pässe sind vereist. Das sind mitunter schmale Wege – ein falscher Schritt, und Ihr stürzt in die Tiefe. Niemand reist im Winter über die Alpen.«

»Ich schon.«

»Das ist Irrsinn! Selbst Könige warten auf den Frühling, wenn sie das Gebirge überqueren wollen.«

Eine Weile schwiegen sie, standen einfach da. Germunts Stimme klang rau, als er schließlich sagte: »Ich hab nichts zu verlieren. Mein Leben ist auf dieser Seite der Berge nichts wert.«

»Als Ihr den ›Blinden Acker‹ verlassen hattet, kamen vier rothaarige Edle angeritten. Sie trugen reich verzierte Schwerter und Stiefel aus feinstem Leder.«

»Hat der Wirt was verraten?«

»Marellus? Sein Großvater besaß viele Äcker, Wiesen, Mühlen und sogar einige Webhütten. Fränkische Herren, genau wie diese Häscher, haben alles zerstört oder an sich gerissen. Marellus hat für das Pack nicht viel übrig.«

»Und Ihr?«

»Ich arbeite für den Grafen, aber heißt das, dass ich mich an jede Begegnung erinnern muss? Es gab ein Rebhuhn zu genießen.«

»Ich danke Euch.«

»Warum wollt Ihr nicht mit mir ziehen? Ihr müsst nicht über die Berge, im Wald seid Ihr gut verborgen. Und was immer Ihr getan habt, ich werde Euch nicht danach fragen.«

»Die Brüder der Irene finden mich. Nur wenn ich über die

Berge komme, werde ich frei sein. Sie glauben nicht, dass man sie im Winter überqueren kann.«

»Und das zu Recht, Germunt. Selbst die Räuberhorden …«

»Ich habe Euch nicht um Rat gebeten. Lasst mich meinen Weg gehen.« Germunt sah zur Seite, dann ging er an Otmar vorbei. Nach einem Dutzend Schritte hörte er ihn hinter sich rufen: »Ihr müsst über den Cenisberg, dort gibt es einen Pass. Gott schütze Euch, Germunt.«

Er blieb stehen. Ohne sich umzudrehen, antwortete er laut: »Gott schütze auch Euch, Otmar.«

Am Fuß der Berge stieß Germunt auf einen Pfad, der ihn zu einem Fronhof von beachtlicher Größe führte. Eine eigene Kirche gab es, die von elf Häusern und Hütten umgeben war. Alles Land ringsum gehörte dem Fronherrn, wie man ihm erzählte, und von sieben Bauerngehöften erhielt er Abgaben. Da Germunt wenig sprach, lagen ihm die Bauersfrauen mit ihren Klagen in den Ohren. Ihre Männer müssten so oft im Jahr Mergel ausfahren, beschwerten sie sich. Das habe es früher nie gegeben. Und überhaupt werde die Arbeit immer mehr, und das meiste bliebe an ihnen hängen.

Sobald er gehen konnte, ohne sie zu kränken, zog sich Germunt in den Wald zurück. Aus dem Eiswasser eines kleinen Bachs schaufelte er schwarzen Lehm, mit dem er sich Gesicht und Hände färbte. Auch die Wolfsfelle band er sich von den Füßen, zog die Stiefel aus und rieb sich bis zu den Knien mit der dunklen Masse ein. Eines der Hanfseile, die die Felle gehalten hatten, knüpfte er sich unter dem Hemd um den Bauch.

Die Nacht tauchte den Hof in Finsternis, als Germunt auf bloßen Füßen aus dem Wald schlich. Er hielt unter den letzten Bäumen noch einen Moment an und suchte die Ansiedlung mit den Augen ab: Kein Wächter war zu sehen. Lautlos flog Germunt zwischen die Häuser. An der Tür eines Schuhflickers, den er am Tage beobachtet hatte, schloss er die Augen und lauschte. Er gab sich nicht mit der Feststellung zufrieden, dass die Atemzüge eines Schlafenden zu hören waren, sondern achtete genau auf ihre Regelmäßigkeit, ihre Länge. Dann schob er die Tür auf und glitt durch den Spalt in den finsteren Raum.

Kaum hatte er die Tür wieder geschlossen, fing der Schlafende an, zu schlucken und nach Luft zu japsen. Germunt erstarrte, längere Zeit rührte er nicht einmal den kleinen Finger, verlagerte auch nicht das Gewicht von einem Bein aufs andere, sondern stand einfach still. Er atmete leise. Innerlich allerdings erstickte er beinahe an dem Schmerz in seiner Brust, der ihm ein Keuchen abnötigen wollte.

Endlich hatte der Schuhflicker zu ruhigem Schlaf zurückgefunden. Gierig atmete Germunt ein und blies die Luft langsam wieder aus. Ein Zittern lief durch seine Arme und Beine. Er wartete noch einen Moment, dann begann er, mit sanften, lautlosen Bewegungen den Raum zu erkunden, um ein passendes Paar Stiefel zu finden. Seine Finger befühlten weiches Leder, hartes, aufgeschürftes, zerrissenes. Ungeduld stieg in ihm auf. Da entdeckte er ein Stiefelpaar, das ihm zusagte und seinen Füßen entsprechen konnte. Er zog es nicht an, sondern schob es sich unter die Kleidung, wo er es mit dem Strick festklemmte.

Nachdem er das Haus des Schuhflickers verlassen hatte, wandte er sich zwei tief in den Boden eingegrabenen Lagerhütten zu und holte aus der einen ein Fell, das ihn wärmen würde, aus der anderen Käse, Nüsse und gesalzene Fische. Proviant.

Gerade trat er aus dem Schatten des letzten Hauses, um die Ansiedlung mit seiner Beute zu verlassen, da hörte er hinter sich eine spöttische Frauenstimme: »Na, schon wieder in die Büsche, Eckhard?«

Eckhard? Für immer, meine Liebste, dachte er und biss sich auf die Unterlippe. Glücklicherweise war Neumond, so verbarg die Finsternis sein Grinsen.

2

Von der höchsten Turmspitze aus betrachtet, war Turin eine wunderschöne Stadt. Im Norden und Osten donnerten die weißen Klüfte der Alpen in die Höhe, im Süden und Westen glitzerten Sonnenfunken in den Kurven des Flusses Po. Dazwischen bahnten sich durch fruchtbares Hügelland Straßen zu den vier Toren der Ummauerung. Innerhalb der Stadtmauern Turins schließlich befand sich ein riesiger Garten, so wirkte es, in den die Häuser hineingestreut waren.

Ein Besuch auf ebener Erde vermittelte einen ganz anderen Eindruck. Die breiten Römerstraßen, die nach Turin führten, waren lange Zeit nicht ausgebessert worden und so schadhaft, dass die meisten Händler auf den Fluss ausgewichen waren und ihre Güter nicht mehr mit Pferde- und Ochsenkarren, sondern mit Kähnen, Booten und Schiffen bewegten.

Es gab kaum noch intakte Steingebäude in der Stadt. Hunderte von Menschen lebten in Holzschuppen und hatten Nutzgärten zwischen den Ruinen römischer Prunkvillen angelegt, um ihren kargen Mittagstisch ab und an ein wenig bereichern zu können. Wo kein Garten war, schüttete man die Abfälle hin, wenn nicht der Eimer direkt auf die Straße entleert wurde. An heißen Tagen war der saure Geruch der Küchenabfälle so beißend, dass auch hartgesottene Turiner ihn nicht leugnen konnten.

Nur längs der großen Straßen sah man neue Häuser mit Steinfundament und zwei hölzernen Stockwerken. Im Schatten ihrer Höfe verbargen sie ähnliche Gärten wie die der Armen, dazu einen Stall und einige Wirtschaftsgebäude. Wer hier wohnte, besaß mit Sicherheit ausgedehnte Weideflächen und Weinberge gleich vor der Stadtmauer.

Und dann waren da zwei Anwesen, die den Prunk vergangener Jahrhunderte bewahrt hatten. Der Palast des Grafen mit dem dazugehörigen Hof ruhte im Südosten Turins. Hier hatte es niemand gewagt, Steine als Baumaterial herauszubrechen, und wenn die kräftigen Wände doch gebröckelt waren, hatte man sie so gut nachgebessert, dass kein Schaden mehr zu sehen war. Kräftig und von der Zeit unangetastet, thronte der Steinpalast über schwachen, hölzernen Neubauten.

Sein Gegenstück, nicht ganz so hoch, aber breiter gebaut, fand sich am anderen Ende der Stadt, unweit des Prätorianertors: der Bischofspalast. Niemand hatte Mauern aus Lehm in die großen Säle eingezogen, damit sie mehrere Familien beherbergen konnten, oder nach und nach die Wände abgebrochen, um daraus Fundamente für neue Häuser zu errichten. Seit Jahrhunderten beschienen Sonne und Mond dasselbe unveränderte Gebäude.

Biterolf betrat ungern den Speisesaal. Nur selten konnte er seine Mahlzeit in Frieden einnehmen. Dabei erschien er nur gerade rechtzeitig für das Tischgebet und verließ den Saal, während er noch am letzten Bissen kaute, um seinen Peinigern weniger Angriffsfläche zu bieten. Es machte keinen Unterschied, wo an der langen Holztafel er Platz nahm, immer saß einer von ihnen in seiner Nähe. Wäre es nicht unsittlich gewesen, hätte er sich zum Essen gern eine Kapuze über den Kopf gestreift.

Es war ein warmer Tag, die sanfte Frühlingsluft streichelte die Vorhänge der acht Fenster des Speisesaals. Für das Tischgebet herrschte Stille, dann setzte das Geplauder der bischöflichen Dienstleute wieder ein. Biterolf begegnete den Augen von Thomas, dem Kellermeister. Er war einer der Schlimmsten, und das gehässig-frohe Funkeln in seinem Blick verriet, dass der schöne Tag in ihm nur noch mehr Lust am Verhöhnen geweckt hatte.

»Oho, der Herr des Schreibens hat Hunger. Habt Ihr wieder einmal Krieg mit der Feder geführt, während Ihr uns den Frieden predigt?«

Stumm tauchte Biterolf seinen Holzlöffel in den Getreidebrei.

»He, ich rede mit dir!«

Biterolf seufzte. »Warum musst du immer wieder die alten Fragen aufbringen, Thomas? Ich hab jetzt keine Lust zu streiten.«

»Wir wissen doch, Streit ist dir zuwider«, spottete nun Ato, der jüngste Sohn eines adligen Langobarden. Er war zu einer geistlichen Laufbahn gezwungen worden, damit das Erbe nicht aufgeteilt werden musste. »Wenn es nach dir geht, werfen wir alle Waffen in eine Grube und schütten sie zu, nicht wahr? Aber was würdest du sagen, wenn am Remigiustag kein Rehbraten auf dem Tisch steht –«, er drehte sich im Halbkreis, damit alle es hören konnten, »von meiner Hand erlegt? Auch dazu braucht man Waffen, du Schlaukopf.«

Biterolf aß mit gebeugtem Rücken. »Das ist etwas anderes.«

»Etwas anderes. Ach so!« Der Kellermeister stützte seine Pranken auf dem Tisch ab. »Und wenn sich ein Sarazene mit seinem Krummsäbel auf dich stürzt, was tust du dann? Lässt du dir wie ein blödes Schaf den Kopf abschlagen?« Er deutete mit der Hand einen Schwerthieb an. »Zack!« Unsanft landete sein Handrücken auf Biterolfs Hals. »Schon hätten wir einen Querulanten weniger.«

»Wenn es Gottes Wille ist, dass ich sterbe, dann sterbe ich.«

»Komm mir nicht mit dem Herrn, Biterolf«, fuhr Ato auf.

»Hat nicht der Herrgott das Volk der Israeliten immer wieder gegen die Heiden in den Krieg geschickt?«

»Beruhigt euch!«, rief eine Stimme vom hinteren Teil des Tisches. Ato und Thomas setzten sich.

»Simon Petrus schlug dem Knecht des Hohepriesters im Garten Gethsemane das Ohr ab«, murmelte Biterolf. »Hat ihn Christus dafür gelobt?«

»Ein Beispiel gegen viele.« Thomas wandte sich Ato zu: »Sag mal, schmeckt dir der Gerstenbrei heute auch so merkwürdig? Die Gerste ist in Ordnung, aber die Kräuter! Könnte es sein, dass Biterolfs Köter in den Kräutergarten gepinkelt hat?«

Ato lachte schallend. »Farro, dieses Mistvieh. Der hat die Bibel verstanden. Auge um Auge, Zahn um Zahn.«

Ein tiefes Knurren ließ die Dienstleute erschrocken aufblicken.

»Aus, Farro, es ist gut«, sagte Biterolf leise.

»Dein Rüde versteht die Dinge anders als du, siehst du?« Während er seine breiten Schultern ein Stück von Biterolfs Platz wegbewegte, versuchte der Kellermeister, einen Blick unter den Tisch zu werfen. »Ganz lieb, mein Hundebiest, ganz lieb ... Wir sind auf deiner Seite.«

Biterolf nahm seine Schüssel und stellte sie auf den Boden. Es dauerte eine Weile, ehe Farro sich beruhigt hatte und seine Schnauze wie beiläufig zu dem Getreidebrei reckte, um ihn aus dem Holznapf zu lecken.

Ato deutete mit dem Löffel auf Biterolf. Er machte ein übertrieben ernstes Gesicht. »Wo du dich doch so gut in der Heiligen Schrift auskennst, warum wirst du nicht unser neuer Bischof? Soweit ich weiß, ist noch kein Nachfolger bestimmt.«

»Ja«, fiel Thomas mit gespielter Begeisterung ein, »du

machst doch sowieso seit vielen Jahren den überaus wichtigen Schriftverkehr, da fehlt dir nicht mehr viel!«

»Der Kaiser hat den neuen Bischof schon auf den Weg geschickt«, sagte Biterolf trocken. Sofort war es still im Speisesaal. Die Essenden am Ende der Tafel beugten sich vor, um kein Wort zu verpassen. Biterolf, der seinen Blick gesenkt hielt, wusste genau, dass alle Augen auf ihn gerichtet waren. Ja, man hielt seinen Posten für langweilig und prahlte mit Jagderfolgen oder Trinkgelagen. Dass er Jahr für Jahr mit Präzision geheime Urkunden ausgestellt hatte, den Briefverkehr des Bischofs in- und auswendig kannte und auch jetzt als erster über die Neuerungen Bescheid wusste, das wurde gern übersehen. Stattdessen dieser ewige Streit über das Töten, wo doch der Wille Gottes eindeutig war. »Sein Name ist Claudius. Er war bis vor Kurzem Lehrer der Hofgeistlichkeit bei Kaiser Ludwig. Es heißt, dass er ein Schüler Leidrads von Lyon ist. Und er soll mit unserem Kaiser seit dessen Kindheit befreundet sein. Hat ihn wohl schon in Aquitanien kennengelernt.«

»Ein Günstling also«, stöhnte Thomas, »ein Weichkopf, der sich bei der ersten Begegnung mit den Sarazenen in die Hosen machen wird.«

»Sprich nicht so von unserem künftigen Bischof!« Kanzler Eike stand am Ende der Tafel auf und zog die grauen Augenbrauen zusammen. Seine Glatze warf Falten, als er den Blick zu Biterolf wandte. »Warum hast du mir nicht davon berichtet, Biterolf?«

»Ich habe eben erst Botschaft erhalten. Verzeiht mir, Kanzler.«

Bevor Eike etwas antworten konnte, ergriff der Kellermeister wieder das Wort. »Aber es ist doch so, oder etwa nicht? Der Kaiser möchte einen Kindheitsfreund belohnen und gibt ihm deshalb Turin zum Sprengel. Ob dieser Claudius die Fähigkeit hat, eine so wichtige Diözese zu regieren, wird gar nicht gefragt. Vielleicht ist er klug, wenn er bisher die Geistlichen des Kaisers unterrichtet hat, aber das ist es doch nicht, was wir hier brauchen! Wir brauchen jemanden, der hart durchgreifen kann, jemanden, der die Langobarden niederhält und den Sarazenen ihr dummes Grinsen mit dem Schwert aus dem Gesicht wischt!«

Farro knurrte böse. Während der Kanzler strenge Rufe in den Speisesaal warf, man möge bitte Ruhe geben, murmelten die über dreißig Dienstleute nur noch mehr durcheinander.

»Wieso bestimmt eigentlich der Kaiser den Nachfolgebischof?«

»Was, wenn Claudius die Erweiterungen am Sankt-Petrus-Kloster in Novalesa nicht fortsetzt?«

»Ist er etwa ein Anhänger des Benedikt von Aniane?«

»Ha! Freut euch darauf: *conversio morum, oboedientia* – Armut und Keuschheit, Gehorsam …«

Endlich hatte der Kanzler die Ordnung wiederhergestellt. Sein Gesicht, sonst bleich wie ein Leichentuch, hatte die Farbe eines frisch gewaschenen Ferkels angenommen. »Biterolf, wann wird er hier sein?«

»Er ist zusammen mit dem Boten in Aachen aufgebrochen. Das bedeutet, dass er jetzt nördlich der Alpen sein dürfte. Ein oder zwei Wochen, je nachdem, wie schnell er reist …«

Eike schnappte nach Luft. »Nun, Männer, dann dürfte klar sein, dass arbeitsreiche Tage vor uns liegen. Bringt die Kirche auf Hochglanz. Überprüft eure Rechnungen«, der Kanzler warf einen Seitenblick auf Thomas, »dass auch ja alles da ist, wie es in den Büchern steht. Und der Schlafsaal ist ein Saustall – in sieben Tagen muss er in einen Menschenstall verwandelt sein.«

Es gab Gelächter. »Erlwin und Frodwald, ihr werdet den Mägden helfen, die Gemächer des Bischofs zu reinigen. Gausbert, dein Kräutergärtlein mag das beste in Italien sein, du solltest dich aber besser noch ein wenig um die Obstbäume kümmern. Swabo, dir bleiben sieben Tage, deinen Hühnern abzugewöhnen, dass sie ihre Nester in den Häusern bauen, weil es in den Stall regnet. Vielleicht wäre es auch an der Zeit, den Hennen das Dach zu reparieren.«

Der kleine Mann sah betreten zu Boden, während seine wie Scheunentore abstehenden Ohren sich röteten.

»Ihr kennt eure Aufgaben. Wer jetzt nachlässig ist, wird sicher von Anfang an der besondere ›Freund‹ des neuen Bischofs sein, was ich niemandem empfehlen möchte.« Eike zog seine Handflächen nach oben. »Auf, wir haben wenig Zeit!«

Kaum dass sich Biterolf nur einen Fingerbreit von der Sitzbank erhob, sprang Farro schon auf die Beine und jagte aus dem Raum. Biterolf lief mit den Dienstleuten die Steinstufen hinab. Er sah die Kellermeisterschulter zu spät, ein kräftiger Stoß warf ihn gegen die Wand und ließ ihn vor Schmerz stöhnen.

»Wehr dich«, lachte Ato. Er schlug Thomas anerkennend auf den Rücken. »Guter Stoß!«

Biterolf trat in die gleißende Sonne. Damit ihm der Wind den schmerzenden Arm kühlte, krempelte er sich das Hemd hoch.

Eike erschien an seiner Seite. »Biterolf, ich mache mir Sorgen.«

»Weshalb, Kanzler? Das Räubernest der Sarazenen in den Seealpen?«

»Nein, darüber habe ich letzte Nacht gebrütet.« Er seufzte. »Jetzt beschäftigt mich etwas anderes. Wenn der neue Bischof tatsächlich so schwach ist, wie Thomas befürchtet, dann wird Godeoch an Macht gewinnen. Ihr wisst, wie der Graf seit dem Tod seines Vaters kämpft, um seine Herrschaft in und um Turin zu erweitern. Er wäre dumm, wenn er diese Gelegenheit nicht nutzte.«

»Das Volk hat ihn in sechs Jahren sechshundert Mal verflucht, da könnt Ihr sicher sein.«

»Das Volk muss die Herrscher ertragen, nicht über sie entscheiden. Godeoch ist gierig, grausam und eitel, aber er ist ein Fuchs. Wenn Claudius es nicht versteht, ihm die Stirn zu bieten, wird es bald nicht mehr viel bedeuten, in Turin Bischof zu sein.«

»Vertraut auf Gott, Kanzler. Er wird den Weg der Gewalt nicht unterstützen, den der Graf zu gehen versucht.«

Eike schüttelte den Kopf. »Du wirst es nie lernen, Biterolf.«

Während der Kanzler über den Hof schritt, knirschte Biterolf mit den Zähnen. Blind waren sie alle, und doch so sicher, dass sie richtiglagen. Dabei hatte schon Cyprian erkannt: »Die Welt ist getränkt von Menschenblut, das von den Menschen vergossen worden ist.« Aber sie wussten es vermeintlich besser.

Er musste ein wenig Wasser wegblinzeln, das sich vor Wut in seinen Augen sammeln wollte.

In der Schreibstube zog Biterolf eine abgegriffene Pergamentseite aus dem Regal. Er entfaltete sie und besah sich seine eigene, jugendliche Schrift. In Sankt Gallen war das gewesen, wie oft hatte er seitdem die geliebten Worte gelesen und sich an ihnen gestärkt. Damals hatte er sie heimlich abschreiben müssen, das Pergament war, genau betrachtet, gestohlenes Material.

»Wenn nur alle diejenigen, die begreifen, dass sie Menschen

sind nicht wegen der Form ihres Leibes, sondern auf Grund des Vermögens ihrer Vernunft, für einen Augenblick bereit gewesen wären, einzuhalten und auf seine heilsamen und friedlichen Gesetze zu hören …« Er nickte. Ja, wenn! »… dann hätte sich die ganze Welt schon längst des Eisens nur noch für die häuslichen Arbeiten bedient.«

Den Namen Arnobius hatte er daruntergeschrieben. Als ob er je diesen Namen und diese Freude vergessen könnte, damals, als er Arnobius' Werk *Adversus Nationes* entdeckte und seine eigenen Gedanken darin so treffend formuliert fand, dass ihm vor Glück der ganze Körper zitterte.

Inzwischen war ihm klar, dass die Kirchenväter allesamt gegen die Gewalt gewesen waren, mit Ausnahme von Augustin vielleicht, der sie akzeptierte, um sie einzuschränken. Was sagte nicht Tacitus in seiner Biographie des Gnaeus Julius Agricola? »Stehlen, Morden, Rauben nennen sie mit falschem Namen Herrschaft und Frieden, wo sie eine Wüste schaffen.«

Es war keine Entschuldigung für Godeoch, Ato oder den Kanzler, dass sie vielleicht jene Schriften nicht gelesen hatten. Was war mit »Liebet eure Feinde« oder »Selig sind die Friedfertigen« – hatten sie das nicht Hunderte Male gehört? Biterolf presste die Lippen aufeinander. War er der Letzte, der sich dem Willen der Zeit widersetzte? Gottes Botschaft konnte sich doch nicht verändern!

Er hörte ein angstvolles Wiehern. Hastig faltete er das Pergament zusammen, legte es zurück an seinen Platz und trat durch die Tür. Auf dem Hof tänzelte das Pferd des kaiserlichen Boten rückwärts und zerrte an dem Strick, mit dem es festgebunden war. Biterolf sah seinen Hund aus der Pferdetränke springen und sich schütteln, als wollte er den ganzen Hof nass spritzen. Gleich darauf ließ sich Farro fallen und wälzte sich im Staub.

»Komm her, Farro!«, rief er streng. »Willst du das auch machen, wenn in wenigen Tagen die hohen Herren hier sind?«

Der Hütehund trottete gehorsam heran. Er reichte Biterolf bis zum Gürtelstrick, und das staubig-nasse Fell bedeckte einen Brustkorb, der beinahe so breit war wie der eines ausgewachsenen Ebers. Biterolf fuhr Farro mit der Hand über den Kopf. »Dir ist warm, ich verstehe. In der Schreibstube hast du Schatten, mein Kleiner.«

Nach fünf Tagen traf die Nachricht ein, dass der Bischof in wenigen Stunden Turin erreichen würde. Ein junger Mann aus seinem Gefolge war vorausgeprescht, um ihn der Stadt anzukündigen. Bald sammelten sich Volksmassen in den Straßen, Kinder krakeelten: »Ich bin der Bischof«, und stolzierten vor ihren Kameraden einher, Frauen badeten ihre Säuglinge, um sie später dem Geistlichen mit der Bitte um einen Segensspruch entgegenzuhalten. Man sah Krüppel, die sich im Gedränge mühsam auf ihren Krücken hielten, Siechende, denen Freunde einen Platz erkämpft hatten, wo der Bischof vorbeireiten würde. Selbst Blinde hatte man an den Straßenrand geführt, in der Hoffnung, der hohe Geistliche würde sie heilen. Die Männer des Grafen forderten das Volk mit finsteren Blicken auf, zurück an die Arbeit zu gehen, während sich auf dem Hof vor dem Bischofspalast eine Gruppe von Maurern, Goldschmieden und Steinmetzen versammelte, um womöglich erste bischöfliche Aufträge zu gewinnen.

Swabo ruderte zwischen Bischofskirche und Palast mit seinen kurzen Armen und versuchte so, die Hühner zu vertreiben. Empört flogen sie vor ihm auf, nur, um sich hinter ihm wieder niederzusetzen – sehr zur Belustigung der versammelten Handwerksmeister. Da bekam er unerwartet Unterstützung von Farro. Der Hütehund zwängte sich zwischen Biterolfs Beinen hindurch und jagte wie ein schwarzer Todesschatten auf die Hühner zu, deren Gackern sich augenblicklich in ein angsterfülltes Kreischen verwandelte. Aus allen Ecken des Hofes rannten die Gefiederten auf die heimatliche Luke zu, um ihr Leben zu retten, während Farro ihnen in die Schwanzfedern biss. Als das letzte Huhn verschwunden war, ließ Swabo eine Klappe herunterfallen.

»Gut gemacht, Farro«, rief der klein gewachsene Mann mit seiner Jungenstimme.

»Solange er es sich nicht angewöhnt, mag es gehen.« Biterolf sah an sich hinunter. Er hatte sich einen satten Schuss Tinte auf das Hemd geschüttet, als Farro seine Beine anstieß. »Immer gerade dann, wenn man die besten Kleider angezogen hat«, klagte er. Dem Hütehund, der schwanzwedelnd angetrabt kam, zeigte er abwehrend die Handflächen: »Erwarte von mir kein Lob, du Blutrünstiger!«

Da hörte man aus den Straßen lautes Rufen. Eine Wäscherin mit einem Korb voll Laken kam durch das Tor hereingerannt und mühte sich, ihre Last noch schnell in die bischöflichen Räume zu tragen. »Er kommt«, rief sie. Der Hof bot einen seltenen Anblick: Thomas stand in der Kellertür, Gausbert hatte sich schützend vor den kniehohen Zaun seines Kräutergartens gestellt, Erlwin und Frodwald standen wie Wachposten vor der Tür des Bischofspalastes. Der Kanzler wartete gleich neben dem Tor, um als Erster seinen Gruß zu entbieten, und die restlichen Dienstleute, mit Ausnahme von Biterolf, der vor seiner Schreibstube wartete, drängten sich als unsicherer Haufen zwischen die Flügel das Stalltores und den Aufgang zum Schlafsaal.

Von draußen wogten Jubelrufe in den Hof, dann näherte sich Hufgetrappel. Schließlich schob sich ein weißer Pferdekopf vor die neugierigen Blicke. Biterolf sah, wie Thomas'

Kinnlade herunterklappte. Vor einem Dutzend Berittener lenkte ein stattlicher Mann sein weißes Ross auf den Platz. Ein scharlachroter Mantel spannte sich um seine Schultern und fiel weit über die Kruppe des Pferdes. Lange, kastanienbraun gelockte Haare und sonnengegerbte Haut verliehen ihm die Aura eines Löwen. Wilde Augenbrauen prangten unter einer breiten Stirn, und eine scharf geschnittene Nase forderte Ehrerbietung. Gerade als ein Reitknecht herbeisprang, um ihm behilflich zu sein, stieg er schon selbst aus dem Sattel, und während er dem Knecht die Zügel übergab, hörte man zum ersten Mal die Stimme des neuen Bischofs: »Vorsicht, junger Mann. Gebt ihr Heu und Wasser, aber bindet sie nicht an. Arabisches Blut kocht in ihren Adern.«

Biterolf ahnte, was die Dienstleute neben dem Stall raunten. Ein solches Pferd hatte man hier in Turin noch nicht gesehen. Der Kopf war schmal, die Nase edel gekrümmt, die Beine schlank und der Körper fast mager. Doch sprühte aus den Augen ein Feuer, das von rasenden Sandstürmen und ungebändigter Kraft zu erzählen schien.

Den Reitern folgten zwei mit Truhen beladene Ochsenkarren, auf die einige Kinder aufgesprungen waren. Ihre Räder knirschten schwer über den Hof, respektvoll wichen die Menschen den Hörnern der Zugtiere aus. Hinter den Karren strömte das Volk von Turin in so großer Zahl durch das Tor, dass der Kanzler sich ihm mit einigen Männern entgegenwerfen musste.

»Der Bischof möchte von der Reise ausruhen.«

»Zurück, tretet zurück!«

Mit Gewalt schoben sie die Torflügel zu.

Biterolf bemerkte, dass ihn das Paar graublauer Augen fixierte. »Wie heißt Ihr?« Es wurde ruhig im Hof.

»Ich?« Kaum war es ihm entschlüpft, hätte sich Biterolf für diese Rückfrage ohrfeigen können.

»Ja, Ihr mit dem dunklen Flecken auf dem Hemd.« Halblautes Lachen durchbrach die Stille, aber der Bischof blieb ernst.

»Ich heiße Biterolf, ehrwürdiger Herr. Verzeiht mein Missgeschick –«

»Ich möchte, dass Ihr mich führt und mir die Häuser zeigt. Ihr seid doch Notar, oder ist das keine Tinte auf Eurer Kleidung?«

»Ich erledige die Schreibarbeit, ja. Aber meint Ihr nicht, dass Kanzler Eike –«

»Er soll mitkommen, meinetwegen.« Claudius wandte sich mit lauter Stimme an die Gruppe von Dienstleuten, die sich neben dem Stalltor aufgeregt unterhielt. »Und ihr kümmert euch um meine Reisegefährten. Gebt ihnen zu trinken, was immer sie wünschen, Wein, Bier, kühles Wasser! Versorgt ihre Pferde, zeigt ihnen den Schlafplatz für Gäste und behandelt sie wie ebensolche, verstanden?«

Erschrecken breitete sich auf den Gesichtern der Männer und Frauen aus. Sie eilten in alle Himmelsrichtungen, um den Befehl des Bischofs auszuführen.

Währenddessen schritt Claudius auf Biterolf zu. »Ich möchte einen vollständigen Rundgang. Lasst nichts aus, keinen Schuppen, keine Scheune und keine geheime Vorratskammer.«

Eike kam von der Seite herbeigeeilt und konnte nun endlich seinen Gruß darbieten: »Willkommen in Turin, Euer Ehrwürden.«

»Danke, Kanzler. Wir werden in den nächsten Tagen viel zu reden haben. Ich brauche Eure Hilfe, um diesen verwahrlosten Sprengel schnell in den Griff zu kriegen.«

Biterolf sah, wie Eike schluckte.

Aus dem Stall dröhnte das Krachen von Holz, gefolgt von einem schrillen Wiehern. Ein Knecht stürmte auf den Hof. »Schnell, Herr, sie zerstört uns sämtliche Stände!«

Der Bischof ging einige Schritte in Richtung Stall. »Hast du sie angebunden?«

Als der Knecht nicht antwortete, holte der Bischof aus und schlug ihm ins Gesicht, so kräftig, dass der Kopf des Geschlagenen herumgerissen wurde und er den Boden unter den Füßen verlor. Der Knecht traf wie ein Sack Mehl auf dem Boden auf.

Das Wüten im Stall verstummte, nachdem Claudius im Gebäude verschwunden war. Niemand wagte es, zu dem am Boden Gekrümmten zu treten und ihm aufzuhelfen. Eine Pfütze von Blut bildete sich neben seinem Kopf, und er stöhnte.

Claudius trat durch das Stalltor. »Steh auf.« Das klang nach weiteren Schlägen.

Mühsam erhob sich der Blutende. Er hielt sich das Gesicht und stolperte vom Platz.

»Das ist der Pferdestall, wie ich gesehen habe. Vierzehn Pferde?«

»Sechzehn«, flüsterten Biterolf und Eike im Chor, dann murmelten beide eine Entschuldigung.

»Wohin führt dieser Treppenaufgang?«

Biterolf zog sich ein paar Schritte zurück und ließ den Kanzler reden.

»Zum Schlafsaal der Dienstleute. Er liegt direkt über den Ställen, so wärmen ihn die Tiere im Winter.«

Der Bischof nickte, und sie liefen weiter.

»Dort neben den Ställen befindet sich ein kleiner Kräutergarten«, erklärte Eike, »dessen Boden Euer Dienstmann Gausbert sehr schmackhafte und seltene Pflänzchen zu entlocken vermag, Ehrwürden. Bei dem Palast stehen auch einige Kirsch-, Apfel- und Aprikosenbäume. Dort hinter der Kirche haben wir einen Pflaumenbaum.«

Die drei betraten den Palast. Sie liefen durch lange Flure, und Eike eilte stets ein wenig voraus, um dem Bischof die Türen zu öffnen.

»Sind diese Räume nur mir vorbehalten?«, fragte Claudius nach einer Weile. »Wie soll ich als einzelner Mann ein derartiges Haus sinnvoll bewohnen?«

»Nun, Ihr werdet doch Gäste bekommen, Bittsteller, Würdenträger, Fürsten gar!« Biterolf machte eine umfassende Geste. »Sie brauchen Räume, um sich einzukleiden, zu essen und zu beraten, ehrwürdiger Herr.« Während er noch erklärte, leitete Eike sie schon in den Kaminsaal hinein. »Das Prunkstück des Palastes.«

Kopfschüttelnd betrat Claudius den weitgespannten Raum mit dem Kamin an seiner Stirnseite. Er betrachtete die verglasten Rundbogenfenster an der einen Seite und die golden, grün und rot bemalte Wand an der anderen. Andächtig berührte er die verzierten Öllampen, die ringsum angebracht waren. »Das ist eher eines Königs würdig«, murmelte er.

Der Küche, die in einem gesonderten Haus untergebracht war, dem Keller und den Kammern für Gäste oder Kranke widmete Claudius nur wenig Aufmerksamkeit. Lange jedoch stand er in der Bischofskirche. Der mittelgroße Bau mit seinem kleinen Turm hatte ihn mit seinem unscheinbaren Äußeren wohl getäuscht, kaum hatten sie ihn betreten, verstummte Claudius und blickte fassungslos hinauf in das Meer von Fresken, bunt bemalten Figuren und vergoldeten Bildern. »Sind die anderen Kirchen in Turin und Umgebung ähnlich geschmückt?«, fragte er. Eike bejahte stolz.

Biterolf schien es, als habe er für einen kurzen Moment Missbilligung in den Augen des Bischofs gesehen, aber dann zweifelte er an seiner Wahrnehmung. Wenn diesen Mann etwas störte, würde er es deutlich sagen. Sehr deutlich.

Nach einer guten Stunde entschied Claudius: »Das genügt fürs Erste. Kanzler Eike, Ihr mögt gehen und Euch um die anderen Gäste kümmern.« Biterolf und Eike drehten sich um, um sich zu entfernen. »Biterolf, Ihr begleitet mich bitte in meine Räume.«

Bei allen zwölf Aposteln, dachte Biterolf, was soll das werden? Sein Hals fühlte sich an, als würde eine dicke Schlange darin hinaufkriechen. Kam jetzt die Strafe für sein ungebührliches Aussehen? Nach außen hin gab er sich dienstfertig, nickte und lief folgsam die Stufen hinauf. Aber er sah sich bereits mit gebrochener Nase in einer Blutlache liegen.

»Seid Ihr ein fleißiger Mann?«

Es ging los. »Ja, Herr. Das heißt – nein, Herr, wenn Ihr mich so fragt, nein.«

»Wieso nicht?«

Biterolf zögerte. »Ich habe das Gefühl, dass ich besser mit Nein antworten sollte.«

Claudius lachte. Er öffnete die Tür zur Schlafkammer. »Ihr habt doch allerlei Schriftstücke für den bisherigen Bischof verfasst.«

»Das habe ich, mit größter Sorgfalt.«

»Ich möchte Euch etwas zeigen.« Der Bischof kniete vor einer der Truhen nieder, die die Knechte hinaufgeschleppt hatten. Als er ihren Deckel öffnete, sah Biterolf eine Unzahl von Pergamenten und Wachstäfelchen darin. Sie waren durch die Reise kräftig durcheinandergeschüttelt worden. Rollen hatten sich geöffnet und klemmten zwischen Täfelchen und quer liegenden anderen Rollen, Kanten ragten in die Höhe, Pergamentränder waren eingerissen, und eine feine Schicht von Wachskrümeln bedeckte die wilde Landschaft, kleine Stückchen wohl, die während der Fahrt ein Täfelchen dem anderen herausgestochen hatte. »Das sind die Aufzeichnungen für einen Kommentar zum biblischen Brief an die Epheser. Ich möchte, dass Ihr sie für mich in Reinschrift bringt und ein Buch damit füllt.«

Aus diesem Gemenge ein Buch zu erschaffen – was gab es Schöneres? Biterolf sah sich schon, wie er die beschädigten Wachstäfelchen entzifferte, wie er die Pergamente in ihre Reihenfolge brachte und ordentlich stapelte. Er spürte förmlich das krumme Messer in seiner Hand, sah die Gänsekielspäne beim Spitzen der Feder fliegen. Das erste Eintunken in Tinte, die erste, saubere Seite und wie sie sich füllte … »Das tue ich gerne, Herr! Ich werde mich gleich daranmachen, wenn Ihr wünscht.«

»Es muss natürlich neben den Briefen und wichtigen Urkunden laufen.«

»Sicher. Sagt, habt Ihr den Kommentar schon zum Abschluss gebracht, oder ist das erst ein Teil des Textes?«

»Der Kommentar ist fertig. Ich habe auf der Reise bereits einen neuen begonnen.«

Biterolf lächelte. Endlich jemand, der das Lesen schätzte. Und er studierte nicht nur die guten Schriften, sondern bereicherte die christliche Welt sogar mit neuen Gedanken.

Es klopfte an der Tür. Claudius rief: »Wer ist da?«

»Ademar, Herr.«

Der Bischof neigte sich zu Biterolf: »Wer ist Ademar?«

»Er ist für die Ordnung in der Bischofskirche zuständig. Sein

Vater ist Goldschmied, er wird Euch fragen, ob Ihr ihn anhören wollt.«

»Kommt herein«, sagte Claudius laut.

Ein Mann mit spitzer Nase trat durch die Tür, unablässig seine Finger am Wams abwischend. »Herr, ich … ich störe Euch nur ungern, aber … dort draußen warten einige Handwerker, die Euch gern sprechen würden. Steinmetze, Maurer und –«

»Goldschmiede?«, ergänzte Claudius.

»Richtig, und Goldschmiede. Um Eure kostbare Zeit zu sparen, genügt es vielleicht, wenn Ihr jeweils nur einen aus jedem Handwerk anhört. Soll ich –«

»Warum wollen sie mich denn sprechen?«

»Es geht um zukünftige Bauvorhaben. Sie wollen gern für Euch arbeiten, Ehrwürden.« Ademar zog seinen Mund in die Breite. Als er dem Blick des Bischofs begegnete, sah er rasch zu Boden, und sein Lächeln verschwand. »Soll ich sie holen? Einen Goldschmied kann ich Euch besonders –«

«Nein, ich gehe zu ihnen«, fiel Claudius ihm ins Wort. Mit großen Schritten lief er an Ademar vorüber.

»Herr«, rief ihm dieser nach, »einer der Goldschmiede ist wirklich ein äußerst fähiger Mann!« Dann folgte er dem Bischof die Treppe hinab.

Biterolf blieb im Raum und verharrte still vor der Truhe, bis er von draußen die Stimme des Bischofs über den Hof hallen hörte. »Verlasst diesen Platz! Ich entscheide, wann ich etwas bauen möchte. Die Kirchen sind schon übervoll mit Schmuckwerk, besonders Goldschmiede werde ich in der nächsten Zeit nicht brauchen. Also fort mit euch! Fort!«

Ein einzelnes Gelächter antwortete, das Biterolf vor Grausen den Atem verschlug, ein herrisches, lautes Meckern. Godeoch. Er stürzte zum Fenster und sah auf den Hof hinab.

Auf einem Falben kam der Graf durch das Hoftor geritten. Die Handwerker wichen ihm und den Pferden seiner Gefolgsleute ängstlich aus. Claudius stand allein in der Mitte des Hofes und blickte dem ungebetenen Gast entgegen. Der Graf trug dunkle, metallbesetzte Handschuhe und führte am Körper und am Sattel die Auswahl einer ganzen Waffenschmiede mit sich: Schwerter in verschiedenen Größen, Dolche, eine Kriegsaxt. Seine schwarzen Haare wallten wie eine Fahne über seinen Kopf und seine Schultern, und die Augen blitzten, als er dem Bischof entgegenwarf: »So geht Ihr mit Turiner Bürgern um? Ihr schickt sie fort?«

»Auch Euch, und zwar im Handumdrehen.«

Wieder erscholl das meckernde Lachen. Der Graf sprang vom Pferd, gab einem seiner Männer die Zügel in die Hand und lief auf den Bischof zu. Godeochs Schritte waren furchtlos, die Linke hielt den Schwertknauf, um die Klinge ruhig zu halten. Bis zum Fenster hinauf konnte Biterolf den Sand unter den Stiefeln des Grafen knirschen hören. Vor dem Bischof hielt er an und neigte den Oberkörper vor. »Ehrwürden.«

»Wer gibt mir die Ehre?«

»Godeoch, *comes* von Turin, wie sein Vater und dessen Vater es waren.«

»Soso, deshalb sorgt Ihr Euch um die Turiner Handwerksmeister.«

Ein breites Lächeln spannte sich über das Gesicht des Grafen. Er zog den Handschuh von der Linken und fuhr sich mit der befreiten Hand durch die Haare, während er den Blick über den Hof schweifen ließ. »Ihr seid gut gereist?«

»Leidlich. Einige Unwetter. In den Bergen hat sich ein Fass mit Pökelfleisch vom Wagen gelöst und ist in die Tiefe gestürzt. Männer und Pferde sind aber sämtlich heil angekommen.«

»Man sollte es erwarten, bei einem Diener des Herrn. Wir müssen uns in den nächsten Tagen unbedingt zu einem Mahl zusammenfinden. Sobald Ihr Euch eingerichtet habt. Ihr werdet sicher froh sein, wenn ich zunächst die Geschäfte der Stadt führe und Ihr Eure Zeit für die verstreuten Eigenländereien Eures Sprengels nutzen könnt.«

»Die Geschäfte der Stadt? Ihr wollt Turin alleinig regieren?«

Godeochs Lächeln schwand, er wurde ernst. »So steht es mir zu.«

Der Bischof schwieg einen Moment. »Wir sollten zu einem anderen Zeitpunkt darüber reden.«

»Mir scheint, Ihr lasst Fragen offen, die längst beantwortet sind.«

»Sind sie das? Ich meine, eine andere Gelegenheit ist besser geeignet, das zu besprechen.«

Nachdem er den Bischof eingehend gemustert hatte, nickte Godeoch. »Wie Ihr meint.« Ohne Abschiedsgruß machte der Graf kehrt und lief zu den Pferden zurück. Er saß auf den Falben auf und nahm die Zügel von seinem Gefolgsmann entgegen, ohne hinzusehen. »Täuscht Euch nicht, Gottesmann, im Gegensatz zu anderen Grafen in Norditalien bin ich kein verweichlichter Franke, sondern ein Langobarde! Ich vertrete das Volk dieser Gegend, und man liebt mich dafür. Ihr werdet keine guten Tage haben in Turin, wenn Ihr Euch mir entgegenstellt.«

»Tage? Ich bin für Jahre gekommen, das wisst Ihr.«

»Unter meinen Vorfahren sind römische Senatoren! Ich herrsche in Turin und werde mir da von Euch nicht hineinregieren lassen.« Als Claudius nichts antwortete, wendete der Graf aufwendig sein Pferd und verließ mit den anderen Berittenen den Hof.

Biterolf beobachtete, wie sich die Handwerker an den Wänden entlang aus dem Hof stahlen. Er sah, dass Claudius umdrehte und mit gemessenen Schritten zum Palasteingang lief. Rasch zog er sich vom Fenster zurück. Als sich die Tür öffnete und der Bischof wieder den Raum betrat, schien er Biterolf gar nicht zu bemerken, sondern kniete sich wortlos vor eine weitere Truhe und öffnete sie.

Er wollte zur Tür schleichen, da fesselte ihn ein sonderbarer Anblick: Claudius hatte aus der Kiste ein Beil hervorgeholt, in einer geschwungenen Form, wie er sie noch nie gesehen hatte. Der Bischof legte es behutsam auf das Bettlager. Dann griff er wieder in die Truhe und trug eine metallbeschlagene Keule zum Bett. Erneut fassten die Hände des Bischofs hinab, und dieses Mal kamen sie mit einem Helm zum Vorschein. So ging es fort und fort – Biterolfs Gedanken stockten beim bloßen Betrachten all der Waffen, Rüstungsteile und seltsamen Geräte, von denen er noch nie gehört hatte. Was bedeutete das? Wer war dieser Mann?

Endlich hob Claudius in langsamer Bewegung ein verziertes, gleißendes Schwert mit gewaltiger Klinge in die Höhe, den Griff mit beiden Händen umfassend, und ließ es fallen, ohne es loszulassen, nur um es wieder emporzuschwingen, bis eine leichte Kreisbewegung entstand. Ein feines Summen erfüllte den Raum. Auf Claudius' Stirn schwoll eine Ader an, vom Haaransatz schräg bis zur rechten Augenbraue hinab. Sie war wie ein Blitz geformt, der in einen Baum einschlug. Plötzlich fürchtete Biterolf, den Raum nicht mehr lebend zu verlassen.

Aber der Bischof ließ das Schwert wieder zur Ruhe kommen, ohne zuzuschlagen. Er trat mit der Waffe zum Fenster und sagte leise, wie zu sich selbst: »Ich bin kein Franke, hochmütiger Graf. Ich bin Westgote.«

3

Biterolf sprach mit niemandem über das, was er in der Schlafkammer des Bischofs gesehen hatte. Nicht einmal Farro wagte er davon zu berichten, denn gleich neben der Schreibstube lagen einige Kammern, die von den Gästen bewohnt wurden, und er fürchtete, sie würden ihn durch die Mauern hindurch hören.

In der Nacht träumte er, Claudius säße in der Rüstung des Grafen auf einem blutroten Pferd und reite durch Turin. In seiner Hand schwang er eine furchtbare Axt und jagte die Bevölkerung vor sich her, hinter sich eine Furche und rechts und links Berge von Getöteten und Verletzten.

Noch vor Sonnenaufgang schlug er die Augen auf. Seine Kleidung war schweißgetränkt, seine Gedanken verwirrt wie Ameisen, die in einem soeben zerstörten Bau durcheinanderliefen. Er schlich über den Hof in die Kirche. Das Licht zweier niedergebrannter Kerzen schimmerte in vergoldeten, silbernen und bronzenen Figuren, der Altar stand kräftig und unangreifbar an der Stirnseite des rechteckigen Raumes. In gebührendem Abstand kniete Biterolf nieder. Was ist mit dieser Welt los, Herr?, betete er. Hast du mir diesen Traum gesandt? Ich bin ein einfacher Mann, was soll ich gegen den Bischof ausrichten!

Eine Weile kniete er stumm, dann spürte er, wie er ruhig wurde. Es war nicht seine Sache, sich Sorgen zu machen. Gott hielt die Welt in seinen Händen.

Als er die Augen wieder öffnete, strahlte das rote Licht der aufgehenden Sonne durch die kleinen Kirchenfenster. Er dachte: Wenn doch nur Stilla noch hier am Hof wäre. Die langen Gespräche am Abend und ihre ruhige Art, das Leben zu nehmen, wie es kam, fehlten ihm. Manchmal hatte sie sich einfach mit der Spindel zu ihm in die Schreibstube gesetzt, und sie hatten nebeneinander gearbeitet und sich ab und an gefragt, was dem anderen durch den Kopf ging. Er war für sie der Vater geworden, sie für ihn die Tochter. Aber dass Odo eine neue Magd brauchte, da seine alte immer schwächer wurde, hatte Biterolf einsehen müssen. Er hatte keinen Anspruch auf Stillas Gesellschaft. Vielleicht war gerade das der Grund für ihre Vertrautheit gewesen: dass er nicht ihr Herr war. Er stand seufzend auf und verließ das Gotteshaus.

Er suchte Thomas, den Kellermeister, und fand ihn in den Räumen der Küche, wo er Frodwald dabei half, Fische auszunehmen. Thomas hieb den Tieren die Köpfe und Schwänze ab, schnitt ihnen längs den Bauch auf und entfernte die größeren Gräten.

»Wofür sind die?«, fragte Biterolf.

»Suppe.« Wie zum Beweis warf Frodwald eine Handvoll Kräuter in den Kessel. Es roch fürchterlich nach Schlamm und Möwendreck.

Biterolf verschluckte den Laut des Ekels, der ihm entfahren wollte. »Thomas, ich benötige sechzehn große Pergamente.«

Er erntete einen strafenden Blick. »Sechzehn? Dafür könnte man Hunderte von Kesseln Fischsuppe kochen und sämtliche Armen der Stadt ernähren!«

Wer arm ist, ist schon genug bestraft, schoss es ihm durch den Kopf. Laut sagte er: »Oder so manches Fass Wein kaufen, nicht wahr, Thomas?«

»Ist ja gut, ich besorge das Zeug. Wozu brauchst du so viel teures Pergament?«

»Ein Auftrag des Bischofs.«

Biterolf stand schon mit dem Rücken in der Tür, als Thomas

ihm nachrief: »Du weißt, dass für jedes Pergamentstück eine Ziege ihre Haut hergeben muss? Die Tiere sterben nicht an Altersschwäche, die werden blutig ermordet!«

Er dachte: Als ob dir das leidtun würde. Mir genügt es schon, wenn ich sehe, mit welcher Freude du den Fischen die Köpfe abschlägst. Er sah zum Himmel. Warum hatten die Menschen so viel Freude daran, Gottes Gebot zu übertreten, das das Töten verbat?

Nach kurzem Zögern lief er zum Palast. Aus dem Kaminsaal drang gedämpft die Stimme des Bischofs. Biterolf klopfte an.

»Kommt herein.«

Auf der langen Tafel waren Karten ausgebreitet, Pläne der Stadt und des umgebenden Landes, das bis hinauf an die Alpen reichte. Der Kanzler stand Claudius gegenüber und schien in einer umfassenden Geste stecken geblieben zu sein. Als der Bischof Biterolf nicht weiter beachtete, setzte Eike fort. Er beschrieb über einer Karte einen Kreis. »Dem Grafen gehören die Torzölle der östlichen Stadthälfte und das Zollhaus am Fluss. Die großen Einnahmen durch kostbare Tücher oder Gewürze klingeln in seiner Kasse, denn alle Waren aus und nach Pavia, Verona, Ravenna und Venedig passieren seine Tore. Ihr, Bischof, seid für den Westen der Stadt zuständig und könnt allenfalls die Weinbauern mit Zöllen belegen.«

Claudius zog die Stirn in Falten. »Wie sieht es mit Transporten nach Franken und Alemannien aus?«

»Natürlich, wir liefern Tuche nach Norden. Der Pass über den Cenisberg wird außerdem für die Einfuhr von fränkischen Waffen benutzt, das verschafft uns zusätzliche Zolleinnahmen. Trotzdem verfügt der Graf über den besseren Teil der Stadt. Sein Vater war ein umsichtiger Mann, während Euer Vorgänger –«

»Urteilt nicht über Verstorbene, Kanzler.«

Eike neigte sein Haupt. »Verzeiht.«

»Vor sechs Jahren übernahm Godeoch den Platz seines Vaters?«

»So ist es. Das Volk hat den alten Grafen geachtet. Vor Godeoch fürchtet es sich. Der junge Herr führt das Gericht mit Willkür und Grausamkeit. In den letzten Jahren sind mehr Menschen hingerichtet worden als während des ganzen Lebens des alten Grafen, da bin ich sicher. Godeoch gefällt sich darin, schwer gerüstet durch die Stadt zu reiten und sich zu gebärden wie ein arabischer Wüstenräuber.«

»Steht das Volk dennoch hinter ihm?«

Der Kanzler presste die Lippen aufeinander. Nach einer Weile nickte er.

»Überwacht er das Marktrecht?«

»Nicht nur das. Er ist auch für die Mauern zuständig, setzt die Torwachen ein und legt die Tavernensteuer fest.«

Mit geballter Faust rieb sich der Bischof das Kinn. »Eine schlechte Lage für uns.« Er sah zu Biterolf hinüber. »Ihr habt gehört, was Godeoch gestern zu mir gesagt hat, nicht wahr?«

»Ja, Herr.« Es half nichts, dass er sich bemühte, mit fester Stimme zu antworten. Sie zitterte. Biterolf zwang sich, dem Bischof ins Gesicht zu sehen.

»Er ist Langobarde. Der Kaiser setzt in Norditalien sonst fränkische Edle in das Grafenamt ein, das macht Godeoch zur glänzenden Ausnahme. Sicher ist er beliebt bei den Langobarden …« Der Bischof zog eine rissige Karte unter den anderen hervor und studierte sie. Wieder an den Kanzler gewandt, schob er sie beiseite. »Diese Langobarden, sind sie wohlhabend?«

»Im Gegenteil. Sie stammen zwar von den mächtigen Herzogen ab, die hier einst herrschten, aber inzwischen haben die Franken sie arm und unbedeutend gemacht.«

Das Löwenhaupt des Bischofs nickte zustimmend.

»Sie setzen Euch mit den Franken gleich«, beeilte sich der Kanzler zu sagen. »Nichts kann sie von Godeoch abbringen, der einer der Ihren ist.«

»Nichts? So viel traut Ihr mir zu, Kanzler?« Etwas Grollendes, Tiefes war in Claudius' Stimme geraten, und Eike trat erschrocken einen Schritt zurück. Der Bischof sagte: »Ist Godeoch wirklich Langobarde? Sein schwarzes Haar glänzt wie das eines Römers.«

»Seine Mutter war Romanin. Auch die edlen Langobarden haben sich mit den Romanen vermischt, Ehrwürden.«

»Sie werden den lieben, der ihnen Bedeutung gibt.«

Es wurde lange geschwiegen. Irgendwann räusperte sich Biterolf unbeholfen. »Ihr hattet mir gestern Vorlagen für ein Buch gezeigt, Herr.« Als er Claudius' Blick auf sich spürte, strafften sich seine Schultern, und er zog den umfangreichen Leib ein, so gut er es konnte.

»Das hat noch ein paar Tage Zeit. Wichtiger ist, dass wir jetzt die Einladungen für die Weihfeier versenden. Daran werdet Ihr genügend zu schreiben haben. Ich habe gehört, dass Ansgar, der Bischof von Hamburg, in Rom weilt. Ich wollte ihn schon immer einmal zu seinen erheblichen missionarischen Bemühungen im Norden befragen. Außerdem wünsche ich, dass eine Botschaft an Agobard nach Lyon gesendet wird. An die umliegenden Geistlichen selbstredend auch.«

»Ja, Herr.«

Wenig später saß Biterolf in seiner Schreibstube, ein pfannengroßes Stück Pergament vor sich auf dem Pult. In den schräg durch das Fenster fallenden Sonnenstrahlen tanzte feiner Staub und setzte sich auf die Rollen in den Regalen nieder. Zwei tönerne Tintenfässchen standen in den eigens dafür angebrachten Vertiefungen des Pultes. Immer wieder tauchte Biterolf die Feder in die braune Flüssigkeit, um sie anschließend mit ruhiger Hand über die Ziegenhaut zu führen. Bei der Krümmung des S spitzte er den Mund, weil er sich auf das Äußerste konzentrierte, um den Bogen in feiner und sauberer Art zu zeichnen.

Endlich war der Brief an Ansgar fertiggestellt, und Biterolf konnte die Datumszeile daruntersetzen: »Gegeben in Turin am Montag nach dem Sonntag Quasimodo, im 4. Jahr der Herrschaft Ludwigs, in der 11. Indiktion, 818 Jahre nach der Geburt unseres Herrn Jesus Christus.«

Er blies über die Tinte, damit beim Weglegen nichts verwischen konnte. Da öffnete sich die Tür, und der Bischof trat ein. Er sah sich im Raum um. »Wie kommt Ihr voran?«

»Gut.«

Claudius beugte sich über Biterolfs Schulter. »Ihr schreibt vortrefflich! Wirklich, ich habe selten Schriftstücke gesehen, die eine solche Ordnung der Zeilen und Buchstaben aufweisen.« Er nahm das Pergament vom Pult und hielt es ins Licht. »Es ist doch nur eine Einladung, keine kaiserliche Urkunde, die für die Ewigkeit Bestand haben soll!«

Biterolf sah den Bischof zweifelnd an. Spottete er, oder war sein Lob ernst gemeint? »Wenn Ihr erlaubt, Herr, wichtige Urkunden statte ich mit weit mehr Ordnung und Verzierungen aus als diese Einladung.«

»Ich verrate Euch sicher kein Geheimnis, wenn ich Euch sage, dass ich sehr ungern diesen Sprengel übernommen habe. Jetzt freut es mich aber, einen so guten Schreiber unter meinen

Leuten zu haben. Ich werde Euch viel Arbeit machen, da könnt Ihr sicher sein.«

Was, wenn er sich in Claudius einfach getäuscht hatte? Obwohl ihm vor Angst die Knochen froren, sagte Biterolf: »Ehrwürden, darf ich Euch etwas fragen?«

»Sicher.«

»Ihr seid in den Büchern der Bibel gelehrt.« O nein, er sollte das nicht tun. Biterolfs Zunge sprach weiter, während die Haut auf seinem Gesicht in Erwartung eines Schlages zu jucken begann. »Gestern sah ich Euch mit all diesen Waffen. Ich bringe das nicht zusammen.«

»Was meint Ihr?«

»Nun, es ist doch eine Sünde zu töten, oder nicht?«

»Nicht, wenn es für Gottes Sache ist. Ihr stellt merkwürdige Fragen.«

Kein Schlag. Beinahe flüsterte er: »Verzeiht mir. Ich wollte Euch nicht erzürnen.«

»Nein, erklärt mir, was Ihr meint!«

Er schluckte.

»Also?«

Er bekam kaum die Zähne auseinander. »Wisst Ihr, ich verstehe das nicht. Tadelte Christus nicht den Simon Petrus, als er im Garten Gethsemane sein Schwert gegen den Knecht des Hohepriesters erhob?«

»Sicher, weil Christus sterben musste, um uns zu erlösen. Denkt an das Buch Leviticus. Dort befahl der Herr zu kämpfen: ›Und sie zogen aus zum Kampf gegen die Midianiter, wie der Herr es Mose geboten hatte, und töteten alles, was männlich war.‹ Genauso kämpfen wir heute gegen die Avaren und Sarazenen. Sie sind nicht besser als die Midianiter. Bedenkt, sie beten schwarze und weiße Steine an! Sie behaupten gar, diese

Steinblöcke würden an bestimmten Tagen ihre Farbe wechseln.«

»Jaja, sicher.«

Claudius zog ärgerlich die Brauen zusammen. »Sagt nicht ›Jaja‹ zu mir, wenn Ihr es nicht meint!« Da war er wieder, der gefährliche Ton in der Stimme.

»Verzeiht mir.«

»Also?«

»Nun … Es ist … Woher wisst Ihr das so genau mit den Steinen?«

»Ich bin in Kantabrien geboren, dem Land, das vom ehemals mächtigen Westgotenreich noch übrig geblieben ist. Mein Großvater und mein Vater haben Seite an Seite gekämpft, um den Sarazenen das wieder abzujagen, was uns geraubt wurde. Wenig erfolgreich.«

»Aber Ihr reitet ein arabisches Pferd.«

»Das hat damit nichts zu tun.« Claudius wischte den Satz mit einer Handbewegung fort. »Seit mehr als hundert Jahren halten die Sarazenen besetzt, was ihnen nicht gehört. Sie schützen ihr Raubgut mit Befestigungsanlagen und dulden keinen Widerstand. Das arabische Kuckucksei ist nach Spanien hineingeschmuggelt worden, sie haben uns Westgoten hinausgestoßen, und nun gehört das fruchtbare Nest ihnen. Das lassen sie uns immer wieder spüren. Aber sie haben den Stolz der Westgoten unterschätzt. König Alfons von Asturien konnte in den letzten Jahren trotz ihrer Übermacht gute Erfolge erzielen. Er muss der offenen Schlacht nicht mehr ausweichen. Eines Tages werden wir sie vertreiben, diese Räuber. Möge Gott sie mit unseren Schwertern strafen!«

»Unser Herr hat befohlen, dass wir die Feinde lieben sollen.«

»Lieben die Feinde denn unseren Herrn? Wir müssen unser

Leben riskieren, wenn wir nach Jerusalem reisen wollen, weil sie uns auflauern.« Claudius atmete hörbar ein. Seine Stimme klang etwas ruhiger, als er sagte: »Gott ist ein streitbarer Herrscher und zwingt die Völker unter seine Hand. Dazu benutzt er uns Menschen. Ist es nicht so?«

Biterolf schwieg.

Der Bischof wandte sich zur Tür, blieb aber noch einmal stehen und sagte: »Es ist gut, dass Ihr die Gebote Gottes befolgen wollt. Und merkt Euch, bei mir habt Ihr keinen Grund, ›Jaja‹ zu sagen. Nun schreibt weiter.«

4

»Morgen wird dieser Hitzkopf zum Bischof geweiht.« Ademar kniete vor der Petrusstatue auf dem harten Kirchenboden. Er tauchte den Lappen in den hölzernen Eimer neben sich und hob ihn tropfend zum Schlüssel in Petrus' Händen, um das Gold zu waschen. »Bischof! Und hat den Übermut eines bockenden Esels.«

Er war allein. Nachdem er das nasse Tuch in den Eimer zurückgeworfen hatte, begann er, den Schlüssel mit trockenem Stoff zu polieren. Seine Hände rieben wenig sanft über die Figur, so dass ihm die schnurgerade geschnittenen, schwarzklumpigen Haarsträhnen gegen die Stirn wippten.

»Das wird ihm noch leidtun, dass er meinen guten Rat in den Wind schlägt. Keine Goldschmiede, nein? Denkt er, das Volk glaubt an einen unsichtbaren Gott, wenn es ihn mit Kohle an die Wand gemalt bekommt? Der Herrgott ist mächtig und reich, also muss auch Reichtum seine Kirchen schmücken! Aber das versteht er nicht.«

Ademar schleppte den Eimer weiter zu einer mit Silber und Gold verzierten Marienfigur. Er dachte: Biterolf war bei ihm. Was er ihm wohl zu erzählen hatte, so allein in den persönlichen Räumen des Bischofs? Er will sich mit ihm gut stellen, natürlich. Schmiert ihm Honig ums Maul. »Mir könnt Ihr vertrauen«, hat er ihm gesagt, »aber achtet mal auf den Thomas, der öffnet sich Weinfässer und streicht sie heimlich aus den Büchern.«

Oder hatten sie über ihn, Ademar, gesprochen? »Zum Goldschmieden hat er kein Talent. Aber er putzt es ganz gern, das Gold. Dafür ist er gut genug. Seht Euch nur vor, dass er seinem Vater keinen Vorteil vor den anderen Goldschmieden verschafft.« Biterolf. Der dicke Notar. Verkroch sich den ganzen Tag in seine Schreibstube und kratzte mit Federkielen über Ziegenhaut. Das nannte er Arbeit.

Eine Weile rieb Ademar schweigend über das Metall. Dann brach er abrupt ab und warf den Lappen in den Eimer, dass es spritzte. Er stand auf und begann, im Kirchenraum auf und ab zu laufen. Noch konnte man die Weihe verhindern. Es waren große Kirchenfürsten eingeladen. Wenn er Claudius dazu bringen konnte, sein wahres Wesen zu offenbaren, würde man ihm den Krummstab nicht geben. Nur musste er es so anfangen, dass dabei keine Schuld auf ihn fiel.

Sie waren tatsächlich gekommen: Ansgar, der sagenhafte Bischof von Hamburg, Agobard von Lyon, daneben einflussreiche Äbte und Kirchenfürsten aus der Umgebung. Claudius scheint überall einen guten Ruf zu haben, dachte Biterolf. Oder mein Einladungsschreiben hat sie so beeindruckt. Er lächelte still. Nur von den langobardischen Edlen war niemand erschienen. Godeoch musste sie darauf eingeschworen haben.

Wie aus weiter Entfernung hörte er den Gesang des »Gloria« und die Aufforderung, das Volk möge leise um den Heiligen Geist beten. Anstatt die Augen zu schließen, beobachtete er, wie Claudius niederkniete und die anwesenden Bischöfe ihm die Hände auflegten. Ansgars Gesicht war wettergegerbt, sein Haar im Ansatz ergraut. Ein Gefühl von Vollkommenheit, von innerer Ruhe durchströmte Biterolf, als er ihn dort beten sah. Die Lippen, die viele Heiden im hohen Norden bekehrt hatten, bewegten sich lautlos, die Augen waren so fest geschlossen, dass sich auf der Stirn Falten bildeten.

Agobard daneben, einen ganzen Kopf größer, bewegte nicht

die Lippen. Aber er schluckte, man konnte ihm ansehen, dass er in Gedanken betete. Beide trugen das Rochett, als wäre es ihre natürliche Haut, als seien sie schon in dieser Kleidung zur Welt gekommen. Auch Claudius war in einen weißen Talar mit engen Ärmeln gekleidet, seine kräftige Statur ließ ihn aussehen wie einen Racheengel.

Plötzlich erhob Agobard die Stimme. Tief war sie, warm und durchdringend. Er bat Gott um seinen Geist und um Beistand für den neuen Bischof. Die ganze Kirche war von Agobards Stimme erfüllt. Biterolf spürte sie bis in den Bauch.

Als Agobard geendet hatte, goss Ansgar etwas aus einem kleinen, silbernen Gefäß auf Claudius' Kopf und sprach einen Segen dazu. Der Geruch erinnerte Biterolf an ein blau blühendes Kraut aus Gausberts Garten.

Claudius erhob sich. Er überragte beide Bischöfe. Der Kanzler, in festlichem Priestergewand, übergab ihm einen wohlgeformten, oben leicht gekrümmten Stab, und Agobard steckte ihm einen Ring an einen Finger der rechten Hand. Die Bischöfe umarmten sich und tauschten den Friedenskuss aus.

Hatten Ansgar und Agobard das Einladungsschreiben persönlich in der Hand gehalten? Was sie wohl zu ihm sagen würden, wenn Claudius ihn vorstellen würde? Sicher arbeiteten für sie weitaus begabtere Notare, als er es war.

Biterolf versuchte, sich Hamburg vorzustellen. Eine Stadt in der Wildnis des Nordens. Und Ansgar lebte nicht nur dort, er reiste auch noch weiter in die Kälte hinauf, um mörderischen Heiden von Gott zu berichten. Sie wollten nichts davon hören, oft hatten sie Mönche grausam umgebracht. Aber Ansgar fürchtete sich nicht. Biterolf musste sich unvermittelt einen heidnischen Opferplatz vorstellen, klobige Steine mit eingemeißelten Dämonenfratzen und auf dem Altar einen Mönch, gefesselt. Vor ihm der Teufelsanbeter, der Priester der Heiden, die Rechte mit der Opferklinge hocherhoben … Welchen Mut musste Ansgar haben, welche Vollmacht von Gott!

Ob sich Ansgars Notar überhaupt der Ehre, für einen solchen Mann zu arbeiten, bewusst war? Von einem Augenblick zum anderen fühlte Biterolf sich klein und unbedeutend. Wer war er schon. Ein Mensch von Ansgars Größe würde ihm nie Beachtung schenken. Was Ansgar wohl darüber dachte, dass er einen Hund mit in die Kirche gebracht hatte?

Biterolf hatte sich nie darum gesorgt, ob es Christus beleidigte, wenn er Farro mit in die Kirche nahm. Jetzt aber verunsicherte ihn der Gedanke. Überhaupt erschien es ihm auf einmal ungehörig. Er versuchte, sich zu beruhigen: Ich stehe in der dritten Reihe, sie können Farro nicht sehen.

Claudius hatte seine Predigt begonnen: »Wir sollen das Kreuz nicht anbeten, sondern es tragen …« Ein ketzerischer Gedanke, und das als erste Predigt nach der Weihe.

Biterolf hörte leises Winseln. Erschrocken blickte er zu Farro hinab. Der Hütehund erhob sich und stellte die Ohren auf. Biterolf konnte sehen, wie die feuchte Nase zuckte, wie er Witterung aufnahm. Das Winseln wurde stärker.

»Bist du ruhig!«, flüsterte Biterolf eindringlich. Er packte Farro am Genick und drückte ihn zu Boden. Das war das Letzte, was ihm jetzt passieren durfte. Kaum aber hatte er den Hund losgelassen, erhob sich dieser wieder. Er sah starr nach vorn.

Biterolf versuchte, Farros Blick zu folgen. Er verhielt sich geradezu, als würde für ihn ein saftiges Stück Fleisch auf dem Altar bereitliegen. Oder hatte sich eine Ratte in die Kirche verirrt? »Bitte, Farro, mach jetzt keinen Unsinn!«, raunte Biterolf ihm zu. Der Hund war immer zuverlässig gewesen. Leise. Gehorsam. Was, wenn er plötzlich aufsprang und zwischen den Leuten durchjagte, um dem Geruch zu folgen? Sie störten die Bischofsweihe!

Er griff in das schwarze Fell, wusste aber, dass er ihn nicht würde halten können, wenn Farro wirklich losrannte. O Herr im Himmel, betete er, lass dieses Tier ruhig werden!

In Farros Kehle bildete sich ein durchdringendes Pfeifen, so intensiv, dass es jeder Anwesende hören musste. Biterolf spürte, wie ihm das Blut ins Gesicht schoss. Die Umstehenden drehten sich um, und ein angstvoller Blick auf Ansgar und Agobard bestätigte ihm, dass auch sie in seine Richtung sahen. Um Ansgars Augen spielte ein Lächeln, Agobard hingegen formte seinen Mund zu einem strengen, schmalen Strich. »Ruhig!«, befahl Biterolf laut. Claudius wiederholte den Satz, den er eben gesagt hatte, um die Aufmerksamkeit seiner Zuhörer wiederzugewinnen.

Ein Zittern lief über Farros Rücken, er spürte es an der Hand. Was war nur in ihn gefahren? Wenigstens hatte das Pfeifen aufgehört.

»Aus der einen Hälfte des Baumes machen die Menschen Feuerholz, vor der anderen fallen sie nieder und beten sie an. Ist das gut? Betet zum lebendigen Gott! Ja, er ist am Kreuz für uns gestorben. Doch auf Golgatha endete nicht sein Wirken. ›Ich bin der Erste, und ich bin der Letzte, und außer mir ist kein Gott‹, sagte der Herr durch Jesaja. Er duldet es nicht, dass wir unseren Blick von ihm abwenden und stattdessen Götzenbilder verehren.«

In diesem Moment riss sich Farro los. Er brach in gerader Bahn durch die versammelten Menschen, bis er vor Ademar stand. Dort legte er die Ohren dicht an den Kopf, zog die Lefzen kraus und grollte furchterregend, nur um Augenblicke später in lautes, anklagendes Bellen zu verfallen.

»Biterolf, nehmt Euren Hund«, donnerte Claudius, »und verlasst die Kirche!« Die dicke Ader pulste auf der Stirn des Bischofs.

Biterolf packte Farro am Nackenfell und zerrte ihn fort. Es war still in der Kirche, so schmerzhaft still, dass man die Krallen des Hundes über den Boden schleifen hörte. Ihm klebte die Zunge am Gaumen, und kalter Schweiß rann ihm den Rücken hinab. Er spürte die Blicke, die ihn durch die Kleidung stachen, er ahnte den Zorn des Bischofs und die Verachtung Ansgars von Hamburg und Agobards von Lyon.

Man öffnete ihm die Kirchentür und sah betreten auf den Hund hinab. Die Sonne, die ihn draußen empfing, kam ihm verlogen vor. Er lief über den einsamen Platz und würgte an einem Steinbrocken in seinem Hals, der ihm Tränen in die Augen trieb.

Bis in die Schreibstube schleifte er Farro. Ohne ein Wort zu sagen, ließ er ihn dort los. Es erschien ihm wie ein böser Traum, am Sonntag während des Gottesdienstes in der Schreibstube zu sein. Er durfte nichts anrühren, nicht arbeiten. Er war aus der Kirche hinausgeworfen worden.

Farro zog sich in einen Winkel zurück und legte die Schnauze auf die Pfoten. Im Dunkel nahm Biterolf vor dem Schreibpult Platz. Er wollte kein Licht entzünden.

Leise klopfte es an der Tür.

Das konnte nur Stilla sein. Niemand sonst klopfte so gefühlvoll.

»Biterolf?«

Also war auch sie in der Kirche gewesen. Er hatte sie im Gedränge überhaupt nicht gesehen. Vielleicht war sie mit Odo gekommen? Er wollte jetzt lieber allein sein. Er wartete eine Weile, dann hörte er, wie sich Stilla wortlos entfernte. Sie hatte verstanden. Es kitzelte ihn in den Augen, dann rannen Tränen über seine Wangen.

Seit mehr als zwanzig Jahren arbeitete er für den Bischof von Turin. Es gab kaum jemanden, der dieses Amt so verehrte wie er. Und auch wenn der neue Hirte der Gewalt wohlwollend gegenüberstand, empfand er Hochachtung für Claudius. Er hatte für ihn schreiben wollen! Er hatte ihm zeigen wollen, wie nützlich ein guter Notar sein konnte. Seine Bücher wären ansehnlich geworden. Wer wusste schon, ob Claudius ihn jetzt überhaupt noch für sich arbeiten lassen würde? Ich habe seine Würde missachtet, dachte er, vielleicht sogar Gott gelästert. Wie sollte Claudius den hohen Gästen erklären, dass in seiner Kirche während der Weihe Hunde bellten? Dieses Ereignis würde an seiner Person haften bleiben, man würde es sich in den Klöstern erzählen und auf den Straßen, die Frauen würden beim Waschen darüber kichern, und die Kinder würden Farros Kläffen nachahmen. Er war schuld daran. Und was, wenn die Weihe ungültig wurde durch diese Störung?

Mehr Tränen flossen. Er rutschte vom Schemel und kniete sich hinter sein Pult. »Herr, guter Herr Jesus, vergib mir! Ich hätte das Tier nicht mit in die Kirche bringen sollen. All die Jahre habe ich dich entehrt und wusste es nicht einmal.« Er holte zitternd Luft. »Ich danke dir, dass du es mir heute gezeigt hast. Ich will nicht klagen, dass es ausgerechnet die Bischofsweihe sein musste. Nur hilf mir, die Strafe zu ertragen. Ich fürchte mich vor dem Zorn des Bischofs. Gib mir eine gerechte Strafe, Herr, aber hilf mir auch, irgendwann wieder Frieden zu finden.« Er schwieg lange, in der Hoffnung, im Herzen eine Bestätigung Gottes zu fühlen. Leise schloss er sein Gebet: »Ich vertraue dir, Herr.« Dann erhob er sich, warf Farro einen mahnenden Blick zu und verließ die Schreibstube.

Er vermied es, über den freien Platz zu laufen. Stattdessen passierte er die Türen der Gästeschlafräume und ging im Schatten zum Tor. Turins Straßen würden leer sein, die Menschen waren in den Kirchen, wie es sich gehörte. Vielleicht würde die Stille der Stadt es ihm ermöglichen, Ordnung in seine Gedanken zu bringen.

Zwischen den Häuserreihen hindurch sah Biterolf auf die weißen und blauen Zacken der Berge. Er erinnerte sich, wie er als junger Mann über die Alpen gereist war, um in Sankt Gallen die neue Schrift zu lernen, die Kaiser Karl seinem Reich geboten hatte. Erst seit dieser beschwerlichen Reise konnte er die Größe der Berge richtig einschätzen. Hinter dem Kamm, der jetzt sichtbar war, folgten weitere, immer wieder von Tälern unterbrochen, so lange, dass man sich als Reisender irgendwann fragte, ob es bis an das Meer im Norden mit den Bergen so weiterging.

Ach, die neue Schrift. Noch heute unterlief es ihm bisweilen, dass er das r lang unter die Zeile zog, wie es früher gewesen war. Ansonsten gefiel ihm die Schreibweise Karls. Die Zeilen lagen dichter aneinander, es gab nicht mehr die keulenartig ausgezogenen Ober- und Unterlängen der Buchstaben, die den Text auseinandertrieben, sondern sehr ordentliche, in klaren Reihen stehende Zeichen. Auch Versalien am Satzbeginn waren eine gute Erfindung und das Markieren von Abschnitten durch Punkte. Kaiser Karl hatte viel Gutes gebracht.

Das kaiserliche Siegel trat Biterolf vor Augen. Es verströmte das Gefühl von Ordnung, nach dem er sich im Moment so sehnte, während in ihm alles zerwühlt war und schmerzte: *Dominus Noster Karolus Imperator Pius Felix Pater Patriae Augustus* – Unser Herr, Karl, der Fromme, der Glückliche, der Vater des Vaterlands, der Augustus. Pius, »der Fromme«, so nannten sie Ludwig auch, den Sohn und neuen Kaiser.

Er merkte nicht, wohin er lief. Er folgte einfach den stillen Gassen, so wie ihn seine Füße trugen. Sah er an einer Kreuzung länger in eine Straße hinein, so betrat er sie. War er sehr in Gedanken versunken, bog er nicht ab und blieb seinem Weg treu. In den Werkstätten der Schmiede herrschte Schweigen, und die Tröge der Färber vor den Hütten waren leer. Die Krämer hatten die Türen fest verschlossen und die Fensterläden verrammelt. Turin schien zu schlafen. Nur von den Kirchen her hörte Biterolf leises Singen, aber er mied ihre Nähe. Sie war ihm heute verboten.

Durch die Stille drang unvermittelt ein Poltern. Er beschleunigte seine Schritte und bog um die Ecke – und blieb stehen. Im ersten Stockwerk stand ein Mann zwischen zwei Fenstern, den einen Fuß auf dem Sims des ersten, den anderen Fuß im Rahmen des zweiten Fensters, und klammerte sich an die Fensterläden. Seine Kleidung war zerrissen und zu kurz, um den ausgemergelten, sehnigen Körper zu bedecken. Dunkelblonde Haare fielen ihm in den Nacken. Das Gesicht war jung. Große, braungelbe Augen, aufmerksam und kühl wie die einer Eule, sahen Biterolf entgegen.

Keiner von ihnen rührte sich. Ein Dieb. An jedem anderen Tag hätte Biterolf laut nach den Stadtbütteln gerufen. Nicht heute. Ich habe selbst gesündigt, dachte er. Wie sollte ich den ersten Stein werfen? Er sah ernst in jene gelben Augen. Tief waren sie, und auf dem Boden all der Kälte schimmerte Traurigkeit wie Katzengold im Schlund einer Höhle.

Er wartet darauf, dass ich zu zetern beginne. Nicht heute, junger Mann. Biterolf drehte sich um und setzte seinen Weg fort durch die leeren Straßen Turins.

5

Langsam ließ Germunt die Luft aus den Lungen entweichen. Der Mann mit den verweinten Augen war gegangen. Wären es die festen Schritte der Stadtwachen gewesen, hätte er es gehört, aber dieser Mann war leise herangeschlichen. Warum war er nicht in der Kirche? Er sollte es schnell zu Ende bringen, die Büttel würden bald hier sein.

Er löste den rechten Fuß vom Fenstersims und schwang sich geduckt in das andere Fenster hinein. Zielsicher humpelte er auf Körbe und Truhen zu, wühlte darin und forschte bis in die Winkel. Nichts Eßbares.

Enttäuscht setzte er sich auf ein Bettlager. Er zupfte den Lumpenverband über seiner Ferse zurecht, rührte prüfend an die Wunde und verzog das Gesicht. Sein Blick landete auf dem Strohsack am Kopfende des Bettlagers, und einer plötzlichen Regung folgend, hob er ihn hoch. Ein Apfel! Germunt stopfte ihn mit gierigen Bissen in sich hinein, restlos. Der sauer-süße Saft floss wohltuend seine Kehle hinab. Zum Schluss kaute er hungrig den Stiel. Er behielt ihn im Mund, nahm drei Schritte zum Fenster und hockte für einige Augenblicke auf dem Sims, um zu lauschen. Als er niemanden hörte, ließ er sich an der Wand hinunter. Schmerz stach bei der Landung in seinen Fuß, aber er musste sich beeilen, von hier fortzukommen. Während er in Richtung Porta Nova hinkte, fühlte es sich an, als schnitten scharfe Klingen von der Ferse bis in die Zehen.

Seit er in Turin angekommen war, lagerte er unter einer Brücke östlich der Stadt. Anfangs hatte er noch versucht, um Almosen zu betteln, aber es dauerte nicht lange, bis er die Antworten auswendig kannte: »Wir haben selbst nicht genug.« – »Denkst du, ich habe keinen Hunger?« – »Verschwinde, oder es setzt Prügel!« Jeden Tag kämpfte er mit dem Hunger. Der Hunger lauerte neben ihm, wenn er schlief, und ob er im Morgenlicht die Augen öffnete oder nicht, das Biest sprang ihn an, sobald er erwachte, hieb ihm seine Krallen in den Bauch und hörte bis zum Abend nicht auf zu knurren.

Er bewahrte fünf Nüsse unter der Brücke auf, eingepackt in seine Wolfsfelle und in den Winkel zwischen abfallendem Ufer und Ansatz der Brückenbalken geschoben. Sie gaben ihm das Gefühl, nicht ausgeliefert zu sein, alles im Griff zu haben. Verhungern konnte er nicht, da war kein Grund für Angst, weil es unter der Brücke die Notration gab. Auch heute würde er sie nicht kauen, obwohl die Leere bei jedem Schritt wie ein Mühlstein auf seinen Bauch drückte. Er würde die Nüsse nie essen, nie. Wenn er sie aß, war er verloren.

Das letzte Mal wirklich satt gewesen war er an seinem zweiten Tag in der Stadt. Er hatte einen Karren mit Backwerk entdeckt, der zum Markt fuhr, und war ihm so lange gefolgt, bis es ihm gelungen war, unbemerkt einen der Körbe einen Spaltbreit zu öffnen und zwei Brote herauszuziehen. Mit angenehm gefülltem Bauch hatte er später am Fluss gesessen und hatte die Boote beobachtet, die, mit Kisten, Fässern, Bündeln und Säcken beladen, über das vorbeiziehende Wasser fuhren, unfassbar viel Nahrung, unerreichbar für ihn.

Jeden Abend schaute er sich den schmerzenden Fuß an. Die Wunde hatte er aus den Bergen mitgebracht. Sie wollte sich nicht schließen, war sein ständiger Begleiter wie der Hunger.

Vor drei Tagen war er von einer Frau an der Schulter berührt und wie ein alter Freund angesprochen worden. Beinahe hätte er sich vor Verwunderung von ihr in einen Hauseingang ziehen lassen, aber die Umstehenden riefen ihr lachend zu, dass bei ihm nichts zu holen sei, und so ließ sie ihn stehen, ohne ihn noch einmal anzusehen. Eine Hure, sagte man ihm, als sie gegangen war. Er hatte von Anfang an gespürt, dass sie log, nur ihre Augensterne erinnerten ihn an Adia, seine Mutter. An die reich gedeckten Tafeln seiner Kindheit durfte er nicht denken. Das machte es schlimmer.

Germunt zerdrückte vorsichtig mit der Zunge einige Fetzen Fruchtfleisch, die zwischen den Zähnen hängen geblieben waren. Apfelgeschmack. Vielleicht konnte er irgendwann wieder ein Brot stehlen. Er kam bestimmt, der satte Tag, nach dem er sich sehnte.

Auf keinen Fall würde er zu diesem Kantabrier gehen. Seine Hand fühlte nach dem Brief, den er unter dem Hemd trug, in einen gefetteten Lederlappen gewickelt. Warum hob er den Brief überhaupt auf? Als letzte Sicherheit? Ich verachte diesen Mann, dachte er. Und wie ich ihn verachte.

Wie sollte es weitergehen? Ein eigener Weinberg … Woher sollte das Geld für den Weinberg kommen, wenn er immer nur für den Mund stahl? Er musste etwas unternehmen, sonst würde er eines Tages mit leerem Bauch unter der Brücke sterben.

Gerade wollte er über die Uferböschung humpeln, da bemerkte er drei lumpige Gestalten, die unten am Wasser saßen und die vorbeifahrenden Kähne beobachteten. Er wusste gleich, was sie dachten. Während er den Blick zwischen den Gestalten und den Kähnen hin und her wandern ließ, kam ihm eine Idee.

Wichtig dabei war, Überlegenheit auszustrahlen. »He, ihr drei!«

Die Zerlumpten drehten sich um: in der Mitte ein Mann mit kräftigem Kinn, dessen rechter Arm in einem Stumpf endete, ihm zur Linken eine einäugige Frau, zur Rechten ein hagerer Kerl, der wie beiläufig eine Klinge aus dem zerfetzten Gewand zog. »Was willst du?«

»Ihr habt das Hungern satt, nicht wahr?«

»Oh, ein ganz Schlauer.« Die Frau tippte sich an die Schläfe.

Der Mann in der Mitte funkelte ihn an. »Was soll die Frage?«

»Armseliges Leben, oder? Habt ihr Lust, daran etwas zu ändern?«

»Verschwinde!«

Germunt tat so, als hätte er es nicht gehört. »Habt ihr schon einmal daran gedacht, wirklich nach Plan zu stehlen?«

Die Einäugige spuckte aus. »Nach Plan! Du hast Vorstellungen. Wir sind hier nicht in Rom, kapiert?«

»Was ja nicht heißt, dass es keine wertvollen Dinge gibt.«

»Natürlich, und die sind gut bewacht.«

»Nicht immer.«

»Zum Beispiel?«

»Zum Beispiel Salz.«

»An Salz kann man sich nicht satt essen«, brummte der Kräftige. »Wer bist du überhaupt, dass du hier auftauchst und den Klugen rauskehrst? Ich glaube, Simon schlitzt dir mal eben die Kehle auf. Hier und jetzt.«

Die Einäugige legte ihm beschwichtigend die Hand auf den Arm. Sie kniff das eine Auge zusammen, als würde sie nachdenken, das andere war faltig geschlossen und offenkundig hohl. »Warte mal, nicht so voreilig. Ich will hören, was er zu sagen hat.« Sie winkte ihn heran, neben ihr Platz zu nehmen. Nacheinander zeigte sie auf den Hageren, den Kräftigen und sich selbst: »Der Lange heißt Simon, mit der einen Hand, das ist Rothari, ich bin Bertlind. Und wie heißt unser Schlaumeier?«

»Germunt.«

»Warum erzählst du *uns* das, Germunt, und ziehst die Sache nicht alleine durch?«

»Weil es allein nicht zu schaffen ist.«

Rothari beugte sich vor. »Wo kommst du überhaupt her? Ich hab dich hier noch nie gesehen, glaube ich. Du bist doch ein Spitzel für die Gräflichen, du denkst, das fällt mir nicht auf, was? Dein ganzer ›Plan‹ ist eine Falle!«

»Ich bin über die Alpen gegangen«, sagte er und sah erneut die Schneefelder vor sich, spürte den stechenden Hunger und die Kälte, die in die Ohren, in die Nase, in die Augen einzudringen schien. Ein Weg, der kein Weg war, sondern ein zielloses Sichvoranschleppen, Ausrutschen, Fallen und Sichweiterschleppen. Dann der Unfall, das Blut im Schnee.

»Du über die Alpen? Das sollen wir dir glauben?«

»Der Rest ist eine Geschichte, die ihr nicht verstehen würdet. Es gibt im Norden eine Sitte, die ihr hier nicht kennt, sehr grausam und unerbittlich. Ich will nicht davon erzählen.«

»Auch hier gibt es grausame Sitten«, sagte Rothari und hielt seinen Handstumpf in die Höhe.

»Nun gut.« Bertlind strich sich eine drahtige Haarsträhne hinter das Ohr. »Ein Spitzel ist er sicher nicht, das haben sie nicht nötig. Die würden gleich mit Bütteln anrücken. Du willst also Salz stehlen. Wie soll das ablaufen?«

»Wartet mal.« Simon rückte ein Stück nach vorn, hustete kurz und erklärte: »So dumm ist die Idee gar nicht. Dort, wo die Schiffe anlegen, wird manchmal Salz aus dem byzantinischen Comacchio angeliefert. Ein Fässchen davon ist Unmengen wert. Wenn wir das hopsnehmen, können wir leben wie der Graf und müssen nicht mehr Tag für Tag unseren Hals riskieren.«

»An der Anlegestelle wimmelt es nur so von Menschen«, warf Rothari ein.

»Und eben darum wird niemand es merken, wenn wir uns ein Fass stehlen.« Germunt grinste. »Wir setzen einfach ein Allerweltsgesicht auf, gehen zügig hin, greifen uns ein Fass und hauen ab.«

Niemand erwiderte etwas.

Wenn sie das Salz verkauften, kam er zu Geld, und davon konnte er sich einen Flecken Erde kaufen. Vielleicht sogar einen Weinberg. Germunt sah auf das Gras zu seinen Füßen, unter dem das Flusswasser schmatzte. Konnte er den Halunken trauen? Er hatte nichts zu verlieren.

Der Hagere räusperte sich. »Was fangen wir denn mit dem Salz an? In unseren Lumpen können wir uns nicht auf den Markt stellen und es Scheffel für Scheffel unter die Leute verkaufen. Auf Geldmünzen ist kein Besitzer erkennbar, aber so ein Fass wird leicht zugeordnet. Jeder wird fragen: Wo haben die bloß dieses Fass her? Es genügt, wenn ein Einziger zu den Marktwachen läuft.«

»Das habe ich mir auch überlegt. Auf den Markt können wir uns nicht stellen.« Germunt fuhr sich mit der Hand über den Nacken. »Aber was haltet ihr davon, wenn wir mit dem gestohlenen Fass zu den Fischern gehen? Die brauchen große Mengen an Salz, um die Fische haltbar zu machen. Wir klopfen einfach an die Tür, sagen, hier ist das Salz, und wenn sie uns fragend ansehen, sagen wir einen unschlagbar guten Preis. Da werden sie sich hüten, darauf hinzuweisen, dass wir wohl zu den Falschen gegangen sind, und uns mit einem gemeinen Lächeln so viel abkaufen, wie sie sich gerade noch leisten können.«

Rothari pfiff anerkennend. »Nicht schlecht, nicht schlecht.«

»Wir ziehen das gleich morgen durch«, sagte Bertlind.

Man einigte sich, gemeinsam an Ort und Stelle zu übernachten, damit keiner die Sache verraten könne. Grobe, freundschaftliche Schläge auf die Schulter veranlassten Germunt dazu, seine Wolfsfelle und die Decke zu teilen. Die Nüsse versteckte er im Schuh.

Als Germunt dachte, dass längst alle schliefen, hörte er den Hageren neben sich leise sagen: »Hoffentlich ist es morgen neblig am Fluss.«

»Hast du Angst?«, fragte er ihn.

»Nein.«

Eine offensichtliche Lüge. Germunt presste die Lippen aufeinander und sah in den schwarzblauen Sternenhimmel hinauf. Er selbst fühlte irgendwo oberhalb des Bauchs ein unangenehmes Ziehen.

»Was machst du mit deinem Anteil?«, fragte der Hagere.

»Mir einen Weinberg kaufen.«

»Mit Weinstöcken und allem Drum und Dran?«

»Ja. Mit Weinstöcken und Kelter und trockenem, lockerem Boden.«

»Aber du weißt doch gar nicht, wie man die Trauben aufzieht, oder?«

»Und wie ich das weiß. Am besten ist es, wenn der Hang nach Süden oder Südwesten abfällt. Wenn du sie einpflanzt, die Weinstöcke, musst du die Erde wieder in der richtigen Reihenfolge einfüllen. Den ganzen Sommer über kannst du pflanzen, bis zum Juli, dann schaffen es die Weinstöcke, vor dem Winter Wurzeln zu schlagen.«

»Wer hat dir das beigebracht?«

»Ein Weinbauer. Der hatte nie Rebläuse oder Mehltau an seinen Pflanzen, er war richtig begabt. Und Trauben habe ich da gegessen, so was kannst du dir gar nicht vorstellen.«

»Doch, kann ich. Hab schon mal welche geklaut. Hast du da gearbeitet?«

»Der Weinberg gehört meinem Vater.«

Es wurde still. Endlich sagte Simon: »Scheinst dich ja nicht gut zu verstehen mit ihm.«

»Und du, was hast du mit deinem Anteil vor?«

»Keine Ahnung.«

Morgen wird alles anders, sagte er sich. Ich fange ganz von vorn an. Trotzdem wollte das Ziehen nicht aus seinem Bauch weichen, vielleicht, weil sich die ganze Sache zu einfach anhörte.

Am Morgen waren Bertlind und Rothari erstaunlich gut gelaunt, nur Simon schwieg zu jedem Scherz. Germunt nahm sich vor, die drei Gauner nach dem Salzdiebstahl zu verlassen. Nur einmal musste es gutgehen.

»Hört zu«, erklärte die Einäugige auf dem Weg zur Anlegestelle, »wir machen es so: Simon wird das Fass in einem günstigen Augenblick stehlen, dann gibt er es Germunt weiter. Der bringt es zu Rothari oder zu mir, je nachdem, wer im Augenblick günstig zu erreichen ist.«

Germunt nickte. Er hatte das Gefühl, sich dringend erleichtern zu müssen. Die vier kürzten einen Bogen ab, den der Po am Rande der Stadt machte, und näherten sich von der städtischen Seite her der Anlegestelle. Germunt meinte immer wieder, aus dem Stimmengewirr der Turiner Worte wie »Anlegestelle«, »Salzdiebstahl« und »Büttel« zu hören. Auch hatte er das Gefühl, man würde Bertlind, Rothari, Simon und ihn mit besonderen Blicken bedenken, obwohl sie nicht die Einzigen waren, die zerlumpte Kleidung trugen.

Kalter Schweiß bildete sich auf seiner Stirn. Um sich abzulenken, sah Germunt sich die Geschäfte und Werkstätten am Rande der Straße an. Da war ein Böttcher, der in einem Wassertrog Holzspäne einweichte. Ein Händler bot teure Gewänder aus Pavia an. An einer Ecke wurde ein neues Haus errichtet.

Das Unausweichliche kam: Sie durchquerten das Stadttor und betraten den Platz vor der Anlegestelle. Simons Traum vom Flussnebel hatte Germunt schon in den ersten Augenblicken des neuen Tages verabschieden müssen. Auch hier im Hafen glitzerte die Sonne auf dem Wasser zwischen den schaukelnden Schiffsbäuchen. Es war ein wunderschöner Tag für einen Spaziergang. Es war ein fürchterlicher Tag für einen Raub.

Rothari und Bertlind schienen all das nicht zu bemerken. Sie liefen fröhlich von einem Boot zum nächsten, musterten beleibte Händler, wichen Trägern aus und warfen sich Wortspielereien zu. Simon wirkte geistesabwesend, er sah still auf den Fluss hinaus.

Eine Gruppe von blondhaarigen friesischen Händlern hatte auf einigen Kisten Tierhäute ausgebreitet: Marderfelle, Wiesel-, Fuchs- und Biberfelle, auch ein großes Bärenfell war darunter. Es hing mit dem Kopf bis auf den Boden, dadurch wirkte es, als verneige sich der Bär vor allen Vorbeilaufenden. Vor den Kisten waren kleine Tontöpfe aufgereiht, Honig und Wachs aus dem dänischen Slesvig, wie die weit gereisten Händler immer wieder riefen.

Turiner boten den süßen Wein der umliegenden Hänge an, den ein Nordländer in großen Mengen kaufte. Über Bretterschanzen rollten Knechte die Fässer auf Ochsenkarren.

Leinentuch wechselte mehrfach den Besitzer, eine Frau verkaufte Seife, neben ihr ein dickleibiger, schmutziger Mann

Äxte und Messer. Gegenüber standen drei große Wannen, bis zum Rand mit Fischen gefüllt. Es roch nach Tang und Fischinnereien.

Händler aus Pisa, Genua und Venedig priesen Waren aus dem fernen Osten an: wertvolle Steine, Düfte und Gewürze. Ein jüdischer Händler rief mit zum Schwur erhobener Hand: »Möge der Gott, der Mose auf dem Berg Sinai das Gesetz gab, mir helfen, möge mich der Aussatz Naamans des Syrers treffen, wenn ich lüge – ich habe diese kostbaren Steine in Antiochia erworben!«

»Habt Ihr nicht vorhin erzählt«, herrschte ein Turiner zurück, »dass Ihr außer Latein auch Arabisch, Persisch, Fränkisch und Slawisch sprecht? Wer so viele Sprachen kennt, kann ja nur lügen!«

Zwischen all dem Gedränge trieb eine Frau Gänse mit einem Stock vor sich her, die aufgeregt schnatternd ihre Hälse in die Höhe reckten.

Bertlind machte die anderen mit vielsagenden Blicken auf ein Boot mit rot gestreiftem Segel aufmerksam, vor dem sich auf dem Ufer kleine Fässer stapelten. Zwei kräftige Träger holten immer neue aus dem Schiff an Land, und ein winziger Mann, der wohl der Besitzer war, redete mit Fistelstimme auf einen interessierten Käufer ein.

»Bist du bereit, Simon?« Bertlind wandte den Blick nicht von den Fässern.

»Ist das auch wirklich Salz?«

»Natürlich. Würdest du deinen Tavernenkeller mit so kleinen Weinfässern füllen?«

»Du hast recht. Ja, ich bin bereit, glaube ich.«

Rothari schob sich bereits durch die Menschen fort vom Segler.

»Ich bleibe hier«, erklärte Bertlind. »Viel Glück, Simon. Und du, Germunt, mach keine Dummheiten. Die Beute wird gerecht geteilt.«

Germunt sah nach dem Hageren. Es war fürchterlich, den unruhigen Blick Simons zu sehen. Die Angst sprang einem förmlich ins Gesicht.

»Bitte, ich habe Hunger.« Ein Kind, das Germunt gerade bis zum Oberschenkel reichte, hielt ihm eine dünne Hand entgegen.

»Hau ab.«

Immer noch stand das Kind da und sah ihn mit spatzengroßen Augen an. Sie sind unberechenbar, ging es Germunt durch den Kopf. Und sie können die Lage nicht einschätzen. Plötzlich beißen sie oder schlagen und zetern. Dann wieder wollen sie etwas und schmeicheln. Es machte ihn unsicher, dieses Kind, und deshalb ärgerte er sich. »Ich habe gesagt, du sollst verschwinden! Willst du dir eine Backpfeife fangen?« Er holte aus.

Da duckte es sich und verschwand zwischen den Beinen der Umstehenden. Germunt reckte sich, um Simon zu sehen.

Dort lief er, im Schlenderschritt, auf den Segler und die Fässer zu. Nicht von dort, Simon, der Händler kann dich sehen! Geh nicht so nah heran, du musst erst die Träger beobachten. Simon, du hast doch Zeit, warum läufst du schon auf die Fässer zu? Vorsicht, dort kommt einer der Träger! Ja, so ist es gut. Schau dir die Stoffe an.

Der Hagere fuhr mit den Fingern über einen roten Ballen. Die Hand zitterte ihm, das war nicht zu übersehen. Dann plötzlich lief er mit schnellen Schritten auf die Fässer zu. Die Träger waren beide im Boot, der kleine Händler schüttelte dem Käufer die Hand. Simon nahm das Fass im Laufen auf, wie ein Pferd im Vorbeigehen frisches Grün von den Bäumen rupft. Er hob es sich auf die Schulter und ging an den beiden Kaufleuten vorbei.

Germunt wollte gerade aufatmen, da rief die Fistelstimme plötzlich: »Das ist doch eins von meinen Fässern! *Haltet diesen Mann!*« Der schrille Ton übertraf alle Hafengeräusche. Köpfe wandten sich um. Bewegungen erstarrten.

Simon begann zu rennen.

Als Germunt Rothari sah, gefror ihm der Blick. Er beeilte sich sichtlich, das Stadttor zu erreichen. Auch Bertlind war auf der Flucht. Was ging hier vor?

Simon versuchte, den vielen Händen auszuweichen, die sich nach ihm ausstreckten. Ich muss zu ihm hin, schoss es Germunt durch den Kopf. Ich muss ihm helfen. Er sah zwei Wachen, die Simon den Weg abschnitten. Germunts Füße schienen am Boden angeschmiedet zu sein. Wenn ich jetzt hinlaufe, bringen sie mich um, sagte eine schale, ruhige Stimme in seinem Kopf. Rothari und Bertlind sind sowieso nicht mehr da. Ich kann das Fass niemandem bringen. Es ist nicht meine Schuld, dass der Plan geplatzt ist.

Jetzt ließ Simon das Fass fallen und drehte sich um. Sein Blick schweifte suchend über die Menge, Verzweiflung verzerrte sein Gesicht. »Germunt!« Der Hagere zog das Messer und schnitt mit ihm durch die Luft, um sich Platz in der Menge zu verschaffen.

Als eine der Wachen mit dem Speer ausholte, lösten sich endlich Germunts Füße. Er stieß Leute beseite, schlug und biss und kämpfte sich durch die Menschenmenge. Ein würgender Schrei zerriss die Luft.

Endlich stand Germunt zwischen anderen Gaffenden vor dem Hageren. Er lag zusammengekrümmt in einer Blutlache, die Augen geschlossen. Leises Röcheln verriet, dass er lebte. Die Büttel stritten.

»Wer bringt ihn weg?«

»Du hast zugestochen, du musst ihn auch verscharren.«

»Wir fragen den Salzhändler, was mit ihm passieren soll. Der hat schließlich nach uns gerufen. Nein, warte mal.« Der Büttel, der den blutigen Speer hielt, zeigte mit der freien Hand auf einen der Friesen, die neben Germunt standen. »Du da, schaff ihn fort!« Er fingerte an seinem Gürtel herum und schnippte dem Friesen eine kleine Münze zu. »Vergrabe ihn irgendwo vor der Stadt.«

»Wieso ... Aber ...«, stammelte der Friese.

»Ich mach das schon.« Germunt bückte sich nach der Münze, dann hob er sich den blutenden Körper auf die Schulter. Das helle Rot lief ihm über Brust und Rücken, und seine Knie beugten sich schwer unter der Last. Die Menschen wichen zurück.

Endlich war da die Brücke. Germunt legte den Hageren auf das Ufergras. Es war kein Röcheln mehr zu hören. Germunt hielt das Ohr vor Simons Mund und lauschte. Der Verletzte atmete flach und kaum hörbar.

»Sie sind einfach weggelaufen, deine Gefährten. Ich werde sie finden. Sie sollen hierherkommen und dich anschauen.« Germunt schüttelte Simon an der Schulter. »Simon. Du hast es gut gemacht. Es war nicht deine Schuld. Der Moment war gut gewählt, es wäre alles gelungen. Du warst mutig. Hörst du mich? Hörst du mich, Simon?«

Die Lippen des Hageren bewegten sich. Hastig näherte sich Germunt. Zuerst verstand er nichts, dann aber meinte er zu hören: »Lass mich nicht allein.«

Lass mich nicht allein. O mein Gott ... Germunt spürte, wie sich stoßartig Tränen in seinen Augen sammelten. Seine Kehle schien anzuschwellen, und aus dem Inneren stieg dumpfer

Schmerz auf. Ich hätte ihm helfen müssen. Er erhob sich und schleuderte die Münze in den Fluss. Eine Umarmung könnte ihn wieder zum Leben erwecken, sagte eine verzerrte Stimme in Germunt. Tropfen fielen auf Simons Gesicht, als er sich neben ihn kniete.

Er wollte sich entschuldigen, aber er konnte nur Simons Hand ergreifen und sanft drücken. Es dauerte eine lange Weile, bis er flüsterte: »Ich lasse dich nicht allein.«

6

Der Griffel schabte ein Ohr auf das Wachs. Sorgfältig deutete er eine Schädelkurve an, dann folgte das zweite Ohr. Ein Auge grub sich tief in die matt schimmernde Fläche. Eine Schnauze wurde hineingeritzt, dann folgten zwei Beine, ein Bauch, wieder zwei Beine. Für den Rücken reihten sich mehrere kleine Striche aneinander. Das Talglicht begann, wild zu flackern, und der Griffel wartete über dem Wachstäfelchen, bis es sich beruhigt hatte. Dann ergänzte er einen Schwanz.

»Erkennst du eine Ähnlichkeit?« Biterolf hielt Farro das Bild vor die Schnauze. Die müden Hundeaugen sahen abwechselnd auf das Täfelchen und auf seinen Schöpfer. »Das bist du, mein Bester.«

Biterolf legte sich das Wachs wieder zurecht und ritzte mit dem Griffel einen großen Kasten hinein, gleich neben dem Hund. Er ergänzte ein Dach und ein Kreuz. Erneut präsentierte er Farro die Zeichnung. »Ist der Hund in der Kirche, Farro? Na?« Der schwarze Hütehund legte den Kopf auf die Vorderpfoten und schloss die Augen. »Auch wenn du es nicht sehen willst: Er ist nicht in der Kirche. Du wirst mich in der Zukunft nicht mehr dorthin begleiten.« Nun drehte Farro den Kopf weg.

»Du hast keinen Grund, beleidigt zu sein. So viele Jahre hattest du das Vorrecht, in der Kirche den Gottesdiensten beizuwohnen. Zeige mir ein Tier in Turin, das mehrmals im Jahr in der Kirche war, was sage ich, das überhaupt jemals in der Kirche war!«

Biterolf sah noch einen Moment erwartungsvoll zu Farro hinab, als würde dieser gleich eine Antwort geben, dann drehte er sich zum Pult um. Über dem Talglicht ließ er die Wachsoberfläche des Täfelchens zerfließen und wechselte so oft dessen Lage, bis das Wachs ohne jede Erhebung oder Vertiefung bereit für neue Entwürfe war. Sorgfältig vermied er, die noch zähflüssige Fläche zu berühren, und legte es zurück in den Schrank.

»Ich weiß noch nicht einmal, ob ich mich dort wieder blicken lassen darf.« Farro schien die Anspannung in Biterolfs Stimme zu spüren. Der Hunderiese öffnete die Augen und hob den Kopf. Biterolf lief zu ihm hinüber und ging in die Hocke. »Warum, Farro? Du knurrst niemals ohne Grund. Warum hast du ausgerechnet gestern in der Kirche Laut gegeben? Haben dich die vielen Fremden unruhig gemacht? Aber warum hast du dann unentwegt zu Ademar hinübergesehen? Hat er dich mit Grimassen gereizt?«

Farro leckte ihm die Hände.

»Vielleicht war es gut, dass ich am großen Festmahl heute nicht teilgenommen habe. Aber morgen werde ich Ademar zur Rede stellen.« Biterolf rieb dem Hund die Ohren und strich ihm in langen Zügen über das Fell.

Noch einen Moment kraulte er Farro den Nacken, dann erhob er sich, murmelte ein »Gute Nacht« und löschte das Talglicht. Biterolf bemühte sich, die Tür der Schreibstube leise zu schließen – er wusste genau, wann ihre Angeln kreischen würden –, und lief auch die hölzernen Stufen zum Schlafsaal mit Bedacht hinauf. Bei seinem Körperumfang war es nicht einfach, über altersschwaches Holz zu schleichen. Auf den oberen Stufen hörte er schon lautes Schnarchen hinter der Tür und schüttelte den Kopf. Wozu bemühte er sich, leise zu sein? Sie hatten viel getrunken, der Wein hielt ihre Lider geschlossen.

Wie erwartet, fand Biterolf Ademar am nächsten Morgen in der Kirche. Er kehrte mit einem Reisigbesen den Schmutz zusammen, den zahlreiche Füße hineingetragen hatten. Ein kurzer Blick zeigte, dass er Biterolfs Anwesenheit bemerkt hatte, aber er setzte die Arbeit schweigend fort.

»Ademar, ich will die Wahrheit wissen: Was hast du getan?«

»Was willst du, Biterolf? Ist doch alles blendend gelaufen. Claudius ist Bischof, dein Hund hat mich bloßgestellt, und mein Vater hat keinen Auftrag bekommen. Gibt es einen Grund dafür, dass wir uns unterhalten sollten?«

Einige Augenblicke verschlug es Biterolf die Sprache. Er ballte die Fäuste. Diese miese Kröte!

»Rede doch lieber mit dem Bischof! Du kannst mit ihm reden, das weiß ich. Kaum ist der neue Herr da, hat sich unser Notar schon an ihn herangeworfen und küsst ihm die Füße. Er hört auf dich, richtig?«

Biterolf stürmte auf Ademar zu. In Gedanken sah er sich auf ihn einschlagen. Er blieb aber schnaufend vor ihm stehen. Haltet die andere Wange hin, hatte der Herr gesagt. »Was hast du mit Farro getan, du Niederträchtiger?«

»Nichts. Ich tue einfach nur meine Arbeit. Möchtest du nicht nachschauen, ob ich irgendwo ein Stäubchen vergessen habe, um es dem Bischof zu melden?«

»Rede!« Er packte Ademar im Genick.

Unterhalb der schwarzen, rundum gerade geschnittenen Haare rötete sich seine Stirn. »Nichts. Ich habe nichts getan.«

Biterolf sah den eigenen ausgestreckten Arm, die Faust im Genick Ademars, und ganz langsam wurde sein Atem ruhiger. »Mir ist egal, ob du Fratzen gezogen oder einen Braten unter dem Mantel getragen hast. Auf jeden Fall lasse ich so etwas nicht mit mir machen, klar? Irgendwann ist Schluss!« Er ließ los. Ich hätte ihn nicht anfassen sollen, dachte er, gleich aber ärgerte er sich über diesen Gedanken.

Vieler Nachforschungen bedurfte es nicht.

»Die Braune fehlt, die Süße. Sie hat nie viel gelegt, aber ich hatte sie gern.« Swabo kratzte sich den Nacken.

»Bist du sicher? Wir haben doch viele braune Hühner, oder?«

»Ob ich sicher bin? Ich werde doch meine Kleine wiedererkennen. Es gibt auch viele schwarze Hunde, und du würdest doch immer deinen Farro herauswissen.«

»Kann es ein Marder gewesen sein?«

»Wenn ein Marder in den Stall einbricht, kreischen sie. Das heißt nicht, dass ich rechtzeitig komme, um ihn zu vertreiben, aber ich wüsste, was geschehen ist.«

»Und ein Raubvogel?«

»Das ist möglich.«

Den Raubvogel kenne ich mit Namen, dachte Biterolf.

Am selben Tag verließ Claudius Turin, um die zum Bischofssprengel gehörenden Ländereien zu bereisen und ausgewählten Langobardenhöfen einen Besuch abzustatten. Er werde für einige Tage fortbleiben, hieß es, und wolle nur Kanzler Eike mit sich nehmen. Dass er seinem Schreiber nicht befahl, ihn zu begleiten, war kein gutes Zeichen.

Ich werde hier nicht untätig herumsitzen, bis er wiederkommt, sagte sich Biterolf. So mache ich ihn nur noch ärgerlicher. Also ließ er nach dem Aufbruch des Bischofs zwei Knechte die Kiste mit den Aufzeichnungen aus dessen Schlafgemach in die Schreibstube tragen und verbrachte einen Tag damit, die Pergamente und Täfelchen zu ordnen. Dann begann er mit der Reinschrift.

Während er schrieb, wuchs sein Erstaunen über Claudius. Zu jedem Vers wusste der Bischof eine gute Erklärung. Seine Begründungen ruhten auf dem sicheren Fels der alten Väter und schlugen gleichzeitig unerwartete, frische Wege ein. Biterolf konnte sich gut vorstellen, wie die Augen der Schüler glänzten, wenn sie etwas von ihm zu lesen bekamen.

Zwischen den Texten für den Bibelkommentar fand er aber auch merkwürdige Niederschriften. In ein Wachstäfelchen hatte Claudius eingeritzt: »Gegen die Reliquien. Die Knochen der Heiligen sind nicht verehrungswürdiger als die Gebeine von Tieren.« Überall wurden Reliquien in höchsten Ehren gehalten – das konnte nicht die Meinung der Kirche sein! Und auf einem Pergamentfetzen griff er deutlich den Heiligen Vater in Rom an. Biterolf liefen Schauer über den Rücken, als er die Worte las: »Nicht der sollte Apostel heißen, der einfach auf dem apostolischen Stuhl sitzt, sondern der, der diese Aufgabe erfüllt. Der Herr hat über solche gesagt: ›Auf dem Stuhl des Mose sitzen die Schriftgelehrten und Pharisäer. Alles nun, was sie euch sagen, das tut und haltet; aber nach ihren Werken sollt ihr nicht handeln; denn sie sagen's zwar, tun's aber nicht‹ (Matthäus 23,2.3).« Wenn das Papst Paschalis in die Hände fiele … Biterolf unterbrach die Schreibarbeit, um den Fetzen tief zwischen anderen Schriften zu verbergen.

Drei Tage lang saß er von früh bis spät über den Pergamenten. Am vierten Tag kehrte der Bischof zurück. Biterolf kannte die Geräusche der bischöflichen Immunität. Er konnte unterscheiden zwischen den beinahe wie ausgestorben ruhigen Tagen, an denen die Abwesenheit des Bischofs Arbeiten von einer Stunde drei Stunden dauern ließ, und dem eiligen Treiben, das stetig bemüht war, den Augen des Herrn ein fleißiges Bild zu bieten. Dieser Tag hatte ruhig begonnen, nun war er unerwartet in ein geschäftiges Summen übergegangen: Der Bischof musste heimgekehrt sein.

Eine Art wilder Mut bemächtigte sich Biterolfs. Er trommelte einige Male mit den Fingern auf das Schreibpult, dann erhob er sich und begann im Raum zu kreisen. Farro kam gesprungen und lief mit ihm.

Heute würde er es sagen. Die plötzliche Gewissheit trieb Biterolfs Herz zu heftigen Schlägen an. Es war Zeit, sich zu entschuldigen und zu erfahren, ob die Gunst des Bischofs endgültig verloren war. Sollte er zu ihm hingehen? Mitten auf dem Hof reden, vielleicht fortgestoßen werden vor allen anderen? Nein. Es musste im Palast geschehen, gegen Abend.

Er hörte eine Stimme hinter sich. »Man hat mir gesagt, dass Ihr Euch die Kiste holen lassen habt.«

Biterolf drehte sich um und sah in das Gesicht des Bischofs. Dann fiel er auf die Knie. »Vergebt mir, Herr. Ich bitte Euch.«

Es war lange still. Schließlich sagte der Bischof leise: »Euch ist vergeben, Biterolf. Erhebt Euch.«

Er blieb auf seinen Knien und hielt weiter den Kopf gesenkt. »Ehrwürden, hegt Ihr wirklich keinen Groll mehr gegen mich? Ich habe Euch bei der Weihe durch mein Verhalten beleidigt.«

»Ja, das habt Ihr. Ich war zornig auf Euch.«

»Und nun seid Ihr es nicht mehr? Was kann ich tun, um Euch Genugtuung zu verschaffen?«

»Erhebt Euch, Biterolf.«

Ein wenig unsicher stand er auf. Als er den Mund öffnete, um sich zu bedanken, kam ihm der Bischof zuvor.

»Sagt, wie kommt Ihr mit meinem schlechten Latein zurecht?«

Ein kurzer Blick bestätigte Biterolf, dass Claudius lächelte.

»Ganz hervorragend, Herr! Ich lerne eine Menge über die Heilige Schrift.«

»Ihr müsst mir nicht schmeicheln. Ich bin vollends besänftigt.«

»Glaubt mir, ich habe selten bei meiner Arbeit so viel Neues erfahren, was die Bibelauslegung angeht.«

Der Bischof machte eine abwehrende Geste. »Es ist vieles nur abgeschrieben. Ich folge fast vollständig Augustin. Ihr fallt doch nicht wieder in Eure Gewohnheit, ›Jaja‹ zu sagen?«

»Ihr möchtet, dass ich Euch widerspreche?«

»Lieber, als dass mich Bestätigung einschläfert wie das gleichförmige Plätschern eines Flusses den Rastenden. Ich muss wach bleiben.«

Fragen hätte ich schon, dachte er. Aber er zögerte. Unwillkürlich malte er sich aus, wie Claudius die Bretter aus den Regalen riss und sie zu Boden warf und ihm anschließend mit einem Fausthieb das Gesicht zertrümmerte. Ein dumpfes Gefühl stieg ihm in die Nase.

»Fragt.«

»Zwischen den Aufzeichnungen waren merkwürdige Notizen über den Heiligen Vater, und ich wüsste gern –«

»Ah, daher weht der Wind.« Der Bischof zog sich einen Schemel heran und setzte sich. »Ich fordere nichts anderes, als dass er durch seine Arbeit heilig wird und nicht durch den Stuhl. Macht mich dieser Schemel zum Notar? Überall kann der Herr Apostel haben. Er hat nie gesagt, dass allein in Rom das ewige Leben zu erlangen ist.«

»So denkt Ihr?«

»Hat er es denn gesagt? Nur in Rom? Petrus, auf dir baue ich meine Kirche auf, aber das gilt allein für Rom?«

Biterolf wurde es heiß und kalt. »Ihr verwirrt mich.«

»Denkt einmal darüber nach.«

»Hat nicht der Papst die Nachfolge des Apostels Petrus angetreten?«, fragte er behutsam.

»Das erzählen sie gerne, die Römer, ja.«

Er musste dieses Gespräch so schnell wie möglich beenden. Jedes Wort rückte ihn der Hölle näher, und Claudius, Claudius … Konnte der Bischof in seinem heiligen Amt mit beiden Beinen in der Verdammnis stehen? Dies war kaum zu begreifen. »Bitte entschuldigt, ich muss erst darüber nachdenken.«

»Nehmt Euch alle Zeit der Welt.« Claudius erhob sich. Unter den wilden Brauen des Bischofs sah ein Paar warmer Augen zu Biterolf hinüber. »Es ist mir immer eine Freude, mit Euch Gedanken auszutauschen.«

Lange saß er da, massierte sich die Stirn und grübelte. Es war einfach unlösbar: Die Dämonen standen entweder auf des Bischofs Seite oder in Rom beim Heiligen Vater, und beides erschien Biterolf falsch.

Eine laute Stimme vom Hof schreckte ihn aus seinen Gedanken auf. Biterolf erhob sich und öffnete die Tür.

Claudius hatte einen Boten vor sich, mitten auf dem Platz. Der junge Mann duckte sich, mit langsamen Rückwärtsschritten bemüht, aus der Reichweite des Bischofs zu gelangen.

»Was denkt sich dieser Krüppel von Graf eigentlich?« Claudius schrie so laut, dass es der ganze Stadtteil hören musste. »Bringt mir mein Pferd!« Der Bote eilte in Richtung Stall. »Für wen hält er mich? Für einen kleinen, dummen Priester? Ich bin Bischof in dieser Stadt, zum Donnerwetter, und das heißt, dass er sich mit mir die Herrschaft zu teilen hat!«

Erschrockene Blicke wurden aus jeder Tür und von jeder

Seite des Hofes auf Claudius geworfen. Der bemerkte es. Auf seiner Stirn trat kräftig die Ader hervor. »Anstatt zu gaffen, könntet ihr mir endlich mein Pferd bringen! Ich habe keine Zeit zu verlieren. Der Teufelsknecht bemächtigt sich meiner Bauern!«

Die Stallburschen hielten das weiße Tier mit dem schmalen Kopf noch an den Zügeln, als Claudius schon aufsprang und es ihnen entriss. Er preschte vom Platz.

Biterolf stand in der Tür der Schreibstube. Ungläubig sah er hin und her zwischen dem Tor, in dem der Bischof eben noch zu sehen gewesen war, und den Pergamenten, die hinter ihm auf dem Schreibpult lagen.

Als Germunt nach langer Zeit seine Finger aus Simons Handfläche lösen wollte, spürte er, wie sie von klebrigem Blut gehalten wurden. Sorgfältig riss er einen nach dem anderen los. »Hör zu, Simon, ich gehe nur kurz hinunter zum Fluss. Ich will dir die Wunden waschen.«

Vom Verletzten kam keine Reaktion.

Germunt schlitterte zum Wasser hinab. Sein Spiegelbild starrte ihm blutüberströmt entgegen. Er wusch sich das Gesicht. Dann zog er die Kleider aus und bemühte sich, die großen Flecken herauszuspülen. Vergebens. Kurz entschlossen lief er zur Brücke und band sich die Wolfsfelle um den nackten Körper. Die Nüsse schob er in ein kleines Erdloch.

Mit seiner von Wasser triefenden, blutbefleckten Kleidung in der Hand trat er an Simon heran. »Du siehst furchtbar aus.« Germunt hörte die eigene Stimme wie aus weiter Entfernung. Er begann, Simon mit den Lumpen die Haut zu waschen. Die dunkle, klaffende Wunde ließ er aus.

Ihm fiel auf, wie bleich der Hagere war. Verunsichert

lauschte er auf Atemzüge. Ein feiner Hauch war vor Simons Lippen zu spüren.

»Sie haben Angst bekommen, die Verräter, verstehst du? Angst… Aber du warst mutig.« Und er, Germunt? Simon hatte ihn gerufen, als die Menge sich um ihn zu schließen drohte, und er war ihm nicht zu Hilfe geeilt. Dabei war es seine Idee gewesen, das Fass zu stehlen. Eigentlich hätte er den Speer abkriegen müssen.

Es war wie eine Strafe, eine selbst verhängte Strafe, als er unter die Brücke kroch und die Nüsse hervorholte. Er knackte die Schalen, indem er mit einem Stein daraufschlug. Simon mit den Nusskernen zu füttern misslang, weder kaute der Verwundete, noch schluckte er. Also aß er sie selbst. Sie schmeckten nicht.

Zwei Mal war die Sonne auf- und wieder untergegangen, da wandelten sich Simons Atemzüge in ein unruhiges Röcheln.

Germunt erwachte aus seiner Starre. »Hast du Durst? Soll ich noch mal Wasser holen vom Fluss?«

Ein bedächtiges Kopfschütteln war die Antwort. Die Hand des Hageren schloss sich fest um Germunts Finger, als er nach angestrengtem Schlucken flüsterte: »Frag den alten Krämer – am Markt – nach Bertlind und Rothari – diesen Feiglingen – sag ihnen – dass ich schon mal vorausgegangen bin.«

Germunt blickte wie gebannt auf den Mund, der eben gesprochen hatte. Simon musste kräftiger sein, als er gedacht hatte! Vielleicht kehrte neues Leben in ihn zurück. »Das werde ich tun. Hör zu, ich… Ich habe mich genauso feige verhalten.«

Simon versuchte ein Lächeln und flüsterte: »Hast du nicht – Freund.«

Ehe Germunt antworten konnte, sank der Kopf des Hageren zur Seite, und das Röcheln wich einer beklemmenden Stille.

»Du stirbst doch jetzt nicht, oder? Simon? Du stirbst doch nicht?« Germunt packte ihn bei den Schultern, wollte ihn wecken, aber er wagte es nicht.

Er sprang auf, rannte hinunter zum Fluss und schöpfte hastig Wasser. Mitten in der Bewegung hielt er inne und starrte auf das Spiegelbild. Was sagte die Flüsterstimme in ihm? Sie sprach leise. *Mörder.*

»Ich bin kein Mörder! Ich habe doch niemanden gezwungen, da mitzumachen!«

Du hast wieder gemordet.

»Wieder ... Ich habe wieder ...« Der Boden schien unter seinen Füßen zu wanken. Beim ersten Gedanken an die Hölle rannte Germunt los. Er musste Bertlind und Rothari finden, sie waren mitschuldig, sie mussten das bekennen. Sie waren auch schuld.

Bei jedem Atemzug spürte er ein Stechen in den Seiten, die Augen flogen wirr von einem Haus zum nächsten. Wie er zur Krämerstube am Markt gefunden hatte, wusste er nicht, aber er schwankte irgendwann in einen halbdunklen, bis an die Decke mit Waren vollgestopften Raum. Ein grauhaariger Mann fragte ihn nach seinem Begehr.

»Wo sind Rothari und Bertlind?« Germunt fuhr sich mit heißer Zunge über den Gaumen.

»Die haben die Stadt verlassen, soweit ich weiß.«

»Wohin?«

»Ich weiß es nicht. In Turin jedenfalls werdet Ihr sie nicht mehr finden.«

»Nicht in Turin?«

»Nein.«

Abgehauen also. »Nicht in Turin?« Germunt torkelte aus

dem Laden. *Mörder. Du hast wieder getötet.* »Es kommt das Gericht.« Er hörte sich selbst krächzen. »Die Hölle brennt heißer, je schwerer die Sünden sind. Heißer, je schwerer!« Die Leute sahen ihn an, als würde er eine fremde Sprache sprechen. »Simon ist tot! Es kommt das Gericht …«

Wie in grauem Nebel sah er den Marktplatz vor sich. Die Häuser neigten sich herab, und in der Mitte des Platzes riss ein riesiges Loch auf, aus dem Flammen schlugen. Die Stimme des Priesters aus seiner Kindheit donnerte: »Nimmerschlafendes Gewürm frisst ihre Eingeweide. Mörder kommen ins Feuer, an einen Ort, der angefüllt ist mit giftigen Tieren!« Germunt stolperte auf den Rand des Loches zu. Es war unerträglich heiß. Und was ist, wenn ich die Hitze nicht ertragen kann? Wenn es in der Hölle so heiß brennt, dass ich zu Asche zerfallen will? Oh, wie werde ich jeden Sonntag herbeisehnen, wenn die Höllenqualen aussetzen!

»Wer sich an irdischen Besitz klammert, findet das Verderben«, warnte der Priester. Er erschien in schwarzem Umhang auf der anderen Seite des Platzes. Wild schreiend wichen ihm die Leute aus, während er das Loch umschritt. Er hielt den Blick fest auf Germunt gerichtet, und die aus der Tiefe emporschlagenden Flammen konnten ihm nichts anhaben. Wenn er hier ist, stürzt er mich in die Hölle, dachte Germunt. Ich habe mich an gestohlenes Salz geklammert, an Geld, an Diebesgut. Und ich habe gemordet. Die Hölle wird heiß brennen für mich. Würmer krochen über den Rand hinauf, auf ihn zu.

Wer würde ihm das Messopfer darbringen? Niemand. Er sah zum grauen Himmel hoch, in den Glut hinaufstob. Er würde nie das Paradies sehen, den Garten, den die Herrlichkeit Gottes erleuchtete. Würde nie die unbeschreiblich zarten Töne der Engelsmusik hören. Die wohlduftenden Blumen, die Bäume, die reiche Frucht trugen, der Baum des Lebens – nie würde er dort sein. Im Licht, in der Nähe Gottes.

Etwas freundlicher sagte der Priester: »Jesus, der Fürst des Lebens ist auferstanden vom Tod und herrscht fortan als König.«

Aber kann er mich nicht retten?, dachte Germunt. Kann ich für meine Sünden nicht büßen und gerettet werden?

»Nein.«

Was war mit dem Schächer am Kreuz? Er war nach einem missratenen Leben gestorben, und Jesus hatte ihn in der letzten Stunde gerettet und ihm das Paradies versprochen.

»Du dürftest nie wieder sündigen, nie wieder.«

Ja, das wollte er: nie wieder sündigen.

»Fliehe.«

Germunt warf sich herum, rannte in eine Straße, bog in eine Gasse ab. Nie wieder sündigen. Er konnte das schaffen, wenn er nur schnell genug starb. Wie der Schächer. Das Paradies, er würde dort sein.

Weit hinter ihm mahnte die Stimme des Priesters: »Keine Sünden mehr, mein Sohn.«

Er hörte Hufschlag. Die Gasse war eng, aber irgendjemand war rücksichtslos genug, sein Pferd ungezügelt voranpreschen zu lassen. »Ich verspreche es. Ich stehle nie mehr. Ich morde auch nicht.« Germunt drückte sich gegen die Wand. Zufriedenheit strömte durch seine Glieder. Als der Reiter nur noch wenige Schritte entfernt war, warf sich Germunt in die Mitte der Gasse.

Plötzlich ging alles sehr langsam. Das Pferd flog mit Funken schlagenden Hufen auf ihn zu, der stattliche Mann auf seinem Rücken riss die Zügel hoch und schrie etwas. Vor Germunts Augen liefen Dinge ab, die den vergangenen Jahren angehörten, und schlagartig übermannte ihn eiskalte Angst. Er wusste es jetzt, als es zu spät war: dass er einen Fehler machte. Es war Selbsttötung. Und Selbsttötung war erneut eine Sünde. Er versuchte aufzustehen. Die Hufe schlugen ihm in den Rücken, gegen den Kopf, wirbelten seinen Körper herum und stießen ihn gleichzeitig hinab, bis er in eine große Stille fiel.

7

»Guter Gott.« Es war kein Ausruf, vielmehr eine ruhige Feststellung. »Erhitzt Wasser. Wir müssen seine Wunden reinigen.« Die Stimme hatte das kehlige Zittern des Alters. Trotzdem formte sie ihre Worte mit selbstverständlicher Genauigkeit.

»Ja, Meister.«

»Schafft die anderen Kranken hinaus. Wenn wir wollen, dass dieser überlebt, braucht er absolute Ruhe.«

»Wie Ihr wünscht, Meister.«

»Ihr dort, helft mir, die Knochen zu richten, sonst kann er Arme und Beine nie wieder anständig gebrauchen.«

Eine gütige Vorsehung ließ Germunt in die Bewusstlosigkeit entfliehen.

Da war die Stimme wieder. Germunt versuchte vergebens, die Augen zu öffnen. Oder waren sie offen, und er sah nichts? Er mühte sich, die tiefschwarze Finsternis zu durchdringen, ohne Erfolg.

»Habt Ihr das Wegerichkraut beschafft? Sehr gut. Die Leinentücher brauchen wir erst am siebten Tag. Wenn wir sie heute schon in Eiweiß tränken und ihm um die Brüche wickeln, wird die Schwellung zu groß. Helft mir stattdessen, ihm das Wegerichkraut auf die Wunden zu legen.«

»In Ordnung.«

»Ihr dort, holt Stilla.«

Als die Gerufene eintrat und redete, fühlte sich Germunt plötzlich wie in Seide gebettet.

»Was ist geschehen?« Ihre Stimme legte sich weich in Germunts Ohren.

»Er wurde niedergeritten.«

Da sich der Arzt mit dieser Erklärung zu begnügen schien, ergänzte eine andere Stimme: »Der Bischof hat ihn auf eigenen Händen hergetragen. Sein Pferd trottete hinterher, Ihr hättet es sehen sollen – oh, verzeiht bitte. Ihr könnt ja nicht …« Eilig setzte die Stimme fort: »Da sieht man, was so ein schnelles Pferd anrichtet. Die Knechte mussten ganz schön waschen, bis sie das Blut von den weißen Pferdebeinen hatten.«

»Ich bitte Euch.« Der Arzt räusperte sich. »Es ist gut möglich, dass uns der Verletzte hören kann. Gebt mir die Kornblumensalbe herüber! Stilla, Ihr kühlt ihm die Stirn. Es befindet sich eine Schüssel mit Wasser auf einem Schemel zwei Schritt vor Euch. Ein Tuch liegt daneben. Seid vorsichtig, nicht seine Augen zu berühren. Ich habe sie mit einem Verband bedeckt. Wenn die anderen Wunden versorgt sind, werde ich mich darum kümmern.«

Germunt wollte sich am liebsten der Hand entgegenstrecken, die bald begann, sanft seine Stirn abzutupfen. Er genoss jede Berührung, er spürte sie bis in die Zehen hinab. Dann begann Stilla, nah über seinem Kopf eine Melodie zu summen. Vielleicht hörte es niemand sonst im Raum, so zart und leise war es, aber Germunt hörte genau hin. Es war ein einfaches Lied, und die Stimme schwebte ruhig von einem Ton zum nächsten. Frieden floss durch das Lied auf Germunt über, wie das Lied einer Mutter dem Säugling in der Wiege glücklichen Schlaf brachte. »Du Armer«, sagte die weiche Stimme, als das Lied beendet war.

Plötzlich hatte er das Gefühl, von einem Wirbelsturm aufgenommen und rasend schnell gedreht zu werden. Die Lippen wurden kalt, die Nase fror. In den Ohren rauschte der Sturm, und ohne dass er sich irgendwie festhalten konnte, entfernten sich die Stimmen um ihn herum. Furchtbare Angst befiel ihn, das große Höllenloch könne aufgerissen sein für ihn. Stand vielleicht der Priester im schwarzen Umhang schon neben ihm, um ihn zu stoßen? Er wollte schreien, fand sich aber ausgeliefert. Der Wirbelsturm trug ihn in eine undurchdringliche Stille.

Als er wieder zu sich kam, war es ruhig im Raum. Seine Gedanken gingen klar und geradlinig. Fast meinte er, seit dem Unfall das erste Mal erwacht zu sein. Er spürte seinen Körper als Amboss, auf den eine Schar von Schmieden einschlug. Jedes Glied schmerzte auf seine Art. Zuerst versuchte er, Ordnung in die Schmerzen zu bekommen, aber sie schienen von überallher zu kommen, donnerten, schnitten, stachen.

Ob er die Blinde und den Arzt nur geträumt hatte? Womöglich war er gar nicht in einem Raum, sondern lag noch auf der Straße? Aufmerksam lauschte er nach Geräuschen. Er spürte einen leichten Windzug. Schritte kamen näher.

»Kannst du mir mal sagen, was das soll, Thomas?« In der schneidenden Stimme lagen Hohn und Verachtung. »Warum hat Claudius diesen Straßendreck hierhergeschleppt?«

»Er hat ihn umgeritten, Mann. Schlechtes Gewissen, verstehst du? Oder er hat noch nicht kapiert, dass solches Gesindel in Turin haufenweise herumläuft.«

»Da hätte es doch fast eine Belohnung geben müssen, weil er einen von ihnen erwischt hat.« Die beiden lachten. Den erneuten Windzug schienen sie nicht zu bemerken.

»Wenn sich herumspricht, dass wir einen Gassenjungen aufgenommen haben, können wir uns vor denen bald nicht mehr retten«, sagte die erste Stimme.

»Vielleicht will Claudius sich auch beim Volk beliebt machen? Erst reitet er ihn nieder, dann strömen die Leute herbei und sehen, wie der Bischof sich rührend um den Verletzten kümmert.«

Eine neue, kräftige Stimme ertönte. »Ich kann mich gerne auch rührend um Euch beide kümmern.«

Germunt hörte erschrockenes Japsen.

»Ehrwürden, verzeiht, wir wussten nicht, dass –«

»Schweigt, ich will nichts hören! Geht an Eure Arbeit!«

»Ja, Herr.«

Die zwei Männer waren längst dabei, sich zu entfernen, da hörte Germunt die Stimme noch einmal, drohend: »... und hütet Euch in Zukunft, meine Entscheidungen zu verspotten.« Schritte verrieten, dass der Mann an Germunts Lager herantrat. Seine Stimme klang nun ruhig. »Wie geht es Euch? Ihr musstet ausgerechnet dann aus dem Hause treten, als ich die Gasse entlanggeritten – nein, verzeiht. Es ist nicht Eure Schuld. Beten wir, dass Ihr genesen könnt. Ich hätte mich nicht von meiner Wut dazu verleiten lassen sollen, durch die Straßen der Stadt zu galoppieren.«

Germunt verspürte den dringenden Wunsch, den Atem anzuhalten. Der Bischof sollte nicht wissen, dass er wach war. Das musste Claudius, der Kantabrier sein, der Mann, der seine Mutter abgewiesen hatte, als sie Hilfe brauchte.

Germunt kämpfte die Wärme nieder, die bei den freundlichen Worten des Bischofs in ihm aufgestiegen war. Vielleicht hatte er auch mit seiner Mutter anfangs so freundlich gesprochen. Ihn würde er nicht täuschen. Das Beste wäre, ihn auszunehmen. Dem Gewissen des Bischofs würde er Genugtuung verschaffen und gleichzeitig für sich alles herausholen, was es zu stehlen gab.

Er hatte diesen Gedanken noch nicht zu Ende gedacht, als er eine warme Hand auf seiner Stirn spürte. Nur für einen

Augenblick berührte ihn der Bischof. Es kam ihm verboten vor. Was sollte das? Er dachte: Unsere Beziehung ist rein geschäftlich, Ehrwürden. Vergesst das nicht, dachte Germunt. Trotzdem fühlte er sich leer, als sich die Hand wieder von ihm löste.

Die Stimme des Arztes riss ihn aus einem unruhigen Schlaf. »So, junger Mann, nun wollen wir uns um Eure Augen kümmern.«

»Werde ich wieder sehen können?« Rabenrau kamen die Töne aus Germunts Kehle. »Vielleicht, um dem«, er räusperte sich, »vielleicht, um dem nächsten Pferd ausweichen zu können.«

»Das kann ich nicht sagen.«

Germunt sah sich, abgemagert und mit verfilzten Haaren, eine Häuserwand entlangtasten. Ewige Dunkelheit. Vielleicht das Kichern von Kindern, die ihn am zerlumpten Hemd zogen, ihm Unrat in den Weg legten oder Grimassen zogen, für ihn unsichtbar. Lass mich nicht blind sein, Gott!

Ein Stechen fuhr Germunt in die Augen. »Was tut Ihr da?«, rief er entsetzt.

»Ich habe den Verband abgenommen. Nun werde ich Euch ein wenig das Blut aus den Augenhöhlen wischen. Wenn sie gereinigt sind, trage ich Wermutsaft mit Ziegenmilch und Honig auf.«

»Ziegenmilch und Honig, klingt gut. Können wir das bittere Kraut weglassen?« Germunt biss die Zähne aufeinander. Seine Stirn fühlte sich an, als schnitte ihm jemand mit scharfem Messer Muster hinein.

»Wir wollen Eure Augen ja nicht füttern, sondern heilen.«

»Im Moment fühlt es sich eher an, als wolltet Ihr mich umbringen.«

»Dafür würde ich bis morgen warten, wenn Ihr zum größten Teil in Leinen eingewickelt werdet. Wir tränken es zuvor mit Eiweiß, es wird fest wie Mauerwerk. Ihr seid dann praktisch wehrlos.«

»Ich habe mir schon immer gewünscht, den Händen von Fremden ausgeliefert zu sein.«

»Dem können wir abhelfen.« Germunt hörte, dass der Arzt beim Sprechen schmunzelte. »Ich bin Odo.«

»Sehr schön.«

»Wie darf ich Euch nennen?«

»Germunt.«

Eine Weile arbeitete der Heiler schweigend, und Germunt litt ebenfalls wortlos. Dann erklärte die Stimme: »Ich werde jetzt die Salbe auftragen.«

»Schmerzt es sehr?«

»Das kann ich nicht sagen. Ich habe sie selbst noch nie auf den Augen gehabt.«

»Aber Ihr habt sie doch schon angewendet, oder?«

Der Arzt holte Luft. »Nein. Ich bin Rechtsgelehrter. Die Versorgung von Kranken ist ein Dienst an Christus, den ich bisweilen aus freien Stücken ausübe.«

»Ihr könnt Euch meine Freude vorstellen.«

»Haltet still.« Germunt spürte ein beständiges Tupfen auf seinen Augen. »Ich bin mir sicher, Ihr würdet vor Dankbarkeit singen, wenn Ihr die Bekanntschaft mit Turins anderen Heilkundigen gemacht hättet. Meine Weisheit stammt aus den alten Büchern, die ihre müssen sie nach einem starken Regenguss aus den Pfützen gelesen haben. So jedenfalls riecht es aus ihren Töpfchen und Bronzeflaschen.«

»Kann ich Euch anders danken? Ich war noch nie ein guter Sänger.«

»Werdet gesund.« Der Arzt schwieg einen Moment. »Es ist das erste Mal, dass der neue Bischof mich rufen lassen hat. Ich vermute, die Empfehlung stammt vom Notar, Biterolf.«

»Ihr macht mir die Bedeutung meiner Aufgabe bewusst.«

»Recht so. Euer eigener Wille kann eine Menge ändern. ›Dein Glaube hat dir geholfen‹, hat Christus immer gesagt, wenn er jemanden geheilt hatte. Gegen unseren Willen wird Gott das Wunder der Heilung nicht schenken.« Odo erhob sich. »Ich werde für Euch beten. Es wäre auch gut, wenn Ihr etwas esst. Ich veranlasse, dass Euch etwas gebracht wird.«

»Wermutsaft mit Ziegenmilch und Honig?«

Der Arzt lachte. »Wenn Ihr mögt! Eure Vorliebe für Bitteres ist beachtlich!«

»Ein bitteres Schicksal hinterlässt seine Spuren.«

Es kam keine Antwort. Odos Schritte verließen den Raum.

Wenig später brachte man einen Getreidebrei, und Germunt ließ sich füttern. Er versuchte erste eigene Bewegungen. Als seine Hand über den Bauch glitt, hielt er abrupt inne. Er tastete, suchte. Hart schluckte er den Breirest herunter.

»Was ist?«, fragte ihn eine alte Frauenstimme.

Er hatte den Brief verloren. Oder die Leute des Bischofs hatten ihm das Schriftstück abgenommen. Hatte der Kantabrier es etwa gelesen?

Nach etlichen Tagen, die Germunt in festen Leinenwickeln nahezu reglos verbracht hatte, fühlte er ein Kitzeln in den Augen. *Was hatte das zu sagen? Krochen ihm schon Würmer in den toten Höhlen herum?* Da er die Hände nicht zum Gesicht führen konnte, schob er sich mit Kopfbewegungen den Verband vom

Gesicht. Rotes Licht fiel durch seine Augenlider. Da schöpfte er Hoffnung.

Vielleicht war bloß ein Teil der Augen beschädigt, und sie konnten wenigstens einige Sehstrahlen aussenden. Vielleicht würde er nicht völlig blind sein, sondern alles in roten Farben sehen. Aber was bedeutete es, wenn nur die roten Sehstrahlen das Auge verließen? Hieß es nicht, dass er nur all das sah, was rot war? Den roten Umhang, aber nicht den Menschen? Eine solche Welt wäre nicht viel besser als völlige Blindheit.

O bitte, Gott, betete er, ich weiß, ich habe keine Gnade verdient, aber bitte, lass mich nicht nur rote Farben sehen! Lange lag er da und zitterte. Er konnte es nicht ewig hinausschieben. Er musste die Augen öffnen. Dieser Moment würde sein ganzes zukünftiges Leben entscheiden. Erst wollten sich die verklebten Augenlider nicht bewegen, aber dann öffneten sie sich um einen kleinen Spalt.

Wie glühendes Eisen goss sich weißes Licht in Germunts Stirn. Er schloss die Lider wieder. Hieß das, blind zu sein? Dass man die Augen nicht öffnen konnte vor Schmerzen? War die Dunkelheit vielleicht nicht schwarz, sondern rot, und mehr als dieses Rot würde er nie wieder sehen?

Noch einmal öffnete Germunt seine Augenlider. Die Helligkeit betäubte ihn, aber er hielt es aus. Wasser tropfte ihm aus den Augen, und trotzdem hob er immer weiter die Lider an. Er sah erste Schemen. Da war ein kleiner Tisch an einer Wand, ganz sicher, und ein Schemel davor. Dort lagen Strohsäcke neben ihm, vier, fünf. Durch die Tür funkelte Sonnenlicht. Ein Lachen arbeitete sich in Germunts Brust herauf. »Ich sehe! Ich kann sehen!«

Der rote Kamm eines Huhns ruckte neben dem Türpfosten

herein. Es legte den Kopf schräg, gab glucksende Laute von sich und beäugte eingehend den Lehmfußboden. Dann machte es einen langen Hals nach vorn, sah zu Germunt hinüber, um gleich darauf mit einem Flügelschlag nach draußen zu springen. Er hatte nicht nur den roten Kamm, sondern das ganze Huhn gesehen!

Odos Salbe hatte gewirkt. Bald konnte er von hier verschwinden. Und sicher mit reicher Beute. Den alten Schwur, nicht mehr stehlen zu wollen, schob er mit aller Macht aus seinen Gedanken.

Odo staunte nicht schlecht, als er am Nachmittag die Kammer betrat. »Wer hat Euch den Verband abgenommen?«

»Niemand.« So sah er also aus, der Rechtsgelehrte. Über einer hohen Stirn waren ihm wenige graue, widerspenstige Haare verblieben. Kleine Augen lagen geschützt unter buschigen Brauen, in denen sich Schwarz mit Grau mischte. Allein das Äußere schien ihn als guten Zuhörer zu verraten: Der Mund war schmal, die Ohren aber faltig und groß.

»Wie sieht die Welt aus?« Odo lächelte. »Könnt Ihr mich sehen?«

»Ohne Schwierigkeiten.« Germunt lächelte ebenfalls.

»Ihr wirkt so munter, dass es mich fast verleitet, die anderen Verbände ebenfalls zu entfernen.« Der Gelehrte nahm sich den Schemel und setzte sich vor Germunts Lager.

»Hattet Ihr nicht von zehn bis zwölf Tagen gesprochen?«

»Das ist richtig. Wir müssen uns noch gedulden. Der Knochen wächst nur langsam, und Eurem Körper sind viele Brüche zugemutet worden. Ihr scheint aber eine beachtliche Zähigkeit zu besitzen. Eure Wunden heilen schnell.«

»Mir kommt es gar nicht so vor.«

»Sagt, was ist Euer Handwerk?«

Etwas an Odos Blick ließ nicht zu, dass Germunt ihn belog. »Ich habe keines.«

»Verstehe. Verschiedentlich spricht man auch darüber hier am Hof. Es hat sich nach dem Unfall niemand nach Euch erkundigt, das ist aufgefallen.«

Germunt schwieg und sah am Gelehrten vorbei. Hoffentlich hatte ihn niemand mit den drei Gaunern an der Anlegestelle gesehen.

»Lasst Euch nicht unterkriegen, junger Mann.« Odo erhob sich. »Ihr habt einige Tage, bis ich Euch die Verbände abnehme. Nutzt die Zeit und denkt nach! Ihr scheint einen flinken Verstand zu haben – vielleicht könnt Ihr den Bischof davon überzeugen, dass er Euch in seine Dienste nimmt.«

Germunt dachte: Wenn es etwas wie einen Schatzverwalter gibt, nehme ich die Aufgabe gern für einige Tage an.

Sorgfältig brach er sich frei. Die Eiweißverbände waren spröde geworden und sollten in ein oder zwei Tagen sowieso entfernt werden. Noch konnte er unerwartet zuschlagen. Also galt es, im Morgengrauen mit der Beute zu verschwinden.

Er schob die warmen Leinenkrusten beiseite und erprobte seine Glieder. Es roch stark nach der Salbe, die man ihm aufgetragen hatte: Kornblumenduft, aber zu streng und zu sauer, um angenehm zu sein. Die Beine gehorchten gut, und auch die Arme ließen sich beugen. Nur ein wenig kraftlos schienen ihm seine Bewegungen. Er hatte lange gelegen.

Vorsichtig erhob er sich und band sich die Wolfsfelle um, die in einer Ecke des Raumes lagen. Es brauchte einige Bahnen Hin- und Herlaufens im Raum, bis er sich sicher genug fühlte, um hinauszugehen. Ein frischer Wind blies über den Hof. Germunt sog gierig die kühle Luft in seine Lungen. Er sah hinauf zu den verblassenden Sternen. Freiheit.

Die alten Instinkte erwachten. Mit wenigen Schritten erreichte er eine Nische und verschwand in ihrem Schatten. Von dort aus prüften seine Eulenaugen jede Fensteröffnung im mondlichtbeschienenen Hof, sahen eingehend nach Wachen am Tor und im Freien angebundenen Pferden, die ihn mit ihrem Schnauben verraten könnten. Sein Blick blieb an einer Gestalt hängen, die vor einem kniehohen Zaun am anderen Ende des Hofes stand. Sie schien nicht vorzuhaben, sich in den nächsten Augenblicken von dort zu entfernen. Stattdessen kauerte sie sich nieder und streckte ihre Hände über den Zaun hinüber.

Als ein leiser Ton zu ihm drang, hielt er den Atem an. Die Gestalt summte eine Melodie. Das Lied und die Stimme weckten in ihm die Erinnerung an sanfte Fingerspitzen auf seiner Stirn. Stilla!

Wie an einem Fesselseil herbeigezogen, spürte er den Zwang, sich ihr zu nähern. Entlang der steinernen Gebäudewände schlich er sich auf die andere Seite des Hofes und immer weiter an die Blinde heran. Schließlich trennten sie nur noch wenige Schritte, und Germunt dankte seiner Übung, die es ihm ermöglichte, geräuschlos zu laufen.

Die Blinde zog kleine Pflanzen zu sich an den Zaun und roch an ihnen. Plötzlich beendete sie ihr Lied und drehte sich um. »Wer ist da?«

Obwohl er wusste, dass sie blind war, hatte Germunt den Eindruck, sie sähe ihm direkt entgegen. Blut schoss ihm in die Wangen. Er suchte hastig nach einer Fluchtmöglichkeit und erblickte einen kleinen Kirchturm. Mit raschem Schritt lief er über den Hof und schloss die Kirchentür hinter sich.

Sie konnte ihn nicht gesehen haben. Sie konnte nicht wissen, dass er es gewesen war. Kalter Schweiß sammelte sich auf seiner Stirn und an den Handrücken. Gut hatte sie ausgesehen. Der silberne Widerschein des Mondlichts auf ihrem Haar, der Glanz der Haut, die feinen Brauen, der hübsche Mund. Und so schmale, sanfte Hände! Wie hatte sie ihm in die Augen schauen können, wo sie doch blind war?

Würziger Weihrauchgeruch stieg ihm in die Nase. Mit einer langsamen Drehung spähte er in den Raum, den großen, von stillem Kerzenschein erleuchteten Kirchensaal. Vier dicke Kerzen brannten auf dem Hauptaltar, der steinern und mächtig an der Frontseite stand. Auf den beiden Seitenaltären brannte je eine kleinere. War dieser Thron dort der Platz des Bischofs? Ein Sitz aus Stein, mit Armlehnen, in die Löwenköpfe gemeißelt waren.

Ringsum von den Wänden schauten Heilige herab und beobachteten ihn, den Eindringling. Ein bronzenes Weihrauchfass hing an Ketten, und um eine Marienstatue herum standen heruntergebrannte Kerzenstummel wie winzige Kinder. Dort war Petrus mit dem goldenen Schlüssel in der Hand.

Ein goldener Schlüssel? Dazu waren einige Büsten mit Edelsteinen geschmückt. War das nicht der Besitz des Bischofs? Und schuldete ihm der Bischof nicht etwas?

Germunt blickte zu den Engeln hinauf, die ihre Flügel drohend spannten. Er durfte kein Kirchengut stehlen. Der Schlüssel in Petrus' Händen allerdings schien vollständig aus Gold zu bestehen. Zögerlich näherte sich ihm Germunt, um ihn zu berühren.

Als er hinter sich ein Geräusch an der Tür hörte, zog er hastig die Hand zurück.

»Ein Morgengebet?«

Germunt drehte sich herum und fühlte sich, als schlüge sein

Herz zwischen den Füßen auf dem Boden auf. Er sah in das Gesicht des Mannes, der ihn bei seinem letzten Einbruch ertappt hatte.

8

»Denkt nicht, dass ich jedes Mal schweigend zusehe, wenn jemand sich Dinge aneignet, die ihm nicht gehören.«

»Ich habe nur –«

»Geschaut. Ich weiß. Ihr schaut auch gern in fremder Leute Fenster, wie ich mich erinnere.«

Die beiden gruben ihre Blicke ineinander.

Dass Biterolf Furcht in den braungelben Augen seines Gegenübers entdeckte, machte ihm Mut. »Hört zu«, begann er von Neuem, »ich würde Euch gern nahelegen, den Hof zu verlassen. Obwohl ich über unsere erste Begegnung Schweigen bewahrt habe, ist Euch kaum jemand wohlgesonnen hier, im Gegenteil. Man misstraut Euch.«

»Ich hatte sowieso vor, heute zu verschwinden.«

»Nicht so schnell. Das war nur meine Meinung. Odo steht auf Eurer Seite, und Claudius, unser Bischof, hat mich angewiesen, Euch nach Eurer Genesung in den *septem artes liberales*, den sieben freien Künsten, zu unterrichten.«

»Und wenn ich nicht will?«

»Gut. Dann hätten wir das geklärt.«

Es entstand eine merkwürdige Stille. Biterolf konnte sich nicht entschließen, die Kirche zu verlassen, und auch der junge Mann stand auf seinem Platz, ohne sich zu rühren.

»Geht nur, ich werde nichts stehlen.«

»Wenn ich die Schriften unseres Bischofs recht verstanden habe, hätte er nichts dagegen, wenn die eine oder andere Figur aus der Kirche verschwinden würde. Es wäre aber ein großer Frevel vor Gott, sich hier zu bereichern.«

»Das weiß ich selbst.«

»Also hütet Euch. Die Hölle brennt heiß für einen Kirchendieb.« Biterolf wandte sich zur Tür. »Gehabt Euch wohl.« Er glaubte, den jungen Mann in seinem Rücken etwas murmeln zu hören. Dann wurde er mit lauter Stimme aufgehalten.

»Wartet.«

»Was ist? Soll ich Euch beraten, an welcher Figur die dickste Goldschicht aufgetragen ist?«

»Wenn ich mich Eurem Unterricht ergeben würde, was müsste ich tun, um Nahrung und Unterkunft zu verdienen?«

Biterolf musterte den Dieb. »Ihr könntet mir in der Schreibstube behilflich sein.« Er entdeckte die tiefe Trauer in den Augen des jungen Mannes wieder, die er dort schon einmal bemerkt hatte. Bedauern ergriff ihn und ließ ihn mit langsamen Schritten auf sein Gegenüber zugehen. Er streckte ihm die Hand entgegen. »Ich bin Biterolf.«

»Germunt.« Der Dieb ergriff die dargebotene Hand.

»Es wird nicht einfach werden, Germunt. Ihr werdet Euch ein dickes Fell zulegen müssen. Aber wenn ich bedenke, wie Ihr vor wenigen Tagen noch aussaht und wie Ihr jetzt vor mir steht, dann bin ich guter Hoffnung.«

Als Germunt an diesem Morgen den Raum betrat, den ihm Biterolf in der Dämmerung als Speisesaal gewiesen hatte, beendete ein glatzköpfiger Mann gerade eine Ankündigung: »... und wird also hierbleiben, um das Trivium und das Quadrivium abzuschließen.« Alle Blicke richteten sich auf Germunt, dann taten die Dienstleute eilig so, als würden sie sich ganz gewöhnlich unterhalten und Brot und Käse genießen.

Germunt nahm sich vor, auf keine Bemerkungen zu reagieren, und setzte sich auf den freien Platz neben Biterolf. Wie selbstverständlich langte er nach einem Brotlaib. Die Stimmen eines kräftigen Bullen und eines etwas schmaleren Blonden auf der anderen Seite des Tisches kamen ihm bekannt vor.

»Thomas«, der Blonde fuchtelte mit einem Stück Brot, »so kannst du das nicht sagen. Manche Menschen genesen eben schneller und andere langsamer.«

Der Bulle warf einen listigen Blick auf Germunt. »Es gibt aber auch die, die nie krank waren, sondern es nur vortäuschten.«

»Thomas, Ato, hört auf.« Biterolf verschluckte sich, hustete. »Ihr habt ihn doch gesehen, als Claudius ihn hergebracht hat. So etwas lässt sich nicht vortäuschen.«

Ato nickte eifrig. »Ah, der kluge Schreiber erklärt es uns. Danke, Biterolf. Ich hatte das wirklich nicht bedacht. Aber jetzt, wo du so freundlich darauf hingewiesen hast, all das Blut, natürlich, das lässt sich nicht zum Beispiel von einem geschlachteten Huhn nehmen, nein.«

»Die Frage ist doch: Ist er lernfähig?« Thomas verdrehte die Augen und ließ die Zunge aus dem Mund hängen. »Ich meine, er kommt von der Straße, seine Eltern sind Strauchdiebe oder Bettler!«

Germunt stand auf. Er dachte: Meine Eltern sind mehr, als du dir vorstellen kannst, du armer Hund. Aber du bist es nicht wert, darüber zu streiten.

»Haben wir ihn verletzt?« Ato tat erschrocken.

»Nicht doch, bleibt!« Thomas grinste.

Germunt stützte sich noch einmal mit den Händen auf dem Tisch ab und sah dem Bullen gerade in die Augen.

Der Blonde spottete: »Was für ein furchterregender Blick.« Aber aus dem Gesicht des Kräftigen verschwand das Grinsen.

Während Germunt den Saal verließ, hörte er hinter sich die Stimme des Bullen: »Er wird mich doch nicht umbringen wollen, oder? Will er mich jetzt umbringen? Mit solchen Streunern ist nicht zu spaßen!«

Er verspürte das dringende Bedürfnis, das Gelände zu verlassen und an den Fluss zu gehen. Es ist nicht für immer, sagte er sich. Ich nutze sie aus, ganz, wie es mein Plan ist. Nur auf eine andere Art. Würde er das Kirchengut stehlen, würde man ihn im ganzen Land verfolgen, und er konnte den eigenen Weinberg vergessen. Er würde diese Ausbildung über sich ergehen lassen, aber vor der Weihe zum Geistlichen verschwand er mit dem Wissen. Er lächelte grimmig. Ja, er stahl Wissen. In irgendeiner Stadt würde er sich als Schreiber selbstständig machen, ein paar Jahre arbeiten, und dann kaufte er sich den besten Südhang in ganz Italien.

Als er Stilla am kleinen Zaun sah, stockten seine Gedanken.

Sie trug ein helles Leinenkleid, und auf ihren Schultern lag ein Tuch von grauer Farbe, das wohl den Kopf bedeckt hatte, denn es fiel, wie eine Kapuze gefaltet, den Nacken herab. Ihr dunkelblondes langes Haar bog sich ein wenig, dort, wo es unter das Tuch tauchte. Germunt betrachtete ihre Wangen, die Schultern, die Hände. Sie so unverfroren anzuschauen, kam ihm wie ein Frevel vor, als würde es sie beschädigen.

Ihre geöffneten Augen machten ihm Angst. Sie sah fremd aus. War sie das nicht auch? Was hätte er ihr sagen können? »Wir kennen uns. Ihr habt mir vor ein paar Wochen die Stirn mit einem Tuch gekühlt.« Unsinn. Und trotzdem wünschte er sich, neben ihr zu stehen und mit ihr zu reden.

An den Gesang musste er denken, ihr friedliches Lied. Mit dieser lockenden warmen Stimme würde sie sprechen, mit derselben Stimme, die so wunderbar gesungen hatte. Langsam lief er zu ihr, auch wenn ihm die Knie weich wurden.

Er räusperte sich. »Kräutergarten?«

»Ihr wart heute morgen schon einmal da, richtig?«

Sein Herz setzte einen Schlag lang aus. Woher wusste sie, dass er das gewesen war?

»Jeder Mensch hat einen anderen Schritt.«

»Verstehe.«

Sie schwiegen.

»Ihr seid gerne hier?« Germunt sah über das Kräutergärtlein. Dahinter standen einige Obstbäume.

»Ich rieche an den Pflanzen. Der Geruch verrät so viel. Ich bin blind, und sie sind stumm – vielleicht verbindet uns das. Ihr werdet bleiben, nicht wahr? Biterolf wird Euch unter seine Fittiche nehmen.«

»Ich denke es.«

»Er ist ein guter Mann, Ihr könnt ihm vertrauen. Als ich hierherkam, hat er den geizigen Bischof überredet, mich aufzunehmen. Das war Claudius' Vorgänger.«

»Steht Biterolf schon lange in den Diensten der Turiner Bischöfe?«

»Ja.«

»Sicher ist er ein strenger Lehrer. Er wird mir zusetzen.«

»Ich weiß nicht.«

Wieder schwiegen sie. Germunt schaute über den Hof. Er wollte ungern gesehen werden, wie er hier mit Stilla sprach. Man würde darin neuen Grund für Spott finden. Trotzdem konnte er sich nicht von ihr losreißen. »Wart Ihr von Geburt an blind?«

Jetzt drehte sie sich zu ihm. Ihr leerer Blick traf ihn nicht in den Augen, aber im Gesicht. »Ja.«

»Was ist mit Euren Eltern?«

»Sie sind tot.«

»Das tut mir leid.« Germunt spürte ein merkwürdiges Verlangen, dem jungen Mädchen etwas zu schenken oder ihr etwas Fröhlichmachendes zu sagen.

Ihre Frage traf ihn unvorbereitet. »Und Eure Eltern?«

Er stotterte. »Bauern. Sie sind … Bauern. Sie leben nördlich von Turin, in den Bergen, wisst Ihr? Das ist der Grund, warum sich niemand nach mir erkundigt hat. Sie kommen nur selten in die Stadt.« Er hörte sich reden und hasste sich für das, was er sagte.

Wenn Stilla fühlen konnte, dass er log, dann verbarg sie es hervorragend. Sie nickte und strich mit der Hand über ihren linken Unterarm, während sie den weiten Ärmel des Kleides ein Stück zurückschob. Das Hemd, das sie unter dem Kleid trug, lag sehr eng am Arm an. »Ist doch gut so, sie hätten sich sonst furchtbar um Euch gesorgt, als Ihr so schwer verletzt wart. Man hat nicht sagen können, ob Ihr überlebt.«

»Ja, es ist gut, dass sie nichts erfahren haben.«

»Biterolf kommt.«

Germunt drehte sich um und sah den beleibten Notar aus der Tür des Küchen- und Speisehauses treten. »Das habt Ihr gehört?«

»Es ist nicht schwer zu erraten, wer vor dem Ende der Mahlzeit den Speisesaal verlässt.«

Kaum hatte der Schreiber die beiden erreicht, streckte er seine Hände nach der Blinden aus. »Stilla, mein Kind, bist du wohlauf?«

»Ja, Vater.«

Er sah Germunt an. »Hört, Ihr dürft Euch von Ato und Thomas nicht ärgern lassen. Mich verspotten sie seit Jahr und Tag. Es wird nie besser werden mit ihnen. Einem bleibt nichts anderes übrig, als sie zu ignorieren.«

»Ich sehe einen Unterschied zwischen Spott und Beleidigung.«

Stilla bewegte erstaunt ihren Kopf, und Biterolf maß Germunt kritisch. »Ihr seid ein rechter Heißsporn. Vielleicht tut es Euch ganz gut, mal ein wenig zu üben, Euer Pferdegespann im Zaum zu halten.«

»So, das täte mir gut … Und was ist mit den zwei Spöttern? Würde es ihnen nicht guttun, ihre Mäuler einmal still zu halten? Das sollten sie üben.«

»Das hätten sie sicher nötig. Aber man kann immer nur für sich sprechen, nicht wahr? Ihr arbeitet an Eurer Christlichkeit, und sie an der ihren. Kommt, Germunt.« Biterolf schob ihn voran, eine Winzigkeit zu hart für eine freundliche Geste. »Gehen wir in die Schreibstube. Dort werde ich Euch auf andere Gedanken bringen. Stilla, mein Kind, sei gut zur alten Bernegild.«

»Immer, mein Vater.«

In der Nacht schlief Germunt das erste Mal nicht mehr im Krankenzimmer, sondern im Schlafsaal bei den Dienstleuten. Der Boden über dem Stall war ein wildes Durcheinander von Strohsäcken, Kleidungsstücken, Decken und Bündeln. So schnell sich der breite Raum am Abend gefüllt hatte, so schnell war auch Ruhe eingekehrt. Der Kanzler hatte mitten in die Gespräche hinein mit lauter Stimme ein Nachtgebet gesprochen, und rasch waren alle verstummt.

Nun lag Germunt mit offenen Augen da und starrte in die Dunkelheit. Zwischen den Atemgeräuschen der vielen Schlafenden heulte der Wind im Gemäuer. Die Balken knackten. Ab und an schnaubte ein Pferd unter ihnen oder klopfte müde mit dem Huf auf den Boden. Noch zog kühle Luft durch die

Fensteröffnungen. Des Tages war es aber schon beinahe sommerlich warm. Erste Blüten öffneten sich an den Obstbäumen hinter dem kleinen Kräutergarten. Das bedeutete, es war nun leicht möglich, eine Reise über die Alpen zu machen.

Vielleicht waren sie unterwegs. Vielleicht ritten sie gerade über die Berge, auf der Suche nach ihm. Hier würden die Bluträcher ihn leicht finden, am Hof des Kantabriers, den er nie hatte aufsuchen wollen.

Am nächsten Morgen fand sich Germunt früh in der Schreibstube ein. Biterolf saß dort auf einem Schemel und schnitzte an einer grauen Gänsefeder. Das Messer, das er in der Hand hielt, war seltsam gebogen. Germunt trat zum Schrank. Gestern hatte der nicht offen gestanden. Von einem kleinen Stapel nahm er sich ein hartes Pergamentstück. »Das ist die Haut …«

»… einer Ziege, richtig. Dort neben den halb fertigen Häuten liegt ein Bimsstein. Legt das Pergament aufs Pult und arbeitet es durch, ja?«

»Wie meint Ihr das?«

»Einfach mit dem Bimsstein darüberfahren. Ja, so. Wendet ruhig ein wenig Kraft auf.«

»Und wozu tut man das?«

»Um das Pergament aufzurauen. Wenn die Oberfläche abgeschabt ist, schreibt es sich besser darauf. Ich werde heute die neuen Buchstaben nicht mehr in den Sand malen, sondern richtig mit Tinte auf Pergament. Wisst Ihr noch die, die Ihr gestern gelernt habt?«

»Ich denke schon. Wer hat die Haare von der Tierhaut entfernt? Wart Ihr das?«

»Nein, wenn ich das auch noch machen müsste, würde hier nichts fertig werden. Die Ziegenhaut wird von Knechten ein paar Wochen in Kalklauge eingelegt, damit sich Fleischreste und Haare besser ablösen lassen. Dann legen sie sie auf einen Holzstamm und schaben mit dem Messer das Gröbste ab. Habt Ihr noch nie die Holzrahmen gesehen, in die solche Häute nach dem Waschen eingespannt werden?«

»Doch«, log er. Eine Weile rieb er mit dem Bimsstein in der Faust über das Pergament. Als ihm der Arm schwer wurde, wechselte er den Stein in die andere Hand.

»Vermögt Ihr außer Latein noch andere Sprachen zu sprechen?«

Romanisch und Fränkisch, dachte Germunt. Irgendwann hatte die Frage kommen müssen. Er wollte nicht an den Hof denken, an die romanischen Bauern, an den Vater, und indem er die Gedanken wegschob, dachte er doch daran. »Nein.«

»Mich täuscht Ihr nicht. Ihr habt einen nördlichen Akzent, den Ihr gut verbergt. Aber ich habe ein feines Ohr für so etwas.«

»Ja, vielleicht. Ich möchte nicht darüber reden.«

Eine ganze Zeit lang sprachen sie nicht mehr. Irgendwann wurde Biterolf zum Bischof gerufen, und als er wiederkam, hatte er keine Zeit mehr, Germunt Buchstaben beizubringen. Es gab eine Menge zu schreiben. Während Biterolf Urkunden verfasste, sollte Germunt Siegelmasse aus Bienenwachs, Pech, Fett und Öl herstellen und danach alte Schrift von Pergamenten abschaben, die nicht mehr gebraucht wurden.

Endlich, am späten Nachmittag, war Biterolf fertig. Der Bischof schien zufrieden zu sein, denn die Urkunden wurden unten eingeschnitten und das bischöfliche Siegel aufgebracht. Ein Reiter trabte vom Hof.

»Was für ein Tag«, stöhnte der Notar. »Aber wir sollten Eure Fortschritte nicht vernachlässigen.« Er legte das Pergament, das Germunt am Morgen abgerieben hatte, auf das Pult. »Kommt her. Nehmt die Feder in die Hand, so.«

Germunt umschloss den Kiel mit den Fingern. Die Spitze der Feder war schräg zugeschnitten und in der Mitte gespalten.

»Jetzt tunkt Ihr sie in das Fässchen ein. Nicht zu tief!«

In der Hand die vorn tiefschwarze Feder, fühlte sich Germunt, als würde er das erste Mal schwimmen gehen, zum ersten Mal Wasser spüren. Ein freudiger Schauer überlief ihn.

»Rührt vorn nur sanft an das Pergament. Eure Hand soll dabei schweben und nicht faul über das Pult schleifen. Und nun schreibt ein ›T‹. Ihr wisst doch noch, wie es ging? Ein ›T‹ wie in ›Turin‹.«

Germunt malte den Balken, der von oben nach unten zeigen sollte. Ganz nah ging er mit den Augen an das Pergament heran und beobachtete, wie die Tinte eine schwarze, dicke Spur hinterließ. Sie glänzte und lag wie ein länglicher Tropfen auf der Tierhaut. Dann wurde sie langsam aufgenommen, eingesaugt, und formte einen sauberen Strich. Der Querbalken, den er nun ansetzte, floss als dünnes Haar aus der Feder.

»Sehr gut«, lobte Biterolf. »Wenn Ihr den Kiel richtig haltet, müssen Linien, die wie ein Baum aufrecht stehen, dick sein. Die Linien aber, die wie der Horizont quer liegen, müssen feine, dünne Striche werden.«

Er richtete sich auf. »Ich will lernen, wie man ›Turin‹ schreibt.«

»Da fehlen Euch noch einige Buchstaben. Ihr kennt erst zwei davon.«

»Ich will es lernen. Bitte.« In der Brust drückte es, irgendetwas war da.

»Gut, wie Ihr wollt. Aber warum?«

»Es ist …« Als würde ich auf dem Pergament die Stadt neu

errichten, dachte er. Indem ich ihren Namen schreibe, steht ihr Bild jedem vor Augen. Diese dünnen und dicken Tropfen, diese Striche, sie waren ein Wunder! »Weiß ich nicht, einfach so.«

»Seht her, ich schreibe Euch das Wort auf. Für heute dürfen die Buchstaben so auseinandergestellt sein. Später müsst Ihr sie nah aneinanderrücken.« Biterolf schrieb.

Tu-rin. Tur-in. Wie auch immer sich Buchstaben auf das verteilten, was er als den Stadtnamen kannte, dieser Schriftzug erschien Germunt wie ein Gebet, ein mächtiger Ruf, der ihm die Welt erschloss. Bis es dunkel wurde und seine Finger ganz fleckig von Tinte waren, übte er, ihn zu schreiben.

Es kamen andere Tage. Stunden, in denen er Pergament hasste, Tinte hasste, jede Feder am liebsten in der Faust zerdrücken wollte. Mühsam war es, zu lernen, das Alphabet zu beherrschen, und ihm brannte oft der Rücken vom langen Stehen am Pult.

Wieder einmal dachte er angestrengt darüber nach, was er sagen könnte, um Biterolf für einige Stunden zu verlassen. Finstere Wolken machten den Tag zur Nacht. Ein Sturmwind peitschte Regenschauer gegen die Hauswände und blies so heftig durch die Tür- und Fensterritzen, dass Biterolfs Talglicht immer wieder verlosch und sie beide im Dunkeln saßen, bis der Notar es erneut entzündet hatte.

»Biterolf, ich gehe nur rasch nach draußen, es klang gerade so, als hätte jemand gerufen.«

Der Notar seufzte.

Germunt drückte die Tür gegen den Sturmwind auf. Im Raum wurde es dunkel. »Verzeihung«, rief er und ließ die Tür hinter sich zufallen. Ein furchtbares Wetter: Giftig-gelbe

Adern fuhren wie Finger zwischen das Schwarz der Wolken. Er wischte sich das Regenwasser aus dem Gesicht und sah zum Kräutergarten hinüber. Natürlich war Stilla nicht dort, wer war an diesem Tag schon im Freien? Die Obstbäume ruderten wild mit den Ästen, als wollten sie das Unwetter vertreiben.

Thomas trat aus der Kellertür. Er stützte sich mit den starken Armen am Türpfosten ab und schrie: »Der geheime Reider wird aber nich gut ankomm, bei diesem Wedder!« Er machte einen wankenden Schritt nach vorn. »Ach, Germunt. Geheim, du weiß davon nischt! Dir sacht man das nich, weiß du?« Ein plätscherndes Lachen folgte. »Claujus is mit'm Kaiser befreundet. Schon imma. Un nu hat er einen Boten hingeschickt, der soll ihm das Marktrecht verschaffen, un nich nur das! Er will dem Grafen auch die Zölle wegnehmen. Die Lango... Lango... Langobabaren sollen dann wenijer besahlen, wenijer Zölle, und ...«

Thomas schlug sich plötzlich mit den Händen auf die Knie. »Zölle.« Er wieherte. »Zölle! Is das nich ein dolles Wort? Zölle.« Eine unsichtbare Kraft zog ihn nach hinten, sodass er auf sein Gesäß fiel. Der Kellermeister lachte in hohen Tönen. »Zölle. Zölle. Nich zu fassen!«

»Was ist los?« Biterolf kam hinter Germunt aus der dunklen Schreibstube.

»Thomas scheint betrunken zu sein.«

»Betrunken? Der ist völlig dicht! Wir müssen ihn wieder in seine Räume bringen. Wenn der Bischof ihn so sieht, gibt es das nächste halbe Jahr keinen Wein mehr.«

Als sie ihm unter die Arme griffen, um ihn hochzuheben, sackte der Körper des Kellermeisters völlig in sich zusammen, und Thomas begann zu schnarchen. Sie versuchten, ihn von der Stelle zu hieven, aber die schleimige Mischung aus Schweiß und Regenwasser auf seiner Haut machte es schier unmöglich, ihn zu halten, immer wieder entglitt er ihren Händen.

Er war sich sicher, dass sie ihn nicht gesehen hatten. Biterolf und dieser Streuner Germunt waren viel zu sehr mit dem Betrunkenen beschäftigt, um zu bemerken, wie er aus dem Tor schlüpfte.

Ademar lachte heiser in den Sturmwind hinein. Wie leicht es doch gewesen war, Thomas zu überreden, mit ihm ein Weinfass anzugehen! Fast wie von selbst kam das Gespräch auf die jüngsten Pläne des Bischofs. Bevor der Kellermeister wieder klar denken konnte, würde die Weinpfütze unter dem Tisch versickert sein. Thomas hatte sich mit so viel Vergnügen immer wieder über das Fass gebeugt, um mit der Schöpfkelle die Becher zu füllen, dass ihm gar nicht aufgefallen war, wie Ademar jedes Mal mit dem kleinen Finger ein Loch im Boden seines Bechers verschloss, solange er ihn in der Luft hielt.

Endlich konnte er handeln.

Das Regenwasser lief ihm in feinen Strömen den Rücken hinunter. Der Sturm zwang ihn, vornübergebeugt zu gehen, und fuhr ihm mit strenger Hand durch die Haare. Nach wenigen Schritten gab er es auf, den Wasserlachen auszuweichen. Er watete durch die Pfützen, schob mit seinen Stiefeln die Schmutzschicht darauf beiseite und nahm es leise fluchend hin, dass das Wasser, trotz des gut gefetteten Schuhwerks, einen Weg zu seinen Füßen fand.

Das Holz der ärmlichen Hütten hatte sich am Regen schwarz getrunken. In kleinen Wellen trieben Abfälle mit dem Regenwasser die abschüssigen Gassen hinunter. Irgendwo schrie eine Ziege.

Nachdem er die Stadt durchquert hatte, stand Ademar vor

dem Tor des mächtigen Palastes. Kleine graue Rinnsale flossen über die steinerne Fassade. Zwischen den geschlossenen Fensterläden glomm Fackelschein hervor. Ich werde gleich richtig klopfen, sagte sich Ademar, nicht so zaghaft, als hätte ich nichts zu sagen. Er schlug die Faust gegen die Tür. Das Sturmrauschen schluckte jedes Geräusch. Ärgerlich presste er die Lippen aufeinander und warf noch einmal mit aller Kraft seinen Arm gegen das Holz. Jemand rief von drinnen.

Endlich wurde schneidig ein Riegel beiseitegezogen, und die Tür öffnete sich. »Ihr wünscht?«

Er schlüpfte ins Haus. Wassertriefend stand er da, wischte sich die Bäche aus dem Nacken und bemerkte bestürzt, dass sich um seine Stiefel ein kleiner See bildete. »Ich möchte zum Grafen.«

Sein Gegenüber war einen Kopf größer, das Gesicht gerötet, als habe er zu lange ins Feuer gestarrt. »Der Graf hat Besseres zu tun. Warum seid Ihr nicht zu Hause, Mensch?«

»Ich muss dringend den Grafen sprechen. Es wird ihn interessieren.«

»Habt Ihr mich nicht verstanden?«

Ademar hatte oft beobachtet, wie Godeoch mit Bediensteten umsprang. Vermutlich waren sie einen solchen Ton gewohnt. Er schrie: »Verdammt, steht hier nicht so herum! Ich verlange, dass Ihr mich zum Grafen bringt, und zwar hurtig!« Kaum hatte er das gesagt, überfiel ihn Angst, dass der Rotgesichtige ihm mit gleicher Münze heimzahlen und ihn hinauswerfen könnte.

Er kehrte ihm aber den Rücken zu, murmelte etwas von »Nicht gleich Gift und Galle spucken« und »Folgt mir«. Der Mann stieg eine Treppe hinauf. Ademar folgte ihm nach oben und einen Gang entlang, bis sie vor einer Tür stehen blieben.

»Hört Ihr das?«, fragte der Bedienstete des Grafen. Hinter der Tür schlug Metall auf Metall, dazwischen hörte man Schnaufen und Verzweiflungsrufe. »Wollt Ihr dort hinein?«

Ademar bemerkte, dass seine Hände zitterten, und verbarg sie eilig hinter dem Rücken. »Ja.« Überzeugend klang er nicht.

Der Rotgesichtige stieß die Tür auf, und sie betraten einen Saal. Wilder Fackelschein tanzte über die Wände. Um einen wuchtigen Tisch herum, an dem sicher vierzig Mann Platz fanden, trieb der Graf einen kleinen Mann. Der Kleine kämpfte sichtlich um sein Leben. Schwerthieb um Schwerthieb teilte Godeoch aus. Ab und an stieß er einen Schrei aus, um den kleinen Mann noch mehr zu erschrecken.

Ademar spürte eine Hand auf der Schulter. Er drehte sich um und sah das gerötete Gesicht des Dienstmanns böse lächeln, bevor sich die Tür schloss.

Der Graf holte zu einem großen Schlag aus. Funken stoben, als die Waffen aufeinandertrafen, und das Schwert des anderen knickte weg und flog über den Tisch. Scheppernd schlitterte es über den Boden. Godeoch trat dem kleinen Mann in den Bauch und schleuderte ihn einige Schritt von sich. »Dass Tyr dreinschlage! Ihr wollt Stadtwächter sein?«

Der Mann krümmte sich und hielt sich den Magen. Er versuchte angestrengt, Luft zu holen.

»Wisst Ihr nicht, dass unsere Feinde nur darauf warten, die Macht an sich zu reißen? Wie soll das Langobardenvolk diese fruchtbare Ebene beherrschen, mit Wachen wie Euch?« Godeoch spie zu Boden und wandte sich ab. Er strich sich mit der Linken durch die schwarze Mähne. »Seid Ihr der Nächste?«, fragte er Ademar.

»Nein, Herr. Ich –«

»Ihr könnt doch mit dem Schwert umgehen, oder?«

»Wenig. Ich wollte Euch –«

»Habe ich Euch nicht schon einmal gesehen?«

»Gut möglich. Ich stehe in den Diensten des Bischofs.«

Godeochs Nasenflügel blähten sich. »So.«

»Aber ich bin hier«, beeilte sich Ademar, »um Euch zu helfen, nicht ihm.«

Der Graf brüllte: »Meint Ihr, ich brauche Eure Hilfe?«

»Gewiss nicht.« Ademar wünschte sich weit fort.

Urplötzlich war das Gesicht des Grafen wieder freundlich. Er lächelte auf eine Art, die Ademar erschaudern ließ, und wies zum Tisch. »Nehmt Platz. Ich will Euch gerne anhören.« Er setzte sich auf einen Stuhl mit verzierter Lehne und begann, mit den Fingern über die breite Fläche seiner Schwertklinge zu fahren.

Ademar schlich zur gegenüberliegenden Seite des Tisches. »Herr, Claudius hat einen geheimen Boten zum Kaiser entsandt. Es geht um das Marktrecht und die Zölle.«

»Wie ich gehört habe, ist der Bischof seit den Kindertagen mit Ludwig befreundet. Wahrscheinlich wird er Erfolg haben und mir die Rechte abluchsen.«

»Das ist noch nicht alles, Herr! Ich habe auch eine Idee, was er damit bezwecken möchte.« Jetzt nur nicht rot werden, befahl er sich, Godeoch kann nicht wissen, dass es nicht meine eigene Idee ist. Er würde ihn für unentbehrlich halten.

Der Graf zog auffordernd die Augenbrauen in die Höhe.

Er wartete noch einen Moment, dann sagte er bedeutungsschwer: »Claudius will den Zollsatz für die Langobarden ändern.«

»Nicht unklug, dieser Mann. Greift meine Flanke an, bevor ich zur Belagerung schreiten kann. Sicher habt Ihr auch einen Vorschlag, wie das Unheil abgewendet werden kann?«

»Ihr fragt mich?« Ademar neigte sich vor und lächelte. »Man sollte den Boten abfangen. Bei diesem Wetter kann er noch nicht weit sein.«

»Wenn wir ihn töten, bleiben die Rechte bei mir. Damit geht Eurem herzallerliebsten Bischof der Plan daneben. Gefällt Euch das?«

»Warum fragt Ihr?«

»Antwortet gefälligst.«

»Ja.«

»Ihr fallt also Eurem Herrn in den Rücken.«

»Nein, ich –«

»O doch, das tut Ihr. Wie fühlt Ihr Euch dabei? Wie ein mieser, tückischer Wurm?« Godeoch richtete beiläufig die Schwertspitze auf Ademar. Langsam wanderte das Fackellicht auf der Klinge nach vorn, von der Parierstange die Blutrinne entlang, bis es die Spitze erreichte.

Ademar riss die Augen auf. »Nein, ich … doch, natürlich, genau wie Ihr sagt.« Ein Zittern lief über seinen Körper.

»Das solltet Ihr auch. Wärt Ihr mein Dienstmann und ich würde erfahren, was Ihr getan habt, dann würde diese Klinge längst in Eurem Körper stecken.« Godeochs Mundwinkel zuckten bedrohlich. »Aber Ihr habt Euch für die richtige Seite entschieden. Für die stärkere. Wie ist Euer Name?«

»Ademar.«

»Gut, Ademar. Eure Klugheit spricht für Euch. Man muss das Heerlager wechseln, solange es noch möglich ist.«

»Ja«, stammelte er.

»Nein!« Der Graf funkelte ihn böse an. »Ich möchte nicht, dass Ihr das Lager wechselt, versteht Ihr? Ihr sollt hübsch im bischöflichen Lager bleiben und für mich arbeiten. Über eine Belohnung lässt sich reden.«

»Herr, wenn Ihr einen Weg finden würdet, diesen Bischof zu beseitigen …«

Godeoch hob die Hände. »Nun, nun, so schnell geht es nicht! Ich kann ihn nicht einfach umbringen. Aber er wird aufgeben, wenn er feststellt, mit wem er sich angelegt hat.« Hinter seinem Rücken erhob sich der Stadtbüttel und versuchte, sich zu entfernen. »Ihr da!« Godeoch drehte sich um. »Ihr seid ein Versager.«

»N-n-nein, Herr.«

»So? Beweist es!«

»Wie, Herr?«

»Nehmt Euch ein Pferd. Ihr werdet einen Boten abfangen, der Richtung Norden reitet, vielleicht lasse ich Euch dann im Amt. Er ist für den Bischof unterwegs – sorgt dafür, dass er die verräterische Botschaft an der Höllenpforte abgibt.«

»Ich verstehe.«

»Dafür benötigt Ihr nur Euren Dolch. Euer Schwert lasst Ihr hier, Ademar wird es jetzt brauchen.«

Ademar schluckte. »Was …?«

Der Graf erhob sich. Er zog sein dunkles Wams straff, dass das Leder knackte, und machte eine auffordernde Kopfbewegung zu der Ecke hin, in die das Schwert des Büttels geflogen war. »Bewaffnet Euch! Ihr wollt doch nicht wehrlos sein, wenn Euch meine Klinge begegnet.«

Der Wind pfiff immer noch sein wildes Lied, als Ademar durch die Stadt zurück zum Bischofshof schlich. In der Ferne grollte Donner, und es tropfte von den Dächern auf die Gasse herab. Ademars Rechte umklammerte eine Silbermünze, seine Linke presste sich auf eine Schnittwunde am Oberarm. Er fror erbärmlich in seinen nassen Kleidern.

9

Wochen vergingen mit anstrengendem Studium, und Germunt konnte gerade einmal stockend buchstabieren. Biterolf schickte ihn in den Palast, um wegen eines Briefes an Nibridius, den Erzbischof von Narbonne, eine Rückfrage zu stellen. Germunt fand Nibridius' Boten nach kurzer Suche, er saß auf einer Fensterbank und flickte seine Kutte.

»Verzeiht«, sprach er ihn an, »ist Euer Herr nur Erzbischof von Narbonne oder gleichzeitig Abt von …«

»Lagrasse. Richtig.«

»Wie schreibt sich das?«

Der Bote blickte verdutzt von seiner Nadel auf, buchstabierte dann aber: »L – A – G – R – A – S – S – E.« Er musterte Germunts tintenfleckige Finger. »Schreibergehilfe, wie?« Damit war das Gespräch für ihn beendet. Er wandte sich ab und beugte sich wieder über seine Näharbeit. Ein Schreibergehilfe war ihm keine weiteren Worte wert.

Germunt verließ den Raum. Es wurmte ihn, dass er von diesem Boten verachtet wurde. Zurück in der Schreibstube, schaute er Biterolf aufmerksam über die Schulter und murmelte die Worte nach, die aus der Hand des Notars auf das Pergament flossen.

Der erste Buchstabe, den er mit der Feder aufs Pergament gemalt hatte, der erste Satz und der innere Jubel, als er ihn beendet hatte – all dessen entsann sich Germunt wieder. Es war eine schwere Kunst, das Schreiben, aber war es nicht auch ein Wunder? Die Urkunden im Schrank und in den Regalen, die über das Leben von Menschen entschieden, über Besitz und Abgaben, über Namen und Strafen, über Feste und Dienste.

Die Schrift war wie eine riesige Scheune, ein Speicher, der den vergesslichen Menschen half, ihre Erinnerung stark zu machen. Sie bewahrte Wichtiges vor der Vergänglichkeit, die Schrift schuf Beständigkeit, gab einen Halt. Und er, Germunt, stand am Grenzstein dieses neuen Reiches, bereit, es zu durchwandern und seine Künste so gut zu erlernen, dass er die Feder sicher führte und seine Scheunen füllen helfen konnte.

Es dauerte nicht lang, bis Biterolf ihn zur Rede stellte. »Germunt, was hat Euch gepackt?«

»Vielleicht sehe ich das Ziel näher rücken.«

Biterolf konnte nicht ahnen, dass Germunt damit nicht den Bischofshof, sondern den Abschied von ihm meinte. Glücklich ging er auf die neue Begeisterung Germunts ein und schob noch mehr als sonst die Schreibarbeiten beiseite, um mit seinem Schüler zu üben.

Schwierigkeiten bereitete ihnen Germunts schwaches Latein. Germunt bemühte sich um gute Worte und eine korrekte Grammatik, aber es fiel ihm schwer, sich so auszudrücken, wie der Notar es verlangte.

Während Biterolf an der Reinschrift des Epheserkommentars arbeitete, sollte Germunt ein wenig im ersten Mosebuch lesen, um sein Latein zu üben. Schon im dritten Vers blieb er stecken: »*Fiat lux! Et facta est lux.* – Aber warum heißt es *fiat*, zum Kuckuck, wenn das Grundwort *facere* ist? Wozu lerne ich die Beugungen, wenn es doch nur Ausnahmen gibt?«

Biterolf bemerkte trocken vom Schreibpult: »Das Verbum ist nicht *facere*, sondern *fieri*.«

»Was soll das sein, ›fieri‹? Das klingt gar nicht wie ein Verb.«

»Es ist ein besonderes Verb. Du musst es eben lernen.«

So erging es ein ums andere Mal.

»Ich verstehe das nicht. Ständig soll ich *praedictus* schreiben.

Die vorgenannten Dienste, die vorgenannten Tage, die vorgenannten Güter, und oft ist da gar nichts vorgenannt! Wozu ist dieses *praedictus* überhaupt da?«

»Es ist eine Formel. Frage nicht, so wird das eben gesagt.«

Manchmal hätte Germunt am liebsten das Pergament zerrissen oder die Gänsefeder zerbrochen. Er stierte dann, die Fäuste geballt, ins Leere und wanderte in Gedanken durch sonnenüberflutete Weinberge, bis er sich wieder gesammelt hatte und weitermachen konnte.

Es war unfassbar für ihn, wie Biterolf während des fließenden Schreibens die Worte so anordnen konnte, dass sie die ganze Zeile füllten und am Ende gleichmäßig am Rand abschlossen, wie die Zeilen darüber und darunter. »Aller Platz muss ausgenutzt werden«, erklärte Biterolf auf seine Nachfrage hin. »Pergament ist teuer.«

Die Hand durfte beim Schreiben nicht über das Pult fahren, sondern musste mit der Feder über das Schriftstück schweben, was für Germunt sehr anstrengend war. Es kam aber der Tag, an dem er seine erste sinnvolle und benötigte Urkunde schrieb. Biterolf war mit allerlei schriftlich zu fassenden Rechtsvorgängen überlastet, und so reichte er seinem Schüler die hastig in eine Wachstafel gekratzten Stichworte. »Macht eine gute Urkunde daraus, Germunt. Der Bischof möchte sie heute noch siegeln.«

Es wurde still in der Schreibstube. Nur das leise Schaben der Gänsekiele auf gegerbter Ziegenhaut war zu hören. Wieder und wieder schob Germunt die Worte in seinem Kopf hin und her, dann begann er zu schreiben.

»Der Bischof von Turin besitzt bei Novalesa einen Herrenhof mit Wohnhaus und anderen Nebengebäuden in ausreichendem Maß. Er nennt dort 3 Schläge Ackerland, die mit Saatgut von 400 Scheffel Getreide bebaut werden können, sein Eigen. Er besitzt dort 41 aripenni Weinberge« – dieses Wort schrieb er besonders sorgfältig –, »von denen 300 Scheffel Weintrauben gelesen werden können. Er besitzt dort 43 aripenni Wiesen, von denen 120 Fuder Heu geerntet werden können.

Er besitzt dort Wald, der insgesamt auf 15 Meilen im Umkreis geschätzt wird, in dem 1000 Schweine gemästet werden können. Er besitzt dort eine Mühle, die einen Zins von 30 Scheffeln Getreide erbringt. Er besitzt dort eine Kirche.

Der Kolone Wulfard und seine Frau, eine Freie namens Ermoara, leben dort auf einem dem Herrenhof unterstellten Gut. Sie haben bei sich 3 Kinder mit diesen Namen: Wulfric, Aldeberga, Wulfger. Wulfard bewirtschaftet 11 bunuria Ackerland, 2 aripenni Weinberg, 3½ aripenni Wiesen. Er zinst für den Kriegsdienst 10 Scheffel Wein, für die Schweinemast 3 Scheffel und ein Schwein im Wert von 1 Schilling. Er pflügt für die Wintersaat 6 perticae, zur Frühjahrssaat 3 perticae. Bittfrontage, Holzschlag, Hand- und Spanndienste leistet er, so viel ihm befohlen wird. Er liefert 3 Hühner und 15 Eier. Er transportiert Wein, wohin ihm befohlen wird. Er liefert 100 Schindeln. Er mäht auf einer Wiese 1 aripennum.

Dieses genannte Gut soll samt allen genannten Einnahmen dem Langobardenherren Kildeoch zufallen und ihm gehören bis zu seinem Tode. Danach geht es zurück in die Hände des Bischofs von Turin.«

Er hörte Biterolf hinter sich treten. Germunt setzte den Punkt, drehte sich um und sah den Notar nachdenklich seinen Mund spitzen. Worauf schaute er so angestrengt? War etwas nicht in Ordnung? Germunt starrte eine Weile in unsicherer Erwartung auf Biterolfs Gesicht. Dann sah er ein leichtes Nicken, eine anerkennend geschürzte Lippe. »Germunt, ob Ihr es glaubt oder nicht: Ihr habt Talent.«

»Woran erkennt Ihr das?«

Schweigend deutete der Notar auf den Versal, den großen Anfangsbuchstaben, den Germunt zu Beginn des Textes gezeichnet hatte. Germunt hatte seinen Bögen einen besonderen Schwung gegeben, ihn mit zarten Strichen durchquert und mit vier kleinen Schlaufen verziert. »Zum Beispiel daran.«

»Das ›D‹ sah so nackt aus, ich weiß nicht …« Germunt war immer noch nicht sicher, ob Biterolf sein Lob ernst gemeint hatte. »Könnte Claudius es kindisch finden? Sollte ich besser nochmal von vorn beginnen?«

»Nicht kindisch. Kunstvoll.«

Germunt fühlte sich, als hätte er einen Krug warme Honigmilch getrunken. Ich fange an, diese Arbeit zu mögen, dachte er lächelnd.

Für einige Augenblicke wusste Biterolf nicht, wo er war. Es war stockfinster und roch nach kaltem Talg und nach Pergamenten. Das Genick tat ihm höllisch weh. Während er es betastete, begriff er, dass er lesend eingeschlafen war. Er saß auf dem Boden der Schreibstube, auf dem Schoß ein dickes Buch. Das Talglicht musste seit Langem verloschen sein; der Docht glomm nicht einmal mehr.

Er wiegte den Kopf, stöhnte leise und dachte: Du wirst alt,

Biterolf. Was hatte er da eigentlich gelesen? Eine von Claudius' Schriften? Nein, es war Cyprian gewesen, über die Einheit der Kirche.

Mit Strenge drückte er sich das Buch an die Brust und erhob sich. Er räumte es an seinen Platz im Regal, ohne ein Licht zu entzünden, dann schob er die Tür der Schreibstube auf und ging in Richtung Stall. Natürlich schliefen schon alle.

Als er die Treppe zum Schlafsaal erreichte, hörte er vom Hof einen zitternden Atem. Ein stimmloses Schluchzen folgte. Biterolf presste den Rücken gegen die Stallwand und starrte in die Dunkelheit. Von den Bäumen am Palast war es gekommen.

Du gehst jetzt rauf und legst dich schlafen, befahl er sich. Er blieb stehen.

Wieder das stoßweise Atmen und das Schluchzen.

Biterolfs Körper löste sich von der Wand. Vorsichtig setzte er Fuß vor Fuß.

Noch lange nachdem die Augen das Bild erfasst hatten, weigerte sich Biterolfs Verstand, das Gesehene aufzunehmen.

Der Bischof kniete vor einem Baum. Den Arm über dem Kopf, stützte er sich am Stamm ab. Dass er stoßweise atmete, zeigten die breiten, zuckenden Schultern.

Biterolf stand wie versteinert. Wie unglücklich musste ein Mensch sein, dass er so weinte?

Der Bischof löste sich vom Baum. Dann bewegte er sein Gesicht langsam näher. Näher.

Näher.

Biterolf sah im Sternenlicht die tränennassen Wangen des Bischofs. Er sah die bebenden Lippen. Er sah die Rinde. Sie berührten sich.

Als er sein Bettlager unter sich fühlte, konnte er nicht sagen, ob er wirklich die Stufen zum Schlafsaal hinaufgelaufen war. Er wusste auch nicht, ob er geträumt hatte oder ob das, was er gerade gesehen hatte, in Wirklichkeit geschehen war. Biterolf entschied sich, es für einen Traum zu halten.

10

An einem milden Morgen im Frühling hob Biterolf ein Brett und einen Lederbeutel mit klapperndem Inhalt aus einer Truhe. Das Brett war an allen vier Seiten gleich lang und wurde von einer Linie in zwei Hälften unterteilt. »Ein Abacus«, erklärte er. Aus dem Ledersack schüttete er kleine Scheiben auf den Tisch. Sie trugen Verzierungen, in denen Germunt die Zahlen I, II, III, IV, V, X, L, C, D und M erkannte, die er mit dem Alphabet gelernt hatte.

»Wofür ist das gut?«, fragte er. »Damit man sich viele Zahlen merken kann?«

»Nein. Zum Rechnen.« Ohne Erklärung legte Biterolf eine V in das obere Feld, eine III auf die Linie und eine II in das untere Feld. »Erkennt Ihr den Sinn?«

Lange starrte Germunt auf das Brett und die Scheiben. Dann musste er lächeln. »Wenn man fünf hat und drei abgibt, bleiben zwei.«

»Sehr gut. Das ist Arithmetik. Dieses Rechenbrett kann dabei helfen.«

Es folgten so viele Aufgaben, dass Germunt bald der Kopf heiß und dumpf wurde.

Schließlich fragte Biterolf ihn mit einem listigen Blick: »Wenn Ihr Eure Hände benutzen sollt, um mir die Zahl Vier zu zeigen, was würdet Ihr tun?«

Germunt hielt vier Finger in die Höhe.

»Wunderbar. Wie bedeutet Ihr jemandem acht Ochsen, der eine fremde Sprache spricht?«

Germunt zog die andere Hand hinzu und zeigte insgesamt acht Finger.

»Er versteht Euch. Was aber, wenn Ihr ihm sechsunddreißig Schafe abkaufen möchtet?«

»Ich …« Germunt grübelte. »Dann zeichne ich sechsunddreißig Striche in den Sand.«

»Ihr befindet euch auf einer Felsplatte.«

»Dann suche ich mir sechsunddreißig kleine Äste.«

Biterolf hob eine Augenbraue. »So? Nehmen wir an, Euer Herr baut ein Haus und schickt Euch, vierhundert Nägel zu kaufen. Sucht Ihr Euch so viele Zweige im Wald?«

»Wieso können diese dummen Fremden nicht meine Sprache lernen?«

Biterolf lachte. »Seht her, es ist ganz einfach. Man kann jede Zahl mit den Händen darstellen, bis zum Zehnfachen von Hunderttausend. Macht es mir nach!«

Wie flink der Notar seine Finger bewegte! Trotz seines stattlichen Körperumfangs hatte er feine Hände. Biterolf war einer jener dicken Menschen, die sich's zufrieden waren und nicht durch lautes Schnaufen über ihre Körperfülle klagten. Germunt fand mehr und mehr Gefallen an dem Notar, an seiner selbstverständlichen Genügsamkeit, seiner umgänglichen Art.

Biterolfs Gesicht hatte Ähnlichkeit mit dem eines trotzigen Kindes. Der Mund wirkte, als schürze er die Lippen, an den Rändern war er schmal, aber die Unterlippe wölbte sich schnell nach vorn und war prall wie eine Kirsche, die am ersten heißen Sommertag aufplatzen würde.

Während er die Zahlen zeigte, glänzten Biterolfs Augen. Die tiefgrünen Ringe in den braunen Augenseen strahlten.

»Germunt, was ist los? Habt Ihr aufgegeben?«

»Es geht ein wenig zu schnell. Verzeiht.«

»Zu schnell? In ein paar Wochen werdet Ihr lernen, wie

man Grundstücke berechnet! Es wird Euch möglich sein, Brücken zu planen und die Größe eines beliebigen Platzes zu ermitteln!«

»Wunderbar. Für heute reicht es mir, dass ich einem Fremden anzeigen kann, wie viele Silberstücke er mir seit Jahren schuldet.«

»Gut, nehmen wir an, er schuldet Euch hundertfünfunddreißig Silberstücke.« Biterolf schien auf einen ernsthaften Pfad zurückkehren zu wollen.

»Was tue ich, wenn er blind ist? Dann kann ich ihm die Finger nicht zeigen.«

»Germunt!« Ungeduldig hielt der Notar seine Finger in die Höhe. »Einhundertfünfunddreißig?«

»Ich zeige Euch zehn Zahlen, wenn Ihr mir verratet, warum man die Blinde hier so selten sieht.«

»Stilla ist bei Odo, dem Rechtsgelehrten. Er braucht ihre Hilfe, weil seine Magd erkrankt ist.«

»Wo lebt der Gelehrte?«

»Er bewohnt eine alte Steinvilla am Rand der Stadt, gleich bei der Straße nach Pavia.«

»Steht er in den Diensten des Bischofs?«

»Einhundertfünfunddreißig.«

»Ich meine, ist er verpflichtet, ihm zu dienen? Hat er die Villa von ihm erhalten?«

»Germunt: einhundertfünfunddreißig.«

»Bitte, nur noch diese Frage!«

»Nein. Einhundertfünfunddreißig.« Biterolf machte ein unerbittliches Gesicht.

War das Nein nun eine Antwort auf seine Frage gewesen oder die Verweigerung, sie zu beantworten? Mit dem Ausdruck höchster Anstrengung hob Germunt seine Hände in die Höhe und bemühte sich, einem Fremden hundertfünfunddreißig Silberstücke zu entlocken.

Früh am nächsten Morgen wurde er von Biterolf zum Krämer am Markt geschickt, um neue Gänsefedern zu erwerben. »Wenn wir die alten weiter anspitzen, haben wir bald nur noch Stummel in der Hand. Geht zum Markt und tauscht von den Eiern ein, so viel gefordert wird. Wie soll man ohne anständiges Werkzeug gute Arbeit leisten?«

Schon als er durch das Hoftor lief, war sich Germunt bewusst, dass er einen Abstecher zu Odos Villa machen würde. Aber wie sollte er seinen Besuch begründen? Biterolf habe ihn gebeten, nach dem Rechten zu schauen? Der weise Mann würde das nicht glauben. Er beugte sich über einen Trog am Straßenrand und betrachtete sein Spiegelbild im Wasser. Mit unzufriedenem Blick fuhr er sich durch die fingerlangen Haare. Dann hielt er inne. Sie war blind. Sie konnte ihn nicht sehen. Dass er sich einen Moment lang darüber freute, beschämte ihn.

»Wunderschöne Schachteln aus feinstem Holz.« Der Böttcher kam hoffnungsstrahlend aus seiner Werkstatt geeilt.

»Nein, danke.«

»Euer Mädchen wird Euch ewig dankbar sein für ein solches Geschenk.«

Gute Menschenkenntnis, dachte Germunt, während er weitereilte. In dem Trog hatten keine Späne zum Einweichen gelegen. Ob der Böttcher ihn nur deshalb an den Straßenrand gestellt hatte, um die jungen Männer abzufangen, die sich vor einer Begegnung mit einem Mädchen im Wasser betrachten wollten? Ein aberwitziger Gedanke.

Er sah zwischen zwei Häusern hindurch auf Ruinen. Stinkender Unrat faulte dort unter Fliegenschwärmen. Früher hätte er ihn nach Essbarem durchwühlt. Wie weit war er seitdem gekommen! Er aß sich jeden Tag an der Tafel des Bischofs satt, nur selten einmal kam es vor, dass ihm tagsüber der Magen knurrte. Er schrieb Urkunden und übte Latein und Rechnen. Schade, dass er nicht nach Hause schreiben und von seinen Errungenschaften erzählen konnte.

Was hatte seine Mutter eigentlich dem Bischof geschrieben? Beunruhigt dachte er an den verlorenen Brief. Würde er ihn jetzt finden, ihr Verbot wäre ihm einerlei, er würde ihn lesen. Aber er hatte die Suche inzwischen aufgegeben. Es mochte sogar sein, dass sich der Brief unter den abgeschabten Pergamenten befand, die von Zeit zu Zeit für erneutes Beschreiben von Biterolf erworben wurden. Sollte er Adia je im Leben wiedersehen, würde er sie fragen, was im Brief gestanden hatte. Beruhigt hatte ihn nur, dass sich Claudius nicht ungewöhnlich ihm gegenüber verhalten hatte. Deshalb ging er davon aus, dass der Brief nie in seine Hände gelangt war.

Die Straße nach Pavia war gut befahren. An einer Ecke schimpfte der Führer eines Ochsenwagens, der Weinfässer geladen hatte, auf einen hageren Alten ein. Dessen Esel war nicht bereit, den holzbeladenen Karren weiterzuziehen, der dem breiten Ochsenwagen im Wege stand. Der Alte streichelte seinem Esel ruhig über das Fell, während der wütende Weinfahrer etwas von Stockhieben, Tritten und Peitschenschlägen schrie.

Germunt schlich sich vorbei und stand kurz darauf vor drei steinernen Ruinen, die wohl einmal prachtvolle Villen gewesen waren. Eine von ihnen musste Odo und die hübsche Stilla beherbergen.

In einem Fenster erschien ein grauhaariger Frauenkopf und krächzte: »Was wollt Ihr? Wir kaufen nichts!«

»Verzeihung, wohnt hier der Gelehrte Odo?«

Eine Hand winkte in Richtung Stadttor. »Dort, das große Haus.«

»Seid bedankt.« Irgendetwas sagte Germunt, dass ihm die Frau so lange argwöhnisch hinterherschauen würde, bis er in Odos Haus verschwand. Er musterte das Gebäude, das sie ihm gewiesen hatte. Die verwitterten Steinquader der Villa wirkten, als stünden sie seit Anbeginn der Welt an ihrem Platz. Grüne Rankpflanzen bedeckten die Mauer. Im Vorgarten stand zwischen Sträuchern eine leicht bekleidete Frauenstatue mit geneigtem Kopf, die Hand erhoben, als wollte sie ihr unzüchtig fallendes Haar richten. Niemals hätte sich Germunt Odos Haus so vorgestellt.

Den brennenden Blick der Alten im Rücken, trat er durch die kleine Gartenpforte und klopfte an.

Die Tür öffnete sich. Jeden hätte er erwartet, aber nicht Stilla. Sein Blut begann vor Scham zu kochen.

»Was wünscht Ihr?« Ihre Haare waren zerzaust, das Kleid trug Schmutzflecken in Höhe der Knie. Stilla wischte sich die Hände am ergrauten Leinenstoff ab.

Erst bewegten sich Germunts Lippen tonlos, dann brachte er hervor: »Ich bin es, Germunt.«

»Kommt herein! Odo sitzt oben in seinen Räumen und studiert. Geht nur zu ihm hinauf.«

Er trat ins Haus. »Nein, nein, ich wollte gar nicht zu Odo. Ich … Sagt mal, habt Ihr gar keine Angst, an die Tür zu gehen? Ich meine, Ihr seht doch nicht, ob sich irgendwelches Gesindel Eintritt verschaffen möchte.«

Stilla lachte. »Denkt Ihr, wenn ich die Räuber sehe, kann ich sie verjagen? Man muss einfach ein bisschen Vertrauen haben.«

Sie betraten einen weiß getünchten Raum. Von den Türen und der Treppe unterbrochen, lief ein Bilderfries an der Wand entlang, der in Braun-, Grün- und Rottönen Menschen und Tiere zeigte. Fasziniert betrachtete Germunt ihn.

»Seht Ihr Euch die Bilder an?«

Germunt schreckte zusammen. »Woher wisst Ihr das?«

»Ich kann es mir denken. Jeder, der hier zum ersten Mal reinkommt, schaut sich die Bilder an.«

»Hat sie Euch schon einmal jemand …« Er stockte. »… beschrieben, sodass Ihr eine Vorstellung davon habt?«

»Odo hat mir ungefähr gesagt, was man darauf sieht.« Ihre Stimme war ein wenig nach oben gegangen, beinahe unmerklich.

»Möchtet Ihr, dass ich sie Euch ausführlicher beschreibe?«

Sie zögerte. »Wenn Ihr mögt.«

Germunt sagte: »Da ist ein Mann mit einem grünen Wams. Kräftig sieht er aus, und ihm wallen dicke Locken über die Schultern. Die Nase ist ein wenig zu groß, finde ich, aber sie passt natürlich zu seiner starken Gestalt. Mit den Händen hält er einen Pflug, den zwei Ochsen ziehen. Sie stemmen sich nach vorn, man kann beinahe hören, wie die Erde rauscht, in die sich die Pflugschar bohrt. Sie bricht den Boden auf, Schollen schieben sich zu den Seiten. Riecht Ihr den frischen Boden? Dann gibt es Männer, die haben merkwürdige Ruten in der Hand. Die Ruten tragen Zweige, und die Männer halten sie in die Höhe, als wollte einer den anderen damit schlagen. Es sind mehrere, sie laufen alle in einer Reihe wie beim Tanz. Man sieht auch einen Herrn mit weißem Gewand auf einem Pferd. Wie viele Falten es wirft, das Gewand! Er sitzt sehr aufrecht und übersieht seine Untergebenen, ganz sicher. Oder er schaut über seine Ländereien. Jedenfalls sitzt er stolz im Sattel und ist sich dessen bewusst, dass er rechtmäßig herrscht. Ein anderer Herr steht auf einem Wagen hinter einem Gespann von vier Pferden.

Er trägt einen grünen Hut. Aber der Hut sitzt auf den Ohren, mehr wie ein Zweig, ein Kranz. Der Herr lenkt das Gespann mit nur einer Hand. Vier Pferde, das muss eine schnelle Fahrt machen, dass ihm der Wind kräftig ins Gesicht weht.«

Für einen Moment sah er zu Stilla hinüber. Sie hatte den Mund ein wenig geöffnet, als atme sie die Bilder ein, und lächelte auf so wunderschöne Weise, dass Germunt ebenfalls lächeln musste. »Könnt Ihr es Euch vorstellen?«

»Ja, sehr gut. Habt vielen Dank!«

»Ich muss Euch etwas fragen. Dieses Vertrauen ... Das kann ich nicht verstehen. Habt Ihr noch nie erlebt, dass man Eure Blindheit ausgenutzt hat? Ist Euch nie etwas Schlimmes passiert? Wie könnt Ihr mit geschlossenen Augen durch diese Stadt laufen, die Tür öffnen und herzlich zu Menschen sein, die Euch doch alle in den Rücken fallen könnten?«

Sie dachte einen Moment nach. »Biterolf hat mir immer einen Satz aus der Bibel gesagt, wenn ich traurig über den Tod meiner Eltern war oder mit der Blindheit haderte: ›Es ist aber der Glaube eine feste Zuversicht auf das, was man hofft, und ein Nichtzweifeln an dem, was man nicht sieht.‹ Ihr könnt das vielleicht nicht verstehen, weil Ihr immer sehen konntet. Aber ich musste eben lernen, zuversichtlich zu sein, auch wenn ich nichts sehe.«

Eine schabende, kratzende Stimme ertönte hinter einer der Türen: »Stilla, hast du den Mantel gewaschen? Dann kehre jetzt das Haus! Zuerst möchte ich aber, dass du mir einen Becher Milch bringst.«

»Das ist Bernegild, Odos Magd.« Stilla seufzte. »Sie ist so alt, dass Odo es nicht übers Herz bringt, sie vor die Tür zu setzen. Von Tag zu Tag wird sie unleidlicher. Wie es scheint, rächt sie sich an jedem, der ihr in die Finger kommt, dafür, dass das Leben für sie zu Ende geht.«

»Stilla? Stilla!«

»Ich komme!« Stilla bedeutete Germunt, hier zu warten, und verschwand, sich am Rahmen entlangtastend, durch eine der Türen. Als sie nach wenigen Augenblicken wiederkehrte, trug sie einen Tonbecher in der Hand. Mit sicheren Schritten durchmaß sie den Raum. Erst vor der neuen Tür wurde sie zögerlicher, tastete sich mit einer Hand voran, bis sie die Tür fühlte, und schob sie auf.

»Mädchen, was brauchst du so lange?«, hörte Germunt es aus dem benachbarten Raum.

»Verzeiht.«

»Du musst nicht warten, bis ich getrunken habe. Los, los, Meister Odo kann ein schmutziges Haus nicht leiden, schwing den Besen!«

Stilla schien etwas zu flüstern.

Jetzt sprach die kratzige Stimme gedämpft. »Besuch? Warum hast du mir das nicht gesagt? Er steht hier vor meiner Tür? Du weißt doch, dass ich nicht mehr so gut höre. Schaff ihn rauf zu Meister Odo, schicke dich!«

Stilla trat aus der Tür und zog sie hinter sich zu. »Germunt?«

»Ich bin hier.«

»Soll ich Euch zu Odo hinaufführen, oder möchtet Ihr es selbst finden? Ihr müsst einfach die Treppe hinaufgehen.«

Germunt atmete tief ein. Er spürte, wie ihm das Herz von innen gegen die Rippen schlug.

»Was ist mit Euch?«

»Stilla, was würdet Ihr sagen, wenn ich nur gekommen wäre, um Euch zu sehen?«

Ihre Stimme wankte. »Wie meint Ihr das, um mich zu sehen?« Die Brauen waren ein wenig schräg gestellt, zur Mitte der Stirn hin erhoben.

Lächle, dachte Germunt, bitte lächle. Er wollte schlucken, konnte es aber nicht. Er starrte auf Stillas Mund, der in den nächsten Momenten sein Urteil sprechen musste.

»Hört, ich führe ein gutes Leben. Nicht in Reichtum, aber ich habe genug zu essen und weiß, wo ich meinen Kopf zur Nacht betten kann. Ich halte den kleinen Garten von Brennnesseln und Unkraut frei, wasche die Wäsche, versorge Meister Odo mit Speise und Trank und webe Wolltuch. Damit bin ich zufrieden. Es ist viel Arbeit, und ich muss oft für Besorgungen in die Stadt, aber ich schaffe das meiste, was zu tun ist. Es gibt so viele Frauen in Turin! Warum wollt Ihr mich in ein Abenteuer ziehen? Ich bitte Euch in ganzem Ernst, schlagt Euch aus dem Kopf, was Euch bewegt hat hierherzukommen.«

»Stilla, Ihr kennt mich nicht.«

»Und Ihr mich genauso wenig.«

»Das können wir ändern! Wir können doch miteinander sprechen, mehr wünsche ich mir nicht.«

Die Blinde wandte sich ab und sagte: »Wenn Ihr ehrlich zu Euch selbst seid, müsst Ihr Euch eingestehen, dass dieses Sprechen zu mehr führen soll. Aber das möchte ich nicht. Ihr bringt mein Leben in Unordnung, dabei bin ich so froh, dass es nach all den Jahren diese Ordnung gefunden hat! Ich bitte Euch«, sagte sie mit flehender Stimme, »zeigt Eure männliche Kraft, indem Ihr mein Nein annehmt.«

Germunt atmete aus wie jemand, der einen Schlag in den Magen bekommen hat. Er spürte, dass seine Lippen zitterten, und er wusste, dass auch seine Stimme zittern würde, wenn er jetzt sprach. Er sagte: »Lebt wohl, Stilla.«

Sie hob wieder das Gesicht. So mitfühlend sah sie aus, dass ihn eine erneute Woge der Zuneigung überspülte, gefolgt von brennendem Schmerz.

Die Füße führten ihn selbstständig aus dem Haus und trugen ihn die Straße hinunter. Er sah nichts von den Menschen, hörte nur Stille. Die Häuser waren taube Felsen.

Ich bin ein elender Dummkopf, dachte er. Wäre ich mit einem triftigen Grund zu Odos Villa gekommen, dann hätte ich mit ihr sprechen können, sooft ich wollte, und sie hätte es genauso erfreut wie mich. Aber ich musste ja das Herz auf der Zunge tragen. Es war viel zu früh für ein solches Gespräch!

Er trat nach einem Knochen, der auf der Straße lag. Den Korb mit den Eiern hatte er am Fuß der Treppe vergessen.

Und was hatte er ihr geboten? Weder hatte er ein Geschenk mitgebracht noch Blumen überreicht oder wenigstens einen Honigkuchen. War es ein Wunder, dass sie ablehnte, wenn er ihr durch nichts seine Zuneigung zeigte?

Sollte er eben dort stehen, der verdammte Korb.

Als er sich erinnerte, wie sie ihm die Stirn getupft hatte, wurde der Schmerz schier unerträglich. Er würde ihr etwas schenken. Vielleicht konnte es sie umstimmen, und wenn nicht, dann war es sein Abschiedsgeschenk an sie. Wie unbedeutend schien ihm plötzlich die Welt, all die Geschäfte, das Feilschen um Preise, die Furcht vor den Herren! Dieses blinde Mädchen zu erfreuen war eine so lohnende Aufgabe, dass alles andere daneben verblassen musste. Germunt fasste einen Entschluss.

Als er den Marktplatz betrat, fand sein Blick zur wachen, stechenden Sorgfalt zurück, und sein Körper spannte sich wie der eines Luchses vor dem Sprung. Germunt floss geschmeidig zwischen den Menschen über den Platz. Binnen kurzer Zeit wusste er, wo die Marktwächter standen, an welchen Buden sich reiche Kaufleute in eigenartigen Dialekten unterhielten und dass es schlau sein würde, sich nach dem Diebstahl in östlicher Richtung aus dem Staube zu machen, wo das arme Volk sich um Fisch- und Gemüsestände drängte.

Er lachte still in sich hinein, als er einen schlafenden Händler entdeckte. Zwar hatte der Kaufmann einen Gehilfen angestellt, der für ihn die braun glänzenden Felle anpries und bewachte, er selbst aber lehnte abseits in tiefem Schlummer an einem Fass. Seine Rechte trug mehrere Ringe, von denen der goldene, der den kleinen Finger zierte, genau passend für das Mädchen sein musste. Wie konnte der Kerl im Lärm des Marktplatzes schlafen? Er musste schon früh auf den Beinen gewesen sein oder eine lange Reise hinter sich haben.

Germunt schlich einen Bogen, um in den Rücken des Schlafenden zu gelangen. Sorgfältig prüfte er, ob jemand aufmerksam auf ihn geworden war. Er durfte nicht langsam sein, wenn er dem Kaufmann den Ring vom Finger zog. Die Berührung würde ihn mit Sicherheit wecken, womöglich würde der Mann instinktiv die Hand zur Faust schließen, um den Ring so zu schützen. Am besten war es, ihm das Kleinod ohne Rücksicht darauf zu entreißen, dass er ihn weckte, und sofort die Flucht zu ergreifen.

Er trat hinter das Fass und hielt den Atem an. Langsam, wie Honig am Topf herunterlief, bewegte er seine Hand auf den Ring zu. Als ihn nur noch eine halbe Elle davon trennte, griff er blitzschnell zu. Germunt spürte einen eisernen Druck ums Handgelenk, wo ihn der Kaufmann plötzlich gepackt hielt. Wie auf ein geheimes Zeichen hin drehte sich sein Gehilfe um und richtete ein Kurzschwert auf Germunts Brust. Der Kaufmann sprang auf, nicht wie ein Schlaftrunkener, sondern wie jemand, der auf der Lauer gelegen hatte, und drehte Germunt den Arm auf den Rücken, dass es leise knackte.

Germunt war kaum in der Lage zu fassen, was ihm hier

geschah. Dass es um seinen Hals ging, spürte er mit kalter Furcht.

»Endlich haben wir dich.«

Zwei Stadtwachen tauchten wie gerufen aus der Menge auf. »So sieht er also aus, der Schmuckdieb.«

»Schau nicht so fassungslos, Kleiner, auch den stolzesten Hirsch erwischt es irgendwann.«

»Hättest dich nicht so lange in einer Stadt aufhalten sollen. War dir nicht klar, dass wir irgendwann aufmerksam werden und dir eine Falle stellen?«

»Eine Frage: Kommst du aus Rom? Wo hast du dein teuflisches Handwerk so gut gelernt?«

Germunt spürte die eiserne Schwertspitze an seiner Brust.

»Sprich mit uns, Kleiner!«

»Das ist alles ein Missverständnis«, sagte er leise.

Man lachte. »Sag bloß, du wolltest dem schlafenden Herrn die Hand schütteln! Los, bringen wir ihn fort.«

Raue Hände stießen ihn vorwärts, dann stach ihn scharfes Eisen zwischen den Schulterblättern, das nicht das geringste Zögern duldete. Die Menschen starrten ihn an. In seinem Kopf drehte sich alles. Nun würde er die Schreibkunst wohl nie zur Gänze erlernen. Keine Schreibkunst, kein Verdienst als freier Schreiber, kein eigener Weinberg. Der Traum zerbarst wie ein Tonkrug, vom Tisch herabgestoßen auf den harten Boden.

II

Mit fahrigen Bewegungen zerrte Stilla am Faden. Sie hatte nicht wenig Lust, Flicken, Nadel und Hemd fallen zu lassen und danach zu treten. Dabei verstand sie sich selbst nicht. Warum fühlte sie sich nicht geschmeichelt? Natürlich lebten seine Eltern nicht in den Bergen. Germunt war ein Herumtreiber, der seine wahre Herkunft verschwieg. Aber das war es nicht, was sie störte, im Gegenteil, es machte sie neugierig. Sie war bereit, seine wahre Geschichte zu erfahren.

Aber weshalb drängte er sich so an sie heran? Sie würde ihm von nun an aus dem Weg gehen, auch wenn es bedeutete, dass sie Odo einen Dienst verweigern musste. Germunts Forschheit erstickte das Wohlwollen, das sie ihm bisher entgegengebracht hatte.

Ein wenig schämte sie sich für die Abneigung, die sie plötzlich empfand. War es gerechtfertigt, auf seine Freundlichkeit mit Kälte zu antworten? Sie fühlte sich schlecht, und das machte sie nur noch ärgerlicher.

Der Vater. Ein breites Gesicht mit sanften, weichen Augenbrauen. Stillas Fingerspitzen kribbelten bei der Erinnerung daran. Und das schmalere Gesicht, in dessen Mundwinkeln man Lachfalten erfühlen konnte: die Mutter. Sie hatte sie geliebt, und sie war von ihnen geliebt worden. Nun waren sie tot. Niemand anderes würde je so nah an sie heranrücken. Dieser Platz war für alle Zeiten den Eltern vorbehalten. Wie konnte Germunt es wagen, sich dazudrängeln zu wollen?

»Es hat geklopft«, kreischte es aus dem Raum der alten Magd.

Wütend ließ Stilla die Näharbeit fallen. »Ich komme.«

An der Tür empfing sie jemand, der heftig atmete. »Ich muss zu Meister Odo.«

»Natürlich, geht nur die Treppe hinauf. Er studiert oben in seinen Räumen. Seid Ihr es, Frodwald?«

»Ja.«

Sie hörte ihn die Stufen hinaufsteigen.

»Was ist geschehen?«, rief sie ihm nach.

»Der junge Germunt ist gefangen gesetzt. Die Städtischen geben ihn nicht heraus und behaupten, er sei beim Diebstahl erwischt worden.«

Stilla schluckte. »Was geschieht mit ihm?«

»Graf Godeoch hat davon gehört und fordert sein Leben. Ich bin nun zu Odo geschickt, um herauszufinden, ob er mehr als die Hand verlieren sollte nach geltendem Recht.«

»Ich verstehe.« Ihre Stimme war leise, neblig.

»Der Bischof wird sich ins Zeug legen. Ich glaube … Machtkampf zwischen … Graf Godeoch hat befohlen …«

Germunt drückte das Ohr fester gegen die Tür; die Stimmen waren schwer zu verstehen.

»… Hand abschlagen … ausbluten …«

»… nicht gleich zubrennen, sondern warten bis …«

»… handeln, bevor Bischof Claudius …«

Er hatte genug gehört. Ein Kitzeln lief ihm über die Haut am ganzen Körper. Germunts Gedanken stoben wie Schwalben in alle Richtungen, um eine rettende Spalte, einen Ausweg zu finden. Er stellte sich in die Mitte der Zelle und drehte sich langsam im Kreis: Die Mauern waren kräftig, nur durch einen schmalen Schlitz gegenüber der Tür fiel Tageslicht. Er ging zur Wand und begann, auf die Steine zu klopfen. Ohne Widerhall prallten die Finger an der kalten Mauer ab. Er kratzte durch die Fugen.

Ein Geräusch von draußen ließ Germunt zwanghaft schlucken. Jemand schärfte mit langen, zischenden Bewegungen ein Schwert.

Er gab die Mauer auf. Sein Blick fiel auf den alten Strohsack, der als Bettlager auf dem Boden lag. Er riss mit den Zähnen eine Öffnung in das morsche Hanfgewebe und schüttete die Füllung auf den Boden. Mit dem Stroh verstopfte er den Fensterschlitz, bis es völlig finster im Raum geworden war. Dann nahm er den Sack in die Hand und tastete sich neben die Tür.

Er hatte keine andere Wahl. Das Herz donnerte in seiner Brust, als wäre er durch die halbe Stadt gerannt. Schweiß rann kalt seinen Rücken hinunter, und er spürte einen unbändigen Drang, sich zu bewegen.

Endlich verstummte draußen das metallene Schleifen. Stimmen näherten sich. Jetzt wurde der Riegel, der die Tür verschloss, zur Seite geschoben.

Als sich die Tür öffnete, stand Germunt wie erhofft außerhalb des Lichtkegels im tiefschwarzen Schatten. Der Wachbüttel hielt schützend seine Klinge vor sich und machte einen Schritt in die Zelle hinein. »Warum ist es hier so dunkel?« Das Blut rauschte durch Germunts Adern. Er sprang vor, warf dem Wächter den Sack über den Kopf und schlüpfte hinter ihm aus dem Raum.

Er sah Schwerter blitzen, wich aus, wurde von Händen gepackt, entwand sich, ließ sich fallen und jagte wieder voran. Laute Rufe gellten in seinen Ohren. Er lief zur Tür, wo ihn ein Büttel mit einem Spieß erwartete, und bog im letzten Augenblick zum Fenster ab. Wie ein Pferd, das einen Ackerzaun überspringt, flog er in die Luft, rollte über die nach ihm gestoßene Stange und prallte gegen die halb offenen Fensterläden. Jemand hielt Germunts Bein fest, während seine Hände im Straßenstaub scharrten. Er trat zu, traf ein Gesicht. Die Faust lockerte sich ein wenig. Wie ein Tier in der Falle zappelte und wand er sich, bis er frei war, sprang auf – und rannte zwei Bütteln in die Arme.

Man schleppte ihn zurück in die Wachstube und durch eine Tür auf den Hof hinaus. Dort stand ein Holzklotz, ein gewöhnlicher Holzklotz, wie man ihn überall zum Scheitespalten verwendete. Germunt wurde übel. Dumpfer Schwindel lähmte seine Glieder. Er zog die Beine an, aber die Büttel trugen ihn einfach weiter. Er sah, wie sich einer der Bewaffneten eine Kapuze über den Kopf zog, die nur zwei Schlitze für die Augen offen ließ. Man reichte dem Vermummten ein langes, gerades Schwert.

»Macht schnell. Klingt so, als kommen Leute. Ich gehe vor die Tür und halte sie hin.«

Germunt schrie, aber seine Stimme wurde abrupt von einem Lappen erstickt, den ihm eine Faust in den Mund schob. Helft mir, brüllte Germunt in den Knebel. Es klang wie ein lang gezogenes Stöhnen. Er zog die Arme an den Körper und trat um sich. Kräftige Hände hielten ihn fest. Man drückte auf seine Schultern und zwang ihn in die Knie. Sein rechter Arm wurde nach vorn gerissen und das Handgelenk auf den Holzklotz gepresst. Er spürte die rauen Kanten, aus denen Späne stachen. Irgendein Mann hatte diesen Baum gefällt, hatte bis an die Kante, die er nun fühlen konnte, die Axt in das Holz getrieben. Was, wenn es ein Baum aus der Gegend um Troyes war, wenn er, Germunt, als junger Bursche in seinen Ästen gesessen hatte? Dieser Baumstumpf würde sein Ende sein.

Draußen brausten Stimmen auf. Schließlich wurde es still, und das Hoftor öffnete sich. »Jetzt denken sie, er ist beim Grafen. Zeit genug, ihn ausbluten zu lassen.«

Germunt begann, am ganzen Körper zu zittern. Wenn doch das Handgelenk im Holzklotz versinken könnte! Mit aller Kraft würgte er an dem Lappen in seinem Mund, stieß die Zunge vor, bis sie sich verkrampfte. Ein tränenverschwommener Blick nach oben zeigte ihm einen sich in den Himmel hebenden Schatten. Da gelang es ihm, den Lappen auszuspucken, und er schrie. Er schrie. Es durfte nicht passieren. Er schrie wie ein Neugeborenes.

Etwas Schweres pochte gegen das Hoftor. »Öffnet, sofort!«

»Na los schon, schlag zu, sonst ist es zu spät!«

Einem wahnwitzigen Gedanken folgend, rammte Germunt seinen Kopf nach vorn und beugte sich über die Hand auf dem Holzklotz. Er hörte nicht auf zu schreien.

»Könnt ihr ihn nicht halten? Wenn ich ihn köpfe und hier gleich die Männer des Bischofs … Verdammt.«

Das Tor krachte auf und Bewaffnete quollen herein.

Klingen prallten aufeinander. Germunt wurde losgelassen, er sah, wie sich seine Wächter den Eindringlingen entgegenwarfen.

»Hier rüber, Germunt.« Das war die Stimme des Kanzlers.

»Haltet ihn fest!«

Hände griffen nach ihm. Er duckte sich, entwand seinen Arm einer Faust und sprang zum Tor.

»Haderlump!«, hörte er hinter sich einen Schrei, und dann fühlte er, wie ihn etwas am rechten Bein traf.

Eine warme Hundezunge leckte ihm das Gesicht und verströmte den Geruch von faulendem Fleisch. »Sie wollen mich töten«, stöhnte Germunt.

»Wie geht es Euch?« Das war Biterolfs Stimme.

Germunt öffnete die Augen und sah die Decke des Kaminsaals hoch über sich. Er drehte ein wenig den Kopf. Er lag neben dem kalten Kamin auf knapp zusammengeschobenem Stroh, es hatte sich blutrot gefärbt. Wieder drehte er den Kopf. Dort standen der Kanzler, Odo und Bischof Claudius. Sie sahen ihn an.

»Willst du sein wie die Sarazenen, diese Mörder, Räuber und Diebe?«, wetterte der Bischof.

»Vergebt mir, Herr.«

»Es ist also wahr?«

»Ja. Ich bin schuldig.« Er versuchte, sich aufzurichten. Das letzte Wort hing wie ein schwarzes, tonnenschweres Tuch im Raum. »Erlaubt Ihr, dass ich Euch die Pläne des Grafen berichte?«

Claudius zog die Stirn in Falten. »Es sei.«

»Man hat mich eingesperrt, und ich habe an der Tür gelauscht. Die Stadtbüttel haben Euren Namen genannt und gesagt, dass Godeoch befohlen hat, mich verbluten zu lassen. Sie wollten den Stumpf nicht zubrennen.«

»Der verfluchte Graf!« Hufschlag donnerte auf den Hof. »Es ging nicht gegen dich. Man wollte mich treffen.«

Odo trat an ein Fenster und wandte sich dann an den Bischof. »Herr, Godeoch ist hier. Ich rate Euch, geht nicht zu ihm. Er wird Euch vorwerfen, einen Straftäter versteckt zu halten. Bewaffnete sind bei ihm.«

Claudius antwortete mit einem wütenden Schnaufen. Ohne auf die Worte des Gelehrten zu achten, lief er zur Tür hinaus. Odo sah besorgt zu Biterolf hinüber.

Man hörte die Stimme des Bischofs über den Hof hallen. »Ihr befindet Euch auf dem Immunitätsgelände des Bischofsamtes von Turin. Ich habe Euch nicht geladen, und ich dulde erst recht nicht, dass Ihr Waffen tragt.«

»Wollt Ihr sagen, dass es erneut nicht der richtige Zeitpunkt ist, um über die Herrschaftsrechte in Turin zu sprechen?«

»Verlasst auf der Stelle den Hof!«

»Gebt den Dieb heraus. Ihr wisst, dass Ihr ihn nicht –« Der Graf verstummte plötzlich. Biterolf und Odo stürzten zu den Fenstern.

»Was passiert da?« Eine Feuerhand griff nach seinem Bein, als Germunt versuchte, sich näher an das Fenster zu schieben. Er sank wieder zu Boden. »Bitte, Biterolf, sagt mir, was passiert.«

»Der Bischof hat den Falben des Grafen an den Zügeln gepackt und zieht ihn in Richtung Tor. Das Pferd reagiert nicht auf die Schläge des Grafen. – Doch, jetzt bleibt es stehen. Claudius dreht sich um. Er schaut dem Pferd in die Augen.«

Vom Hof waren eindringliche Worte in einer fremden Sprache zu hören.

»Das Pferd folgt ihm wieder, mit gesenktem Kopf. Unglaublich!«

»Was habt Ihr mit meinem Pferd gemacht?«, hörte man den Grafen brüllen. Es hallte ein wenig, als würden sie unter dem Tor hindurchreiten. »Dass Tyr dreinschlage! Ich fordere Euch zum Kampf.«

Biterolf stöhnte. »Die Kriegsleute des Grafen reiten zu ihm. – Wartet. Der Bischof schließt das Tor! Er macht einfach das Tor zu.«

Der Graf wetterte draußen so laut, dass man es bis in den Palast hörte.

Germunt sah, wie sich Odos Lippen bewegten. Nach einigen lautlosen Worten sagte der Gelehrte leise: »Nun haben wir uns wirklich einen Feind gemacht.«

Als der Bischof den Saal betrat, ging Biterolf auf ihn zu.

»Ohne Kampf, Herr, ein wirkliches Wunder! Das Tier folgte Euch wie einst die Tiere Noah in die –«

Claudius gebot ihm mit erhobener Hand zu schweigen. »Odo, Ihr schaut besorgt. Ich weiß, Ihr habt Bedenken. Sprecht sie aus.«

Der Gelehrte zögerte kurz. Seine Brauen waren über den kleinen Augen zusammengezogen. »Ihr könnt nicht das Gesetz übertreten. Wenn Germunt wirklich gestohlen hat, muss er seine gerechte Strafe erhalten, sonst wird Euch der Graf beim König oder beim Kaiser anklagen. Er trachtet Euch sowieso nach dem Leben, nach dem, was Ihr gerade getan habt.«

»Germunt wird seiner Strafe nicht entkommen. Aber es wird nicht der Tod sein.«

»Der Graf hätte das Recht dazu gehabt, ihn zu töten.«

»Die Todesstrafe? Für einen kleinen Diebstahl?« Der Bischof drehte sich zu Germunt um. »Was wolltest du überhaupt stehlen, einen Honigkuchen?«

Germunt kroch die Angst vom Bauch bis in die Fingerspitzen. Was sollte er sagen? Die Wahrheit?

»Nun?«

»Einen Ring.«

Es war still im Saal. Aller Zorn schien aus Claudius' Gesicht zu weichen, er sah fast hilflos aus. Leise sagte er: »Einen Ring also. Wenigstens bist du ehrlich zu mir.« Dann sah er zu Odo hinüber. »Sprecht.«

Odos Blick ging in die Ferne. »Ihr habt zwei Möglichkeiten. Beide sind schlecht. Ihr könnt ihn ausliefern und Euch damit öffentlich dem Grafen unterordnen. Er würde diese Lage sicher weidlich ausschlachten. Oder Ihr könnt ihn schützen, dann aber wird Euch Godeoch als ungerecht und willkürlich darstellen.«

»Ich werde weder das eine noch das andere tun. Ich werde ihn selbst bestrafen. In den nächsten Tagen dürfte ein kaiserlicher Bote erscheinen, der mir neben der Zollgewalt das Recht überträgt, den Markt zu überwachen.«

Biterolf bemerkte schüchtern: »Herr, wenn Ihr ihm die Hand abschlagen lasst, kann ich ihn als Schreiber nicht mehr gebrauchen.«

»Habt Ihr einen anderen Vorschlag?« Ärgerlich funkelte der Bischof ihn an.

»Schickt den jungen Dieb nach Tours. Dort wird er eine Läuterung der Gedanken erfahren, und hier kann sich die Lage beruhigen. Man könnte es als Verbannung auslegen.«

Odo schüttelte bedächtig den Kopf. »Damit wird sich der Graf nicht zufriedengeben.«

»Der Graf kümmert mich nicht!« Claudius trat einen Schritt zur Seite, um Germunt sehen zu können. Ihre Blicke trafen sich.

Er wusste genau, woran der Bischof dachte. Erst vor vier Tagen hatte Claudius ihn für seine Fortschritte gelobt und angekündigt, er werde den Briefwechsel mit seinem engen Freund und Schüler Theodemir in seine Hände geben. Die Enttäuschung darüber, dass er das Abkommen gebrochen hatte, trieb ihm Wasser in die Augen.

»Es sei.« Claudius wandte sich an den Kanzler. »Schafft heran, was Odo braucht, um sein Bein zu versorgen.«

Als Biterolf und Germunt allein im Saal waren, sagte der Notar: »Ich habe den Verbannungsort natürlich nicht beliebig ausgewählt. In Tours könnt Ihr Eure Fähigkeiten erweitern. Euer künstlerisches Talent ist dort bestens aufgehoben. Abt Alkuin, er ruhe in Frieden, hat das Kloster zu einem Zentrum der Schriftkunst ausgebaut. Nirgends sonst könnt Ihr so viel lernen. Ihr werdet die neuesten Kniffe und Linienführungen erfahren, wenn Ihr zurückkehrt, werde ich in manchen Dingen Euer Schüler sein!«

Claudius hat mir das Leben geschenkt, dachte Germunt. Er bringt sich selbst in Schwierigkeiten, um mir zu helfen. Warum tut er das? Ihm kam ein beunruhigender Gedanke. »Tours liegt auf der anderen Seite der Alpen, nicht wahr?«

»Das ist ein weiterer Vorteil. Ihr könnt Eure Vergangenheit weit hinter Euch lassen, förmlich ein neues Leben beginnen.«

Von wegen. Germunt lächelte bitter. »Wie lange werde ich in Tours bleiben müssen?«

»Nun, ein paar Tage reichen nicht aus. Den Winter werdet Ihr im Mindesten dort verbringen müssen, damit es nach einer Verbannung aussieht. Germunt, ich bin so froh, dass ich die Körperstrafe von Euch abwenden konnte!«

Er hob ein wenig den Kopf und blickte an seiner zerschrammten Brust hinunter. Die Hose war zerfetzt, und über dem rechten Knie war alles mit dunklem Blut verklebt.

»Jetzt lasst erst einmal Euer Bein verheilen.«

Odo betrat den Saal. Er trug Leinentücher unter dem Arm. Hinter ihm war der Bischof zu hören. »Was Ihr auch tut, tut es schnell. Er bricht noch heute auf.«

Odo kehrte sich um. »Mit dem Bein, Ehrwürden?«

»Es ist möglich. Ich bin Kriegsmann genug, das zu wissen. Er bricht heute auf.«

»Verzeiht mir, Ehrwürden, aber wenn Ihr ihn mit der offenen Wunde über die Berge –«

»Er schafft es, oder er schafft es nicht.« Tiefe Wut lag in der

Stimme des Bischofs. Niemand wagte es, weitere Einwände vorzubringen.

Während sich Odo daraufhin am Bein zu schaffen machte, fragte sich Germunt, ob er diesen Winter überleben würde. Keine Ohnmacht befreite ihn von Odos schmerzbringenden Händen. Er hatte das Gefühl zu ersaufen.

Der Weg zum Stall kostete ihn alle Kraft, die ihm geblieben war. Er zog sich in den hintersten Winkel zurück, ließ sich zwischen den dampfenden, warmen Pferden auf das Stroh sinken und zog das gesunde Knie an seinen Körper heran. Das rechte Bein lag steif ausgestreckt.

Er saß lange so. In seinem Kopf rauschte es, blies und stürmte, säuselte und pfiff. Irgendwann schloss er die Augen und sah sich als frechen, spindeldürren Knaben. Ein frischer Wind wehte über Hügel, streichelte das Grün der Pflanzen und wiegte sie vor dem unendlichen, blauen Himmel. Er stand am Hang und naschte Trauben von den Weinstöcken. Mit der Zunge ließ er sie am Gaumen zerplatzen und schluckte genüsslich ihren Saft. Der alte Weinbauer lächelte nur.

»Ich wusste, dass ich Euch hier finden würde.«

Germunt öffnete die Augen. Er wollte sich aufrichten, aber der Bischof setzte sich neben ihm auf das Stroh.

»In Kantabrien bin ich auch oft in den Stall gegangen. Ich habe mich in der Haferkammer verkrochen oder in der Geschirrkammer mit den Trensen gespielt. Ich hätte es niemandem eingestanden, aber ich hatte Angst um meinen Vater, jedes Mal, wenn er sich den Krummsäbeln entgegengeworfen hat.«

»Herr, möchtet Ihr, dass ich mich dem Urteil der Stadt stelle?« Er dachte: Gerechtigkeit wäre so sauber, so klar.

»Nein. Ich will, dass Ihr nach Tours reist. Dass Ihr dort im

Kloster Neues lernt, Euer Wissen erweitert. Und, dass Ihr wieder zurückkehrt.« Er sah Germunt von der Seite an.

Germunt nickte leicht. »Mit diesem Bein.«

»Mit diesem Bein, ja. Wenn Ihr es überlebt, wisst Ihr, dass Ihr ein Mann seid, wie es nicht viele gibt.«

Er legte keinen Wert darauf, das herauszufinden. Und er glaubte es auch nicht.

»Macht einen Umweg über Nîmes. Niemand soll davon erfahren, damit man Euch nicht unterwegs eine Falle stellt und der Graf wie gewünscht Euren Tod erreicht. Kommt, gehen wir in die Schreibstube, ich diktiere Euch einen Brief an meinen Freund Theodemir. Ich versprach Euch, Ihr sollt ihn schreiben, dabei bleibt es.«

»In die Schreibstube gehen …«, murmelte Germunt bitter.

Der Bischof bot ihm keine Hilfe an. »Ihr seid auf dem Markt einen Handel eingegangen: einen Ring gegen Euer Bein. Nun klagt nicht.«

Germunt presste die Lippen vor Schmerzen aufeinander, während er sich an der Wand hinaufzog. Um nicht zu stöhnen, ächzte er eine Frage hinaus: »Wo liegt Nîmes?«

»Westlich der Alpen.« Der Bischof machte die ersten Schritte.

Germunt humpelte ihm nach. »Werden sie nicht versuchen, mich abzufangen, bevor ich den Cenispass erreicht habe?«

»Deshalb müsst Ihr heute nacht noch aufbrechen. Ich werde den Torwachen Bescheid geben, dass sie Euch passieren lassen sollen.« Claudius spitzte nachdenklich die Lippen. »Ganz sicher lauern einige Meuchler des Grafen beim Kloster des Heiligen Petrus in Novalesa. Kehrt dort besser nicht ein, sondern übernachtet die ersten Tage im Freien. Proviant könnt Ihr von hier mitnehmen.«

Vor der weißen Stute blieb Claudius kurz stehen und streichelte ihr über den Kopf. Kaum waren sie auf den Hof getreten, sah sich der Bischof nach einem der Knechte um: »Gebt der Weißen frischen Hafer! Soll sie den anderen Pferden beim Fressen zusehen? Ihr meint, dass sie schmal ist und wenig Futter braucht, aber da täuscht Ihr Euch. Sie verzehrt so viel wie zwei von Euren breitschultrigen Pferden.«

»Ja, Herr«, stammelte der Angesprochene und eilte davon.

Es war eine merkwürdige Situation, als die beiden in der Schreibstube vor Biterolfs Pult standen. Der Notar rückte Tintenfass und Federkiel zurecht, bemüht, dem Bischof ein ordentliches Bild zu bieten. Germunt wusste nicht, wohin er blicken sollte.

»Habt Ihr das Empfehlungsschreiben abgeschlossen, das ich Euch bat anzufertigen?«

Biterolf nahm einen klein gefalteten Brief vom Pult. »In Eile, wie gewünscht. Ihr müsst es nur noch siegeln.«

»Gut. Würdet Ihr uns bitte allein lassen?« Der Bischof sprach die Frage wie eine Feststellung aus.

»Hier?«

»Ja, hier.«

Germunt konnte sich das verwirrte Gesicht Biterolfs vorstellen. Er hob die Augen nicht vom Boden, um zu vermeiden, dass er dem Blick des Notars begegnete.

»Komm, Farro, wir gehen ein bisschen raus«, sagte Biterolf halblaut. Endlich klappte die Tür, und sie waren allein.

»Zeigt das Schreiben nur vor, wenn es nötig ist. Ansonsten gebt Auskunft, dass Ihr Euch mit einem Brief von Claudius, dem Bischof von Turin und Freund des Kaisers, ausweisen könnt. Das sollte die meisten Türen öffnen, vor allem die Klosterpforten. Ich siegle das Empfehlungsschreiben, wenn wir den Brief an meinen Freund fertiggestellt haben.«

Es kratzte in Germunts Hals. »Warum tut Ihr all das?«

»Ich weiß es nicht. Irgendetwas lässt mich glauben, dass ich Euch nicht aufgeben sollte. Tut auch Ihr es nicht.« Der Bischof nahm ein Pergament aus dem Schrank. »Hier, das müsste groß genug sein. Der Brief geht an Theodemir, Abt von Psalmody.«

Der Bischof hatte das Pergament auf Biterolfs Pult abgelegt. Germunt wagte nicht, es von dort aufzuheben und zu seinem Pult hinüberzutragen. Also stemmte er sich an den Platz seines Lehrers, ergriff die Feder, die noch von Biterolfs Fingern gewärmt war, und schrieb. Schon nach wenigen Worten stach es im gesunden Bein, auf dem das sämtliche Gewicht ruhte. Der ganze Tag kam ihm wie ein Albtraum vor. Hier schrieb die Hand, die vorhin noch auf dem Holzklotz gelegen hatte. Und dort hing dumpf das Bein, mit dem er sein ganzes Leben lang gelaufen und gesprungen war.

Claudius diktierte flüssig, ohne dass er sich verbessern musste. Während Germunt die Worte auf die Tierhaut malte, ging der Bischof in der Schreibstube auf und ab, nahm Schriftstücke aus den Regalen und legte sie wieder hinein, sah Germunt über die Schulter und diktierte in sachlichem Tonfall, als würde er eine Rechtsurkunde schreiben lassen, die ihn nicht berührte.

Die Sätze aber, die er Germunt schreiben ließ, waren alles andere als kalt. Mal trugen sie die Wärme eines väterlichen Rates, mal das Feuer einer tiefen Freundschaft. Mitunter diktierte Claudius Bemerkungen zu Ereignissen in der Vergangenheit, die Germunt nicht verstand, oder ein Argument zu einem Gespräch, dessen Hintergründe Germunt fehlten.

Als der Brief beendet war, nahm der Bischof das Pergament in die Hände und las. »Ja, das ist gut. Du wirst dich freuen, mein lieber Theodemir.« Er zog ein Messer aus seinem Gürtel und ritzte das Pergament kreuzförmig ein, dort, wo der Text endete. »Habt Ihr Siegelwachs für mich, Germunt?«

Germunt hinkte mühsam zum Schrank.

Über dem kleinen Talglicht erwärmte Claudius die Siegelmasse, dann teilte er sie in zwei Hälften. Den einen Teil drückte er in die geritzte Stelle unter dem Brief an Theodemir, den anderen mitten auf das klein gefaltete Empfehlungsschreiben. Dann presste er seine Faust mit dem Siegelring auf beide.

»Theodemir wird Euch gefallen. Er ist noch sehr jung, jedenfalls, wenn man bedenkt, dass er bereits Abt eines wichtigen Benediktinerklosters ist. Wenn Ihr sagt, wer Euch schickt, wird er Euch herzlich aufnehmen. Bleibt ruhig ein paar Tage in Psalmody. Tut mir einen Gefallen, fragt Theodemir, was er von meinem Kommentar zum ersten Korintherbrief hält. Er hat das Buch schon eine Weile, und ich warte sehnsuchtsvoll auf Antwort von ihm. Sagt ihm, wenn noch Fragen offengeblieben sind, soll er sie mir schleunigst stellen.«

»Mache ich.« Claudius behandelte ihn, als wäre nichts geschehen. Und er tat, als würde er ihn belohnen, während er ihn geradewegs in den Tod schickte.

Der Bischof löste einen Lederbeutel von seinem Gürtel. »Diese Münzen werdet Ihr brauchen. Ihr werdet Brückenzoll bezahlen oder unterwegs etwas Käse und Brot kaufen müssen.«

Nachdem Germunt den Beutel entgegengenommen hatte, fasste ihn Claudius bei den Schultern und sah ihm in die Augen. »Haltet Euch nicht mehr lange auf. Wenn Godeoch morgen früh erfährt, dass Ihr fort seid, wird er Euch nachsetzen. Je weiter Ihr es heute Nacht noch schafft, desto besser.«

»Wie soll ich mit einem verwundeten Bein –«

»Ich sage nicht Lebt wohl, weil ich guter Hoffnung bin, dass wir uns wiedersehen.« Damit drehte sich der Bischof um und verließ die Schreibstube.

Germunt lehnte sich von innen an den Türpfosten. Weinbauer hatte er werden wollen? Ein Krüppel war er stattdessen! Sein Leben kam ihm plötzlich wie ein Plan vor, der Plan, einen Menschen Schritt für Schritt zugrunde zu richten. Warum glaubte Claudius an ihn? Er schickte ihn mit dieser höllischen Wunde über die Alpen und ging einfach davon aus, dass er es überlebte. Hatte er womöglich nicht wegen ihm ein schlechtes Gewissen, sondern wegen seiner Mutter? Wahrscheinlich war es beides zugleich.

Bevor er die Schreibstube verließ, füllte er Biterolf noch einmal das Tintenfässchen auf. Der Notar würde lächeln, wenn er es am nächsten Morgen bemerkte. Dann trat er, trotz aller Schmerzen, im schwindenden Tageslicht einen Rundgang durch die Gebäude des Bischofshofes an, um sich ihren Anblick einzuprägen. Womöglich sah er sie zum letzten Mal, und er wollte die Erinnerung kräftig machen, auch wenn das Bein mit jedem Schritt tauber wurde. Dass man ihn überall anstarrte, war ihm egal. Überhaupt waren ihm Menschen plötzlich auf seltsame Weise gleichgültig.

Er humpelte durch den Schlafsaal, besuchte die Gästekammer, in der er etliche Tage verwundet gelegen hatte. Den kleinen Zaun am Kräutergarten wollte er zuerst meiden, aber dann zwang er sich, dort einen Atemzug der würzigen Luft zu nehmen. Ein nasser Hauch legte sich ihm auf die Augen.

Als er in der Küche ein Stück Lendenfleisch liegen sah, ergriff er ein Messer, um für Farro einen letzten Leckerbissen abzuschneiden. Plötzlich hatte er das Gefühl, als würde eine Faust sein Handgelenk packen. Still legte er das Messer an seinen Ort zurück. Ich sollte zuerst fragen, dachte er.

Erlwin, der den Küchenmeister vertrat, gab lachend seine Erlaubnis. »Aber sagt ihm, dass er sich nicht daran gewöhnen soll!« Dann sprach er leise. »Kommt nachher noch einmal vorbei. Claudius hat mir befohlen, Euch Proviant für drei Tage zu packen.«

Sicher roch der Hütehund das Fleisch. Germunt rief auf dem Hof nur einmal mit gedämpfter Stimme, und schon sprang ihm aus dem Schatten am Tor das schwarze Tier entgegen. Hoffentlich springt er mich nicht an, dachte er, ich falle sofort um mit diesem wunden Bein. Bevor Farro ihn erreicht hatte, warf Germunt das Fleisch durch die Luft. Der Hund sprang danach, schnappte sich den saftigen Streifen im Rachen zurecht, schlang ihn hinunter und zeigte sofort wieder seine Zunge, als bettelte er um mehr. Germunt strich ihm die Hand über den Kopf. »Pass mir gut auf Biterolf auf. Sie machen es ihm nicht leicht hier.«

Farro schloss kurz das Maul und winselte, dann zeigte er wieder seine Zunge.

Die ersten Sterne stachen durch die Wolkendecke. Ein kühler Wind erinnerte Germunt an die Eisnächte im Gebirge. Fröstelnd rieb er sich die Arme. Da spürte er, wie ihm etwas Schweres auf die Schultern gelegt wurde.

»Nehmt diesen Mantel, Germunt. Ich sitze sowieso die meiste Zeit im Talglichtschein meiner Schreibstube, da brauche ich ihn kaum. Und hier ist ein Stock, der Kanzler hat ihn dem Pilger abgeschwatzt, der seit zwei Tagen bei uns ausruht.«

Erschrocken drehte sich Germunt um. »Biterolf, könnt Ihr Gedanken lesen?«

»Nun, man muss nicht Logik studiert haben, um zu wissen, dass Ihr im Schnee der Alpen etwas Wärmendes brauchen werdet.« Die Stimme des Notars klang gedämpft und ein wenig angeraut. »Ich werde Euch nicht durch die Stadt begleiten, damit man Euch nicht so leicht erkennt. Geht die kleinen Gassen, hört Ihr? Es wäre schlecht, wenn sie Euch sähen.«

»Ich danke Euch, guter Lehrer.« Er umarmte ihn herzlich.

Als sie sich wieder voneinander lösten, fragte Biterolf: »Warum wollte Claudius mit Euch in der Schreibstube allein sein?«

Er biss sich auf die Lippen. Was sollte er sagen? Vielleicht wusste der Notar noch nichts von Theodemir. Er wäre sicher gekränkt, wenn er erfahren würde, dass Claudius Germunts Feder in dem Fall der seines Notars vorgezogen hatte. Andererseits: Ging es nicht nur um eine Übung? Um den Ansporn, die Schreibkunst zu lernen? Warum sollte er daraus ein Geheimnis machen? Und doch, es war ein Geheimnis, auf irgendeine Art.

»Ihr dürft nicht darüber reden? Dann sagt nichts. Es ist in Ordnung, wirklich. Aber verratet mir: Habt Ihr wirklich gestohlen? Warum?«

Germunt schloss die Augen und schluckte schwer.

»Ist es ein Dämon, der Euch zum Dieb macht?«

»Nein. Es ist ein Engel.«

»Ihr meint … eine Frau?«

Germunts Lider hoben sich, und er blickte Biterolf unverwandt an.

»Ihr meint doch nicht Stilla?«

»Vom ersten Tag an wollte ich ihr eine Freude machen. Der Tod ihrer Eltern und ihre Blindheit, das hat mich so traurig gestimmt. »Bitte, Ihr …« Germunt stockte. »Zürnt nicht. Ich werde sie in Ruhe lassen.«

»Ihr liebt sie?«

Germunt schwieg. Er spürte, dass seine Wangen zu glühen begannen.

»Es ist gut, dass Ihr in die Ferne reist«, sagte Biterolf. »Ihr werdet sie schnell vergessen.«

Aus der Schenke, die alle nur »die Alte« nannten, flossen gelbes Licht und eine dumpfe Flut von Stimmen auf die Straße. Germunt beeilte sich, in die Mariengasse abzubiegen. Er lief auf den erhöhten Pflastersteinen, um in keinen Unrat zu treten, und hielt den Leinensack, der auf seinem Rücken schaukelte, fest mit der Faust umschlossen. Rechts von ihm schrie in einer Holzhütte ein Mann wütende Sätze. Eine Frau schrie zurück.

Endlich kam am Ende der Via Carda die Stadtmauer in Sicht. Am Tor brannte eine Fackel.

Der Wachposten trug einen schwarzen Bart und sprach mit einer Stimme, die unerschütterliche Ruhe ausstrahlte. »Da bist du. Hier, die kleine Tür ist offen.« Aus der Wachstube hörte man ein Schnarchen.

Germunt biss die Schmerzen hinunter, die aus dem Bein heraufpochten, und passierte das Tor mit reglosem Gesicht. Was, wenn dieser Schmerz auch in Tagen nicht nachließ? Der Himmel mochte schwarz sein, noch schwärzer aber erhoben sich vor ihm die Berge, die er nun zum zweiten Mal würde überqueren müssen. Dazu kam, dass er in das Gebiet seiner Verfolger lief, auf genau dem Weg, den er gekommen war. Vielleicht hatten sie aufgegeben, aber darauf durfte er sich nicht verlassen. Gut, dass er hinter dem Gebirge nach Westen abbiegen konnte.

Er beschloss, den Pass des Mont Cenis auf kleinen Pfaden zu umgehen. Im Morgengrauen fand er einen Viehtreiberweg, der von der Handelsstraße abbog, und folgte ihm. Der Schmerz wanderte mit.

Mühsam vergingen die Tage. Germunt hätte gern die großen Schlaufen des Weges abgekürzt, aber er konnte mit seinem verletzten Bein nicht den Hang hinabschlittern und auf der anderen Seite wieder emporklettern. Im ersten einsamen Bergbauerngehöft musste er sich zwei Wochen ausruhen, bis er weiterhinken konnte. Immer wieder kehrte er in solchen Gehöften ein und gelangte auf diese Weise in die höheren Regionen der Berge.

Eines Morgens nach einer Nacht im Freien erwachte er von rupfenden, knirschenden Geräuschen dicht an seinem Ohr. Er riss die Augen auf und sah auf das schwarze Maul einer Ziege, die, noch kauend, ebenfalls den Kopf hob und ihn mit ihren Ziegenaugen anstarrte. In den Augen lag eine dunkle Weltscheibe, flach wie der Horizont, umgeben von dottergelber Tiefe. Das Tier schien ihn nicht zu fürchten, seine Nase weitete sich, als nähme es Witterung auf, aber es stand fest auf seinem Platz.

Germunt machte eine Bewegung mit dem Arm, in der Vermutung, dass die Ziege nun in Sprüngen den Ort verlassen würde. Sie öffnete jedoch nur ihr Maul zu einem schmalen Spalt und stieß ein Meckern aus.

»Weißt du, dass wir euch schlachten, um auf eurer Haut zu schreiben?«

Ungerührt stand sie da.

Germunt dachte nach. »Sag bloß, du hast es auf das bisschen Gras abgesehen, auf dem ich liege!« Als er aufstehen wollte, stellte er fest, dass die Ziege mit einem Huf auf Biterolfs Mantel stand. Da musste er lachen. »Den Mantel kann ich dir nicht lassen, es ist so schon kalt genug. Außerdem, wie willst du an das Gras herankommen, wenn er darauf liegt?« Er zog einmal kräftig, um sich zu befreien, und stand auf.

Anstatt sich dem entblößten Futter zu widmen, starrte das Tier ihn weiter an.

»Hast du noch nie einen Menschen gesehen? Jetzt hör auf zu starren, tu etwas Sinnvolles! Du gehörst doch jemandem.« Er suchte nach einem Halsband oder einem Brandzeichen. Die Ziege hatte vier große braune Flecken auf dem Rücken, aber nirgends konnte er ein Zeichen menschlicher Besitznahme erkennen. »Auch wilde Ziegen haben keinen Tag zu vergeuden. Also auf!«

Da das Tier keine Anstalten machte, sich irgendwie zu bewegen, zuckte Germunt mit den Schultern, langte nach dem faltigen Leinensack, der bis auf etwas Käse und Brot leer war, und machte sich daran, seinen Weg fortzusetzen. Die Ziege folgte ihm schweigend.

Blieb er stehen, so blieb auch sie stehen, lief er, so nickte sie jedem Schritt mit ihrem Kopf hinterher und ließ nie mehr als zwei Ziegenlängen Abstand zu ihm.

»Ich habe nichts für dich«, versuchte er ihr klarzumachen. Sie antwortete mit einem besserwisserischen Meckern.

Irgendwann fügte er sich in die Lage und kümmerte sich nicht weiter um seine Begleiterin. Nur einmal stach es ihn, sie auf die Probe zu stellen, und er blieb für eine halbe Ewigkeit reglos stehen. Sein Bein, das allmählich verheilte, pulsierte. Die Ziege schien ihm für diesen Versuch nicht böse zu sein, lief aber auch nicht weiter. Sie glotzte herausfordernd, als sei das Ganze ein Spiel, das sie hervorragend beherrschte.

Zwei Tage vergingen mit gemeinsamer Wanderung. Je höher sie hinaufkamen, desto kälter wurde es. Kaum war noch Gras oder Gestrüpp für die Ziege vorhanden, das nicht von Schnee bedeckt war. Auch Germunt musste hungrig laufen, um sich ein wenig Proviant für die kommenden Tage aufzubewahren, in denen er keiner Menschenseele begegnen würde. Der Viehweg war längst zu einem wilden Pfad geworden.

»Was meinst du«, fragte Germunt seine Begleiterin, »ist das hier ein Weg, dem nur die Gemsen folgen? Wir Menschen überqueren die Alpen sicher nicht auf so beschwerliche Weise. Kennst du überhaupt einige Gemsen? Ihr müsstet doch verwandt sein?«

Seine Weggefährtin glotzte und blieb die Antwort schuldig.

Es kamen die Tage, in denen er nur eisern Fuß vor Fuß setzte. Ein starker und ein schwacher Schritt wechselten sich ab, der eine mit dem gesunden, der andere mit dem verletzten Bein. Der Bergwind pfiff ihm in den Ohren, und feiner, aufgewirbelter Schnee setzte sich beißend in Kragen und Ärmel. Ein falscher Schritt konnte ihn das Leben kosten. Mitunter ging es an einer Seite des Gebirgspfades steil in den Himmel hinauf, so wie der Blick an der anderen Seite gnadenlos in die Tiefe stürzte. Germunt staunte immer wieder, mit welcher Selbstverständlichkeit die Ziege über das Geröll kletterte. Hier und da knabberte sie an einem niedrigen Gestrüpp oder einer Flechte. Sie war dünn geworden. Abends aßen sie gemeinsam Schnee.

Germunt hörte auf, vor sich hin zu fluchen, wenn das Bein ihn beim Klettern behinderte. Er wurde ganz still. Das Gebirge war nicht sein Feind, es war genauso ein Krüppel wie er, hatte ein verzerrtes Gesicht und karge, ausgetrocknete Lippen.

Irgendwann bemerkte er, dass die größten Berggipfel hinter ihm lagen, während es vor ihm nur noch mittlere Gebirgszüge gab. »Ich hoffe, du warst dir sicher, dass du auf diese Seite der Alpen wolltest«, sagte er zur Ziege.

Sie kam näher, als hätte er sie zu sich gerufen, und blieb nur eine Handbreit vor ihm stehen. Ihre Nasenöffnungen weiteten sich.

Als das erste Bauerngehöft in Sichtweite kam, machte Germunts knurrender Magen einen Satz. Mit kraftvollen Schritten lief er auf die Gebäude zu, bis er hinter sich die Ziege rufen hörte. Es klang verzweifelt, als würde sie in einer Falle festhängen. Er drehte sich um und rief: »Was ist?« Da stand sie, die Weggefährtin, und stakste einige Huftritte zur Seite. Eine unsichtbare, aber unüberwindbare Mauer schien sie am Weiterlaufen zu hindern.

»Du fürchtest dich?«

Sie antwortete mit einem kläglichen Meckern.

Germunt seufzte. Er lief zurück, und als er sie fast erreicht hatte, riss er eine Handvoll Gras aus und streckte es ihr entgegen. »Komm, meine Gute, komm.«

Die Ziege stand still und reckte den Kopf höher.

»Du kannst nicht, richtig?« Er nickte. »Ich verstehe.« Er trat ganz an sie heran und hielt das Gras vor ihren Kopf. Beinahe zärtlich kräuselte sie die Lippen und klaubte die Halme aus seiner Hand. »Lebe wohl. Hab Dank für deine treue Begleitung.«

Wieder in Richtung der Gebäude gehend, wendete sich Germunt alle paar Schritte um. Die Ziege stand unverändert da und sah ihm mit ewigen Blicken nach.

»Ich habe hier ein Schreiben«, begann er an der Tür, wurde aber sofort von der alten Frau unterbrochen.

»Meint Ihr, ich kann lesen?«

»Verzeiht. Ich bin am Verhungern und wollte fragen –«

Nun lachte sie. »Ich will Euch gern etwas geben. Fragt nur noch rasch meinen Mann. Er mäht Gras, dort auf der Seggehangwiese.« Die Frau wies ihm eine Richtung. »Vielleicht könnt Ihr auch eine Nacht bleiben. Er hätte sicher nichts dagegen, wenn ihm morgen früh jemand bei der Arbeit hilft.«

Germunt sah an dem Stock hinunter, auf den er sich stützte. »Ich habe ein … Mein Bein ist nicht in Ordnung.«

Die Frau tat, als hätte sie es nicht gehört. Sie zeigte noch einmal über die Wiesen. »Dort, er mäht Gras.«

In der empfohlenen Richtung fand Germunt einen älteren Mann, dessen graue Haare sich von einem braun gebrannten Gesicht abhoben. In kräftigen Schwüngen bewegte er eine mehr als mannshohe Sense durch das Gras.

Dieses Mal war er schlauer. »Guter Mann, kann ich Euch helfen? Ich würde mir gern ein wenig Brot verdienen. Ich habe aber ein –«

»Euch schickt der Himmel!« Der Senner unterbrach lächelnd seine Arbeit.

Germunt blieb drei Tage bei dem alten Paar, und als er wieder aufbrach, fiel der Abschied beiden Seiten schwer. Dem grauen Senner wurden die Augen feucht, als er Germunt umarmte, und die Bäuerin hatte ihm seinen Leinensack so vollgepackt, dass er ihn kaum tragen konnte. Sie nahmen ihm das Versprechen ab, dass er auf dem Rückweg wieder eine Weile bei ihnen bleiben würde.

Obwohl er durch sein Begleitschreiben während der folgenden Tage in Klöstern und Herbergen bereitwillig aufgenommen wurde, war es nie wieder eine so herzliche Rast wie bei den Sennbauern. An manchen Orten beobachtete man den Hinkenden misstrauisch, als fürchte man, er könne einen schlechten Bericht abgeben bei den Herren, mit denen er ja augenscheinlich in Kontakt stand. Anderswo ignorierte man ihn völlig, wie eine Fliege, die man nicht fortscheucht, solange sie ruhig sitzt.

Es erwies sich als schwierig, Abt Theodemir zu finden. In Psalmody schickte man Germunt Richtung Norden, da der Abt die Ländereien des Klosters besuchte, er schien ihn jedoch verpasst zu haben, denn nach einigen Tagesreisen sandten ihn Befragte wieder gen Süden. Indem er vom Morgengrauen bis zum Abend wanderte, kam Germunt dem Gesuchten näher. Eines Abends schließlich holte er ihn in einem Gasthaus am Ufer der Rhône ein. Nie hätte er sich den jungen Abt so vorgestellt.

12

Germunt ließ sich in der Abenddämmerung von einem Fährmann übersetzen. Er freute sich auf eine Mahlzeit in dem lang gestreckten, großen Gasthaus am anderen Ufer. Es schien beliebt zu sein, denn unter dem freien Dach an einer Gebäudeseite standen die Pferde dicht an dicht, und die Stimmen vieler Menschen drangen aus dem Haus.

Gleich als er eintrat, fiel ihm der junge Mann ins Auge. Man hatte für ihn und seine Leute mehrere Tische in einer Hälfte des Raumes zusammengeschoben, Becher und Bierkrüge standen auf der großen Tischfläche verstreut. Um sie herum hatten sich Männer in braunen Kutten niedergelassen, aus denen der junge Mann hervorleuchtete wie ein König unter Bettlern.

Er trug einen weißen Umhang mit Kapuze, der vor seiner Brust von einer goldenen Spange zusammengehalten wurde. Zwei goldgestickte Kreuze glitzerten im Fackelschein auf dem hellen Leinenstoff. Die dunkelblonden Löckchen auf seinem Haupt mussten erst kürzlich von einem Barbier gekürzt worden sein, denn sie lagen fest an und glänzten wie das Fell eines teuren Jagdhundes. Unterhalb der wässrig grauen Augen waren seine Wangen gerötet, vielleicht unter dem Einfluss der genossenen Getränke. Alle Gesichter waren ihm zugewandt, und er sprach mit der Geste von Überlegenheit.

Obwohl Germunt allen Grund hatte anzunehmen, dass er Abt Theodemir vor sich sah, wollte er nicht in die Begegnung hineinstolpern. Er freute sich auf eine herzliche Begrüßung, doch hielt er sich zurück, um den Übergang vom bedeutungslosen Wanderer zum geschätzten Gast bewusst genießen zu können. Und dann war da noch ein ungutes Gefühl irgendwo tief unter all der Vorfreude, das sich seit dem Betreten des Gasthauses bemerkbar machte und zur Vorsicht mahnte. So suchte er sich einen Platz in der Mitte der Schenke, von wo aus er hoffte, etwas von der Rede des Abtes hören zu können.

Das zwischen den Leuten hin und her laufende Mädchen fragte ihn nach seinem Begehr, und er bat um Wein und Brot. Als sie verschwunden war, richtete ein Mönch, der dicht bei Germunts Tisch saß, das Wort an den Lockigen.

»Ehrwürden, meint Ihr nicht, man kann das Grundstück tauschen?«

Der junge Mann lächelte. »Das haben wir gar nicht nötig. Kaiser Ludwig hat mir weitere Landgeschenke versprochen. Vergesst auch nicht die Einnahmen aus Saint-Saturnin de Nodels, die noch ausstehen! Aber warum reden wir nicht von etwas anderem und klären die Sache, wenn wir zurück in Psalmody sind?« Er führte einen Becher an seinen Mund.

Eindeutig, das war Theodemir. Germunt hob sein Bündel auf den Schoß und fingerte darin nach dem Brief von Claudius. Der würde gleich Augen machen!

Ein grauhaariger, älterer Mönch erhob sich. Der Abt stellte laut schallend seinen Becher ab. »Wohin gehst du?«

»Nach den Pferden sehen.«

»Wirklich?« Die Stimme des jungen Mannes klang hart.

Zögernd spielte Germunt mit dem Brief in seinen Händen.

»Ja, Ehrwürden.«

»Und du gehst dich nicht erleichtern?«

»Doch, Ehrwürden.«

»Also hast du mich angelogen.«

»Nein, Ehrwürden. Ich gehe mich bei den Pferden erleichtern.«

Der Abt schlug die Faust auf den Tisch. »Verdammt, halte mich nicht zum Narren!«

Während eine Schankmaid den Becher des Abtes auffüllte, stand der Mönch schweigend da und sah auf seine Hände hinab.

Kaum war die Magd gegangen, bellte der Abt: »Du hältst dich wieder einmal für klüger und erfahrener als mich, nicht wahr?«

»Nein, Ehrwürden.«

»Verschwinde.«

Germunt versuchte, in das Gesicht des Mönches zu sehen, als er an ihm vorbeiging. Es wirkte ruhig, beinahe geduldig. Einige andere Mönche sahen ihm hinterher, Mitleid in ihren Zügen.

War das der junge Mann, dem sich Claudius so freundschaftlich verbunden fühlte? Zögerlich erhob sich Germunt, nahm seinen Stock und humpelte an den großen Tisch. Er neigte sich zu einem der Mönche hinab und flüsterte: »Verzeiht, ist das Abt Theodemir?«

»In der Tat«, flüsterte der andere zurück. »Ihr seid nicht von hier, oder?«

»Nein.« Germunt richtete sich auf. Er sah, dass das Augenpaar des Abtes auf ihm lag. Von Euch lasse ich mich nicht einschüchtern, dachte er und drehte ihm den Rücken zu. Während er zu seinem Bündel zurücklief, schoss ihm durch den Kopf, dass er damit den Abt erzürnen musste, einen jungen Abt, der darauf bedacht war, wie ein würdiger Alter behandelt zu werden. Aber wenn er hörte, wer ihn gesandt hatte, würde sich sein Gesicht aufheitern. Er hob den Brief von seinem Schemel auf und hinkte zum großen Tisch zurück.

Der Abt hatte die Augen zusammengekniffen und ließ ihn mit seinem Blick nicht los. Die Mönche sahen ihm entgegen, manche mit erhobenen Brauen. Er musste jetzt etwas sagen. Jetzt.

»Ehrwürden.« Germunt räusperte sich. Schamesröte schoss ihm ins Gesicht, und sein Kopf war plötzlich vollkommen leer, keine Ideen, keine Gedanken, nur Hilflosigkeit. »Kennt Ihr einen Claudius?«

Der Abt merkte auf. »Den Kantabrier?«

»Den Bischof von Turin.«

»Ja, dort ist er inzwischen. Ich kenne ihn.«

Warum glänzten Theodemirs Augen nicht? In seinen Zügen spiegelte sich kein freundliches Erinnern wider.

»Ich bringe Euch einen Brief von ihm.«

Der Abt musterte Germunt von Kopf bis Fuß und schürzte ein wenig die Unterlippe. Dann neigte er seinen Kopf vor. »Nun?«

Germunt ging zur anderen Seite des Tisches. Er hatte das Gefühl, alle würden sein langsam verheilendes Bein anstarren.

Theodemir sah kurz auf das Siegel, dann erbrach er es und entfaltete das Pergament. Seine Augen flogen über die Seite. Er nickte kurz. »Ihr nächtigt hier? Dann gebe ich Euch morgen früh eine Antwort mit.«

Das Mädchen stellte einen Becher und ein flaches Brot in seiner Nähe auf den großen Tisch. »Ihr wolltet eine Mahlzeit.«

Germunt schluckte. »Nein, mein Tisch ist –«

»Das ist in Ordnung«, fiel ihm der Abt ins Wort. »Setzt Euch zu uns. Dort ist noch ein Schemel frei.«

Germunt nahm Platz. Er starrte auf sein Essen hinab. »Ehrwürden, Claudius hat mich gebeten, Euch nach seinem Kommentar zum ersten Korintherbrief zu fragen. Ihr habt das Buch schon eine Weile, und er wüsste gern, was Ihr darüber denkt.«

»Jaja, Claudius und seine Bibelauslegung. Überall ist er bekannt geworden, Spanien, Italien, Gallien.« Theodemir schwieg einen Moment. »Ich habe natürlich alles gelesen. Er bekommt es zurück … bald.«

Stille.

»Leert Eure Becher. Wir begeben uns in den Schlafsaal.« Theodemir erhob sich.

Ein Bierschlürfen und Schemelschieben setzte ein. Germunt saß reglos. Sein Hunger war ihm vergangen.

Im Vorbeigehen neigte sich einer der Mönche zu ihm herab und raunte: »Macht Euch keine Gedanken. Morgen ist alles vergessen.«

Was? Was war vergessen? Hatte er etwas Falsches gesagt? Germunt drehte sich um, aber der Mann war verschwunden. Bald war der Schankraum nahezu leer. Germunt saß allein an der großen Tafel, und auch in der anderen Hälfte des Raumes hatte sich die Zahl der Gäste vermindert. Ab und an erhob sich einer der Verbliebenen und schlurfte durch die große Tür, die wohl zum Schlafsaal führte.

Mit Mühe würgte Germunt das Brot hinunter. Der Wein schmeckte sauer. Das sollte die versprochene Gastfreundschaft sein? Auf diesen Tag hatte er sich während des zähen Voranhumpelns gefreut? An Theodemir musste etwas sein, das Claudius sah, aber er, Germunt, noch nicht bemerkt hatte. Wie konnte er sonst seinen Schüler so schätzen!

Sobald er aufgegessen hatte, nahm er sein Bündel und den Stock und schlich so leise wie möglich in den Schlafsaal. Eine einzige Fackel brannte dort und warf hilflos flackernd ein trübes Licht auf die Strohsäcke und die reglosen Gestalten, die auf ihnen ruhten. Die Luft war dick und machte müde. Germunt suchte sich einen freien Platz in der Nähe des kleinen Wandlochs, durch das frische Nachtluft hereinströmte. Er ließ sich auf das Stroh sinken, platzierte das Bündel unter dem Kopf und schloss die Augen.

Ein unaufhörliches Sirren kreiste in seinem Kopf, als er die Augen wieder öffnete. Der Mund war trocken, Germunt musste im Schlaf geschnarcht haben. Wo die Fackel gebrannt hatte, sah man jetzt nur noch einen glühenden Stumpf im Dunkel. Germunt wollte im Fensterloch nach dem Himmel schauen, aber es stand jemand davor: Eine weiße Kapuze war im Fackelglühen auszumachen. Theodemir. Warum schlief er nicht?

Neben ihm stand einer der Mönche. Sie sprachen gedämpft miteinander.

»Ich habe das Buch an den kaiserlichen Hof gesandt. Es gibt einige Merkwürdigkeiten in Claudius' Lehre, die dort von anderen Bischöfen geprüft werden.«

»Nennt Claudius nicht die Bilder in den Kirchen Götzen?«

»So ist es. Natürlich haben die Bilder nichts Göttliches. Wir verehren sie, um den zu achten, dem sie gleichen. Es ist einfacher als Winterschnee, aber mein hochgebildeter Lehrmeister kann es nicht begreifen. Er hat sich verrannt, und zwar gefährlich verrannt.«

Ein eiserner Ring umschloss Germunts Brust. Claudius hatte sicher nicht die leiseste Ahnung, dass sein Schüler so über ihn redete.

»Vielleicht würde ich darüber hinwegsehen, wenn das alles wäre. Aber er greift auch den Sinn der Reliquien an und macht die Pilgerfahrten ins Heilige Land schlecht. Ich kann nicht verstehen, wie ein so kluger Mann so widerwärtige Dummheiten ausbrütet.«

»Immerhin war er Euer Lehrer.«

»Man wird es mir nachsehen.« Der Abt löste sich von der

Wand. »Gehen wir in die Schankstube und reden dort weiter, sonst wecken wir noch jemanden.«

Schweigend verließen die beiden Männer den Raum. Germunt starrte ins Dunkel. Wenn ich die Lage richtig einschätze, dachte er, dann ahnt Claudius nichts, wirklich gar nichts. Ich werde ihm Bericht erstatten. Lange lag er noch wach, obwohl es ihm schwerfiel, einen klaren Gedanken zu fassen.

Germunt öffnete erneut die Augen. Der Fackelstumpf hing kalt und schwarz in seiner Halterung, und das graue Licht der Morgendämmerung fiel durch das Wandloch in den Schlafsaal. Von draußen waren Stimmen zu hören, das Knarren von Leder und das Stampfen von Pferdehufen. Die Strohsäcke rechts und links von ihm waren leer. Er richtete sich auf. Warum war er nicht aufgewacht?

Er griff sein Bündel und schob die Tür zum Schankraum auf. An der großen Tafel saß Theodemir, über ein Pergament gebeugt, in der Hand eine Feder. Ein kleines Licht flackerte neben ihm und erzeugte einen Widerschein auf dem Bronzefässchen, in das er die Feder tauchte. Schließlich warf er die Feder von sich und blies über das Schriftstück.

»Meine Leute sind jeden Moment abreisefertig.« Er hob den Kopf. »Werdet Ihr diesen Brief Claudius überbringen?«

Germunt nickte erstaunt. »Ihr habt ihn mit eigener Hand geschrieben?«

»Spricht etwas dagegen?« Der Abt lächelte und erhob sich. »Ich schicke meinen Kanzler zum Siegeln herein. Gehabt Euch wohl.«

Immer wieder dachte Germunt in den nächsten Tagen an die Begegnung im Gasthaus zurück. Zu gern hätte er den Brief geöffnet, den er in seinem Bündel trug, und erfahren, was Theodemir geschrieben hatte. Stand etwas über ihn auf dem Pergament? Oder war es ein belangloses Plaudern, um den Bischof hinzuhalten, während sein Buch am Kaiserhof geprüft wurde? Es drängte ihn, ohne Verzögerung umzukehren und Claudius zu warnen, aber die Verbannung war befohlen, und er wagte nicht, sich zu widersetzen.

War er anfangs dankbar gewesen, keinem Herrn mehr hinterherreisen zu müssen, in der Erwartung, dass sich der Weg nun einfacher gestalten würde, erschienen ihm die Tage im Süden bald schon wie ein Vergnügen, verglichen mit der beschwerlichen Reise nach Tours.

Die Sprache der Bauern, die er nach der Straße fragte, erinnerte ihn an seine Kindheit. Es war das weiche Romanisch, das auch die meisten Menschen am Hof des Vaters gesprochen hatten. Nur die hochgestellten Gefolgsleute und der Familienkreis hatten Westfränkisch gesprochen. Das waren die Eroberer, die Herrscher, die mit ihren Schwertern aus der Ferne gekommen waren und die Einheimischen nun für sich arbeiten ließen. Germunt wusste nicht, ob er sich als Eroberer oder als Besiegter fühlen sollte. Eigentlich hatte er die Bediensteten, die Mägde und Handwerker und Knechte und Bauern gern gemocht. Fränkisch war ihm in die Wiege gelegt worden, Romanisch aber liebte er, weil es ihm erlaubte, mit den Menschen zu plaudern. Nur Latein, das hatte er ungern gelernt. Erst in Turin, wo selbst die kleinen Kinder Latein sprachen, ihre Abzählreime, ihre schmutzigen kleinen Geschichten, ihre Kinderflüche, war es ihm zu einer Sprache aus Fleisch und Blut geworden.

Und nun war er wieder von romanischen Klängen umgeben. Wenn er sich erkundigte, welche Straße ihn näher zu seinem Ziel bringen würde, hatten die Befragten häufig noch nie von der Stadt gehört, oder sie murmelten, während sie ihm die Richtung wiesen, dass er noch einen weiten Weg vor sich habe.

Es machte auch den Eindruck, als würde der himmlische Herr ihm die Reise so schwer wie nur möglich machen wollen. Einmal goss es für drei Tage fast ununterbrochen, sodass ihm nichts anderes übrig blieb, als in einer Scheune zu warten. Die Wege waren hinterher schmatzende Schlammtümpel. Ein anderes Mal verlor sich der Pfad, dem er folgte, in einem dichten Wald, und ehe er ihn wiederfinden konnte, brach die Dunkelheit herein.

Jeden Abend brannten ihm die Füße. Das Stechen im Bein war dumpf geworden, er gewöhnte sich daran, es zu ignorieren. Immer wieder taten sich neue Landschaften vor ihm auf, große Gebiete, die er erst durchwandern musste, ehe er wieder zu neuen kam, die nicht sein Ziel waren. Krüppel Germunt, sagte er sich, immer tust du das, was du am wenigsten kannst. Im Moment ist es das Laufen.

Nach wochenlanger Reise fragte er einen Kalkbrenner, ob er ihm den Weg nach Tours weisen könne.

»Dem Bischof von Tours gehört dieses Landstück«, antwortete der Mann. »Wenn Ihr heute in der Herberge in Brenecay übernachtet, könnt Ihr am Ostersonntag in Tours sein.«

Es hätte nichts geben können, was Germunt an diesem Tag von Brenecay ferngehalten hätte.

13

Der Wirt in Brenecay schlug Germunt eine Abkürzung vor, die ihn schnurstracks nach Norden führen sollte, sodass er Tours in dreieinhalb Stunden erreichen würde. Ein merkwürdiges Gefühl, plötzlich so nah am Ziel zu sein, dachte er, während er sich im roten Morgenlicht auf einen Wald zubewegte. Ich hatte das Wandern so satt, dass er es genau noch dreieinhalb Stunden aushalten konnte – nicht länger. Ob sich diese Empfindung nach den Gegebenheiten richtete? Hätte er ohne Schwierigkeiten vier weitere Tage geschafft, wenn Tours entsprechend weit entfernt wäre?

Er erreichte die massigen Stämme und betrat schattigen Waldboden. Kein Weg, hatte der Wirt gesagt. Er solle nur immer seiner Nase folgen. Ein letztes Mal, dachte sich Germunt. Er tauchte in den Wald ein. Glücklicherweise gab es wenig Unterholz, sodass er ungehindert vorankam.

Er war gespannt auf das Licht am anderen Ende des Waldes und das, was danach kam. Diese Gegend würde für die nächsten Monate sein Zuhause sein. Die Bäume bekamen eine Bedeutung, die ihre unzähligen Gefährten unterwegs nie gehabt hatten. Er nahm einen tiefen Atemzug. Der Wald duftete nach Moos, feuchten Nadeln und Blättern und nach den Spinnen, Läusen und Würmern, die sich in ihnen zu Hause fühlten. Vielleicht roch er auch ein wenig nach Schweinen, Hirschen und Bären. Es war ein würziger Geruch, ein lebendiger. Ob der Wald in jedem Land anders duftete? Zu Hause hatten die Jagdhunde andere Tiere allein nach dem Geruch aufspüren können. Ob sie schon unter den ersten Bäumen eines Waldes rochen, welche Tiere sich in diesem Gebiet aufhielten? Und ob es Menschen gab, die das genauso konnten?

Als am anderen Ende des Waldes Helligkeit durch die Baumkronen brach, wusste Germunt, dass die letzten Schritte seiner Reise bevorstanden. Das Erste, was er erkennen konnte, waren Getreidefelder und weinbewachsene Hügel. Dann trat er zwischen den letzten Bäumen hervor und sah die Stadt. Ihre Mauer buchtete sich an einer Stelle in großem Schwung in seine Richtung aus. Auf der anderen Seite grenzte sie an einen Fluss, der sich in weiten Bögen durch das Land schlängelte. Neben der Stadt durchschnitt das Gewässer einen Hügel: Tours lag in einer Niederung, während sich auf der anderen Seite des Flusses weiße Steinwände erhoben. Einige Hütten und Häuser waren wie von mächtiger Hand rings um die Stadtmauer verstreut.

Im Westen der Mauer, weit genug entfernt, um eigenständig zu stehen, erhob sich eine Kirche, umgeben von breiten, sich niederduckenden Gebäuden, das Kloster wohl. Im Turm eines anderen, städtischen Gotteshauses schwangen die Glocken, leise klang das Geläut zu ihm herüber. Die Einwohner der Stadt würden jetzt ihre Häuser verlassen, um zur Kirche zu gehen. Sollte er seine sichere Ankunft nicht ebenfalls mit einem Gottesdienst feiern? An der Ostseite der Stadt führte eine Handelsstraße entlang. Dort würde es ein Tor geben.

Die Einwohner von Tours mussten sehr fromm sein. Die schweren Torflügel standen offen, aber kein Wächter prüfte die Besucher der Stadt. Germunt humpelte unter dem steinernen Bogen hindurch. Waren alle Menschen in der Kirche? Die Straßen waren wie ausgestorben. Frische Abfälle und der Geruch von Kot bewiesen, dass vor wenigen Stunden noch eifriges Leben geherrscht haben musste. Neugierig eilte Germunt zur Kirche, deren Turm er vom Waldrand aus die Häuser überragen gesehen hatte. Er suchte sich eine Seitentür am Kirchenschiff und lauschte daran. Keine Gesänge, kein Psalmodieren war zu hören.

Ein Schwindelgefühl bemächtigte sich seiner. Vorsichtig zog er die Tür auf. Die Kirche war leer.

Furcht drang in seine Hände und Knie. Es gab kein Feuer und keine Toten, die Stadt konnte nicht überfallen worden sein. Was hatte sie heimgesucht? Da hörte er jemanden mit heiserer Stimme rufen: »Magdalena? Magdalena?«

Er fand einen Mann, der sich mit geschlossenen Augen an einer Häuserwand entlangtastete. Vorsichtig rührte er ihn an der Schulter an.

Der Mann schrak zusammen. »Magdalena? Das ist nicht witzig!«

»Ich bin nicht Magdalena.«

»Was …? Wer seid Ihr dann? Wieso seid Ihr nicht in Marmoutier?«

»Ich bin neu in Tours. Was ist hier los?«

»Es ist Ostersonntag! Alle sind in Booten nach Marmoutier übergesetzt.«

»Aber warum?«

»Ihr wisst das nicht? Sie besuchen die Zelle des heiligen Martin und feiern dort eine Messe. Meine Frau denkt wohl, ich bin bei meinem Bruder mitgefahren.«

»Ist es weit bis Marmoutier?«

»Man muss nur den Fluss überqueren. Könnt Ihr mich hinüberrudern?«

»Wenn wir ein Boot finden.«

Wie selbstverständlich legte der Blinde seine Hand auf Germunts Schulter. »Gehen wir zum Fluss. Bin ich froh, dass ich Euch gefunden habe!«

Eher habe wohl ich Euch gefunden, widersprach Germunt in

Gedanken. Er versuchte, sich so zu orientieren, dass das Tor zu seiner Rechten lag. »Gibt es denn im Norden eine Öffnung in der Mauer, die zum Fluss rausführt?«

»Ich weiß nichts von Himmelsrichtungen, aber beim Fluss gibt es das Brückentor.«

»Brückentor?« Germunt blieb stehen. »Wieso rudert man mühevoll über den Fluss, wenn es eine Brücke gibt?«

»Es gibt keine Brücke. Das Tor heißt nur so. Die Römer hatten hier wohl mal eine Brücke.«

Als Germunt das bewusste Tor passierte, schüttelte der Blinde ihn ungeduldig an der Schulter. »Seht Ihr etwas? Ich höre entfernte Stimmen. Sind sie noch auf dem Fluss?«

»Ungefähr in der Mitte, ja.« Der Fluss war breiter, als Germunt erwartet hatte. Über dreihundert Schritt weit wälzten sich die Wassermassen dahin, und ein Schwarm von kleinen Kähnen wippte auf halbem Wege in den Wellen. Frischer Wind schnitt über die Wasserfläche.

»Sind noch Boote hier?«

Germunts Blick fiel auf zwei Ruderboote, die auf dem sandig-nassen Ufer lagen. »Kommt mit.«

Es zeigte sich, dass der Rumpf des einen Kahns gerissen war. Der andere, kleinere Kahn war scheinbar in Ordnung. Germunt führte die Hände des Blinden an das Heck. Dann lief er zum Bug und ächzte: »Schiebt!«, während er selbst versuchte, das Boot zum Wasser zu ziehen. Der nasse Sandboden schien es zunächst festhalten zu wollen, dann löste es sich mit einem schmatzenden Geräusch und ließ sich zum Fluss schleifen.

Sie hievten es, bis es zu drei Vierteln im Wasser lag. Vom Rumpf lösten sich große Batzen Ufersand und trieben wie Wolken im Fluss. Germunt half dem Blinden einzusteigen und schob den Kahn weiter, bis er frei schaukelte. Das Wasser biss kalt in seine Beine. Er hob das wunde Bein über die Kante des Boots, nahm Schwung und stemmte sich hinein. Dann griff er sich die Ruder. Die Anstrengung beim Rojen half, sich im kühlen Wind zu wärmen.

War das Nässe an den Füßen? In einer bösen Ahnung ruderte er schneller.

»Der Kahn ist nicht dicht.« Der Blinde tastete über den Boden. »Beeilt Euch, bitte.«

Bald stand ihnen das Wasser bis an die Knöchel. Germunt stieß zwischen seinen Ruderzügen aus: »Wir schaffen es nicht. Könnt Ihr schwimmen?«

»Nein.«

»Wunderbar.« Ob er mit diesem Bein ausdauernd schwimmen konnte, war ihm ebenso ungewiss.

Hastig begann der Blinde, mit der hohlen Hand Wasser aus dem Boot zu schöpfen. »Wie weit ist es noch?«

Germunt drehte den Kopf. Sie waren den anderen Kähnen näher gekommen, hatten aber noch nicht die Mitte des Flusses erreicht. »Bis ans andere Ufer schaffen wir es in keinem Fall. Vielleicht erreichen wir die anderen Boote.«

Plötzlich schrie der Blinde erfreut auf. »Seht, was ich gefunden habe!« Er hielt einen Holzbecher in die Höhe. »Der schwamm hier in unserem Kahn herum.« Er schöpfte noch schneller.

»Wir sind wohl nicht die Ersten, die bemerken, dass der Boden leckt.« Immer tiefer sank das Boot in den Fluss ein. Germunt wurde von einer merkwürdig wehmütigen Stimmung erfasst. Er ächzte zwischen den Ruderschlägen: »Hört, bevor wir hier gemeinsam ersaufen und erfrieren – kann ich Euch etwas fragen?«

Der Blinde antwortete nicht.

»Ist Eure Frau sehend?«

»Das ist sie.«

»Habt Ihr Euch bedroht gefühlt, als sie Euch ihre Liebe gestand?«

»Ihr meint, weil sie sehen kann und ich blind bin? Nein.« Der Blinde schöpfte eine Weile schweigend. »Aber ich habe mir Sorgen gemacht, dass sie mich eines Tages nicht mehr lieben und anderen Männern nachlaufen würde. Ich war mir nicht sicher, ob ihre Liebe tief genug war, um es auf Dauer mit einem blinden Mann auszuhalten.«

Wo ist sie jetzt?, wollte Germunt fragen, aber er schwieg.

»Sie ist heute bei ihrer Schwägerin. Ich denke nicht, dass sie untreu ist. Hat sicher nur gedacht, dass ich schon mit den anderen hinübergefahren bin.«

Germunt schluckte. Es schien eine Fähigkeit von Blinden zu sein, die Gedanken der anderen zu erraten. Er sah Stilla vor sich, und als würde er ihr seine Kraft beweisen wollen, zog er kräftiger an den Rudern.

»Warum fragt Ihr?« Der Blinde hielt im Schöpfen inne.

»Ich bitte Euch, schöpft weiter Wasser!« Germunt keuchte. »Ich dachte an eine blinde Frau, die ich gern lebendig wiedersehen würde.«

»Ich verstehe.«

»Hilfe! Wir sinken!«, schrie Germunt, in der Hoffnung, dass man es bei den anderen Booten hörte. Nur noch ein Holzrand von einer Elle stand über dem Wasser, und der kalte Fluss griff ihm und dem Blinden längst bis an die Knie. »Könntet Ihr aufstehen und winken?«

Der Blinde gehorchte. Auch er schrie um Hilfe.

Germunt ruderte wie im Wahn. Als er sich wieder einmal umdrehte, sah er, dass sich ein großer Kahn aus dem Schwarm gelöst hatte und auf sie zukam. »Es kommt jemand. Ihr braucht nicht mehr zu winken. Schöpft besser Wasser!«

Inzwischen legte sich Germunt so kräftig in die Ruder, dass er bei jedem Zug laut zischend Luft hervorpresste. Es war nahezu unmöglich, das Boot bei einem solchen Tiefgang noch vorwärtszubewegen.

»Hört zu«, wandte er sich an den Blinden, »wir kommen nicht mehr voran. Ihr werdet heute das erste Mal schwimmen müssen.«

Das Gesicht des Angesprochenen wurde fahl. Er sah Germunt an wie ein Kalb, das zur Schlachtbank geführt wird.

»Wir werden das Boot umdrehen, so können wir uns länger daran festhalten. Springt ins Wasser und haltet Euch am Rand fest!«

»Nein. Ich will nicht sterben.«

»Wenn wir das Boot nicht umdrehen, sterbt Ihr viel eher.«

Der Blinde streckte einen Fuß ins Wasser und heulte auf.

»Eilt Euch!«

»Herr Jesus!«, rief der Blinde aus, während er sich langsam ins Wasser gleiten ließ. Er klammerte sich an das Holz und atmete in kurzen, entsetzten Stößen. Auch Germunt sprang in den Fluss. Von den Füßen bis zur Brust biss das Eiswasser in seine Haut. Er musste sehr kräftig mit dem gesunden Bein strampeln, um den Kopf über Wasser zu halten. Zwischen knappen Atemzügen stieß er hervor: »Ich – komme – jetzt – zu Euch. – Dann – drehen – wir das – Boot.«

Als er beim Blinden angekommen war, japste dieser um Hilfe und klammerte sich an Germunts Schultern. Germunt versuchte sich zu befreien, wurde aber nur verzweifelter festgehalten. Das Gewicht drückte ihn unter Wasser. Sein Schreien verlor sich in glucksenden Wasserwirbeln. Er stieß mit aller

Kraft nach oben. Jetzt fühlte er den Griff des Blinden am Hals. In äußerster Atemnot rammte er ihm die rechte Faust in den Bauch und nutzte die gewonnene Freiheit, um aufzutauchen und Luft zu holen. Da wurde er schon wieder gepackt und nach unten gedrückt. Die Kälte lähmte seine Bewegungen. Längst schmerzte nichts mehr, er fühlte weder Beine noch Arme.

Dann färbte sich das Wasser vor seinen Augen grau.

»Bin ich wirklich geschwommen?« Das war die Stimme des Blinden. Germunt hielt die Augen geschlossen. Sein gesamter Körper schmerzte dumpf, aber er wurde langsam warm.

»Nun, es sah danach aus. Der junge Mann, der mit Euch im Boot saß, hätte ohne Eure Hilfe sicher nicht überlebt. Als wir Euch aus dem Wasser zogen, hieltet Ihr ihn fest umklammert, während er bewusstlos war.«

Da waren Geräusche von eintauchenden Rudern. Germunt spürte eine klamme, kratzige Wolldecke auf seinen Schultern.

»Ich hatte eher das Gefühl, als sei es umgekehrt. Nun, vielleicht haben wir uns gegenseitig gerettet.«

»Der Herr tut Wunder. Vergesst nicht, es ist Ostersonntag.«

»Ja, Herr Bischof.«

Bischof? Germunt öffnete die Augen einen winzigen Spalt. Er saß in einem Kahn, der von sechs Männern gerudert wurde. Einen Schritt von ihm entfernt stand ein Mann in knöchellanger Albe, über den Schultern das bestickte Rund eines festlichen Leinenkasels. Sein Gesicht war von Fett angeschwollen. Wenige Haare waren in die Stirn gestrichen, und die Augen blickten klein und spöttisch.

»Euer Freund erwacht.«

Langsam setzte Germunt sich auf. »Ihr seid der Bischof von Tours?«

»Das bin ich. Und wen habe ich da mit Gottes Hilfe aus dem Wasser gefischt?«

»Mein Name ist Germunt, ich bin –«

»Es ist zwar meine heilige Pflicht, Menschen zu retten, aber wie viel größer ist doch die Freude, wenn es am Ostersonntag geschieht. Mein Sohn, Ihr seid Zeuge eines Wunders geworden. Was rede ich, Zeuge – Ihr seid Teil des Wunders!«

Germunts Blick fiel auf einen Ring aus rotem Gold an der Hand des Bischofs. Er weckte Erinnerungen, die ihm nicht lieb waren. Gern hätte er ihn dem Kirchenmann vom Finger gezogen und ihn in den Fluss geworfen. Warum trugen Menschen so reizvolle Güter offen mit sich herum? War das nötig?

»Wir sind gleich am Ufer«, sagte der Bischof in väterlichem Ton. »Ihr könnt die Kutten anbehalten, die man Euch angezogen hat. Eure Kleider sind noch nass, und sie sind auch recht zerschlissen.«

»Habt Dank«, rief der Blinde aus.

Germunt spürte ein Würgen in seiner Kehle. Er musste wohl auch etwas sagen, um den Bischof nicht zu kränken. »Wie heißt dieser Fluss?«

»Es ist die Loire. Seid Ihr von fern hergereist?«

Germunt senkte seine Stimme und wog die Worte aus. »Ich gehöre zu Claudius, dem Bischof von Turin.«

»Tatsächlich?« Es lag kein Wohlwollen in der Stimme. »Ist er nicht mit Ludwig befreundet, unserem Kaiser?«

»Mag sein.«

»Aber er hat merkwürdige Ansichten. Mit Claudius wird es einmal ein böses Ende nehmen. Mir scheint, er will die guten Bahnen der Kirche verlassen.« Germunts verwirrten Blick erwiderte der Bischof mit einem abwiegelnden Handzeichen.

»Davon versteht Ihr nichts. Es sind einige Lehren der Gotteskirche, denen er sich nicht fügen will.«

Die Ruderer erhoben sich und sprangen von Bord, um das Boot auf den Ufersand zu ziehen.

»Um so erfreulicher, dass Ihr nach Tours gekommen seid, um Euch der Schar der Gläubigen anzuschließen. Seht Euch gut um bei uns. Hier findet Ihr wirkliche Ehrung der Heiligen. Dass der heilige Martin in Tours besonders wirkt, konntet Ihr ja heute bereits merken.« Ohne auf eine Antwort zu warten, stieg der Bischof aus dem Boot, und als der Blinde und Germunt ebenfalls ausgestiegen waren, legte der Bischof ihnen die Arme über die Schultern und zog sie an seinen umfangreichen Körper heran. Den einen rechts, den anderen links, führte er die beiden mit sich zur Volksmenge, die neben einigen Hütten vor einer Höhle in der Kalkwand wartete. »Ihr guten Männer und Frauen, unser heiliger Martin hat heute auf wundersame Weise zwei Menschenleben gerettet. Ihr Boot sank, sie waren am Ertrinken, aber da warnte er mich und gebot mir, mit meinem kleinen Schiff umzukehren. Wieder einmal sehen wir, wie der Heilige unsere Stadt schützt. Bekennt eure Sünden! Sankt Martin ist unser Fürsprecher beim Gottvater. Und er hat mich erwählt, ein Wunder geschehen zu lassen, denn während Sankt Martin unser Fürsprecher bei Gott ist, bin ich Euer Fürsprecher beim Heiligen, ich, Euer Hirte und Bischof.«

Mühsam wand sich Germunt aus dem Griff des Bischofs. Die Menge starrte ihn an, als sei ihnen ein Engel erschienen. Sicher, Gott hatte ihm geholfen, die Reise war gut geglückt. Und Sünden bekennen? Er spürte, wie ein Gedanke in ihm Gestalt annehmen wollte, und schüttelte sich.

Der Bischof war mittlerweile in eine Predigt übergegangen. »Seht hier die Zelle des heiligen Martin! Bevor ich an seine Zeit in Marmoutier erinnere, lasst uns daran denken, wie er durch harten Wind und kalten Schnee ritt, nur gewärmt durch den roten Legionärsmantel, und wie er einen Bettler sitzen sah. Der arme Mann war am Erfrieren, und Sankt Martin wusste es wohl. Da stieg er vom Pferde herab, zögerte nicht, seinen Mantel mit dem Schwert in zwei Teile zu trennen, und überreichte dem Bettler …«

Für einen Moment dachte Germunt, es sei ihm geglückt, den ungeliebten Gedanken abzuwerfen. Er betrachtete die weiße Felswand und bemerkte, dass an anderer Stelle noch weitere dunkle Höhlenöffnungen vorhanden waren. Ab und an lauschte er dem Bischof, der bald ins Lateinische überwechselte und mit der Messe begann.

Dann packte es ihn im Genick, unnachgiebig, unausweichlich, furchtbar.

Germunts Herz raste. Seine Hände verkrampften sich zu Fäusten. Ich muss zu den Booten, hämmerte es in seinem Kopf, ich muss fort hier. Er wurde in die Luft geschleudert, hoch hinaufgehoben bis in die Wolken, und unter ihm raste das Land entlang, Flüsse, Felder, Seen, so schnell, dass die Augen ihnen nicht folgen konnten. Schließlich wurde die Fahrt langsamer. Germunt schloss die Augen. Er wollte die Weinberge nicht sehen, nicht *diesen Wald*, nicht eben *dieses Dorf*, nein, nicht die Kirche, nein!

Die Kirche. »Geh zur Herrin.« Der Priester raunte so nah an Germunts Ohr, dass er die warme, feuchte Luft an der Ohrmuschel spürte. »Bitte sie um Vergebung.«

»Aber wofür? Ich habe ihr doch nichts getan!«

»Nur durch Unterwerfung kannst du ihren Zorn brechen. Geh hin zu ihr.«

Er hörte seine eigenen Schritte durch den Kirchenraum hallen. Vor Wut knirschte er mit den Zähnen, dass es schmerzte. Er würde zu ihr gehen, ein einziges Mal. Und wenn es nichts fruchtete, dann …

Mit bebendem Herzen überquerte er den Hof und ging zum Gebäudeflügel, um den er sonst einen Bogen machte. Er durchquerte den Flur und klopfte an ihre Tür. Eine schneidige Stimme befahl ihm einzutreten.

In weiten Falten hingen samtene Tücher an den Wänden, tiefes, schwärzliches Rot. Das Bettlager hätte einer neunköpfigen Familie Platz zum Schlafen gegeben. Daneben standen verzierte, mit Ornamenten bemalte Truhen und in der Fensternische eine Bank. Der junge Grafensohn saß auf der Bank und gaffte ihm entgegen. Bei ihm stand die Gräfin. Sie hielt eine Rassel in der Hand, ein hölzernes Ei mit Stiel. Natürlich waren ihre Arme schlanker als die der Mutter. Sie steckten in einem weißen, eng anliegenden Untergewand, und erst am Ellenbogen verschwanden sie in den weiten, grünen Ärmeln des Obergewandes. Das Kinn der Gräfin zuckte, sie war sichtlich überrascht, ihn hier zu sehen. In weichen Bögen spannte sich von dort aus ihr Gesicht, weiche Bögen bis zu den Ohren. Der Mund war schmal, die Nase zart und wunderschön, das hatte sie nicht verdient, eine solche Nase. Unter dem glatten, schwarzen Haar sah ihn ein grünes Augenpaar herausfordernd an. Wenn sie jetzt noch die Brauen hinaufzog, dann …

»Was sucht Ihr hier?«

»Frau Gräfin, ich möchte Euch um Vergebung bitten.«

Eine dünne, schwarz-stolze Augenbraue hob sich. »Vergebung? Wozu wollt Ihr Vergebung? Ihr werdet so oder so mit dem Bauernpack in der Hölle schmoren!«

»Schmoren!«, wiederholte der zweijährige Sohn und klatschte verzückt in die Hände.

»Ich verstehe.«

»Wartet! Ihr wollt also, dass ich Euch vergebe? Dann huldigt meinem Sohn! Er ist der zukünftige Graf.«

Germunt zögerte.

»Na los! Kniet vor ihm nieder!«

Leise knarrten die Schuhe. Der Sand darin rieb an Germunts Füßen, als er zur Bank hinüberging. Er beugte erst ein Knie, dann das andere, und sank vor dem Jungen herab.

»Warum so stumm? Sagt etwas! Huldigt ihm!«

Germunt hörte sich mit rauer Stimme sagen: »Lang sei Euer Leben, Graf.«

»Das war alles? Küss ihm die Füße, elender Bastard!«

Es schien Germunt, als müsste sein Hals vor Anspannung das Wams sprengen. Unendlich langsam neigte er den Kopf zu den Füßen des Jungen, hielt beinahe an, dann schließlich berührten seine Lippen die schmutzige Haut. Er stand auf. »Ich habe genug getan.«

»Hast du nicht, du Sohn einer Hure!«, hörte er die Stimme der Gräfin hinter sich. Dann spürte er eine kühle Klinge und einen Ruck an seinem Kopf. Als er sich umdrehte, hielt sie triumphierend seinen langen Haarschopf in der Hand. »Nun bist du wirklich ein Bettler, der um Almosen winselt.«

Germunt stieß einen wütenden Schrei aus. Seine Faust traf ihr Gesicht mit solcher Wucht, dass es die Gräfin an die Wand schleuderte. Über ihre rechte Hand floss Blut. Die Herrin drehte sich zu ihm, ihre Augen blickten starr und trafen ihn nicht. Jetzt erst bemerkte er, wie unbeweglich die Gräfin die blutige Rechte an ihrer Brust hielt, zur Faust geschlossen um den Griff des Dolches. Ihre Knie gaben nach, sie brach zusammen. Als sie auf dem Boden aufkam, hörte es sich nicht nach einem Menschen an, eher so, als würden einem Karren unter schwerer Last die Achsen brechen. Augen und Mund der Gräfin standen offen, aber sie rührte sich nicht mehr. Hinter Germunt begann der Grafensohn zu weinen.

In den Hass, den er fühlte, mischte sich Abscheu. *Ich bin ein Mörder. Ein Mörder …*

»Mörder«, hörte er sich sagen. Er befand sich auf der Loire, saß in einem Ruderboot und trieb geradewegs auf die mächtige Kirche zu, die abseits der Stadt am Flussufer stand. Germunt hob seine Hände ins Licht. Schmutzig waren sie, aber nicht blutig.

Nur langsam beruhigte sich sein Herzschlag. Der frische Wind über dem Fluss kühlte ihm das tränennasse Gesicht. Was war nur aus seinem Leben geworden?

All die Träume, als er mit dem kleinen Holzschwert über den Hof tobte, Träume vom richtigen Schwert und der kräftigen Hand, mit der er die Räuberbanden auseinandertreiben wollte. Er hatte eines Tages aus dem blauen Kelch des Vaters trinken wollen, und die Männer sollten ihm auf die Schultern schlagen, mit diesem Blick, der Bewunderung und Angst in sich trug.

Das Gefühl damals beim Ausritt auf dem eigenen, riesigen Pferd, dass jeder Flecken Land, auf den das Ross seine Hufe setzte, eines Tages ihm gehören würde, ihm allein. Jeder Baum, der sich am Waldrand im Wind bog, jedes Blatt, das über den Weg wehte, jeder Weinstock auf den Hügeln. Er wollte ein starker Herr werden, noch stärker, als der Vater es war.

Wie er manchmal nachts das federgefüllte Kissen beiseitegetan hatte, um nicht weich zu werden! Als hätte er geahnt, dass er später sein Leben lang auf hartem Boden schlafen würde.

Denn es war aus und vorbei gewesen, als der kleine Grafensohn zur Welt kam. Damals war es Nacht geworden, und die Sonne war nie wieder aufgegangen.

Germunt ließ eine Hand über den Rand des Bootes baumeln, tauchte sie ins Wasser und ließ die Finger darin treiben. Es war kalt. Hätte er nicht vor einer Stunde in diesem Fluss ertrinken können? Er wollte erschrecken, fühlte sich verpflichtet, zu erschrecken, aber die Gleichgültigkeit wich nicht von ihm.

»Auf!«, befahl er sich, griff nach den Rudern und zog kräftig durch. Bald kam er bei der Kirche ans Ufer. Das Boot zog er ein Stück an Land. Der Besitzer würde es finden, irgendwann.

Zwischen den breiten Häusern war es still. Die Menschen, die diesen Ort sonst bevölkerten, waren wohl allesamt in Marmoutier und lauschten der Messe. Er hatte das dringende Bedürfnis zu schlafen. Er betrat eines der Häuser, folgte dem Flur bis zum Ende und schob die letzte Tür auf. Das Halbdunkel des kleinen Raumes tat ihm wohl. Es roch nach kaltem Talglicht und Pergamenten, fast wie in Biterolfs Schreibstube.

Er lehnte sich an die Wand und ließ sich heruntersinken, bis er saß. »Herr, wenn du das kannst: Vergib mir.« Während er wegdämmerte, war es ihm manchmal, als wäre da ein Echo zu seinen Atemzügen im Raum, ein freundliches Echo, wie von dem kleinen Jungen, der er einmal gewesen war.

14

Ein ungutes Gefühl beschlich Biterolf, als er den blonden hochgewachsenen Mann aus dem Bischofspalast treten sah. Er hatte Ato schon häufig zornig gesehen, und immer schimpfte der Heißsporn dann laut vor sich hin, ganz ungeachtet derer, die in seiner Nähe waren. Jetzt aber wallten lautlose Gewitterwolken über sein Gesicht. Sein Weg führte ihn ohne Zweifel zu Thomas.

»Heda, Ato, Ihr seht unglücklich aus. Seid Ihr krank?«

»Pah! Krank! Da gibt es jemand anderen, der scheinbar im Krankenwahn liegt. Gesandtschaften hier, Beratungen dort – aber für seine eigenen Leute hat er nicht einen Wimpernschlag Zeit. Ich sage Euch, mit diesem Bischof nimmt es noch ein böses Ende!« Ohne auf eine Antwort zu warten, stieß Ato die Tür zum Kellergang auf und verschwand darin.

»Der Herr schlage mich mit Krankheit, wenn Ihr nicht einen gehörigen Anteil an diesem Ende haben möchtet«, murmelte Biterolf. »Wenn ich jetzt nicht zu ihm gehe und ihn warne, verzeihe ich mir das nie.« Er legte die frischen Pergamente in der Schreibstube ab und begab sich zum Palast. In einem Vorraum begegnete er Kanzler Eike und einigen anderen.

»Warum geht Ihr nicht hinein zu ihm?«, fragte er den Kanzler.

»Seit drei Stunden berät er sich mit langobardischen Adligen. Störungen sind unerwünscht.«

»Wie lange wird das noch gehen?«

Eike strich sich mit der Hand über den kahlen Kopf. »Ich weiß es nicht. Ich fürchte aber, dass er gleich danach den Propst zu sich rufen wird, der in den Gästezimmern wartet, weil er noch heute in sein Kloster zurückkehren muss. Und mein Fall ist mindestens genauso dringend.«

»Verzeiht Ihr mir?«, fragte Biterolf, und ohne eine Antwort abzuwarten, lief er zur Tür.

Hinter ihm rief der Kanzler: »Was tut Ihr da? Habt Ihr mir nicht zugehört?«

Biterolf trat in den Saal. Obwohl Tageslicht durch das Glas der Rundbogenfenster fiel, brannten ringsum an der Wand die kleinen Öllampen und brachten die rot, grün und golden bemalte Seite des Raumes zum Leben. Claudius weiß, wie er seine Gäste beeindrucken kann, dachte Biterolf. Hoffen wir, dass er sich als Gastgeber auch Störenfrieden gegenüber zurückhält.

Die Gäste drehten sich zu ihm um: ein halbes Dutzend fein gekleideter Männer, die mit dem Bischof an der Tafel saßen, jeder von ihnen mit einem langen grauen Bart. Als sie Biterolf ein wenig entrüstet musterten, fielen ihm ihre hellen Augen auf.

»Es ist in Ordnung«, kam es vom Kopf der Tafel. »Das ist der Vorsteher meiner Schreibstube, er wird unsere Urkunden verfassen.«

Biterolf schloss die Tür und blieb dort stehen. Er wurde nicht aufgefordert, an den Tisch zu kommen.

Claudius nickte den Graubärtigen zu. »Machen wir weiter. Ich werde keinen Zins nehmen und keine niederen Dienste einfordern, allerdings seid Ihr mir zur Heeresfolge verpflichtet. Die Erträge der übertragenen Landstücke sollen Euch Nahrung und Unterhalt bieten. Darüber hinaus sende ich jeder Eurer Familien zehn Schafe und zwanzig Scheffel Saatgetreide. Damit seid Ihr einverstanden?«

Einer der Männer erhob sich, lief zum Bischof und ging vor ihm in die Knie. Er bot ihm seine gefalteten Hände dar. Claudius umschloss sie lächelnd mit den seinen. »Rat und Hilfe.« Biterolf staunte, mit welcher Kraft die Stimme des Graubärtigen den Raum erfüllte.

Nach und nach folgten die anderen dem Beispiel des ersten.

Schwach sahen sie nicht aus. Die grauen Bärte machten es ungeheuer schwer, das Alter der Langobarden einzuschätzen.

Als alle wieder saßen, schob einer den Kopf vor und sah zu Claudius an das Ende der Tafel. »Verehrter Bischof, Godeoch wird nicht erfreut sein, wenn er dies hört.«

»Möglich. Es ist aber nicht meine vordringliche Aufgabe, den Grafen der Stadt glücklich zu machen.«

Ein anderer der Graubärtigen rieb sich den Nacken. »Sollte es zu Übergriffen des Grafen kommen …«

»… eile ich natürlich, ohne zu zögern, zu Eurer Unterstützung herzu.«

Sie nickten zufrieden.

Claudius erhob sich. »Ich denke, am heutigen Tag haben wir einen guten Bund begründet. Die Not Eurer edlen Familien wird gelindert, und auch die Kirche des Herrn ist in diesem wilden Landstrich nun gestärkt.«

Man klopfte auf den Tisch und sprach Zustimmung. Einzeln verabschiedeten sich die Langobarden mit Handschlag vom Bischof. Als der letzte den Raum verlassen hatte, ließ sich Claudius wieder auf seinen Stuhl fallen und atmete geräuschvoll aus.

»Ihr seid zufrieden?« Biterolf zögerte immer noch, seinen Platz an der Tür zu verlassen.

»Ja. Es ist ein entscheidender Schritt.«

Biterolf wusste nicht, wie er beginnen sollte. »Ihr nehmt Euer Amt sehr ernst. Wisst Ihr, Euer Vorgänger –«

»Wenn Menschen einen Vorgänger erwähnen, wollen sie

entweder schmeicheln oder mahnen. Was von beidem führt Ihr im Sinn?« Claudius hob die buschigen Augenbrauen und sah Biterolf aufmerksam an.

Zögerlich trat er an den Tisch heran. »Weder noch. Oder … Nun ja, das Zweite. Herr, ich halte Euch für einen sehr guten Bischof. Es gibt aber einige, die mit Euch unzufrieden sind.«

»Damit kann ich leben.« Claudius fuhr sich durch die braunen Locken. Sein Blick ging zur Fensterwand.

»Darf ich weitersprechen?«

»Redet.«

»Man wirft Euch vor, Eure eigenen Leute nicht mehr anzuhören, die, die an Eurem Hof leben.«

»Was erwarten diese Burschen? Ich kann mich nicht um den Hühnerstall kümmern, wenn die ganze Diözese bedroht ist!«

»Aber wenn das Herz krankt, kann auch die Hand nicht kämpfen.«

Auf der Stirn des Bischofs erschienen Falten. »Ihr seid ein kluger Mann, Biterolf.« Man sah, dass ein Ringen hinter der braun gebrannten Stirn stattfand. »Wer ist es?«

»Nun, sicher ärgern sich auch der Kanzler und andere Männer. Gefährlich ist aber der Zorn Atos, den ich heute gesehen habe. Der Kellermeister Thomas ist auf seiner Seite. Sie planen Böses, das versichere ich Euch.«

»Warten wir das erst einmal ab. Ich werde vorsichtig sein, aber wir sollten den Männern auch die Möglichkeit lassen, ihre Wut zu mildern.« Claudius erhob sich. »Der Tag ist nicht mehr lang. Würdet Ihr zu den Gasträumen gehen und dem Propst den Heimweg empfehlen? Sagt ihm, ich habe heute keine Zeit, ihn zu empfangen. Er soll sich der Entscheidung meines Vorgängers fügen, was seine Zinsbeschwerde angeht.«

Biterolf trat auf den Hof hinaus und wäre beinahe mit Ademar zusammengeprallt, der sich, am Türrahmen abgestützt, vornübergeneigt hatte, um eine schwere Kiepe abzusetzen. Seitwärts ließ er sie vom Rücken rutschen. Es duftete daraus verlockend nach frischem Brot. »Verzeihung, Ademar, wisst Ihr, wo ich den Propst finde, der gestern angereist ist?«

»Da kann ich Euch nicht helfen«, ächzte Ademar und streckte den Rücken. Er wies auf die Kiepe. »Ich war die letzten Stunden nicht hier, wie Ihr seht.«

Warum mied er seinen Blick? »Brot habt Ihr geholt? Musstet ja ganz schön schleppen!«

»Ach, das ist nicht der Rede wert.«

Es war nicht Ademars Aufgabe, für die Mahlzeiten zu sorgen. Wieso wetterte er nicht und beschwerte sich, dass man ihn damit belangt hatte? »Warum wurdest du geschickt?«

»Thomas hat mich gebeten, ganz einfach.« Er sprach schnell, gereizt. »Was wollt Ihr von mir?«

Da stimmte etwas nicht. Am besten war es, wenn er ihn mit deutlichen Worten prüfte. »Wo warst du? Verheimlichst du was?«

Jetzt schnellte der Blick Ademars hoch. »Ich war einfach Brot holen, ja? Was befragt Ihr mich, als hätte ich etwas verbrochen?«

»Tue ich das? Verzeiht mir. Ich bin vielleicht etwas unwirsch, weil so viele den Bischof maßregeln. Das macht mir Sorgen.«

»Ihr steht immer noch auf seiner Seite?« Fast mitleidig hob Ademar die schwarzen Augenbrauen. »Ist Euch klar, was er heute getan hat?«

»Ich weiß nicht, was Ihr meint.«

»Er hat Godeochs Geburtsrecht angegriffen. Der Stolz der Grafenfamilie liegt darin, dass sie als eine der letzten Langobardenstämmigen in Norditalien herrschen. Sind nicht fast überall die Grafenämter inzwischen mit fränkischen Fremden besetzt? Und nun lädt sich Claudius die verarmten Langobarden ein, denen der Wunsch nach Macht noch in den Knochen sitzt, weil sie einst mächtig waren, und beschenkt sie. Was soll das? Will er sie dem Grafen abspenstig machen?«

»Godeoch kann sich doch freuen, wenn Claudius die Langobarden mit Land und Gütern belehnt.«

»Ihr versteht das nicht? Die Güter sind kein Geschenk! Da wird eine Gegenleistung erwartet, Heeresfolge, Rat und Hilfe – und damit zieht er sie auf seine Seite, weg vom gräflichen Lager, hin zu sich.«

»Was ist daran so schlimm? Ihr klingt geradezu, als wärt Ihr Dienstmann des Grafen und nicht des Bischofs!«

Ademar schüttelte den Kopf. »Wieder habt Ihr diesen anklagenden Ton in der Stimme. Was soll das? Was wollt Ihr? Mich beim Bischof anschwärzen? Habt Ihr doch sowieso längst getan. Ich war Brot holen, verstanden?«

»Schon gut.«

Biterolf sah Ademar hinterher, der zur Küche ging. Die Kiepe hatte er stehen gelassen. Möglich, dass Ademar, der Stille, der Unauffällige, viel gefährlicher war als Ato und Thomas und alle anderen zusammen.

Der Schein des kleinen Talglichts spielte Verstecken in den Winkeln und Ecken der Schreibstube. Farros Brustkorb hob und senkte sich gleichmäßig, längst schlief er seinen gesunden Hundeschlaf. Was für ein merkwürdiger Tag, ging es Biterolf durch den Kopf. Er betastete die Gänsefeder in seinen Händen, zerfledderte ihre Fahne und strich sie wieder glatt. Dann saß er still, und sein Blick stand starr. Wenn Germunt die Reise überlebt hatte, musste er inzwischen in Tours sein. Warum ahnte dieser Mann nicht, wie begabt er war? Es musste schwer sein, eine Vergangenheit als Dieb hinter sich zu lassen. Wäre es sein, Biterolfs, Pflicht gewesen, dem Bischof zu offenbaren, wen er sich an den Hof geholt hatte?

Vor seinen Augen öffnete sich eine Straße in Turin. Im ersten Stockwerk stand sein junger Schüler, den einen Fuß auf dem einen Fenstersims, den anderen Fuß auf dem anderen. Zerrissene Kleider, ein ausgemergelter Körper. Und dann diese gelben Augen, die ihm aufmerksam und kühl entgegensahen. Hatte er wirklich erwartet, dass Germunt sich so schnell verändern würde? Vielleicht kehrte er nie nach Turin zurück. Vielleicht war er schon tot.

Tot? Ein furchtbarer Gedanke ergriff von ihm Besitz. Im Licht der kleinen Flamme zitterten seine Finger. Das Herz schlug ihm gegen die Rippen wie ein Fensterladen, der im Sturm auf- und zuklappt. Mit einem hastigen Atemstoß löschte er das Talglicht. Sprang auf. Eilte über den Hof. Er ging auf Zehenspitzen durch die Flure des Palastes, bis er vor dem Schlafraum des Bischofs stand. Sein Ohr am Türholz, beruhigte er sich ein wenig. Da waren gleichmäßige Atemzüge, kein Röcheln oder unterdrücktes Hilferufen drang durch die Tür.

Er spähte in den dunklen Flur. Langsam ließ er sich zum Boden hinabsinken. Wenn sich jemand anschleicht, kann ich wenigstens noch um Hilfe rufen, dachte er. Dann ist der Bischof vorbereitet.

Es musste Morgen sein, Sonnenlicht erhellte die Wände. Die Tür zum Schlafgemach stand offen. Biterolf zappelte in die Höhe. Mit einem Schritt war er im bischöflichen Schlafraum. Zu seiner Beruhigung sah er kein Blut auf dem leeren Strohlager.

Vom Hof hörte er Godeochs Stimme. »Dieses Mal seid Ihr zu weit gegangen, Claudius.«

Biterolf stürzte zu den Fensterbögen. In der Mitte des Platzes standen sich Claudius und der Graf gegenüber. Die Dienstleute des Bischofs drückten sich ringsum an die Mauern, auf manchen Gesichtern ein hämischer Zug, andere mit bestürztem Blick.

»Seht ihn euch an«, sagte Godeoch. »Da steht er, euer armer Bischof. Schweigsam, weiß nicht recht, wie er sich entschuldigen soll.«

Claudius hielt die Arme vor der Brust verschränkt und sah den Spötter an. »Ich entschuldige mich nicht, wenn ich auf einen Wurm getreten bin.«

Der Graf keuchte. Auffordernd sah er in die Zuschauerreihen. »Habt ihr das gehört? Habt ihr gehört, wie er mich genannt hat?« Er wirbelte herum und brüllte dem Bischof entgegen: »Ihr wagt es? Zu meinen Vorfahren gehören römische Sena-«

»Das habt Ihr mir bereits mitgeteilt.«

»Und wer seid Ihr? Ein Günstling, der dem Kaiser Honig ums Maul geschmiert hat. Ich habe den Boden Italiens nicht ein einziges Mal verlassen, aber Ihr, Ihr seid ein Fremder, einer jener schwächlichen Franken, die aus der Tücke ihrer Vorfahren Gewinn schlagen.«

Claudius machte einen Schritt auf den Grafen zu. Verwundert wich dieser zurück. »Mein Vater«, sagte Claudius, »gehört zu einem westgotischen Adelsgeschlecht, das einst über das gesamte Land westlich der Pyrenäen herrschte, bis es uns die Mauren stahlen. Das schmale Italien, das Ihr bewohnt, soll mich beeindrucken? Ihr seid doch nicht mehr als ein Dorfmeier!«

Es zischte, etwas blitzte in der Sonne, dann hielt der Graf die Spitze eines Schwertes auf Claudius gerichtet. »Ihr werdet Euch fügen!«

Biterolf stockte der Atem. Der Bischof war unbewaffnet. Die Dienstleute standen reglos und gafften.

»Da könnt Ihr warten bis zum Sankt-Nimmerleins-Tag.«

Er musste etwas unternehmen. Er machte sich mitschuldig, wenn er ihm nicht half. In Biterolfs Kopf rauschten die Gedanken, sprangen, zerrten und glitten wild durcheinander. »Vater, vergib mir«, stieß er aus und hastete zurück in den Raum. Er öffnete eine Truhe. Als er den Griff des verzierten Schwertes umfasste, hörte er von draußen ein angstvolles Murmeln. Es war höchste Zeit. Er sprang zurück zum Fensterbogen.

Godeoch lief mit langsamen Schritten, die Schwertspitze an der Kehle des Bischofs, über den Hof. Claudius wich zurück. Schweiß glänzte auf seiner Stirn.

»Ihr habt mich beleidigt«, fauchte der Graf. »Ich töte Euch mit vollem Recht.«

Claudius stand mit dem Rücken zu ihm, wie sollte Biterolf ihm bedeuten, dass er sein Schwert hatte? Er entsann sich des summenden Geräuschs, das die Klinge von sich gegeben hatte, als der Bischof sie damals durch die Luft fahren ließ. Mit feuchten Händen umklammerte er den Schwertknauf. Es fiel ihm nicht leicht, die Spitze auf seine Augenhöhe anzuheben, und er presste dabei die Lippen aufeinander. Dann drehte Biterolf sich einmal um sich selbst. Kein Ton war zu hören. Wieder drehte er sich, schneller diesmal. Er taumelte, sah die Wände um sich tanzen. Endlich begann die Klinge leise zu singen.

»Biterolf!« Die Stimme des Bischofs hallte über den Hof. Knapp hatte er den Namen gerufen, ohne jenen Ton der Macht, der sonst seine Worte füllte.

»Euer Schreiber? Wie soll der Euch helfen?« Der Graf brach in meckerndes Gelächter aus. »Wie seltsam verhalten sich doch Menschen in ihren letzten Augenblicken.« Seine Stimme schnitt plötzlich mit Urgewalt durch die Luft. »Kniet nieder!«

Biterolf neigte sich aus dem Fenster und sah, wie der Bischof auf die Knie ging. Er rief: »Herr, fangt!«

Godeoch sah erstaunt hinauf zu dem Schwert, das Biterolf an der Spitze hielt und mit dem Knauf hinabhängen ließ. Die Arme des Bischofs reckten sich danach, und Augenblicke später hielt Claudius die riesige verzierte Klinge in seinen Händen.

»Ihr werdet wohl kaum ein guter Schwertmann sein«, spottete der Graf, ging aber drei Schritte rückwärts, um sich aus der Reichweite des Schwertes zu bringen. »Aber wenn Ihr den Zweikampf wünscht, um nicht gar so erbärmlich ohne Gegenwehr zu sterben …«

Langsam erhob sich Claudius. Seine Gesichtszüge entspannten sich. Er lockerte die Hände am Schwertknauf, dann schwang er die Klinge in die Höhe, ließ sie fallen, ohne sie loszulassen, hob sie wieder hinauf. Eine Kreisbewegung entstand, und man hörte ein tiefes Brummen.

»Denkt Ihr, Ihr könnt mich damit beeindrucken?«, brüllte Godeoch und hob sein Schwert gegen den Bischof. Dessen riesige Klinge unterbrach mühelos seinen Weg. Scheppernd und kreischend schreckte Godeochs Waffe zurück. Es wurde totenstill auf dem Hof. »Nehmt dies!« Wieder teilte Godeoch Schwerthiebe aus, aber immer dort, wo sein Schwert den Bischof treffen wollte, wurde es von der verzierten Klinge erwartet und mit einem metallenen Gellen abgewiesen.

Der Graf wandte sich ab und entfernte sich einige Schritte. Er schüttelte ein schiefes Lachen aus seinem Körper. »Schaut euch das an! Ein Bischof, der mit der Waffe streitet.« Dann wurde seine Stimme plötzlich kalt. Er zog mit der linken Hand einen Dolch aus seinem Gürtel und sprach beinahe reglos: »Ich vernichte Euch.«

Biterolf lief ein Schauer über den Rücken, als er sah, wie der Graf geschmeidig in die Knie ging, wie er herumwirbelte und Claudius mit einer Serie von schnellen Schlägen so bedrängte, dass dieser kaum mit seinem großen Schwert hinterherkam. Die Waffe Godeochs fauchte immer wieder wie aus dem Nichts durch die Luft und ließ dem Bischof nichts anderes übrig, als in mühseliger Verteidigung langsam zurückzuweichen.

Schließlich stand er vor der Tür zum Palast, und Biterolf konnte ihn nicht mehr sehen. Er hörte nur, wie das scheppernde Aufeinanderklirren der Klingen verebbte und ein Raunen durch die Dienstleute ging. Dann sah er den Grafen triumphierend auf den Platz laufen, in der hocherhobenen Hand einen rot gefärbten Dolch.

Er hätte ihm nicht das Schwert geben dürfen. Gewaltbereitschaft forderte Blut. Vielleicht hätte der Graf seine Drohungen nicht wahrgemacht, vielleicht hatte er Claudius nur demütigen wollen. Nun war bitterer Ernst daraus geworden.

Ein tiefer, wütender Schrei ertönte, in einer Sprache, die Biterolf nicht verstand. Claudius trat auf den Platz, das Schwert in der einen Hand, die andere Hand auf seine Seite gepresst. Erneut spie er unverständliche Worte aus. Ein dunkler, gezackter Strich erschien auf seiner Stirn.

Der Graf drehte sich um und lächelte teuflisch. »Ihr kommt, Euch den Gnadenstoß zu holen?«

»Nein. Ich komme, Euch etwas zu fragen. Habt Ihr einmal mit einem Mauren die Klinge gekreuzt?«

»Nein.«

»Schade für Euch.« Der Bischof lächelte müde. Er änderte

völlig seine Haltung. Anstatt die Füße fest auf den Boden zu rammen, wie Schwertkämpfer das zu tun pflegten, lockerte er seinen Schritt und begann zu laufen. Auch festigte er sein Handgelenk, er führte das Schwert wie eine Verlängerung des Arms, nicht mehr als einen eigenen Gegenstand, sondern als Teil seiner Gliedmaßen.

Er schüttelte die Mähne, als wollte er die Schwäche aus seinem Kopf schleudern, und griff nun seinerseits den Grafen an. »Die Mauren stehen nie still im Kampf.«

Godeoch wehrte mit Mühe einen fremdartigen Schlag ab.

»Ihre Krummschwerter sind ihre Hände.«

Godeoch sprang zurück, weil seine Klinge rechts war, während das Schwert des Bischofs unerwartet auf seine Linke schwang.

»Besonders gefürchtet sind ihre Finten.« Claudius begann, angriffslustige Bewegungen und Schritte anzudeuten, führte sie aber nur zur Hälfte aus, als hätte er sich zu einem anderen Schlag entschieden. Als er endlich einen Hieb vollständig führte, war der Graf unvorbereitet. Das gräfliche Schwert flog in einem plötzlichen Schwung aufwärts. Biterolf sah Godeochs Hände ins Leere greifen. Sein Schwert schlitterte über den Hof.

Beide Kämpfenden stürmten zu ihm hin, doch der Graf war der Schnellere. Er versetzte Claudius im Handgemenge einen Stoß auf die blutende Seite und hielt dem ächzenden Mann sein Schwert entgegen. »Das war gut. Aber nicht gut genug.« Den Worten folgte ein heißer Sturm von Stichen und Schlägen. Godeoch wirbelte umher wie ein Jagdhund, der mit einem Bären kämpfte.

Wie es genau geschehen war, konnte Biterolf nicht ausmachen, aber irgendwann war es still auf dem Hof, und alle starrten auf den Dolch, der dem Bischof unterhalb der Rippen im Körper steckte. Claudius' sonnengegerbtes Gesicht verlor an Farbe. Er zog mit einem leisen Stöhnen den Dolch heraus, fuhr sich mit der blutigen Hand durch die Locken und fügte sie wieder an seinen Schwertknauf. Unerwartete Ruhe legte sich ihm um Augen und Mund.

Godeoch wich Schritt um Schritt zurück, obwohl der Bischof noch still auf seinem Platz stand. Eine unsichtbare Macht schien ihn fortzuziehen. Dann nahm der Bischof sein Schwert wieder in beide Hände, hob langsam seine Klinge, ließ sie fallen, hob sie wieder, bis aus einzelnen fauchenden Schlägen ein brummendes, gleißendes Feuer wurde. Mit gleichmäßigen Schritten folgte er dem Grafen. Godeoch hielt sein Schwert gegen die silberne Flamme, aber es prallte ab wie ein Spielzeug. Er holte aus und schlug seine Klinge in den singenden Kreis – da flog die Hälfte in den Sand, und er hielt nur noch einen Schwertstumpf in der Hand.

Die Umstehenden murmelten verwundert.

Der Graf schien kurz unentschlossen, dann zog er sich zurück und ritzte sich dabei mit dem Schwertstumpf in den Unterarm. Immer noch rückwärtslaufend, saugte er ein wenig Blut heraus und spie es vor Claudius auf den Boden. »Ich komme wieder.« Er duckte sich unter der summenden Waffe des Bischofs hindurch und rannte zum Torbogen. Niemand hielt ihn auf. Als Claudius das Zweihandschwert zur Ruhe brachte, entstand für Biterolf der Eindruck, die Klinge führe mehr ihn als er sie. Er schleppte die Waffe mit schleifender Spitze über den Hof und trat durch die Palasttür. Ein Krug ging zu Bruch, ein bronzenes Tablett rasselte zu Boden, und dann hörte man den schweren Körper des Bischofs aufschlagen.

Biterolf fühlte sich, als wäre er eine Puppe aus Stroh und

Holz. Das Höllenfeuer leckte schon nach seinen Füßen, hier durch den Boden hindurch. Er hatte Gott verraten.

An der Treppe fand er den Bischof in seinem eigenen Blut vor. Willenlos musste Biterolf sich übergeben. Er wankte aus der Tür hinaus und erbrach sich erneut.

15

Über sich gebeugt, sah Germunt eine Fratze, wie sie nur in den schlimmsten Gedankengespinsten herumgeisterte. Es war nicht viel mehr als ein Schädel, eng mit runzliger, schwefelgelber Haut umspannt. Die dürren Lippen stülpten sich hilflos über vereinzelt stehende Zähne, so als könnten sie sich nicht mehr schließen. Wenige dunkle Haarfusseln waren auf dem Haupt verstreut, einige andere hingen am Kinn.

Aber da war dieses Augenpaar, das tief hinter den Wangenknochen lag und so menschlich, so steinalt und gleichzeitig lebendig blickte, dass es ihn hinderte, laut aufzuschreien.

Eine dürre Hand strich über seinen Arm. »Willkommen in Tours.« Die Worte des gelben Gesichts rannen faserig aus dem Mund.

Germunt war, als würden kleine Spinnen seinen Rücken hinaufkrabbeln. Er hielt die Lippen geschlossen.

Das Gesicht zog sich zurück.

Für einen Moment kniff Germunt die Augen zu. Es ist ein Mensch, dachte er. Es ist ein Mensch, der essen und trinken muss, der Hunger und Durst spürt wie ich. Mit zusammengebissenen Zähnen schluckte Germunt alle Abscheu hinunter. Er wunderte sich über sich selbst: Ruhig richtete er sich auf und spähte in das Dunkel, dorthin, wo das Gesicht verschwunden war. Bald konnte er Umrisse eines ausgemergelten Körpers ausmachen und auch das Gesicht wiedererkennen. »Wie heißt Ihr?«

»Ich bin Aelfnoth.«

»Wollt Ihr nicht ein wenig Licht machen?«

Jetzt lächelte das gelbe Gesicht. »Natürlich.« Der dürre Körper erhob sich.

Als das Glühen eines Talglichts den Raum erfüllte, nahm Aelfnoth wieder Platz. Germunt betrachtete die kränklich gelbe Haut seines Gegenübers, die runzligen Wangen, die zerbrechlichen Hände und Fußknöchel, die aus einer Mönchskutte ragten, den beinahe kahlen, flaumbewachsenen Schädel. Aelfnoth schien geduldig zu warten. Dann kehrte Germunts Blick zu den Augen des Mönches zurück. »Ihr seid sehr alt.«

»Und krank.«

»Leidet Ihr Schmerzen?«

»Sie sind leicht zu ertragen. Ein Nichts gegen die Schuldenlast, die Ihr mit Euch herumtragt. Gott hat Euch vergeben, glaubt mir.«

Entsetzt starrte Germunt sein Gegenüber an. »Seid Ihr ein Prophet?«

»Nein. Ich habe nur im selben Raum geschlafen wie Ihr.«

Germunt spürte, wie sich die Haare an seinem ganzen Körper aufrichteten. »Woher wisst Ihr das … mit Gott?«

»Ich habe mein Leben lang die Bücher der Heiligen Schrift gelesen. Da bekommt man einen gewissen Eindruck. Warum seid Ihr in Tours?«

»Ich soll meine Taten überdenken. Und mich in der Schriftkunst ausbilden lassen.«

»Dann habt Ihr zwei Möglichkeiten. Entweder Ihr lernt von mir, oder Ihr verlasst auf der Stelle meinen Raum und berichtet niemandem, dass Ihr mit mir gesprochen habt. In diesem Fall könnte Euch vielleicht noch ein guter Lehrmeister zugewiesen werden.«

Sollte er aufstehen und gehen? Warum durfte niemand wissen, dass er mit dem Alten gesprochen hatte? »Bekommt man Eure Krankheit, wenn man mit Euch spricht?«

»Die Menschen scheinen das zu glauben. Und sie haben

recht – in gewissem Sinne.« Der Mönch zeigte spitzbübisch seine Zahnlücken.

»Wie meint Ihr das?«

»Ich bin nicht nur einmal exkommuniziert worden. Man verbietet einem alten Mann, der vor Schwäche seinen Raum sowieso kaum mehr verlassen kann, mit den anderen Mönchen an einem Tisch zu essen. Oder die Kapelle zu betreten.«

Germunt zog die Augenbrauen zusammen.

»Ich habe nicht ganz nach ihrem Mund geredet. Als ich schon nicht mehr richtig laufen konnte, hat man hier eine Reform durchgeführt, das Kloster ›kanonisiert‹, sozusagen. Ich meine, dass sie die Tiefe am falschen Ende suchen. Irgendwann werden sie das selbst feststellen.«

Es läutete eine Glocke.

»Seht Ihr? Alle drei Stunden.« Der alte Mönch schloss seine Augen und begann, laut zu beten. Er bat Gott um Gnade für die Mönche, für den Abt, für andere Äbte, für die Stifter und Gönner des Klosters. Dann, plötzlich, waren seine Augen wieder offen. »Das genügt. Die geforderten hundert Psalmen am Tag werde ich nicht aufsagen. Habt Ihr Euch entschieden? Ich rate Euch, geht.«

Sie sahen sich in die Augen. Etwas hielt ihn, ließ ihn nicht aus dem Blick des Mönchs. Warum wollte er, dass er fortging? Germunt fragte: »Habt Ihr einmal etwas von einem gewissen Alkuin gehört, der hier in der Nähe gelebt haben soll?«

»Alkuin war mein Lehrer. Ohne ihn wäre ich ein Esel mit dem Verstand einer Pferdebremse. Er war Abt hier, ein alter Mann, als ich jung war. Vor vielen Jahren ist er gestorben.«

»Gibt es hier noch jemanden, der von Alkuin unterrichtet wurde? Jemanden, der das Wissen an mich weitergeben könnte?«

»Lange tot, sie sind lange tot, die ihn noch so erlebt haben wie ich. Bald bin ich es auch. Aber das ist der gottgegebene Lauf der Dinge.«

Er war der letzte Schüler Alkuins. Germunt dachte: Und wenn ich bei ihm bleibe? Aber er ist kaum mehr als ein Knochengerüst – wie sollte er mein Lehrmeister sein? Da war etwas an diesem Mann … Diese Ruhe. Er hatte das Leben schon hinter sich, sozusagen, und indem er zurückblickte, wurde er ruhig. Germunt wünschte, ihm würde es eines Tages so gehen. »Meint Ihr, Ihr könnt aus mir eine Waldbiene machen?«

Der Alte zog die Mundwinkel hoch. »Ich denke schon. Mehr als das. Wie ist Euer Name?«

»Germunt.« Also war es entschieden. »Was werden die anderen Mönche sagen, wenn sie mich hier bei Euch finden?«

»Sie werden Euch wie Luft behandeln, vermute ich.«

»Das soll mir recht sein.«

Aelfnoth schüttelte nachdenklich den Kopf. »Weniger gut. Wir werden Pergament brauchen und Tinte in verschiedenen Farben. Nahrung müssen sie uns geben, aber das teure Schreibmaterial wird schwer zu erkämpfen sein.«

»Ich werde sie überzeugen«, sagte Germunt mit selbstbewusstem Ton. Er warf einen kurzen Blick auf seine Hände.

»Da kennt Ihr die Mönche von Tours schlecht. Aber von mir aus könnt Ihr es probieren. Benachbart zu diesem Haus steht das Gebäude mit der Bibliothek und der Schreibstube. Wir brauchen rote, grüne und blaue Tinte. Der Verwalter, den Ihr fragen müsst, ist nicht zu übersehen – er hat einen feuerroten Schopf.«

Mit zahlreichen Pergamentrollen unter dem Arm und drei kleinen Tonfässchen in der Hand kehrte Germunt wenig später zu

Aelfnoth zurück. Der alte Mönch sah ihn bitterernst an. »Habt Ihr den Rothaarigen gefunden?«

»Ja. Er hat mir all das bewilligt. Freut Ihr Euch denn gar nicht?«

»Ihr wollt von mir unterrichtet werden?«

Germunt sah erstaunt zu Aelfnoth hinüber. »Ja.«

»Dann versprecht mir bei Eurem Leben, dass Ihr nie wieder stehlen werdet.«

Schweigend legte Germunt das Schreibmaterial auf den Tisch. Er musste fortwährend schlucken. Heiß wogte es ihm über das Gesicht. Der Mönch war ihm unheimlich. »Dann sei es. Ich verspreche es.«

»Gut. Bringt jetzt das Pergament und die Tinte zurück.« Unerbittlich lag der Blick Aelfnoths auf Germunt.

»Das könnt Ihr nicht verlangen! Wie soll ich …« Fieberhaft rasten seine Gedanken. Er würde völlig sein Gesicht verlieren. Womöglich würden sie ihn einer Strafe unterziehen. Ihm blieb nur, sich erneut in den Lagerraum hineinzuschleichen und den Diebstahl heimlich rückgängig zu machen.

»Bei der Gelegenheit könnt Ihr dem Rothaarigen gleich sagen, dass Ihr für die nächste Zeit mein Schüler seid. Und Euch entschuldigen, natürlich.«

Zähneknirschend nahm Germunt das Schreibmaterial vom Tisch. Er verspürte nicht wenig Lust, dem Greis an die Kehle zu springen. War diese Demütigung nötig? Auf dem Weg zum Nebengebäude hätte er am liebsten alles in den Graben geworfen und Tours aufatmend verlassen. Mühsam zwang er sich weiterzulaufen, die Türen aufzuschieben. Dort stand er, der Rothaarige, immer noch ins Gespräch mit einem anderen Mönch vertieft.

»Ich bitte um Entschuldigung.«

Die beiden drehten sich zu ihm um.

»Ich habe dieses Material gestohlen. Was ist meine Strafe?«

Blankes Erstaunen lag auf den Gesichtern der Mönche. »Wer seid Ihr?«

»Aelfnoth unterrichtet mich.«

Germunt hatte das Gefühl, die Veränderung geradezu beobachten zu können. Die Augen der Mönche wurden kleiner, sie sogen kühl die Luft ein, sprachen gedämpfter, fast unbeteiligt. »Wenn der Alte Euch lehrt, soll auch er Eure Strafe festsetzen.«

»Können wir das Pergament und die Tinte behalten?« Was tue ich hier? Germunt hätte gern in die Luft gegriffen und seine Worte zurückgeholt. Was erlaubte er sich? Irgendetwas in ihm war aufgebrodelt, und er kannte sich gut genug, um zu wissen, dass es schwer wieder zu zügeln war.

Der Rothaarige kniff die Augen zusammen. »Habt Ihr eine Ahnung, natürlich kein Wissen, aber eine entfernte Ahnung davon, wie teuer auch nur eines der kleinen Tintenfässchen in Eurer Hand ist? Wisst Ihr, wie viel Wau eingekocht werden muss für ein winziges Tongefäß gelber Tinte und was die Bauern in Süditalien verlangen, die das Kraut auf ihren Feldern anbauen? Noch schlimmer das Waid für den blauen Farbstoff! Die Waidhändler sprechen sich untereinander ab, nirgends kann man mehr das Kraut selbst kaufen, nur noch das Pulver, aber zu welchem Preis! Und – zeigt her, was habt Ihr da? – Rot! Kermesrot! Wer sammelt die Kermesschildläuse von den Scharlacheichen, wer trocknet sie, die winzigen Biester? Und Ihr fragt ganz unschuldig, ob Ihr die Dinge behalten könnt. Unglaublich! Pergament noch dazu. Bringt die Sachen zurück in die Truhen, auf der Stelle!«

Germunt musste reden, um nicht an den Worten zu ersticken. »Ich bin hier, um schreiben zu lernen, auch wenn es Euch wenig passt. Es war nicht gut zu stehlen. Ich habe geschworen, es nicht wieder zu tun. Aber durch Eure Unfreundlichkeit wird so etwas herausgefordert, wisst Ihr das?«

Dem Angesprochenen stand der Mund offen.

Germunt wandte seinen Blick zu dem anderen, dunkel gelockten Mönch. »Ich habe mit diesem verfluchten Bein Gebirge überquert, Flüsse, die ich nicht mehr zählen kann, habe Hunger gelitten und mich in Wäldern verlaufen. Ich bin von Italien bis hierher gewandert. Das alles, weil ich in Tours im Auftrag des Bischofs von Turin das Schreibhandwerk erlernen muss. Es ist ein Unding, dass das an der Tinte scheitert!«

Der Rothaarige fauchte ärgerlich: »Wisst Ihr, dass wir Euch für diesen Diebstahl einsperren lassen können? Ihr verdient es, windelweich geprügelt zu werden!«

»Wenn jeder seinen gerechten Lohn erhalten würde, würdet auch Ihr nicht mehr hier stehen, glaubt mir.«

»Das sagt Ihr einem Diener des Herrn?« Der Rothaarige schrie schon fast.

»Wenn Ihr möchtet, mache ich mich noch heute auf den Heimweg und berichte meinem Herrn, der ein enger Freund des Kaisers ist, dass man mir in Tours die Tinte verweigert hat!«

Eisiges Schweigen herrschte.

»Nehmt sie, in Gottes Namen«, stieß der Rothaarige schließlich zwischen den Zähnen hervor. »Ihr werdet feststellen, dass der Alte Euch nicht mehr als Fingerzittern und zahnloses Nuscheln beibringen kann. Ihr werdet bei ihm nichts lernen, nichts. Aber denkt ja nicht, dass Ihr hier einen einzigen anderen Lehrer finden werdet, der sich Eurer annimmt. Dafür sorge ich!«

»Fein.«

Einen Moment lang warfen sich die drei Männer noch finstere Blicke zu, dann drehte sich Germunt um und verließ das Haus. Draußen hielt er an, um sich zu beruhigen. Ich habe die Pergamente, murmelte er in Gedanken. Sie haben etwas, über das sie sich die nächsten drei Tage unterhalten können. Er dachte nach, ob er einen Fehler gemacht hatte. Würde man ihm Nahrung geben? Dafür würde Aelfnoth sorgen müssen. Einen anderen Lehrer würde er nicht brauchen, hoffentlich. Es sei denn, der Alte hatte gelogen, als er von Alkuin sprach.

Aelfnoth wiegte den Kopf, als Germunt wieder in sein Zimmer trat. »Ihr habt es nicht übers Herz gebracht, die Dinge zurückzubringen?«

»Doch, das habe ich. Der Rothaarige hat mir gestattet, sie zu behalten.«

»Das ist unmöglich!«

»Es ist so.« Germunt grinste. »Es war nicht leicht, ihn zu überzeugen, aber letzten Endes wollte er nicht vor dem Kaiser als geizig gelten.«

Nun lächelte auch der alte Mönch. »Ihr seid wortgewandt, junger Mann, Ihr seid wortgewandt. Wollen wir sehen, ob Eure Finger so fähig sind wie Euer Mundwerk.« Mühsam erhob er sich. »Meine Hände halten keine Feder mehr, aber ich möchte Euch zeigen, was ich in jüngeren Jahren gezeichnet habe.«

Die gelben Hände griffen in einen Schrank und trugen einige dicke Rollen zum Tisch. Mit der Langsamkeit des Alters zogen sie das Band von einer der Rollen und öffneten sie.

Germunt stockte der Atem. Im flackernden warmen Talglicht wurde die Pergamentseite lebendig. Zwischen den Buchstaben bewegten sich Menschen, rankten Sträucher, blühten zauberhafte Gewächse. Sein Blick wurde von einer sanften, unnachgiebigen Gewalt in die Bilder hineingezogen. Er schaute dem lesenden Mönch über die Schulter, der sich an das große ehrerbietige P gelehnt hatte. Er wich der Lanze des Reiters aus, der unter dem standhaften W hindurchpreschte. Er roch an den Blüten, die ein schlankes I umspielten. Alles strahlte in lebendigen Farben und war bis in den kleinsten Winkel genau gezeichnet.

»Wie habt Ihr das gemacht?«, hauchte Germunt.

Aelfnoth zeigte nacheinander auf die Tintenfässchen. »Damit, damit und damit.« Dann reichte er Germunt eine Gänsefeder und ein kleines Messer. »Hier, spitzt Euch die Feder an. Beginnt mit einfachen Linien. Fühlt, in welcher Richtung die Feder sich sträubt und in welche Richtung sie angenehm gleitet. Verändert den Druck Eurer Hand und schaut, ob mehr Tinte fließt.«

Germunt nahm die Feder zwischen seine Finger. Er wusste, er würde sie nicht wieder loslassen, bis er nicht ebenfalls Leben auf das Pergament bringen konnte, und wenn es eine verunglückte Krähe war.

Der Greis schaute ihm über die Schulter. Manchmal hatte Germunt das Gefühl, er lächelte.

Ein besonders gelungener Bogen erinnerte Germunt an die Stadtmauer von Tours. »Warum hat Tours eigentlich eine derartige Beule in seiner Stadtmauer, wenn man von Süden kommt?«

»Dort stand, lange vor unserer Zeit, ein Versammlungsort der Römer. Sie konnten alle darin sitzen, zehn mal zweitausend Menschen. Die Ruinen hat man dann teilweise für die Stadtmauer verwendet, und weil der Versammlungsort rund war, ist auch die Mauer rund. Im Übrigen lebt auch der Bischof in einem Palast der Römer, den sie damals an der Loire errichteten.«

»Also stimmt es, was der Blinde erzählt hat. Hier haben die Römer gelebt? So weit im Norden?«

»Nicht nur sie. Auch die Westgoten haben Tours eine Zeitlang beherrscht.«

Der Alte fuhr fort, aber Germunt hörte ihm schon nicht mehr zu. Er versuchte, ein Gesicht zu erschaffen. Die Vorlagen auf Aelfnoths Pergament waren gut, nur gelang es Germunt nicht, die Augen nachzuahmen. Sie gerieten ihm viel zu groß für den Gesichtsumfang, den er gezeichnet hatte.

»Ihr müsst mit den Augen beginnen«, hörte er die Stimme des alten Mönches hinter sich. »Zeichnet zuerst die Augen und dann den Kopf. So werden sie immer hineinpassen. Und eigentlich bringt man bei so schwierigen Bildern eine Vorlage mit Kohle auf das Pergament, die dann nur noch nachgezeichnet und gefärbt werden muss. Aber macht nur weiter, für die Übung mag es ohne gehen.«

Irgendwann brachte ein mürrischer Mönch Brot und einen Krug Ziegenmilch. Aelfnoth warf ihm einige Worte in den Rücken, als er den Raum wieder verlassen wollte. »Bitte bringt ab heute zwei Portionen. Ich habe einen Schüler hier.«

Der Angesprochene blieb in der Tür stehen. »Muss darüber nicht der Abt entscheiden?«

»Seit wann das? Wir sind zu Gastfreundlichkeit verpflichtet!«

Germunt hatte sich unterdessen nach seinem Leinensack gebückt und zog ein Pergamentstück heraus. »Ich bin auf Empfehlung des Bischofs von Turin hierhergereist«, sagte er zu dem Mönch, der das Essen gebracht hatte. »Möchtet Ihr Eurem Abt dieses Schreiben vorlegen?«

Zögerlich sah der junge Geistliche auf das Pergament.

»Nein. Es geht in Ordnung.« Dann verschwand er mit einer Eile, dass es den Anschein hatte, der Ort würde ihn gruseln.

»Ein so langes Gespräch hatte ich seit Jahren nicht mehr mit ihm.« Aelfnoth stand auf, um die Tür zu schließen.

Noch viermal läutete die Glocke und hielt Aelfnoth zum Gebet an, dann wollte der alte Mönch den Tag beenden. »Ihr könnt morgen weitermachen. Euer Federstrich ist fein, und Eure Finger sind rege. Aber Ihr müsst noch einen Blick für das kaum sichtbare Kleine entwickeln. Und dem Schwung der großen Linien sollten wir uns ebenfalls widmen. Er geht Euch noch nicht wie ein freier Atem von der Hand.«

Nur widerwillig ergab sich Germunt. Der Wunsch, Leben auf das Pergament zu bringen, ließ ihm keine Ruhe. Es dauerte nicht lange, da war der Alte eingeschlafen, und Germunt stand leise auf. Er holte sich das Pergament, die Feder und ein Fässchen Tinte. Dann legte er sich wieder auf den Boden, sodass das Pergament in einem Mondflecken zu liegen kam.

Er zwang sich, auch offensichtlich missratene Zeichnungen zu Ende zu bringen. An jedem Federstrich lerne ich etwas, sagte er sich. Wenn ich Zeichnungen abbreche, nutze ich den Raum des Pergamentes nicht gut aus. Sofort musste er an Biterolf denken und lächelte. Er hatte die Reise überlebt. Wenn es ihm gelang, Aelfnoths Kunst zu lernen – Biterolf würde fassungslos begeistert sein!

Als er sich irgendwann umwandte, erschrak er bis ins Mark. Die Augen des alten Mönches waren geöffnet. »Beobachtet Ihr mich?«, flüsterte Germunt.

»Ihr habt viel Ehrgeiz.«

»Wart Ihr nicht auch so, als Ihr jung wart?«

»Nein.« Der Alte lächelte. »Ich war dumm und faul.«

»Und Alkuin hat Euch wachgerüttelt?«

»Ich habe ihn bewundert, das war alles. Aber ich war auch danach nicht wie Ihr.«

Sie schwiegen. Germunt hatte sich längst wieder dem Zeichnen zugewandt, als Aelfnoth noch einmal flüsterte: »So weit, wie Ihr heute gekommen seid, ist wohl noch niemand an einem Tag gekommen. Ich habe Jahre gebraucht, diese Kunst zu erlernen. Euch scheint sie schon im Blut zu liegen.«

Das sollte für die nächsten Wochen das letzte Lob gewesen sein. Aelfnoth fauchte seinen Schüler ohne Unterbrechung an. Einmal tunkte Germunt versehentlich die Feder für grüne Tinte in das rote Fässchen, ein anderes Mal waren Aelfnoth Germunts Linien zu dick. Häufig wetterte der alte Mönch, dass aus Germunt nie etwas werden würde. Germunt antwortete mit einem Lächeln, weil er sich an das nächtliche Lob erinnerte.

Auch die Tatsachen redeten eine andere Sprache. Germunt verzierte die großen Buchstaben bald mit solcher Kunstfertigkeit, dass sie kaum noch von Aelfnoths Vorlagen zu unterscheiden waren. Manchmal fragte er sich, ob es gerade dies war, was seinen Lehrer so erzürnte.

Wenn Aelfnoth freundlich gestimmt war, belehrte er Germunt, aus einem schier unendlichen Wissensvorrat schöpfend. Ihm blitzte dabei der Schalk aus den Augen, vielleicht, weil er es genoss zu belehren, vielleicht aber auch, weil er sich selbst dabei nicht wirklich ernst nahm.

»Der heilige Martin«, erklärte der alte Mönch einmal mit übertriebener Feierlichkeit, »ist der am höchsten zu verehrende Heilige in ganz Gallien. Er errichtete Kirchen in Langeais, Saunay, Tournon, Amboise, Ciran und Candes.«

»Und Candes«, wiederholte Germunt eifrig.

»Außerdem gründete er das erste Kloster in Frankreich. Wo war das?«

»Ich weiß es nicht, verehrter Lehrmeister.«

»Hundert Stockhiebe!«

»Bitte, sagt es mir!«

»Ligugi.«

»Er gründete das erste Kloster in Ligugi«, sagte Germunt auf.

»Fein. Die Strafe sei Euch erlassen.«

»War dieser Martin nicht auch ein gewöhnlicher Mensch?«

Der Spott wich aus Aelfnoths Gesicht. »Natürlich. Er war römischer Soldat. Es heißt, dass er freiwillig die Waffen abgegeben hat, um Christ zu werden. Sagt es nicht weiter, sonst werde ich wirklich noch aus dem Kloster geworfen – ich bin nicht sicher, ob all die Geschichten stimmen, die man sich über ihn erzählt. Er soll einen Leprakranken durch einen Kuss geheilt haben, selbst Tote hat er auferweckt, sagt man.«

»Und Ihr glaubt das nicht?«

»Das habe ich nicht gesagt. Ich bin mir nur nicht so sicher. Gott ist alles möglich.«

Obwohl sich Germunt die meiste Zeit in Aelfnoths Kammer aufhielt und auch keinen der anderen Mönche wirklich kennenlernte, blieb ihm doch das Leben des Klosters nicht völlig verborgen. Mitunter verweilte er einige Zeit länger auf dem Hof, als es allein für das Erledigen der Notdurft nötig gewesen wäre, und betrachtete die Mönche in ihren schwarzen Kutten, die im Garten Unkraut rupften. Ein andermal lauschte er für eine Weile den Gesangsübungen der jungen Klosterschüler.

Jede Nacht schreckte er zwei Stunden vor Sonnenaufgang aus dem Schlaf, geweckt von einem eisernen Scheppern. Einmal, als er von einer urwüchsigen Frau träumte, die mit einem bronzenen Klöppel gegen einen Wasserkessel schlug, und mit rasendem Atem erwachte, schlich er sich zur Tür. Füße schlurften auf dem Flur. Germunt öffnete die Tür für einen Spalt und konnte zwei Schüler sehen, der eine mit der Stupsnase eines Kindes, der andere schon größer gewachsen und mit den langen, schlaksigen Gliedern eines Halbwüchsigen, der noch nicht gelernt hat, sie zu handhaben.

»Du musst mir helfen«, flüsterte der Jüngere. »Ich kann diese Aufgabe nicht lösen! Wie viel Spuren hinterlässt ein Ochse, der den ganzen Tag geackert hat?«

Sein Gegenüber grinste breit. »Mann, die ist doch einfach! Vom Ochsen werden keine Spuren übrig bleiben, weil hinter ihm der Pflug folgt, der die ganzen Spuren zuackert.«

»Ach. Stimmt.«

»Los, wir müssen. Wir sind die letzten. Ich habe keine Lust darauf, schon wieder die Rute auf dem Rücken zu spüren.«

»Nur noch eine Frage, bitte! Ich komme mit dieser Arithmetik nicht zurecht. Warte, ich hab's mir doch gemerkt, wie ging das heute? Ein Mensch sagte auf einem Spaziergang zu ihm entgegenkommenden Personen: Ich wünsche, ihr wäret doppelt so viel, als ihr seid, und dazu noch die Hälfte der Hälfte dieser Zahl … und davon … und davon *noch* einmal die Hälfte, dann wären es zusammen mit mir genau hundert. Wie viele Personen kamen ihm entgegen?«

»Ich glaub, ich erinnere mich an die Aufgabe. Waren das sechsunddreißig?«

Ein ärgerlicher Ruf ertönte am anderen Ende des Flurs. Die Schüler zuckten zusammen. »Was schwatzt ihr hier? Die Vigilmesse beginnt! Und war das etwa Romanisch, was ihr da geflüstert habt? Latein, Latein, Latein!«

Die Schüler verließen ihren Winkel und gingen mit hängenden Köpfen in Richtung Hof. Vorsichtig schlich ihnen Germunt nach. Er hörte den Jüngeren noch einmal raunen: »Ein Mensch wollte einen Wolf, eine Ziege und eine Stiege Kohlköpfe über den Fluss –«, aber der andere stieß ihm so hart den Ellenbogen in die Seite, dass er verstummte.

Auf den Hof folgen wollte Germunt den Schülern nicht, um nicht entdeckt zu werden. Er blieb in der Tür stehen und beobachtete, wie sie am Kircheneingang unsanft am Arm gepackt und hineingeschoben wurden. Dann sangen viele müde Kehlen: »Herr, öffne meine Lippen, damit mein Mund dein Lob verkünde«, erneut, und ein drittes Mal. Eine einzelne Stimme sang einen Psalm: »Ach Herr, wie sind meiner Feinde so viel, und erheben sich so viele gegen mich …«, und die Menge antwortete: »Ehre sei dem Vater.«

Ein Mensch wollte einen Wolf, eine Ziege und eine Stiege Kohlköpfe über den Fluss setzen. Solche Übungen hatte Germunt von Biterolf häufig gehört. Das trotzige Gesicht des Notars fehlte ihm, sogar seine Ermahnungen hätte er jetzt gern gehört.

Müde schlich er zurück in Aelfnoths Kammer. Erst als er die Decke über seinen Körper gezogen hatte, bemerkte er, wie kalt die Füße auf dem nackten Boden geworden waren. Ein Wolf, eine Ziege und eine Stiege Kohlköpfe …

Einen Gedanken gab es, den wagte Germunt nie auszusprechen. Er hatte inzwischen jedes Abscheugefühl überwunden und konnte den alten Mönch behandeln wie einen Freund. Trotzdem wurde er das Gefühl nicht los, dass sich mit jedem Tag Aelfnoths Haut stärker gelb färbte. Immer enger spannte sie sich um das Knochengerüst des alten Mannes, sodass Germunt bald den Eindruck hatte, er rede mit einem Toten.

Wirklich besorgt war Germunt, als er eines Morgens aufstand und jeder Glanz aus Aelfnoths Augen gewichen war. Der Alte sprach wie eh und je, vielleicht etwas ruhiger, aber das lebendige Leuchten seiner Augen fehlte.

Er rang lange mit sich, bis er eine Frage wagte: »Geht es Euch gut?«

»Es ging mir nie besser! Ich habe einen begabten Schüler, den ich herumscheuchen kann, wie man mich damals herumgescheuchte. Den ganzen Tag ist jemand da, sodass meine Gebete kürzer ausfallen als je zuvor – der himmlische Vater vergebe mir!«

Er schaut mich nicht an, dachte Germunt. Es ist nicht die Wahrheit.

»Wir haben zu essen, ich habe eine Aufgabe. Warum sollte es mir nicht gut gehen? Ihr möchtet nur ablenken von Eurer Arbeit!«

Drei Tage ging es so. Dann lag der Alte am Morgen da und stand nicht auf. Germunt wartete, auch wenn es ihn beunruhigte, vielleicht betete Aelfnoth ja oder dachte nach. Als er auch nach längerer Zeit nichts sagte, berührte ihn Germunt sanft an der Schulter. »Mein Lehrmeister, die Sonne ist aufgegangen.«

Sichtlich mit großer Anstrengung hob Aelfnoth die Augenlider. Sein Flüstern ließ Germunt zurückschrecken, weil es fremd klang, wie die Stimme des Todes: »Nicht für mich, junger Freund. Aber ich bin froh …« Er unterbrach sich und schloss die Augen. Nach einigen Momenten flüsterte er weiter: »Ich bin froh, dass ich Euch habe. Hatte immer große Angst, allein zu sterben.«

Germunt streichelte den Arm des alten Mannes. »Ihr seid nicht allein.«

Erneut öffnete Aelfnoth die Augen und sah Germunt an. »Wir haben nie über meinen Lohn gesprochen.« Die Lippen des Alten brachten zitternd ein Lächeln zustande. »Seid Ihr bereit, mir einen großen Dienst zu erweisen?«

Germunt schluckte. »Für Euch, Aelfnoth, ja.«

Die trüben Augen des Mönches wurden feucht. »Ich möchte noch ein letztes Mal die Kapelle sehen.«

Lange Zeit sahen sie sich an. Es war wie ein stiller Abschied. Wir wissen beide, dachte Germunt, dass er den Weg zur Kapelle nicht überleben wird. Schließlich schob er seine Arme unter den Körper des Alten. Als er ihn anhob, erschrak er, wie leicht der Sterbende war. Mit dem Fuß schob er die Tür auf und ging den langen Flur entlang, in den ihn damals Gott geführt hatte.

Während er den Platz zur Kirche überquerte, blieben überall Mönche stehen. Germunt spürte, dass ihm Tränen über das Gesicht liefen. Einer der Mönche hastete an ihm vorbei, um die Kirchentür zu öffnen. Erschütterung ruhte auf allen Gesichtern. Zu guter Letzt noch einmal Ehrfurcht für diesen Mann, dachte er.

Der Raum der Kirche schien höher zu sein als der Himmel, unter dem sie draußen gelaufen waren. Germunt ging bis vor den Altar und legte den alten Mann dort nieder. Es kümmerte ihn nicht, dass es Laien verboten war, diesen Teil der Kirche zu betreten. Er kniete sich neben den Mönch, um ihm die Augen zu schließen. Erschrocken hielt er inne.

Aelfnoth lebte. Und in seinen Augen strahlte mehr Glanz, als er in den letzten Tagen und Wochen darin gesehen hatte.

»Herr«, flüsterte der Alte mit Inbrunst, »ich danke dir für diesen jungen Mann. Ich danke dir für diesen Tod.« Er hob ein wenig den Kopf, wie mit neuer Kraft. »Was ist die Schuld, die dich belastet?«

Germunt bekannte leise: »Ich bin ein Mörder und ein Dieb.«

Da war kein Entsetzen in den Augen des alten Mönches. Er richtete seinen Blick nach oben. Sein rechter Arm fühlte sich voran, bis er den Altar berührte, die linke Hand griff nach Germunts Hand. »Mächtiger Gott!« Aelfnoths raue Stimme hallte durch den Kirchenraum. »Dies soll mein letztes Gebet sein. Rette den besten Freund meines Lebens. Lösche seine Schuld. Mache du sein Leben –«, er holte tief und rasselnd Luft, »zu einem Grundstein.«

Er spürte einen leichten Druck an seiner Hand. Dann sah er, dass Aelfnoths Augen brachen. Sein Gesicht war reglos, als lausche er zuversichtlich auf eine Antwort.

16

Sie schob die nackten Füße ein wenig näher zum Feuer. Es war so wunderbar warm hier! Odo hatte dafür gesorgt, dass sie einen der kostbaren Plätze am Kamin bekam. Nach dem Geflüster und Geraschel zu urteilen, mussten etliche Menschen im Saal sein, und zwar solche, für die es etwas Besonderes war, an diesem Ort sein zu dürfen. Die freudige Anspannung der Versammelten knisterte förmlich in der Luft.

Dass der Spielmann vom Sommer sang, machte ihr noch mehr bewusst, dass sie mitten im kalten Winter steckten. Stilla seufzte. Hatte Frodwald nicht vergangene Woche noch auf dem Hof Laub zusammengekehrt? Nun gut, vielleicht vor drei Wochen.

Das Lied endete, und der Bischofs lobte: »Ganz vortrefflich!« Er darf nicht laut sprechen, empörte sich Stilla heimlich. Sie wusste Bescheid, sie war Odo heute Morgen zur Hand gegangen. Der Verband musste immer noch täglich gewechselt werden. Und jedes Mal, wenn sie den verwundeten Bischof pflegten, kämpfte sie mit Mühe dagegen an, sich … Nein, sie wollte nicht an ihn denken. Vielleicht kehrte er nie wieder. Es war gut, und Schluss.

»Darf ich Euch ein Geheimnis verraten, Ehrwürden?«

Dieser Spielmann hatte eine unglaublich weiche Stimme. Ob er Öl trank, um sie zu schmieren?

»Nur zu.«

»Wisst Ihr, in meinem Beruf teile ich die Herrscher in zwei Ordnungen ein. Die einen sind jene, die die Spielleute mitten im Liede unterbrechen, um zu reden. Die anderen, zu denen Ihr gehört, warten geduldig auf das Ende. Ihr seid mir der liebere Menschenschlag.«

»Wer würde dich unterbrechen? Du hebst die spannendste Strophe bis zuletzt auf. So hältst du uns im Bann deines Liedes.«

Ein Gelächter ging durch den Raum. Dass der Bischof das Gesinde eingeladen hatte, damit alle dem Spielmann lauschen konnten, machte ihn Stilla zusätzlich sympathisch.

»Ich erzähle alles so, wie es sich zugetragen hat. Bei meiner Ehre! Nur manchmal muss ich eine Kleinigkeit offenlassen, weil ich sie selbst nicht verstehe. Nehmen wir zum Beispiel das: Halten die Planeten an und kehren um, damit sie wieder auf ihre tägliche Bahn kommen? Wie geraten sie von der einen Seite der Erdscheibe auf die andere?«

Es wurde still. Nur das Feuer hörte man knacken. Endlich kam die erlösende Stimme des Bischofs: »Eine gute Frage. Ich will dir ebenfalls eine stellen: Welche Sprache wurde vor dem Bau des Turms zu Babel von allen Menschen gesprochen? Latein? Fränkisch? Romanisch?«

In Stillas Nähe flüsterte jemand: »Wenn das hier vorbei ist, haue ich dich zusammen.«

»Warum?«, zitterte eine Stimme zurück.

Plötzlich schlug der Spielmann die Saiten seiner Laute an. »Ihr wollt es mich fragen / Und ich kann's nicht sagen / Ein Teil sei gelungen: / Sie haben gesungen.«

Man lachte. Irgendwoher kam der Ruf, der Spielmann möge noch ein Lied zum Besten geben.

»Das kann ich gern tun. Danach muss ich Euch allerdings verlassen, weil es schon dunkelt und ich noch keine Bleibe habe. Ein Spielmann kann wohl kaum am Bischofshof übernachten.«

»Das ist richtig.« Die Stimme des Bischofs war seit langer Zeit nicht mehr so frei von Anspannung gewesen. Der Gesang hat ihm gut getan, dachte Stilla. In den ersten Tagen der flache Atem, die kalte, wächserne Haut – sie hatte befürchtet, er würde sterben. Jeden Tag war ein Bote des Grafen gekommen, um sich nach dem Gesundheitszustand des Bischofs zu erkundigen. Nicht der Graf, aber immerhin ein Bote. Ob sie sich doch eines Tages vertragen konnten? Odo behauptete, Godeochs Berater hätten ihrem Herrn vor Augen geführt, wie schlimm es wäre, wenn er als Bischofsmörder bekannt werden würde. »Da ist nichts Ehrenrühriges dran, wenn er sich jetzt nach Claudius' Befinden erkundigt. Er macht sich allein Sorgen um seinen Ruf.« Aber konnte Odo das denn wissen? Und Biterolf, der Arme, war ganz verstört gewesen und hatte sich Vorwürfe gemacht, wieder und wieder. »Ich habe ihm die Waffe gegeben.«

»Du kannst bei dem Gelehrten Odo schlafen«, sagte Claudius. »Wenn er es gestattet. Ich will dich für deinen Gesang mit einem warmen Mantel belohnen.«

Die Töne der Laute sprudelten bis in die letzte Ecke des Raumes.

»Für das Geschenk sei Euch gedankt,
So oft, dass Euer Ruhm gelangt
Von Süd nach Nord
An jeden Ort
Und weiter fort.

So höret mich nun singen
Von heldenhaften Dingen,
Die ein gewisser Suppo tat,
Was schließlich ihm geschadet hat.
Schon seine Väter waren reich,
Ihr Landgut machte Kaiser bleich.
In Brescia fing alles an,
ganz Norditalien wurd' es dann.

Ich streite nicht – er ist gewitzt,
Doch was in seinen Augen blitzt,
Das war einst Mut, jetzt ist es Gier –
Ich sah es deutlich, glaubet mir.«

Stilla versuchte, sich einen Menschen mit blitzenden Augen auszumalen. Sie wusste nicht wirklich, wie Augen aussahen, kannte nur die Mischung aus Schmerz und Neugier, wenn sie ihre eigenen berührte. Aber Blitze hatte sie gehört. Sie knallten, bevor ein Donnergrollen in die Ferne preschte. Ein Mensch mit solchen Augen? Diesem Suppo wollte sie niemals begegnen.

»Recht blasse Lippen, breiter Bart,
Ein gelber Umhang, Frankenart,
Und seinen Kopf ziert eine Mütze,
ganz aus Brokat, zum Ohrgeschütze,
Dass man ihn leicht erblicken kann.
Doch sieht er selber Menschen an,
Trifft sie sein Blick nie ins Gesicht,
Denn kräftig schielt sein Augenlicht.«

Aus der Musik hörte Stilla wieder die Flüsterstimme heraus. »Oder du holst jetzt jeden Morgen für mich das Wasser vom Brunnen.«

»Ich muss schon unser Wasser holen. Außerdem, was soll deine Mutter sagen?«

»Gar nichts. Ich tu so, als würde ich gehen, und gebe dir draußen die Eimer. Während du schleppst, spiel ich 'ne Runde.«

Was für ein Lump, dachte Stilla. Nur wie kann ich dem Kleinen helfen als blinde Frau? Der Spielmann würde heute Abend bei ihnen sein. Odo konnte das Angebot des Bischofs nicht zurücknehmen, ohne ihn öffentlich zu beleidigen. Vielleicht freute er sich ja auch, den Spielmann bei sich zu haben. Er würde es natürlich nicht zugeben in all seiner Gelehrsamkeit.

»Du bist gemein.«

»Aber stärker. Wenn du nicht tust, was ich sage, schlage ich dich zusammen.«

»Mein Vater würde dir –«

»Dein Vater ist tot, du Heulsuse. Bestimmt haben sie ihn nicht ohne Grund erstochen. Der steckte doch da überall mit drin.«

»Überhaupt nicht wahr! Er steckte nirgendwo drin!«

Ob der Spielmann ihr allein noch ein Lied singen würde? Was konnte sie ihm geben, um ihn dazu zu bewegen? In ihren Ärmelsaum hatte sie vor Jahren ein Silberstück eingenäht. Es war eigentlich für Notzeiten gedacht. Aber hatten die Münzen ihre Eltern nicht umgebracht, damals? Sie würde den Spielmann heute abend bezahlen.

Bei der Vorstellung, sich ein eigenes Lied zu kaufen, das er nur für sie singen würde, zog ihr ein unruhiges Kribbeln vom Bauch zum Hals. Jeder verdient einen solchen Moment im Leben, sagte sich Stilla. Der meine ist heute gekommen.

Der bedrohte Junge, der in ihrer Nähe mit seinem Widersacher flüsterte, tat ihr leid. Nur das verdarb ihr ein wenig die Vorfreude.

»Und so gewann der stolze Mann
Zwar Länder, Gold und Güter dann.
Eins fehlt jedoch zu seinem Glück,
Sein liebes Weib kommt nicht zurück.«

Die Dienstleute grölten, jubelten und trampelten vor Vergnügen mit den Füßen auf den Boden. Einige Münzen sprangen, und Stilla hörte den Spielmann Dank rufen. »Ihr versteht, dass ich nicht bleiben kann. Wenn ihr mich noch einmal hören wollt, dann vergesst nie, vor der Mahlzeit zu danken. Und seid eurem Herrn fleißig untertan – vielleicht lädt er mich wieder ein.«

Sie spürte eine Hand an ihrem Unterarm. Schon bevor er sprach, wusste sie, dass es Odo war. »Kommt, gehen wir.«

»Übernachtet der Spielmann bei uns?«

»Ihr habt den Bischof gehört. Er wird in meinem Haus willkommen sein.« Der Gelehrte reichte Stilla ihre Stiefel. Sie schlüpfte hinein. Innen waren sie warm vom Kamin.

Jetzt konnte sie die Jungen laut reden hören. Der Erpresser hatte eine halbtiefe Zwischenlage, der andere sprach noch mit heller Knabenstimme.

»Mein Vater wurde überfallen. Er hat nichts Böses getan.«

»Na, und warum wurde er denn überfallen, he?«

»Ich hab genau gehört, wie er zu meiner Mutter gesagt hat, dass er für den Bischof etwas über die Alpen bringen muss.«

»Ach, für den Bischof, so ein Unsinn. Der hat doch Diebesgut weggeschafft, ganz sicher.«

»Hat er nicht!«

»Dein Vater war ein Halunke. Also, schleppst du jeden Tag mein Wasser, oder soll ich dir gleich deine dumme Nase brechen?«

»Wenn mein Vater noch leben würde …«

Die Unruhe wurde immer stärker in Stilla. Sie musste etwas tun, um ihm zu helfen. Wie konnte sie heute Abend das Lied genießen, wenn der Kleine geprügelt zu Hause lag und heulte? »Ich möchte Euch etwas fragen«, wandte sie sich an Odo.

»Ja?«

Sie dachte: Odo lacht mich aus. Soll er den Streit von zwei kleinen Jungen schlichten? Der Mann ist tot, wird er sagen, daran lässt sich nichts mehr ändern. Und der schwächere der Knaben wird vom anderen unterdrückt, so ist es nun mal. »Was haltet Ihr von diesem Spielmann?«, sagte Stilla und schluckte. »Sagt mir Eure ehrliche Meinung, nicht das, was Ihr sagen müsst, weil Ihr Gelehrter seid.«

Obwohl der Jubel im Saal so laut war, dass ihnen sicher niemand zuhören konnte, sprach Odo gedämpft. »Warum ist Euch das so wichtig?«

»Bitte! Ich bin einfach neugierig.« In Wahrheit wich sie der eigentlichen Frage aus und ärgerte sich über sich selbst.

Odo schwieg einen Moment. »Er ist begabt, auf jeden Fall. Mich stört nur die Vorstellung, dass er vor ein paar Tagen noch ein Loblied vor Suppo gesungen hat, um beschenkt zu werden, und heute über ihn herzieht, als sei es sein täglich Brot, einen der mächtigsten Männer Norditaliens zu verspotten.«

»Aber Ihr wisst doch gar nicht, ob er für Suppo gesungen hat.« Natürlich musste Odo über den Sänger schimpfen, das hatte sie schon geahnt. Seine Gelehrsamkeit vertrug sich nicht mit der schönen Musik.

»Kommt. Ich möchte ihn nicht warten lassen.«

Mit leichtem Widerstand ließ sie sich von Odo durch den Saal führen. Sie würde ihn fragen, ob er bei Suppo war. Sicher gab es eine gute Erklärung.

»Ich grüße Euch«, hörte Stilla die Stimme des Spielmanns ganz dicht bei ihr.

»Sie kann Eure Hand nicht sehen«, erklärte Odo trocken. »Sie ist blind.«

»Oh, verzeiht, ich hatte nicht bemerkt …«

Stilla lächelte. »Aber ich kann Euch hören. Ihr habt ausgezeichnet musiziert!«

»Danke!«

Die Tür wurde geöffnet, und ein kalter Wind fuhr Stilla um Hals und Gesicht. Es roch nach trockenem Schnee. Sie zog sich den Mantel enger um die Kehle. Während sie durch die Winterstraßen stapften, schwieg sie. Odo führte sie nicht mehr am Arm, sie wusste jede Kurve vorauszusagen und kannte den Weg im Schlaf.

Sie hatte dem armen Jungen nicht geholfen. Der Gedanke an ihn würgte sie, und gleichzeitig ärgerte sie sich darüber, dass sie sich so verantwortlich fühlte. Irgendwann hörte sie ein ungewohntes Geräusch neben sich. Klapperte der Spielmann mit den Zähnen? »Ihr friert?«

»Sagen wir es so: Ich habe mir gerade vorgenommen, bei Gelegenheit die Löcher in meiner Kleidung zu stopfen.«

»Ihr erhaltet doch einen neuen Mantel vom Bischof. Dann könnt Ihr Eure abgewetzten Kleider den Armen schenken.«

»Wo denkt Ihr hin? Ich werde den neuen Mantel drei Tage tragen, wenn es hoch kommt, und auch das nur, um Ehrwürden nicht zu beleidigen.«

Stilla blieb stehen. »Ihr wollt – was?«

Sie spürte die Hand des Spielmanns in ihrem Rücken. »Kommt, gehen wir weiter. Diese kalte Luft ist nicht gut für das Holz meiner Laute.«

»Was werdet Ihr mit dem guten Mantel tun?«

»Ihn verkaufen, natürlich! Ich lebe davon, dass die Herren mir ihre wenig getragenen Kleider schenken. Mein löchriges Hemd ist sozusagen mein größter Schatz – es erinnert das Publikum daran, dass ich einen Lohn verdient habe und ihre Hilfe brauche.«

Sie mochte sich nicht vorstellen, was Odo nun dachte. Sicher würde er seine Truhen für die Nacht gut verschließen.

Kaum hatten sie die Eingangshalle betreten, warf Odo ihr zu: »Sorgt für ein Nachtlager.« Von der Treppe herab kam noch: »Gute Nacht Euch, Spielmann!« Dann war er in seinen Räumen verschwunden.

»Er hält nicht viel von fahrendem Volk, richtig?« Der Spielmann klang gekränkt.

»Ich glaube nicht. Meister Odo hat viel studiert und gelesen. Nun hat er keine Ader mehr für Künste, die nicht in Büchern stehen.«

»Ich verstehe.«

Es war einen Moment ruhig. Stilla lächelte: die Bilder.

»Sagt, was sind das für wunderschöne Bilder hier an den Wänden?«

Da ist ein Mann mit einem grünen Wams. Kräftig sieht er aus, und ihm wallen dicke Locken über die Schultern. Die Nase ist ein wenig zu groß, aber sie passt natürlich zu seiner starken Gestalt. Mit den Händen hält er einen Pflug, den zwei Ochsen ziehen. Sie stemmen sich nach vorn, man kann beinahe hören, wie die Erde rauscht, in die sich das Pflugschar bohrt. »Die waren schon im Haus, bevor Meister Odo hier eingezogen ist, hat er gesagt. Hört, ich wollte Euch noch etwas fragen. Wärt Ihr bereit, für eine Silbermünze noch ein Lied … nur für mich … zu singen?«

»Die ganze Nacht, wenn Ihr wünscht!«

In Stillas Bauch wurde es warm. Sie riss sich den Ärmel auf und hielt das Geldstück in die Richtung des Spielmanns. Eine weiche Hand griff danach.

»Was möchtet Ihr hören? Euch stehen alle Lieder – aber wartet.« Der Spielmann unterbrach sich. »Wird es den Gelehrten nicht stören?«

»Folgt mir.«

Bald saßen sie in der Küche. Von der Feuerstelle her pfiff und sang heiße Glut. Der Spielmann fügte ein eigenartiges Saitenzupfen hinzu, er verbog die Töne und atmete angestrengt und langsam.

»Was tut Ihr da?«

»Ich ändere die Länge der Saiten, damit sie gut zusammenklingen, wenn ich für Euch spiele.«

»Aber warum habt Ihr das nicht für den Bischof auch getan?«

»Das habe ich. Sie sind nur wieder – wie erkläre ich das? – verzogen durch die Kälte draußen, wie sich eine Mistgabel im kältesten Frost biegt.« Das Biegen der Töne wurde abrupt unterbrochen. »Wollt Ihr mich wirklich mit Geld für das Lied bezahlen?«

»Ich verstehe nicht.«

»Nun, eine hübsche junge Frau wie Ihr weiß sicher noch genügend andere Wege, einen Spielmann glücklich zu machen.«

»Unerhört!«, schimpfte Stilla, aber sosehr sie sich auch bemühte, einen strengen Mund zu ziehen, sie musste lächeln.

»Verzeiht.« Der Spielmann lachte. »Ich kann ja nichts dafür, wenn Ihr unzüchtige Gedanken hegt. Natürlich habe ich nur von einem Lächeln gesprochen.«

»Natürlich.« Er war frech! Unglaublich frech. »Macht Ihr das immer so mit den treuherzigen Mädchen?«

»Ich weiß nicht, wovon Ihr sprecht.«

»Oh, ich dachte schon, Ihr hättet es auf einen Kuss angelegt. Vergebt mir, das müssen wieder die unzüchtigen Gedanken sein. Ihr habt natürlich nicht an so etwas gedacht.« Stilla spürte, wie ihr das Blut ins Gesicht schoss.

»Ihr verwirrt mein Herz. Ich glaube, die unzüchtigen Gedanken sind übergesprungen. Ein Kuss? Ihr meint, meine Lippen an den Euren?«

»Leicht zu verwirren seid Ihr! Meine Hand mögt Ihr küssen, allenfalls, aber nicht meinen Mund.« Sofort spürte Stilla die weichen Finger des Spielmanns ihre Hand in die Höhe heben, und bevor sie protestieren konnte, drückten sich sanft des Spielmanns Lippen auf ihren Handrücken.

Sie hielt die Luft an. Was war nur in sie gefahren? Sie sollte das Gespräch auf sicheres Gebiet zurückbringen. »Sagt, habt Ihr auch vor Suppo gesungen?«

»Ja, das habe ich. Warum?«

»Nun, Meister Odo ... Er war der Überzeugung, dass Ihr ihn gelobt habt, vor uns aber Spottlieder singt. Das hält er für unehrlich.«

Der Spielmann bog einen Ton nach oben. »In gewisser Weise ist es das auch. Menschen wie Suppo oder auch wie Bischof Claudius werden den ganzen Tag angelogen, und das wissen sie. Warum sollte ich Suppo die Wahrheit über ihn selbst sagen, wenn er mich anschließend dafür tötet?«

Odo hatte recht, dachte sie.

»Ihr seid enttäuscht?«

»Nein, ich ... Ich weiß nicht. Ist es nicht unehrenhaft, Suppo zu verspotten, wenn er sich nicht wehren kann?«

»Sind denn dann auch die Jäger unehrenhaft, die aus der Ferne auf den Bären schießen? Wir fahrenden Spielleute sind nicht für ein Handgemenge gerüstet. Seht mich eher als einen Bogenschützen, der aus sicherem Abstand kämpft.«

Unglaublich, dass jemand wagen konnte, die hohen Herren zu verachten, und ungeschoren davonkam. Es war, als galten für den Spielmann nicht die Gesetze dieser Welt.

»Ich bin so weit. Bevor wir beginnen – ich habe das Silberstück auf den Tisch gelegt. Behaltet es und schaut einfach, ob Euch mein Lied gefällt. Wenn es Euch angerührt hat, darf ich Euch küssen. Einverstanden?«

Zur Sache kam er schnell. Stilla schüttelte ungläubig den Kopf. Sie dachte: Ich kann ja hinterher sagen, es hat mir nicht gefallen. »Spielmann, Ihr seid mutig.«

»Oh, ich bin es gewohnt, meinen Hals zu wagen. Die Frage ist, wie ich Euren gewinnen kann. Für einen Kuss, versteht sich, nichts von Gefahr. Was möchtet Ihr hören?«

Einer plötzlichen Regung folgend, sagte Stilla: »Etwas Trauriges.«

Es klang, als pustete sich der Spielmann eine Strähne aus der Stirn. »Seid Ihr sicher? Ich kenne wunderschöne Lieder von der Liebe. Das würde viel besser zu Euch passen.«

»Nein, singt mir bitte das traurigste Lied, das Ihr kennt.«

»Ich kenne da eins, aber ...« Es war eine Weile still. »Wenn die vier Rothaarigen erfahren, dass ich es gesungen habe, lassen sie mich ins Gras beißen. Ich singe es nur für Euch, ja? Ihr dürft Euch geehrt fühlen.«

»Habt Dank.«

»Eine Geschichte, die ich nördlich der Alpen gehört habe. Sie ist das Traurigste, das ich kenne.« Er begann mit zart gezupften Tönen, dann sang er.

Stilla flog mit den leisen Lautenklängen ins Frankenreich. Sie durchstreifte die grünen Hügel auf dem Land des Grafen Udalbert und staunte über die Schönheit des Kammermädchens Adia. Wenig wunderte es sie, dass der kinderlose Graf sie zum Kebsweib nahm, als er merkte, dass seine Frau unfruchtbar war. Adia gebar ihm einen jungen Erben, ganz wie er es sich gewünscht hatte.

Zwischen den gezupften Melodien des Spielmanns tollte

dieser Junge umher, freute sich am Glück seines Lebens. Die Gräflichen erboten ihm Ehre und wussten in ihm ihren zukünftigen Herrn. Bis die Gräfin unerwartet ebenfalls einen Sohn zur Welt brachte.

Adia und ihr Kind wurden verstoßen. Sie lebten von nun an in einer Hütte am Rande des Dorfes. Der Vater wollte den Jungen kaum noch sehen, und das Leben wurde schwer für Mutter und Kind.

»Das ist sehr traurig«, seufzte Stilla.

»Wartet ab, es ist erst der Anfang«, raunte der Spielmann. Er schlug seine Saiten an.

»Im achten Jahr des Jünglings gab
Der Graf, bedrängt von seiner Frau,
Die schöne Adia hinweg
Zum Preis für eine einz'ge Sau.
Von da an wart der junge Mann
Noch mehr gequält und oft bedrängt,
Zu huldigen dem rechten Sohn,
Dem nun der Graf sein Herz geschenkt.

Die Gräfin trieb ihm Demut ein,
Bis er im Hass sie mordete ...«

Stilla sprang auf. »Er hat die Gräfin umgebracht? Seine Stiefmutter getötet?«

»So erzählt man es sich, ja.«

»Und der Graf? Hat er ihn zur Strafe vierteilen lassen?«

»Der Jüngling konnte fliehen. Er lebte eine Weile vom Diebstahl, aber die Bluträcher, vier Brüder der Gräfin, verfolgten ihn bis in die Berge, wo er starb. Das war nicht weit von hier, es soll der Cenispass gewesen sein, wie mir ein Jäger erzählte.«

Stilla fror das Gesicht. »Wie lange ist das her?«

»Vielleicht drei Jahre. Das Lied hat Euch gerührt, nicht wahr? Ihr habt doch unsere Vereinbarung nicht vergessen?«

Stilla schlich zur Feuerglut und streckte ihre Hände aus. Erst einmal die Finger wärmen, sagte sie sich in Gedanken. Erst einmal die Finger wärmen. Da war ein Gedanke in ihr, den sie nicht zulassen wollte, der sich aber immer wieder aufdrängte wie ein hartnäckiger Dornenzweig, den man vergebens zurückzubiegen versucht. »Wisst Ihr seinen Namen?«

»Ich singe das Lied bisher ohne Namen, aber ich werde mich wohl bald entscheiden und dem jungen Mann einfach einen geben. Ein befreundeter Fiedler behauptet, er hieß Klemens. In Holzhausen will man sich an Gerbert erinnern, und der Jäger schwört, er habe sich Germunt genannt.«

Ein Mörder, jagte es ihr durch den Kopf. Als hätte ich es geahnt. Ein Mörder. Seine Geschichte war bewegend. Aber er log. Und er war nicht nur ein Dieb, sondern auch einer, der Menschen tötete. »Wir müssen zu Biterolf.«

»Wer ist das? Ihr wollt jetzt jemanden besuchen? Der gute Mann wird schlafen!«

»Das ist mir gleich. Es geht um das Leben des Bischofs. Wer einmal tötet, wird es wieder tun.«

»Was wollt Ihr damit sagen?«

Stilla fühlte auf dem Tisch nach ihrem Mantel. »Dass dieser Germunt oder Gerbert oder Klemens nicht erfroren ist. Er hat bis vor einigen Monaten hier in Turin gelebt. Am Hof des Bischofs.«

Draußen auf der Straße hatte der Spielmann Mühe, ihr zu folgen. »So wartet doch! Es ist dunkel.«

»Ich sehe genausowenig wie sonst auch«, zischte Stilla.

»Warum seid Ihr so aufgebracht? Und meint Ihr wirklich, es ist eine gute Idee, diesen Biterolf zu wecken? Wollen wir nicht damit bis morgen warten?«

Stilla schritt kräftig aus.

»Wartet, ich bitte Euch!«

Anstelle einer Antwort dachte sie laut nach: »Er wird im Schlafsaal sein ...«

»Hört, ich habe keine Lust, den Zorn des Bischofs auf mich zu ziehen. Es ist Nacht! Was, wenn ich nicht mitmache?«

»Der Bischof wird Euch schon holen lassen, wenn Biterolf ihm erst einmal die Geschichte erzählt hat.«

Stilla hörte den Spielmann missmutig den Atem ausstoßen. »Wenn die Bluträcher erfahren, dass ich das gesungen habe, kann ich gar nicht so schnell meine Sünden bereuen, wie ich in der Hölle lande«, murmelte er.

Endlich erfüllte der strenge und zugleich angenehme Geruch von Pferden die Luft, sie mussten vor dem Stall stehen. Vorsichtig tastete Stilla nach der Treppe.

»Müssen wir da hoch?«

»Seid leise, oben schlafen die Dienstleute.« Sie stieg Stufe um Stufe hinauf. Einige ächzten, andere knarrten, und wenn sie es bei ihr leise getan hatten, so taten sie es beim Spielmann um so lauter. Schließlich schob sie die Tür auf. Der Spielmann stand dicht hinter ihr, sie konnte ihn atmen hören.

»Wir suchen einen dickleibigen Mann«, flüsterte sie ihm zu, »könnt Ihr ihn sehen?«

»Es ist finster hier, ich sehe gar nichts.«

Aus der Türöffnung wogte schwere Luft. Es roch nach

Schweiß, Haaren und ungewaschener Kleidung. Atemzüge prasselten. Weit zur Rechten ächzte jemand im Schlaf. Der Saal verband die Dienstleute wie ein Schiff, er verwob sie zu einem einzigen großen Lebewesen, das im Schlaf stöhnte. »Biterolf«, rief Stilla flüsternd, »seid Ihr wach? Biterolf!« Sie ließ sich auf die Knie herab und fasste den erstbesten Schläfer an der Schulter. »Wacht auf«, sagte sie ihm halblaut ins Ohr.

Eine Männerstimme antwortete mit schlaftrunkener Freude: »Kommt, legt Euch an meine Seite.«

Sie schüttelte ihn noch einmal an der Schulter. »Ato, seid Ihr es? Wir suchen Biterolf. Wo schläft er?«

Nun fuhr der Schläfer auf. »Was ist los? Biterolf?« Ato sprang mit erstaunlicher Behendigkeit auf die Beine. Dann hörte Stilla ihn eine Weile nicht, bis schließlich ein leises Flüstern vom anderen Ende des Saales herüberflog. Sie hörte ein Rascheln, Schritte und Biterolfs verhaltene Stimme: »Was ist geschehen, mein Kind?«

»Verzeiht, dass ich Euch wecke. Ich habe etwas Furchtbares erfahren.«

Biterolf sagte: »Lasst uns erst einmal hinabgehen.«

Sie liefen die Treppe hinunter. Ato schien mit ihnen zu kommen, und noch jemand, es waren die Schritte von fünf Menschen.

»Nur ein Lied«, raunte der Spielmann. »Es ist doch nur eine Geschichte, die ich gehört habe.«

»Stilla, was ist passiert?«

Sie nahm kaum noch wahr, dass der Spielmann begonnen hatte, Biterolf alles zu erklären. Warum war sie so daran interessiert, Germunt ans Messer zu liefern? Wut war es in erster Linie nicht, nein, sie fürchtete sich. Aber wovor? Davor, von ihm geliebt zu werden? Er hatte etwas von ihr gewollt, das sie ihm nicht geben wollte. Hatte sie nicht allen Grund, vor einem Dieb und Mörder Angst zu haben? Zugleich aber fühlte sie sich schuldig für ihr Verhalten.

Es ist völlig rechtens, einen solchen Mann seiner Strafe zuzuführen, dachte sie und versuchte, ihr Gewissen zu beruhigen. Und was seine Liebe anging, er würde sie sowieso nicht beständig lieben. Ein Dieb war flüchtig wie der Staub, der sich in keinem Sieb fangen ließ. Oh, wäre sie nicht blind, sie hätte ihre Eltern gerettet damals.

»Ich habe es die ganze Zeit gesagt. Der Mann ist ein Verräter!«

Ato wurde von den anderen zischend zur Ruhe gebracht. »Seid Ihr verrückt geworden, Ihr weckt den ganzen Hof mit Eurem Geschrei!«

»Stilla.« Sie spürte Biterolfs schwere Hand auf ihrer Schulter. »Wir werden morgen alles in Ruhe mit dem Bischof besprechen. Du kannst dich einstweilen in der Schreibstube ausruhen. Für den Spielmann ist noch ein Fleckchen frei im Schlafsaal, und morgen früh, sobald die Sonne aufgeht, tragen wir die Sache Claudius vor. Bist du einverstanden?«

Stilla nickte.

Als Biterolf mit Meister Odo den Kaminsaal betrat, senkte der Spielmann gerade wieder seine Laute. Einige Töne irrten noch im Raum herum. Die Augenbrauen des Bischofs waren zu dichten Büscheln zusammengezogen, und auf seiner Stirn zeigten sich Falten. Schließlich sprach Claudius, langsam, bedacht: »Er mag nördlich der Alpen ein Mörder sein, hier ist er es nicht. Christus hat vergeben, wir werden ihn nicht richten.« Seine Augen maßen Odo, Ato, Biterolf, Stilla, den Spielmann. »Er hat gestohlen, weil ihn hungerte. ›Man strafe nicht den

Dieb, der stiehlt, um sich den Magen zu füllen, weil er Hunger hat‹, so heißt es im Buch der Sprüche im sechsten Kapitel.«

»Trotzdem gibt es das Recht, Gesetze einzufordern«, warf Odo ein. »Verzeiht meine Offenheit, Ehrwürden – Godeoch hat vielleicht unter dem Druck seiner Berater eingesehen, dass er Euch im Augenblick nicht öffentlich niederschlagen darf, aber genauso wie er bei Germunts Rückkehr die Strafe für seinen Diebstahl einfordern wird, da bin ich sicher, so dürfen auch die Franken ihre Gesetze durchsetzen. Bei den Franken ist es tatsächlich üblich, dass Verwandte des Getöteten den Mörder jagen, und wenn sie ihn finden, erschlagen sie ihn.«

Der Spielmann nickte. »Man nennt sie Bluträcher, ich habe mehrfach von solchen Fällen gehört.«

Sie sieht nicht aus, als hätte sie gut geschlafen, dachte Biterolf nach einem Blick auf Stilla.

Zögerlich ergriff sie das Wort: »Ich dachte, es ist richtig, Euch das zu melden, Herr.«

»Das ist es auch.« Der Bischof sah zu seinem Rechtsgelehrten. »Odo, gibt es einen Weg, ihn zu befreien?«

»Im niedergeschriebenen Recht der Franken gibt es die Möglichkeit, den Schuldigen freizukaufen, durch ein Wergeld von, für eine getötete Edle, zweihundert Silbergroschen oder zweitausendvierhundert Silberpfennigen. Wenn sie es annehmen.«

»Zweihundert Schillinge … Das sind zehn Pfund Silber!«, entfuhr es Ato. Der Langobarde hatte sichtlich Schwierigkeiten, seinen Zorn im Zaum zu halten.

»Er ist ein Unfreier«, bemerkte der Spielmann besorgt. »Er gehört seinem Herrn.«

Claudius kniff die Augen zusammen. »Ein entflohener Unfreier?«

»Habt Ihr dem Lied nicht gelauscht?« Ato schlug mit der

Faust gegen die Wand, und es sah so aus, als hätte er am liebsten noch dagegengetreten. »Dieser Halunke stiehlt, ermordet seine Herrin, flieht vor der Strafe und wird hier wie ein König aufgenommen!«

Der Hals des Bischofs färbte sich rot vor Zorn. »Schweigt!«

Wie ein Peitschenschlag verhallte das Wort.

Dann setzte Claudius erneut an. »Mit den Franken werden wir schon fertig. Odo, wenn wir die Gesetze beachten wollen, wie können wir den Mörder zusätzlich zu seiner Blutschuld von seinem Herrn frei machen?«

»Ich halte es nicht für klug, in diesem Fall alle Mittel –«

»War meine Frage so undeutlich?«

Der Gelehrte zeigte wenig Regung, aber allein, dass er einen Moment schwieg, ehe er weitersprach, ließ seinen inneren Kampf erahnen. »Bei den Franken ist ein Schatzwurf üblich, um Unfreie frei zu machen. Dabei wird ihnen eine Münze aus der Hand geschlagen, und der Besitzer sagt: ›Ich gebe dir Freiheit.‹«

»Wunderbar.«

»Allerdings ist das nicht legal, weil Ihr nicht der Eigentümer Germunts seid.«

Claudius reagierte nicht auf Odos Einwand. »Spielmann, wirst du diese Geschichte für dich behalten?«

»Ich kann in zehn Sprachen meinen Mund halten.«

»Gut. Dann lasst Euch von Frodwald ein Silberstück und einen guten Mantel geben und zieht Eures Weges. Für die anderen: Im Falle, dass Germunt zurückkehrt, wissen wir nun, was zu tun ist. Bis dahin bleibt die Sache unter uns.«

Wieso hatte der Spielmann jenen Rotkehlchenhauch auf den Wangen, den er beim Besingen von *Liebesszenen* gestern Abend gezeigt hatte, während er nun vor Stilla stand? Biterolf machte einen unauffälligen Schritt näher, um das Gespräch zu belauschen.

»Mit Leimruten fängt man Vögel. Grüßt mir Germunt.«

»Wie meint Ihr das?«

»Das wisst Ihr nicht?« Bitterkeit schwang in der Stimme des Spielmanns mit. »Er muss sicher nicht sein Leben mit verbotenen Liedern wagen, um einen Kuss von Euch zu gewinnen.«

»Da ist nichts zwischen Germunt und mir. Er ist ein Mörder!«

»Ich habe das abscheuliche Wort selten so zart gesprochen gehört.«

Stilla zog die Stirn in Falten.

»Aber es geht mich nichts an. Ein letzter Handkuss?«

Es war nur ein winziges Zucken ihrer Hand, aber dem Spielmann war die Geste scheinbar nicht entgangen. Er griff nach Stillas Fingern und hob sie an seinen Mund. Nachdem er sie geküsst hatte, lächelte er. »Na also. Seid nicht so zaghaft, junge Frau. Ihr seht gut aus und habt ein freundliches Herz. Wenn Ihr einmal das Alleinsein satthabt, denkt an mich. Ihr schuldet mir einen Kuss – einen richtigen.«

»Ich weiß. Seid Ihr mir böse deswegen?«

»Mumpitz. Ihr schuldet ihn mir, und diesen tröstenden Gedanken werde ich bis zu dem Tag aufheben, da Ihr Eure Schuld einlöst. Ich komme sicher wieder nach Turin. Freut Ihr Euch, wenn ich komme?«

»Das tue ich, von Herzen.«

Beide lächelten. Dann zeigte Stilla zum Ausgang. »Wer hat vorhin an der Tür gestanden?«

»Ich habe niemanden gesehen.«

Biterolf dachte angestrengt nach. Ihm war niemand aufgefallen, aber jetzt, wo die Frage aufkam, war er selbst unsicher.

Als er sich wieder Stilla und dem Spielmann zuwandte, lösten sich die beiden aus einer Umarmung.

17

Germunt nahm den Stock aus dem Winkel in Aelfnoths Kammer, befreite ihn von Spinnfäden und wog ihn in den Händen. »Wieder reisen«, seufzte er. Vorwärts gehen trotz schmerzender Füße, Tag für Tag, Woche für Woche. Und dann die Berge erklimmen. Musste er das? Er betrachtete die Maserung des Holzes, wo seine Hand den Stock abgenutzt hatte. Stilla war froh, wenn er in der Ferne war. Trotzdem würde er die Reise machen. Ich habe einen wichtigen Brief zu überbringen und eine Warnung, dachte er. Claudius vertraut Theodemir, während der ihn verrät. Das muss Claudius erfahren. Und es gab Arbeit zu tun. Der Bischof würde sehen, dass er ihn nicht umsonst nach Tours geschickt hatte. Er hatte seine Dankbarkeit verdient, und er würde bald merken, dass Germunt ihm nützen konnte.

Vielleicht würde er sich irgendwann einen eigenen Weinberg erarbeiten. Die Tote hatte sein Leben als Grafensohn mit ins Grab genommen. Aber diesen Traum würde sie nicht in ihren Krallen halten.

Die Stimme des alten Weinbauern, gleichzeitig rau und auf eine gewisse Art sanft, ertönte in seinen Gedanken. »Wenn du die Geiztriebe erst im Winter schneidest, hat der Rebstock offene Schnittwunden am Stamm. Besser ist es, wenn du sie ausbrichst, solange sie grün sind. Die Wunde hat so Gelegenheit, bis zum Herbst zu verheilen.«

»Eines Tages«, sagte Germunt in die Kammer.

Er trat vorsichtig mit dem verheilten Bein auf, dann etwas kräftiger. Die Schmerzen im Knie waren verschwunden.

Es hatten nur ein paar Tage werden sollen bei dem Bauernehepaar in den Bergen. Aber auch wenn ihn die alten Leute nicht mit der Kraft ihrer Arme halten konnten, sie konnten es mit Worten und tränenerfüllten Blicken.

Befiel Germunt Unruhe, dachte er an den Brief, den der Bischof erhalten musste, dann sagte der Senner: »Ich hatte zwei Söhne, Germunt. Ich weiß, wie waghalsig junge Männer sind. Und ich habe keine Lust, noch einen von euch an die Schluchten zu verlieren. Warte, bis der Winter vorüber ist.«

Erwischte ihn die Sennerin dabei, wie er grüblerisch die Hänge hinaufsah, tropfte gleich Wasser aus ihren Augen. »Du denkst doch nicht ans Gehen? Bitte, sei vernünftig. Willst du dir den Hals brechen auf den glatten Pässen? Ich werde nie wieder froh, wenn du jetzt gehst und da oben im Eis umkommst.«

Germunt wollte ihnen keine Sorgen bereiten. Und er wusste, dass diese Sorgen berechtigt waren: Der Schnee verbarg die Wege in den Bergen, und das Eis konnte jeden Schritt in einen tödlichen Sturz verwandeln. Einmal hatte er es überlebt, auf der Flucht damals. Durfte man Gottes Güte wieder und wieder herausfordern? Es war besser, er fand sich mit dem Gedanken ab, dass er bis zum Frühling bei den Alten bleiben würde.

Der Sennerhof war ein Reich mit eigenen Gesetzen und Zeiten. Ungemein wichtig waren die Kühe. Jede trug einen Namen: Bertrun, Anna, Ziska, Untrut, Reinhild, Ita. Es dauerte nicht lang, und sie begrüßten Germunt mit vertrautem Muhen, wenn er des Morgens zum Melken kam. Er lernte sie zu unterscheiden. Nicht nur nach ihrer Größe oder der Form der Hörner, sondern nach ihrem Gesicht und ihrem Verhalten. Alle hatten sie rotes, einfarbiges Fell, aber Ita war träge und faul, sie brauchte einen Fausthieb in die Seite, damit sie Platz machte. Ziska dagegen war verschlagen. Sie drängte Germunt gern zur Wand ab oder setzte ihm den schweren Huf auf den Fuß. Bertrun und Anna konnte Germunt mit ruhigen Worten zum Stillstehen erwärmen, Reinhild und Untrut liebten es, getätschelt zu werden.

Während anfangs noch der Senner mit in den Stall gekommen war, wurde es bald allein Germunts Aufgabe, die Kühe zu melken. Die Sennerin richtete derweil das Haus, und ihr Mann warf mit einer Gabel, die riesige Zinken trug, Futterheu vom Dachboden herab. Für Germunt wurde das Geräusch des feinen Milchstrahls, der schubweise in den Eimer spritzte, zum gewohnten Morgengeräusch. Wenn er mit den vollen Eimern aus dem Stall trat, war der Winterhimmel über den Bergen rot gefärbt, und binnen Kurzem fielen die ersten Sonnenstrahlen auf das Haus. Oft blieb er noch einen Moment mit den dampfenden Eimern stehen und sog die frische, kalte Luft tief ein.

Es war einer jener Momente. Die Kühe im Stall hinter ihm brummten zufrieden, weil sie gemolken waren und ihr Heu erhalten hatten, da trat der Senner neben ihn. »Heute wird kein leichter Tag.«

»Warum?«

»Ich habe es lange vor mir hergeschoben, aber bevor der Frühling kommt, müssen wir fertig sein. Du wirst sehen. Komm.«

Germunt stellte die Eimer in das vom Reif überzogene Gras und folgte dem Bauern in die Scheune. Die Sennerin stand dort, ein leichtes Schmunzeln um die Mundwinkel, und blickte ihrem Mann entgegen. »Fangen wir an?«

»Haben ja jugendliche Unterstützung.«

An der Scheunenwand waren Garben bis zum Dach aufgetürmt. Der Senner stieg eine dünne, lange Leiter hinauf und warf von oben eine Garbe auf den Boden. Staub und Spreu wurden aufgewirbelt. Germunt blinzelte, weil ihn die Teilchen in die Augen stachen. Als er wieder klar sehen konnte, beobachtete er die Bäuerin, die inzwischen auf dem Boden kniete, neben sich das Seil, das die Garbe zusammengehalten hatte. Sie legte die Halme bündelweise mit den Ähren in die Mitte, so, dass das Stroh außen im Kreis lag.

Drei Dreschflegel lehnten an der Wand. Der Senner, der wieder herabgeklettert war, gab Germunt einen in die Hand, den zweiten nahm er selbst. Es waren mannshohe Stangen, an denen mit einem Lederstreifen schwere Holzklötze befestigt waren. »Stell dich an den Rand der Tenne. Halt mal den Flegel nach vorn – ja, da stehst du richtig. Pass auf, wir schlagen im Wechsel, immer nacheinander. Fang du an.«

Germunt hob die Stange in die Luft und ließ sie auf die Ähren heruntersausen. Kaum hatte er sie wieder hochgenommen, donnerte der Flegel des Senners auf das Korn.

»Worauf wartest du? Das muss in schnellem Wechsel passieren, ohne Pausen.«

Germunt ließ seinen Flegel mit Wucht auf das Korn prallen, der Flegel des Senners folgte, und Germunt schlug wieder zu. Tam, tam. Tam, tam. Tam, tam. Bald dröhnten ihm die Ohren. Sie droschen auf die Halme, bis sie sich immer kleiner zusammenduckten, und dann sah Germunt die Körner hüpfen.

»Das reicht. Warte.«

Die Sennerin sammelte die Halme wieder ein, dann fegte sie die Körner auf einen Haufen am Rand. Währenddessen war der Bauer die Leiter hinaufgeklettert. »Achtung!« Er warf eine neue Garbe auf die Tenne.

Tam, tam. Tam, tam. Arme und Rücken schmerzten. Einfach nur zu arbeiten, nicht viel zu reden, nicht viel zu denken war wohltuend. Er rief: »Einen Moment!« Er wischte sich mit dem Ärmel den Schweiß aus der Stirn. »Gut, weiter.«

Am Abend saßen die drei im Haus und flochten Seile aus den Halmen. »Du musst sie am oberen Ende zusammenbinden. Wo die Ähre war, sind sie biegsamer«, erklärte ihm die Sennerin.

»Wenn morgen der Wind günstig steht, worfeln wir.« Der Senner lächelte. »Gut, dass du hier bist, Germunt. Zu dritt geht das alles schneller und leichter.«

»Warum brauchen wir besonderen Wind?«, fragte Germunt.

»Die Spreu soll uns doch nicht ins Haus fliegen. Kennst du das Worfeln nicht? Wir werfen den Roggen in die Luft, den wir heute ausgedroschen haben, um die Spreu von den Körnern zu trennen.«

»Stimmt, das habe ich schon gesehen, zu Hause.« Plötzlich wusste Germunt nicht mehr, ob er mit *zu Hause* den väterlichen Hof bei Troyes meinen sollte oder dieses Haus, in dem er mit den Alten saß und Seile flocht.

Zuerst war es nur ein warmer, weicher Zug in der frischen Morgenluft, wie der Schuss von Sahne, den die Sennerin ihrer Suppe beifügte. Dann schwollen die Bäche an und gurgelten lauter. Im Garten zeigten sich zarte Halmspitzen, dazwischen tasteten sich Ameisen zu den Sonnenflecken vor. Es wurde Frühling. Der Brief wog wieder schwerer in Germunts Händen, wenn er ihn abends von der Fensterbank nahm. »Ich weiß«, seufzte die Sennerin dann, ohne dass er etwas gesagt hätte, und fügte rasch hinzu: »Aber noch nicht morgen, oder?«

Eines Tages erwiderte Germunt: »Doch, ich glaube schon. Morgen breche ich auf.«

Die ganze Nacht hörte er die Senner flüstern. Wenn er sich

auf seinem Lager drehte, verstummten sie, nur um ihr Tuscheln bald darauf fortzusetzen.

Es wurden lange, innige Umarmungen am nächsten Morgen. »Dass du mir vom Hang oben noch einmal winkst, ja?«, befahl die Sennerin, aber die Tränen in ihren Augen verwandelten den Befehl in eine sanfte Bitte.

»Vergiss uns nicht, Junge.« Der Senner stellte sich hinter seine Frau und nahm sie bei den Schultern.

Germunt sagte: »Wir sehen uns wieder.« Dann lief er los. Bevor der Sennerhof außer Sichtweite geriet, drehte er sich um und winkte. Dreimal hatte er den Arm schwenken wollen. Er tat es zehn-, zwölfmal. Als er über die Hügelkuppe stieg, standen auch ihm Tränen in den Augen.

Germunt tastete nach der Rinde. Hier, unter diesem geduckten, schnörkeligen Baum hatte er auch auf der Reise nach Tours die Nacht verbracht. Er hätte niemandem den Weg durch die Berge beschreiben können. Trotzdem erkannte er die Pfade wieder. Dort ein Fels, der wie ein Pferdekopf geformt war, da ein besonders steiler Hang, mit Steinbrocken übersät – es war immer etwas da, das ihn erinnerte.

Die müden Beine drängten ihn, sich auf dem Moos niederzulassen. Germunt widerstand und hockte sich vorsichtig davor, um mit der Hand darüberzustreichen. Weich. Es sah unberührt aus, so wie er es vier Monate zuvor gesehen hatte. Dabei konnte er sich unmöglich in der Stelle geirrt haben. Die winzigen Pflänzchen mussten sich wieder aufgerichtet haben.

Sanft sanken seine Knie in das Moos ein, während er sich mit den Augen so dicht heranneigte, dass die grünen Spitzen seine Nase kitzelten. Sie sahen aus wie ein eigener kleiner Wald. Einer Laus, die dort hineinspazierte, musste es so erscheinen. Würzig roch es und ein wenig säuerlich.

Was hatte er gedacht, als er auf dem Weg nach Tours hier gerastet hatte? Germunt streckte sich auf der zarten Moosdecke aus, das Gesicht zum grauen Abendhimmel aufgerichtet, und verschränkte die Arme unter dem Kopf. Ich habe die Ziege beobachtet, erinnerte er sich, wie sie die Beine unter den Bauch gefaltet hat, wenn sie sich hinlegte. Und dann habe ich mich, Gott weiß warum, an das Geräusch erinnert, an das metallene Schleifen, als mich Godeochs Büttel töten wollten. Wieder hörte er das Schaben, das Zischen. Dunkel war es in der Kammer gewesen, in die sie ihn eingesperrt hatten. Dann der Fluchtversuch, und der Henker auf dem Hof. Sollte er nicht viel dankbarer sein, dass er noch lebte und nicht auf diesem Hof verblutet war?

Eine Ruhe breitete sich in seinem Bauch aus, die ihn lächeln ließ. Er hatte so viel Gutes erlebt in der letzten Zeit. Unwillkürlich tastete er nach dem Mantel, der um seine Schultern lag. Biterolf, Claudius, Odo, Aelfnoth – sie hatten ihm viel gegeben. Er verstand nicht einmal richtig, warum. Und die Senner! Hatten sie irgendeine richtige Gegenleistung für die liebevolle Aufnahme bekommen, die er bei ihnen gefunden hatte? Germunt musste an seine Kindheit denken. Er war geachtet worden. Ganz genau konnte er sich an das diebische Vergnügen erinnern, das er empfunden hatte, wenn Erwachsene ihm, einem Kind, gehorchten, obwohl er ihnen gerade bis zum Gürtelstrick reichte. Einmal hatte er, nur um das auszukosten, eine Magd den ganzen Tag drangsaliert.

»Los, feg die Stube! Aber auch dort hinter den Kisten, ja?«

»Wie Ihr sagt, junger Herr.«

Er hatte genau aufgepasst, während er ihrem Reisigbesen

folgte, die Arme in die Seiten gestemmt, und hatte geschimpft, wenn ein Blatt oder ein Ästchen liegen geblieben war. »Jetzt sollst du Wolle zupfen!«

»Ja, junger Herr.« Gehorsam setzte sie sich mit dem Wollesack an den Tisch.

»Danach will ich, dass du mir einen Honigkuchen bäckst.«

»Ich will gern tun, was Ihr mir auftragt, junger Herr, aber sollten wir da nicht noch Eure Mutter fragen?«

Die Mutter hatte er nicht traurig machen wollen. Als sie von der ganzen Sache erfuhr, schimpfte sie: »Du sollst das Gesinde anständig behandeln!« Der Vater lachte nur. »Aus ihm wird ein rechter Mann.« Und Irene? Die blickte finster drein, wie sie es immer tat, wenn sie es sich nicht traute zu sprechen. Damals war sie sehr zurückhaltend gewesen – bis sie ihr Kind zur Welt brachte und alles zusammenbrach.

Er war geachtet worden in seiner Kindheit. Aber was er in den letzten Monaten erlebt hatte, das war etwas anderes. Er hatte ein Gefühl von Ebenbürtigkeit und gegenseitigem Wohlwollen kennengelernt. Biterolf hatte sich bestimmt nicht unterlegen gefühlt, als er ihm seinen Mantel schenkte. Er, der Lehrer, der bischöfliche Notar! Nein, er hatte ihm, seinesgleichen, seine Unterstützung gegeben, weil eben er, Germunt, durch die Berge wandern musste und den Mantel dort dringend gebrauchen konnte.

Was denke ich da! Germunt lachte. Ich vergleiche mich mit Biterolf? Welche krummen Wege die Gedanken doch gehen konnten, wenn er ihnen die Zügel locker ließ. Natürlich wünschte er sich das, dem Notar ebenbürtig zu sein, aber wie sollte er den erfahrenen, fähigen Mann je einholen? So viele Jahre lagen zwischen ihnen, Jahre, in denen Biterolf immer mehr gelernt, geübt und erlebt hatte. Er würde für immer über Germunt stehen.

Er steht schon jetzt nicht mehr über mir. Erschrocken setzte sich Germunt auf. Dunkel war es geworden, Tausende kleiner Sterne glitzerten am Himmel. Ein kalter Windhauch zog ihm unter die Kleider. »Was sind das für Gedanken!«, sagte er laut. Aber er konnte sie nicht aufhalten. Er steht nicht mehr über mir, dachte er, denn ich habe gelernt, die Buchstaben nicht nur leserlich zu schreiben, sondern sie in eine Zeile einzuordnen, die Schönheit in sich trägt. Ich weiß, Oberlängen und Unterlängen nur bis zu ihrer bestimmten Länge zu ziehen und sie so gleichmäßig zu zeichnen, dass eine der anderen gleicht, egal, welche Buchstaben sie tragen. Und ich bringe Leben auf das Pergament, Menschen in jeder Haltung, mit Waffen, Werkzeugen, Büchern, Tiere in ihrem Sprung, Pflanzen, die neben der Schrift sprießen. Durch Farben mache ich sie lebendig. Blau, Gelb, Rot, Grün – das ist eine Kunst, die Biterolf nicht beherrscht.

»Germunt«, ermahnte er sich. »Hör auf! Dieser Stolz verdirbt dein Herz. Biterolf weiß, wie man siegelt, wie man Schriften ordnet und Urkunden gut formuliert. Er kennt wichtige Menschen, wichtige Orte. Was kennst du schon!«

Aber vielleicht war Biterolf bei Germunts Rückkehr nicht mehr sein Lehrer. Vielleicht waren sie einfach Amtsbrüder.

Immer, wenn er in den nächsten Tagen daran dachte, empfand Germunt ein schlechtes Gewissen. Nur gelang es ihm trotz aller Versuche nicht, den Gedanken abzuschütteln. Erst als er von weit oben Turin erblickte, fand sein Nachdenken anderen Boden.

Mit blauer Tinte hatte Gott ein S in die Ebene gemalt, mitten durch das grüne Land, und die Städter hatten ihre Häuser an den Bauch des unteren Bogens geklebt. Turin war nichts anderes als ein Haufen von kleinen, weißen Sprenkeln, umgeben von einem Mäuerchen. Ein kümmerliches Nest im Blätterwerk eines Riesenbaumes. Ein mittelkräftiger Wind konnte es von der Ebene fegen, so schien es.

Damals, als er auf der Flucht vor den Bluträchern über die Alpen gekommen war, war ihm die Stadt groß erschienen, bestens geeignet, um ihm in der Menge der Einwohner guten Unterschlupf zu bieten. Inzwischen aber kannte er Menschen dort mit ihrem Namen und Gesicht und wusste von hier oben zu sagen, wo sich der Bischofshof befand und wo der Marktplatz, an welcher Straße Odos Villa lag, und wenn er genau hinsah, konnte er sogar seine Brücke erkennen als winziges Holzspänchen, das über den Fluss gelegt war. Turin war keine fremde Stadt mehr für ihn.

Dieses Mal komme ich nicht als Dieb, dachte Germunt. Ich komme nicht, um die Turiner zu bestehlen, sondern um ihnen etwas zu geben. Er streckte die Schultern und richtete den Kopf auf. Was für ein Gefühl, seinen Platz zu kennen. Nicht zu den Schmieden gehörte er und nicht zu den Tuchhändlern. Er kehrte nicht in einen Krämerladen zurück, nicht in ein Fischerboot und nicht zu Schafen oder Ziegen. Er gehörte in die Schreibstube. Und dort wurde er gebraucht.

Der Viehtreiberweg, dem er folgte, beschrieb eine Kurve und brachte Turin aus dem Sichtfeld. Dann vereinigte er sich mit der Handelsstraße, die Germunt damals aus Vorsicht verlassen hatte. Ein Ochsenkarren, hoch mit Fässern beladen, kam ihm entgegen. Der stoppelbärtige Karrenlenker hob die Hand an den Schlapphut, und Germunt grüßte mit freundlichem Nicken zurück. Rennen durfte er nicht, da kamen noch andere Leute, Wanderer, Pilger vielleicht. Aber er lief, so schnell er konnte, stolperte mehr hinab, als dass er ging. Aus dem Mäuerchen war eine Mauer von stattlicher Höhe geworden – wiewohl einige Steine fehlten und andere große Risse zeigten –, und die flache, grüne Ebene hatte sich in hügeliges Weinbergs- und Weideland verwandelt.

Endlich trat Germunt durch das Stadttor und tauchte in das Leben Turins ein. *Er hatte vergessen gehabt, wie die Stadt stank.* Eine Halbwüchsige goss vor seinen Füßen ihren Eimer auf der Straße aus. Das bräunliche Wasser streckte Arme aus, lange Fühler und kurze, dicke Hörner, während es versickerte. Auf dem Weg blieben Käserinde, Eierschalen, Zwiebelreste und Kraut zurück. Der saure Gestank gehörte wohl zu Turin wie das wohlige Brummen der Kühe zum Sennerhof. Mit Übung wich Germunt der Pfütze aus.

In einem Wassertrog betrachtete er sein Gesicht. Lange Haare fielen ihm von den Schultern, und ein runder, kräftiger Bart war ihm gewachsen.

Ruhig tauchte er in seine gelben Augen hinab. Das hatte er noch nie getan, stellte er fest. Es verursachte ein eigenartiges Gefühl, so als würde er sich selbst fremd sein. Germunt richtete sich auf. Hatte er nicht hier gestanden, bevor er zu Odos Villa gelaufen war? Der Tag seiner Abreise und der seiner Ankunft schienen derselbe zu sein, als habe in Turin die Zeit stillgestanden.

Vielleicht fürchtete er sich gerade deshalb davor, den Bischofshof zu betreten. Würde der Zorn verraucht sein, den man über seinen Diebstahl empfunden hatte? Wie würde man ihn empfangen? Rechnete man überhaupt damit, dass er zurückkehrte? Es war gut möglich, dass ein neuer Bischof eingesetzt worden war und man ihm nachträglich die Hand abschlug. Germunt rieb sich das Handgelenk. Ich muss der Wahrheit ins Auge blicken, dachte er.

Mit bedächtigen Schritten folgte er der Straße. Dort hinten war das große Tor. Die Tür im linken Flügel stand offen. Abrupt blieb Germunt stehen. Was war das für ein Geräusch, das aus dem Bischofshof drang? Ein schepperndes Pling-pling war zu hören, immer wieder. Pling-pling. Pling-pling. Hufgetrappel kam näher. Mindestens zwanzig Pferde. Eilig drückte sich Germunt gegen die Hauswand.

Er betrachtete verwirrt die schwer gerüsteten, langbärtigen Männer. In ihrer Rechten hielten sie Lanzen, die sie stolz in den Himmel streckten, an den Schäften flatterten spitze Fahnen. Keine Fahne war der anderen gleich. An jedem Sattel hingen zwei Schwerter, eines lang, eines kurz, und die Körper der Männer waren mit hartem Leder gepanzert, über das feine Stoffe flossen.

Was hatte das zu bedeuten? Vor dem Tor zum Bischofshof hielten sie an. Wenig später wurden beide Flügel geöffnet, um sie einzulassen. Er hörte einen Hund entrüstet anschlagen. Farro.

Germunt löste sich mit einem Ruck von der Häuserfront. Wenn Farro noch dort war, musste auch Biterolf da sein. Ihn würde er fragen, was die Reiter zu bedeuten hatten.

Der Hof sah dem ähnlich, was sich Germunt unter einem Heerlager vorstellte. Bündel wurden geschnürt und an Packpferden festgezurrt, ein Schmied kühlte eine zischende Klinge im Wasserfass ab. Rauchiger Metallgeruch stieg Germunt in die Nase. Überall blinkten Waffen.

Zwischen allem Durcheinander kam ein dunkler Schatten auf ihn zu. Farro sprang an ihm auf und drückte ihm die Pfoten gegen die Brust, das Maul geöffnet, die Zunge ein erfreut tanzender, roter Lappen. »Ja«, Germunt sagte es lang gezogen, beruhigend. »Ja.«

Farro landete mit den Vorderpfoten auf dem Boden und fuhr mit der Nase an Germunts Hose hinauf. Während die feuchte Nase zuckte, stieß er mit geschlossenem Maul hohe Seufzer aus. Schließlich beleckte er Germunts Finger, schnaubte warme Luft in den halb geöffneten Handraum und leckte weiter.

»Ich soll dir das alles erklären, ja? Um ehrlich zu sein, ich kann's nicht, Farro. Aber es ist gut, dass du hier bist. Hast du auf Biterolf aufgepasst, wie ich es dir aufgetragen habe?«

Der Hund trat einen halben Schritt zurück und sah zu Germunt hinauf. Im Hundegesicht zuckten die Augenbrauen. Farro beobachtete ihn genau, als erwarte er einen Befehl, einen geworfenen Stock oder einen Tadel.

Auf dem Dach des Hühnerstalls hockte der klein gewachsene Swabo und flickte die Löcher mit Stroh. Niemand beachtete Germunt. Die Dienstleute und Knechte gingen mit ernsthaften Gesichtern ihren Pflichten nach, trugen Lasten hin und her, sattelten Pferde. Schließlich hörte er hinter sich eine erstaunte Stimme: »Germunt?«

Als er sich umdrehte, streckte Biterolf die Arme aus und ließ ein Bündel Pergamente achtlos in den Staub fallen. Die beiden umarmten sich. Es tat gut nach der langen Reise und den Monaten in der Ferne. Er spürte, wie sich Biterolf aus der Umarmung lösen wollte, und drückte noch einmal fest zu. Dann ließ er los. »Ich bin froh, dass du wohlauf bist.«

In Biterolfs Augen schimmerte es. »Ich freue mich, dich wiederzusehen.« Natürlich wusste der Notar genau, dass sie nie »Du« zueinander gesagt hatten. »Hast du … War es … gut? Ach, ich weiß gar nicht, was ich sagen soll!«

»Ich auch nicht.« Germunt lachte. »Himmel, es ist schön, dich zu sehen!«

»Und ob, und ob.« Plötzlich erstarb Biterolfs Lächeln und

machte einem sorgenvollen Zug Platz. »Deine Heimkehr nach Turin wird dir nicht gefallen. Alle kennen deine Geschichte und wissen, warum du hierhergeflohen bist. Es gibt wenige, die die Haltung des Bischofs teilen, der dich unbehelligt an seinem Hof haben möchte.«

Es traf ihn wie ein Schlag mit dem Hammer gegen die Stirn. »Meine Geschichte …«

»Ein Spielmann hat nördlich der Alpen von dir gehört. Claudius hat ihn schwören lassen, niemandem deinen Aufenthaltsort zu verraten. Aber irgendjemand muss die Beratung belauscht haben. Sie haben sich offen gegen Claudius' Entscheidung ausgesprochen. Der Bischof ist so zornig geworden, dass er Ato, Thomas und einige andere hat einsperren lassen. Mit dem heutigen Tag sind es sechs Wochen. Nur noch wenige halten zu Claudius, auch wenn es kaum jemand sagt.«

Germunt musste sich zwingen zu sprechen. Seine Stimme klang matt. »Was machen die bärtigen Krieger hier?«

»Die Sarazenen sind an der Küste eingefallen. Der Bischof bricht morgen in aller Frühe auf. Manche hoffen, dass er nie zurückkehrt. Sie tun diesem Mann großes Unrecht.«

»Das denke ich auch. Können wir ihm helfen?«

»Er hat so viel für dich eingesetzt. Wenn du jetzt gehen würdest, weil man dich anfeindet, dann hätte er verloren. Godeoch hetzt die Stadt auf, und ich muss zugeben, Claudius bringt manchmal merkwürdige Lehren auf die Kanzel. Trotzdem ist er ein herausragender Mann. Es ist traurig zu sehen, wie gegen ihn gearbeitet wird.«

Germunt drehte sich schweigend zum Hof um.

»Wirst du bleiben?«

»Ich habe viel gelernt. Ich möchte es dir zeigen.«

»Wunderbar. Du solltest versuchen, dass die anderen dich

so selten wie möglich sehen. Du kannst in der Schreibstube schlafen, und ich werde Eike um die Erlaubnis bitten, dass du dir dein Essen bei den Mahlzeiten selbst aus der Küche holen darfst. Sie werden wissen, dass du hier bist, aber wenn du ihnen aus dem Weg gehst, haben sie keine Gelegenheit, dir Kleinigkeiten anzuhängen, um sich auf dich zu stürzen.«

»Ich bin es gewohnt, abseits zu leben.«

Biterolfs fragenden Blick beantwortete Germunt mit einem bitteren Lächeln. Er hob einige von den Pergamenten vom Boden auf und ging in die Schreibstube. Etwas drängte ihn, sich alles in Ruhe anzuschauen, die Luft einzuatmen und mit den Fingern über das Holz der Regale zu fahren, aber er sperrte sich dagegen. Er wollte sich nicht zu Hause fühlen.

Mit einem festen Griff hob er das Schreibpult von seinem Platz und stellte es in das Sonnenlicht, das durch die Tür hereinfiel. Dann breitete er einen Pergamentfetzen aus, nahm sich ein Tonfässchen mit Tinte und eine Feder und begann, feine Bögen auf die Tierhaut zu zeichnen. »Dazu bin ich hier«, murmelte er. Einen ganzen Winter lang hatte er nicht geschrieben.

»Man sieht sofort, dass du die Feder anders führst«, hörte er hinter sich Biterolfs Stimme.

Germunt schrieb schweigend einige unsinnige Sätze.

»Erzähl mir von Tours. Hast du dort kluge Männer getroffen?«

Als würde ich eine eiserne Kette um meine Stimme tragen, dachte Germunt. Er konnte nicht antworten.

»Wie war die Reise? Wie viele Wochen warst du unterwegs?«

Germunt hörte Biterolf von weiter Ferne. Sein Blick flog dicht über das Pergament, sah dessen Unebenheiten, sah seine eigenen Finger, die den Gänsekiel hielten. Wieder und wieder tunkte er ihn ein und formte die schwarzbraune Flüssigkeit zu

Bögen und Strichen. Irgendwann hörte die Stimme auf zu sprechen.

Als Germunt am nächsten Morgen die Augen aufschlug, sah er in Biterolfs sorgenvolles Gesicht. Die Lippen waren nicht so füllig wie sonst, sondern ein wenig zusammengekniffen, und die tiefgrünen Ringe in den braunen Augenseen schienen zu zittern.

»Verzeih mir.« Germunt wich Biterolfs Blick aus. »Ich komme mit der ... Ich weiß noch nicht recht, wie ich –«

»Schon in Ordnung.« Biterolfs Stimme war weich wie das Fell zwischen Farros Ohren. »Wenn du Claudius noch mal sehen willst, komm auf den Hof. Wir brechen auf.«

»Du gehst mit ihm?«

»Ja, ich muss. Glaub mir, dem Anblick eines Schlachtfeldes würde ich gern entgehen. Aber Claudius sagt, er wird auch dort einen Notar brauchen. Kümmerst du dich ein wenig um Farro, während ich weg bin?«

»Natürlich.«

Germunt richtete sich auf. Er fuhr sich mit den Händen durch das Haar, rieb sich die Augen und trat hinaus in die kühle Morgenluft.

Der Hof war gefüllt mit Berittenen, Packpferden und Knechten. Vor dem Stall wichen angstvoll einige Jungen zurück, während Claudius die weiße Stute mit dem schmalen Kopf bestieg. Ein Mantel spannte sich um seine Schultern, rot wie Blut, und an seiner Seite hing ein gewaltiges Schwert. Ein Beil steckte auf der anderen Seite im Gürtel, am Sattel war eine metallbeschlagene Keule befestigt. Während er etwas an seinem Gürtel richtete, steuerte Claudius sein Pferd in die Mitte des Platzes, ohne die Zügel in die Hände zu nehmen.

Dann hob er den Blick und musterte die Krieger. Sein Blick schweifte über den Hof, er blieb an Germunt hängen. Überraschung zeigte sich auf Claudius' sonnengegerbtem Gesicht. Er rief einem der Reiter etwas zu, wendete die edle Stute in Germunts Richtung und setzte sie in Bewegung. Germunt schluckte. Obwohl das Pferd sich in ruhigem Schritt bewegte, sah er es in Gedanken auf sich zugaloppieren, die Hufe im Wechsel dem Boden entgegendonnernd, die hellen Nüstern gebläht, Schaumflocken um das Maul. Er schloss kurz die Augen, öffnete sie wieder und zwang sich stehen zu bleiben. Die Stute hielt zwei Ellen vor Germunt an, er sah auf die astdicken Adern an ihrem Hals und die verzierten Eisenbeschläge am Zaumzeug. Um Claudius in die Augen blicken zu können, musste er den Kopf in den Nacken legen.

Germunt hatte das Gefühl, Wärme in dem Blau der bischöflichen Augen zu sehen. Er versuchte, ebenfalls Wärme in seine Augen zu bringen.

»Es ist gut, dass Ihr zurückgekommen seid.«

»Ja.«

»Ich werde Euch nicht anlasten, was Ihr auf der anderen Seite der Alpen getan habt. Andere werden es versuchen, aber Ihr steht unter meinem Schutz.«

Warum tut er das für mich?, dachte Germunt. Claudius war ein unergründlicher Mann. »Ich danke Euch. Kehrt wohlbehalten von Eurem Kriegszug wieder.«

Der Mund des Bischofs verzog sich zu einem Lächeln. »Den Gefallen tue ich meinen Feinden hier nicht, dass ich mich von den Sarazenen erschlagen lasse. Seid ohne Sorge, ich kenne ihre Kampfart und Denkweise genau. Ich werde zurückkommen.«

Ein bärtiger Krieger ritt an Claudius' Seite und maß Germunt mit einem prüfenden Blick von Kopf bis Fuß.

Germunt fühlte sich plötzlich verpflichtet, dem Gespräch eine unpersönliche Wendung zu geben. »Ihr könnt Euer Pferd aus dem Schenkel leiten, nicht wahr? Ihr habt die Zügel gar nicht in den Händen.«

»Das ist keine große Kunst«, tat er es ab. »Bleibt so furchtlos, Germunt. Gut, dass Ihr nicht nördlich der Alpen geblieben seid, obwohl Godeochs Männer Euch hier fast das Leben genommen hätten. Weicht nicht zurück vor ihnen!« Man hörte einen Moment nur das Getrappel und Scheppern der Reiter im Hof, dann wendete der Bischof sein Pferd. »Lebt wohl.«

»Lebt wohl.«

Eine Umarmung mit Biterolf folgte, dann stand Germunt reglos, während sich der Hof leerte. Die Krieger ritten aufrecht durch das Tor hinaus. Vielleicht mussten sie ihre Angst verbergen. Sie konnten keinesfalls sicher sein, dass sie diesen Hof noch einmal wiedersehen würden.

Als Germunt zurück in die Schreibstube trat, fiel sein Blick auf das Bündel, das er während seiner Reise getragen hatte. Ein furchtbarer Schrecken ergriff ihn und formte sich zu einem Schrei: »Claudius!«

Durch die Tür fiel der Schatten des Kanzlers. »Was ist los?«

»Ich habe einen Brief vom Abt Theodemir bei mir. Ich muss ihn Claudius geben!«

»Dann erhält er ihn, wenn er zurückkehrt. Macht Euch keine Sorgen.«

»Nein!« Germunt fuhr herum. »Wir müssen ihm nach.«

»Was schreit Ihr so? Es ist nur ein Brief unter Freunden.«

Germunt spürte, wie ihn Schwindel ergriff. »Weit gefehlt, Kanzler.«

Eike schüttelte verwirrt den Kopf.

»Versteht Ihr denn nicht? Claudius vertraut Theodemir.«

»Aber natürlich tut er das! Die beiden sind unzertrennlich.«

»Ich habe ihn getroffen, diesen Mann. Sein Amt hat ihn verdorben. Er neidet Claudius den Ruhm. Obwohl er sein Schüler ist, redet er über ihn, als wäre er der Lehrer und müsste unserem Bischof Fehler nachweisen.«

Der Kanzler legte Germunt die Hand auf den Arm. »Macht Euch keine Gedanken. Jeder Schüler lehnt sich einmal auf. Er wird bald seine Grenzen erkennen.«

»Wir müssen Claudius warnen.«

»Warnen, dass sein Schüler schlecht über ihn redet? Ihr könnt ihm alles berichten, wenn er wieder in Turin ist. Jetzt hat er andere Sorgen, weiß Gott. Wenn die Sarazenen sich aufs Reden beschränken würden, hätten wir gute Jahre.«

Kraftlos sank Germunt auf einen Schemel hinab. »Theodemir beschränkt sich auch nicht aufs Reden. Er hat die Auslegung des ersten Korintherbriefs an den Kaiserhof geschickt und lässt sie dort von anderen Bischöfen prüfen. Versteht Ihr? Er versucht, Claudius zu stürzen!«

»An den Kaiserhof geschickt …« Eike fuhr nachdenklich mit den Fingerspitzen über seine Stirn. »Es wird niemandem schwerfallen, in den Schriftstücken von Claudius abtrünnige Lehren zu finden.«

»Gebt mir ein Pferd, und ich reite ihm nach.«

Der Kanzler zögerte kurz. »Ich denke, besser nicht. Er braucht alle Kraft für den Kampf mit den Sarazenen. Wir würden ihn unaufmerksam machen, er würde mit den Gedanken hier in Turin sein oder am Kaiserhof, und das kann im Kampfgetümmel sein Ende bedeuten. Wir sprechen mit ihm, wenn er wieder zurück ist. Vergesst nicht, der Kaiser ist sein Freund von Jugend auf. Er wird nicht auf die anderen hören.«

Germunt nickte. Vielleicht hatte sein Fehler etwas Gutes: Er hatte es dem Bischof ermöglicht, mit klarem Kopf in den Krieg zu ziehen. Trotzdem blieb ein klammes Gefühl in Germunts Brust sitzen.

Die nächsten drei Tage lag der Platz zwischen Bischofspalast, Stall und Schreibstube wie ausgestorben da. Solange Claudius abwesend war, gab es nur wenig Schreibarbeit zu erledigen. Der Kanzler tat sein Bestes, die Geschäfte am Laufen zu halten, aber seine Entscheidungsgewalt war beschränkt. Wenn doch eine geschäftliche Urkunde geschrieben werden musste, teilte sich Germunt die Arbeit ein. Zuerst schrieb er den Textkörper, dann nahm er sich Zeit für die Initialen. Nie hatten die Turiner Pergamente so eindrucksvoll ausgesehen.

Manchmal zog er sich mit Schriftstücken des Bischofs in eine Ecke der Schreibstube zurück und las darin. Er konnte nun mit den Augen über die Zeilen fliegen und nahm kaum noch bewusst war, dass er las. Es war, als würde das Pergament mit tiefer, warmer Stimme zu ihm sprechen. Bei der Wahl der Pergamente traf er keine sorgfältige Wahl, er griff einfach eines heraus oder stöberte mitten in einem Buch eine Seite auf, die ihn fesselte. Die Gedanken des Bischofs waren ungewöhnlich. Sie unterschieden sich von allem, was Germunt in seiner Kindheit gehört und gelernt hatte, und von dem, was man in den Kirchen predigte. Er musste sich eingestehen, dass es auch seinen eigenen Vorstellungen widersprach.

»Sie haben ihre Götzen nicht aufgegeben, sondern sie nur umbenannt. Wenn ihr Bilder von Petrus und Paulus, Jupiter, Saturn oder Merkur an die Wand malt, sind diese Bilder keine Götter, noch sind sie Apostel, sie sind nicht einmal Menschen. Der Fehler ist damals und heute derselbe.« Germunt schüttelte erstaunt den Kopf. Wie konnte Claudius nur Petrus und Paulus im gleichen Atemzug mit Jupiter, Saturn und Merkur nennen? War es nicht etwas ganz anderes, die wahren Apostel anzubeten, als vor heidnischen Göttern auf die Knie zu gehen? Für Claudius schien es dasselbe zu sein.

Er machte sich auf den Weg zur Küche, um seine Mahlzeit abzuholen. Graue Wolkenhaufen bedeckten den Himmel, und Schleier von Nieselregen zogen über den Hof. Die nasse Luft schlug sich auf der Haut nieder. Er rieb sich die Arme, weil er fror. Bei der Kellertür stand ein halbes Dutzend Leute, die Köpfe dicht beieinander. Germunt wollte sie nicht weiter beachten, aber dann war ihm, als wäre der breite Rücken des Kellermeisters darunter. Auch den Blondschopf Atos erkannte er. Wieso waren sie wieder auf freiem Fuß? Sieh nicht hin, sagte er sich. Da drehten sich die Männer schon nach ihm um. Sie blickten ihn an, stumm, feindselig, mit vor der Brust verschränkten Armen. Thomas spuckte auf den Boden. Obwohl Germunt den Blick sofort zur Küchentür lenkte und nicht mehr von dort wegnahm, spürte er, dass sie ihm hinterhersahen. Er aß in der Küche und wartete dort so lange hinter der Tür, bis die Gruppe sich vom Hof entfernt hatte.

Am Tag darauf ging die Siegelmasse zur Neige, und Germunt suchte den Kanzler auf, um ihn um Geld zu bitten.

»Ich verstehe«, sagte Eike, »dass Ihr nicht zum Kellermeister gehen möchtet. Anstatt ihn zu Verstand kommen zu lassen, hat die Zeit in der verschlossenen Kammer ihn nur noch unleidlicher gemacht.«

»Was ist geschehen? Habt Ihr befohlen, ihn und die anderen wieder auf freien Fuß zu setzen?«

»Nein. Aber bitte, es lohnt sich nicht, darüber zu reden.« Er kramte eine Münze hervor. »Geht zum Markt und kauft Pech und Fett zum Siegeln.«

»Gut.«

Obwohl Germunt wusste, dass es Pech und Fett nur am Markt geben würde, warf er unterwegs kurze Blicke auf die Tische der Händler am Straßensaum. Womit auch immer die Menschen etwas verdienen konnten, sie boten es an, und wenn es rostige Nägel oder gesprungene Tonkrüge waren. Hinter den Holzhütten ragten Römerruinen auf, und das Krakeelen von Kindern, die in ihnen herumkletterten, wehte herüber. Er sah die schmutzigen Münder und stellte sich boshafte Kinderfratzen vor, die den Schwächsten nachäfften. Diese dünnen Kinderarme haben eine Gewalt, dachte er, dass es einen erschaudern lässt. Kinder waren etwas Schreckliches.

Er selbst war plötzlich der Schwächste gewesen damals. Er erinnerte sich an den Tag, als er und seine Mutter vom Herrenhaus in eine Hütte am Dorfrand umziehen mussten. Viel konnten sie nicht mitnehmen: ein paar Kleidungsstücke, ein wenig Hausrat. Die gleichen Kinder, die ihn einst wie selbstverständlich als ihren Anführer verehrt hatten, ihm im Wald durch Gebüsch und Unterholz gefolgt waren und willig seine Einteilung der Horde in niederträchtige Sachsen und heldenhafte Franken hingenommen hatten, lachten ihn jetzt aus. Der Stärkste, seine rechte Hand vormals, stürmte mit dem Holzschwert hinter einer Hütte hervor und stieß ihn an, als hätte er ihn nicht gesehen. »Verzeihung, großer Herr. Es wird nie wieder vorkommen, großer Herr.« Die Kinder grölten.

»Germunt trägt eine Spindel!«, rief eine Kinderstimme. Sofort bildete sich ein Chor: »Ein Mädchen, ein Mädchen!«

Erst als zwei Jahre später die Mutter verkauft wurde und er fortan allein hauste, kehrte ein gewisser Respekt in die Blicke der anderen zurück. Ein einziges Mal geschah es noch, dass er zum Anführer gewählt wurde, zwar nicht zum Führer der Franken, aber doch wenigstens zum Barbarenherrn der Sachsen. Obwohl seine Gruppe den Kampf gewonnen hatte, zwangen ihn die anderen, sich als besiegt zu erklären. Sie nannten ihn den »feigen Bastard«.

Germunt löste seinen Blick von den Kindern, krampfte die Hände zu Fäusten und löste sie wieder. Es ist ja vorbei, sagte er sich. Denk nicht mehr daran. Wenn nur die Kränkung nicht so tief sitzen würde …

An jeder Ecke gab es heiße Innereien, Brühe oder Backwerk zu kaufen. Wenn Germunt an diesen Ständen vorbeilief, legte sich der warme Essensgeruch erholsam über die saure, von Küchenabfällen, Urin und Kot geschwängerte Luft. Aber die Münze in seiner Hand war für Pech und Fett bestimmt.

Gerade gab er seine Bestellung auf, da sah er sie: Stilla. Zwei Männer waren bei ihr, deren Gesichter er schon einmal gesehen hatte, und eine ihm unbekannte ältere Frau. Er hörte auf zu sprechen, aber Stilla schien seine Stimme schon gehört zu haben. Sie hatte den Kopf in seine Richtung gewendet. Ohne auf ihre Begleiter zu achten, lief sie auf seinen Stand zu. Germunt griff hastig nach dem Wechselgeld, nahm den Krug und das Fässchen und zog sich hinter einen Stand mit geflickter Kleidung zurück. Aus sicherer Entfernung beobachtete er, wie Stilla mit dem Pechhändler sprach und sich dann enttäuscht umwandte.

Die Zuneigung, die er damals erstickt hatte, erwachte von Neuem und öffnete eine so tiefe Schlucht für seine Gedanken, dass er besser umkehrte, als dort hineinzusehen. Er drängte durch die Menge zum Rand des Platzes hin. An einer anderen Stelle gab es Geschrei. Drei Berittene und mehr als ein Dutzend Büttel tauchten auf. Einer der Reiter war der Graf.

Godeoch schrie etwas von Wein und dass man jede Lieferung zuerst ihm anbieten sollte, bevor man sie auf den Markt brachte. Auf seinen Befehl hin wurde ein Händler gepackt und fortgeschleppt. Der kleine Mann wehrte sich, er zappelte so wild, als würde er noch heute in siedendes Öl geworfen. Vielleicht entsprach das der Wahrheit.

Warum sah der Graf in seine Richtung? Konnte er ihn zwischen den aufgehängten Hemden und Hosen erkennen? Germunt duckte sich. Vorsichtig spähte er durch eine Ritze. Der Graf sah zu Stilla hinüber!

Godeoch lenkte sein Pferd in Richtung des Pechhändlers, wo Stilla noch stand. Mit Fausthieben, Tritten und Drohungen verschafften ihm die Büttel Platz. Den armen Winzer schleppten sie mit sich.

Die schwarze Mähne des Grafen wallte bei jedem Satz auf, während sein Pferd vortrabte. Er zügelte es und sah zu Stilla und ihren Begleitern hinab, die rasch zu ihr getreten waren. »Betet für die Seele des Bischofs. Wie ich gehört habe, wurde er von sarazenischen Säbeln aufgespießt.« Ein breites Lächeln erschien auf seinem Gesicht.

Ihre Begleiter stellten sich schützend vor die beiden Frauen, aber Stilla zwängte sich zwischen ihnen hindurch. »Warum seid Ihr eigentlich nicht bei den Sarazenen und verteidigt Eure Grafschaft?«

Godeoch spie zu Boden. »Ich kümmere mich um diese Stadt! Eine Verantwortung, die Claudius nie ernst genommen hat. Aber er ist ja auch nicht von hier.«

Obwohl man niemanden sprechen sah, erhob sich ein Murmeln unter den Leuten. Der Graf sah böse auf.

Wehe dir, du tust ihr etwas an, drohte Germunt ihm in Gedanken.

»Dem Bischof geht es gut«, sagte sie, »da bin ich mir sicher. Sprecht mit ihm über ›Verantwortung‹, wenn er wiederkommt.«

»Die Zeit ist vorbei, in der Claudius Euch beschützen konnte. Ihr wollt doch nicht nach Eurem Augenlicht auch noch Eure Zunge verlieren, oder?«

Die beiden Männer zogen Stilla und die ältliche Frau mit sich fort, und der Graf gab lachend das Signal zum Aufbruch.

Durch die menschengefüllten stinkenden Straßen arbeitete sich Germunt zum Bischofshof zurück. Er wäre gern zu Stilla gegangen und hätte ihr gesagt, dass sie nie wieder so mit dem Grafen sprechen dürfe. Vielleicht würde er auch erwähnen, dass er sich große Sorgen gemacht hatte und in der Nähe gewesen war, um zwischen sie und die Büttel zu springen. Aber Germunt wusste, wohin das alles führte. Er wollte nicht, dass die Wunde wieder aufbrach.

Es fuhr Germunt wie ein Spieß zwischen die Rippen, als er Frodwald auf dem Hof rufen hörte: »Stilla! Ihr wisst noch den Weg hierher?«

»Ich grüße Euch«, sagte sie. »Es heißt, dass Germunt zurückgekehrt ist. Ist das wahr?«

»Er sitzt in der Schreibstube. Fleißig wie eine Schwalbe beim Nestbau. Und er schreibt so kunstvoll, dass selbst Meister Odo staunen wird.«

Die Tür klappte. Germunt fühlte Stilla näher treten. Er hielt den Blick auf sein Pergament gerichtet. Sie hört, dass meine Feder über die Tierhaut kratzt, dachte er. Vor seinem inneren Auge sah er ihr Gesicht im warmen Lichtschein der Talglampen erglühen.

Er bemerkte, dass er *custodiretur* zweimal geschrieben hatte.

Er würde die Urkunde neu beginnen müssen. Trotzdem schrieb er weiter.

»Was sind das für Künste, von denen Frodwald spricht?« Ihre Stimme klang anders. Mit Frodwald hatte sie klar und selbstbewusst gesprochen, jetzt hörte sie sich unsicher an.

»Nichts Besonderes. Ich habe bei einem alten Mann in Tours gelernt, mit der Feder zu zeichnen. Man verziert so den Anfang einer Urkunde.«

Stilla schwieg. Aus ihren kurzen Atemzügen konnte Germunt schließen, dass sie von seinem abfälligen Tonfall betroffen war. Noch leiser als vorher sagte sie: »Erinnert Ihr Euch, wie Ihr mir in Odos Haus die Verzierungen an den Wänden beschrieben habt? Könntet Ihr ... Würdet Ihr dasselbe mit dem machen, was Ihr jetzt zeichnet?«

Das war nicht gerecht. Germunt holte tief Luft und wusste im selben Moment, dass auch Stilla sein Atmen hören konnte. Wieso musste sie ihn an diesen Tag erinnern? Er spürte den Schmerz so frisch, als habe er erst vor einer Stunde vor ihr gestanden und ihr erklärt, dass er nur um ihretwillen gekommen sei. Sie hatte ihn doch abgewiesen. Was wollte sie jetzt hier?

Ein winziger Hoffnungsfunke leuchtete hinter seiner umwölkten Stirn auf. Wollte sie vielleicht ihre Entscheidung ändern? Er wusste, jedes Licht würde die Dunkelheit schwärzer machen, wenn sie gegangen war. Er wollte kein Licht.

Ich will nicht hoffen und dann wieder enttäuscht werden, sagte er laut in seinen Gedanken. Woher der Satz kam, den er jetzt aussprach, wusste er nicht. »Es gibt keinen Platz für mich auf dieser Welt.«

»Doch, den gibt es.«

Er schob mit zitternden Fingern sein Pergament beiseite und

entrollte ein anderes. »Hier steht ein –« Die Stimme brach ihm weg, und er musste sich räuspern. »Hier steht ein Reiter. Seine Lanze bildet die eine Seite des Buchstaben H.« Er stockte. »Ihr wisst nichts von Buchstaben, natürlich nicht.«

»Nein.«

»Das macht nichts. Ich muss es nur anders erklären. Für das Schreiben bringt man Figuren auf das Pergament. Die Bilder, die ich zeichne, fügen sich darin ein, sie bilden einen Teil von ihnen. Unter dem Reiter rankt eine grüne Pflanze, Efeu, und sie wächst in kleinen Bögen neben dem Schriftblock der Urkunde abwärts und streckt ihre feinen Blätter von sich.«

»Was zeichnet Ihr noch?«

»Bären und Falken, Rosen, Pferde, Krieger, Mönche, Bücher. Viele Dinge.«

Es war still. Germunt drehte sich zu Stilla um. Sie presste die sanften Lippen aufeinander, und ihre Nasenflügel bebten. »Ich muss mich bei Euch entschuldigen«, sagte sie.

»Warum?«

»Ich war wütend auf Euch, weil Ihr mich gernhattet. Heute weiß ich, wie das kommt. Ich habe die Liebe meiner Eltern verloren, als ich sie noch dringend gebraucht hätte, und ich wollte nicht wieder eine Liebe verlieren. Deswegen habe ich sie von mir gewiesen. Und deswegen habe ich Euch … verraten.«

»Verraten? An wen verraten?«

»Als der Spielmann von Euch gesungen hat, waren wir allein. Nur ich habe das Lied gehört. Hätte ich geschwiegen, dann hätte niemand hier von Eurer Geschichte erfahren. Aber ich war ärgerlich, weil Ihr mich angelogen hattet und weil ich nicht wollte, dass Ihr mich mögt, und da habe ich die Sache vor den Bischof gebracht. Es ist meine Schuld.«

Germunt schluckte. »Claudius hat mir seinen Schutz zugesichert. Ich müsste Euch eigentlich danken. Jetzt kann ich die Wahrheit sagen und trotzdem hier leben.«

»Aber man stellt Euch nach. Man hasst Euch.«

»Das ist mein Schicksal.«

Langsam hob Stilla ihre rechte Hand. Sie erreichte Germunts Gesicht und strich ihm mit den Fingerspitzen über die Wange. Germunt fühlte aus dem Hoffnungsfunken einen herrlichen Sonnenaufgang werden. So viel Wärme wallte in ihm auf, dass es ihm Tränen in die Augen trieb.

In diesem Moment sprang die Tür auf. Der Kanzler und ein langer Mann in staubiger Kleidung platzten herein. »Das ist er.« Eike zeigte auf ihn.

»Ich bin ein Bote des Kaisers«, begann der Fremde, »und habe soeben Botschaft wegen der Sarazenen an Euren Kanzler überbracht. Auf dem Weg hierher, oben auf dem Pass, traf ich einen reisenden Jäger, der mir zwanzig Silbergroschen für mein Pferd geboten hat. Ich konnte es ihm nicht geben, also hat er mich angefleht, Euch – und nur Euch – dies zu überbringen.« Der Mann wickelte einen in Lumpen gehüllten Gegenstand aus. »Er hat gesagt, wenn Ihr dies empfangt, würdet Ihr wissen, was es bedeutet.«

Germunt nahm den Pfeil aus den Händen des Boten. Dunkle Federn waren an seinem Ende befestigt – wie bei jenem, den er einst aus einem toten Wolf gezogen hatte. Der Schaft des Pfeiles aber war rot wie Blut.

18

»Was hat das zu bedeuten?« Die Stirn des Kanzlers schlug Falten.

»Germunt?« Stilla klang zutiefst besorgt. »Was hat Euch der Bote gebracht?«

»Es ist ein Pfeil –«

»Ein blutiger Pfeil«, fiel ihm Eike ins Wort.

»– von einem alten Bekannten jenseits der Berge. Sagt«, Germunt wandte sich an den kaiserlichen Boten, »habt Ihr unterwegs andere Reiter überholt?«

»Einen Eselskarren, einige Bauern …«

»Dann rasten sie vielleicht, oder Otmar ist ihnen vorausgeeilt.«

Eike zog die Augenbrauen hoch. »Wer ist ›sie‹?«

»Ich sollte mich auf einen schmerzvollen Tod vorbereiten.«

»Ihr meint die Bluträcher«, raunte Stilla.

Eike befahl: »Ihr werdet auf keinen Fall Turin verlassen. Hier ist der einzige Ort, an dem wir Euch schützen können.«

»Schützen?« Germunt lachte gequält. »Jeder Einzelne hier am Hof würde mich gerne ausliefern. Wenn der Bischof zurückkehrt, bin ich nur noch eine schauervolle Geschichte.«

Der Bote hatte aufmerksam zugehört. Nun maß er Germunt mit abschätzendem Blick. »Ihr seht nicht aus wie ein Mörder. Was habt Ihr getan?«

»Ich habe meine Stiefmutter getötet.«

Der Bote stieß pfeifend Luft aus. »Also kommen die Bluträcher zu Recht.«

»Nichts wisst Ihr«, fuhr der Kanzler auf. »Seine Stiefmutter hat den jungen Bären gereizt, bis er gebrüllt hat. Sie hat ihn gedemütigt, obwohl er der Sohn eines Grafen ist. Ihr hättet nicht anders gehandelt.«

Germunt fühlte, wie Stillas Hand nach seiner tastete. »Bitte, bleibt. Wollt Ihr bis an Euer Lebensende vor ihnen auf der Flucht sein? Irgendwann finden sie Euch doch. Wenn es uns gelingt, Euch zu verstecken, bis der Bischof zurückkommt, werdet Ihr frei gemacht. Ich habe nicht alles verstanden, was Odo und Claudius besprochen haben, aber sie wissen einen Weg dafür.«

»Ich möchte mit der Geschichte nichts zu tun haben.« Der lang gewachsene Mann hob abwehrend die Hände. »Ich reite noch heute weiter in Richtung Rom. Das Bündel des Jägers habe ich überbracht, damit ist die Sache für mich erledigt.« Er wandte sich um und verließ die Schreibstube. Durch die offene Tür huschte ein schwarzer Schatten in den Raum.

»In der nächsten Schenke plaudert er es aus«, sagte Eike.

»Das macht keinen Unterschied mehr.« Germunt ging in die Hocke und begann Farro zu kraulen. »Vielleicht sind sie schon in der Stadt.«

Stilla drehte sich hastig zu ihm um und warf dabei ein Tintenfässchen vom Pult. Die dunkle Flüssigkeit lief auf den Boden. *Wie eine Blutlache*, dachte Germunt. Stilla wandte ihren Kopf kurz irritiert zu dem Geräusch hin. »In jedem Fall müsst Ihr den Bischofshof verlassen. Wer auch immer Euch verraten hat, wird den Verfolgern gesagt haben, dass Ihr Euch hier aufhaltet. Ich erinnere mich genau, dass ich gegen Ende der Beratung beim Bischof gehört habe, wie jemand an der Tür lauscht.«

Der Hütehund versuchte, sich aus Germunts Griff zu entwinden, um zur Tintenlache zu kommen.

»Aus, Farro!«, rief Eike. Dann antwortete er Stilla: »Aber wohin soll er gehen?«

»Ich werde mit Meister Odo sprechen, ob er sich bei uns im Keller verbergen darf.«

»Odos Villa?« Germunt kniff die Augen zusammen. »Jeder hier wird den Brüdern der Irene diesen Rat geben, wenn bekannt wird, dass ich nicht mehr –«

»Sie werden es nicht wagen, das Haus des Meisters zu durchsuchen«, fiel ihm Stilla ins Wort.

Da kennt Ihr die Franken schlecht, dachte er. Unschlüssig rieb er sich die Stirn. Eine andere Möglichkeit fiel ihm allerdings auf die Schnelle nicht ein. Er stand auf. »Gut. Lasst uns gleich gehen.«

Eike griff ihn bei den Schultern. »Haltet noch diese Wochen aus. Eure Flucht wird bald ein Ende haben.«

»Auf diese oder die andere Weise«, sagte er.

In der Stadt schrien immer noch die Kinder. Stilla fasste nach seinem Arm. Wo sie ihn berührte, empfand er Schmerz und wollte gleichzeitig lachen, sodass er es fast nicht ertragen konnte. Germunt hatte sich in den vielen Monaten seiner Flucht oft gefragt, wann der letzte Tag wäre, den er erleben würde. Gott, betete er, lass es nicht den letzten Tag sein heute. Laut sagte er: »Gut, dass die Händler ihre Waren dem Volk fast vor die Füße bauen. Das erschwert eine Hetzjagd mit Pferden.«

Stilla schwieg.

Ob sie die Berührung auch so empfand wie er? Machte es für sie einen Unterschied, ob sie von Odo geführt wurde oder von ihm? Germunt hatte plötzlich das Gefühl, dem blinden Mädchen Hunderte, nein, Tausende Fragen stellen zu wollen. Es war ihm eine angenehme Vorstellung, die nächste Zeit in ihrer Nähe verbringen zu können. Offen blieb, wie lange diese Zeit währen würde und wie ihr Ende aussah.

Als die drei Steinvillen in Sicht kamen, hatte sich die Straße geleert. In den Häusern dieser Gegend wohnten die reichen Händler, wohlhabende Familien, deren Landgüter wie ein Speckgürtel um die Stadt herum angesiedelt waren. Erleichtert sah er sich um. Irenes Brüder waren wohl noch nicht in der Stadt.

Stilla drückte noch einmal seinen Arm, bevor sie ihre Hand zurückzog. »Ich helfe dir.«

Sie sagte »Du« zu ihm? Er meinte, mit Stilla plötzlich vom Rest der Stadt losgelöst zu sein, sie standen zu zweit hier, ganz bei sich. »Danke.«

Odos Villa. Die riesigen Steinquader, das dunkle Grün der Rankpflanzen, die sich in den Fugen festklammerten. Oben in der Dachkrone fehlten einige Steine. War dort gerade eine Ratte langgehuscht? Die Wucherblätter wippten noch.

Im Vorgarten waren die Sträucher höher gewachsen, seitdem er das letzte Mal hier gewesen war, aber nicht hoch genug, um die Frauenstatue zu verdecken. Immer noch richtete sie sich mit sinnlich gebogenem Arm die Haare und entblößte ihre Brüste. Der Anblick der halb nackten Frau machte Germunt ärgerlich. Ihre Gegenwart beleidigte Stilla.

»Was tun wir, wenn Odo ablehnt?« Er verlangsamte seine Schritte.

»Odo wird nicht ablehnen.«

Als Stilla nach der Tür griff, öffnete sie sich von selbst. Odo stand dort, die wenigen Haare wie Ginstergestrüpp in den Wind gestreckt. Seine Augen zeigten keinerlei Erstaunen. »Kommt.«

Germunt zog sich betreten an die Wand zurück, während Stilla Odos faltigen, großen Ohren die Geschichte entgegensprudelte. Der Meister hörte aufmerksam zu, ohne ein Zeichen von Missbilligung, aber auch ohne freundliches Nicken oder Nachfragen.

Mitten in der Beschreibung des blutigen Pfeiles trat eine Frau in den Empfangsraum. Germunt erkannte die Begleiterin wieder, die mit Stilla auf dem Markt gewesen war. Ihr graues Hemd war an den Armen aufgeschlagen und ihre Hände nass. Eine neue Magd wohl, weil die alte endlich für immer eingeschlafen war.

Sie lauschte nur wenigen Sätzen, dann schüttelte sie schon ihren Kopf. »Im Keller ist es finster und stickig. Er soll sich einfach in der Küche nützlich machen, und wenn jemand an die Tür klopft, schicken wir ihn runter in Sicherheit.«

Odo nickte. »Gut, so machen wir's.« Sein Blick fasste nach Germunt. »Seid Euch bewusst, junger Mann, dass ich Euch nicht beschützen kann.« Damit stieg er die Treppe hinauf, ohne eine Antwort zu erwarten.

Ungeachtet ihrer nassen Hände packte die Magd Germunt am Ellenbogen und zog ihn mit sich. »Da ist ein Kessel, dessen Bekanntschaft du unbedingt machen solltest.«

Als er sich in der Tür zur Küche noch einmal umdrehte, sah er Stillas Mund zu einem Lächeln geöffnet.

Oft arbeiteten Stilla und Germunt Seite an Seite, bereiteten das Essen vor, wuschen die Wäsche oder fegten die Zimmerböden. Stilla fragte ihn viel über seine Kindheit. Das Geschehen um seine Bluttat sprach sie nicht an, dafür empfand er Dankbarkeit.

Als er im Garten den Boden umgrub, während Stilla in der Nähe Unkraut rupfte, fragte sie: »Was war dein Spielzeug, als du klein warst?«

»Oh, du hättest die Scharten in meinem kleinen Holzschwert sehen sollen. Ich habe es geliebt! Zäune habe ich damit malträtiert und Hoftore, und solange ich noch Vaters Sohn war, durfte ich sogar ungestraft die Hühner über den Hof jagen oder nach den Ziegen und Schafen ausholen. Nur an den Ziegenbock habe ich mich nicht herangetraut.«

»Ich kann mir dein schlammverschmiertes Kindergesicht vorstellen, das Ärmchen mit dem Schwert erhoben …« Stilla lachte.

»Womit hast du gespielt?«

»Ich hatte einige Tiere aus Holz. Aber ich musste oft auch Flachs waschen und brechen.«

»Das ist ungerecht. Ich durfte spielen, durfte reiten, und du musstest arbeiten.«

Stilla schüttelte den Kopf. »Wart ihr reich, ich meine, dein Vater?«

»Und wie. Mein Vater hat seinen Wein aus einem Kelch von blau gefärbtem Glas getrunken, meistens, wenn Gäste da waren. Bis meine Mutter und ich verstoßen wurden, haben wir nachts auf federgefüllten Kissen geschlafen und hatten in unserem Raum Stühle mit gepolsterter Lehne. Besonders stolz war ich als Kind auf mein Wams aus Marderfell, das hatte ich jeden Tag an.«

»Entsprechend abgewetzt wird es gewesen sein.«

»Glaubst du, das hat mich gekümmert? Besser als die groben Hemden der Bauern war es allemal.« Er stieß den Spaten in den Boden und hob damit eine Ladung Erde an, die er umdrehte und niederwarf. Das wiederholte er eine Spatenbreite weiter links, und noch einmal. Bald ergab sich eine Reihe aufgelockerter Erdhäufchen.

»Du warst also stolz auf deinen Rang.«

»Nein, nicht auf den Rang, mehr auf meinen Vater, und die Kleidung zeigte doch, dass ich zu ihm gehörte.« Kraftvoll stieß Germunt erneut das hölzerne Spatenblatt in den Boden. Wurzelwerk knirschte, und es roch nach feuchter Erde. »Aber ich habe nicht nur getan, was er mir befohlen hat. Zum Beispiel durfte ich nicht um die Fronhäuser auf unserem Gut herumschleichen. Gerade deshalb bin ich oft dort gewesen und habe durch Ritzen in der Wand die Frauen beobachtet, wie sie mit Disteln die Wolle gestrichen, gesponnen und gewebt haben.«

»Warum hat man dir das verboten?«

»Ich weiß es nicht.«

»Durftest du keine Frauen sehen?«

»Doch, natürlich. Aber die Frauen in den Fronhäusern waren Unfreie, Sklavinnen also. Es hat sich wohl nicht geziemt, in ihrer Nähe zu spielen.« Germunt zögerte. Sollte er fragen? »Was … was ist mit deinen Eltern geschehen?«

»Sie sind tot.«

»Ich weiß. Aber du bist jung, sie könnten noch am Leben sein.«

»Als ich ein Kind war, sind sie gestorben. Räuber.«

»Verstehe.«

Stilla stand auf. »Nein, du verstehst nicht. Ich habe sie verzweifelt gesucht, bin aus der Stadt herausgelaufen, obwohl ich nicht mal sehen konnte, ob der Weg eine Biegung macht – nur nach dem Gehör bin ich vorangestolpert und habe gelauscht, ob es knirscht unter den Füßen oder ob da Gras die Schritte dämpft. Was blieb mir denn anderes übrig? Ich wusste, dass etwas passiert sein musste, aber keiner wollte mir glauben, keiner half mir oder ging mit mir nach ihnen suchen. Also bin ich gelaufen, immer weiter, immer weiter, und dann habe ich meinen Vater gehört, der um Hilfe gerufen hat. Geröchelt hat er nur noch, geächzt. Mutter war schon tot, und er lag da am Wegrand und hielt sie in den Armen. Ich war ein Kind, verstehst du? Vater ist gestorben, seine Hand in meiner.«

Germunt ließ den Spaten in die Büsche sinken und trat zu ihr. Er legte den Arm um sie, zog sie in eine Umarmung. Er spürte, wie sie zitterte. »Es tut mir leid.«

»Wäre ich nicht blind, dann hätte …«

»Nichts wäre anders gewesen.«

»Ich hätte sie vielleicht rechtzeitig gefunden, und sie wären wieder gesund geworden.«

Er hielt sie so lange im Arm, bis das Zittern aufgehört hatte. Irgendwann wurde sie ruhig. Für den Rest des Tages schwiegen beide.

War er mit Tätigkeiten beschäftigt, die Stilla nicht erledigen konnte, drängte es ihn oft, sie ihr zu erklären. Es berauschte ihn, wenn er ihr bei etwas helfen konnte, das sie noch nie getan hatte. Einmal versuchte er sogar, ihr das Schreiben beizubringen. Er streute Mehl auf den Tisch, ergriff Stillas Hand und führte sie in den Schlangenlinien des Buchstaben S durch das Mehl. Dann ließ er sie fühlen, was sie gezeichnet hatte.

»Das ist der erste Buchstabe deines Namens.«

»Hat mein Name mehrere Buchstaben? Warum?«

»Ein einzelner Buchstabe steht nur für einen einzigen Laut. Wenn du deinen Namen genau aussprichst, merkst du bestimmt, dass man ihn nicht rufen kann, wie die Tiere rufen, die jedes nur einen Buchstaben kennen.«

Gedankenverloren tastete Stilla über die Mehlfläche. »Das ist ein großes Geheimnis.«

Germunt betrachtete sie. Er sah zum ersten Mal nicht nur ihr Gesicht und ihre Hände, sondern auch bewusst ihren Körper. Dort, wo der Bauch sein musste, zog sich ihr Kleid enger zusammen, beschrieb aber auf dem Weg abwärts eine feine Kurve, die ihn auf seltsame Weise anzog. So, wie sie über das

Mehl schwebte, wollte er gern auch mit seinen Händen über diese Kurve schweben.

»Willst du mir die anderen Laute auch noch zeigen?«

Germunt lächelte. »Gerne!« Er nahm ihre Hand. Gerade als er zum Querbalken des T ansetzen wollte, stockte seine Bewegung. Es war einer jener Instinkte. Sie waren noch da, binnen eines Wimpernschlags war der Schlaf fortgeblasen, der sich in den letzten Monaten auf sie gelegt hatte.

»Was ist?«

Er stand wie versteinert und hielt Stillas Hand über dem Tisch. Hufschläge hallten zwischen den Häusern. »Ich höre Pferde.« Langsam löste er seine Finger.

»Es kommt doch vor, dass Reiter –«

»Lasst sie nicht in den Keller, hörst du? Ich steige hinunter.«

Ein Pferdewiehern war vor dem Haus zu hören.

»Germunt –«

Die Faustschläge an der Tür trafen ihn wie Hiebe ins Gesicht. Dann strömte Kraft in seine Glieder, von der er nicht sagen konnte, woher sie kam. Im Handumdrehen war er an der Bodenklappe, hob den Eisenring an und glitt die Stiege hinab. Mittels des hakenbewehrten Steckens, den er für diesen Fall bereitgelegt hatte, schloss er leise die Klappe über sich.

Der Kellerraum war niedrig, Germunt konnte nur gebückt stehen. Obwohl es kühl war, spürte er seine Hände und seinen Rücken feucht werden. Einzig durch zwei Risse in der Bodentür fiel Licht. Er presste das Ohr gegen die Klappe und lauschte. Die Stimme, die er hörte, erschütterte ihn bis in die Knochen. In hartem, von fränkischer Zunge eingefärbtem Latein sagte sie: »Ich bin Hengist von Brunn. In Eurem Haus befindet sich ein Leibeigener meiner Familie.«

Gegen die Macht dieser Kehle wirkten Stillas Worte wie das Piepsen einer Meise. »Ich weiß nicht, wovon Ihr sprecht.«

»Tretet beiseite, Weib, damit ich mich überzeugen kann, dass Ihr nicht lügt.«

Germunt zersprang das Herz.

Er hörte, wie sich Stilla räusperte. »Ihr steht vor dem Haus des Gelehrten Odo, der ein angesehener Mann der Stadt Turin ist. Ihr habt nicht das Recht, sein Haus zu durchsuchen.«

Ihm wurde bewusst, dass es für ihn nur einen Weg nach draußen gab. Er saß in der Falle, wenn Hengist die Bodenklappe entdeckte.

»Was wisst Ihr von Rechten, Weib?«

Germunt hob die Klappe an und schlüpfte hinaus. Als er sie wieder absenken wollte, entglitt sie seinen Fingern und schlug auf.

»Was war das? Beiseite mit Euch!«

Er war abgesprungen, bevor er Stilla aufschreien hörte, und flog hinter den Trog an der Küchenwand. Obwohl er sich die Hände und Knie aufgeschlagen hatte, blieb er so liegen, wie er gelandet war. Den Schmerz biss er hinunter.

Nun hörte er mehrere Männerstimmen. Sie sprachen Fränkisch.

»Diese Klappe war es. Er steckt dort unten.«

»Wird er bewaffnet sein?«

»Ich rechne nicht damit. Aber man weiß nie.«

Das Fauchen von Schwertern, die aus den Scheiden fuhren, zwang Germunts Blick mit roher Gewalt über den Rand des Trogs. Dort standen sie: die vier Brüder mit ihren edel erhobenen Häuptern. Die roten Locken wallten ihnen wie Feuer über die Schultern. Staub lag auf ihren Kleidern, aber die verzierten

Klingen blitzten so sauber, als würden sie geradezu nach Blut lechzen.

»Wenn er rausgerannt kommt, töten wir ihn?«

»Er wird uns nicht in die Klinge laufen.«

»Bist du sicher? Er weiß doch, was ihm blüht.«

»Wartet.« Hengist winkte seine Brüder heran und begann zu flüstern. Dann stellte er sich breitbeinig hinter die Klappe, den Schwertknauf erhoben. Ein anderer zog die Klappe mit der Parierstange seines Schwertes nach oben. Eine Weile verharrten sie so. Schließlich ließen sie die Klappe ganz umschlagen.

Die Brüder umkreisten das Loch, schweigend, die Schwertspitzen nach unten gerichtet.

»Nichts.«

»Ich habe deutlich diese Klappe gehört«, sagte Hengist. »Vielleicht hat er sich dort unten in einem Winkel verkrochen.«

Einer der Brüder schrie: *»Femina!* Weib! Bring uns ein Licht!«

Nur Momente später erschien Stilla in der Tür, bleich, zitternd, neben ihr Odo. Der Blick des Gelehrten war undurchdringlich. »Ihr werdet Euch vor dem Grafen verantworten müssen.«

»Ah, der Herr des Hauses.« Einer der Brüder deutete mit der Schwertspitze auf Odo. »Wir entwenden nichts, keine Sorge, wir holen nur etwas zurück, das uns gehört.«

Odo schwieg und hieß Stilla, den Brüdern die Lampe zu geben. Sie holte sie und entzündete das Licht. Es war schwer zu sagen, ob die Flamme mehr zitterte oder ihre Hand. Als sie die Lampe überreichte, streckte sie den Arm so weit aus wie möglich, um dem Rothaarigen fernzubleiben.

»Ich bleibe oben.« Hengist sah seinen Brüdern zu, wie sie die Stiege hinabkletterten.

Wenn es einen Moment gab, in dem er hier fortkommen konnte, ohne das Leben zu lassen, dann war es dieser. In sprungbereiter Haltung erhob er sich, den Blick gebannt auf Hengist gerichtet, als wollte er damit Odo signalisieren, dass er ebenfalls dorthin schauen sollte und nicht etwa zu ihm.

Lauf! Ihm schlug das Herz bis in den Hals, aber seine Beine rührten sich nicht. *Lauf, verdammt!* Er bebte am ganzen Leib. Endlich löste sich sein Körper wie ein Pfeil von der Sehne. Er sprang über den Trog und nutzte seinen Schwung, um Hengist beiseitezustoßen. Er hörte ihn aufschreien, während er bereits mit großen Sätzen zur Tür rannte.

Wie in Fetzen zog der Straßenrand an seinen Augen vorbei. Er wich Menschen aus, sprang über Körbe, stolperte und fing sich wieder. Er bog in die Schuhflickergasse ab, in der sich die kleinen Holzhütten aneinanderlehnten, zwängte sich durch einen schmalen Gang zwischen zwei Hütten und humpelte über die Abfälle zu den gebrochenen Steinmauern der Römer. Sollte er hier auf dem Hof bleiben? Zu gefährlich, man sah ihn von den Häusern aus.

Er kletterte auf der anderen Seite über eine Ruinenmauer. »Die alte Hufschmiede«, hieß dieser verlassene Platz. Er lehnte sich an und keuchte. Hatte er sie abgehängt? Ein fürchterliches Geräusch ertönte: tiefes Dröhnen, das in ein helles Blöken hinaufschlug. Er blickte erschrocken über die Mauer.

Zwei der Rotschöpfe führten ein Dutzend gräflicher Büttel auf den Ruinenhof, einer ließ gerade das Signalhorn sinken. Man zeigte auf ihn. Die Gruppe setzte sich in Bewegung.

Furcht pochte, trommelte in Germunts Körper, von den Fußsohlen bis in den Kopf hinauf, in den Fingerspitzen und in den Ohren pulsierte sie, schneller, immer schneller. Ruckartig drehte er sich um und rannte los, bis er an der Mündung der Gasse Hengist sah. Er war gefangen.

Der Krieger hielt die Hand an den Schwertknauf. »Dein Ende ist gekommen, Mörder.« Es war die gute Sprache, die er benutzte, die geliebte Sprache, in der er, Germunt, seine ersten Wörter gesprochen hatte. *Mami. Da.* Er hatte 'wert gesagt anstelle von Schwert, aber es war eben nicht das lateinische *gladius* gewesen, sondern 'wert. Germunt nahm einen bebenden Atemzug. *In fränkischer Sprache wurde er nun verurteilt.* Der Vater hatte, wenn er wirklich außer sich war, Fränkisch mit dem Gesinde geschimpft, auch wenn sie es nicht verstanden. Aber es war auch Fränkisch gewesen, das er zärtlich gesprochen hatte, wenn Germunt auf seinem Schoß saß und er aus seiner Kindheit erzählte. Nur damit es noch mehr schmerzte! Wie hatte er ihn nur verstoßen können? Germunt verabscheute ihn dafür.

Er sah rechts und links die Hauswände hinauf. Die Türen waren mit Holz zugenagelt, Ratten huschten den Straßenrand auf und ab. Hatte er dieses Unglück verdient? War er es denn gewesen, der Adia verstoßen und eine widerwärtige Stiefmutter an ihre Stelle gesetzt hatte?

Obwohl Todesangst ihm die Brust umklammerte, verzog er wütend das Gesicht. »Eure Schwester hat das Ende eher gefunden als ich. Und sie hatte es verdient, bei Gott!« Die fränkischen Worte schmeckten fremd in seinem Mund. Als er Hengist zusammenzucken sah, glomm kurz ein Freudenfunke in ihm auf.

»Du wagst es, Gott anzurufen? Die Hölle wird heiß brennen für dich, Bastard!«

»Noch heißer brennt sie für meinen Vater, den Grafen, der seinen Sohn verstoßen hat.«

Hengist zog sein Schwert. »Du sollst endlich deine Strafe finden.« Er kam auf Germunt zu.

Alles, nur nicht sterben!, schrie es in Germunt auf. Die Augen flatterten ihm, er spürte ein Rasen in sich, das immer schneller wurde, aber kein Flussbett fand, in das es sich hätte ergießen können. Verzweifelt drehte er sich um. Die Büttel kamen mit ihren Spießen gerade über die Ruinenmauer geklettert.

Plötzlich pfiff es in der Luft, und ein Pfeil steckte vor Hengist im Boden. Der Franke gefror in der Bewegung. Eine Gestalt erschien oben am Rand des Daches, deren schlanker Körper in dunkles Leder gekleidet war. Ein Langdolch hing dem Mann an der Seite, und er hielt einen Bogen in der linken Hand. Als wäre das Holz des Bogens butterweich, zog er mit der Rechten, die einen neuen Pfeil aus dem Köcher gegriffen hatte, die Sehne zurück, erneut anlegend.

»Euch kenne ich«, rief Hengist erstaunt. »Ihr seid uns im Gasthaus zum ›Blinden Acker‹ begegnet.« Er senkte seine Stimme wie jemand, der es gewohnt ist, dass man ihm gehorcht. »Nehmt den Bogen herunter!«

»Germunt, links neben Euch ist eine Tür.« Otmar hielt den Blick fest auf Hengist gerichtet. »Eilt Euch.«

»Ihr macht einen großen Fehler!« Wie eine anbrechende Steinlawine grollte Hengists Stimme.

Germunt trat gegen den Bretterverschlag, bis er zerknackte. Er kroch durch das entstandene Loch und fand einen von modrigem Geruch erfüllten, finsteren Gang vor. Draußen hörte er wieder ein Pfeifen in der Luft. Eilig tastete er sich mit den Händen voran. Die Füße stießen gegen Hindernisse und ließen nassfaule Gerüche zu ihm hinaufströmen. Irgendwann rührte seine vorgestreckte Hand an eine Fläche, die weich war und schmierig. Er bog nach links ab und betrat einen Raum, in den aus Fugen und Ritzen Licht fiel. Von der wurmstichigen Holzdecke fiel Staub in langen Bahnen und verbreitete einen stumpfen Geruch von Vergänglichkeit. An einer Wand lehnte ein Stuhl ohne Hinterbeine.

Hier bleiben konnte er nicht. Wie hatte Otmar sich das gedacht? Germunts suchender Blick entdeckte eine Art Fensterladen an der Rückwand des Raumes. Als er ihn öffnen wollte, zerbrach ihm das Holz in den Fingern. Helles Tageslicht stach ihm entgegen, und Germunt brach so lange Holz heraus, bis er durch die Öffnung hindurchklettern konnte. Er stand in einem ummauerten Hof, auf dem das Unkraut bis zu den Knien wucherte. Eine Leiter lehnte an der Rückwand der Mauer. Auf ihrer obersten Sprosse hatte sich ein braun gefiedertes Huhn ein Nest gebaut. Es blinzelte ihm ungläubig entgegen.

Germunt lief einige Schritte und versuchte, auf das Dach zu blicken, ob Otmar noch zu sehen sei. Er konnte nur den Himmel sehen, von Otmars Gestalt keine Spur.

Warum war der Wolfsjäger nach Turin gekommen? Germunt setzte vorsichtig einen Fuß auf die unterste Sprosse der Leiter. Als er das Gewicht verstärkte, brach sie durch. Einen Moment dachte er nach, dann arbeitete er sich mühselig hinauf, indem er auf die Randhölzer der Streben trat. Das Huhn keifte und flog auf. Ein Ei zerschlug auf dem Boden. Die Mauer war schmal. Trotzdem versuchte er, auf ihr stehen zu bleiben und sich umzuwenden, um die Leiter hinaufzuziehen.

»Spar dir die Mühe«, hörte er hinter sich eine Stimme. Beinahe wäre er vor Schreck hinabgefallen. »Verschwinden wir.«

Ein aufgedunsenes Gesicht schaute von der anderen Seite der Mauer zu ihm herauf.

»Wer ist ›wir‹?«

»Du und ich, wer sonst? Mach hin, der Spinner auf dem Dach kann die Büttel nicht den ganzen Tag aufhalten.«

Germunt löste sich von der Leiter und ließ sich die Mauer hinab. Der andere wartete kaum, bis er sich aufgerichtet hatte. Er lief zügig, bog um Ecken und Winkel und schnitt dabei das Gemäuer der Ruinen, als sei es ein federnder Busch.

»Wohin gehen wir?«

»In meine Höhle.«

»Kennt Ihr den Wolfsjäger gut?«

Der Mann blieb die Antwort schuldig.

Bald erreichten sie ein altes Haus, das Germunts Führer ohne Umstände betrat. Sofort verstand Germunt, warum er es »Höhle« genannt hatte: Dort, wo einmal das erste Stockwerk gewesen war, ragten nur noch leere Balkengerippe aus dem Mauerwerk. Die rissigen Wände waren rußgeschwärzt, und es roch nach kaltem Rauch.

»Wenn Ihr ihn nicht kennt, warum bringt Ihr mich dann hierher?«

»Du bist in Not, das war nicht zu übersehen. Ich weiß, wie es ist, wenn einen die Büttel jagen. Du solltest meine Hilfe annehmen. Es gibt nicht viele in der Stadt, die einem Halunken wie dir zu helfen bereit sind. Dazu muss man schon selbst Halunke sein.« Der Dickleibige grinste und fuhr sich mit der Zunge über die rissigen Lippen. »Ich weiß, wie man sich unsichtbar macht. Bleib in meiner Höhle und warte ab, bis sie dich vergessen haben.«

Morgenlicht fiel durch die verrotteten Fensterläden in das Haus. Germunt hatte es im Stillen »Räuberhöhle« getauft, und vermutlich war es das auch. Geldkatzen und leere Lederbeutel lagen verstreut zwischen dem Unrat, der den Boden bedeckte.

Sein namenloser Retter saß auf einem Holzklotz und pulte mit einem Messer den Dreck unter den Fingernägeln heraus. »Als ich dich gestern in den Ruinen rumklettern gesehen hab«, sagte er, »mit den Bütteln auf den Fersen, da hab ich mir gedacht, dass du in Schwierigkeiten steckst. Aber ich wusste nicht, dass die Schwierigkeiten derart groß sind.«

»Wovon sprecht Ihr?« Germunt war mit einem Mal hellwach.

Unbeeindruckt pulte er weiter. »Während du geschlafen hast, war ich unterwegs und hab mich erkundigt. Dein Leben ist vier Pfund Silber wert. So viel zahlen die vier Rotlocken dem, der dein Versteck verrät. Hab mir schon gedacht, dass du ein Prachtfisch an der Angel bist.«

Furcht schnürte ihm die Kehle zu. »Ihr wollt mich verraten?«

»Hängt ganz davon ab. Ich bin kein Unmensch. Wenn du einen reichen Onkel hast oder sonst irgendwie das Geld aufbringen kannst, halte ich den Mund. Mir ist nicht wichtig, wer mich bezahlt. Hauptsache, das Silber kommt bei mir an.«

»Sehe ich aus wie einer, der vier Pfund Silber besitzt?« Germunt stand auf. Er würde fliehen müssen. Leicht würde es nicht werden, der Räuber kannte die Pfade durch die Ruinen besser als er, und er musste nicht einmal seiner habhaft werden, es genügte, wenn er laut nach den Bütteln schrie und sie damit auf ihn aufmerksam machte. Womöglich rammte er ihm auch das Messer in den Leib, sobald Germunt versuchte, an ihm vorbei zur Tür zu gelangen.

»Sehe ich aus wie der barmherzige Samariter?«

»Nein, und das müsst Ihr auch nicht sein. Ich habe zwar kein Geld, aber ich habe einen Förderer, der für mich bezahlen kann.«

»Kann? Oder wird?«

»Er wird bezahlen, ganz bestimmt.«

»Und wer soll dieser noble Engel sein?«

»Bischof Claudius.«

Der Räuber ließ das Messer sinken. »Der gibt vier Pfund Silber aus für einen wie dich?«

»Er hat seine Gründe.«

»Hältst du mich für blöd?« Die Klinge blitzte auf. »Bischof Claudius ist gerade nicht in der Stadt, das heißt, wir können ihn nicht fragen. Es wird Wochen dauern, bis er von seinem Feldzug zurückkehrt – falls er überhaupt zurückkehrt. Und dann könnte es sein, dass er dich noch nie gesehen hat und statt vier Pfund Silber zwei Pfund Eisen um meinen Hals schließen und mich im Fluss ersäufen lässt. Ich glaube, ich zwitschere lieber in ein fränkisches Ohr. Ich hab die vier Herren beobachtet, sie wirken äußerst zahlungswillig.«

»Ich habe hohen Wert für den Bischof.«

»Leere Worte, wenn man ihn nicht danach fragen kann.«

»Ich beweise es. Gebt mir zwei Stunden Zeit.«

Der Räuber lachte. Man hörte seiner rauen Stimme den übermäßigen Gebrauch von Gebranntem an. »Zwei Stunden? Und anschließend kehrst du freiwillig hierher zurück? Ich habe mich nicht in Gefahr begeben, um am Ende leer auszugehen.«

»Ich verlasse dieses Haus nicht. Ich beweise es Euch hier.«

Der Räuber sah ihn an. Sein Blick war kalt geworden. »Fangt an.«

Germunt suchte den Boden ab, bis er ein Stück verkohltes Holz fand. Er begann, damit an die Wand zu zeichnen. Die Wand wurde sein Pergament, das Holzstück seine Feder. Er malte Weinranken und Stiere, er zeichnete Farro.

Der Räuber sah schweigend zu.

Germunt begann zu schreiben. Er gestand Stilla auf dieser

Wand seine Liebe. Unter die Zeile zeichnete er ihr Gesicht. Vielleicht würde es der letzte Gruß sein, den er ihr ausrichten konnte. Sicher konnte der Schurke nicht lesen, aber wenn sie ihn suchten, irgendwann, würden Odo und Stilla womöglich diesen Ort finden.

»Beeindruckend«, sagte der Räuber. »Ich glaube dir. Du kannst bleiben, bis Claudius zurück in der Stadt ist. Wie nennt sich das, was du da tust?«

»Ich bin Kalligraph.«

»So was hab ich noch nie gesehen. Wäre schade um dich, wenn die vier Rotlocken dich in ihre Fänge bekämen.«

Der Räuber schlief jeden Tag bis in die Nachmittagsstunden und verließ ihn dann zu Tätigkeiten, die ihn erst spät in der Nacht zurückführten, zumeist mit münzklingelnder Hose – es sei denn, er hatte seine Beute verprasst, was nicht selten vorkam. Betrunken war er immer.

Umso mehr erstaunte es Germunt, als er ihn eines Morgens nicht schnarchen hörte. Aufmerksam blickte er sich um. Er war allein. Hatte er in der vergangenen Nacht überhaupt einen Heimkehrenden gehört? Er konnte sich nicht daran erinnern.

Im Wassereimer sah er in ein vollbärtiges, bleiches Gesicht. Er seufzte. Wenn ich nicht bald wieder die Sonne sehe, dachte er, krepiere ich. Wenn er das Haus verließ, bevor der Bischof wieder da war, würde er allerdings ebenfalls sterben. Und was, wenn der Bischof nicht zurückkehrte?

In einer plötzlichen Anwandlung nahm er eine Tonscherbe und begann, sich den Bart aus dem Gesicht zu kratzen. Mit jedem schmerzhaften Zug biss er die Zähne zusammen.

An den ersten Tagen hatte er noch angespannt hinter den Fensterläden der Höhle gelauert, ungewiss, ob der Räuber ihn nicht doch verraten würde und jeden Moment Büttel in die Gasse einbogen. Aber er schien tatsächlich Wort zu halten. Jeden zweiten oder dritten Tag brachte er ihm das Nötigste an Nahrung. Ein wenig übergeschnappt war der Räuber mit Sicherheit. Er sammelte Lumpenfetzen in einer Ecke der Höhle, »für das Alter«, wie er sagte, und an einer der Wände schichtete er Holz auf, so viel, dass es für drei Winter reichen musste. Einmal hatte er behauptet, die Höhle sei das Haus seiner Eltern gewesen und gehöre ihm rechtmäßig. Auf Germunts Frage, was seine Eltern denn zum Lebensunterhalt getan hätten, hatte der Räuber die Schultern gezuckt.

Germunt rückte sich den Eimer zurecht und betrachtete im zitternden Wasserbild sein wundes, bartloses Kinn. Er bemerkte eine kleine Spinne, die am Eimer hinaufkletterte. Wie fein sich ihre Beine bewegten, winzige Pferdebeine. Sie erreichte den Eimerrand und fing an, eine Runde darauf zu laufen.

Weshalb verabscheuten Frauen diese Tiere? War sie nicht reizend, die kleine Läuferin? So zart gebaut und unbeirrbar, immer vorwärtseilend, auch wenn es schon die zweite Runde auf dem Rand des Eimers war. Was hinderte das Tierchen eigentlich daran, endlos im Kreis zu laufen? Merkte es, dass es diesen Weg schon einmal gelaufen war?

Germunt blickte vom Eimer auf. Wie riesig diese Höhle für die Spinne sein musste! Eine ganze Welt, und sie sollte sich darin zurechtfinden. Fand er sich denn in seiner Welt zurecht? Die Spinne hielt abrupt an und befühlte einen Wassertropfen mit den kleinen Armen an ihrem Kopf. Dann verharrte sie, reglos. Germunt war, als sei er Zeuge eines Wunders: Die Spinne trank. Sie kümmerte sich nicht darum, dass ein Wesen von der Größe eines Dämons neben ihr hockte, und fragte sich vermutlich auch nicht, ob sie morgen und übermorgen genügend Futter finden würde.

Ich beneide die kleine Spinne, ging es Germunt durch den Kopf. Sie ist glücklich. Allein war sie, wie er auch, und wie der Bischof, den sein eigener Freund verriet. Die Spinne und der Bischof jedoch hielten ihr Leben fest in den Händen, ihm, Germunt, war es entglitten. War er seinem Traum vom eigenen Weinberg je ein Stück näher gekommen?

Ein Abschnitt aus Claudius' Schriften kam ihm in den Sinn. Seit er ihn eines Tages entdeckt hatte, hatte er ihn wieder und wieder gelesen: »Warum erniedrigt ihr euch selbst und verbeugt euch vor falschen Bildern? Warum krümmt ihr euren Körper, gefangen vor lächerlichen Statuen und irdischen Abbildungen? Gott hat euch aufrecht geschaffen! Während andere Tiere bäuchlings der Erde zugeneigt sind, habt ihr einen gehobenen Status und seid aufrecht gemacht, mit dem Gesicht zum Himmel und zu Gott. Seht aufwärts, sucht Gott!«

Der Bischof hatte eine so andere Vorstellung vom Leben. An manchen Tagen hielt Germunt ihn für einen Irregeleiteten, an anderen Tagen für einen Propheten. Es war, als wäre Claudius eine Spinne, die nicht Netze bauen, sondern fliegen wollte. Und sie predigte auch den anderen das Fliegen. Nie und nimmer konnte man das verstehen.

Oder war es vielleicht genau umgekehrt? Alle Spinnen dieser Erde mühten sich ab, mit ihren dünnen Beinen das Fliegen zu erlernen, sprangen von Bäumen und Häusern und sausten doch jämmerlich herab, und nur Claudius hatte erkannt, dass man Netze bauen konnte, wunderschöne Netze …

Es war etwas an diesem Bischof, das man nicht wie Krümel vom Tisch fegen konnte. Claudius glaubte selbst, was er schrieb, und er glaubte es so fest, wie wenige Menschen die katholische Lehre glaubten. Er glaubte es mit seinem ganzen Willen, mit allem Gefühl und allem Verstand. Er *wusste* es. Und es war für ihn selbstverständlich, dass alle es erfahren mussten.

Germunt sehnte sich nach einem solchen Glauben. Vielleicht war das sein Weg.

Er spürte ein Prickeln im Gesicht. Er musste etwas gehört haben. Alle Aufmerksamkeit richtete sich auf mögliche Geräusche. Es war in jedem Fall eines jener Gefühle, auf die er sich verlassen konnte wie auf sonst nichts. Sein Herzschlag beschleunigte sich und wollte sich nicht beruhigen.

»Woher soll ich wissen, dass ihr mich wirklich freilasst, wenn ich ihn euch ausgeliefert habe?« War das die Stimme des Räubers? Sie klang verzerrt, winselnd.

Die kleine Spinne sauste den Eimerrand hinab und floh über den Boden, als spürte sie genau wie er die Gefahr.

19

Biterolf saß ab und ließ sich ins Gras fallen. Er hörte Gelächter. Sollten sie über ihn lachen! Sein Gesäß und seine Oberschenkel fühlten sich an, als wären sie mit Keulen weich geprügelt worden. Wenn er still lag und sich nicht bewegte, fand er ein wenig Erleichterung.

Sie hatten ein Heer von über fünfzig Reitern, zwei Dutzend Bogenschützen und knapp einhundert Fußkämpfern zusammengestellt. Vier Grafen mit ihrem Gefolge waren zu ihnen gestoßen, Klöster und Herrenhöfe hatten ihre Pflichtmannen zugesteuert. Vielleicht saßen die, die erst seit einigen Stunden Teil des Heerzugs waren, noch gut im Sattel, aber er, Biterolf, hatte vier Tage Gewaltritt hinter sich.

»Aufsitzen!«, befahl Claudius.

»Was ist mit Wichard?«, fragte jemand.

»Nun, seht Ihr ihn hier irgendwo?«

»Nein, Ehrwürden.«

»Ich habe ihn herbeordert, er ist nicht gekommen, also werden wir ohne ihn kämpfen. Er verliert Ehre, Amt und Ländereien.«

»Herr, Wichards Güter sind nur einen kurzen Ritt entfernt, und wir brauchen jeden Mann. Wollen wir nicht nachschauen, was der Grund für sein Fehlen ist?«

Augenblicklich verstummte das eiserne Klirren, das Schwatzen und Brummen. Der Wind spielte in den Fahnen, sonst war es still. Biterolf hob den Kopf. Grauen stand in den Gesichtern der Männer. Niemand sprach es aus, aber Biterolf wusste genau, was sie dachten. Er dachte es auch. Wenn die Sarazenen Wichard umgebracht hatten, wenn sie so weit ins Landesinnere vorgedrungen waren, dann, Gnade gebe Gott, waren sie dem Angriff nicht gewachsen.

»Gut, reiten wir hin und sehen nach. Das Fußvolk bleibt hier.«

Biterolf saß auf dem Pferd, bevor er überhaupt darüber nachdenken konnte, wie sehr er das Aufsteigen hasste. Oft brauchte er drei oder mehr Anläufe, ehe er genügend Schwung hatte, seine Körperfülle auf den Sattel zu ziehen. Wie viele hatte er dieses Mal gebraucht? Er konnte sich nicht erinnern.

Sie ritten einen Ackerweg entlang. Niemand sprach. Die lange Kette von Reitern war aus der Ferne sicher ein imposanter Anblick. Biterolf sehnte sich in die Schreibstube zurück. Seit sie aus Turin aufgebrochen waren, hatte Claudius ihn nicht einmal angesehen. Warum hatte er ihm befohlen mitzukommen?

Wenn sie nun einen niedergebrannten Hof vorfanden – war das nicht ihr Todesurteil? Biterolf versuchte, sich die Sarazenen vorzustellen, ein den Horizont füllendes Reiterheer, ihre Krummschwerter wie Sensen schwingend, Totenmasken auf den Gesichtern.

Bald überholten die Reiterkrieger des Bischofs einen Eselskarren, und dann sah Biterolf auch Bauern auf den Feldern arbeiten. Er seufzte erleichtert. Ein gutes Zeichen.

Das Erste, was man von Wichards Hof sah, war eine Kirchturmspitze. Claudius drosselte nicht die Geschwindigkeit, bis die Reiter sich auf den Platz zwischen Kirche und Herrenhaus ergossen. Dort sprang er vom Pferd und donnerte mit der Faust gegen die Tür des Hauses.

Eine Magd öffnete. Ihre zitternden Lippen entblößten Hasenzähne. »Wichard ist krank, verehrter Herr.«

»Wichard ist eidbrüchig.« Claudius blieb mit dem Gesicht zur Tür gewandt und rief nach Biterolf.

Der Notar zuckte zusammen. »Was wünscht Ihr, Herr?«

»Kommt her! Ihr sollt die Dinge schriftlich festhalten, also sollt Ihr auch mit eigenen Augen den Krankspieler sehen.«

Die Magd hob beide Hände vor den Mund. »Wirklich, er ist krank und kann nicht auf Kriegszug gehen.«

»Tretet beiseite.«

Biterolf stieg vom Pferd und folgte Claudius in einen großen Raum, an dessen Wänden sich Truhen und Schränke reihten. Felle lagen hier und dort am Boden. Hinter einem gelblichen Leinenvorhang schimmerte Licht. Claudius trat mit großen Schritten darauf zu.

»Bitte, Ihr dürft nicht –«, flehte die Magd. »Er ist –«

Die Faust des Bischofs packte den Vorhang und riss ihn zu Boden. Ein Bett. Wichard darin, bis unter die Nase in Decken gehüllt. Tatsächlich waren die Stirn und die spitze, unförmige Nase unnatürlich bleich.

»Herr Bischof«, flüsterte Wichard.

Claudius zog sich die Handschuhe aus. Dann fuhr er grob mit dem Zeigefinger über die Wange des Kranken und hielt die Hand in die Höhe. »Biterolf, seht Ihr das?«

Er trat näher. Weißpulvriger Talg bedeckte den Finger.

»Wo sind die Rüstungen und Waffen?«, herrschte Claudius Wichard an.

Zuerst verstand Biterolf die Antwort nicht. Dann raunte Wichard es noch einmal: »In der Kirche.«

Draußen saß ein halbes Dutzend Reiter ab und folgte dem Bischof in die kleine Kirche. Bald kamen sie wieder, Kettenhemden, Beinschienen und Schwertgehänge in den Händen. Sie legten das Kriegszeug vor sich auf die Sättel und stiegen auf.

Nach kurzem Ritt war das Fußvolk wieder erreicht. Claudius befahl, den Leichtbewaffneten Wichards Schwerter und Rüstungsteile zu geben. Mancher der Fußkrieger führte nichts weiter mit sich als nur einen Speer aus Eschenholz, der noch die Rinde trug, und war sichtlich froh, sich ein Schwert umschnallen zu können und in ein Kettenhemd zu schlüpfen.

Der Bischof trieb sein weißes Pferd aus der Mitte der Krieger heraus und wendete, kaum dass er den Rand erreicht hatte. »Hört mir zu. Ich möchte, dass ihr dort zum Horizont schaut.«

Die Blicke folgten dem Arm des Bischofs.

»Ihr seht die schwarze Rauchfahne, die in den Himmel hinaufragt. Weniger als einen Tagesritt von hier entfernt plündern und morden die Sarazenen. Dort, wo jetzt die Häuser brennen, sollten wir auf Graf Riculf treffen. Ich weiß nicht, ob er noch am Leben ist.«

Einige Reiter sogen scharf die Luft ein.

»Ich weiß auch, dass nicht wenige von euch Fußkämpfern einfache Leute sind, die den Krieg hassen und zu Hause wichtige Arbeit liegen lassen mussten. Manche sind nicht einmal verpflichtet, mir zu folgen, und wurden dafür bezahlt.«

»So ist es«, rief jemand. »Weil die Herren zu feige sind, selbst zu gehen!«

»Das sind die Dinge, die wir nun nicht mehr ändern können. Aber ich will euch sagen, was geschieht, wenn wir nicht kämpfen. Die Sarazenen – und ich kenne sie gut – werden die Bewohner jedes Ortes, den sie überfallen, fragen, ob sie den wahren Glauben verlassen und ihren Heidengott anbeten wollen. Wer das tut, wird verschont. Nicht ein einziges Ei, nicht einen winzigen Holzlöffel rauben sie ihm. Ihr wisst, wie schwach der Glaube angesichts des Todes werden kann. Wenn wir die Sarazenenbrut nicht aufhalten, geben wir ehrbare Christenmenschen der Versuchung und der Hölle preis. Die Standhaften geben wir in den Tod.«

»Und was ist mit uns? Wir sterben auch, wir sehen Haus und Familie nicht wieder.«

»Wenn ihr sterbt, dann seht ihr sie wieder. Auf der neuen Welt.«

»Warum haben wir keine Reliquien aus Turin bei uns? Vielleicht würden sie uns Schutz geben!«

Claudius warf einen zornigen Blick in die Runde. »So? Die Reliquien retten uns? Und wie tun sie das, bitte? Was tun die Knochen eines Fingers, ein Fetzen Leinenstoff, ein Tropfen getrocknetes Blut oder ein Haar, wenn die Sarazenen ihre Säbel ziehen? Nichts!«

Biterolf erschauderte. Obwohl er die Ansichten seines Bischofs kannte, machte ihm das eben Gehörte Angst. Verlegen zupfte er an der Mähne seiner Stute herum. Er konnte nicht mit ansehen, wie den Leuten die Münder offen standen, wie sich Enttäuschung und Verwirrung in ihren Zügen mischten.

»Allmächtiger Gott«, begann Claudius, und sofort senkten sich alle Köpfe zum Gebet. »Ich erschrecke deine Kinder, und ich bitte dich um Vergebung dafür. Lass sie in den kommenden Tagen spüren, dass deine unsichtbaren Hände kräftiger sind als jede Reliquie. Gib uns den Sieg über die Heidenbrut, die unser Land anfällt. Gib uns den Sieg über unsere Angst und über unsere Zweifel. Wir danken dir, dem Bewahrer der Zeit, dem König aller Könige. Amen.«

Biterolf öffnete die Augen, da hatten sich Reiter und Fußvolk schon in Bewegung gesetzt.

Riculf war am Leben. Er wartete inmitten schwelender, schwarzer Ruinen, um sich herum im Mindesten so viele Reiter und

Fußkämpfer, wie Claudius mitbrachte, dazu Packpferde mit Wasserschläuchen und Proviant, Zelten und Stangen.

Der Graf trug einen prächtigen Waffenrock, der, viergeteilt, rote und blaue Flächen zeigte. Goldene Stickereien prangten darauf. Im Gesicht des Grafen prangte ein rund gestutzter Bart. An den Augen blieb Biterolf länger hängen. Er kannte graue Augen bisher nur als kühl, zurückhaltend oder stechend, aber diese waren groß und glühten.

»Seid Ihr Bischof Claudius?«

»Ja.«

»Ich hatte nicht erwartet, Euch persönlich hier anzutreffen, Ehrwürden.«

»Hoffen wir, dass das die letzte Überraschung dieser Tage war. Ihr konntet das Dorf nicht retten?«

»Nein. Wir kamen an, als die Flammen das meiste verzehrt hatten.«

»Was ist mit den Bauern?«

»Wenn noch welche leben, sind sie wohl in den Wald dort geflohen.«

Weder Riculf noch Claudius sahen zum Wald. Sie musterten sich.

Zwischen den verkohlten Häusern entdeckte Biterolf den Rand eines Brunnens. Der Qualm hatte sich ihm schwer auf die Zunge gelegt, und seine Kehle war so trocken, dass es wehtat, wenn er schluckte. Für mich selbst will ich nicht bitten, dachte er, aber ich könnte die Pferde erwähnen. Die sollten Claudius wichtig sein. Er hustete. »Verzeiht, dort hinten ist ein Brunnen. Sollten wir nicht die Pferde tränken?«

»Sosehr sie Wasser brauchen – dieser Brunnen wird nicht mehr zu benutzen sein. Seht Ihr die Bäume, Biterolf?«

Zuerst konnte der Notar in der gewiesenen Richtung keinen

Baum finden. Dann erkannte er umgeschlagene Stämme. Die Baumkronen waren teilweise verbrannt.

»Das sind Obstbäume. Die Sarazenen haben sie gefällt. Es würde mich wundern, wenn nicht auch einige tote Tiere im Brunnen liegen. Wer Felder verbrennt und Bäume fällt, der vergiftet auch den Brunnen.«

»Zeit, dass ihnen jemand entgegentritt. Spalten wir ihnen die Schädel!« Riculf wendete den Falben, auf dem er ritt, und es folgten ihm grimmigen Gesichts nicht nur seine Männer, sondern auch die des Bischofs.

Das wird Claudius ganz und gar nicht gefallen, dachte Biterolf. Er drückte seinem Pferd die Fersen in die Seiten, und es gelang ihm tatsächlich, es näher an den Bischof heranzuführen. »Herr, ist es –«

»Wenn wir untereinander streiten, können wir den Feind nicht besiegen.«

»Aber Ihr seid der Herr, und er ist Euch zur Heeresfolge verpflichtet!«

»Das weiß er, und das weiß ich. Ich nehme an, es gefällt ihm nicht, unter dem Befehl eines Geistlichen zu stehen. Lassen wir das, Biterolf. Ich werde Riculf dulden, solange ich kann.«

Er beobachtete die Augen des Bischofs an den folgenden Tagen. Sah sie auflodern, als Riculf den Befehl dazu gab, Späher auszusenden. Sah sie schmal werden, als Riculf die Senke hinter einigen Hügeln als Lagerplatz wählte und erklärte, auf dem davor liegenden Feld werde man den Sarazenen entgegentreten. Aber jedes Mal pressten sich die Lippen des Bischofs aufeinander, und er schwieg. Manchmal ritt Claudius allein davon, und wenn er wiederkehrte, sprach er gedämpft und friedlich.

Dann kam der Tag, an dem die Späher die herannahenden

Sarazenen meldeten. Riculf ließ im Morgengrauen die Reiter Aufstellung nehmen, dahinter die Haufen zu Fuß. Er ritt auf seinem Falben vor den Kriegern auf und ab. »Wir erzwingen einen gesammelten Zusammenstoß. Danach ziehen wir uns zurück. Lasst euch nur im Notfall auf einzelne Kämpfe ein.« Er befahl einigen Reitern, ihre Pferde näher zu lenken. »Nur in geordneter Schlachtreihe und gedrängter Aufstellung haben wir die nötige Stoßkraft. Zwischen den Pferden darf kein Handschuh zu Boden fallen! Wir werden sie zerschmettern.«

Claudius saß auf seiner weißen Stute, die ruhig in der Reihe stand. Er trug den blutroten Umhang, im Gürtel ein Beil und am Sattel das gewaltige Schwert und eine metallbeschlagene Keule. Seine Rechte hielt eine Lanze, ähnlich denen der anderen Reiter.

Riculf ließ die Reihe langsam vorwärtsgehen, den Hügel hinauf. Die Fußkrieger folgten ihnen. Hinter den Fußkriegern lief Biterolf. Sosehr er sich auch gesträubt hatte, ihm war der Auftrag erteilt worden, Verletzte vom Schlachtfeld zu ziehen. Als sie auf der Hügelkuppe angelangt waren, sah er es zum ersten Mal: das Schreckgespenst der christlichen Welt, die Geißel der Gläubigen, den reitenden Tod.

Die Ebene quoll über von berittenen dunkelhäutigen Dämonen. Als sie die Christen erblickten, reckten sie ihre Wurfspieße in die Höhe, ihre seltsam geschwungenen Bögen und wie Sicheln gekrümmten Säbel. Ein gellendes Johlen und Kreischen peitschte durch die Luft. Riculf gab mit lautem Ruf den Befehl zum Angriff, und die Sarazenen wurden still, als lauschten sie. Dann donnerte die Antwort aus ihren Mündern: *»Allahu Akbar! Allahu Akbar!«*

Die lange Doppelreihe aus bischöflichen Reitern gewann an Geschwindigkeit. Bald jagten sie in gestrecktem Galopp über das Feld, die gesenkten Lanzen vor sich. Biterolf spürte das Donnern der Hufe bis in die Knie hinauf. Bevor die Reiter jedoch auf das Sarazenenheer prallen konnten, teilte sich dieses wie ein Vorhang. Manchem Reiter landete ein Wurfspieß im Rücken, andere waren plötzlich von vier Krummsäbeln umgeben. Die Sarazenen schossen den schwer Gepanzerten aus kurzer Entfernung Pfeile in den Hals oder zielten auf die Leiber ihrer Pferde. Überall gingen Christen zu Boden.

»Zurück!«, schrie Claudius. »Zurück!«

Biterolf konnte ihn sehen, wie er das Pferd wendete. Der Bischof schwang das große Schwert über dem Kopf. Die Sarazenen wichen ihm aus. Auch Riculf hatte das Pferd gedreht. Ohne überhaupt eine Klinge gekreuzt zu haben, kehrten die Fußkrieger zum Hügel um.

Die Sarazenen verfolgten die fliehenden Reiter, bis sie in die Nähe der Fußkrieger kamen.

Es blieb bei diesem einen Zusammenstoß. Die Bischöflichen verschanzten sich auf dem Hügel, und die Sarazenen schlugen wenige Hundert Schritt entfernt ihr Lager auf. In der Dämmerung hörte Biterolf Lieder mit fremdartigen Tonfolgen aus den feindlichen Zelten herüberwehen.

»Sie haben Barden, die ihnen aus dem Koran singen. Manchmal singen sie auch Heldenlieder, um die Krieger mutig zu stimmen«, erklärte Claudius.

Dreißig verlorene Reiter wurden gezählt. Unter den Toten waren zwei Grafen und ein Abt. Biterolf fröstelte, wenn er über das Feld blickte, das mit Verletzten, Leichen und verendenden Pferden übersät war. Die Verwundeten schrien, bis die Sarazenen sie mit ihren Spießen töteten.

Vielleicht war all dies ein Fluch Gottes. Wie konnte er es

hinnehmen, dass sein Bote, sein Vertreter das Schwert führte? Die bischöfliche Klinge war blutig gewesen, als Claudius vom Feld zurückgekehrt war. Der Kirchenfürst hatte getötet.

Biterolf musste gegen ein Schwindelgefühl ankämpfen, aber es brannte ihm eine Frage auf der Zunge: »Hat nicht Kaiser Ludwig erst letztes Jahr bekräftigt, dass Geistliche keine Waffe tragen dürfen?«, fragte er seinen erschöpften Herrn.

»Ich hätte Riculf zurückweisen müssen. Es war die falsche Art, Sarazenen anzugreifen«, murmelte Claudius.

Er hatte ihm befohlen, nicht immer ›Jaja‹ zu sagen. Er musste ihn auf den großen Fluch hinweisen, der seinetwegen auf der Schlacht lag. »Ehrwürden, Ihr seid Kämpfer eines höheren Königs, Ihr leistet Kriegsdienst im Heerlager Gottes! Sollte Eure Waffe nicht das Gebet sein? Ihr vertraut auf irdische Waffen, dabei solltet Ihr das geistliche Schwert führen und nicht das irdische.«

Der Bischof ließ ein bitteres Lachen hören. »Natürlich, auf zahllosen Synoden hat man das so gesagt, nicht zuletzt, weil der mächtige Bonifatius es gefordert hat.«

»Ja, und er ist zum Märtyrer geworden! Hätte er seinen Männern am Doorn nicht den Kampf mit der Waffe gegen die herandringenden Friesen verboten, hätte er vielleicht gerettet werden können.«

»Bonifaz war damals achtzig Jahre alt. Das war die beste Möglichkeit, den sowieso schon ungeheuer großen Ruhm, der ihm anhaftete, noch stärker zu machen.«

Biterolf fühlte sich, als hätte man ihn geschlagen. »Wie könnt Ihr so etwas sagen?«

»Ich sage nur, dass die Bischöfe seit eh und je Waffen tragen.«

»Und das Konzil in Mainz vor fünf Jahren?«

»Lest die Beschlüsse von achthundertdreizehn genau, mein lieber Biterolf! Da ist die Rede von *presbyteri* und *diaconi*, aber darüber, dass Bischöfe keine Waffen tragen dürfen, ist nichts gesagt.«

»Aber das meint doch auch die Bischöfe. Wollt Ihr sagen, dass nur den Priestern das Waffentragen –«

»Die Sache ist zweischneidig, und das war sie schon immer. Der große Kaiser, Karl, hat zwar die Verbote nicht zurückgenommen, aber er hat seine Geistlichkeit gleichzeitig dazu gezwungen, mit ihm in den Krieg zu ziehen. Nicht die einfachen Priester, natürlich, sondern die Bischöfe und Äbte, weil sie ihre Vasallen haben. Auch Ludwig braucht mich hier nicht nur als geistlichen Führer, sondern genausogut als Heerführer. Ich Torfkopf habe mich bloß von einem starken Grafen dazu verleiten lassen, den Mund zu halten, obwohl meine Erfahrung das Unglück hätte verhindern können.« Der Bischof richtete das Gesicht zum Nachthimmel auf. »Vergib mir, Vater!«

»Aber findet Ihr nicht, dass sich der Kriegsdienst und der Dienst für Gott schlecht miteinander vereinen lassen?«

Claudius schüttelte den Kopf. »Meint Ihr, Ludwig hätte mich ohne Hintergedanken in die verwilderte Diözese Turin geschickt? Da täuscht Ihr Euch. Ihr denkt, anderswo sind die Bischöfe zahm wie eine Schoßkatze? Wie, denkt Ihr, ist Bischof Hildegar von Köln bei der Iburg erschlagen worden? In der Schlacht gegen die Sachsen! Genauso Gerold von Mainz. Ist Euch entfallen, dass Erzbischof Angilram von Metz, der Leiter der kaiserlichen Hofkapelle, *anno Domini* siebenhunderteinundneunzig auf dem Feldzug gegen die heidnischen Awaren starb?«

»Und Gott? Was ist mit seinem Gebot, nicht zu töten? Solltet nicht gerade Ihr als sein Vertreter auf Erden ein Vorbild für das verdorbene Menschengeschlecht sein?«

»Gottes Sohn sagte selbst, wie Matthäus berichtet: *Reddite Caesari, quae Caesaris sunt* – gebt dem Kaiser, was des Kaisers ist. Legt Euch schlafen, wackerer Notar. Morgen werden wir den Sarazenen Gleiches mit Gleichem vergelten.«

Als sich Biterolf schon in die Decken gerollt hatte, hörte er den Bischof noch leise sagen: »Und Dank Euch, dass Ihr den Mut habt, mich auf einen Fehler hinzuweisen. Ihr mögt im Unrecht sein, aber ohne Männer wie Euch wäre ich verloren.«

O Vater, betete Biterolf lautlos, bevor er einschlief, warum schlägst du einen Mann wie diesen mit Blindheit?

Es waren nur feine, dünne Tropfen, aber sie stachen nadelscharf in den Nacken und ins Gesicht. Wie ein böser Traum lag das Feld im Regen da, blutgetränkte, dunkle Erde. Dampfwolken schwebten einen halben Schritt über dem Boden und die Stimmen der Krieger waren dumpf, als hätten sie einen Lumpenpfropfen im Hals. Claudius wartete geduldig, bis sich die Gesunden in Haufen aufgestellt hatten. »Die Verletzten bleiben in den Zelten und beten, wenn sie das noch können«, befahl er.

»Wollt Ihr nicht auch beten und bei ihnen bleiben?«, fragte Riculf.

Claudius tat, als hätte er es nicht gehört. »Wir sind gestern bitter geschlagen worden. Einen zweiten solchen Tag darf es nicht geben, sonst ist alles verloren. Es ist deutlich geworden, dass die Sarazenen ihre Pferde beherrschen, wie wir Gerüsteten unsere nie beherrschen werden. Deshalb können wir sie in einem Aufprall von vorn nicht besiegen. Sie weichen uns aus, und wenn sie unsere Reihe im Rücken angreifen, sind wir wehrlos. Deshalb werden wir heute in zwei Gruppen angreifen, und diese Gruppen werden die Form eines Keils haben.«

Riculf stieß einen verächtlichen Laut aus. »Unsinn! Unsere Kraft aufzuteilen macht uns schwächer.«

Unerwartet schnell wendete Claudius die Araberstute und preschte auf den Grafen zu. Er kam hart vor ihm zu stehen und donnerte, jede Silbe betonend: *»Sic volo, sic iubeo.«* So will ich es, und so befehle ich! Lange drangen die Blicke der beiden Männer ineinander, bis Riculf die Augenlider senkte.

»Ihr, Riculf, werdet an der Spitze der einen Gruppe reiten, ich führe die andere an. In der vorderen Reihe im Keil stehen schwer gerüstete Berittene, innen schlechter gerüstete.« Claudius führte die weiße Stute zu den Fußkämpfern. »Zwanzig von euch hier herüber.« Er wartete, bis sich zwanzig Männer gefunden hatten.

»Ihr werdet bei den Bogenschützen bleiben, um sie bei einem Ausfall der Sarazenen zu bewahren. Die Sarazenen haben kurze Bögen, weil sie sie auf dem Pferd mit sich führen. Unsere Bögen tragen weiter. Deshalb werden wir heute«, er drehte den Kopf zu den Reitern, »erst beim zweiten Ruf angreifen. Der erste Ruf bedeutet, dass die Bogenschützen ihre Bögen in den Himmel heben und den Pfeil lösen. Es sind zwar ungezielte Schüsse, aber sie werden bis zu den Sarazenen reichen und einige von ihnen treffen. Nehmt Aufstellung!«

Wie befohlen, bildeten die Reiter zwei keilförmige Gruppen, deren Spitzen in Richtung der Sarazenen zeigten. Die Bogenschützen nahmen Stellung auf der einen Seite des Hügels, die Fußkrieger, bis auf die zwanzig, auf der anderen Seite.

»Wenn ihr die Lanze verloren habt«, rief Claudius, »dann zieht das Schwert und verwickelt sie in ein Handgemenge, so schnell es geht. Gott mit uns!« Die weiße Stute lief voran, und Reiter, Schützen und Fußkrieger folgten ihr den Hang hinauf bis zur Kuppe.

Auf der anderen Seite hatten sich die Sarazenen versammelt. Nicht in starrer Aufstellung; wie ein Bienenvolk um den Bau schwirrt, so ritten sie kreuz und quer, waren ständig in Bewegung. Beim Anblick der Feinde hoben sie ihre Kurzschwerter und Spieße in den grauen Regenhimmel hinauf und johlten.

Dieses Mal sah Biterolf dem Angriff nicht zu. Als er das *»Allahu Akbar!«* hörte, das Peitschen von zurückschnellenden Bogensehnen und das Sirren der Pfeile, sank er auf die Knie. Bald zitterte der Boden unter den Hufschlägen der aufeinander zupreschenden Reiter. Er hob die Arme zum Himmel hinauf und betete. »Vater, vergib uns, dass wir diese Heiden töten. Verfluche nicht unsere Waffen, weil Claudius unter den Kriegern ist. Gib uns den Sieg, damit die Heiden sehen, wer der wahre Gott ist, und nicht weiter Steine anbeten. Zeige ihnen deine Macht. Du bist dem Götzen Allah überlegen. O Allmächtiger, wir sind böse Kinder, aber du liebst uns dennoch. Lass uns deine Hilfe zukommen.«

Laute Schreie und das Klirren und Scheppern von Klingen zwangen ihn, die Augen zu öffnen. Er konnte das weiße Pferd des Bischofs nicht mehr sehen. Die Fußkrieger waren nach vorn gestürmt und in Kämpfe mit teils berittenen, teils zu Fuß kämpfenden Sarazenen verwickelt. Wo war Claudius? Und wo Riculf? Auch den rot-blauen Waffenrock konnte Biterolf nicht sehen.

Endlich entdeckte er den Bischof und den Grafen. Ihre Pferde lagen am Boden. Claudius und Riculf aber standen, umringt von Sarazenen, die Stiefel in den matschigen Boden gestemmt, und fochten Rücken an Rücken.

20

Germunt hatte das Gefühl, aus einem langen und bis in die Kleinigkeiten lebhaften Traum zu erwachen. Er war gerade erst vom Bischof niedergeritten worden, und eine unendlich sanfte Hand streichelte seine Stirn. Sie schrieb wunderschöne Buchstaben auf sein Gesicht, fuhr mit einer Fingerspitze seinen Haaransatz entlang, flog mit dem Rücken über seine Wangen, erfühlte zart seine Nase. Was war das für eine Schrift? Die Schäfte waren lang, die Körper der Buchstaben von liebevoller Bauchigkeit. Germunt sehnte sich mit aller Macht danach, dass sie seinen Mund streicheln würde, damit er sie küssen könne, aber die Hand wahrte sorgfältig jene Grenze zu den Lippen.

Der Name zur Hand war »Stilla«, daran erinnerte er sich. Wo war die Stimme des Arztes? Und warum rügte er seine Helferin nicht für ihre ungeziemlich sprechende Hand?

»Stilla, Ihr stürzt Euch ins Unglück.«

Das war der Arzt. Er war hier, und er sah, wie die Hand mit Germunts Gesicht sprach.

»Ich weiß.« Stilla lächelte, das war deutlich zu hören.

»Woher wollt Ihr wissen, dass sie niemand auf dem Weg hierher beobachtet hat?«

»Ich kann es nicht wissen. Sagt, wie lange wird es dauern, bis er sich von seinen Verletzungen erholt?«

»Ach, Stilla, Ihr fragt nach den falschen Dingen.« Odo schwieg, aber auch Stilla sagte nichts. Sie schien eine Antwort zu erwarten. »So, wie ich ihn vor einem Jahr kennengelernt habe«, gab Odo nach, »wird er sich schneller erholen, als man hinterherschauen kann.«

»Das ist gut.«

Vor einem Jahr. Es war kein Traum gewesen. Er war wirklich in einem brennenden Haus an der Decke entlanggekrochen. Auf einem der Balken hatte er sich versteckt gehabt, als die Büttel einen Fensterladen einschlugen, um in die Höhle zu spähen. Und sie hatten den Nachbarn befohlen, ihre Wände und Dächer mit Wasser zu befeuchten, hatten das Haus angezündet, mochte der Räuber heulen und schreien, wie er wollte. Er hatte sie in die Irre geführt, so donnerten sie, und das sollte seine Strafe sein. Der Rauch, die brennenden Strohteile vom Dach …

»Was wollt Ihr tun«, fragte Odo, »wenn die Bluträcher wieder an meine Tür klopfen? Ich habe vom Kanzler gehört, dass Claudius an der Küste in heftige Kämpfe verwickelt ist. Er soll inzwischen ein Heer von mehreren Hundert Reitern befehligen. So schnell kehrt er nicht wieder, wenn er Turin überhaupt noch einmal lebendig betritt.«

Eine ganze Weile war es still. »Solange es die Möglichkeit gibt, dass Claudius kommt«, sagte Stilla leise, »ist es gut, wenn Germunt hierbleibt.«

»Ich bin oben und arbeite.« Germunt konnte an der Stimme des Meisters erkennen, dass er nicht zufrieden war.

Stilla schien das ebenfalls zu spüren. Ihre Hand wurde stumm, sie lag reglos auf Germunts Stirn. Germunt wartete noch einen Moment, dann machte er einige Geräusche, von denen er meinte, dass sie nach einem Erwachenden klangen, und schlug die Augen auf.

Sofort zog Stilla ihre Hand zurück. »Wie geht es dir?«, fragte sie besorgt.

Germunt ließ den Blick durch den Raum wandern. Er lag auf dem Rücken, der Bauch brannte ihm, als läge Schnee darauf und taue langsam. Er richtete den Blick auf das geliebte Gesicht über sich. »Wie bin ich hierhergekommen?«

»Eine Frau und ein Mann haben dich gebracht.«

»Wie sahen sie aus?«

Stilla stutzte. »Ich bin blind. Vergisst du das?«

»Du bringst dich in Gefahr, wenn du mich hierbehältst.«

»Nein, da irrst du dich. Ich bringe weder dich in Gefahr noch mich selbst. Diese Villa ist der sicherste Ort für dich.«

»Warum sollte das so sein?«

»Überleg doch mal. Wer wäre so dumm, sich zweimal im gleichen Versteck zu verbergen?«

Germunt lächelte. »Ein kluger Schachzug.« Er richtete sich ein wenig auf, stützte den Ellenbogen ab. Seine Hand stahl sich näher an ihr Gesicht heran, bis die Fingerspitzen ihre Wange berührten. Kristallsterne rieselten durch seinen Arm.

Einen Moment hielt sie still, als wollte sie es dulden, aber schließlich erhob sich Stilla. »Du musst hungrig sein.«

Ein Gefühl des Verlustes, ein seltsamer Durst überkam Germunt. Aber er kämpfte ihn hinunter und versuchte, die Lage zu entschärfen. »O ja, ich bin hungrig. Und ich bin furchtbar zugerichtet. Nur die beste Pflege kann mich wieder zum Leben erwecken.«

Stilla lachte. »Du schienst mir eben schon recht lebendig zu sein.«

»Habe ich dich erschreckt?«

Sie tat, als hätte sie es nicht gehört. »So mager, wie du aussiehst, kann dir ein Gerstenbrot nicht schaden.«

An den folgenden Tagen hoffte Germunt umsonst auf Zärtlichkeiten. Häufig war die Magd mit im Raum, aber auch wenn sie es nicht war, hielt Stilla sich zurück. Er wäre ernsthaft in Verzweiflung gestürzt, wären da nicht die kurzen Berührungen gewesen, wie zufällig, wenn sie an seinem Lager vorbeilief oder ihm etwas brachte. Germunt bemühte sich, Stilla ebenfalls von Zeit zu Zeit zu streifen, ohne dass es die Magd bemerkte.

Einmal sah sie es doch. Sie schickte Stilla mit strengen Worten hinaus, um Wasser zu holen. Dann stemmte sie die Hände in die Hüften und feuerte Germunt entgegen: »Junger Mann, wo hast du dein Benehmen gelernt?«

»Was meinst du?«

»Ich habe genau gesehen, wie du das junge Mädchen gerade absichtsvoll an den Schenkeln berührt hast!«

»An den Schenkeln? Ich –«

Die Magd befahl: »Los, steh auf! Du bist scheinbar nicht ausgelastet. Wenn Stilla mit dem Wasser kommt, kannst du Kohl waschen und klein schneiden.«

Germunt gehorchte. Die Verbände, die um seinen Bauch gewunden waren, zwickten ein wenig, aber sonst fühlte er keine Schmerzen.

Als Stilla den Raum betrat, einen tropfenden Holzeimer in der Hand, blieb sie kurz stehen und lauschte, dann setzte sie den Eimer etwas lauter ab als nötig. »Germunt, du sollst dich ausruhen und liegen!«

»Nein, nein«, fiel ihr die Magd ins Wort, »das ist schon in Ordnung. Er wird von jetzt an wieder seinen Teil der Arbeit tun wie jeder rechtschaffene Mensch. Es geht ihm gut. Zu gut vielleicht. Mach dir keine Gedanken. Wenn eines von uns Kleinen krank war, hat meine Mutter stets gesagt: Je mehr man sich wie ein Gesunder verhält, desto weniger Macht hat die Krankheit über einen. Gut, die kleine Wilhelmina hat es trotzdem hinweggerafft, aber …«

Stilla stöhnte entrüstet auf.

»Es bleibt dabei. Und anstatt ihn zu verhätscheln, solltest

du ihm lieber Anstand beibringen. Er kann ja nicht weiter so durchs Leben gehen und alles berühren, wonach ihm ist.«

Germunt sah, wie Stilla errötete, und spürte auch sein eigenes Gesicht heiß werden. Die Magd indes schien wenig gerührt. Sie hatte sich während des ganzen Gespräches nicht von ihren Karotten abgewendet, als wäre die Erziehung junger Männer schon zeitlebens ihr Geschäft gewesen.

Das Zuschlagen einer Tür war vom Empfangsraum her zu hören. Dann Schritte. Stillas Kinnlade klappte herunter. »Wo ist Odo?«, flüsterte sie.

»Oben«, flüsterte die Magd zurück. Ihre Augen wurden groß. »Er wollte erst runterkommen, wenn das Essen bereitet ist.«

Wieder ein Geräusch. Dann eine Stimme, Latein mit fränkischem Zungenschlag: »Ist hier jemand?« Schritte zur Küche hin.

»Schnell! In den Keller!« Die Magd hatte die Bodenklappe schon geöffnet, aber Germunt stürmte an ihr vorbei zum Trog, der an der Wand lehnte. Wie hatte er sich so sicher fühlen können? Er konnte sich gerade noch dahinter niederkauern, da hatten die Schritte die Küche erreicht.

»Wer seid Ihr? Was wollt Ihr?« Stillas Stimme bebte.

Die Magd ließ die Klappe zuknallen und schlug einen energischen Tonfall an. »Ihr könnt hier nicht einfach reinspazieren!«

»Ich suche Germunt.«

Es war nicht Hengist, der klang anders. Vorsichtig schob Germunt den Kopf ein wenig vor, die Wange auf den Boden gepresst, und spähte seitwärts am Trog entlang. Dunkle Stiefel, abgewetzte Lederkleidung, ein Langdolch in verzierter Scheide an der Seite. Sein Blick wanderte hinauf. Der Mann trug fingerlange, schwarze Haare und hatte ein breites, knochiges Gesicht. Das war der Jäger! »Ich bin hier«, sagte Germunt und erhob sich langsam.

»Ihr seid am Leben, das ist gut.«

»Ich bin bei einem Halsabschneider untergeschlüpft. Bis ihm die Büttel auf die Schliche kamen. Jetzt hat man mich hier aufgenommen.«

»Warum verlasst Ihr nicht die Stadt?«

»Bischof Claudius hat versprochen, mir zu helfen.«

»Davon hörte ich.«

»Warum … Warum habt Ihr all das getan?«

»Ich war unterwegs nach Turin, so oder so«, erwiderte Otmar, »und die Rothaarigen haben mich überholt. Gott hat es gegeben, dass kurz darauf ein kaiserlicher Bote heranritt, so dass ich Euch eine Warnung überbringen lassen konnte.«

»Ich meinte eher, warum habt Ihr mich vor Hengist bewahrt, dort in der Gasse bei der Alten Hufschmiede?«

Otmar lächelte und machte eine abwehrende Handbewegung. »Wir haben keine Zeit für Fragen. Ich bin hier mit guter Nachricht und schlechter Nachricht. Euer Bischof hat die Sarazenen in die Flucht geschlagen und ist auf dem Weg hierher. Er wird noch heute Abend Turin erreichen. Auch der Graf hat davon erfahren, und seine fränkischen Besucher. Die Franken warten vor dem Bischofspalast auf Euren Herrn, und der Graf hat alle Augen und Ohren der Stadt geweckt, um Euch auf dem Weg zum Bischofshof abzufangen.«

»Dann bleib hier«, entfuhr es Stilla. »Der Bischof wird sicher in den nächsten Tagen nach dir fragen, und dann kann er vielleicht hierherkommen.«

»Unmöglich.« Germunt kniff die Augen zusammen. »Die Brüder der Irene sind mit der Zunge so gewandt wie mit den

Klingen. Sie würden Claudius davon überzeugen, dass sie mich rechtmäßig töten wollen, und sie müssten nicht einmal lügen. Ich will da sein, wenn sie mit ihm sprechen.«

Otmar schüttelte langsam den Kopf. »Ich weiß keinen Weg, Euch sicher durch diese Stadt zu bringen. Die Büttel mag man erkennen, wenn es auch schwer ist, sie zu umgehen. Aber was ist mit all den falschen Bettlern, den Spitzeln, den geldgierigen Händlern, die sich bei ihrer Kundschaft für den Grafen umhören und den Handwerkern, die sich mit dem Grafen gut stellen wollen?«

»Habt Ihr Euren Bogen dabei?«

»Ich habe ihn außerhalb der Stadt im Wald verborgen, um nicht so leicht erkannt zu werden. Die Rothaarigen würden inzwischen auch mich gern tot sehen.«

»Was ist, wenn ich mich verkleide?« Germunt wandte sich zur Magd. »Würdet Ihr mir Eure Kleider leihen?«

»Also, das ist doch …« Die Angesprochene stemmte die Hände in die Hüften. Dann wanderte ihr Blick durch den Raum. »Aber ich habe da einige Lumpen aufbewahrt –«

»Wunderbar.« Germunt zog sich das Hemd über den Kopf. »Stilla, könntest du …«

»Ja, natürlich.« Die Blinde trat zu ihm heran und begann, seinen Verband abzuwickeln.

Germunt hielt die Arme über dem Kopf verschränkt. Sie weiß schon ohne Worte, was ich brauche, dachte er. Er hätte sie abküssen mögen, wäre da nicht der Gedanke gewesen, dass in den nächsten Stunden alles zu Ende gehen konnte. »Ich danke dir«, sagte er so leise, dass nur sie es hören konnte.

»Pass gut auf dich auf«, war ihre gleichfalls leise Antwort.

»Otmar, würdet Ihr ein altes Mütterlein durch die Stadt führen?«

Der Jäger verzog leidvoll das Gesicht. »Gibt es keine andere Lösung? An jeder Ecke wird man denken: Dieses Mütterchen haben wir hier ja noch nie gesehen! Und irgendwo will dann ein Büttel, dass Ihr Euer Gesicht zeigt.«

»Habt Ihr einen besseren Vorschlag?«

Otmar schwieg einen Moment. »Nein.«

»Dann seid Ihr bereit?«

»Ich mache es. Aber ohne Bogen kann ich nicht viel für Euch tun, wenn sie uns entdecken.«

»Das ist in Ordnung. Sie werden keinen Verdacht schöpfen. Ich werde die ganze Zeit vor mich hin reden und so gut das Alter nachahmen, dass niemand auf falsche Gedanken kommt. Im Hinken habe ich Übung.« Germunt krümmte seinen Rücken, tastete sich mit schlurfenden, kleinen Schritten an Otmar heran und begann zu krächzen: »Als ich noch jung war, da gab es so etwas nicht. Nein, so etwas gab es da nicht. Da hätten die Ältesten gleich gesagt, dass es so etwas bei uns nicht gibt, und damit wäre es geklärt gewesen. Aber heute, da kann man sich ja ungestraft gehen lassen. Nein, früher hätte es das nicht gegeben.« Er richtete sich auf. »Gut so?«

Otmar presste die Lippen sorgenvoll aufeinander, aber Stilla und die Magd lächelten.

Als die Magd den Raum verlassen hatte, um die Lumpen zu holen, rührte Stilla an Germunts Arm: »Darf ich mitkommen?«

»Nein, du wirst mit dem Bischofshof in Verbindung gebracht. Das macht die Sache gefährlicher.«

»Aber ich könnte doch in einiger Entfernung …«

»Das ist nicht gut.« Germunt ließ seine Hosen fallen und nahm aus der Hand der Magd, die in den Raum trat, ein Bündel Lumpen. Ein alter Rock war darunter, den zog er an.

»Deine behaarten Beine sind noch zu sehen«, bemerkte

die Magd und wies auf die Unterkante des Rocks, die zwischen Germunts Knien und seinen Fußknöcheln hin und her schwang.

Ungerührt wühlte Germunt weiter in dem Lumpenhaufen. »Habt Ihr ein Stück Seil für mich?«

Die Magd verschwand. Als sie mit einer zerfaserten Leine zurückkehrte, nahm Germunt sie schweigend entgegen, hielt sie dem Jäger hin und hieß ihn sie in drei Teile zerschneiden. Dann wickelte er sich Lumpen um die Füße und führte die dunklen Stoffe bis zum Knie hinauf. Behände wanden seine Finger je ein Seilstück darum und knoteten es oberhalb des Knies fest. Um die Schultern band sich Germunt einen Buckel aus Stofffetzen, schließlich legte er sich ein löchriges Tuch über den Kopf und neigte seinen Oberkörper vor. Das Tuch hing tief in sein Gesicht. Abrupt richtete er sich wieder auf. »Gehen wir.«

21

Turin summte wie ein Bienenkorb im Frühling. Genüsslich atmete Biterolf den Blumenduft ein, der über der Straße schwebte. Die Menschenmenge, durch die er mit den Kriegern in einer langen Kette ritt, bebte. Wer unter den Turinern ein gutes Kleid besaß, hatte es angezogen. Junge Mädchen warfen Blumen, Kinder jubelten, Männer klopften den vorbeilaufenden Pferden anerkennend auf die Flanken und tätschelten mitunter auch das Bein eines Reiters. Sie lieben ihren Bischof, dachte Biterolf, den siegreichen Streiter, der die Sarazenen zurückgeschlagen hat. In ihren Augen ist er ein Held, er erlaubt ihnen, hinaufzuschauen und aufgehoben zu werden aus dem hungrigen, schäbigen Leben.

Endlich war das Misstrauen beseitigt. Keine Zweifel mehr an den Lehren, die Claudius von der Kanzel verkündigt hatte, kein Gemurmel mehr in den hinteren Reihen. Es würden nun klare Verhältnisse herrschen. Der Bischof würde die führende Kraft in Turin sein, und niemand würde es wagen, seine Worte infrage zu stellen.

Die hinteren Reihen … Tatsächlich, dort stand ein breitschultriger Mann, der die Arme vor seiner Lederschürze verschränkt hielt und grimmig dreinblickte. Und ein Stück weiter lösten sich drei Frauen aus der Menge und verschwanden in einem Hauseingang. Hatte ihr Gesicht nicht steinerne Verachtung gesprochen? Das Lachen und Johlen der Menschen verlor seine Fülle in Biterolfs Ohren. Es klang hohl, brüchig.

Unaufhaltsam schwand das Hochgefühl aus seiner Brust. Er bemerkte immer mehr verärgerte Frauen und Männer und sah, wie sie sich Worte zuraunten. Sie schauten mit Furcht und

Misstrauen auf den Bischof, nicht mit Bewunderung. Herabgezogene Mundwinkel, schmale Augen, Wegducken, wenn der Blick des Bischofs auf sie fiel. Biterolf meinte, das Wort »Dämon« zu hören. Ihm fielen die Schreie der Verstümmelten wieder ein, die er gehört hatte, die Bilder von Blut und Gewalt, die sich ihm eingeprägt hatten. Die Hälfte der Männer war auf dem Schlachtfeld ums Leben gekommen, und von den Überlebenden kehrte ein Teil als Krüppel heim. Hatte er sich tatsächlich über den Jubel gefreut, der doch letztlich dem Krieg und dem Töten galt?

Auch wenn die vorderen Reihen die Heimkehrer feierten, das Misstrauen hatte die Turiner Bevölkerung nicht verlassen, so viel war unverkennbar.

Biterolf zog die Zügel an. »Ho.« Er löste seinen Fuß aus dem rechten Steigbügel und ließ sich aus dem Sattel gleiten. Schweigend reichte er einem Langobarden die Zügel seines Pferdes. Der Jubel fing an, ihm wehzutun. Wir dürfen jetzt nicht blind sein, dachte sich Biterolf, während er seinen umfangreichen Körper durch die Menge drängte. Es ist besser, ich lasse mich von der Feier nicht blenden. Vielleicht konnte er den Bischof vor Schaden bewahren, wenn er die Augen offen hielt.

Büttel. Warum waren überall Büttel?

Ob Odo genauso dachte wie er? Biterolf empfand Zuneigung für den alten Meister, der besser schweigen konnte als irgendjemand, den er kannte. Selbst dann, wenn er sicher sah, dass sein Gegenüber im Unrecht war. Das musste wirkliche Weisheit sein, wenn man überlegen war, aber es für sich behalten konnte. Odo hielt auch nichts von solchen Empfängen, ganz sicher. Ach, wie gut es sein würde, wieder mit Germunt in der Schreibstube zu stehen, das Schaben der Kiele auf dem Pergament, der Tintengeruch!

Biterolf spürte den Blick eines Reiters auf ihm ruhen. Als er hinaufsah, stockte ihm der Atem. Rotschimmel. Gelber Umhang. Als Kopfbedeckung eine Brokatmütze. Kleine Ohren. Breit gestutzter Bart, kalt-blasse, schwulstige Lippen. Und ein kalter Schielblick, den es nur einmal in Norditalien gab. Die Macht in Person sah ihn an: Suppo.

Auf der einen Seite neben dem Brescianer führte Godeoch sein Pferd, auf der anderen Seite ritt ein totenbleicher Jüngling. Mit unbewegten Mienen ließen sie ihre Rosse gegen den Strom der Menge anlaufen, und auch Suppo nahm seine Augen von Biterolf, um wieder über die Menschen hinwegzublicken, als habe er nichts mit der Welt des einfachen Volkes zu tun.

Biterolf presste sich Daumen und Zeigefinger in die Augenhöhlen. Was wollte Suppo in Turin? Er hatte das Gefühl, das Leben, wie er es in den vergangenen Jahrzehnten geführt hatte, nahm eine fremde Form an, und sie gefiel ihm überhaupt nicht. Suppo und Godeoch einig beisammen. Was konnte einer Stadt Schlimmeres geschehen?

Es hieß, dass Suppo zusätzlich zu seinem Grafenamt in Brescia gerade Graf von Spoleto geworden war. Seine Familie unterhielt hervorragende Beziehungen zum Kaiser, ihm gehörte jedes zweite Feld in Norditalien.

Während sich Biterolfs Gedanken überschlugen, lief er einem Wachposten in die Arme. »Immer hübsch aufpassen, wo Ihr hinlauft, ja?«

Wortlos drückte er sich am Büttel vorbei. Eine Hand legte sich schwer auf seine Schulter.

»Bekritzelt Ihr auch für den neuen, verruchten Bischof Pergamente? Pfui, sage ich. Habt Ihr Germunt gesehen?«

Biterolf drehte sich zur Hälfte um und sah, wie der Bewaffnete für einen prüfenden Blick den Kopf nach vorn neigte.

»Man wird ja mal fragen dürfen.« Das Gesicht schnellte hoch und grinste.

»Ist er nicht am Bischofshof?«

Der Büttel lachte. »Schon lange nicht mehr! Er hat sich irgendwo verkrochen. Aber die vier fränkischen Herren werden schon dafür sorgen, dass ihn Claudius für vogelfrei erklärt. Sie erwarten ihn am Bischofspalast, er braucht gar nicht erst Reisemüdigkeit vorzutäuschen, an denen kommt er nicht vorbei.«

Die Franken waren in Turin. Biterolf spürte seine Zunge an der Wurzel hart werden. Übelkeit stieg in ihm auf. Deshalb die vielen Büttel!, dachte er. Godeoch will meinen Schüler abfangen. Das würde den Befreiungsplan vereiteln.

Inmitten der Menschenströme stand er und drehte sich langsam im Kreis. An nahezu jeder Straßenkreuzung waren Bewaffnete postiert. Er musterte ihre Gesichter. Das waren keine gelangweilten Wachposten. Die Männer waren aufmerksam, sie suchten wie Raubtiere nach ihrem Opfer.

Erst unter dem Schutz des Bischofs war Germunt sicher. Wenn er vorher erwischt wurde … Biterolf mochte das nicht zu Ende denken. Germunt musste sehen, dass die Stadt auf den Beinen war. Wenn er eine Ahnung von Claudius' Rückkehr hatte, würde er sich auf den Weg zum Bischofshof machen. Sich durch dieses Büttelheer hindurchzuschummeln war schier unmöglich. Und wenn es ihm doch gelang, erwarteten ihn seine ärgsten Feinde am Ziel.

Wie konnte er Germunt helfen, wo er doch nicht wusste, wo sein Schüler sich befand? Irgendwo musste er Nahrung und Obdach gefunden haben, solange er den Bischofshof meiden musste. Womöglich bei Odo? Zumal Germunt dann Stilla nahe sein konnte, in die er sich – zumindest hegte er diesen Verdacht wegen einiger Äußerungen und Blicke Germunts – verguckt hatte. Er überlegte. Welchen Weg würde Germunt zurücklegen, um von Odos Villa zum Bischofspalast zu gelangen?

Eilig lief er los. Sollte er mit Germunts Unterschlupf recht haben, gelang es ihm vielleicht, ihn auf der Wegstrecke abzufangen und zu warnen. Und wenn er es nicht schaffte? Als er einen Haufen sich balgender Jungen passierte, griff er blind hinein und zerrte einen von ihnen am Genick heraus. Der magere Kleine schlug um sich, aber Biterolfs Bauch war gegen Kinderhiebe unempfindlich. »Hör mir zu, du wirst belohnt!«

Der Junge winselte, aber hielt still.

»Ich möchte, dass du zu Odo läufst und ihm etwas sagst. Kennst du sein Haus?«

»Meister Odo? Bei der Straße nach Pavia?«

»Richtig. Wenn du ihm meine Botschaft überbringst, sollst du drei saftige Äpfel erhalten.«

»Lasst mich los.«

Biterolf löste seinen Griff.

Der Kleine drehte sich um und musterte ihn. »Ich tu's. Ihr seid doch vom Bischof, oder?«

»Ja. Dort bekommst du auch deine Belohnung.«

»Was ist die Botschaft?«

»Odo soll ohne Verzug zum Bischofshof kommen. Eile dich!«

Der Kleine nickte und stob davon.

Seit Jahrzehnten verspürte Biterolf das erste Mal Lust zu verreisen. Er wünschte sich in eine andere Gegend, eine andere Stadt. Verächtlich belächelte er sich selbst. Meinte er, ein anderer Herr hätte keine Feinde? Irrsinn.

Er hörte wütende Schreie. Ein altes Mütterchen und sein Begleiter kämpften sich durch die Menge, gefolgt von drei Bütteln. Einer der Büttel steckte zwei Finger in den Mund und stieß einen gellenden Pfiff aus. »Hierher«, rief er. Daraufhin bahnten sich von überallher Büttel ihren Weg durch die Menschenmenge. Verwundert sah Biterolf, wie sich der Begleiter des Mütterchens von ihm löste und sich hastig entfernte. Der Mann war regelrecht von Entsetzen ergriffen, er stieß die Leute beiseite, sprang über eine Ziege und verschwand in einer Gasse. Von allen Seiten näherten sich die Büttel der Alten. Sie versuchte, sich von ihnen fortzukämpfen, aber der Menschenwald war zu dicht, sie kam nicht schnell genug hindurch. Die Büttel packten sie und warfen sie zu Boden. Ein Kreis von Schaulustigen bildete sich um sie herum.

Biterolf reckte den Hals, aber er konnte keinen Blick in den Kreis erhaschen. Er drängte sich weiter nach vorn.

Eine Männerstimme rief triumphierend: »Hab ich's euch nicht gesagt? Das Weib ist ein Mann!« In der Menge brandete Gelächter auf.

Das vermeintliche Mütterchen erhob sich. Biterolf fühlte ein kaltes Stechen auf seinem Gesicht. Aus seinen Beinen wich jede Kraft, als sei er vom Fieber geschüttelt. Das Mütterchen war Germunt. Sein Schüler warf sich die Lumpen von den Schultern. Er blickte in die Menge, wie ein gehetzter Hirsch der Meute von Hunden entgegensieht.

»Sieh einer an, wen haben wir denn da?«

In Germunts Rücken lösten sich zwei Büttel aus dem Kreis und pirschten sich an ihn heran.

»Germunt!« Biterolfs Schrei hallte zwischen den Häuserwänden hin und her.

Germunt wirbelte herum, duckte sich unter einen Fausthieb und griff einem der Büttel an den Gürtel. Eine Klinge blitzte. Hastig zogen sich die beiden Wachen zurück, und nun zückten alle in der Runde ihre Schwerter.

»Ich werde Euch meinen Tod etwas kosten lassen.« Germunt hieb das erbeutete Schwert durch die Luft.

»Der Kerl ist tatsächlich gefährlich.« Es lag kein Spott in der Stimme des Büttels, beinahe war es Anerkennung. »Jetzt verstehe ich, warum Godeoch uns gewarnt hat.«

»Wir sollten den Grafen holen.« Zwei Bewaffnete verschwanden in der Menge.

»Was hast du getan, Kleiner?«

»Ich habe mich gegen Folter und Demütigung gewehrt.«

Ein Raunen ging durch die Menschenmenge.

»Deshalb verfolgt dich unser Herr?«

»Nein, das hat mit mir nichts zu tun. Es ist eine Sache zwischen ihm und dem Bischof.«

Ein klein gewachsener Büttel warnte: »Glaubt ihm nicht! Er will uns auf seine Seite ziehen.« Verunsichert blickten die Wachen zwischen ihrem Gefährten und Germunt hin und her.

Schließlich sagte ein bärtiger, stämmiger Mann, dessen Schwert viele Scharten hatte: »Hör zu, Junge, es ist gar keine Frage, dass wir tun, was unser Herr befiehlt. Aber du sollst wissen, dass ich dich nicht verachte oder hasse. Tu du deinen Teil, wir tun unsern, und der Herrgott möge uns allen vergeben.«

Biterolf arbeitete sich näher heran, sodass er hinter einem Büttel zu stehen kam. Wenn Germunt aus dem Kreis zu fliehen versuchte, wollte er ihm eine Lücke bieten, die sich vor seinen Verfolgern wieder schloss. Zwischen den Rücken zweier Bewaffneter konnte Biterolf hindurchschauen. Germunt kniete am Boden, als wolle er beten. Die Wachen schienen das zu respektieren, denn sie standen still, fast andächtig. Als Germunt wieder aufstand, fielen die Lumpen herab, die seine Beine und Füße bedeckt hatten. Barfuß trat er aus seinen Hüllen.

Ein Pferdewiehern ertönte. Durch eine Gasse, die sich rasch

in der Menge bildete, ritten Suppo, Godeoch und der bleiche Jüngling heran. Godeoch überragte die beiden um einen halben Kopf, aber er wirkte schmal in seiner Lederkleidung, während sich neben ihm die Umhänge Suppos und des Jünglings blähten, als ergriffen sie in der Luft Besitz von allem, was sie umgab. Der Jüngling trug einen Umhang von edlem, hellem Grau, Suppos Umhang war von leuchtendem Gelb. Als sie den Kreis erreichten, sprang Godeoch vom Pferd, die Augen finster, aber ein grimmiges Lächeln auf den Lippen. »Die Ratte ist uns in die Falle gegangen, wie ich sehe.«

»Herr, er trug die Kleider eines alten Weibes«, klagte der kleinwüchsige Büttel. »Damit wollte er uns in die Irre führen.«

»Ich bin nicht blind.«

Als sich Godeoch wieder Germunt zuwandte, wog dieser das erbeutete Schwert in den Händen.

»Oh, wie ich sehe, möchte die Ratte noch ein wenig beißen! Nur dumm, dass ein Straßenjunge den Umgang mit der Waffe nicht beherrscht.«

Germunt antwortete leise: »Ich bin in meiner Kindheit zum Kämpfen erzogen worden, genau wie Ihr.«

Die gräflichen Augenbrauen hoben sich verblüfft an. Nach einem Moment des Schweigens zog Godeoch die Klinge aus der Scheide, ein schneidendes Geräusch erzeugend, und schob sich zwischen seinen Bütteln hindurch in den Kreis hinein. »Über kindliche Holzschwerter wirst du wohl kaum hinausgekommen sein.«

Die beiden Männer neigten sich lauernd nach vorn und begannen, sich in kleinen Schritten umeinander herumzubewegen.

Wieder ergriff der Graf das Wort: »Wenn du aufgibst, kannst

du deinen Rächern aufrecht entgegentreten. Hier zu kämpfen wird dich blutig und schwach machen!«

Biterolf stiegen Tränen in die Augen. Er hatte Godeoch mit dem Bischof kämpfen sehen. Es gab keine Möglichkeit für den schmalen Germunt, den Hieben des Grafen etwas entgegenzusetzen. »Germunt«, rief er, »ergib dich!«

»Biterolf? Du?« Verwirrt drehte Germunt den Kopf.

»Der Graf kämpft wie der Leibhaftige. Bitte, ich will nicht sehen, wie er dich zerstückelt.«

»Oh, danke für die Ehre!« Nun sah auch Godeoch zu Biterolf hinüber.

Germunt nutzte diesen Moment der Unaufmerksamkeit. Er machte einen Ausfallschritt nach vorn und ließ sein Schwert gegen den Oberkörper des Grafen krachen.

Ein rasselndes Geräusch war zu hören. Godeoch wich zurück, fühlte kurz seine Seite und stieß dann ein meckerndes Lachen aus. »Was für ein Schlag, Junge! Meine Rüstung hat geklappert, ich erschaudere! Willst du nicht noch einmal zuschlagen?«

Germunt holte aus. Das Schwert prallte auf die Klinge des Grafen, rutschte an ihr hinab bis zur Parierstange und wurde von Godeoch mit einer Bewegung aus dem Handgelenk fortgestoßen.

Der Graf zog die Mundwinkel nach unten. »Ist das alles, was du kannst?« Er lief auf Germunt zu, seine Klinge schnitt knapp vor Germunts Gesicht durch die Luft. Es folgte Hieb auf Hieb, ohne dass sich die Schwerter trafen. Germunt wich aus, duckte sich, sprang oder stellte sich längs zu den Schlägen des Grafen, um seiner Klinge zu entgehen.

»Er hält das nicht lange durch«, murmelte Biterolf. »Der Graf spielt nur mit ihm.« Er schaute sich nach Suppo und dem

Jüngling um. Beide sahen von ihren Rossen wie geistesabwesend auf die Kämpfenden herab.

Die hagere Frau neben Biterolf schrie auf, als hätte sie etwas gezwickt. An einer Seite hatte sich die Klinge des Grafen rot verfärbt, und Germunts Hemd zeigte einen blutgeränderten Riss am Bauch. Der Graf lächelte, warf sein Schwert lässig nach hier und nach dort herum und hielt den Gegner auf der Flucht. Wenn Germunt nicht ausweichen konnte, stemmte er der Klinge des Schwarzgekleideten sein Schwert entgegen, aber stets war es die Waffe Germunts, die vom Aufprall zurückgeworfen wurde.

Dass der Graf überlegen war, konnte jeder deutlich sehen. Auf den Gesichtern vieler Männer und Frauen zeigte sich Sorge. Biterolf begann leise zu beten.

»Ihr wollt mich töten?«, keuchte Germunt. »Die Franken sollen Ihre weite Reise umsonst gemacht haben?«

»Die Franken sind mir egal!«

Vergeblich versuchte Germunt, aus der Reichweite Godeochs zu gelangen. Als die Büttel für ihn den Kreis erweitern wollten, fuhr der Graf sie an: »Ihr bleibt, wo ihr seid!« Immer wieder richtete er jetzt die Spitze seines Schwertes auf Germunt, ließ sie von dessen Klinge fortschlagen, nur um damit wieder auf Germunts Hals zu zielen. »Waffe nieder, Dummkopf!«

Germunt verzog das Gesicht. »Ihr müsst Euch mein Blut schon verdienen.«

»Ich will dich um Gnade flehen hören, kleiner Bastard«, erwiderte der Graf mit einem Grinsen.

Da rammten sich Germunts Füße fest auf den Boden. Seine Züge verloren jeden jammervollen Anschein. Stattdessen war eine Flamme in seinen braungelben Augen aufgelodert, die Biterolf entfernt an jenen Tag erinnerte, als er seinen Schüler im Obergeschoss zwischen zwei Fenstern erwischt hatte. Nur war aus dem seltsamen Glühen am Boden der Augen ein Steppenbrand geworden. »Bastard, sagt Ihr?«

Die Drohung kam mit so tiefer Stimme, dass der Graf von Germunt abließ und einen Schritt zurückwich.

»Ja, Bastard.«

Germunts Brustkorb hob und senkte sich. Dann schnellte er vor. Es schien, als wolle er auf die linke Seite des Grafen gelangen, und tatsächlich, sein Schwert jagte auf das linke Bein des Grafen zu. Als dieser sich auf die Seite neigte, um es abzuwehren, zog Germunt knapp vor Godeochs Körper nach rechts herüber, ohne die Richtung seines Schwertes zu verändern. Der Schwertgriff löste sich aus Germunts Hand, es flog, frei. Germunt streifte an der Rechten des Grafen vorbei, beschrieb eine Kurve und lief hinter Godeoch entlang.

Der Graf drehte sich nach Germunt um, aber eine unsichtbare Kraft hielt seine Füße zusammen und schnürte ihn am Boden fest. Germunt hob das verlorene Schwert wieder auf, und jetzt sah man, dass sich eine Schlinge um Godeochs Beine geschlossen hatte, dass ein Seil den Schwertknauf mit Germunts Handgelenk verband. Germunt brüllte auf und hob mit aller Macht seinen Arm. Wenige Lidschläge später schlug der Leib des Grafen auf dem Boden auf.

Ein kurzes Aufblinken der Klinge, und das Seil war gelöst.

Geistesgegenwärtig rammte Biterolf seinen Ellenbogen in den Rücken des Büttels vor ihm. Die benachbarte Wache packte er im Genick und donnerte den so geführten Kopf wie eine Keule gegen den Kopf eines weiteren Bewaffneten. »Hierher, Germunt!« Seine Stimme überschlug sich. »Hierher!« Er schlug um sich, schob und trat und ließ seinen umfangreichen

Körper gegen Menschen prallen. Zu seinem Erschrecken erfüllte ihn dabei Genugtuung. »Hierher!«

Als Germunt an ihm vorbeigehastet war, breitete Biterolf die Arme aus und folgte ihm langsam, während er Menschen zwischen sich und die Büttel schaufelte. Es war ein Toben und Stoßen, ein Schieben und Fallen, und inmitten der wilden Brandung empfand Biterolf eine Freude, wie er sie selten an sich erlebt hatte.

22

Ademar zog sich den Ring vom Finger, hielt ihn dicht vor den geöffneten Mund und hauchte ihn an. Er beobachtete, wie der milchige Überzug langsam verschwand und aus einem weißen Ring wieder ein goldener wurde, eine goldene Schlange, die über ihren Schwanz hinauskroch und so den Ring formte. Das offene Maul zeigte spitze Zähne, und die Augen bestanden aus dunkelgrünem Stein. Noch heute früh hatte der Ring die Hand des Grafen geziert. Ademar rieb mit dem Ärmel über das Gold, um die letzten Spuren der Feuchtigkeit zu entfernen, und schob sich den Ring langsam und genüsslich auf den Zeigefinger der linken Hand.

Das Scheppern der Schmiedestücke in den Werkstätten um ihn herum drang wieder in sein Bewusstsein. Deutlich konnte er den väterlichen Hammer heraushören: ein feines Klicken nur, zart und verletzlich inmitten der groben Klänge der Huf- und Waffenschmiede. Immer hatte Ademar sich schuldig gefühlt, wenn er über die Schwelle seines Elternhauses trat. Heute aber schien ihn der Ring mit seiner Magie zu schützen. Der kleine Vorraum war leer, und so lief Ademar bis zum Amboss hinter. Er sah seinem Vater über die Schulter. Mit feinem Hammer bearbeitete er ein winziges, rötlich glühendes Goldstück.

Erst nach einer geraumen Zeit murmelte der Vater zwischen den Hammerschlägen eine Begrüßung: »Soso, mein Fleisch und Blut beehrt mich.«

»Ich habe großartige Neuigkeiten, Vater.«

»Deine Mutter ist auf der Straße, um dem Bischof Blumen entgegenzuwerfen.« Verachtung lag in der Stimme des Goldschmieds. »Als ob dir das weiterhelfen würde.«

»Ich bin jetzt persönlicher Berater des Grafen«, platzte Ademar heraus. Der Knecht am Blasebalg riss die Augen auf.

Vater aber hämmerte ungerührt weiter. »Lieber wäre es mir gewesen, wenn du ein Händchen für unser Handwerk gehabt hättest.«

»Er schickt mich nach Rom, Vater. Nach Rom!«

»Soso. Schau dir dort die Schmiedewerkstätten an, versprichst du mir das? Die Römer stellen sehr kunstfertig Goldschmuck her. Vielleicht kannst du bei ihnen etwas Nützliches lernen.«

»Vater …« Begriff er nicht? Ademar sah die Geste des Grafen wieder vor sich, mit der er ihn eingeladen hatte, auf einem Schemel Platz zu nehmen. Er hatte ihn ins Vertrauen gezogen, ihm erklärt, wie er, Godeoch, die Langobarden all die Jahre in Armut belassen hatte, um sie abhängig zu halten, und wie Claudius sie nun durch Geschenke kaufte. Der Graf wollte seinen Rat! Er machte sich Sorgen wegen Suppo, dieses Riesenkraken, der seine Arme nach Turin ausstreckte, sich in Turin ein Haus gekauft hatte und nicht beim Grafen einkehren wollte. Nicht einmal einen Krug Wein hatte Suppo mit Godeoch geleert. »Verstehst du nicht, was das heißt? Godeoch vertraut mir! Er hat mir gebeichtet, dass er sich wünscht, sein Vater wäre noch am Leben, weil der sicher einen Ausweg gewusst hätte. Zu niemandem sagt der Graf so etwas, nur zu mir. Schau dir das an!« Ademar streckte seine Hand vor. »Hier.«

Das Licht der Feuerstelle tanzte auf dem goldenen Schlangenkörper. Während die dunkelgrünen Augen alle Helligkeit zu schlucken schienen, strahlten die spitzen Zähne wie winzige Sterne.

»Eine schöne Arbeit.«

Ademar fühlte einen Jubelschrei in seiner Brust.

»Ich bewundere den Mann, der diesen Ring hergestellt hat.« Damit wandte sich der Vater ab und bereitete den Amboss für ein neues Werkstück vor.

Ademar fühlte sich taub. Er schleppte sich durch den Vorraum und hinaus auf die Straße, aber sein Herz schien nicht zu schlagen, sein Mund nicht zu atmen. Was muss ich tun, Vater, damit du mich ernst nimmst?, dachte er. Der Graf würde an seiner Stelle sicher lachen. Den alten Vater einfach auslachen. »Du alter Esel«, murmelte Ademar. »Du Gänseschnabel, du Nuss, du kranke Laus, du Ungeziefer, du unnütze Krähe! Ja, du bist unnütz. Nicht ich. Du, du, du. Niemand braucht deinen Rat. Deine Bewunderung kannst du für dich behalten.«

Claudius musste gestürzt werden, dann konnte Godeoch in einer brüderlichen Geste den Langobarden Versöhnung anbieten. War die Macht des Herrn nicht zugleich auch die Macht seines Beraters? Er würde tun, wie der Graf ihm befohlen hatte, und unter den Aufzeichnungen des Bischofs solche finden, die den Heiligen Vater in Rom angriffen. Am besten noch die Reliquienverehrung und die Pilgerfahrten dazu. Ärgerlich, dass er nicht lesen konnte. Aber er würde sie finden, und dann würde er damit nach Rom reisen.

Dieses Stechen in den Seiten, wie von Speerspitzen! Dazu das Ziehen links am Bauch, wo ihn der Graf verwundet hatte. Germunt stützte sich an einem abgestellten Ochsenkarren ab. Süßer Geschmack hatte sich in seinem Mund gesammelt, und er fühlte die Brust mit jedem der keuchenden Atemzüge, als brenne sie von innen. »Ich kann nicht mehr, Biterolf.«

Eine Hand griff unter seinen Arm. »Weiter, Germunt. Wir sind fast da.« Auf dem Hemd des Notars zeichneten sich Schweißflecken unter den Achseln ab, und auch er atmete schwer.

Stilla wartete vor dem Bischofshof. Als Germunt sie erblickte, richtete er sich auf und bemühte sich, die schlingernden Schritte fest zu machen, gleichgültig, ob ihn die Beine dabei schmerzten. Sie hört, ob ich aufrecht laufe, dachte er.

»Wir sind es, Kind.« Biterolf wollte an ihr vorbeigehen, aber sie hielt ihn fest.

»Germunt?« Es war leise gesprochen.

»Ja, ich bin auch da.«

»Sie sind auf dem Hof. Geh besser nicht hinein.«

Germunt blickte durch das Tor zum Bischofspalast.

Er sah sie, ihre roten, langen Haare, ihre Schwerter, ihre verzierten Stiefel. Auch Claudius war gerüstet. Sein Gesicht war noch sonnengegerbter als sonst, und er trug ein seltsam geformtes Beil im Gürtel, ein Schwert, eine eiserne Keule. Odo trat zu ihm, einen prall gefüllten Ledersack mit sich wuchtend, und flüsterte ihm etwas zu. Der Bischof nahm den Sack mit beiden Händen und gab ihn Hengist, aber der ließ ihn zu Boden krachen und trat danach.

Von den Ställen kamen Bewaffnete in hellen, feinen Leinenkleidern. Sie strichen sich besorgt durch ihre Bärte und lockerten die Schwerter in ihren Gürteln. Deutlich stellten sie sich zu Claudius.

»Ich gehe zu ihnen«, murmelte Germunt. Er löste sich aus dem Torschatten und lief über den Hof. Claudius hatte das Gesicht zu ihm gedreht, und auch die Bluträcher sahen nun in seine Richtung. Mit zusammengebissenen Lippen erreichte er den Bischof, er stand einfach da, unbeholfen, wortlos. Nun geschehe es, dachte er. Ich werde sterben oder leben. Er sah, wie zuerst die Franken ihre Schwerter zogen und dann die Bärtigen.

»Dort ist der Mörder«, stieß Hengist hervor. »Gebt ihm den verdienten Tod!« Als er sah, dass die Bärtigen sein Fränkisch nicht verstehen konnten, versuchte er sich in gebrochenem Latein. *»Homicida est. Moriturus est!«*

Germunt drehte sich nach den Bärtigen um. Sie blieben mit unberührten Mienen neben dem Bischof stehen.

»Kniet nieder«, befahl Claudius und sah Germunt streng an.

Wollte er ihn eigenhändig köpfen? Germunt fühlte ein Knistern in seinem Nacken. Er gehorchte.

»Öffnet Eure Hand!«

Germunt sah zögerlich hinauf. Er streckte dem Bischof seine Hand entgegen, und der Bischof legte ein Geldstück hinein. Was geschah hier?

Der Bischof holte tief Luft. Er sprach Fränkisch. »Germunt, Euer Vater, dessen Eigentum Ihr als Sohn einer Unfreien seid, ist nicht hier. So seien denn die Brüder Eurer Stiefmutter Zeugen, dass ich, Claudius, Bischof von Turin, Euch heute die Freiheit schenke.« Mit einer kräftigen Handbewegung schlug er Germunt die Münze aus der Hand, dass sie in hohem Bogen in den Staub flog. »Erhebt Euch, Freier.«

Germunt blieb auf seinen Knien und lauschte den gesprochenen Worten hinterher. Er versuchte, sie zu verstehen. *Ich bin frei?* Er stand mühsam auf, die Augen fest auf das Gesicht des Bischofs geheftet. *Ich bin frei?* Selten hatte Germunt so tief aus der Seele gesprochen: »Ich danke Euch.« Er wollte mehr sagen, ihm Treue schwören, ihm sein Leben zu Füßen legen, aber in jenem Moment schnitt die harte Stimme Hengists durch die Luft.

»Bischof, Ihr handelt unrecht!«

»Habe ich das Zeremoniell des Schatzwurfes verletzt?«

Einer der Brüder spie auf den Boden. »Ihr könnt niemanden frei machen, der Euch nicht gehört!«

Die leise Antwort kam von Odo. »Sein Eigentümer möchte

ihn töten, also ist er seiner überdrüssig und möchte ihn nicht mehr besitzen.«

Mit erhobenen Augenbrauen drehte sich Claudius nach dem Meister um, dann lächelte er.

Hengist sagte drohend: »Es mag sein, Ihr seid sein neuer Besitzer. Dann tötet ihn für den Mord an der Herrin von Brunn. Wir wollen Zeuge der Vollstreckung sein, um unseren Blutracheschwur zu erfüllen.«

Claudius schüttelte den Kopf. »Dort im Ledersack auf dem Boden liegen zehn Pfund Silber in Schillingen. Das ist das Wergeld, das ich für seinen Mord bezahlen muss. Nehmt es und geht.«

Hengists Stimme war nur mehr ein Fauchen. »Entweder tötet Ihr ihn, oder Ihr sterbt mit ihm.«

Germunt sah erschrocken auf, doch das Gesicht des Bischofs blieb ruhig.

»Ihr möchtet doch nicht, dass ich das meinen langobardischen Freunden übersetze, oder? Nehmt Euer Geld und verschwindet!«

Während Hengists Brüder Germunt finster anstarrten, rangen Hengist und Claudius mit ihren Blicken. Dann murmelte Hengist: »Das werdet Ihr bereuen.« Er löste sich aus der Gruppe und lief zum Tor, gefolgt von seinen Brüdern. Einer der Franken bückte sich und nahm den Sack auf.

Der Bischof nickte. »Na also.«

»Eine Menge Silber. Ich bin mir sicher, dass sie es für ihren Rachezug verwenden.« Odo sah den Franken nach. »Vielleicht bezahlen sie einen Meuchler, oder sie bestechen jemanden, der Euch vor dem Kaiser verleumdet.«

»Der Kaiser kennt mich seit meiner Jugendzeit. Er weiß, was er von mir zu halten hat.«

Germunt musste sich anstrengen, nicht das Atmen zu vergessen. *Ich ... Er ...* Er berührte den Bischof am Arm. »Herr, mein Leben gehört Euch. Was ich bin, bin ich durch Euch – prüft meine Treue und befehlt mir.«

Die graublauen Augen blickten ihn ruhig an. Germunt sah sie von Falten umspannt, einer dunklen, fast lederartigen Haut. Obwohl Claudius ernst auf ihn schaute, machte es ihm keine Angst, sondern er fühlte sich tief angenommen. »Ich danke Euch«, sagte der Bischof. »Darauf werde ich zurückkommen.«

»Es gibt da einen Brief von Theodemir, über den ich gern mit Euch sprechen würde.«

»Später, Germunt.«

Eine eigene Welt war sie, die Schreibstube, in der nicht Schwerthiebe regierten, sondern Buchstaben und Pergamente. Und was konnten sie nicht alles erreichen! Germunt sah von seinem Schreibpult aus die Regale hinauf, in denen mächtige Rollen thronten wie Adler in ihren Gebirgsnestern. Ein Schriftstück genügte, und ganze Familien mit ihren Äckern wechselten den Besitzer. Urkunden konnten über Kriege entscheiden, konnten jährliche Abgaben bestimmen oder mächtige Herren an ihre Versprechen erinnern. Und hier wurden sie geschrieben.

Mein Leben hat sich so sehr verändert, dachte er. Ich war ein mörderisches Wiesel, das vom Diebstahl lebte. Nun bin ich frei, und meine Schuld wurde vom Bischof gelöst. Er hob die rechte Hand vor die Augen. Diese Finger hatten gestohlen, was anderen gehörte. Heute konnten sie schreiben.

Schreiben. Was bedeutete das? Ein Federkiel nahm Tintentropfen auf, hielt sie in seiner gespaltenen Spitze und trug sie hinüber zum Pergament. Dort bewegte sich die Feder in genauen Bögen und Streifen und verbarg damit Häuser, Städte, Landstriche und Königreiche in Buchstaben und Worten. Allein ein einziger Name auf dem Pergament – wie wichtig konnte das sein! Und welche Unsterblichkeit erlangte damit sein Träger! Er, Germunt, hatte das Geheimnis gelernt, Menschen und Dinge mit Tinte und Feder unsterblich zu machen. Und nicht nur das.

Schreiben hieß auch, den Augen Entzücken zu bereiten. Ein Pergament konnte durch farbige Verzierungen, ausgeschmückte Initialen und einen gleichmäßigen, sauberen Textkörper eine Befriedigung in seinem Betrachter auslösen, die nicht durch gutes Essen oder warmes Wetter zu erreichen war. Dank seiner kunstfertigen Ausführung erlangte ein Schriftstück Schönheit, und mit der Schönheit bekam es Würde. Was wäre eine Schenkungsurkunde, die Macht, Reichtum und Bedeutung verlieh, wenn sie hastig dahingekritzelt auf einem abgerissenen Fetzen stünde? Sie würde nicht einmal ernst genommen werden, man müsste sie verstecken, müsste sich bemühen, ihren Inhalt durchzusetzen, ohne sie ans Tageslicht zu holen. Sie wäre nutzlos.

Germunt fühlte nach dem harten, getrockneten Blut auf seinem Bauch. Godeoch musste ihn noch mehr hassen nach dem Kampf gestern in der Stadt. Es gab genug Leute, die ihn hassten. Die ihn gern tot sehen würden. Selbst hier am Bischofshof waren nicht alle erfreut, dass ihm, dem Mörder, verziehen war und er Freiheit erlangt hatte.

Die Tür wurde aufgeschoben. Ein grüner Blick tastete über die Pergamente und traf dann Germunts Gesicht. »Oh, Germunt, Ihr seid am Schreiben?«

»Ja. Was sucht Ihr?«

Ademar kratzte sich die Schläfe. Ein Ring blinkte an seinem

Finger. »Claudius hat mich geschickt. Er möchte seinen langobardischen Freunden die Lehren zu den Bildern in der Kirche erklären, zu Reliquien und zum Heiligen Vater in Rom. Ich soll ein … ein Schriftstück holen … Könnt Ihr mir helfen?«

Germunt zog die Stirn in Falten. »Er kennt doch seine eigenen Gedanken. Wozu braucht er eine Niederschrift?«

»Ich weiß ja auch nicht, vielleicht sind ihm nicht alle Bibeltexte geläufig? Ist Biterolf nicht hier?«

»Nein, er ist in der Stadt. Die Kommentare von Claudius liegen in der Truhe dort. Hat er gesagt, welchen Kommentar er haben möchte?«

Ademar lief zur Truhe hinüber. »Ich habe es vergessen, er sagte irgendetwas, aber ich weiß nicht mehr –«

»Dann geht besser noch einmal fragen.«

»Nein«, erwiderte Ademar. »Er ist sowieso schon nicht gut auf mich zu sprechen, weil ich Ato, Thomas und die anderen eigenmächtig befreit habe, als er fort war.« Er stand über die Truhe geneigt, als würde er mit ihr sprechen. »Ich wollte ihm ja nur helfen, ich meine, was nützt es dem Bischof, wenn seine Dienstleute wütend auf ihn sind? Dass er lange wegbleiben würde, wusste ich, und sie konnten doch nicht die ganze Zeit eingesperrt bleiben.«

»Ihr wart das«, murmelte Germunt. War Ademar wirklich so unbedarft? Entweder war er völlig harmlos, oder die schlichte Art sollte Falschheit verstecken. Prüfend sah er zu dem schmalschultrigen Mann hinüber, der sich auf den Truhenrand stützte.

»Bitte, Ihr müsst mir helfen! Hier liegen mehrere Bücher. In welchem schreibt er von den Bildern und den Reliquien? Ich werde auch ein gutes Wort für Euch bei den anderen einlegen.«

»Das gute Wort könnt Ihr Euch sparen. Bringt mir mal das Buch mit dem hölzernen Deckel.«

Ademar ächzte laut, als er es aus der Truhe hob. Er drückte es an seine Brust und trug es zu Germunt hinüber. »Da.«

Vorsichtig öffnete Germunt die Verschlüsse. Er schlug die erste Seite auf und las. »Ja, das sieht gut aus. Hier, in der Einführung.« Das war Biterolfs Schrift, eindeutig. Die ganze Seite war mit niedrigen Zeilen bedeckt. Etwas unbeholfen war das erste große A über drei Zeilen hinweg ausgeformt. An der rechten Seite des Textes fanden sich immer wieder Namen in roter Tinte, wo ein Kirchenvater zitiert wurde: ›Aug.‹ für Augustinus, Beda, Isidor. Germunt blätterte weiter. »Hier werden auch Bibeltexte zitiert. Vielleicht ist es das, was Claudius haben wollte.«

»Ich danke Euch! Werd's gleich hinaufschaffen.« Mit dem Buch an seiner Brust verließ Ademar die Schreibstube.

Eine Schlange mit grünen Augen. Germunt strich sich über das Kinn. Er hatte nie zuvor diesen Ring an Ademars Finger bemerkt.

23

Claudius erhob sich von den Knien und ging zum Bischofsthron im Kirchenschiff. Müde ließ er sich in den steinernen Sitz fallen und glitt mit den Fingern durch die Mähnen der Löwen, die links und rechts in die Armlehnen gemeißelt waren. Der Geruch von kaltem Weihrauch stand in der Luft. Er hatte lange gebetet, seine Beine schmerzten. Aber es gab auch Gründe dafür, genügend Gründe. Er seufzte.

Auf dem Hauptaltar brannten vier dicke Kerzen, auf den beiden Seitenaltären je eine kleinere. Ihre Flammen hielten die Schatten der Figuren in Bewegung, die die Wände der Kirche säumten.

Dort, Maria, ihm gegenüber. Zärtlich hielt sie ihren Säugling in den Armen und verbarg ihn in den weiten Falten ihrer Tunika. Aber sie sah den Säugling nicht an, sondern blickte vielmehr auf einen toten, leeren Punkt auf dem Kirchenboden. Neben ihr an der Wand Johannes. Wie ein Wächter stand er dort in ihrem Rücken, die Unterlippe geschürzt. Der Oberlippenbart fiel müde herab in den Kinnbart hinein. Der goldene Lichtkranz um seinen Kopf glitzerte.

Claudius war es, als wandelte sich das Gesicht des Apostels in ein längliches, blasses. Die Lippen nahmen rosa-violette Farbe an und schwangen sich wie ein sarazenischer Bogen, dick, vorwurfsvoll und erhaben zugleich. Die Augen zogen sich zusammen und verdüsterten sich. Im Moment, als er den Mundschenk erkannte, hatte das Gegenüber plötzlich auch dessen Kleidung am Leib: die scharlachroten Beinkleider und den Mantel aus grünen Vierecken, unzähligen grünen Vierecken, immer grün, wie es die jungen Männer trugen, grün, grün, grün. In einem plötzlichen Schrecken sprang Claudius' Blick zu Maria, und tatsächlich, ihre Züge veränderten sich. Da war die feine Nase, die er geküsst und gestreichelt hatte. Er kannte sie als Schattenriss in der Nacht, er kannte sie mit nassen Tränenbahnen und lachend mit kleinen Fältchen zwischen den Augen. Die Augen bekamen Leben, feine, gelbe Sterne in den grauen Teichen, und den Blick, der Liebe sprach, nicht zügellose Leidenschaft, sondern die Liebe, die *kennt*, die bis ins Letzte kennt und deshalb liebt. Sie sah ihn an. Es war nicht Maria, es war Adia, die ihn anlächelte mit diesem geliebten Lächeln, den rechten Mundwinkel weich hinabgezogen, den linken hinauf, ein Lächeln, das die Wangen spannte und ihn so lange ernährt hatte.

Der verhasste Mundschenk hinter ihr, er durfte sie nicht – »Adia!« Claudius sprang auf. Er atmete schnell und fuhr sich mit der Hand über das Gesicht. Was war mit ihm los? Da stand die Marienstatue, und hinter ihr wachte Johannes. Langsam drehte sich Claudius und sah durch den Kirchenraum. Die weißbärtige Petrusstatue mit dem goldenen Schlüssel in der Hand. Johannes der Täufer, nur in Felle gekleidet, an der Wand dahinter. Adam und die Schlange im Baum, Eva, die ihre Hand nach der sündigen Frucht ausstreckte. Vorn am Altar thronte Christus inmitten von Engeln, aber er hatte ein spitzes, dünnes Gesicht und viel zu zarte Hände, um wie ein starker König auszusehen.

»Mein Gott.« Sie konnten eine Venusstatue in die Kirche bringen, und die Gläubigen würden auch vor ihr niederknien und sie anflehen, im Himmel Fürsprache für sie zu halten. Würde man eine Freske von Farro, Biterolfs Hund, an der Wand anbringen, das Volk würde ihn anbeten und ihn mit Weihrauch ehren. Eine Aufschrift »der Hund des Petrus« würde genügen, sie zu täuschen.

Wie musste Gott diese Kirche hassen, die die Leute für heilig hielten. Sie war gefüllt mit Dingen, die den Menschen den Blick für ihn raubten, gefüllt mit Götzen. Nichts anderes waren diese Bilder, auch wenn sie die biblischen Gestalten zeigten. Nichts anderes. Und sie versuchten, selbst ihn, den Bischof, zu betrügen, und hatten sich für ihn in die Geliebte und seinen Widersacher verwandelt.

Ich bin verantwortlich, dachte er, ich bin der geistliche Führer dieser Stadt und der umliegenden Ländereien. Gott wird mich verantwortlich dafür machen, wenn ich seine Schafe in die Irre führe. Stand nicht schon in den Schriften: »Wer aber einen dieser Kleinen, die an mich glauben, zum Abfall verführt, für den wäre es besser, dass ein Mühlstein an seinen Hals gehängt und er ersäuft würde im Meer, wo es am tiefsten ist«? Er richtete das Gesicht langsam zur Kirchendecke auf. »Herr, vergib mir.«

Er kehrte sich zur Wand und zog ein Fackelholz aus der Halterung. Damit lief er zum Altar und drehte das Ende der Fackel über einer der Kerzen, bis es Feuer gefangen hatte. Es wurde hell in der Kirche.

Sie starrten ihn an wie Dämonen. »Fürchtet ihr euch? Na, fürchtet ihr euch? Habt ihr Angst, dass eure erbärmliche Täuschung ein Ende haben könnte?«

Erbärmlich? flüsterte es. *Wir und erbärmlich?*

Er drehte sich um. Wer hatte da gesprochen? Mit kleinen Schritten trat er an die Marienstatue heran und leuchtete ihr ins Gesicht. Nein, die Augen blickten ihm nicht entgegen. Sie sah zu Boden. Er ging die Wand entlang. Dort im Kessel, bis zum Bauch in siedendem Pech versenkt, der heilige Bonifatius. Hätte er in seiner Todesstunde gewusst, dass man ihn begaffen würde, dass er die Gedanken der Menschen einmal von Gott ablenken würde, er hätte in seinen Qualen nicht so friedlich zum Himmel hinaufgesehen. »Ich werde dich befreien, Bonifatius.«

Claudius ging weiter und hielt Jakobus die Fackel unter das Kinn. Sinnend hielt der die Augenbrauen erhoben und streckte den Arm mit seinem Wanderstab von sich, dass der Mantel in langen Falten hinabfiel. Sankt Jakob, dachte er, du bist es nicht, du bist nicht wirklich der heilige Jakob, auch wenn du noch so lebendig dreinblickst. Bestie! »Ihr betrügt die Menschen! Ihr seid schuld, wenn ihre Gebete nicht an Gott gerichtet sind. Sie reden mit euch und vergessen die Wahrheit. Chimären seid ihr!« Wenn er Gottes Augen hätte, würde er ihre spitzen Teufelsnasen sehen und die dreifachen Zahnreihen.

Gold blitzte an der Wand, Blüten und Blätter schlugen Bögen, aber sie waren wie Dornengestrüpp, das die Heiligen umgab und seine gierigen Ranken nach den Menschen ausstreckte.

Bete mich an!, entfaltete sich ein Flüstern im Raum.

So schnell wirbelte Claudius herum, dass die Flamme der Fackel fauchte. »Wer war das?«

Wieder: *Bete mich an!*

Petrus, ganz sicher. Claudius trat zur Statue. Zuerst zitterte er ein wenig aus Ehrfurcht beim Anblick des wogenden, weißen Bartes und der strengen und zugleich gütigen Züge des Gesichts. Ein wenig dick war Petrus. Der goldene Schlüssel in seiner Hand schimmerte wie von Magie. »Du bist nicht Petrus.« Er sagte es nur leise, lauschte auf eine Antwort, auf einen Widerspruch. »Du bist nicht Petrus.«

Sicherheit strömte in seinen Bauch. Er verlor jede Furcht vor den Figuren. Schluss mit der Lästerung. Es soll ein Ende haben. Zorn erfasste ihn wie glühend heiße Schnecken, die an seinem Körper hinaufkrochen. »Du bist nicht Petrus«, schleuderte er der Statue entgegen und brach ihr mit einem Tritt den vergoldeten Schlüssel aus der Hand. Dann stieß er sie ganz um. Neben ihr hing das Weihrauchfass in seiner Halterung. Er hob es an den Ketten heraus. »Niemand wird mehr diese höllischen Bilder verehren.« Die Fackel herabsenkend, begann er, das Fass über seinem Kopf zu schwingen wie David die Schleuder. Es traf die Marienfigur und trennte ihr den Kopf vom Körper. Unter der dünnen Farbschicht des Halses zeigte sich Holz.

Immer schneller drehte Claudius das Fass. Er ließ es gegen die Wand prallen, wo der heilige Bonifatius zum Himmel schaute. Kalk und Ton platzten aus der Freske, und wo eben noch der Kessel mit Pech zu sehen gewesen war, rieselte Sand von der nackten Wand. Jakobus und Johannes traf er mit Wucht, wieder und wieder, danach Zebedäus, Markus, Matthäus. Der dünne Kalküberzug der Wand riss Goldfarbe und gelben und roten Ocker mit sich.

Die Büsten flogen um, silbergefasste Edelsteine rollten über den Kirchenboden. Jaspis und Topas stürzten in den Staub, Glasschmuck zerbrach und landete neben Brocken aus Putz. Claudius wütete so lange, bis der Boden der Kirche mit Trümmern bedeckt war. Bis auf wenige Farbreste zeigten sich die Kirchenwände kahl und schmucklos. Schwer atmend stand er inmitten des Schlachtfelds. Er kannte diesen Moment, wenn ein Kampf beendet war und seine Stiefel in blutigen Ackerfurchen versanken, wenn nur noch die Schreie von Verwundeten daran erinnerten, dass Leben in all den Körpern gewesen war, die wie eine Höllenernte das Feld bedeckten. Die Armmuskeln schmerzten ihm, als habe er mit Sarazenen gefochten. Staubgeruch lag in der Luft, und auf Claudius' Händen und Armen mischte sich Kalk mit Schweiß. Er ließ das Weihrauchfass zu

Boden poltern. Es zischte leise. Irgendwo beim Altar rieselte Sand aus einem Loch in der Kirchenwand.

Wie ein feines Tuch strich der warme Nachtwind über Germunts Haut. Er streichelte sein Gesicht, seine Arme, die Hände. Germunt fuhr zärtlich mit dem Daumen über Stillas Handrücken. Sicher spürte sie all das auch. Sie liefen in der Mitte der Straße, und wenn Germunt im Sternenlicht Unrat in ihrem Weg sah, zog er Stilla sanft zur Seite. Er genoss das, weil ihre Körper sich dann für einen kurzen Moment aneinanderschmiegten, bis sie ihr Gleichgewicht wiedergefunden hatten. Sie fühlte sich so warm und weich an!

Die Stirn wölbte sich hoch über ihr Gesicht und glänzte im feinen Licht der Nacht. Hell schimmerten die Augenbrauen in ihrer fast geraden Form. Einige Härchen wuchsen über dem Nasenansatz, kleine, feine Härchen, die er gern mit den Fingern umfassen und streicheln wollte. Längst machte es ihm keine Angst mehr, dass sie mit geöffneten Augen lief.

»Es ist eine schöne Nacht«, sagte sie leise.

»Ja.« Germunt zog sie ein wenig näher an sich heran.

»Laufen wir noch eine Runde und kehren dann zurück zum Hof?«

»Gut.« Das hatte sie nicht einfach so gesagt. Ganz sicher nicht. Sie wollte ihm etwas sagen, aber sie fürchtete sich. »Stilla, du –«

»Nein, warte. Lass mich kurz nachdenken, ja?«

Für eine Weile gingen sie schweigend. Germunt fragte sich, wie es sich für Stilla anfühlte, dass er wegen der alten Verwundung ein wenig humpelte. Da musste ein beständiges Rucken der Hand sein, eine wiederkehrende Ungleichmäßigkeit in seinen Bewegungen. Dass sie es hörte, dessen war er sicher, aber er wollte nicht, dass sie es fühlen konnte. Er bemühte sich, durch Muskelanstrengungen die teilweise Steifheit des Knies auszugleichen.

»Germunt, du bist jetzt Freier. Auch deine unüberlegte Tat ist längst gesühnt. Der Bischof hat diesen Fall gewonnen gegenüber dem Grafen, oder nicht?«

Germunt mochte den sorgenvollen Unterton in ihrer Stimme nicht, er hatte etwas Drängendes. »Ich denke schon.«

»Jetzt noch in Turin zu bleiben bringt dich ohne Nutzen in Gefahr.«

»So? Ich denke, ich bin frei?«

Sie drückte streng seine Hand. »Germunt! Willst du mich nicht verstehen? Geh nach Venedig oder nach Verona, irgendwohin, wo du wirklich neu anfangen kannst!«

Darüber hatte sie also nachgedacht. Wollte sie ihn loswerden? »Und du?«

Stilla schwieg. Dann sagte sie leise: »Ich gehe mit dir.«

Germunt atmete geräuschvoll aus. Er blieb stehen und lächelte in die Nacht. »Wirklich, das willst du tun?«

Zur Antwort spürte er Stillas feine Finger an seinem Hals, die ihn erst kaum merklich streichelten und dann mit stummer Aufforderung seinen Nacken umfassten, um ihn zu einem Kuss herabzuziehen. Zärtlich, tastend berührten sich die Lippen, dann fügten sie sich weich ineinander. Er schloss die Augen.

»Wir gehen nach Venedig«, sagte er, als sie sich voneinander gelöst hatten. Immer noch fühlte er ihre Hand in seinem Rücken, und so umarmte er sie. Eine seltsame Art von Hunger bäumte sich in ihm auf, Hunger, Stilla wieder und wieder zu umarmen, gar nicht mehr damit aufzuhören, am besten ohne Kleider am Leib, Hunger nach einer einzigen, großen Umarmung. Er schluckte und ließ die Arme sinken. Hatten die wilden Gedanken seine Umarmung grob gemacht? »Verzeih mir.«

»Was?«

»Ich wollte dich nicht so fest drücken.«

Stilla lächelte.

»Wir gehen nach Venedig. Irgendwie finde ich dort Aufträge für Schreibarbeiten, bestimmt.«

»Du machst mich glücklich! Küsst du mich?«

Germunt umfasste Stillas Gesicht und drückte seinen Mund auf ihre warmen, weichen Lippen. »Hörst du auch die Stimmen?« Mit zusammengekniffenen Augen sah er nach dem Tor des Bischofshofes. Er konnte im Sternenlicht nichts ausmachen.

Tatsächlich, da waren laute Stimmen. Er zog Stilla mit sich zum Hof.

Vor der Kirche hatte sich eine Traube von Menschen versammelt, die in wildem Erschrecken durcheinandersprachen. Der Bischof stand mit verschränkten Armen vor der Tür, scheinbar um sie zu hindern, die Kirche zu betreten. Gerade trat Kanzler Eike mit einer Fackel aus dem Palast und lief zu den Dienstleuten hinüber.

Nachdem er kurz Stillas Arm gedrückt hatte, ging Germunt zur Kirche hinüber. Im Fackelschein sah er, wie blass der Bischof war. Ohne Rücksicht drängelte er sich zu ihm durch.

Er sah ihm eine Weile ins Gesicht, dann sprach er ihn an. »Claudius, was ist geschehen?«

Ihre Blicke trafen sich. Es war das erste Mal, dass Germunt Angst in den Augen dieses Mannes sah.

Der Bischof dachte kurz nach. »Ich möchte, dass Ihr in die Kirche geht, Germunt. Kniet vor dem Altar nieder und betet zu Gott. Dann kommt wieder heraus und sagt mir, ob Ihr seine Gegenwart gespürt habt oder ob er sich von diesem Haus entfernt hat.«

Er nickte langsam. Auch wenn er überhaupt nichts verstand,

wollte er Claudius gehorchen. Der Bischof trat einen halben Schritt nach vorn, und Germunt schlüpfte hinter ihm in den Kirchenraum, nicht ohne noch einen Schwall erstaunter und ärgerlicher Rufe der anderen mit sich zu nehmen.

Die Kirchentür fiel in den Rahmen. Germunt wagte es nicht, sich zu bewegen. Sein Blick fuhr die Wände entlang: kahle, rissige Flächen. Sie trugen tiefe Wunden, aus denen Kalk rieselte. Zwei Engel waren noch zu sehen, knapp unter der Decke. Sie bliesen ihre Posaunen zum letzten Gericht. Unter ihnen brach das Bild ab, wie eine grobe Klaue langte die kahle Wand hinauf nach dem kärglichen Rest der Freske, um ihn zu packen und zu zermalmen. Auf dem Kirchenboden häuften sich zertrümmerte Figuren und Büsten, als wären sie in einem heiligen Krieg übereinander hergefallen. Ein Frauenkopf starrte ungläubig auf eine abgeschlagene Hand, daneben ragte ein Fuß in die Luft. Überall Körperteile. Im Sandstaub lagen silbergefasste Edelsteine wie achtlos hingeworfen, daneben Glasscherben und farbige Splitter von der Wand. Wer konnte es wagen, solche Zerstörung in einer geweihten Kirche anzurichten?

Claudius. Passagen aus seinen Schriften zogen Germunt durch den Kopf, Worte wie »Götzen«, »Heidenbräuche«, »totes Holz« und »steinerne Herzen«. Er musste seine eigene Kirche zertrümmert haben.

An der Stirnseite des Kirchenschiffs bezeugte ein staubschwarzer Schatten die Stelle, an der einmal das Kreuz gehangen hatte. Es lag zerbrochen am Boden vor dem Altar. Germunt fröstelte. Warum hatte Gott den Bischof nicht gehindert? Warum war kein Racheengel herniedergefahren oder wenigstens ein Blitz in den Frevler eingeschlagen?

Hatte Gott mit Wohlwollen auf die Zerstörung in der Kirche

herabgeschaut? War es ihm etwa lieb, wenn diese Bilder und Figuren zu Trümmern geschlagen wurden?

Sie haben ihre Götzen nicht aufgegeben, sondern sie nur umbenannt. Wenn ihr Bilder von Petrus und Paulus, Jupiter, Saturn oder Merkur an die Wand malt, sind diese Bilder keine Götter, noch sind sie Apostel, sie sind nicht einmal Menschen.

Seine Füße suchten sich einen Pfad zwischen den Bruchstücken und Scherben hindurch nach vorn zum Altar. Vor dem zerbrochenen Kreuz kniete er nieder. Er starrte lange auf den Steinblock, dessen Relief von Ruß geschwärzt war: Christus als Weltenkönig auf dem Thron. Endlich schloss er die Augen.

»Allmächtiger Gott, unser Vater.« Weiter kam er nicht. Was war, wenn diese Kirche alle Heiligkeit verloren hatte? Wenn Claudius unwiederbringlich in Sünde versunken war und den Herrn zornig gemacht hatte? Er zwang sich zu sprechen. »Herr, unser Bischof hat die Bilder dieser Kirche zerstört. Du siehst das Trümmerfeld um mich herum, du siehst selbst deinen Sohn mit Feuer schwarz gefärbt. War das rechtens? Was ist dein Wille?« Ja, was war Gottes Wille?

Ihr seid entsetzt, nicht wahr, Germunt? Das war Aelfnoths Stimme in seinen Gedanken. Der ruhige, steinalte Klang tat ihm gut.

Ich weiß nicht, was ich denken soll, erwiderte er.

Es ist wichtig, Gottes Werk und der Menschen Werk zu trennen.

Wie meint Ihr das, mein Lehrmeister?

Die Antwort blieb aus. Germunt stellte sich das Gesicht des alten Mönchs vor, knochig, gelb verfärbt, den Mund mit vereinzelten, wenigen Zähnen, die Haarfusseln auf dem Kopf. *Was ist, warum sprichst du nicht mehr?*

Hatte Aelfnoth überhaupt gesprochen?

»Gott, bitte zeig mir deinen Willen!« Würde Gott durch

einen alten, kranken Mönch sprechen? Waren es nicht glänzende Engel, die er sandte?

Ein seltsames Gefühl der Ruhe drang in ihn ein. Tränen schossen ihm in die Augen. Er presste die Lippen aufeinander und musste leise lächeln. *Ich verstehe. Du brauchst nicht immer glänzende Engel, um dich zu zeigen, und du brauchst auch keine prachtvolle Kirche. Selbst im Hässlichen kannst du dich offenbaren.* »Ich kann dich spüren, Allgegenwärtiger, du bist hier. Ist es dein Wille, dass unser Blick nicht länger von toten Figuren gefangen wird? Sie werden Claudius angreifen, Herr, sicher wollen sie ihn töten. Wirst du ihn beschützen? Vater, halte deine Hände über diesen Mann!«

Er fühlte sich wie ein Vogeljunges, das zum ersten Mal die Schwingen ausbreitet und sich vom Nestrand abstößt, um zu fliegen. Vor sich sah er das Bild einer schwefelgelben Hand, die die Kante eines Altars umklammert, und hörte Aelfnoths altersraue Stimme: »Rette ihn. Lösche seine Schuld.« Hatte Gott ihn nicht bewahrt? Er würde sich auch um Claudius kümmern.

Germunt wollte die Augen öffnen und sich von der Erinnerung abwenden, aber eine unsichtbare Kraft zwang ihn, weiter zuzuhören, wie Aelfnoth zu Ende sprach. »Mache du sein Leben zu einem Grundstein.«

»Was soll das heißen?«, stöhnte Germunt. »Was willst du von mir, Gott?« Nun riss er doch die Augen auf. Er erhob sich und sah sich in der leeren Kirche um, hin- und hergerissen zwischen Schrecken und einem neuen Gefühl von Heimat.

Es ist gut, sagte Aelfnoths Stimme.

Von draußen drangen erstickte Rufe in den Trümmersaal. Er musste gehen, Claudius wartete auf ihn.

Als er die Kirchentür hinter sich schloss und die Nachtluft Tränen in seine Augen trieb, traf ihn der Blick des Bischofs, und er sah, wie die Angst in seinem Gesicht zu Festigkeit wurde. Sein eigenes Herz wurde ruhig.

»Er ist da?«

»Er erfüllt die Kirche wie der Wind ein Segel.«

Erleichterung lag in der Stimme des Bischofs. »Gut.«

Die Dienstleute schenkten Germunt wenig Beachtung. Biterolf redete mit Kanzler Eike, beider Stirn von dunklen Furchen durchzogen. Ato und Thomas schienen erschrocken, aber gleichzeitig von einer Art grimmiger, böser Freude erfüllt. Dann sah Germunt Stilla am Rand der Gruppe stehen. Er lief zu ihr und berührte ihren Arm.

»Was ist geschehen? Die Leute reden wirr.«

»Claudius hat die Kirche zerstört, im Inneren.«

»Warum? Er, der Bischof!«

»Ich sehe hier kein Gesicht, das ihm noch wohlgesinnt ist, nicht ein einziges. Aber ich habe seine Schriften gelesen, und ich verstehe ihn. Gut möglich, dass er die längste Zeit Bischof gewesen ist. Vielleicht werden sie ihn sogar töten.«

»Was bedeutet das?«

»Dass ich hierbleiben werde. So lange, wie Claudius mich braucht.« Er wandte sich ab, ohne eine Reaktion von ihr abzuwarten. Es schmerzte ihn, sie zu enttäuschen. Ich weiß, ich habe die richtige Entscheidung getroffen, versuchte er sich zu beruhigen. Sie wird es irgendwann verstehen.

Unter dem neuen, überhängenden Dach des Hühnerstalls zog Germunt einen kleinen Eselskarren hervor. Die Räder liefen schwer und knirschten. Als Germunt die Herumstehenden erreichte, befahl er mit fester Stimme: »Macht Platz!« Man gehorchte ihm, und er stellte den Karren vor der Kirchentür ab. Stumm zwängte er sich an Claudius vorbei in die Kirche. Er griff zwei Figuren aus den Trümmern und schleppte sie hinaus, um sie in den Kasten zu laden.

Eisiges Schweigen empfing ihn. Einige Dienstleute lösten sich aus der Gruppe und gingen fort. Jemand sagte: »Herrgott, vergib ihm.« War das nicht Biterolfs Stimme? Germunt sah nicht auf, sondern lief zurück, um mehr zu holen.

In der Tür begegnete ihm Claudius mit dem Marienkopf und einer Büste. »Wartet Ihr kurz am Kreuz?«

»Ja.«

Vom Altar aus besah Germunt die Schutthaufen. Sie würden die ganze Nacht und etliche Karrenladungen brauchen, um die Kirche leer zu räumen. Aber es war besser, wenn sie es gleich taten.

Claudius näherte sich. »Fasst Ihr dort am Balkenende an?«

Sie hoben das zerbrochene Kreuz in die Höhe. Der Querstamm schwang an einer dünnen Spanverbindung hin und her. Als sie nach draußen traten, wurden ärgerliche Stimmen laut. »Ketzer!«, rief jemand. »Gottlose!«, ein anderer. »Gottverfluchte Heiden!«

Wieder in der Kirche, fand Germunt Stilla, die an den Trümmern kniete und sie befühlte, als wollte sie dadurch verstehen, was geschehen war. Gerade als er sie ansprechen wollte, erhob sie sich mit einem goldenen Schlüssel und dem Weihrauchfass in den Händen und lief zum Karren.

Es wurde eine lange Nacht. Sie fuhren die Trümmer wie Leichen aus der Stadt hinaus und begruben sie am Rande des Friedhofs.

Einmal, als sie den leeren Karren zurückschoben, sprach Germunt den Bischof an. »Denkt Ihr, sie werden Euch aus dem Amt werfen?«

»Ich kann meinen Standpunkt gut begründen. Sie werden es versuchen, sicherlich. Möge Gott ihnen die Augen öffnen.«

»Und Eure Dienstleute?«

»Am kommenden Sonntag werde ich ihnen die Wahrheit predigen, wie ich es schon immer tue. Wer mein Handeln nicht versteht, kann mich fragen.«

Montag war es, also blieb eine ganze Woche. Heute war der Tag des heiligen Basilius. Bedeutete das etwas?

Nicht einer der Männer, nicht eine der Frauen trat zu ihnen, um ihnen zu helfen. Es war, als wären sie Geächtete. Man hielt Abstand zu den drei Menschen, als hätte sie eine gefährliche Krankheit befallen.

Natürlich hätte Claudius seinen Bediensteten befehlen können, die Kirchentrümmer wegzuräumen. Er ahnt, dass sie ihm nicht gehorchen würden, dachte sich Germunt. Um seine Autorität zu bewahren, transportiert er die Trümmer selbst. Immer wieder warf er verstohlene Blicke auf den Bischof. Er kam ihm sehr menschlich vor in dieser Sommernacht, in einer eigenartigen Mischung von Stärke und Schwäche, von Macht und Demut.

Auch Stilla sah er prüfend an. Sie lief neben dem Wagen, eine Hand auf den Kasten gelegt. Was ging in ihr vor? Ihre Stirn war zerfurcht, als würden nicht nur ihre Hände, sondern auch ihr Kopf schwere Arbeit leisten.

Der Himmel bekam schon eine rötlich graue Färbung, als sie die Kirchentür schlossen und den Karren vor den Hühnerstall rollten.

»Ich danke Euch. Ihr habt für mich viel aufs Spiel gesetzt.« Claudius sah sie kurz an, dann schlug er den Blick nieder. »Sie werden Euch hassen, wie sie mich hassen. Ich weiß nicht, ob Ihr eine gute Wahl getroffen habt.«

»Was bedeuten die Menschen? Ich möchte nicht in der Hölle brennen.«

Erstaunt sah Germunt zu Stilla hinüber. Ihr schmutziges Kleid und ihre staubigen Arme und Hände zeugten von der arbeitsamen Nacht. Sie kannte die Schriften des Bischofs nicht. »Warum hast du uns geholfen?«

Stilla schwieg. Ihre Hände zitterten.

»Hört«, begann der Bischof, »vielleicht ist es am besten, wenn Ihr im Palast schlaft. Ich möchte nicht, dass sie Euch für etwas bestrafen, was ich getan habe. An mich als geweihten Mann werden sie sich erst einmal nicht heranwagen.«

Germunt hatte den Blick nicht von Stilla genommen. Sie nickte.

Im Palast suchten sie sich Strohsäcke aus den Gästeräumen und legten sie zu Füßen von Claudius' Bettlager nieder. Bevor sie sich in der Morgensonne schlafen legten, sprach Claudius ein lautes Gebet: »Vater, das war eine schwere Nacht. Vergib uns, dass wir nicht eher gehandelt haben. Wenn es dein Wille ist, halte deine Hand über unser Leben. Der Böse wütet, aber er ist machtlos gegen dich. Amen.«

Es genügte Germunt, zwei, drei Gesichter zu sehen, um sofort jeden Gedanken daran zu verwerfen, dass es sich um ein Nachtgespinst gehandelt habe und alles beim Alten sei. Die finsteren Blicke nicht erwidernd, begab er sich in die Schreibstube, um Theodemirs Brief, einige Pergamente und Schreibwerkzeug in den Palast zu holen.

Biterolf saß an seinem Pult und schrieb. Als er eintrat, sah der Notar kurz auf, blickte dann aber wieder auf sein Schriftstück und führte weiter die Feder.

Germunt holte sich den Brief und das Schreibzeug. Dann blieb er stehen und betrachtete mit einem Anflug von Trauer Biterolfs feine Hände, die so gar nicht zu seinem umfangreichen Körper passen wollten. Das trotzige Kindergesicht des Notars sah heute gealtert aus.

»Was schreibst du?«

Biterolf drehte die Feder in der Hand, wie er es manchmal tat, wenn er das Geschriebene noch einmal las. Er sah Germunt nicht an. »Kanzler Eike hat es mir aufgetragen. Er schildert verschiedenen anderen Bischöfen den Vorfall und bittet um Rat.«

»Eigenmächtig?«

Stumm nickte der Notar.

Germunt tat einen tiefen Atemzug. »Biterolf, du kennst das, was Claudius lehrt, du hast seine Schriften selbst in Bücher übertragen. Glaubst du ihm?«

»Ich weiß es nicht. Er kennt die Bibel wie niemand sonst und folgt Augustin in einer klugen Art. Aber was heute nacht geschehen ist –«

»War doch nur die Folge dieser Gedanken!« Germunt machte einen Schritt auf das Pult zu, aber Biterolf erhob abwehrend die von Tinte schwarze Hand, immer noch den Blick auf seinem Pergament.

»Ich möchte nicht darüber streiten. Er ist zu weit gegangen. Sie verabscheuen ihn, weil er das zerstört hat, was ihnen heilig war.«

»Ist es wirklich heilig?«

»Ich weiß nicht.« Biterolfs Stimme klang müde.

»Biterolf, du hast dich nie viel darum geschert, was die anderen über deine Auffassungen denken ...«

»... die der Bischof nicht teilt.«

»Gut, die der Bischof nicht teilt, aber du hast dir eigene Gedanken gemacht und an ihnen festgehalten. Claudius tut nichts anderes. Bedenke wenigstens seine Argumente.«

Jetzt sah Biterolf ihn an. »Er ist Bischof! Germunt, er kann sich keine persönliche Lehre erlauben! Er steht für die Kirche, von der er sein Amt erhalten hat, und muss das Volk führen wie ein Hirte seine Schafe. Da kann er nicht ihre Weide niederbrennen!«

»Richtig, er führt das Volk. Und wenn die Herde auf eine Schlucht zuläuft, muss er ihre Richtung ändern.«

Biterolf tunkte seine Feder in das Tonfässchen. »Ich habe Arbeit zu erledigen.«

Ich kenne deine Stimme. Germunt lächelte in Gedanken. Meinst du, ich merke nicht, wie unsicher du dir bist? »Wirst du«, sagte er leise, »wenigstens noch einmal darüber nachdenken?«

Biterolf antwortete ebenfalls gedämpft: »Dir zuliebe.«

Im Hof begegnete Germunt einer Gruppe von Knechten und Mägden, die einem Priester hinterherliefen. Sie sangen verzweifelt, bis der Priester vor der Kirche stehen blieb, die Fingerspitzen in eine Wasserschale tunkte und die Kirchentür mit Tropfen bewarf.

Da erscholl Claudius' Stimme vom Palast her über den Hof. »Diese Kirche ist nicht entweiht. Sie hat mehr Heiligkeit gefunden, als sie je hatte.« Der Bischof lief auf die Gruppe zu. »Verschwindet!« Bevor er so nahe kam, dass er sie hätte berühren können, wichen ihm die Menschen aus. Der Priester schüttelte noch ein paar Tropfen gegen die Kirchenwand, zog sich aber, als Claudius näher trat, ebenfalls eilig zurück.

Germunt erreichte Claudius gerade rechtzeitig, um ihn murmeln zu hören: »Sie haben nichts verstanden.«

»Da gibt es noch mehr. Herr, darf ich Euch den Brief Eures Schülers Theodemir zeigen?«

»Er ist nicht mein Schüler, jedenfalls nicht mehr. Wir betrachten uns als Freunde. Bringt mir seinen Brief. Er ist jemand, der versteht, was ich meine.«

»Ich trage den Brief hier in Händen. Wenn Ihr gestattet, würde ich Euch gern dazu erzählen, wie ich ihn erhalten habe.«

»Natürlich.« Man merkte dem Bischof seine Müdigkeit an. »Während wir geschlafen haben, sind die Besucher wieder gegangen, die für heute angesagt waren. Also habe ich Zeit.«

In einem der Beratungsräume des Palastes setzte sich der Bischof auf eine hölzerne Bank, die mit einem Bärenfell bespannt war. Claudius atmete tief wie ein Schlafender. Er zwirbelte mit den Fingern die Zotteln des Fells, während Germunt sich einen Schemel suchte.

»Ich würde gern … ganz frei sprechen, Herr.«

»Tut es.«

»Es könnte Euch aber verärgern.«

»Schluss mit diesen albernen Vorreden. Sagt, was Ihr mir zu sagen habt!«

Germunt schluckte. »Ich habe Theodemir in einem Gasthaus am Ufer der Rhône gefunden. Zuerst ist mir seine Kleidung ins Auge gefallen. Während ich ihn beobachtete, habe ich eine Ahnung von seinem außergewöhnlichen Verstand bekommen.«

Die Mundwinkel in Claudius' Gesicht hoben sich zu einem kleinen Lächeln.

»Aber der ist ihm scheinbar zu Kopfe gestiegen. Er war gereizt und hatte immer Sorge, seine Mönche würden ihn wegen seines geringen Alters verspotten. Ich habe ihn auf Euch angesprochen, doch er hat keine Freude gezeigt.«

»Er wird viel Ärger gehabt haben an jenem Tag. Wenn einmal die Körpersäfte hochgekocht sind, ist niemand mehr gerecht«, unterbrach ihn Claudius.

»Möglich.« Germunt spürte seinen Kopf wie einen Bronzekessel, in dem Wasser zum Sieden kam. Sag es, befahl er sich innerlich. Sag ihm die Wahrheit! Er räusperte sich. »Das kann allerdings nicht der Grund dafür sein, dass er Euch Merkwürdigkeiten in der Lehre vorwirft und Euch um Eure Bekanntheit in mehreren Ländern beneidet.«

»Es wird sich nur um Formsachen handeln.« Claudius streckte die Schultern und setzte sich aufrecht. »Ich weiß selbst, dass mein Kommentar zum Korintherbrief nicht fehlerfrei ist. Häufig habe ich Augustin aus dem Gedächtnis zitiert, gut möglich, dass es mitunter gar nicht Augustin war, der das Entsprechende gesagt hat, sondern dass ich ihn mit Beda verwechselt habe oder Hieronymus oder Isidor, die an anderen Stellen im Buch zu Wort kommen. Meine Markierungen am Seitenrand sollten eigentlich Hilfe genug sein, entsprechende Missgriffe zu entlarven. Ich bin umsichtiger vorgegangen als manch anderer vor mir.«

»Sicherlich, sicherlich. Mein Eindruck war, dass es ihm um das Inhaltliche ging.« In Germunts Kopf brodelte es. Mit feinem Kitzeln rannen Schweißtropfen von seinen Schläfen auf die Wangen hinab. Er wischte sie mit dem Ärmel fort. »Ich habe in der Nacht ein Gespräch zwischen Theodemir und einem seiner Mönche mitgehört. Er hat von den Bildern in der Kirche gesprochen, von den Pilgerfahrten und den Reliquien. Er meint, dass Ihr Euch ›verrannt‹ habt, so hat er es jedenfalls gesagt.«

»Soso. Theodemir ist noch sehr jung, er kann noch lernen. Vielleicht stellt er im Brief Fragen, die ich ihm beantworten kann, um seine Zweifel zu lichten. Gebt ihn mir.«

Germunt reichte dem Bischof das klein gefaltete Schriftstück. Als Claudius das Siegel erbrach, schluckte Germunt. Es konnte sein, dass Theodemir freundlich geschrieben hatte.

Dann stand er, Germunt, wie ein Lügner da, wie einer, der dem jungen Mann die Freundschaft zum Bischof nicht gönnte. Vielleicht war der Abt wirklich nur schlecht gelaunt gewesen. Plötzlich reuten ihn seine vielen Erklärungen. Er hätte den Brief schweigend übergeben sollen.

Während der Bischof las, beobachtete Germunt dessen Gesicht auf die kleinsten Regungen hin. Ruhig fuhren die graublauen Augen des Bischofs über das Pergament. Die Stirn stand reglos, der Mund lag still. Irgendwann weiteten sich die Nasenflügel für einen tiefen Atemzug. Dann sah Claudius über den Rand des Pergaments hinweg in die Ferne. »Theodemir.« Er sprach leise. Flüsterte fast. »An den kaiserlichen Hof zur Prüfung übersandt.«

24

Der Himmel strahlte in prächtigem Blau. Vom neuen Hühnerstalldach bis zum Hoftor spannte sich diese Kuppel, und nicht ein Fetzen Weiß befleckte sie. Vögel jagten wie Pfeile hoch oben durch die Luft, sie zirpten vor Vergnügen.

Germunt ließ sich am Palastfenster die Sonne ins Gesicht scheinen. Es war Sonntag. Keine Arbeit, keine tintenbefleckten Finger, keine Rückenschmerzen erwarteten ihn. Er lächelte, als er daran dachte, dass ihn nur eine Wand von Stilla trennte. Seit Claudius ihnen vor vier Tagen eigene Zimmer im Bischofspalast zugewiesen hatte, war Germunt jeden Morgen in der Versuchung gewesen, Stilla wecken zu gehen. Es scheiterte allein an seiner Scheu und daran, dass er nicht wusste, wie er sie berühren oder ansprechen sollte, ohne sie zu erschrecken.

Leichtfüßig sprang er die Treppe hinunter und zur Tür hinaus. Eine Idee beflügelte ihn. Dass er auf dem Hof niemanden antraf, kam ihm gut zupass. Er schob das Zauntor einen Spalt auf und lief in den Kräutergarten. Achtlos ging er an den kleinen Pflänzchen vorbei, weiter zu den Bäumen. Hatten die Aprikosenbäume nicht vor ein paar Tagen noch *rot* geblüht? Jetzt waren die Gewächse über und über mit weißen Blüten bedeckt, wie Schnee lagen einzelne Blütenblätter um ihren Stamm herum im Gras. Nahe der Kelchblätter waren die Blüten noch von roten Adern durchzogen, das war alles, was von der roten Pracht geblieben war. Vielleicht hatte die Sonne sie weiß gefärbt.

Einen Moment überlegte Germunt, ob er die Blätter vom Boden auflesen sollte, aber sie waren nass vom Tau, also begann er, Blüten von den Ästen zu pflücken, die schon an der warmen Luft getrocknet waren. Jede Blüte ist eine Aprikose, schalt ihn sein Gewissen. Indem er an die Früchte dachte, die zu Boden fallen würden, beruhigte er sich. Er redete sich auch ein, die verbleibenden Aprikosen würden besonders groß wachsen, weil sie mehr Platz bekamen. Bienen tanzten um seine Hände und sangen ihr tiefes, ernstes Lied.

Bald konnte er kaum mehr seine Hände um den weißen Flausch schließen. Er ließ die Bäume stehen, schob das Zauntor mit dem Ellenbogen auf und ging zurück zum Palast. Vor Stillas Tür blieb er stehen. Er hörte sie leise summen, also war sie schon wach.

»Stilla? Darf ich eintreten?«

Es wurde still. »Ja.«

Seine Schulter stieß die Tür auf, die Ferse schloss sie hinter ihm. »Guten Morgen.«

Da stand sie in ihrem Sonntagskleid aus hellem Leinen und lächelte ihm verwirrt entgegen. »Man darf uns so nicht sehen, Germunt, allein in einem Raum.«

»Halt einmal still und rühre dich nicht.«

»Was wird das?«

»Schön stehen bleiben.« Er hob seine Hände über ihren Kopf und öffnete sie. Wie weiche Schneeflocken segelten die Blütenblätter auf Stilla hinab. Sie fingen sich in ihrem Haar, streichelten ihre Wangen, glitten ihre Hände entlang und fanden eine nach der anderen bei ihren Füßen Ruhe.

»Das ist wunderschön«, sagte sie. Mit spitzen Fingern zog sie eine Blüte aus den Haaren, befühlte sie und roch daran.

»So wollte ich dich wecken.«

»Du bist so lieb zu mir!« Stillas Worte gingen in einem dröhnenden Ton unter. Der Klang verhallte, sich selbst überschlagend, und erneut wurde der Ton angeschlagen. Sie neigte sich vor, tastete nach Germunts Schulter und brachte ihren Mund an sein Ohr. »Gehen wir gemeinsam zum Gottesdienst?«

Erfreut schob er seine Hand um ihre Hüfte, aber sie lachte und schüttelte sie ab. »Du bist verrückt!«, rief Stilla gegen die Glocken an.

Der Hof, der eben noch so leer gewesen war, füllte sich mit Menschen. Germunt las Furcht und Anspannung auf den Gesichtern. Heute drängte man sich nicht in den Kirchenraum wie sonst, viele standen unschlüssig neben der Tür und beobachteten die Hineingehenden. Ein Mann rief: »Geht da nicht hinein! Ihr versündigt Euch am Herrn, diese Kirche ist von Dämonen verunreinigt!« Als Claudius an ihm vorbeilief, schwieg er und starrte vor sich hin. Der Bischof setzte bei jedem seiner Schritte mit Kraft den Krummstab auf dem Boden auf. Zugleich wirkte es bedächtig, weil er langsam lief. Er trug das weiße Rochett mit den engen Ärmeln und darüber eine rote, weiß bestickte Kasel, die ihm über die Brust fiel und den halben Rücken hinab. Die langen, kastanienbraun gelockten Haare wirkten heute ungepflegt, aber das Gesicht war ruhig, die buschigen Augenbrauen entspannt.

Man machte Platz für den Bischof. Niemand trat an ihn heran, um ihn um seinen Segen zu bitten. Hatte das weiße Rochett Claudius sonst als einen Engel erscheinen lassen, trennte ihn der Talar heute von den anderen, die dunkel gekleidet waren, wie eine fremde Hautfarbe.

Germunt trat neben Stilla durch die Tür. Ein Messdiener in dunkler Kutte besprengte die Eintretenden mit Weihwasser, dann begannen einstimmige Gesänge. Das Rasseln von Schellen und sanfte Flötentöne mischten sich mit dem weißen Nebel, der um den Altar zog. Hatten sie heute besonders viel

Weihrauch verbrannt, damit die Leere nicht auffiel? Der würzige Geruch biss in Germunts Nase. Alle schauten sich um, als wären sie zum ersten Mal in diesem Raum.

Sieben Ministranten trugen sieben Kerzenleuchter zum Altar und stellten ihre prunkvollen Lichter ab. Der Bischof nahm auf seinem Thron Platz, würdevoll wie eh und je, aber er ließ seinen Blick nicht über die Menge schweifen, wie er es sonst tat, sondern sah fest auf den Altar.

In voller Zahl stellten sich die Diakone und Subdiakone hinter dem Messpriester auf. Doch der Gesang des Volkes, das Kyrie, das Gloria und Sanctus, wirkte dünn. Sonst sind sie immer froh, wenn sie singen dürfen, dachte Germunt, und wollen am liebsten auch die anderen Lieder mitsingen, die sie nicht dürfen. Noch letzte Woche mussten die eifrigen Sänger ausgezischt werden. Heute bekamen sie kaum den Mund auf.

Er drehte sich um. Ademar fehlte, Ato, Thomas, einige andere. Biterolf stand hinten an der Tür, als wollte er die Möglichkeit haben, im Notfall rasch die Kirche zu verlassen. Als ihre Blicke sich trafen, senkte Biterolf die Lider.

Odo war an seinem gewohnten Platz. Der Meister strahlte Ruhe aus, wie er es immer tat. Die schmucklose Kirche schien ihn nicht zu stören, er folgte mit reglosem Gesicht der Liturgie. Einige andere aber fuhren ungläubig mit ihren Fingern über die raue, nackte Fläche von Sand, Kalk und Ton, die einmal eine geschmückte Kirchenwand gewesen war. Eine Frau kniete an der Stelle nieder, an der die bemalte Figur des Petrus gestanden hatte, und betete.

Die Stimme des Messpriesters erscholl, man möge seine Opfergaben zum Altar bringen.

»Geht jemand?«, flüsterte Stilla.

»Noch nicht, aber ich sehe zwei Frauen, die ihren Männern etwas geben.«

»Nur zwei?«

»Ja. Jetzt gehen die Männer zum Altar. Einer trägt ein Brot auf einem Leinentuch, der andere einen kleinen Krug. Sicher Öl.«

»Wie schaut Claudius?«

»Warte, da kommt noch einer. Er legt Münzen ab.«

»Das waren alle?«

»Ja.«

»Und Claudius?«

»Er lässt sich nichts anmerken. Guckt ernst, aber nicht böse.«

Ein Gloria wurde angestimmt. Stilla raunte etwas lauter. »Sie haben Angst um ihr Seelenheil. Wie ich.«

Germunt spürte beinahe ihre Lippen an seinem Ohr. Eine warme Welle lief vom Ohr über die Haut auf seinem Nacken. »Denkst du, es ist Sünde, was er getan hat?«

»Nicht nur er. Wir haben mitgemacht.«

Endlich erhob sich Claudius. Es wurde so still im Raum, dass man auf seinem Weg zum Altar den Stoff rauschen hörte. Straff spannte sich das Rochett über seiner kräftigen Brust, als er sich zum Volk drehte. Germunt stellte sich Claudius wechselweise in Bischofskleidern und in Kriegsrüstung vor. Er konnte nicht umhin, diesen Mann zu bewundern.

Der Blick des Bischofs war aus der Ferne zurückgekehrt, und es schien eine Ewigkeit zu vergehen, während er jeden Einzelnen ansah. Dann wies er mit dem Arm zur Kirchenwand. »Bis vor wenigen Tagen war dort ein Bild zu sehen, und ich weiß, dass ihr mich hasst, weil ich es zerstört habe.« Seine Worte hallten in den Raum. Er sprach erst weiter, als sie zwischen seine

Zuhörer gesunken waren. »Es war das Bild einer schönen Frau mit einem Knaben auf dem Schoß.«

Jemand murmelte ehrfürchtig: »Maria.«

»Richtig, Maria«, setzte Claudius fort. »Ohne Aufschrift an der Wand hätte es sich auch um Venus mit Aeneas, Alkmene mit Herakles oder Andromache mit Astyanax gehandelt haben können.«

Ein Raunen der Empörung ging durch den Raum.

»Ihr habt nicht Maria angebetet, sondern das Bild einer Frau mit Kind.«

»Aber damit haben wir Maria geehrt«, rief ein älterer Mann.

»So? Wenn ihr mich ehren wollt, dann hoffe ich, dass ihr nicht vor einem Bild von mir niederkniet, sondern gut von mir sprecht und tut, was ich euch gebiete. Ehrt ihr wirklich Maria, wenn ihr ein Bild anbetet?«

Germunt sah den Messpriester die Lippen zusammenpressen. Er blickte um sich: Überall zog man die Brauen zusammen, schüttelte den Kopf, senkte die Mundwinkel herab. Einzig Odo hörte mit wachem, interessiertem Blick zu.

Claudius wies auf den kreuzförmigen Staubumriss hinter dem Altar. »Dort hing das Kreuz. Warum habt ihr euch davor gekrümmt?«

»Um Christus zu ehren«, sagte der ältere Mann. »Er ist am Kreuz für uns gestorben.« Zustimmendes Gemurmel folgte.

»Warum betet ihr dann ein Kreuz an und nicht ihn selbst? Am Kreuz hing er nur sechs Stunden, aber im Bauch der Jungfrau war er neun Monate. Deshalb lasst uns Jungfrauen verehren, weil eine Jungfrau Christus zur Welt brachte! Lasst uns Krippen verehren, denn er wurde kurz nach seiner Geburt in eine Krippe gelegt. Altes Leinen soll verehrt werden, darin wurde er gewickelt, als er geboren wurde.«

Es wurde laut im Kirchenraum.

»Hier sind Dämonen am Werk«, schrie jemand. »Bewahrt eure Herzen!«

Claudius wartete einen Moment. Dann sprach er etwas ruhiger. »Wollt ihr Boote verehren, weil er häufig auf Booten segelte und die Menge von einem kleinen Boot aus lehrte? Er schlief auf einem Boot, befahl den Winden von einem Boot, und es war zur Rechten eines Bootes, wo nach seiner Prophezeiung der riesige Fischfang gemacht wurde. Wollt ihr auch Lanzen verehren? Einer der Söldner öffnete seine Seite mit einer Lanze, und aus dieser Wunde flossen Blut und Wasser, die Sakramente, mit denen die Kirche ...«

Man konnte ihn nicht mehr hören. Laute Rufe, Schieben, Drängeln und wütendes Pfeifen erfüllten die Kirche. Die Tür öffnete sich, und ein Strom von Leuten verließ den Gottesdienst.

Da kam vom Altar die Stimme des Bischofs mit solcher Kraft, dass sie alles übertönte. Er hob die Arme und rief: »Ihr meint, das ist dumm? Ich bin gezwungen, mit dummen Sachen gegen Dummköpfe vorzugehen und steinharte Schläge gegen steinerne Herzen zu führen.«

So muss er auf dem Schlachtfeld seine Befehle geben, dachte Germunt. Er zog Stilla an den Rand des Raumes und wartete, bis die Unruhe sich gelegt hatte. Nur wenige waren geblieben, eine Handvoll. Biterolf war nicht unter ihnen.

Claudius ließ die Arme herabsinken. Er sprach leise. »Pfeile der Worte und Meinungen nützen nicht mehr viel. Es wirke der Geist des Herrn.«

Als Biterolf am Hoftor Ato, Thomas und einige andere sah, die spottend die Menge dirigierten, wäre er am liebsten in die Kirche zurückgekehrt.

»Auf, Leute, nur die Straße hinunter – in der Johanneskirche hört ihr eine anständige Predigt.«

»Haben wir's nicht gleich gesagt?«

»Und nehmt genug Weihwasser, an euch klebt der Staub der Gotteslästerung!«

Was mache ich?, fragte sich Biterolf. Ging er in eine andere Kirche, hatten diese Idioten ihren Willen bekommen. Er machte unter dem Torbogen kehrt und befreite Farro aus der Schreibstube. Dann passierte er die Schadenfrohen erneut.

»Biterolf? Du bist nicht im Gottesdienst?«

»Ach, wisst ihr«, entgegnete er ihnen, »wenigstens muss ich nicht am Tor rumstehen wie ihr. Was habt ihr bloß verbrochen, dass der Kanzler euch diese blöde Aufgabe zugedacht hat?«

Zuerst sah man Biterolf mit großen Augen an, dann brachen die Spötter in ein unsicheres Lachen aus.

Dass sie nichts zu erwidern wussten, machte ihn stolz. Er eilte, sich zu entfernen, um ihnen die Gelegenheit zu nehmen, doch noch zu antworten.

Und ich?, mahnte er sich. Weiß ich denn, mit dieser Lage umzugehen? Farro stieß seine Hand mit der nassen Schnauze an. »Lauf nur vor, Kleiner, lauf. Ich muss ein wenig nachdenken.« Der Hütehund trottete entlang der Häuserfront voran.

Claudius versuchte, das zu tun, was er für richtig hielt. Aber er sollte nicht seine seltsamen Auffassungen zum Mittelpunkt der Verkündigung machen! Und hatte er das Recht, die Schätze der Kirche zu zerstören? Hatte er das Recht, seine Herde dazu zu zwingen, seinen Ansichten zu folgen?

Ein magerer, gescheckter Hund tänzelte um Farro herum. Die beiden berochen sich. Dann trottete Farro gleichgültig weiter, während ihm der andere folgte. Er stieß Farro während des Laufens immer wieder mit der Schnauze in die Seite, bis

Farro stehen blieb und ihn anknurrte. Der Gescheckte setzte sich auf die Hinterläufe und winselte. Farro lief weiter.

Wenn ich Bischof wäre, dachte Biterolf, und seine Ansichten hätte, würde ich vielleicht einige Figuren entfernen, über Jahre, sodass es kaum auffällt. Aber niemals würde ich alles vernichten, was meinen Anbefohlenen heilig ist.

Ob Claudius nicht wusste, dass er nun leicht zum Ketzer erklärt werden konnte? Nicht nur sein Amt stand auf dem Spiel, auch sein Leben! Vielleicht wusste er es ... Ein seltsames Kitzeln lief Biterolfs Arme hinauf. Er wusste es, und trotzdem folgte er dem, was er für richtig hielt. Es kostete ihn alles. Alles. Hing er nicht an seiner Stellung? Seine Weisheit hatte ihn überall bekannt gemacht – er musste doch wissen, dass er gerade sein Leben zerstörte!

Sie durchschritten das Stadttor und folgten einem Ackerweg, der auf die Weinberge zuführte. Farro holte weit aus mit den schwarzen Läufen, er jagte über das Feld, auf dem zarte Halme sich zur Sonne streckten. Plötzlich blieb er stehen, die Schnauze im Erdboden, als sei er damit stecken geblieben. Er begann, mit den Pfoten zu graben, bellte in das Loch hinein und grub weiter.

Claudius hatte ihn gelobt, dass er dem Wortlaut der Bibel zu folgen versuchte, obwohl er, Claudius, anderer Ansicht war. Seine klugen Schriften ... Hatte er heute unbedingt so spöttisch predigen müssen? Niemand betete Windeln an oder verehrte Boote. Das Kreuz erinnerte doch an die wichtigste Handlung des Gottessohnes, an das bedeutsamste Ereignis der Geschichte der Welt. Wie konnte er es abschaffen wollen?

Ein warmer Sommerwind drang befreiend in Biterolfs Brust. Der Wind brachte die Halme dazu, ihre Spitzen zu neigen. Farro sah sich nach seinem Herrn um.

»Lauf nur!«

Er wedelte mit dem Schwanz, wie zur Verständigung, und lief dann den ersten Hügel hinauf, über den sich an langen Krückenreihen die Reben zogen.

Man konnte fast meinen, Claudius war verzweifelt, weil er einfach nicht wusste, wie er dem Kirchenvolk seine Befürchtungen deutlich machen sollte. Biterolf entsann sich eines älteren Mönchs in Sankt Gallen, der einmal vor Wut Stockhiebe verteilt hatte, weil ein Schüler in die Gitterschrift am Kopf einer Urkunde wiederholt kleine Buchstaben gemengt hatte. Der Schüler heulte damals laut, er konnte es nicht besser.

Wovor hatte Claudius denn Angst? Warum wollte er nicht, dass das Volk die Bilder und das Kreuz anbetete? Fürchtete er wirklich, dass sie Gottes Gebot übertraten? Oder meinte er, das Volk vergaß, zum Herrgott selbst zu beten, weil es sich zu viel um die Symbole und Heiligenbilder kümmerte?

Hinter der Hügelkuppe brach Farro in entrüstetes Knurren und Bellen aus. So tief grollte der Hütehund nicht ohne einen Grund.

»Verschwinde! Sei ruhig!«, war eine hohe Stimme zu hören.

Biterolf beeilte sich, den Hügel hinaufzukommen. »Farro, aus!« Die Luft wurde ihm knapp, er atmete in kurzen Stößen. Als er die Hügelkuppe erreicht hatte, sah er Farro mit angelegten Ohren und gefletschten Zähnen vor einem kleinen Jungen stehen, der die dünnen Arme ausgebreitet hatte. »Geh weg«, rief er.

Biterolf schnaufte hinter Farro heran und packte ihn am Fell. »Nun sei – aber ruhig. – Der Junge – hat dir doch nichts getan.«

Der Hütehund winselte und schüttelte sich. Dann bellte er und begann wieder zu knurren.

»Sagt ihm bitte, dass er ruhig sein soll!« Der Junge sprach mit heller, feiner Stimme. »Er stört meinen Freund.«

»Warum bist du nicht in der Kirche?«

»Ich hab ihm versprochen, dass ich nicht weggehe, und daran halte ich mich.«

Jetzt erst erblickte Biterolf hinter dem Jungen ein Stück rotes Fell am Wegrand liegen. »Ganz ruhig, Farro«, sagte er streng und drückte den Hütehund zu Boden.

Er näherte sich vorsichtig, sich vergewissernd, dass Farro zurückblieb. Dort lag ein Fuchs mit blutverkrustetem Hals im Schatten der Reben. Der Brustkorb hob und senkte sich rasch, und die Augen waren zu schmalen Schlitzen geschlossen. Das Tier lag auf der Seite, die Beine von sich gestreckt.

»Was ist passiert?«

»Das weiß ich nicht. Ich habe ihn so gefunden heute früh. Er will nichts fressen.« Zum Beweis hielt der Kleine dem Fuchs einen alten Brotkanten vor die Schnauze.

»Komm, Junge, lass das arme Tier. Es braucht Ruhe.«

»Und er braucht einen Freund. Seht Ihr nicht? Er hat sich am Hals wehgetan.«

Farro sprang auf und knurrte tief. Biterolf konnte sehen, wie der Fuchs zusammenfuhr.

»Bitte, nehmt den Hund weg, das macht ihm Angst.«

»Junge, willst du wirklich hierbleiben? Komm, gehen wir gemeinsam und lassen das Tier.«

»Nein. Er braucht mich. Ich bleibe bei ihm.«

Der Junge würde ansehen müssen, wie das Tier starb. Biterolf strich sich über den Nacken. Da er nicht wusste, was er noch tun konnte, um den Jungen von dem Fuchs fortzubekommen, packte er Farro am Fell und zog ihn mit sich.

Kaum war der Junge außer Sichtweite, traf es Biterolf, als

fiele ihm ein Mühlstein auf den Kopf. War es nicht dasselbe mit Claudius? Ob er nun rechtens oder unrechtens ketzerische Lehren predigte, er brauchte gerade jetzt seine Unterstützung. Konnte er ihn mit der Wunde, die er sich selbst zugefügt hatte, im Stich lassen? Im Grunde tat er nichts anderes, als er, Biterolf, all die Jahre getan hatte: Er folgte seiner Erkenntnis der Wahrheit.

Über einen weiten Umweg durch die Weinberge kehrte Biterolf nach Turin zurück. Er fand eine Stadt vor, in der jeder die Predigt des Bischofs kannte, war er nun in der Kirche dabei gewesen oder nicht. Wo auch immer Turiner sich zum Gespräch zusammengefunden hatten, erörterten sie die verrückten Gedanken, die Claudius am Morgen geäußert hatte. Biterolf hörte eine Gruppe von Männern mutmaßen, was mit der zerstörten Kirche passieren würde und ob es den anderen Kirchen der Stadt über kurz oder lang ähnlich erginge. Eine junge Frau behauptete steif und fest vor ihren Nachbarinnen, sie hätte einen Dienstmann des Bischofs gesehen, der vergoldete Heiligenfiguren zur Schmiede gebracht habe, um das wertvolle Metall einzuschmelzen.

Einmal, nicht weit vom Bischofshof, wurde Biterolf selbst angesprochen. Ein grauhaariger Mann mit wasserblauen Augen verneigte sich vor ihm und erklärte höflich, er sei ein reisender Kunsthandwerker. »Der Tuchhändler dort drüben sagte mir, Ihr steht in den Diensten des Bischofs von Turin?«

»Das tue ich.«

»Herr, ich bin neu in dieser Stadt und habe gehört, dass Euer Bischof das Innere einer Kirche hat abreißen lassen. Könnt Ihr mir sagen, ob bereits Feinhandwerker beauftragt sind, sie neu zu gestalten?«

»Ich glaube nicht, dass Claudius die Bilder wiederherstellen lassen möchte.«

»Das Gerücht wurde mir bereits zugetragen, dass Euer Bischof eine Abneigung gegen die gewöhnlichen Heiligen hat. Ganz gleich, welche neuen Heiligen er einführen möchte, ich kann ihm sicher dabei behilflich sein. Ich gestalte die Fresken ganz nach seinen –«

»Es wird keine Hilfe gebraucht und kein Auftrag vergeben, weil die Kirche leer bleiben soll. So habe ich Claudius verstanden.«

Biterolf wollte weitergehen, aber noch einmal stellte sich ihm der Mann in den Weg. »Darf ich fragen, warum? Jeder behauptet etwas anderes; Ihr könnt sicher am besten sagen, was der Grund dafür ist.«

Einen Moment dachte Biterolf nach. »Das sind schlechte Nachrichten für Eure Zunft. Claudius meint, Bilder sind unnötig, um Gott anzubeten. Er hält sie sogar für hinderlich. Die Kirche soll leer bleiben, damit sich das Denken der Beter auf Gott selbst richtet.«

»… auf Gott selbst richtet«, wiederholte der Handwerker halblaut. Er sah hilflos aus.

25

Gut, dass Stilla nicht wusste, was er hier tat. Sie würde sich zu Tode ängstigen.

Germunt fuhr mit der Hand die Mauerfläche über seinem Kopf entlang, bis die Finger eine Rinne gefunden hatten, in die sie sich hineinbohren konnten. Sein Hemd schabte auf den Steinen, während er sich höherzog und mit dem rechten Fuß neuen Halt suchte. Er fand einen hervorstehenden Stein, konnte endlich die Finger entlasten.

Das steife Knie, das ihm beim Gehen kaum noch auffiel, machte ihm jetzt ordentlich zu schaffen. Früher war es ihm leichter gefallen, an einem Haus hinaufzuklettern. Allerdings war dieses Haus wohl in einer Zeit gebaut worden, in der man mehr Wert darauf legte, sich mit seinen kräftigen Steinen wichtig zu machen, als eine gerade Wand zu errichten, und so fand er immer wieder Vorsprünge und Fugen, an denen er sich auch mit dem geschwächten Bein halten konnte. Er durfte nur nicht fallen oder sich in der Dunkelheit darin verschätzen, wie haltbar die Steine waren, denen er sich anvertraute.

Beide Füße in sicherem Stand, wagte er es, die linke Hand hinaufzustrecken: Da war er, der Fenstersims. Seine Finger umfassten die Kante, die rechte Hand kam nach und klammerte sich neben der linken fest. Langsam, ermahnte er sich. Mit dem Fuß stieß er gegen etwas Kantiges, Klobiges, das aus der Mauer ragte. Er lächelte. Ein Balken, wohl für den Fußboden des Raumes, in den er blicken wollte, das war makellos.

Er presste die Lippen aufeinander, als er den Körper hinaufzog. Beide Füße standen nun auf dem Balken, er musste sich ducken, damit sein Kopf nicht vor der Fensteröffnung im nach außen dringenden Fackelschein zu sehen war. Germunt lauschte, bis aus den undeutlichen Stimmen verständliche Worte wurden.

»Was habt Ihr unseren Männern gesagt?«

»Dass Ihr beim Grafen zu Gast seid.« Das war Godeochs Stimme.

»Zu Gast nennt Ihr das?«

»Nun, würdet Ihr die Verhältnisse in Turin kennen, dann würdet Ihr solcherlei Vorsichtsmaßnahmen verstehen. Schon mit dem einen Bischof, den ich in meiner Stadt habe, ist das Volk am Rande eines Ketzeraufruhrs. Ich kann nicht riskieren, zwei angesehene Äbte zu ihm stoßen zu lassen, ohne ihre Gesinnung zu prüfen, wenn Ihr versteht.«

Er fuhr sich mit der Zunge über die Lippen. Allein der Gedanke, einen einzigen Blick in das Fenster zu werfen! Du weißt, was geschieht, wenn du entdeckt wirst, warnte ihn eine innere Stimme. Aber die Neugier war unbesiegbar. Schon tauchten seine Augen in das Licht ein.

Es war ein großer Saal mit einer Tafel in der Mitte. Godeoch war von Germunts Fenster aus nicht zu sehen, aber er erspähte zwei ältere Männer, die am Tisch saßen, hinter ihnen vier Büttel mit den Händen am Schwertknauf. Die Männer trugen weiße, goldbestickte Gewänder, einer von ihnen hatte eine hohe, glatte Stirn und eine Adlernase, des anderen rechtes Augenlid war fortwährend halb geschlossen, und er bewegte beim Sprechen nur die linke Hälfte des Mundes. »Von einem Aufruhr haben wir nichts gesehen.«

Schritte kamen von der Seite. Germunt zog rasch den Kopf ein.

»Ihr seid gerade erst in die Stadt gekommen. Wisst Ihr denn, dass Claudius seine eigene Bischofskirche kurz und klein geschlagen hat?«

»Ihr habt eine blühende Phantasie, Graf.«

»So?« Godeoch hatte dieses Wort mehr gebellt als gesprochen. Dann redete er mit Mühe ruhig weiter: »Schaut sie Euch an. Die Bilder sind entfernt, die Figuren und Fresken, das Kreuz sogar.«

Die Äbte sprachen halblaut miteinander. Germunt konnte nicht alles verstehen, er hörte nur etwas von »Paris« und »umso wichtiger, dass er kommt«.

»Ihr wisst, dass Ihr in Turin in meiner Gewalt seid.«

»Wagt es nicht, uns anzurühren, Graf. Es kostet Euch den Kopf, wenn Ihr Euch an uns vergreift.«

»Nur die Ruhe, ehrwürdige Väter. Warum sollte ich Euch schaden, wenn Ihr mir nützlich seid? Ich werde Euch noch heute Abend entlassen. Geht zum Bischof und besprecht mit ihm, was immer Ihr wünscht. Aber erwähnt nicht unser kleines Treffen hier, sonst müsste ich Euch auf dem Weg zurück über die Alpen ein kleines Unglück zustoßen lassen.«

Einige Atemzüge lang war es still. »In Ordnung. Wir werden nichts darüber sagen.«

»Und noch eins: Überzeugt ihn davon, dass er Euch zu Ehren ein Festmahl geben muss, zu dem er auch mich und den mächtigen Suppo einlädt, weil wir sonst gekränkt wären.«

»Warum sollen wir das tun?«

»Ich möchte gern Eure Gesichter sehen, wenn ich ihm einige Fragen zu seinen Überzeugungen stelle. Nichts weiter. – Wachen, bringt sie zurück zu ihrem Gefolge. Macht das unauffällig, verstanden?«

»Ihr habt was getan?« Claudius lehnte sich mit aufgerissenen Augen nach vorn.

»Ich bin an der Wand raufgeklettert und habe Godeoch in seinem Saal belauscht.«

»Bist du wahnsinnig?« Der Bischof sprang auf und zog wütend die Augenbrauen zusammen. »Du setzt meinen Ruf aufs Spiel! Was fällt dir ein, dir derartige Freiheiten herauszunehmen?«

»Verzeihung, Herr.«

»Hast du mal darüber nachgedacht, was geschehen wäre, wenn sie dich entdeckt hätten?«

Germunt schwieg. Der Bischof kam ihm plötzlich wie ein Fremder vor, ein gefährlicher Fremder. Er wünschte sich weit weg.

Langsam ließ Claudius durch die Nase Luft entweichen. »Warum? Warum wolltet Ihr den Grafen bespitzeln?«

»Es war doch …« Germunt schluckte. »Es war doch zu erwarten, dass er das Durcheinander ausnutzt. Besser, wenn Ihr seine Pläne kennt.«

Der Bischof ließ sich auf einer der Truhen nieder, die die Wände der Kammer säumten. Felle waren vor die Fenster gehängt, und eine brennende Fackel steckte in einem Eisenring. Er strich sich durch die Lockenmähne. »Und was hat der Hundsfott ausgeheckt?«

»Er hatte zwei Männer bei sich, angesehene Äbte, die er wohl abgefangen haben muss, und hat ihnen gesagt, was mit der Kirche hier passiert ist.«

»Wen kümmert's? Jeder Besucher schaut sie sich an, da werde ich es Äbten erst recht nicht verbieten. Ich kann mein Handeln begründen. Wie sahen sie aus?«

»Der eine hatte eine hohe Stirn und eine Adlernase, der andere konnte sein rechtes Auge nicht richtig öffnen. Er hat auch den Mund sehr merkwürdig bewegt beim Sprechen.«

Claudius hob die Augenbrauen. »Das sind Ducteramnus von Saint-Chaffre und Iustus von Charroux! Was suchen die in Turin?«

»Sie haben irgendetwas von Paris gesagt.«

Es klopfte energisch an der Tür.

»Nein«, rief Claudius.

»Herr, es ist wichtig!«, erwiderte eine gedämpfte Stimme.

Der Hals des Bischofs färbte sich rot. Er sprach sehr laut. »Wir möchten nicht gestört werden!«

Einen Moment war es still. Germunt öffnete schon den Mund, um weiterzusprechen, da klopfte es erneut. »Ehrwürden, bitte, es sind Besucher gekommen, die Eure Aufmerksamkeit verdient haben.«

»Das werden sie sein«, sagte Claudius. Laut rief er: »Ich komme.«

Germunt stellte sich ihm in den Weg. »Wartet! Sie werden versuchen, Euch ein Festmahl aufzuschwatzen, zu dem Ihr auch Godeoch und irgendeinen Ruppo oder Suppo einladen sollt. Das ist eine Fußangel des Grafen.«

Mit einem kurzen »Ich danke Euch« schob sich der Bischof an ihm vorbei und verließ den Raum. Schon im Flur hörte man ihn rufen: »Thomas, Kanzler Eike, sorgt mir für ein gutes Abendessen. Erlwin, sind die Räume für die Gäste gefegt und gelüftet?«

Immer wieder betrat einer der Dienstleute unter Vorwänden den Speisesaal, um neugierige Blicke auf die Besucher zu werfen, sei es, weil Holz im Kamin nachgelegt werden musste, weil eine neue Pastete aufgetragen werden sollte oder weil der Wein ausgegangen war. Man tuschelte neidisch über Biterolf und Germunt, die am Tisch beim Gefolge der Äbte sitzen durften.

Am Kopf der Tafel speiste Claudius, zur Rechten und zur Linken je einer der beiden Klosterherren. Iustus schob sich das Brot seitlich zwischen die Zähne und setzte auch den Weinbecher auf der linken Seite an. Während Dructeramnus eher wenig sprach, ließ sich Iustus auch nicht von einem gefüllten Mund abhalten, Claudius Fragen zu stellen oder Neuigkeiten von ihrer Reise zu erzählen.

Er neigte sich ein wenig vor und hielt die Hand mit dem Brot schützend an seinen Mundwinkel. »So, und der Beleibte dort hinten ist Euer Notar?«

»Ja. Biterolf ist sein Name.«

»Was ist mit dem jungen Mann daneben? Seine gelben Augen flattern immer wieder zu uns herüber, als wollte er uns beobachten. Meint Ihr, er hält Dructeramnus und mich für gefährlich?« Iustus schmunzelte mit spitzem Mund.

»Ihr müsst dem jugendlichen Eifer vergeben. Germunt ist ebenfalls Schreiber – sehr talentiert, das könnt Ihr mir glauben. Ich ließ ihn erst kürzlich in Tours studieren, und seitdem sind seine Urkunden so kunstfertig geworden, dass sie sich nahezu mit den kaiserlichen messen können.«

Dructeramnus erwachte aus seiner Starre. »Können wir bei Gelegenheit eine solche Urkunde sehen? Ich habe einen meiner Schreiber mitgebracht, vielleicht kann er davon lernen.«

»Natürlich.«

»Nun, wisst Ihr«, Iustus spuckte feine Krümel auf den Tisch, »in Charroux pflegen wir eine ganz ausgezeichnete Schrift. Das Kloster wurde nicht umsonst von Kaiser Karl gegründet – Gott sei seiner erhabenen Seele gnädig –, in einer Zeit, als seine neue Schrift sich noch nicht so recht durchsetzen wollte. Bei den jungen Mönchen hatte er leichtes Spiel.«

»Als ich einmal durch Poitier reiste«, bemerkte Claudius, »wurde mir anderes erzählt. Es hieß, die Mönche hätten im Sommer nichts Besseres im Sinn, als in der Charente schwimmen zu gehen.«

»Üble Verleumdung! Sie sind wasserscheu, glaubt mir das!« Iustus nahm einen kräftigen Schluck aus dem Becher. »Aber sagt, Ihr habt noch gar nichts über Euren Feldzug gegen die Sarazenenbrut erzählt. Wie ist es Euch ergangen? Die Nachricht über die Kämpfe ist bis zu uns in den Westen vorgedrungen, allerdings wenig Genaues.«

»Was möchtet Ihr hören?«

»Was Ihr erzählen wollt.«

Claudius berichtete, wie man ihm den Überfall der Sarazenen an der Westküste gemeldet hatte und wie er mit langobardischen Reitern aufgebrochen war, um nach dem Rechten zu sehen. Andere Truppenteile hätten sich ihnen unterwegs angeschlossen, wie es ihrer Verpflichtung entsprach, und sie hätten gekämpft und die Krummsäbel zurückgeschlagen. Das sei alles.

»Hört Euch das an, Dructeramnus, wie bescheiden er ist. Ein Held, wie sie im Liede besungen werden. Siegreich und demütig zugleich.« Wieder schmunzelte der Abt mit spitzen Lippen.

»Auch Eure ruhmvollen Namen sind hier nicht unbekannt, Iustus und Dructeramnus. Ihr habt noch gar nicht erwähnt, aus welchem Grund Ihr nach Turin gekommen seid?«

Dructeramnus schob seinen Becher von sich und lehnte sich zurück. »Ich bin müde. Warum klären wir das alles nicht morgen, bei einem festlichen Essen? Dann hätte ich –«

»Ja«, fiel ihm Iustus ins Wort, »man könnte dazu auch den Grafen dieser Stadt einladen und den machtvollen Suppo, der zurzeit hier weilen soll, das würde überhaupt nichts schaden. Was haltet Ihr davon? Wir sind lange gereist und könnten ein wenig Fröhlichkeit vertragen.«

Germunt warf Claudius einen bedeutungsvollen Blick zu.

»Mein Weinkeller ist voll, und die Vorräte sind gut. Meinetwegen soll es ein Festmahl mit den Grafen geben, vorausgesetzt, Suppo und Godeoch folgen der Einladung.«

»Das werden sie sicher – so etwas lassen sie sich doch nicht entgehen!«

Auch die Äbte wechselten kurze Blicke.

Zwei Knechte trugen Holzeimer voll dampfenden Wassers über den Hof. Mit jedem Schritt verteilten sie unfreiwillig kleine Pfützen. Germunt folgte ihnen in den Palast und bis zur Schlafkammer des Bischofs, wo sie ihre plätschernde Fracht in einen Badezuber gossen.

»Das genügt, ich will ja nicht gekocht werden.« Claudius löste bereits seine Hosen, hielt sie aber mit den Händen oben, als er Germunt eintreten sah.

»Darf ich Euch sprechen, Herr?«

»Seht Ihr nicht, dass ich baden möchte?«

»Vergebt mir.«

»Geht noch einen Moment hinaus. Ich rufe Euch, wenn ich in den Zuber gestiegen bin.«

Germunt stand nicht lange im Flur, da rief ihn der Bischof schon hinein. Er lag bis zur Brust in weißem Nebel, hielt sich mit den Armen am Rand des Zubers fest und hatte die Augen geschlossen. Nicht genießerisch waren seine Züge, sondern müde. Zwei kleine Falten zwischen den Augenbrauen zuckten leicht. »Ihr wollt mich für das Festessen morgen tadeln, richtig?«

»Nun, ich …«

»Sagt einfach Ja.«

»Ja.«

»Ich hatte keine Wahl. Wie könnte ich die Bitte der zwei Weitgereisten nach einem festlichen Essen ablehnen?«

»Das ist genau das, was der Graf erreichen wollte. Er wird versuchen, Euch vor ihren Augen bloßzustellen, da bin ich sicher.«

»Ich kenne Dructeramnus und Iustus nicht gut, aber wie ich gehört habe, sind sie den weltlichen Freuden zugeneigt. Ich lasse das beste Essen und den besten Wein auftischen, die dieser Hof bieten kann – es wird sie gütig stimmen.«

»Könnt Ihr wenigstens versuchen, das Gespräch von theologischen Fragen fernzuhalten?«

»Ist das Euer Rat? Gut, ich tue es.«

»Godeoch wird Euch vielleicht anstacheln –«

»Ich bleibe die Ruhe selbst, versprochen. Wenn Ihr mir helfen möchtet, nehmt eine Eurer besten Zeichnungen und kommt damit in den Speisesaal. Am besten erst, wenn das Festmahl begonnen hat, die Besucher abzulenken. Stellt Euch so, dass Godeoch Euch nicht sehen kann. Wenn mir das Gespräch entgleitet, kann ich Euch an den Tisch bitten. Dructeramnus wollte gern einmal Eure Kunst bewundern.«

»Ja, das tue ich.«

Germunt stand schweigend und betrachtete den Bischof. Dicke Adern liefen den Hals hinab und über die Oberarme. Die Brust war kaum behaart. Dennoch sah der Körper so kräftig aus, als könnte Claudius mit einem Fausthieb den Badezuber zertrümmern. Das Gesicht aber trug nicht die Sorge eines Kriegsherrn, sondern die eines Geistlichen.

»Germunt?«

»Ja?«

»Habt Ihr inzwischen etwas von Ademar gehört?«

»Kein Lebenszeichen, seit er verschwunden ist.«

»Ihr glaubt auch nicht, dass er das Buch verkauft hat, oder?«

»Nein. Wenn er auf Raub aus gewesen wäre, hätte er nicht nur ein Buch gestohlen. Obwohl es natürlich sehr kostbar ist, nicht allein wegen der Häute einer sicher zwanzig oder dreißig Tiere zählenden Schafherde, aber wegen der Arbeit ...«

Ein bitteres Lächeln huschte über das Gesicht des Bischofs. »Eigentlich sollte ich mich freuen, dass die guten Erkenntnisse solche Verbreitung finden.« Er ließ sich etwas tiefer in das Wasser gleiten. »Nur irgendetwas sagt mir, dass meine Lehren von Ademar, Theodemir und Eike nicht besonders vorteilhaft dargestellt werden.«

»Ihr wisst das von Biterolf und Kanzler Eike?«

»Ja. Ein befreundeter Bischof hat mir eine Kopie geschickt.«

»Und Ihr bestraft sie nicht?«

»Was würde das jetzt nützen? Ich kann für die Wahrheit geradestehen und zusehen, dass sie die Herzen einiger Menschen erreicht, aber auf meinen Einfluss kann ich nicht bauen.«

»Aber wäre es nicht möglich, dass Euer Denken die Großen überzeugt, bis alles Volk im Kaiserreich den neuen Weg geht?«

»Möglich, natürlich. Wenn Gott eine lange Folge von Wundern geschehen lässt. Ehrlich gesagt, zweifle ich daran.«

Germunt wartete noch lange, ob der Bischof etwas sagen würde. Dann schlich er sich betroffen aus dem Raum.

Menschenstimmen tobten Ademar noch in den Ohren, das Knarren von Wagenrädern, das Klingeln von Münzen, seine Augen sahen große, himmelüberspannte Plätze, Säulenbögen und Steinfiguren, Paläste, Dutzende Kirchen, Türme und Mauern. Diese Stadt war ein Weltreich in sich. Allein das Kolosseum hatte ihn über zwei Stunden in seinen Bann geschlagen, er war luftringend um es herumgewandert, war die Treppen hinauf- und wieder hinabgelaufen, hatte wieder und wieder Angebote von Reliquienhändlern ausgeschlagen.

Und nun die kleine Kammer. Eine Öllampe kämpfte mühsam gegen die Dunkelheit und erhellte gerade das Gesicht seines Gegenübers. Ein Tisch und ein Stuhl waren alles, was in diesen Raum passte. Ademar stand.

»Ihr müsst schon entschuldigen, der Lateranpalast platzt aus allen Nähten. Es ist besser, nicht zu klagen, die Bibliothek und die Gesangsschule haben kürzlich geklagt. Es hat ihnen nur Ärger eingebracht.«

»Ich verstehe.«

»Wir von der Kanzlei haben unsere Mittel. Wenn irgendwo Räume frei werden, erhalten wir sie.«

»Hat Euch der Diakon, mit dem ich heute Morgen sprach –«

»Ja, ich habe es gelesen.«

Das Buch lag auf dem Tisch. Ademar wollte es gern packen und an sich drücken, weil es ein Teil seiner Heimat inmitten dieser fremden Stadt war. Aber Godeoch hatte einen klaren Auftrag gegeben. »Findet Ihr, dass Turins Bischof ketzerische Lehren vertritt?«

Der Kanzleibeamte schmunzelte. »Ja, ja, Claudius. In wessen Auftrag kreidet Ihr ihn an?«

»Das ist … Ich bin nur …«

»Sicher habt Ihr nicht aus Entrüstung dieses Buch gegriffen und seid nach Rom gereist. Sprecht offen mit mir.«

Hätte sich unter seinen Füßen eine Falltür geöffnet und er wäre in eine Grube mit Wölfen gefallen, Ademar hätte sich nicht verlorener fühlen können. Da stand er, im Palast des mächtigen Kirchenvaters, fern der Heimat, und sollte zwischen Lüge und Verrat entscheiden. »Graf … Der Graf hat mich … Godeoch …«

»So. Gefällt ihm sein neuer Gegenspieler nicht?«

Ademar biss sich auf die Lippen. So sollte das alles nicht laufen. Sicher würde Godeoch unzufrieden mit ihm sein.

Der Kanzleibeamte zog wie selbstverständlich das Buch zu sich heran. »Es gibt tatsächlich einige Stellen in diesem Werk, die der Auffassung der Kirche nicht entsprechen, und schlimmer noch, die den Heiligen Vater selbst angreifen. Wir werden einen Legaten mit Euch schicken, der die Dinge überprüfen soll. Für den Fall, dass sie sich bestätigen, ist er zu allen Maßnahmen ermächtigt.«

»Tausend Dank!«, platzte es aus Ademar heraus. Er schnappte nach dem Buch.

»Nein. Das bleibt einstweilen hier.« Der Kanzleibeamte hielt seine Hände über den hölzernen Buchdeckel. »Ihr könnt noch einige Tage Rom genießen. Wo gastiert Ihr?«

»Im ›Pfennigfuchser‹, das ist –«

»Ich weiß, wo das ist. Viele Angelsachsen dort, Friesen auch. Betrinkt Euch nicht. Wenn der Legat beauftragt ist, holen wir Euch.«

Germunt hielt Frodwald am Ärmel fest, der mit einem leeren Tablett vom Kaminsaal kam. »Was ist? Wie ist die Stimmung da drin? Könnte man unbemerkt hineinschlüpfen?«

»Bist du verrückt? Du kannst doch da nicht einfach reingehen!«

»Claudius hat es mir aufgetragen. Also, wie ist die Stimmung? Hat das Mahl begonnen?«

Frodwald schob Germunt in einen Winkel des Flurs, drehte sich um, dass auch niemand sie belauschte, und raunte: »Stell dir vor, Suppo hat unserm Bischof als Geschenk einen goldenen Kelch mitgebracht, so groß« – er hob die Hand über dem

Tablett in die Höhe – »und über und über mit prachtvollen Edelsteinen besetzt. Ich kam gerade rein, als er ihn aus einem blauen Samttuch zog. Glaub mir, Godeoch hat blass ausgesehen. So viel Gold! Sicher hat Suppo dem Grafen kein annähernd großes Geschenk gemacht.«

»Nicht schlecht. Und das Mahl? Essen sie schon?«

»Ja. Ich habe gerade die Lauchsuppe aufgetragen.« Frodwald zuckte zusammen. »Muss runter in die Küche«, rief er und verschwand.

Germunt stellte sich vor, wie die Herren schweigend Lauchrahm aus ihren Suppenschüsseln löffelten. Sicher kein guter Moment, um den Saal zu betreten, sagte er sich. Trotzdem lief er ungeduldig vor der Tür des Kaminsaals hin und her. Was, wenn ihn Claudius gerade jetzt brauchte und sich Hilfe suchend umsah?

Kanzler Eike, Frodwald und Erlwin kamen den Flur entlang. Auf ihren Händen trugen sie Tabletts mit köstlich duftenden, goldgelb überbackenen Brotscheiben. Kurz entschlossen folgte Germunt ihnen.

Kaum hatte er Godeoch auf der linken Seite erblickt, stahl sich Germunt in dessen Rücken und drückte sich an die golden, grün und rot bemalte Wand. Wenn ihn Claudius vom Kopf der Tafel her bemerkt hatte, dann tat er zumindest so, als wäre er ihm entgangen.

Rechts und links des Bischofs saßen die beiden Äbte, gegenüber Godeoch thronte ein Mann mit gestutztem Bart, breitem Kinn und blassen, schwulstigen Lippen an der Tafel. Das Schielen erinnerte ihn an jemanden … Der hatte doch zugesehen, als Godeoch auf ihn eingedroschen hatte! Genau wie der bleiche Jüngling neben ihm. Einer der beiden musste Suppo sein. Sie trugen bauschige, tiefblaue Hemden und darüber ärmellose Seidenjacken, die reich bestickt und mit weißen Steinen besetzt waren.

An allen Seiten des Raumes brannten unzählige kleine Öllampen. Kaum waren die Tabletts auf dem Tisch abgestellt und die Suppenschüsseln abgeräumt, angelte sich Iustus eine der Schnitten und schob sie mit der Ecke tief in seinen Mundwinkel.

»Hervorragend«, kaute er, »durch Safran und Eidotter gezogen? Wirklich hervorragend.«

Auch Dructeramnus nickte nach einem ersten, kleinen Happen zufrieden.

»Diese Speise«, verkündete Godeoch mit vollem Mund, »ist ein Gottesdienst!« Er schluckte seinen Bissen hinunter. »Oder darf man das vor Geistlichen nicht sagen?«

Er pirscht sich an, dachte Germunt. Angestrengt beobachtete er die Gesichter der anderen.

Dructeramnus legte die Stirn in Falten. »Ich würde Völlerei nicht als Dienst an Gott bezeichnen.«

»Völlerei?«, fragte Iustus. »Ich bitte Euch, Dructeramnus, wir haben in aller Bescheidenheit ein schönes Mahl. Müsst Ihr es uns verderben?«

»Ich finde nur, dass das Essen kein Gottesdienst ist.«

»Verzeiht mir.« Godeoch hob beschwichtigend die Hände über den Tisch. »Ich wollte niemanden verärgern. Reden wir von etwas anderem. Hattet Ihr schon Gelegenheit, Euch Turin ein wenig zu beschauen? Für Euch sind sicher die Kirchen besonders interessant. Die Bischofskirche hat ja kürzlich sehr ihr Aussehen geändert.«

Claudius warf Godeoch einen finsteren Blick zu.

»Nein, aber wirklich, das würde mich interessieren.« Iustus schob das Tablett mit den Broten ein wenig hinüber und ließ den bleichen Jüngling eine gebackene Schnitte nehmen, bevor er selbst nach der nächsten griff. »Ihr habt Eure Kirche umgestaltet?«

Man beugte sich vor, sogar der schweigsame Schieler sah aufmerksam zum Tafelende.

»Ich habe die Bilder entfernt. Nichts weiter.«

»Und das Kreuz«, ergänzte Godeoch.

Germunt spürte Übelkeit in sich aufsteigen. Wie sollte Claudius seinen Kopf aus der gelegten Schlinge ziehen? Die Äbte würden mit dem Fragen nicht mehr aufhören, während Godeoch weiter Öl ins Feuer gießen würde.

»Es hängt tatsächlich kein Kreuz mehr? Wieso –« Dructeramnus' Frage wurde von der sich öffnenden Tür unterbrochen. Der Kanzler und einige Helfer trugen geröstetes Hühnchenfleisch herein, das mit fein geschnittener Petersilie überstreut war. Der Geruch von Zimt erfüllte den Raum.

Claudius winkte den Kanzler zu sich heran und sprach ihm ins Ohr. Dann, während der Kanzler und seine Leute sich entfernten, sagte der Bischof laut in die Runde: »Ich habe für meine Gäste den besten Wein erwählt, den unser Keller zu bieten hat. Er ist ein Geschenk eines Freundes vom sonnigen Moselufer.«

»Das muss ein vorzüglicher Tropfen sein!« Iustus pickte bereits in den Hühnchenkeulen herum.

Dructeramnus setzte an zu sprechen, aber der Bischof kam ihm zuvor, indem er sich an den schweigsamen Schieler wandte. »Wie ich hörte, seid Ihr kürzlich Graf von Spoleto geworden?«

»So ist es.«

»Und Brescia haltet Ihr zugleich?«

Die Worte des Schielers kamen tief aus seiner Kehle, wie aus einer gewaltigen Höhle. »Das ist keine Schwierigkeit. In meiner Heimat sieht man meine Herrschaft als natürlich an. Spoleto dagegen brauchte einen Herrscher, der alle Unklarheiten beseitigt und mit Macht durchgreifen kann.« Dann legte er seine Hand auf die Schulter des bleichen Jünglings. »Mein Sohn Mauring ist ebenfalls alt genug, bald ein Grafenamt zu übernehmen.«

Germunt schien es, als sei Godeoch bei diesen Worten zusammengezuckt. Der Graf sah eilig zwischen Claudius und Suppo hin und her. »Claudius, Ehrwürden, habt Ihr vor, statt des Kreuzes ein anderes Symbol in Eurer Kirche aufzuhängen?«

»Schon die Frage ist eine Verleumdung. Ich vertrete den christlichen Glauben, mehr, als Ihr es tut, Graf.«

»Und warum entfernt Ihr dann seine Zeichen aus dem Gotteshaus?«

Dructeramnus, Iustus, Suppo und Mauring sahen gespannt auf Claudius. Bevor er sprach, begegneten sich einen Lidschlag lang die Blicke Germunts und des Bischofs. Jetzt hatte er also verstanden, warum Godeoch unbedingt dieses Festmahl haben wollte. Und sie konnten die Dinge nicht aufhalten.

»Ich will es Euch sagen: Weil das Volk nicht unterscheiden kann zwischen einem Bild und der Wirklichkeit. Sie beten nicht zu Petrus, wenn sie vor seiner Statue knien, sondern zur Statue. Warum hat der Herrgott so streng den Götzendienst verfolgt beim Volk Israel? Weil er –«

»Weil das Götzen waren und nicht Bilder des wahren Gottes und seiner Heiligen«, unterbrach ihn Iustus.

»Man muss es doch nicht so extrem betreiben, Claudius. Auch Kaiser Ludwig ist gegen einen Bilderkult«, sagte Dructeramnus. »Genauso wie sein Vater es war.«

»Ist er das? Und warum sind dann alle Kirchen in Franken

voll mit Wandgemälden und Fresken? Nicht einmal die Hofkapelle in Ingelheim ist von irreführenden Bildern frei gehalten – ich bin lange genug mit dem Kaiser gereist und kenne seine Ansichten, vergesst das nicht.«

»Ludwig sieht eben ein, dass die Bilder, wenn sie mit Untertiteln versehen sind, zu Lehrzwecken gut sind.«

Iustus schien Dructeramnus' Antwort noch nicht zu reichen. Er schwang ein Stück Hühnchenfleisch in der Hand durch die Luft: »Einfache Menschen mit geringer Intelligenz lassen sich mit Worten nicht zum Glauben führen, das wisst Ihr so gut wie ich. Sie werden aber von den Bildern des leidenden Herrn zu Tränen gerührt. So, und nur so kann sich der Glaube in ihre Herzen graben.«

»So wie sich einst der Götzendienst in die Herzen der Israeliten grub.«

Es wurde still am Tisch. Man griff nach dem Essen, leckte sich die fettigen Finger. Während die Kiefer mahlten, schienen sich schwere Gedanken hinter der Stirn der Äbte und Grafen zu bewegen. Endlich wurde der Wein gebracht, langhalsige, kostbare Flaschen. Germunt konnte sehen, wie sich Eike die Lippen mit der Zunge befeuchtete, während er den Gästen die Becher füllte.

»Ganz hervorragend.« Iustus setzte seinen Becher behutsam auf dem Tisch ab. »Wisst Ihr, wenn man lange unterwegs war und über Wochen nur Getreidebrei oder dicke Bohnen genossen hat, ist ein solches Mahl wie die Wiederbelebung des Gaumens.«

Claudius nickte. »Das glaube ich Euch gern. Was führt Euch nach Turin? Ihr wolltet es mir gestern nicht verraten.«

»Wir sind hier –«, begann Dructeramnus.

»– um Euch nach Paris zu einer Synode einzuladen«, setzte

Iustus fort. »Es geht dort unter anderem um eben die Bilderfrage, über die wir uns gerade gestritten haben. Euer Kommen wird erwartet.«

»Soso, eine Synode. Will man beschließen, es den Byzantinern gleichzutun und das Gottesgebot gegen die Bilderverehrung aufzuheben?«

»Wenn Ihr von Eurer extremen Sichtweise doch einmal abrücken würdet!«

»Seht«, sagte Dructeramnus, »der Kaiser bekämpft ja auch den Bilderkult, wie ihn die Byzantiner betreiben. Er verzeiht Euch sicher Eure etwas übertriebenen Maßnahmen. Die Synode in Paris könnte für Euch eine Gelegenheit sein, wieder in den breiten Strom von Mutter Kirche zurückzufinden.«

Claudius donnerte seinen Becher auf den Tisch. An seinen Schläfen schwollen dicke Adern, und seine Hände zitterten vor Wut. »Diese Synode ist nichts als eine Versammlung von Eseln! Ich werde nicht nach Paris reisen, und ich werde nichts rückgängig machen, was ich auf dem Weg zur Wahrheit getan habe.«

Germunt beobachtete einen Blickwechsel zwischen Godeoch und den Äbten. Er musste etwas tun. Er musste Claudius retten, irgendwie. Obwohl ihm das Herz laut im Hals schlug, räusperte er sich. »Ehrwürden …«

Als erwache er aus einem Traum, sah Claudius mit verhangenem Blick zu ihm hinüber. »Ja, richtig, Ihr wartet schon die ganze Zeit mit Eurem Pergament. Dructeramnus, wolltet Ihr nicht einmal einen Blick auf die Zeichnungen meines jungen Kalligraphen werfen?«

»Gern, ja.«

Germunt trat an den Tisch und entfaltete das Pergament. Er hörte Godeoch zischen: »Ihr seid das?« Aber er beugte sich zu

Dructeramnus hinab, als hätte er nichts bemerkt. »Ihr könnt hier eine verzierte Initiale sehen, Herr.«

Es war ein gewaltiges P, aus brauner Tinte geformt und im Anstrich und Bogen dick ausgefüllt. Wie unter einem Baum saß darunter ein König auf seinem Thron. Die rechte Hand war nach vorn gestreckt, Mittelfinger und Zeigefinger locker angehoben, als lade der König ein, ihn auf dem Pergament zu besuchen. Er trug eine Krone, blonde Locken wallten ihm darunter hervor. Die Augen blickten streng, aber ein Mundwinkel war lächelnd angehoben. Das rote Gewand des Königs ließ in seinen Falten einen kräftigen Körper erahnen. Daneben hatte Germunt in geraden Zeilen den biblischen Text gesetzt: »Herr, du Gott unserer Väter, bist du nicht Gott im Himmel und Herrscher über alle Königreiche der Heiden? Und in deiner Hand ist Kraft und Macht, und es ist niemand, der dir zu widerstehen vermag.«

»Erstaunlich. Diese Farbenpracht!« Dructeramnus tippte mit dem Finger auf das Bild. »Und Ihr habt die Lehre aus Tours mitgebracht?«

»So ist es. Ein weiser Mönch mit Namen Aelfnoth hat mir dieses Zeichnen beigebracht. Er selbst war Schüler von Alkuin, als der noch lebte.«

»Vom berühmten Alkuin … Ich sollte meine Notare auch zu diesem Aelfnoth schicken.«

»Das geht leider nicht. Er ist inzwischen gestorben.«

»Was nützt das Schreiben, guter Dructeramnus«, mischte sich Godeoch ein, »wenn sich niemand an die Abmachungen hält? Hinter jedem Pergamentfetzen müssen Schwerter stehen, sonst ist er wertlos.«

»Wertlos? Habt Ihr einen Blick auf dieses Pergament geworfen?«

»Ja, ja, habe ich. Ein paar Striche, einige Farbflecken.«

Dructeramnus senkte wieder die Adlernase über das Pergament. »Gut, dass ich meinen Schreiber mit mir habe. Er muss sich das unbedingt anschauen.«

»Sagt, Euer Schreiber ist doch unten im Speisesaal bei den anderen. Warum schickt Ihr den jungen Tintenkleckser nicht mit seinem Werk nach unten, damit sie sich unterhalten können?«

»Würdet Ihr das machen?« Dructeramnus sah zu Germunt auf. Dann wandte er sich an Claudius: »Mit Eurer Erlaubnis, Ehrwürden.«

Claudius nickte. Wie ein Vogel im Netz, schoss es Germunt durch den Kopf. Godeoch knüpft die Fäden so rasch, dass er gar nicht entkommen kann. Er faltete das Pergament zusammen, so langsam es ihm möglich war, um Zeit zu gewinnen.

»Der Kaiser«, sagte Iustus, »wird nicht erfreut sein, wenn er hört, dass Ihr Euch der Synode fernhalten möchtet. Er könnte Euer Fehlen als Ungehorsam auslegen.«

»Man muss Gott mehr gehorchen als den Menschen.«

Godeoch lachte meckernd. »Wollt Ihr damit sagen, dass Ludwig einen anderen Weg geht, als Gott es will? Er wurde vom Heiligen Vater zum Kaiser gesalbt! Ihr werdet wahnwitzig, Bischof.«

»Und Ihr gefährdet Euer Amt«, ergänzte Dructeramnus.

Vor der Tür traf Germunt auf Eike und Frodwald, die gefüllte Birnen, Honigkuchen und Zuckergebäck trugen. Der süße, warme Geruch machte ihn ärgerlich. »Geht nur dort hinein und füttert sie, die Wölfe, die unseren Bischof zerreißen.«

Immer wieder floss die Stille in Germunts Ohren, und seine Augenlider sanken herab wie schwere Mehlsäcke. Das Bettlager ist direkt hinter mir, mahnten ihn schläfrige Gedanken. Es war kalt hier am Fenster, unter den Decken würde es warm sein. Zu dieser Nachtzeit war sowieso niemand unterwegs. Turin lag still zu Füßen der Berge, als hätte die Stadt zu atmen aufgehört. Nur ab und an heulte ein streunender Hund in den Gassen.

Ich traue ihnen nicht, sagte sich Germunt. Kann ich nicht eine einzige Nacht wachen? Claudius hat mir das Leben gerettet, ich kann ihn jetzt nicht seinem Schicksal überlassen.

Er konnte ja den Kopf auf die Fensterbank legen. Der Schemel, auf dem er saß, war nicht gerade bequem, aber wenn er den Oberkörper zur Seite neigte, den Arm unter das Ohr schob und sich auf die Fensterbank sinken ließ, war das schon ganz …

Schritte knirschten auf dem Hof. Er sollte wenigstens für einen Moment die Lider heben und nachschauen. Oder bildete er sich die Schritte nur ein? War das nicht der Beginn eines Traumes?

Als Germunt den Zipfel einer Stimme über den Hof wehen hörte, fuhr er auf. Im hellen Mondlicht sah er jemanden an der Tür zu den Gästeräumen stehen. Er wurde eingelassen. Mit schmerzenden Beinen und Armen eilte Germunt die Treppe hinunter.

Unten auf dem Hof lief er an der Wand entlang, bis er vor dem Gästehaus stand. Er zögerte kurz. Schließlich presste er das Ohr gegen die Tür und lauschte. Die unbarmherzigen Bretter schwiegen. Was, wenn der Besucher ein gedungener Meuchler war, den Godeoch geschickt hatte, um die Äbte zu erdolchen? Man würde die Tat Claudius zu Lasten legen, weil sie nach einem Streit an seiner Tafel geschehen war.

Vor Germunts innerem Auge hob sich eine klingenbewehrte Hand über den Schlafenden, um auf sie hinabzustoßen. Er durfte das nicht zulassen! Kurzentschlossen drückte er die Tür auf und trat in den finsteren Flur, von dem die drei Gästekammern abzweigten. Hinter einer der Türen waren Stimmen zu hören.

»Feder und Tinte habe ich mitgebracht.«

»Hört, ohne Zweifel hat der Bischof ketzerische Ansichten, aber diese Anklageschrift ist doch etwas zu blutlüstern geschrieben.«

»Für den Fall, dass Ihr nicht unterzeichnen möchtet, hat mich mein Herr gebeten, Euch daran zu erinnern, dass seine Leute auf den Alpenpässen gern Eure Bekanntschaft machen.«

»Ist ja schon gut. Ich füge mein Kreuz ein. Das Siegelwachs allerdings –«

»Ich habe auch Wachs bei mir. Erhitzt es über dem Licht dort. Was ist mit Euch, Ihr steht da und schweigt! Siegelt Ihr wie Euer Gefährte?«

»Ihr lasst mir keine Wahl. Aber vielleicht ist es auch der richtige Weg, diese Diözese vor dem Abfall von der wahren Kirche zu retten.«

»Ihr Kirchenleute seid doch nicht so dumm, wie man sich erzählt.«

Germunt hörte nichts mehr. Dann näherten sich Schritte der Tür und ließen keine Zeit, den Flur zu verlassen. Er schmiegte sich in den schwärzesten Winkel, den er finden konnte. Spinnweben verklebten seinen Nacken, und Staub rieselte ihm den Rücken hinab. Germunt blickte wie gebannt auf die Tür. Wenn er hierherschaut, dachte er, muss er mich sehen.

Licht fiel in den Flur, und eine bleiche Gestalt in schwarzem Umhang eilte durch die Außentür hinaus. Germunt schluckte erleichtert und wartete, bis die Äbte ihre Tür wieder geschlossen hatten. Dann trat er vorsichtig auf den Hof. Der Umhang des Eindringlings wehte gerade durch das Hoftor.

Genau genommen war es doch ein Meuchler, nur mordete er nicht die Äbte, sondern Claudius. Vielleicht ließ es sich noch verhindern?

Germunt eilte unter den Torbogen und sah vorsichtig nach beiden Seiten. Da lief der Rufmörder. Bemüht, leichte und lautlose Schritte zu machen, folgte ihm Germunt die Straße hinab, bog in gutem Abstand in eine Gasse ein und duckte sich hinter einen Karren. Gerade rechtzeitig, denn der Intrigant schaute sich um, als ahnte er seinen Verfolger, bevor er um die nächste Ecke bog.

Ich darf ihn nicht verlieren, sagte sich Germunt. Das wäre schlimmer, als entdeckt zu werden. Er wartete noch einen kurzen Augenblick, dann jagte er hinterher. An der Ecke hielt er an. Wenn er mich hier mit einem Dolch erwartet? Es kostete einige Überwindung, den Kopf über die Hauswand hinaus zu lehnen und in die Gasse zu spähen. Als er es doch tat, sah er einen letzten Zipfel des schwarzen Umhangs in einem Hoftor verschwinden.

Auf Stiefelspitzen schlich Germunt zum Tor. Es stand einen Spalt offen. Die Einladung in eine Falle? Aber er war schon zu weit gegangen, um jetzt umzukehren. Er zwängte sich durch den Spalt und vermied es, das Tor weiter zu öffnen, damit es nicht in den Angeln kreischte.

Er fand sich auf einem leeren Platz wieder, der von einem Wohnhaus, einer Scheune und einem Stall umgrenzt war. Der Mond hing groß und rund darüber, als habe er nur diesen Hof zu beleuchten. Ein großer Misthaufen verbreitete schweren Tiergeruch. In keinem Fenster war Licht zu sehen, keine Tür federte nach. Wo bist du, Meuchler? Einer plötzlichen Eingebung folgend, wirbelte Germunt herum und sah hinter sich. Kein Hinterhalt.

Da fiel ihm ein Pferdehalfter ins Auge, das kaum merklich an seinem Haken hin und her schwang. Es hing an einer schmalen Pforte zwischen Stall und Scheune. Germunt überquerte den Hof und passierte die Pforte. Eine weiche, aber kühle Frauenstimme war zu hören. Den Rücken an die Wand gepresst, schob sich Germunt näher zur Ecke des Stalls. Dort neigte er den Kopf gerade so weit, dass seine Augen hinter die Scheunenwand blicken konnten.

Das bleiche Gesicht war von ihm abgekehrt, ihm gegenüber stand eine Frau, in deren Augen das Mondlicht glitzerte. Die Haut zwischen ihren Wangenknochen und dem Kinn spannte sich anmutig, die Lippen waren voll, die langen, lockigen Haare so hinter die Ohren gekämmt, dass Germunt einen Anflug von Begehren spürte.

Dann erinnerte er sich. Er war dieser Frau in seinen ersten Tagen in Turin begegnet, auf dem Markt. Sie wollte ihn damals in einen Hauseingang ziehen und hatte ihn an der Schulter berührt und wie einen alten Freund angesprochen.

Die Hure strich sich mit der Fingerspitze über das Kinn. »Als Bezahlung soll ich verlangen, dass er ein Schriftstück siegelt?«

»Nein. Deine Hingabe ist ein Geschenk. Kannst du ihn nicht durch deine Liebesspiele dazu bewegen, dir zu gehorchen?«

»Nicht, wenn es ihm völlig widerstrebt.«

»Das wird es nicht. Er wird mehr oder weniger mit dem Inhalt der Urkunde einverstanden sein.«

»Also sind meine Dienste nur der süße Kuchen, der einen Hungrigen zu Tisch lockt?«

»So ist es.«

»Damit kann ich leben, solange es gut bezahlt wird.«

Ein kleines Ledersäckchen wechselte den Besitzer, wurde in der schmalen Hand der Frau gewogen und anscheinend für gut befunden. Sie ließ das Säckchen in ihrem Ärmel verschwinden.

Die Stimme aus dem Umhang klang verändert, ein wenig rau. »Ich erwarte dich beim Morgengrauen wieder hier.« Der Mann übergab eine Pergamentrolle und wandte sich zum Gehen in Richtung Pforte.

Germunt fuhr zusammen. Das nächste Versteck war das Scheunentor, und dafür musste er gute zwanzig Schritt rennen. Er krallte die Finger in die Lehmwand und suchte nach einem Ausweg. Wenn er jetzt loslief, hört das der Kerl und würde wissen, dass er belauscht wurde. Da kam ihm in den Sinn, den Tonfall einer Nachtwache nachzuahmen, die ihn einmal beim Diebstahl ertappt hatte. Er drückte das Kinn auf die Brust und bemühte sich, seine Stimme tief zu machen: »Heho zur Nacht, was geht hier vor?«

Der Handlanger des Grafen machte sofort kehrt und jagte durch die Gasse davon. Die Hure raffte ebenfalls zur Flucht ihre Röcke. Germunt blies erleichtert die Luft aus den Lungen und wartete, bis die Frau um eine Ecke gebogen war, dann schlug er selbst den Weg durch eine Parallelgasse ein, um ihr unbemerkt folgen zu können.

Nach kurzer Zeit lief die Frau langsamer und schien auf ein festes Ziel zuzusteuern. Vor einem steinernen Haus, zu dessen Tür eine Treppe hinaufführte, blieb sie stehen, fuhr sich mit den Fingern durch die Haare, die Lockenpracht auf ihren Schultern ordnend, und erklomm schließlich die Stufen, um zu klopfen.

Kaum hatte die Frau die Fingerknöchel von der Tür genommen, öffnete sie sich. Ein stoppelbärtiger Hüne trat in den Türspalt und blickte so erstaunt auf die Frau herab, wie ein Vogel auf einen jungen Kuckuck blicken musste, der in seinem Nest geschlüpft ist. »Was gibt es?«

»Ich bringe ein Geschenk für Euren Herrn.«

»Ein Geschenk?« Plötzlich erhellte sich das Gesicht des Hünen. »Das will ich meinen, ein vortreffliches Geschenk. Tragt Ihr auch keine Klinge unter den Röcken?« Die grobe Pranke des Mannes fuhr den Körper der Frau entlang.

»Ihr könnt mir trauen.«

»Das will ich, wenn Ihr mich küsst.«

Die Hure winkte den Stoppelbart zu sich herunter und bedeckte seine Lippen mit ihren. Als die Gesichter sich lösten, trat der Hühne mit flatternden Augen beiseite. »Suppo wird glücklich sein, Euch zu empfangen. Sagt ihm nichts von unserer Parole.«

26

Die ersten Hähne krähten sich bereits ihre Revieransprüche zu, als Germunt zum Bischofshof zurückkehrte. In seinem Kopf pochte schmerzhaft die verlorene Nacht, aber seine Wangen glühten, und die Lippen bebten bei dem Gedanken an die Gefahr, vor der er den Bischof warnen musste.

Aus dem Bischofspalast kam ihm Biterolf entgegen. »Geh nicht zu ihm. Er möchte Ruhe haben, hat er mir gesagt, um sich auf sein Ende vorzubereiten.«

»Also weiß er es schon?«

»Ja. Sie sind bereits nach Turin aufgebrochen.«

»Wer soll aufgebrochen sein?«

»Ademar und der päpstliche Legat.«

»Ademar ... hat das Buch nach Rom gebracht?«

»So ist es. Ein Freund aus Rom hat Claudius gewarnt. Nur unser stolzer Bischof möchte nicht fliehen. Lieber verteidigt er noch einmal seine Lehre vor einem päpstlichen Legaten und brennt dann auf dem Scheiterhaufen.«

»Können wir nicht etwas unternehmen, um ihn zu retten? Es ist schlimmer, als du meinst: Ich habe heute Nacht eine Verschwörung entdeckt. Godeoch bereitet eine Anklageschrift gegen Claudius vor, die ihn zum Ketzer erklärt.«

Biterolf nickte. »Um so sicherer ist ihm der Feuertod. Sag es ihm! Du wirst ihn nicht umstimmen, aber ich würde es mir nicht verzeihen, wenn wir etwas unversucht gelassen hätten.«

»Du hältst ihn nicht mehr für verirrt?«

»Nein, Germunt. Er ist bereit, für das zu sterben, was er erkannt hat. Stärker kann man die Wahrheit nicht untermauern.«

Germunt schwieg. Er wollte lächeln, aber die Sorge ließ nur schmerzschiefe Mundwinkel zu.

»Komm dann gleich in die Schreibstube, ja? Wir haben einige Abschriften zu fertigen, um Claudius' Bücher vor der Zerstörung durch den Legaten zu bewahren.«

Germunt sah Claudius bei seinem Eintreten eilig ein abgegriffenes Pergament zusammenfalten. Die kastanienbraune Lockenmähne schien einen silbernen Schimmer zu tragen, und die Augen des Bischofs blickten trübe. Tiefe Falten hatten sich in sein Gesicht eingegraben.

»Germunt?«

»Entschuldigt, dass ich Euch störe. Es gibt nur etwas Wichtiges, das Ihr wissen solltet.«

»Manchmal werden wichtige Dinge unwichtig, wenn man sich auf die Vergänglichkeit des Lebens besinnt. Aber sprecht.«

»Ich habe heute Nacht einen Mann beim Gespräch mit den Äbten belauscht. Er ließ sie eine Anklageschrift gegen Euch siegeln. Sein nächster Besuch galt Suppo. Euer ärgster Feind, Godeoch, bereitet Euren Sturz vor.«

»Nicht nur er. Auch meine Freunde haben sich gegen mich gewandt. Theodemir gießt Gift in die Ohren des Kaisers, und Ademar, mein eigener Dienstmann, ruft Rom auf den Plan. Die Engel des Bösen wollen das schwache Licht löschen, das der Allmächtige durch mich angezündet hat.« Claudius richtete sich auf und spannte die breiten Schultern. »Das weiß ich zu verhindern.«

»Wie, Herr?«

»Erinnert Ihr Euch, wie Euch bei meiner Heimkehr vom Schlachtfeld die fränkischen Rächer bedrängt haben?«

»Ja.«

»Wie ich Euch Freiheit gab und wie Ihr mir Euer Leben zu Füßen gelegt habt? Ihr habt mich damals gebeten, Eure Treue zu prüfen.«

Germunt erschauderte vor Freude. Der Bischof wollte kämpfen, und er, Germunt, würde ihn dabei unterstützen. »Ja, ich erinnere mich daran, und ich stehe zu meinem Wort.«

»In wenigen Tagen wird meine Macht in Turin gebrochen, und wer zu mir steht, wird der Verfolgung durch die Kirche und die weltlichen Herren ausgesetzt sein. Stilla und Euch wird es besonders treffen, denn niemand hat vergessen, welchen Teil Ihr am Bildersturz hattet. Deshalb müsst Ihr Turin verlassen.«

»Turin verlassen? Ich verstehe nicht.«

»Biterolf fertigt bereits Abschriften meiner wichtigsten Bücher. Ihr werdet ihm dabei helfen, solange noch Zeit ist, und die Texte mit Euch nehmen. Verbergt sie, bis sich die Wogen geglättet haben. Ihr seid auch dann noch jung, wenn man meinen Namen bereits vergessen hat. Lasst einige Jahre verstreichen, und streut den Samen erneut aus, vorsichtiger, als ich es getan habe.«

»Herr, ich –« Germunt suchte fieberhaft nach Einwänden. Den Bischof verlassen, während sich die Wölfe auf ihn stürzten? »Ich kann Eure Gedanken niemals so gut erklären, wie Ihr es tut. Wollt Ihr Euer Leben verschenken?«

Claudius hob eine seiner wilden Augenbrauen, mit einem Blick, der eines Königs würdig gewesen wäre. »Werdet Ihr Euren Schwur halten?«

Germunt presste die Zähne aufeinander, dass seine Kiefer schmerzten. »Das werde ich.«

Bevor sie hinaufstieg, ließ Stilla den schweren Beutel neben der Treppe auf den Boden sinken. Es war ihr unangenehm, so viel Proviant aus Odos Haus mitzunehmen, und sie wusste nicht, wie Odo darüber dachte, dass die Magd seine Güter so freizügig verschenkte. Überhaupt graute es ihr vor dem Abschied von Meister Odo.

Er würde kühl sein, sachlich, wie er es immer war. Und sie würde sich die nächsten Jahre fragen, ob er sie überhaupt hatte leiden können. Irgendwo hatte auch er ein weiches Herz, er zeigte es bloß nicht, und das machte es unmöglich, ihn einzuschätzen. Sie klopfte an.

Ein Brummen kam zur Antwort. Stilla trat ein.

»Ihr kommt, Euch zu verabschieden, richtig?«

Da war sie. Die kalte Stimme, als ginge es um die Einkäufe, um eine zerbrochene Schale oder einen Rest Olivenöl. »Ja. Wir brechen morgen sehr früh auf.«

»Habt Ihr alles, was Ihr braucht?«

»Es ist für alles gesorgt.«

»Gut.«

Er drückte ihre Hand, kurz. Obwohl die Berührung schon vorbei war, fühlte Stilla noch die faltigen Finger und die weiche, dünne Haut. Sie sagte: »Seid Ihr froh, mich loszuwerden?« Gleich würde er lachen, ganz sicher würde er lachen, und es würde ihr wehtun.

»Ich trauere.«

Er trauerte?

»Meine Frau war in Eurem Alter, als sie starb. Wenn Ihr nun geht, ist es wieder –« Seine Stimme brach ab. »Es ist ein Mensch –«

Der Meister begann plötzlich, in einer fremden Sprache zu reden. Stilla verstand ihn nicht, aber sie lauschte der unbekannten Melodie von Kehllauten und meinte zu hören, dass Odo von Liebe sprach, von Sehnsucht und so großem Unglück, dass es ein ganzes Leben füllen konnte.

Sie tastete sich mit kleinen Schritten voran. Dann fühlte sie einen bebenden Körper, der ihren berührte, fühlte Odos Kopf neben ihrem, und er umschloss sie mit seinen Armen. »Gott schütze dich, junge Frau. Du bist unendlich wertvoll. Gefühle bedeuten Schwäche, aber auch die Schwäche hat ihre Zeit.«

Stilla erwiderte die Umarmung. Sie fühlte das Kinn des alten Mannes auf ihrer Schulter, es war nass, sein Kiefer zitterte. Sie streichelte Odo über den Rücken.

Der Meister weinte lautlos. Sie konnte seinen Brustkorb spüren, hörte ihn leise atmen und dann wieder die Luft anhalten, während Tränen auf ihre Schulter tropften. Schließlich löste er sich von ihr. »Vergiss das nie, du bist unendlich wertvoll. Und du hast einen alten Mann zum Weinen gebracht, dessen Tränen längst versiegt waren, man sollte dich dafür zur Stadt hinausprügeln oder mit einem Festkleid belohnen oder am besten beides. Geh lieber, ich rede wirr.«

»Ich behalte Euch in guter Erinnerung, Meister.«

Auf dem Bischofshof ging Stilla mit ausgestreckter Hand die Häuser entlang und ließ ihre Fingerspitzen über die unebenen Lehmwände streifen. Sie roch den Pferdestall, die Hühnernester. Beim Kräutergarten angekommen, drückte sie die kleine Pforte im Zaun auf und ging nach zwei Schritten in die Hocke, um ihre Handfläche über die Halme zu schwenken. »Ade, ihr Wohlgerüche«, murmelte sie.

Hinter ihr knirschten die Schritte eines schweren Mannes, dann klappte die Pforte.

Stilla erhob sich. »Vater?«

Biterolfs Stimme klang nach Herbst, obwohl es Frühling war. »Stilla, mein Kind. Dir fällt der Abschied schwer, nicht wahr?«

»Es ist nur – ich fühle mich so unsicher, weil er nicht mehr mit mir redet. Ich würde mich ihm gerne anvertrauen und mit ihm Turin verlassen, um gemeinsam etwas Neues aufzubauen. Aber dieses Schweigen, damit kann ich nicht umgehen.«

»Es hat nichts mit dir zu tun, glaub mir.«

»Womit dann?«

»Germunt ist am Boden, weil er den Mann dem Tod überlassen muss, der sein Leben gerettet hat. Du darfst das nicht auf deine Schultern laden.«

»Und wenn ich das will? Er ist weit weg von mir, wenn er es allein trägt.«

Biterolf schien nachzudenken. »Weißt du, ich mache das so«, sagte er schließlich beinahe fröhlich. »Ich stelle mir einfach vor, dass wir uns bald wiedersehen. Ich glaube daran. In ein paar Wochen, durch irgendeinen dummen Zufall, begegnen wir uns wieder. Stimmt doch, oder?«

Stilla schluckte. »Hm.«

»Sicher! Wir sehen uns. Deshalb gibt es gar keinen Grund, jetzt einen traurigen Abschied zu nehmen. Keine Ahnung, wo Germunt mit dir hinwill, er sagt es mir ja nicht – aber er segelt bestimmt nicht mit dir an den Rand der Welt. Das kann er gar nicht bezahlen. Also bleibt Turin, die stolze Stadt Turin, ein schönes Ziel an Markttagen, für Besuche beim Schuhflicker, Besuche bei einem alten, dicken Notar …«

Nun musste Stilla lächeln. »Ihr seid so gut zu mir, Biterolf.«

»Oh, das ist purer Eigennutz. Je freundlicher ich zu dir bin, desto öfter lässt du mich dein hübsches Gesicht sehen.«

Sie spürte, wie ihr das Blut in die Wangen schoss, und weil

ihr der Gedanke unangenehm war, dass Biterolf das sehen könnte, schoss gleich eine zweite warme Welle über ihr Antlitz. »Ihr macht mich verlegen. Und Ihr habt auch keinen leichten Teil. Ich meine, Ihr seid der letzte Treue, der beim Bischof bleibt, oder?«

»Ganz so würde ich das nicht sagen.«

»Passt gut auf ihn auf, ja?«

Biterolf klang heiser. »Claudius möchte nicht, dass man auf ihn aufpasst. Vielleicht kann ich ihm in die Augen schauen, wenn er auf dem Scheiterhaufen steht, und so zeigen, dass es noch jemanden gibt, der zu ihm steht, aber mehr gestattet er nicht.«

»Ich möchte mir nicht vorstellen, dass der Bischof getötet werden könnte.«

»Noch ist nichts passiert.«

Ein leises Flattern drang an Stillas Ohren, dann hörte sie Jungvögel um die Wette piepsen, wohl, weil sie ihre Mutter um Futter anbetteln wollten. Sehnsucht stieg in ihr auf, merkwürdig klar, mit der Selbstverständlichkeit eines über jeden Verstand erhabenen Gefühls.

Er hatte kein Recht, seine Schmerzen allein zu tragen. Stilla tastete sich nicht an der Wand entlang und lauschte auch nicht vorsichtig, ob sie in jemanden hineinlaufen könnte. Sie ging schnurstracks zur Schreibstube, als wäre sie sehend. Sie würde sich nicht abweisen lassen. Wenn er mich lieb hat, dachte sie, werde ich unter seinem Schweigen Worte finden. Ich gebe nicht auf, Germunt, so leicht ziehst du dich nicht von mir zurück. Willst du das denn zur Gewohnheit werden lassen, mich mit solchem Schweigen auszusperren? Das Spiel ist kein gutes, und ich werde es dir sagen.

Sie betrat die Schreibstube. Federkratzen verriet ihr, wo Germunt saß. Er unterbrach die Arbeit nicht einmal, um nachzuschauen, wer gekommen war.

»Germunt, ich bin es.«

»Ich muss noch viel schreiben. Gibt es etwas Wichtiges?«

»Ja.«

Es kratzte weiter auf dem Pergament. Hast du mir nicht zugehört, Geliebter? Stilla trat hinter ihn und ließ ihre Hände weich über seine Schultern gleiten, den Hals hinauf, dann vor dem Hals den Brustkorb hinab.

Das Kratzen hörte auf. »Ich kann nicht arbeiten, wenn du mich so berührst, Stilla.«

»Das ist gut so.«

»Weißt du denn nicht, dass die Schriften des Bischofs durch uns in Sicherheit gebracht werden sollen? Es darf nichts verloren gehen.«

»Claudius bedeutet dir viel, nicht wahr?«

»Ja, das tut er. Und es ist sein Wunsch, dass ich das hier schreibe.«

Es zuckte wie ein Funke in ihrem Denken auf. Sie verstand, was ihn zerriss. Er wollte Claudius Gutes und ihm dienen. Der Bischof aber wünschte sich seinen eigenen Schaden und zwang Germunt, ihm im Dienst Böses zu tun. »Er will auch, dass du gehst.«

»Verdammt, ja, das will er.«

Stilla schwieg. Sie spürte, dass sie warten sollte.

»Ich muss ihm gehorchen. Er hat mich an meinen Schwur erinnert von dem Tag, an dem er mich befreit hat. Dabei könnte ich ihm vielleicht noch helfen, ich würde mein Leben aufs Spiel setzen für ihn!«

»Ich verstehe dich.«

»Nie habe ich begriffen, warum er mir so vertraut hat. Er hätte mich damals vom Hof jagen müssen, als ich gestohlen hatte, anstatt sich für mich in Schwierigkeiten zu stürzen. Was sollte das alles? Ich möchte jetzt Dankbarkeit zeigen, ich weiß wirklich zu schätzen, was er mir ermöglicht hat. Und er schickt mich fort.«

»Vielleicht hat er Gründe, die du nicht kennst.«

»Ja, verflucht, dann soll er sie mir sagen!« Germunt sprang auf. »Und zwar sofort. Seine ›Vorbereitungen auf das Ende‹ können mir gestohlen bleiben.« Sie spürte Germunts Hand an ihrer Hüfte. »Ich bin wütend, aber du darfst nicht denken, dass ich dich vergessen habe. Ich liebe dich, Stilla.«

Augenblicke später hatte Germunt die Schreibstube verlassen. Stilla stand da, und langsam erschien ein Lächeln auf ihrem Gesicht. »Und ich liebe dich, Germunt.«

Er warf hinter sich die Tür zu, dass sie krachte wie ein Donnerschlag. »Was ist der Grund, Claudius? Warum habt Ihr mich nicht vom Hof gejagt, als ich gestohlen hatte? Warum bezahlt Ihr mehr Silber, als ein Kind tragen kann, um mich zu retten? Und warum, Himmel und Donner, muss ich Turin verlassen?«

Claudius legte das Schwert aus der Hand, das er nachdenklich gewogen hatte. »Hört auf zu fluchen. Ich habe Euch bereits erklärt, warum Ihr Turin verlassen müsst.«

»Und warum muss ich es sein, der Eure Schriftstücke in Sicherheit bringt? Warum schickt Ihr nicht Biterolf? Oder sonst irgendjemanden?«

»Bereut Ihr Euer Versprechen?«

»Ach, es geht doch überhaupt nicht um mein Versprechen. Es geht vielleicht nicht einmal um mich. Ihr habt Pläne, die Ihr mir nicht sagen möchtet, ich soll arbeiten wie ein willenloses

Werkzeug. Das habe ich satt! Ich will es wissen, was auch immer es ist, ich will es hier und jetzt wissen!«

»Ihr täuscht Euch, Germunt. Es geht um Euch.«

Germunt holte Luft, um weiterzuschimpfen, aber der nachdenkliche Zug, der plötzlich auf dem Gesicht des Bischofs lag, verunsicherte ihn.

Claudius wies auf die fellbespannte Bank. »Setzt Euch.«

Langsam, als wäre das Fell kochend heiß, setzte sich Germunt. Das müde Gesicht des Bischofs bereitete ihm Gewissensbisse. Claudius muss um sein Leben bangen, dachte er, und ich schreie ihn an – ist das die Unterstützung, die er verdient hat?

Der Bischof ging zur Tür und schob den Riegel vor. Dann nahm er auf einer Truhe Platz, deren abgewetztes Holz noch Spuren von einstiger Bemalung zeigte, und rieb sich die Stirn wie jemand, der gezwungen ist, sich an etwas lange Zurückliegendes zu erinnern. »Kennt Ihr den Brief, den Eure Mutter an mich geschrieben hat?«

»Welchen Brief? Ich meine ... Ich habe ihn verloren! Woher wisst Ihr ...?«

»Kennt Ihr ihn?«

»Nein. Sie hat mir verboten, ihn zu lesen. Ich habe nur gemerkt, dass er weg war nach dem Unfall.«

»Meister Odo hat ihn mir übergeben, als er ihn unter Eurer Kleidung entdeckt hat.« Claudius griff neben das Schwert und hob ein klein gefaltetes, abgegriffenes Pergament vom Tisch. Er reichte es Germunt.

Er hatte ihn die ganze Zeit gehabt. Warum hatte er nichts davon gesagt? Germunt fuhr mit dem Daumen über das Pergament. Dieses Stück Leder hatte seine Mutter in der Hand gehabt. Er faltete es auf und spürte, dass ihn Claudius prüfend ansah. Das Pergament enthielt kein einziges Wort, nur eine Zeichnung, einen Baum, mit einigen Strichen der Stamm angedeutet, die unteren Äste, dann grob einige Bögen, die das Laub bildeten. Germunt runzelte die Stirn. »Das ist der Brief?«

»Ja, das ist der Brief.«

Er drehte das Pergament in den Händen und suchte auf beiden Seiten des Leders nach winzigen Buchstaben oder Kürzeln. »Woher wisst Ihr, dass er von meiner Mutter stammt? Ich habe Euch nie davon erzählt.«

»Sie muss Euch doch gesagt haben, dass wir uns kennen.«

»Ja, das hat sie, als ich sie im Kloster aufsuchte. Ich war auf der Flucht vor den Bluträchern, und sie sagte: ›Ich weiß keinen anderen Rat, als dich zum Kantabrier zu schicken.‹ Aber sie hat es nicht gern getan. Sie war wütend auf Euch, weil Ihr sie ins Kloster gesteckt habt. Oh, sie war sehr wütend.«

»Das ist gut. Wenn sie mich hasst, empfindet sie weniger Schmerzen.«

Germunt sah verwirrt auf.

»Was wisst Ihr über Adias Herkunft?«

»Meine Mutter ist als Waisenkind an Vaters Hof gekommen.«

»So hat sie Euch das erzählt? Germunt, Adia ist keine Waise. Ihr Vater stand in den Diensten des kaiserlichen Kämmerers. Sie sollte den Sohn des Mundschenks heiraten, einen schwächlichen, selbstsüchtigen Mann. Es war der feste Wille ihres Vaters, denn so konnte sie ihren Stand verbessern. Aber Adia –« Der Bischof brach ab.

»Was? Meine Mutter ist zum Grafen gegangen, weil sie den Mundschenkssohn nicht wollte?«

»Adia liebte mich.«

Germunt fuhr zurück. In seinem Kopf rissen Abgründe auf. Mutter … Er entschied sich, es nicht zu glauben. »Sie hat nicht von Euch gesprochen, als würde sie Euch lieben. Eher muss sie Abscheu für Euch empfunden haben. So klang das für mich.«

»Adia liebte mich, und ich liebte sie. Ich weiß, die Kirche sieht es nicht gern, wenn geweihte Priester heiraten, aber ich hätte Adia geheiratet. Wir haben uns heimlich getroffen, wann immer es uns möglich war, und selbst dann, wenn es unmöglich war.« Ein bitteres Lächeln flog über das Gesicht des Bischofs. »Als Lehrer für die jungen Hofgeistlichen bin ich mit dem Kaiser mitgezogen, und Adia zog ebenfalls mit, weil ihr Vater dem Kämmerer zu Diensten stehen musste. Wo auch immer Ludwig haltgemacht hat, haben wir, nur durch Blicke, einen Baum vereinbart, unter dem wir uns treffen würden. Sind wir in die Nähe einer Ortschaft gekommen, haben Adia und ich uns auf den Pferden nach einer herausragenden Buche umgesehen, nach einer vom Blitz gespaltenen Eiche, nach einer einzelnen Kastanie am Waldrand. Wir haben uns dann angeschaut und wussten sofort, dass wir uns dort treffen würden.«

»Bloß weil auf diesem Pergament ein Baum zu sehen ist, heißt das noch lange nichts.« Er drückte mit Daumen und Zeigefinger auf seine geschlossenen Augen, bis er bunte Farben sah und den dumpfen Schmerz nicht mehr ertragen konnte.

»Ihr Vater hat Verdacht geschöpft, auch wenn er nicht wusste, dass ich es war, der sich heimlich mit ihr getroffen hat. Bald war es gefährlich, vor den anderen Blicke zu tauschen, und wir haben angefangen, Bäume zu malen. Wir haben sie mit einem Stock vor die Tür in den Sand gekratzt, wir haben sie mit verkohltem Holz an Häuserwände gezeichnet, mitunter habe ich einen Baum auch auf einen Rest Pergament gemalt und ihn ihr ins Fenster geworfen.«

»Unsinn!«

»Unsinn? Furchtbar war es! Je mehr Adia sich gesträubt hat,

desto unerbittlicher hat ihr Vater die Hochzeit mit dem Mundschenkssohn vorangetrieben. Sie hat immer öfter zu mir davon gesprochen, dass sie lieber sterben würde, als ihn zu heiraten. Wenige Wochen vor ihrer Hochzeit schließlich, wir verbrachten gerade den Winter in Ingelheim, fand ich an der Wand der Hofkirche die Worte: ›Wenn nicht du, dann soll mich niemand haben.‹ Und Adia war verschwunden.«

Germunt schnitt mit gestrecktem Finger durch die Luft. »Mir hat sie das ganz anders erzählt! Ihr habt sie in ein Kloster gesteckt, als sie Euch um Hilfe gebeten hat. So war es. Mein Vater hat sie verkauft, und ihrem neuen Herrn ist sie davongelaufen vor sieben Jahren. Aber als sie zu Euch kam, habt Ihr sie gepackt und ins Kloster geschleift. Von Liebe war da keine Rede!«

»Richtig. Nach vielen Jahren ist sie wieder aufgetaucht. Mein Herz hatte inzwischen zu einer Art von Froststarre gefunden, aber ein Blick ihrer Augen genügte, und mein Panzer ist aufgeplatzt wie die Eisdecke im Frühling. Sie hat mir erzählt, dass sie als Kammermädchen bei einem Grafen Udalbert untergekommen sei und dass sie ihm einen Sohn geschenkt habe, aber nichts konnte mich erzürnen, weil sie am Leben war. Am Abend hat sie den kaiserlichen Hof erreicht, und noch in derselben Nacht brachte ich sie ins Kloster.«

»Das habt Ihr getan? Ihr habt sie jahrelang nicht gesehen und dann ins Kloster gesperrt?« Kein Wunder, dass Mutter ihn hasste.

Unweigerlich verglich Germunt den Bischof mit seinem Vater. Udalbert war ein unnahbarer, kräftiger Mann – aber gemessen an Claudius war er ein Bauer. Seine Stärke war nicht durch Weisheit veredelt, wo man in Claudius' Gesicht Nachdenklichkeit lesen konnte, waren Udalberts Züge grob und leer.

Die königliche Würde, die der Bischof ausstrahlte, fehlte dem Vater völlig. Vielleicht entsprach es der Wahrheit, vielleicht hatte sie diesen Mann einmal geliebt. Aber er hatte es sich verscherzt. Wer wies eine Frau so zurück?

»Mich wundert es nicht«, sagte er bitter, »dass meine Mutter abfällig von Euch spricht. Ihr habt sie von Euch gestoßen, während sie Euch geliebt hat.«

Der Bischof sprang auf, und seine Stimme donnerte hart durch den Raum: »Nichts versteht Ihr, nichts! Geht! Verschwindet!«

Anstatt den Raum zu verlassen, fuhr Germunt mit der Hand über das Fell, auf dem er saß. Er streichelte es gegen den Strich, sodass sich die Haare aufrichteten, und glättete es mit der umgekehrten Bewegung wieder. Der Bischof drehte ihm den Rücken zu und sah zum Fenster hinaus.

Nach langer Zeit redete Claudius wieder: »Denkt nicht, es wäre mir leichtgefallen. Der Mundschenk hatte damals die Schrift an der Kirchenwand gesehen, jeder hatte sie gesehen, und jeder wusste: Das einfache Mädchen hat den angesehenen Mundschenkssohn zurückgewiesen. Man ließ sie suchen, besonders der Mundschenk trieb seine Leute an und ließ sie eine ganze Tagesreise weit in alle Himmelsrichtungen reiten. Als man Adia nicht fand, hat man nach einer Ersatzbraut gesucht, aber es wollte sich niemand finden lassen, der dem Zurückgewiesenen seine Tochter zur Frau geben mochte. Seine Ehre war gebrochen. Einmal habe ich den bleichen Mundschenkssohn sagen hören: ›Wenn ich sie finde, bringe ich sie eigenhändig um.‹ Und das wäre ihr Mann gewesen.«

Germunt nahm das Pergament wieder zur Hand und fuhr mit dem Finger die Linien nach. Was hatte sie gedacht beim Zeichnen?

»Als Adia nach so vielen Jahren am Hof um Aufnahme ersuchte, war der alte Mundschenk gestorben und sein bleicher Sohn an seine Stelle getreten. Versteht Ihr, Germunt? Der Zurückgewiesene war inzwischen einer der mächtigsten Männer im Reich geworden! Ich hätte sie vor ihm nicht schützen können. Deshalb habe ich sie in ein Kloster gebracht, bevor irgendjemand sie sehen konnte. Ich musste mein Herz mit einem Lanzenstoß zum Schweigen bringen, um das zu tun. Aber es war das Einzige, was mir zur Wahl stand.«

Claudius räusperte sich und versuchte offensichtlich, seiner Empfindungen Herr zu werden. Dann drehte er sich zu Germunt um. Die Augen des Bischofs blickten unruhig, und seine Stimme war brüchig wie von der Sonne getrockneter Lehm. »Adia ist nicht wegen mir zurückgekehrt, oder?«

Ich muss lügen, dachte er. Ich muss jetzt lügen – wie könnte ich Claudius die Wahrheit antun? Er öffnete den Mund, um zu antworten, aber Claudius kam ihm zuvor.

»Sagt mir die Wahrheit.«

Er fühlte einen Widerstand in seinem Hals, als wären ihm die Worte dort stecken geblieben. »Die Gräfin war für unfruchtbar gehalten worden.« Er schluckte, würgte an den Worten. »Aber sie hat plötzlich einen Sohn bekommen. Ein neuer Erbe war da – ich war nicht mehr nötig, meine Mutter war nicht mehr nötig. Mit unermüdlichem Gezänk hat die Gräfin Udalbert dazu gebracht, meine Mutter zu verstoßen. Zuerst mussten wir nur in einer entlegenen Kammer des Hauses wohnen, dann in einer Hütte am Rande des Dorfes. Als ich acht war, hat Vater Adia an den Truchsess eines befreundeten Grafen verkauft. Es ging ihr nicht besonders gut dort.«

»Ich verstehe.«

Erinnerungen fügten sich für Germunt wie jahrelang verlorene Bruchstücke zusammen. Herbst. Er sitzt auf dem Schoß der Mutter, sie dreht am Stiel ein bunt gefärbtes Eichenblatt zwischen den Fingern. Der Vater hat einen Bären erlegt, hat ihm eigenhändig die Stange in den Leib gebohrt. ›Ich bin stolz auf Vater‹, sagt Germunt. Die Mutter, die eben noch gelächelt hat, presst die Lippen aufeinander, und ihr laufen Tränen die Wangen hinunter. ›Warum weinst du?‹ fragt er. Sie schaut ihn nur an, mit furchtbarer Trauer im Gesicht, und dann küsst sie das Blatt in ihrer Hand.

Dann die Gewitternacht. Der Sturm ist so schlimm, dass Germunt es nicht mehr aushält und in ihre Kammer schlüpfen möchte, auch wenn er weiß, dass er es nicht darf. Er lauscht an der Tür und hört ein Schluchzen. ›Hat er Euch geschlagen?‹, fragt die vertraute Stimme der Magd. ›Nein‹, sagt die Mutter. Die Magd fragt: ›Ihr fürchtet Euch vor dem Unwetter? So geht doch zum Herrn und bittet ihn, Euch zu halten. Ihr seid sein Weib, er wird geduldig sein.‹ Im Zimmer nun ein hoher, gedämpfter Ton, als weine die Mutter mit zusammengebissenem Mund. ›Ich will nicht von ihm gehalten werden‹, stößt sie plötzlich hervor.

Germunt stand auf. »Ich weiß nicht viel über Liebe, Claudius. Aber ich weiß, dass meine Mutter dem Grafen nie Bäume gezeichnet hat und dass der Truchsess sie nicht geküsst hat, sondern geschlagen. Adia war keine glückliche Frau. Ich habe sie weinen gehört des Nachts und habe sie mit diesem abwesenden Blick gesehen, immer wieder.«

»Bitte, hört auf.« Schrecken stand dem Bischof ins Gesicht geschrieben, und in seinen Augen sah Germunt ein Lodern, das ihm in seinem bisherigen Leben noch nirgends begegnet war. Am Boden der Augen sammelten sich Tränen, um die graublauen Flammen zu löschen.

»Kann man auch aus der Entfernung lieben? Ich habe mich nach Stilla gesehnt, als ich drauf und dran war, in der Loire zu ertrinken, und der Gedanke an sie hat mir Kraft gegeben. Genauso wird es Adia gegangen sein – mit Euch. Dass sie von Euch geflohen ist, heißt doch nur, dass sie die unvollkommene Nähe zu Euch nicht ertragen hat und die Aussicht, einen andern zu heiraten und in Eurer Umgebung zu sein.«

Über das Gesicht des Bischofs rannen Tränen. Hell perlten sie über die wettergegerbte Haut und tropften vom Kinn herab. Claudius hielt die Lippen eng verschlossen, als könnte er damit ihr Zittern verhindern.

»Mag sein, dass meine Mutter auf Euch geschimpft hat, als sie mich nach Turin schickte. Auf das Pergament hat sie aber ein Bild gemalt, das das Zeichen Eurer Liebe war. Ich kann nur raten, was Euch die Sternenaugen meiner Mutter bedeuten. Für mich ist sie die Mutter, für Euch die Frau, die Euer Herz bewohnt. Gebt Euch nicht dem Trugschluss hin, dass das allein in Eurer Brust stattfindet. Auch Adia weiß, dass sie mit Euch glücklich geworden wäre.«

Der Bischof wischte sich mit dem Ärmel das Gesicht trocken. Er kämpfte um seine Stimme. »Versteht Ihr jetzt, warum Ihr nicht hierbleiben und meinen Niedergang teilen könnt? Ich kann Adia nicht noch mehr antun. Was sollen sie ihr einmal sagen, wenn der Rachezug meiner Feinde über Turin gefegt ist? Dass mein Weg auch Euch das Leben gekostet hat? Niemals.« Mit langsamen Schritten ging Claudius auf Germunt zu, dann zog er ihn an sich und umarmte ihn. »Ich bin nicht dein Vater, und doch bist du mein Sohn.«

Erst in diesen Tagen wurde Germunt bewusst, mit welch erstaunlicher Selbstverständlichkeit sich Stilla in Turin bewegt hatte. Die Geröllfelder, schmalen Steige und Felsplatten der Alpen musste sie Schritt für Schritt ertasten, und obwohl Stilla von seinem Arm geführt wurde, stolperte sie mehr, als dass sie lief.

Für den Weg, den er an einem Tag zurückgelegt hatte, brauchten sie nun drei Tage. Sie füllten an jedem Gebirgsbach ihre Wasserschläuche, und nachdem sie die Baumgrenze hinter sich gelassen hatten, aßen sie Schnee von den verstreuten, kalten Flecken, um ihren Wasservorrat nicht anzutasten. Hätte Germunt nicht vom Sennergehöft gewusst, das er als ihr Ziel auserwählt hatte, hätte ihn die Sorge um ihr Überleben bedrückt, weil ihnen trotz der großen Proviantbeutel schnell die Nahrung ausging. So aber versuchte er, Ruhe auszustrahlen und Stilla von ihrer Qual und Unsicherheit abzulenken, indem er sie in Unterhaltungen verwickelte. Die Gespräche lenkten ihn auch von dem Gewicht ab, das er selbst auf dem Rücken schleppte: Trotz der leeren Wasserschläuche bog er sich unter der Last des schweren Bündels von Pergamenten.

Häufig beschrieb er ihr die schroffe Schönheit ihrer Umgebung, oder er erklärte ihr Dinge, die er von Aelfnoth in Tours gelernt hatte. Stilla musste ihm von den Tagen mit Odos mürrischer Magd erzählen, von ihrer Kindheit und von Claudius' Vorgänger.

»Ich fühle mich wie ein Kind, das das Laufen lernt«, unterbrach sie einmal seufzend die Unterhaltung. »Ständig stoße ich mir die Füße oder falle hin. Am liebsten würde ich umkehren.«

»Wir haben über die Hälfte des Weges geschafft. Du schlägst dich so tapfer – halte noch ein bisschen durch! Nur noch morgen und übermorgen, dann dürften wir den steinigen Teil überwunden haben. Auf den weichen Wiesen läuft es sich viel besser. Weißt du nicht? Wir sind doch gestern eine runtergelaufen.«

»Wenn es anständige Wiesen wären! Aber sie ziehen einen abwärts und zerren an den Knien, als wollten sie einen zu Boden werfen.«

Über ihren Köpfen rauschten Flügel, und es gellten kurze Schreie.

»Was ist das? Ein Vogelschwarm?«

»Ja. Es sind – warte, es sind Waldrappe! Kennst du diese Vögel?«

»Nein. Wie sehen sie aus?«

»Groß und schwarz. Sie haben rote Schnäbel, die lang sind und gebogen. Wir hatten zahme Vögel dieser Art in den Gemüsegärten, wo ich aufgewachsen bin. Ihre Flügel waren gestutzt, und sie haben alle Schnecken weggestochert, ohne das Gemüse anzurühren. Sehr nützliche Tiere.«

»Sie fliegen nach Norden, richtig?«

»Sie fliegen genau dorthin, wohin auch wir unterwegs sind.«

»Dann lass uns ihnen folgen. Zu Fuß, leider.« Stilla seufzte, und Germunt zog sie mit sich, lachend.

Ausgehungert, müde und erleichtert erreichten Stilla und Germunt nach schier endloser Wanderung den Sennerhof. Die Sennerin musste die Besucher schon durchs Fenster gesehen haben, denn sie lief ihnen entgegen, ein strahlendes Lächeln im alten Gesicht. »Wen hast du denn da mitgebracht? Willkommen, junger Mann, und du natürlich ebenfalls, junges Fräulein. Himmel, tut es gut, dich wiederzusehen, Germunt!«

Kaum gelang es den beiden, ihren Berichten einen sinnvollen Zusammenhang zu geben, da ihnen der köstliche Duft einer Rahmsuppe um die Nase strich. Als das Gericht endlich auf den Tisch kam, kehrte der Senner heim und war nicht minder erfreut über die Gäste.

Das alte Bauernpaar nahm Stillas Einschränkung wie selbstverständlich hin. Sie halfen ihr, sich im Raum zu orientieren, und behandelten sie mit der gleichen Herzlichkeit, die sie Germunt entgegenbrachten. Germunt beobachtete gerührt, wie der Senner ihr den Schemel zurechtrückte, wie die Sennerin sie vor der heißen Suppe warnte und Stillas Hand behutsam auf den Löffel legte, der neben der Suppenschale lag.

Die Offenbarung, dass die beiden gekommen waren, um länger zu bleiben, erfüllte die Senner mit solcher Freude, dass man meinen konnte, sie hätten statt der dicken Milch schweren Wein in ihren Bechern.

»Dass uns so etwas auf unsere alten Tage noch geschieht!«

»Gerade jetzt, wo die Arbeit anfängt, uns über den Kopf zu wachsen …«

»Unsere beiden Söhne sind früh gestorben, dafür schenkt uns Gott nun einen neuen Sohn und eine neue Tochter.«

»Und wie nett sie sind!«

Es kostete Stilla und Germunt eine Menge Überzeugungsarbeit, bis die Senner davon abgerückt waren, ihnen die beiden Betten zu überlassen. Dafür wurden nun jedes Fell und jede Decke, vor dem Kamin ausgebreitet. Die Füße zur leise singenden Glut gestreckt, kuschelten sich die Gäste in ihr Nest.

»Es wird nicht mehr lange dauern, bis der Legat Turin erreicht.«

Eine lange, lange Zeit floss zähes Schweigen wie Honig durch den Raum. Dann flüsterte Stilla: »Tu es nicht, bitte!«

»Du kennst meine Gedanken?«

»Ich wusste es die ganze Zeit. Zumindest habe ich's geahnt. Du wärst nicht so fröhlich gewesen unterwegs.«

»Kannst du mich verstehen? Ein bisschen?«

»Ich will nicht verstehen. Ich will nicht diesen Schmerz. Wozu habe ich dir so vertraut, mich so an dich gewöhnt?«

»Ich komme in einem Monat zurück.«

»Ach so? Ist das sicher?«

Er schwieg.

»Claudius kommt allein zurecht, Germunt.«

»Sie werden ihn töten.«

»Er will doch, dass sie ihn töten!«

»Denkst du so kalt über den Bischof?«

»Ich denke gar nicht an den Bischof, ich denke an dich. Ich brauche dich! Wir wollten Turin gemeinsam verlassen. Nennst du das gemeinsam? Dass du jetzt gehen willst, zeigt doch nur, wie wenig ich dir bedeute. Ich habe geglaubt, da wäre wirkliche Liebe zwischen uns.«

»Das ist nicht gerecht, Stilla! Lässt du mich zwischen dir und dem Bischof wählen?«

»Du hast ja nichts versprochen, und was zählt schon mein Herz? Es wird dich freigeben müssen. Vielleicht war deine Stimme doch kälter, als meine Ohren mir gesagt haben.«

»Das ist nicht wahr! Stilla, dass ich Claudius helfen muss, hat nichts mit dir zu tun, es –«

»O doch, es hat mit mir zu tun.«

Germunt sah, wie Stilla die Lippen aufeinanderpresste. Er wollte die Hand auf ihren Arm legen, aber sie zuckte zurück.

Wie kam es, dass er bei all seinen Plänen nicht an diesen Moment gedacht hatte? Es war ihm so selbstverständlich gewesen, dass er zum Bischof zurückkehren würde und dass er ... sie dann vielleicht nie mehr wiedersehen würde. O ja, dieser Fall konnte sehr gut eintreten. Aber das konnte sie nicht wissen, sie wusste nicht, mit welcher Wahnsinnstat er Claudius zu retten gedachte. Er ließ jetzt also entweder seinen Lebensretter im Stich, oder er brach seiner Geliebten das Herz. Untreue oder Gefühlsmord. Er dachte: Wer weiß, ob ich überhaupt zu ihr zurückkehren darf, wenn ich jetzt gehe?

Wieder versuchte er, zärtlich die Hand auf ihren Arm zu legen. Wieder wich sie der Berührung aus.

Na schön. Willst du mich so fesseln?, dachte er. Meinst du, du kannst mir deinen Willen aufzwingen, wenn du dich hilflos und verletzt gibst? In Turin lässt ein Mann sein Leben und löscht damit Wahrheiten aus, die weit mehr wiegen als dein Schmollen! Er stand auf. Von den Betten her hörte er gleichmäßige Atemzüge. Er nahm sich einige Brote von der Fensterbank und stopfte sie in den Proviantbeutel, den er die vergangenen Tage auch getragen hatte. Den Wasserschlauch ließ er leer; nicht weit entfernt gab es eine Quelle, an der er ihn füllen würde. Er warf noch einmal einen Blick auf das schwere Bündel Pergamente, das er neben der mit groben Kurven bemalten Truhe abgelegt hatte. Dann sah er zu Stilla hinüber. Du denkst, ich gehe zum Spaß in die Berge? Weißt du überhaupt etwas über mich?

Erst als er an der Tür stand, schnürte ihm der Schmerz den Hals zu. Er schlich zurück und kauerte sich neben Stilla nieder. »Hör zu, ich … Ich werde nicht aufhören, an dich zu denken, in jedem Augenblick wirst du mir nah sein. So schnell ich kann, komme ich zu dir zurück.«

»Ich will, dass du mich vergisst.« Damit drehte Stilla ihm den Rücken zu. Germunt sah, dass sie zitterte.

Wenig später blies kühle Nachtluft unter sein Hemd. Eine böse Freude, über die er selbst staunte, erhitzte sein Gemüt. Es fiel ihm schwer, Gedanken zu fassen. Irgendwann gab er den Versuch auf nachzudenken und schritt so kräftig aus, dass bald auch sein Körper glühte.

27

An das unermüdlich dahingleitende Wasser des Po fügte sich eine Weide, auf der Schafe Gras rupften. Ein Dutzend Männer lud Stämme von einem Floß und trug sie an den Schafen vorbei zu einem Balkengerippe, das einmal ein stattliches Haus werden sollte. Bei der Baustelle stand Biterolf und ließ seinen Blick über die Weide schweifen, weiter über ein Feld, auf dem junge grüne Ähren wogten. Dann sah er zurück zu den Holzträgern. Unter ihnen entdeckte er einen Mann mit grauem Bart und hellen Augen, der die Männer anführte.

»Ist es möglich, Euch für einen Augenblick zu sprechen, Herr?«, wandte er sich an ihn.

»Nein. In ein paar Wochen vielleicht, wenn das Haus errichtet ist.«

»Ich verstehe.« Mal sehen, wie Euch das gefällt. Biterolf schlenderte den Hang hinab und schüttete sich unterwegs ein wenig Salz aus einem kleinen Säckchen in die Hand. Vor dem stattlichsten Schaf blieb er stehen und ließ es aus seiner Handfläche lecken. Die anderen Schafe kamen neugierig näher. »Kommt, meine Lieben. Euch weiß man hier scheinbar nicht zu schätzen.« Er ließ zwei weitere Schafe mit ihren rauen Zungen über seine Handfläche raspeln, dann setzte er sich in Bewegung, und die ganze Herde folgte ihm, hungrig blökend.

Eine Stimme gellte über die Weide. »Was tut Ihr da? Wie könnt Ihr es wagen!«

»Was habt Ihr?«, schrie Biterolf vergnügt zurück. »Die Schafe bedeuten Euch doch nichts!«

Endlich kam der Graubärtige auf ihn zu, drei Männer hinter

sich, die sich die Hemdsärmel hochkrempelten. »Das werden wir Euch austreiben. Ihr wollt am hellen Tag stehlen?«

»Ich will noch mehr als das tun.« Biterolf klopfte auf ein dickes Säckchen an seinem Gürtel. »Diesen Beutel Krautsamen werde ich auf Eurem Feld in den Wind werfen, wenn Ihr weiter so wenig Dankbarkeit für den zeigt, der Euch Schafe und Feld geschenkt hat.«

Sofort änderte sich die Miene des Graubärtigen. »Der Bischof schickt Euch? Warum sagt Ihr das nicht gleich?«

»Der Bischof schickt mich nicht. Aber ich weiß genau, was Ihr ihm verdankt. Ich habe die Schenkungsurkunden geschrieben. Claudius hat Euch reich gemacht – jetzt ist es an der Zeit, dass Ihr ihm helft.«

»Was sollen wir tun?«

»Kommt die nächsten acht Tage, sooft Ihr könnt, nach Turin und betet in der Bischofskirche für sein Wohl, dann lässt sich vielleicht sein Leben retten. Ich habe schon einige Eurer Langobardenfreunde besucht und ihnen dasselbe gesagt. Kommt alle und betet mit Inbrunst, es ist bitter nötig. Euer Haus kann auch in einer Woche weitergebaut werden. Es würde mich doch sehr wundern, wenn der Herrgott Eure Dankbarkeit nicht belohnen würde und das Haus besonders fest stehen lässt, weil Ihr den Bischof jetzt unterstützt.«

»Warum sollen wir in der Bischofskirche beten?«

»Ist Euch der Weg zu weit?«

Biterolf und der Langobarde maßen sich mit den Augen.

»Nein. Ich werde kommen.«

»Gut.« Diese Art des Krieges wird Euch fremd sein, ergänzte Biterolf in Gedanken. Aber ein Krieg auf den Knien ist wirkungsvoller, als Ihr meint.

Wenig später kniete Biterolf zwischen den ärmsten Hütten Turins auf dem Lehmboden. Vor ihm stand der Raufbold, den er bei Claudius' Rückkehr zu Odo geschickt hatte. »Hast du die Worte behalten?«

Der Kleine verdrehte die Augen. »Ja, habe ich. Ihr habt sie mir ja hundertmal vorgebetet.«

»Gut.«

»Und ich kriege wirklich so ein Stück Honigkuchen«, er riss die Arme weit auseinander, »wenn ich das mache?«

»Dreimal so viel. Vergiss nur nicht, was du sagen sollst. Und entferne dich dann mit Ehrfurcht. Keine dummen Scherze, sonst gibt es statt des Riesenkuchens nur ein paar Krümel, verstanden?«

Das Kindergesicht strahlte. »Verstanden.«

Als sich Biterolf erhob, sah er vor einer grünlich angelaufenen Holzwand rote Haare aufleuchten. Wie oft war ihm das in der letzten Zeit passiert! Seitdem die Franken mit dem Wergeld den Hof des Bischofs verlassen hatten, erwartete Biterolf eine Tat der Rache. Wenige Menschen gab es in Turin, die rote Haare hatten, sicher konnte man sie an einer Hand abzählen. Jedes Mal, wenn er einen von ihnen erblickte, schrak er zusammen. Doch diesmal war es keine Wollweberin, kein Straßenkind. Die verzierten Stiefel, die Schwertklinge an der Seite – obwohl der Mann mit dem Rücken zu ihm stand, wusste Biterolf, dass es sich um einen der Bluträcher handeln musste. Sein Bauch fühlte sich plötzlich an, als würden sich darin Schlangen winden.

Ein Mann war im Gespräch mit dem Franken. Er lehnte mit einer Schulter gegen die moosbewachsene Hauswand. Ernst nickte sein breites, knochiges Gesicht. Dann streckte er die Hände vor, um einen schweren Sack entgegenzunehmen. Irgendwie kommt er mir bekannt vor, dachte Biterolf. Er betrachtete die zerschrammte Lederkleidung, den Langdolch, der am Gürtel befestigt war. In Gedanken sah er diesen Mann über eine Ziege springen, auf der Flucht ... Er hatte Germunt begleitet, als er in Verkleidung durch die Stadt zu gelangen versuchte. Nun musste er ihn verraten haben. Wenn sich da nicht etwas zusammenbraute! »Bewahre uns Gott«, murmelte er.

Er spähte in die Burg aus Folianten, in die er ein Talglicht gestellt hatte. Dort war es warm und heimelig. Wäre Biterolf ein Käfer, könnte er hineinkrabbeln und zwischen den dicken Büchern Unterschlupf finden.

Aber er saß in der dunklen Schreibstube, hinter sich Farros Lager: leer. Der Hund war heute Vormittag verschwunden, als Biterolf nördlich von Turin die Langobarden besuchte. Hatte eine Fährte gefunden und war einfach davongelaufen.

Es ist nicht das erste Mal, sagte sich Biterolf. Mein Kleiner kommt wieder. Der findet den Weg. Vielleicht wäre Biterolf sogar schlafen gegangen, aber es donnerte und blitzte draußen, als sei das Böse auferstanden. Die unsichtbare Kraft warf sich so stark gegen die Tür, dass die Angeln sich bogen. Wie feindliche Pfeile, die eine Ritze, ein Loch suchten, prasselten Regentropfen auf das Dach, unermüdlich erstarkten sie zu Wogen und Böen.

Er lauschte. Da waren kurze, tiefere Aufschläge zu hören zwischen all dem Zischen des Regens. Es klang, als klopfte jemand an sein Dach, als wollte jemand herein. Er konnte den Geruch des kühlen, brackigen Regens auf der Zunge schmecken. Das Toben dort draußen gab ihm das Gefühl, als schrumpfe die Schreibstube immer mehr zusammen und die Wände rückten näher, um ihn zu erdrücken.

Plötzlich ein Prasseln gegen die Tür, harte Geschosse wie Angriffe in unregelmäßiger Folge. Hagelschauer, sagte er sich, während ihm Kälte den Rücken hinaufzog. Wo bist du, mein Kleiner? Was, wenn die Dämonen draußen Farro in Stücke rissen?

Er hielt sich die Hände wie Scheuklappen an die Schläfen und legte das Kinn ab, sodass er nur noch den kleinen Lichtraum zwischen den Buchrücken sehen konnte. Vielleicht war Gott ganz anders, als die Menschheit dachte? Vielleicht war er ein Gott des Krieges, und seine Engel waren gerüstete Streiter … Die kleine Flamme zuckte nach unten, als wollte sie sich unter das Hageltrommeln ducken. Nein! Ich glaube an den Gott, der liebt, dachte er. Meine Flamme mag klein geworden sein, aber ich lasse sie nicht verlöschen.

Säcke von Erbsen aus Eis wurden auf dem Dach ausgeschüttet. Wenn es noch lange so ging, würde das Dach nicht dicht halten, und dann konnte Wasser auf die Pergamente und Bücher tropfen.

Schob sich da nicht das Klappern von eisenbeschlagenen Wagenrädern zwischen das Sturmgeknister? Jetzt, ganz deutlich. Biterolf schlich zur Tür und öffnete sie. Schlagartig erlosch das Licht hinter ihm. Weiße Hagelkörner prasselten auf den nachtschwarzen Hof nieder und vollführten einen Tanz aus wild peitschenden kleinen Sprüngen. Sie trafen auch auf einen Wagen inmitten des Hofes, der von dunklen, nassen Gestalten umringt war. Die Gestalten, in Klerikerroben gekleidet, hoben Truhen herab. Fünf von ihnen trugen einen schwarzen Kasten zum Bischofspalast, andere einen Reisealtar. Ihm folgten die weiteren Truhen.

Dann erblickte Biterolf den Legaten. »Du Ausgeburt der Hölle«, murmelte er. Mochten alle anderen Legaten rechtschaffene Boten sein, diesen hatten Claudius' Widersacher gerufen, und er war gekommen, ihn zu vernichten. Es musste ein Dämon sein.

Das Mondlicht beschien einen sorgfältig gestutzten Kinnbart, aus dem Wasser tropfte, und aufgedunsene, volle Wangen. Während die anderen die Kapuzen über die Köpfe gezogen hatten, ruhte die des Legaten ungenutzt auf dem Rücken. Hagel und Regen flossen ihm den Hals hinunter, aber er stand aufrecht, schien mit dem Wetter einen Bund geschlossen zu haben. Mit unsichtbarer Macht regierte er seine Mannen und ließ sie nicht ruhen, bis der Wagen entladen und vor den Stall geschoben war. Sie bewegten sich wie Strohpuppen, die er mit Fäden hierhin und dorthin ziehen konnte, die arbeiteten, ohne auch nur ein Wort der Erklärung gehört zu haben. Nur einmal wagte einer von ihnen, an den Legaten heranzutreten. Biterolf presste erwartungsvoll die Lippen aufeinander, während der Mann unhörbare Worte sprach.

Der Legat antwortete ihm mit einem Schlag ins Gesicht, nicht gewaltig, aber demütigend, und daraufhin küsste der Geschlagene den Saum des dunkelgrauen Legatengewands. Ohne zu zögern, reihte er sich wieder in die Schar der anderen ein, und sie schirrten trotz des peitschenden Regens die Pferde ab und führten sie in den Stall.

Meine Pläne sind zunichte, dachte Biterolf. Wie sollte man diesen Mann zu einem gnädigen Urteil bewegen? Der Bischof war verloren.

In diesem Augenblick wandte der Legat ihm das Gesicht zu, die Züge regungslos und von ungerührter Festigkeit. Biterolf zuckte zusammen. Konnte die Höllengeburt Gedanken lesen? Er zwang sich mit aller Kraft, im Türspalt stehen zu bleiben. Es wäre ein Schuldgeständnis gewesen, jetzt zurückzuweichen.

Kurz darauf schritt der Legat hinter seinem Gefolge durch die Tür des Palastes, ohne Eile und mit der Gewissheit des Raubvogels, der die Beute schon in den Krallen hält.

Kurz nachdem Biterolf die Tür wieder geschlossen hatte, drang ein Winseln und Jaulen durch das aufgeweichte Holz. Hocherfreut öffnete er, und tatsächlich patschten Farros Pfoten in die Schreibstube. Das Tier schüttelte sich. Biterolf ließ sich gerne nass spritzen. Dann wandte Farro sich schwanzwedelnd der gewohnten Umgebung zu. Biterolf stand eine ganze Zeit still. Er rang nach Worten.

Hinter Farro war ein bis auf die Haut nasser Mann in den Raum getreten. Als er Biterolfs Reglosigkeit sah, löste er die Tür aus dessen Hand und schloss sie selbst. »Du hast nicht damit gerechnet, mich so bald wiederzusehen?« Die gelbbraunen Eulenaugen drangen fragend in Biterolfs Gesicht. Germunt war mager, die Wangen eingefallen, aber seine Augen glühten wie im Fieber.

»Bist du von Sinnen? Was machst du hier?«

»Ich hoffe doch, trocken werden.«

»Wenn Claudius dich sieht –«

»Er wird mich nicht zu Gesicht bekommen.«

Biterolf beugte sich tief in eine Truhe und brachte eine Decke zum Vorschein. »Hier, wickel dich ein, damit du nicht frierst.«

»Auf der habe ich schon geschlafen, richtig?«

»Ja. Wo ist Stilla?«

»Stilla liegt hoffentlich in einer warmen Stube und schmiegt sich in ihr Bettlager.«

Hoffentlich? Biterolf musterte Germunt kritisch.

»Keine Sorge. Was ist mit dem Wagen da draußen – ist der Legat schon da?«

»Ja. Und jetzt, wo ich ihn gesehen habe, zerbröckeln mir meine kleinen Rettungspläne wie loses Mauerwerk in den Händen. Die Langobarden sollten in die Kirche kommen, um zu beten. Ha! Er wird keine Gnade kennen.«

»Deshalb bin ich hier. Wir werden ihn auf eine ganz besondere Art überzeugen.«

»Was willst du tun?«

Germunt sah an Biterolf vorbei, als stünde hinter ihm jemand. »Zunächst werde ich morgen früh vor Sonnenaufgang in die Kirche gehen und Gott um Unterstützung für mein Vorhaben bitten.«

Er fühlt solche Dankbarkeit gegenüber dem Bischof, dass er nicht anders kann, als seinen Hals für ihn zu riskieren, dachte Biterolf gerührt. Dann fiel ihm jäh die ganz in Leder gekleidete Gestalt ein. »Germunt, was war das damals für ein Mann, der dich begleitet hat, als du als altes Weib verkleidet warst?«

Einen Moment schien Germunt nachzusinnen. »Du meinst den Jäger? Otmar ist sein Name.«

»Er muss dich verraten haben. Ich habe heute beobachtet, wie er mit einem der Franken geredet hat.«

Germunt schüttelte lächelnd den Kopf. »Das ist unmöglich.«

»O doch, diese zwei Augen haben es gesehen.« Biterolf zielte mit Zeigefinger und Mittelfinger auf seine Pupillen. »Der Franke hat ihm auch einen prallen Ledersack gegeben. Wenn das das Wergeld des Bischofs war ...«

»Ich kann nicht glauben, dass Otmar für sie arbeitet. Er hätte mich schon bei einer früheren Gelegenheit verraten können.«

»Und wieso wussten die Büttel, dass du dich als bucklige Alte verkleidet hast? Nicht einmal ich habe dich erkannt. Sei vorsichtig, hörst du?«

»Ja, das werde ich sein. Schon allein deswegen, weil die Rächer noch in der Stadt sind. Das ist kein gutes Zeichen.«

»Mich macht es auch unruhig. Was morgen früh angeht: Am besten gehen wir beide beten.«

28

Mit einem Geräusch, das irgendwo zwischen Brummen und Seufzen lag, ließ sich Biterolf auf eine von Godeochs Truhen niedersinken. Leise knirschte der Deckel unter seinem Gewicht. Die Truhe stand an der Wand neben der einzigen Fensteröffnung im Raum, wenn er sich nach vorn lehnte und auf dem steinernen Sims abstützte, konnte er auf die Straße hinabschauen. So sah die Stadt also aus, wenn man aus dem Palast des Grafen blickte. Da zogen die Turiner ihre Handkarren, schleppten ihre Kiepen und Bündel, sponnen ihr Garn, webten ihr Tuch, färbten es und schnitten es zurecht. Da fütterten sie ihre Tiere, trieben sie zum Markt. Da erhitzten sie ihre Eisenspangen, bogen sie zurecht und spannten sie auf ein Rad, das dann wieder an einen Handkarren gebaut werden konnte, in dem man neue Waren heranschaffte. Kämpfte nicht jeder nur um sein Überleben, um die dampfende Schüssel Getreidebrei auf dem Tisch, für morgen und übermorgen?

Natürlich gab es zwischen den rechtschaffenen Turinern Bettler, Beutelschneider und anderes zwielichtiges Gesindel. Aber versuchten nicht auch die Bettler, beim Rufen um Almosen die richtige Tonlage zu treffen und den Vorbeilaufenden das Zittern und Husten jeden Tag besser vorzugaukeln? Stand den Beutelschneidern nicht genauso der Schweiß auf der Stirn, wenn sie sich an ihr Opfer heranpirschten, und beteten sie nicht auch zu ihren düsteren Götzen um eine ruhige, schnelle Hand? Natürlich, sie waren verloren, und in der Hitze der Hölle würden sie ihre Sünden in alle Ewigkeit bereuen. Aber sie waren ein Teil von Turin wie die schmutzigen Kinder auf der Straße, und sie kämpften um die gleiche Schüssel Getreidebrei, die auch die anderen Bürger am Leben erhielt. Wie gleich wir Menschen doch sind, dachte er. Und böse seit Adams und Evas Fehltritt.

»Vergesst es, was auch immer Ihr sagen wollt. Der Legat wird sein Urteil fällen.«

Biterolf schoss in die Höhe. Godeoch hatte den Raum betreten, und mit ihm war ein Geruch von Straßenstaub und Pferdeschweiß hereingeweht. Der Graf löste den Gürtel von seiner Hüfte und lehnte das Schwert an die Wand. »Das ist es doch, weshalb Ihr mich sprechen wollt, oder?«

»Es geht das Gerücht, Ihr habt eine Klageschrift gegen Claudius verfasst und sie von namhaften Männern siegeln lassen.«

»Und? Dann reden die Leute das eben.«

»Was wäre, wenn ich sie ebenfalls unterzeichnete?«

Godeochs Hand, mit der er sich eben noch den hellen Staub von der Kleidung geklopft hatte, verharrte in der Luft. Er schob den Kopf nach vorn und begutachtete Biterolf mit zusammengekniffenen Augen. Dann schüttelte er lächelnd den Kopf. »Ihr erstaunt mich. Wirklich. So seid Ihr also zur Einsicht gelangt.«

»Ja.«

Das Lächeln verschwand. »Die Klageschrift gebe ich Euch trotzdem nicht in die Hand.«

»Wenige kennen die Worte des Bischofs so gut wie ich. Es würde die Sache glaubwürdiger machen.« Biterolf sah Godeochs Mund schmal werden. »Noch glaubwürdiger, als sie jetzt schon ist«, setzte er nach.

»Vielleicht habt Ihr recht.«

Wenig später stand Biterolf über eine große Pergamentseite gebeugt und las. Dicht neben seinem Ohr raunte der Graf: »Lasst Euch nicht einfallen, sie zu zerreißen. Meine Klinge ist schnell.«

»Ich weiß.« Biterolf fror, während seine Augen über die Zeilen glitten und er den Griff der Worte spürte, dem sich auch der Legat sicher nicht entziehen würde:

»Godeoch, Graf zu Turin, in aller Demut. Ist das Amt eines comes nicht dem eines geistlichen Hirten gleich, so bedeutet es doch eine ähnliche Verantwortung vor Gott für den anvertrauten Acker. Claudius, als Bischof in Turin eingesetzt, wirft Unkraut auf diesem Lande aus und erstickt mit wuchernden Dornen die Samen der Wahrheit. Deshalb tun wir unserem Vater Paschalis in Rom folgendes kund:

1. Es ist wahr, dass Claudius einer neuen Sekte gegen den allgemeinen Glauben predigt.

2. Es ist wahr, dass er mit eigener Hand die Bilder und das Kreuz der Bischofskirche zerstört hat.

3. Wir bezeugen: Claudius verkündigt, man sollte die Lebenden anbeten anstelle der Toten. Die Toten seien wie Stein und Holz.

4. Wir bezeugen: Claudius verkündigt, wenn das Kreuz angebetet wird, müssen auch Krippen im Stall angebetet werden, weil Christus in einer Krippe geboren wurde.

5. Wir bezeugen: Claudius hat einzelne Turiner aufgefordert, nicht für die Vergebung ihrer Sünden nach Rom zu pilgern. Er hat weiterhin behauptet, nach dem Tod des Apostels Petrus sei sein Amt nicht allein auf den Bischof von Rom, sondern auf alle Bischöfe übergegangen.

Damit derartige Verwirrungen nicht weiter die Herzen der Einfältigen anstecken, bitten wir, den Frevelhaften seines Amtes zu entheben und zum Widerrufen seiner Lehren sowie zur Unterwerfung unter die allgemeine Kirche zu zwingen.

Gegeben zu Turin, im 6. Jahr der Herrschaft Ludwigs, in der 13. Indiktion, 820 Jahre nach der Geburt unseres Herrn Jesus Christus.
Abt Dructeramnus von Saint-Chaffre
Abt Iustus von Charroux
Suppo, Graf zu Brescia und Spoleto
Godeoch, Graf zu Turin

Neben die Namen waren Kreuze gezeichnet, schmal und hoch, mit verzierten Enden. Vom unteren Rand der Schrift hingen an Pergamentstreifen Siegel herab, schwere Wachsgewichte, wie Steine, die den Verurteilten auf den Grund eines Flusses hinabziehen sollten.

»Was zögert Ihr so lange? Schreibt!«

Biterolf griff nach der Feder, tunkte sie ein, wieder und wieder, als wollte die Tinte nicht haften. Mein Zeichen auf diesem Pergament kann Claudius' Ende bedeuten, dachte er. Er hob den Kiel aus dem Fässchen und hielt ihn so fest in den Fingern, dass die weiße Fahne am oberen Ende zitterte.

»Nun kommt! Ihr zweifelt doch nicht etwa? Nehmt Abstand von seinen Lehren. Niemand wird Euch einen Vorwurf machen.«

Gern hätte Biterolf das Gesicht abgewandt, während er die Buchstaben auf die Tierhaut kratzte: »Biterolf, Notar des Bischofs Claudius, ich bestätige.«

Auf dem Weg zurück zum Bischofshof murmelte er vor sich hin: »Godeoch, Graf zu Turin, in aller Demut. Ist das Amt eines *comes* …«

Der Dämon stand vor der Kirche, als Biterolf durchs Tor auf den von Pfützen übersäten Hof trat. In ein dunkelgraues Gewand gekleidet, die Augenbrauen weit erhoben, spitzte der Legat die Lippen und brachte seine Kleriker zischend zur Ruhe. Er machte eine Bewegung mit dem Arm wie ein Priester, der seine Gemeinde segnet, und jeder verstummte, an dem die Hand vorbeigeschwebt war. Claudius stand neben ihm, aber sein Blick hing irgendwo in der Ferne.

Sobald sich der Legat umgewandt hatte und die Kirchentür öffnete, eilte Biterolf zwischen den Pfützen näher. Seine Füße lösten sich nach jedem Schritt schmatzend vom aufgeweichten Boden. Hinter dem letzten Kleriker schlüpfte er mit hinein. Die Tür schloss sich.

Alle neu in den Kirchenraum Getretenen drängten sich schweigend an die hintere Wand. Rußbahnen und die Unregelmäßigkeit des abgeplatzten Kalks ließen den Kirchenraum wie eine Höhle erscheinen, eine in den Fels gehauene Höhle. Kerzenflammen malten leuchtende, schwankende Kreise an die Wände. In der Mitte des Raumes knieten Langobarden, die langen, grauen Haare auf ihren Rücken ruhend, die Schwertklingen vor sich aufgerichtet und die Hände auf den Knauf gelegt. Sie beteten still. Biterolf empfand in der barbarischen Roheit des Raumes eine Gottesehrfurcht, die sich nach Weite und Kühle anfühlte und ihn auffordern wollte, ebenfalls niederzuknien. Er zwang sich, den Legaten anzuschauen.

Das Kinn unter den aufgedunsenen Wangen war etwas abgesenkt, die Stirn nach vorn gebeugt, und so blickte der Legat wie ein Untergebener zu seinem König von unten herauf in den Raum. Er schien in jeden Winkel zu spähen, mit seinen Augen jedes Staubkorn zu mustern. Dann plötzlich kehrte er der Höhle den Rücken zu und deutete auf die Tür. »Genug. Wir gehen.«

Was dachte er? Hatte ihn das andächtige Gebet der Langobarden so bewegt wie ihn? Biterolf biss sich auf die Unterlippe. Man hatte ihm nichts angesehen, gar nichts. Weder einen Schrecken wegen des kahlen Raums noch Freude über die Betenden.

Beinahe wären sie in Ademar hineingestolpert. Der Abtrünnige trug einen neuen, blauen Umhang und Prunkringe an den Fingern. Er streckte die Brust heraus, als sei er ein junger Herr. Drei Büttel gingen mit ihm und lockerten sofort die Schwerter in ihren Scheiden, als sie Claudius erblickten.

Ademar neigte kurz den Kopf, und als sei ihm die Bewegung unangehm gewesen, federte er wieder in die Höhe. Sein listiges grünes Augenpaar lag nicht auf Claudius, sondern auf dem Legaten. Nur ab und an huschte sein Blick zum Bischof hinüber, als wolle er sichergehen, dass der sich nicht mit der Waffe auf ihn stürzte. »Mein Herr Godeoch bittet Euch, morgen zur Mittagszeit auf den Markt zu kommen. Er möchte Euch dort ein Dokument übergeben, das den Fall des Bischofs klären wird.«

»So? Und warum schickt er das Dokument nicht mit Euch?«

Ademar stutzte sichtlich.

»Warum lässt er es Euch nicht bringen?«

»Der Graf, ähm, würde es gern vor dem Volk überreichen, damit alles offen und redlich zugeht.«

»Ein Schaugericht also. Ich hoffe für den Grafen, dass es ein gutes Dokument ist.«

»Sicher.«

»Wird das einzurichten sein, Herr Bischof, um die Mittagszeit?«, wandte sich der Legat an Claudius.

Biterolf schluckte, als er den Blick des Bischofs sah, der auf Ademar zur Ruhe kam. Abscheu und Verachtung lagen in den graublauen Augen.

»Natürlich.«

Schweißtropfen rannen Germunt den Rücken hinunter. Das Hemd klebte an seinem Körper, und es plagte ihn ein Jucken auf der Stirn, so sehr, dass er seinen Federstrich immer wieder unterbrechen musste, um sich mit dem Arm über das Gesicht zu fahren.

»Ist alles in Ordnung?«

Er sah zu Biterolf auf. »Stopft Ihr nur weiter die Löcher im Türrahmen. Es darf kein Licht nach draußen dringen.«

»Germunt, ich –« Der Notar verzog das Gesicht. »Ich sage es ungern, aber Ihr habt Euch jetzt schon sehr lange mit der ersten Zeile aufgehalten, was sage ich, mit den ersten Worten, und Ihr wisst doch, diese Nacht ist alles, was wir haben. Meint Ihr nicht, dass Ihr es mit der Sorgfalt ein wenig übertreibt?«

Germunt entschied sich, nicht zu antworten. Vielleicht um Biterolf für seine Ungeduld zu bestrafen, wechselte er die Feder und tauchte den Kiel in das Fässchen mit grüner Tinte.

»Was tut Ihr? Warum schreibt Ihr nicht weiter?«

Mit dem Gesicht noch näher am Pergament, füllte Germunt zwei Zwischenräume der Initiale aus. Die Tinte floss reichlich, es blieben glänzende, grüne Flecken. Dann folgte er einem schwungvollen roten Bogen, ihn rechts und links mit kleinen Blättern verzierend. Der gespaltene Kiel gab leise, kratzende Geräusche von sich. Germunt fuhr sich mit der Zunge über die Lippen.

»Ich gebe zu, das ist sehr kunstfertig«, sagte Biterolf. »Ja, das ist es.«

Nachdem er der Tinte einige Augenblicke Zeit gegeben hatte, auf dem Pergament zu trocknen, wechselte Germunt erneut die Feder. Er hatte den Lesenden mit Ranken gefesselt – wie Claudius, der von Feinden umzingelt war. Jetzt brauchte der Mensch Haare. Germunt streckte den Ellenbogen weit von sich und wiegte weich das Handgelenk. Schließlich zeichnete er Wellen um das kleine Gesicht.

»Wann werdet Ihr weiterschreiben? Warum muss die Initiale ein Viertel der ganzen Seite füllen?«

Irgendetwas fehlte noch. Das Bild war nicht fertig. Es würde ihm einfallen, ganz sicher, vorerst konnte er am Text weitermachen. Germunt wechselte zu schwarzer Tinte. Ein kleines e. Ein kleines p, ja, sorgfältig die Unterlänge ... Ein kleines i. Und weiter, s-c-o-p-u-s. Er liebte diese Arbeit. Germunts Blick blieb am Bild hängen. Natürlich! Unter dem Gewand mussten Füße hervorschauen!

»Germunt, wenn ich ehrlich bin, habe ich noch nie jemanden so langsam schreiben gesehen. Was, wenn es schon hell wird, bevor Ihr die Hälfte fertig habt?«

Germunt nahm die Feder in die Höhe. »Biterolf, gebt Ruhe. Ich werde es schaffen. Und ich werde es gut machen, besser als gut. Dies wird mein Meisterstück. Wisst Ihr, wie viel davon abhängt?«

Man hatte auf dem Marktplatz von Turin einen Karren umgedreht und ihm die Räder abgenommen. Auf diesem Podest stand ein Stuhl, mit rotem Stoff überzogen. Von überallher strömte das Volk auf den Platz. Es wurde von Bütteln sofort an die Ränder gedrängt und mit Stangenwaffen zurückgehalten, sodass in der Mitte ein freier Raum blieb.

Germunt stieß seine Ellenbogen in dicke und dünne Bäuche, traf Arme, Rücken und Schultern. Endlich war er nach vorn gelangt und konnte seinen Blick über die Menschen wandern lassen. Dort gegenüber stand Biterolf, nicht zu übersehen mit seinem schweren Körper, den er gegen die

Lanze lehnte. Neben ihm Kanzler Eike und einige andere vom Bischofshof.

Zwei Pferde neigten auf der Südseite des Platzes die Köpfe über die Begrenzung. Suppo und Mauring saßen obenauf im Sattel, bleich, mit jener Geste der Selbstgefälligkeit, die sie über alles Volk erhob.

Nicht weit von ihnen stachen vier rote Schöpfe aus der Menge heraus. Er würde sich vorsehen müssen. Wie Statuen standen die Bluträcher nebeneinander, eine Hand auf dem Schwertknauf, die andere in die Seite gestemmt, und nicht ein vorwitziges Kind wagte es, sich zwischen ihnen hindurchzudrängeln. Sie blickten fordernd auf die Volksmenge, als seien sie die Herren der Stadt.

Germunt war fast die ganze Menschenfront mit dem Blick entlanggefahren. Da entdeckte er auf seiner eigenen Seite des Platzes Schultern, auf denen abgewetzte Lederkleidung ruhte. Fingerlange, schwarze Haare, ein breites, knochiges Gesicht. Er war tatsächlich hier. Und wenn Biterolf recht hatte? Obwohl ihn sein Verstand mahnte, der Sache nicht nachzugehen, und schon gar nicht in Rufweite der Bluträcher, drängelte sich Germunt in die Menschenmenge hinein, bis er dicht hinter dem Jäger stand.

»Warum steht Ihr nicht bei Euren Verbündeten?«, sprach Germunt wie beiläufig hinter Otmars Rücken. Der Wolfsjäger rührte sich nicht. »Otmar.«

Jetzt zuckten die Schultern zusammen, und der Mann fuhr herum. Er schaute einige Augenblicke ungläubig. »Germunt! Was tut Ihr hier?«

»Sollte ich das nicht Euch fragen? Ich dachte, Ihr jagt Wölfe nördlich der Alpen?«

»Das tue ich auch. *Auch.*«

»Und was noch? Menschen? Ihr habt Geld von den Franken genommen, nicht wahr?«

»Was ist das? Wollt Ihr zu Gericht über mich sitzen?«

»Mich würde nur interessieren, wofür sie Euch bezahlt haben.«

»Das war kein Geld für mich, es war Geld für den Grafen Suppo.«

Germunt schluckte. Das ging ein wenig zu schnell für ihn. Suppo? Wie sollte er *ihn* einordnen, was hatte Otmar mit *ihm* zu schaffen? »Wenn Ihr für Suppo arbeitet, dann arbeitet Ihr für Godeoch.«

»So ist das nicht, jetzt hört doch –«

»Was genau ist Eure Arbeit?«

»Eins nach dem anderen. Suppo hat eigene Interessen hier in Turin.«

»Natürlich.«

»Was mich angeht, ich arbeite inzwischen als rechte Hand eines Landvogts, der Graf Suppos Besitzungen nördlich der Alpen verwaltet.«

Ganz sachte begann Germunts Kopf zu schmerzen, ein leises Pochen hinter den Augen, das versprach, stärker zu werden.

»Nachdem ich Euch auch handgreiflich hier in Turin unterstützt hatte, musste ich meinem Herrn Suppo alles berichten, und er hat auf seine Weise Nutzen daraus geschlagen.«

»Da bin ich sicher. Springt dabei zufällig ein gewisser Claudius über die Klinge?«

»Nein! Es ist anders, als Ihr denkt. Suppo hat sich zwar von den Franken bestechen lassen, aber das bedeutet noch lange nicht, dass er sich an die Versprechen hält, die er ihnen gegeben hat. Unterschätzt diesen Mann nicht.«

Das Wergeld, vom Bischof für mich bezahlt, wird nun für

sein Verderben genutzt. Germunt holte tief Luft. Dann griff er Otmars Lederwams und zog ihn nah an sein Gesicht heran. Er raunte, ausdrucksstärker, als er hätte schreien können: »Hört mir gut zu. Ich *bitte* Euch, verlasst Suppo und folgt Claudius nach.«

»Ich werde mich hüten, mein Amt aufzugeben.« Otmar befreite sich aus Germunts Griff. »Es war nicht einfach für mich, in Suppos Diensten zu Ansehen zu gelangen. Er ist unerbittlich wie eine Streckbank und launisch außerdem. Ich habe mir sein Wohlwollen mühevoll erworben, habe Unfreie auf Rodungsland angesiedelt und so die Einnahmen aus Suppos Ländereien verdreifacht.«

Plötzlich wurde es still. Merkwürdig. Germunt erhob sich auf die Zehenspitzen. Claudius war da. »Wenn das Schaugericht sich seinem Ende zuneigt, Otmar, werde ich schleunigst Turin wieder verlassen. Wie auch immer es ausgeht, Godeoch wird toben, wenn er mich hier sieht, und ich sollte ihm keine Zeit lassen, die Stadttore zu besetzen. Habt Dank für alles, was Ihr für mich getan habt. Und wenn Ihr irgend könnt, helft Claudius.«

Sie umarmten sich kurz und klopften einander auf den Rücken, wie um sich Kraft zu geben. Es ist nicht mehr zu ändern, was er getan hat, dachte Germunt. Dann drängte er sich nach vorn, um zu sehen. Und um bereit zu sein.

Der Bischof stand allein auf dem Platz, bereits ausgestoßen aus der menschlichen Gemeinschaft. Er hielt den Krummstab in seiner Rechten, und auf den Schultern, über dem weißen Rochett, lag eine rote, mit weißen Ornamenten bestickte Kasel. Der Wind bewegte die Haarmähne des Bischofs, aber das Löwengesicht lag still, als wäre es aus Stein.

Zehn Kleriker in hellen Kleidern führten den Legaten zum Wagen. Sie halfen ihm hinauf. Ernst blickte der Mann über die Menge und stand noch einen Moment, dann setzte er sich langsam, beinahe andächtig, auf den Thron. Jede seiner Bewegungen, wie er die Hand an den Kinnbart führte, wie er sie zurück zur Armlehne sinken ließ, war würdevoll. Der Raubvogel saß schweigend und blickte auf Claudius hinab, bereit, auf seine Beute niederzustoßen.

Unweit der Stelle am Südrand des Platzes, wo Suppo und Mauring mit herablassend schläfrigen Gesichtern auf ihren Pferden saßen, entstand eine Unruhe unter den Leuten. Sie schoben sich und drängelten, und dann hoben die Büttel ihre Lanzen. Godeoch trat auf den Platz. Er trug ein langes Wams von blauer Farbe, darüber einen hellgrauen Umhang. An den Knien war seine Hose von zwei gelben Schmuckbändern zusammengerafft. Der reine Edelmann, dachte Germunt. Wir, das einfache Volk, sehen aus, als hätten wir die Farben für unsere Kleidung aus dem Schlamm gefischt: Matschbraun, Staubgrau und namenlose Zwischentöne. Die strahlenden Farben von Blüten, Sonnenlicht und wertvollem Gestein kann sich nur jemand wie Godeoch leisten, und er macht keinen Hehl daraus. Ein Dutzend Bewaffneter folgte dem Grafen, blieb aber in gehörigem Abstand stehen, während Godeoch vorbei an Claudius zum Thron des Legaten lief. Dort verneigte er sich kurz und wies dann, sich umdrehend, auf den Bischof.

»Dieser Mann, hoher Herr, wurde uns nach Turin geschickt, um unser Bischof zu sein. Aber er verdreht die Herzen der Menschen und hat vieles zerstört, was sein Vorgänger mühevoll aufgebaut hat. Mörder und Diebe verbirgt er am Bischofshof und verleiht kirchliche Güter an weltliche Herren. All das wäre zu verzeihen, wenn er nicht einer neuen Sekte gegen den allgemeinen Glauben predigen würde. Er hat den Schmuck der Bischofskirche zerstört, auch das Kreuz, und bringt das Volk gegen Gott auf. Wir bitten Euch, nehmt Euch der Sache mit strafender Gerechtigkeit an.«

»Ich habe die Bischofskirche besucht. Es mag sein, dass sie kahl aussieht, aber sie war gefüllt mit Betenden. Habt Ihr Zeugen für Eure Anschuldigungen?«

Godeoch drehte langsam den Kopf.

»Ich zeuge!«, schrie jemand. »Der Bischof ist ein Ketzer!«

»Ja, ein Ketzer«, hallte es von der anderen Seite.

»Er verachtet die heiligen Apostel!«

»Das Kreuz hat er zerstört!«

»Er hat uns den Papst abspenstig gemacht!«

»Der Bischof will nicht, dass wir beten!«

Immer mehr Stimmen fielen in die Anschuldigungen ein, wie ein Donnergrollen baute sich die Wand aus zornigen Vorwürfen auf.

Das Gesicht des Legaten verfinsterte sich zusehends. Zum Zeichen, dass er die Rufe verstanden hatte, nickte er. Dann wanderte sein Blick zum Bischof, mit einem tödlichen, kalten Zug um die Augen.

Biterolf hörte seinen eigenen Atem zittern. Er blinzelte die Tränen fort, die sich in seinen Augen festsetzen wollten. Nicht dieser Mann. Hier geschah eine große Ungerechtigkeit. Als hätte sich ein schwerer Vorhang zwischen ihn und das Volk geschoben, drangen die wütenden Rufe nur noch gedämpft an seine Ohren.

Er haftete seinen Blick auf Claudius und saugte jede Einzelheit in sich auf. Die dunkel gelockten Haare, prächtig wie eine Löwenmähne. Die wilden Augenbrauen, die scharf geschnittene Nase. Claudius stand aufrecht, stattlich wie ein König, als würde jede Anschuldigung an ihm abprallen. Aber vielleicht war es gerade dieser Stolz, der den Legaten erzürnte und ihn reizte, die Macht des Bischofs zu vernichten?

Der Legat erhob sich. In sein Gesicht stand das Urteil geschrieben, ein donnerndes, zerschmetterndes Wort.

Jemand zupfte Biterolf am Ärmel. »Ich sollte doch zum Bischof gehen, habt Ihr gesagt.«

Er sah hinab auf ein bekanntes Kindergesicht. Es nützt jetzt nichts mehr, wollte er sagen, aber in seiner Kehle wogte nur beißender Schmerz auf und ab, und so presste er die Lippen aufeinander und schüttelte schweigend den Kopf.

»Könnt Ihr mir die Lanze ein wenig anheben, dass ich durchschlüpfen kann? Und haltet sie dann fest, sonst verfolgt mich der Büttel.« Mit einer Selbstverständlichkeit, die Gehorsam voraussetzte, stellte sich der Kleine vor die Stange.

Biterolf betrachtete die blonden, dünnen Haare des Jungen. Der Wind spielte mit ihnen, er hob sie an und zauste durch sie hindurch. Der Kleine wartete geduldig darauf, dass die Stange sich heben würde. Biterolf spannte die Armmuskeln an. Du musst es mit einem Ruck tun, plötzlich, sonst verhindert es der Büttel, dachte er und stemmte die Lanze in die Höhe.

Unter ihr spazierte der kleine Blondschopf auf den Platz hinaus.

Der Büttel riss an seiner Lanze, er schrie dem Jungen etwas hinterher, aber Biterolf hielt die Stange und mit ihr den Büttel unerbittlich fest.

Es wurde still. Aller Augen blickten auf das Kind, das zum Bischof hinüberlief. Irgendwann ließ auch der Widerstand des Büttels nach, und er drehte sich um, weil er sehen wollte, was geschah. Zögerlich setzte sich der Legat auf seinen Thron.

Der Kleine schritt ohne Eile in die Mitte des Platzes. Durch die Löcher in seiner Hose blies der Wind, sodass sie ihm um die dürren Beine flatterte. Die Haare wurden angehoben, hielten sich schräg, wirbelten auf und ab. Der Junge machte keine Anstalten, schnell zu laufen. Ruhig ging er, bis er vor dem Bischof stand und zu ihm hinaufschauen konnte. »Guter Herr Bischof«, hörte man ihn sagen, »wisst Ihr, dass Ihr ganz schön tapfer seid? Vor all diesen bösen Leuten steht Ihr hier, und obwohl Ihr allein seid, steht Ihr aufrecht. Bitte sprecht einen Segen für mich.«

Das war nicht, was er ihm in den Mund gelegt hatte. Biterolf hob die Augenbrauen. Was machte der Kleine da?

»Ich bin nicht allein, mein Junge.« Der Bischof ging auf ein Knie hinab und umfasste den Kleinen. »Was brauchst du? Wofür soll ich Gott bitten?«

»Ich bin den ganzen Tag auf der Straße. Gott möge mir Essen und Kleidung geben.«

Der Bischof schloss die Augen, dann wogte seine Stimme kraftvoll über den Platz. »Herr, dieser Junge bedarf deiner Fürsorge. Gib ihm Speise, gib ihm Kleidung, und gib ihm das, was er am nötigsten braucht: die Wärme eines Hauses und Menschen, die ihm gut gesinnt sind.«

Ein Raunen ging durch das Volk.

»Möchtest du zu mir an den Bischofshof ziehen? Ich habe gerade einen Notarslehrling – nein, einen meisterlichen Notar verloren. Mein Schreiber Biterolf könnte jemanden wie dich gebrauchen.«

Der kleine Blondschopf nickte.

Biterolf lächelte. Wenn das Volk Vertrauen zum Bischof empfand, würde sich der Legat dann nicht entschließen, Claudius im Amt zu belassen?

Da durchschnitt die Stimme des Grafen die Stille. »Ich verfüge über eine Urkunde, die Claudius seiner Ketzertaten überführt. Sie wurde von den Äbten Dructeramnus von Saint-Chaffre und Iustus von Charroux gesiegelt, ebenso vom edlen Grafen Suppo von Brescia und von mir. Und« – Godeochs Stimme bekam einen triumphierenden Klang – »vom Notar des Bischofs, Biterolf, der die Schriften und Aussagen seines Herrn genauestens kennt.«

Biterolf sah, wie Claudius zusammenzuckte. Er schaut mich nicht an, dachte er. Dabei weiß er doch genau, wo ich stehe. O Gott, wie muss das Claudius verletzen! Theodemir hat ihn verraten, jetzt ich. Bitte, Allmächtiger, gib ihm Kraft, diese Augenblicke zu überstehen!

Ein Murmeln brandete über den Platz, als Godeoch eine Pergamentrolle zum Thron hinaufreichte. Der Legat entrollte sie und las. Seine Miene verdüsterte sich zusehends, und immer entschlossener reckte er das bärtige Kinn vor. Er befühlte die Siegel, die vom Pergament herabhingen. Dann verlas er die Klageschrift laut, sodass jeder ihn hören konnte. Zum Schluss sah er auf. »Die Sache ist entschieden. Claudius ist ein Ketzer.«

»Einen Augenblick!« Zwischen dem Urteil des Legaten und Germunts Einwurf verstrich nicht der Moment eines Wimpernschlags. Biterolf sah, wie sich Germunt auf der gegenüberliegenden Seite unter einer Lanze hindurchbückte und auf den Platz trat.

»Das ist ein Mörder«, schrie Godeoch. »Glaubt ihm nicht!«

Die rothaarigen Franken zogen ihre Schwerter zur Hälfte aus den Scheiden. Die Sonne blitzte auf den Klingen.

Unbeirrt lief Germunt auf den Legaten zu. »Was sagt Euch, dass Ihr nicht eine Fälschung in den Händen haltet?«

Der Legat lächelte. »Das ist einfach. Ich sehe Siegel, und

drei der Verfasser sind anwesend: der ehrenwerte Suppo, Graf Godeoch und Biterolf, der Notar. Welchen Grund habe ich zu zweifeln?«

Da war eine Bewegung bei Claudius. Biterolf sah hinüber. Der Bischof hatte die Hände zum Gesicht erhoben und fuhr sich darüber, wie ein alter Mann. Dabei schüttelte er den Kopf. Es wird ihn nicht glücklich machen, Germunt hier zu sehen, dachte Biterolf.

Der Legat richtete sich auf. »Also, welchen Grund habe ich zu zweifeln?«

Nun hatte Germunt den Wagen erreicht und stand so dicht neben Godeoch, dass ein Schwerthieb des Grafen ihn niederstrecken konnte. Er griff sich unter das Hemd, zog eine Pergamentrolle hervor und reichte sie hinauf. »Diesen.«

Stirnrunzelnd entrollte der Legat das Schriftstück. Er besah sich zuerst die Siegel.

Lass ihn die Fälschung nicht erkennen, bitte, Gott. Biterolf schluckte. Er hatte Germunt ältere Briefe der Äbte gegeben, die er in der Schreibstube aufbewahrt hatte. Für das Siegelwachs hatten Germunt und er mehr Fett und weniger Pech verwenden müssen, damit es länger weich blieb und Germunt Zeit hatte, mit dem Federkiel das jeweilige Siegel in das Wachs zu zeichnen.

Der Legat begann zu lesen, laut, stockend: »Godeoch, Graf zu Turin, in aller Demut. Ist das Amt eines *comes* nicht dem eines geistlichen Hirten gleich, so bedeutet es doch eine ähnliche Verantwortung vor Gott für den anvertrauten Acker. Claudius, als Bischof in Turin eingesetzt, wirft möglicherweise Unkraut auf diesem Lande aus, und deshalb bitten wir unseren Vater Paschalis in Rom, Folgendes zu prüfen: Erstens. Es ist wahr, dass Claudius durch das Studium der Bibel zu neuen Ansichten gekommen ist. Zweitens. Es ist wahr, dass er deshalb mit eigener Hand die Bilder aus der Bischofskirche entfernt hat.«

Godeoch unterbrach den Legaten mit lautem Rufen. »Das habe ich nie geschrieben. Niemals!« Ein einziger Blick der Raubvogelaugen brachte ihn zum Schweigen.

»Drittens. Wir bezeugen: Claudius verkündigt, das Volk sei verwirrt, wenn es Holz und Stein anbete anstelle des Herrn Jesus Christus. Viertens. Wir bezeugen: Claudius verkündigt, dass allein Gott Anbetung verdient. Fünftens. Wir bezeugen: Claudius behauptet, die Heiligen hätten nie göttliche Ehre für sich beansprucht. Damit nicht Verwirrung in den Herzen der Einfältigen herrscht, bitten wir, uns Ruhe zu geben durch eine Nachricht, ob diese Gedanken den Lehren der allgemeinen Kirche entsprechen oder ob sie der Berichtigung bedürfen. Gegeben zu Turin, im 6. Jahr der Herrschaft Ludwigs, in der 13. Indiktion, 820 Jahre nach der Geburt unseres Herrn Jesus Christus.« Der Legat nahm einen tiefen Atemzug. »Es sind die gleichen Unterzeichner.«

Mit würdevoller, langsamer Bewegung erhob sich der Legat und hielt beide Pergamente vor dem Volk in die Höhe. Von Biterolfs Platz aus war die Schrift nicht zu erkennen, aber er konnte die umfangreiche Initiale auf Germunts Schriftstück ausmachen.

Laut und aus tiefer Kehle sprach der Legat: »Dies hier kann nur eine schlechte Fälschung sein. Welch grobe Hand hat das Schreiben verfasst! Dagegen die feinen Zeilen, die Verzierungen auf jenem Pergament! Graf Godeoch, Ihr habt versucht, seine Magnifizenz Papst Paschalis zu betrügen und damit Gott.«

Bleich wie Kalk stand Godeoch da. »Wartet. Biterolf –«

Biterolf schüttelte den Kopf.

»Suppo, Ihr wisst, was Ihr gesiegelt habt!«

Die Köpfe wendeten sich. Auf seinem Ross saß aufrecht der blasse Brescianer, die schwulstigen Lippen geschlossen und den Schielblick in die Ferne gerichtet.

Der Legat sah ihn ebenfalls an. »Nun?«

Eine Weile war es still, dann sagte Suppo: »Ein böser Verrat, wie Ihr sagt.«

Godeochs lauter Schrei gellte über den Platz. »Ihr lügt! War nicht die Hure Isabella bei Euch in jener Nacht, in der Ihr gesiegelt habt?«

Das Pferd tänzelte ein wenig, es scheute vor der gellenden Stimme zurück. Mit kurzem Zügel brachte es Suppo zur Ruhe. »Ich kenne keine Isabella.«

War er eben noch bleich gewesen, schoss Godeoch nun die Zornesröte ins Gesicht. Er schleuderte seinen Arm in Richtung des Brescianers. »Das werdet Ihr bereuen! Niemand fällt mir ungestraft in den Rücken!«

Der Brescianer saß majestätisch auf seinem Pferd, und Mauring tätschelte dem seinen den Hals, als wäre der Wortwechsel an ihm ungehört vorübergegangen.

»Ihr irrt«, sagte der Legat. »Ihr seid derjenige, der bereuen wird. Graf Suppo, ich übergebe Godeoch Eurem Gewahrsam. Bestraft ihn mit Härte.«

Suppo neigte seinen Oberkörper im Sattel bejahend nach vorn.

»Und Ihr, Claudius, seid der gegen Euch erhobenen Anklagen unschuldig. Ich bitte Euch allerdings, zügelt Euch vor allzu schnellen Schlüssen aus Eurem Bibelstudium.« War es ein strenger Blick? Ein spöttischer? Biterolf konnte es nicht sagen. Wie das Wasser des Po im Frühjahr anschwoll und mit jedem Tag lauter murmelte, so begannen nun auch die Turiner, sich immer geräuschvoller zu rühren.

»Darf ich?« Biterolf schob den Büttel einfach beiseite, der ihn bis eben noch gehalten hatte und nun reichlich verwirrt dastand. Bevor er Claudius, der den blonden Jungen auf den Arm genommen hatte, erreichte, hörte Biterolf den Grafen schreien.

»Claudius! Wenn Ihr ein Mann seid, dann stellt Euch zum Kampf!«

Die Turiner, die sich zum Gehen gewandt hatten, starrten auf den Platz. Ihr Graf hatte das Schwert gezogen und hielt die Arme ausgebreitet. »Aber er kommt nicht, der Feigling. Er wird sich in sein Hasenloch verkriechen.«

Jetzt mach keinen Fehler, Claudius, dachte Biterolf. Du hast die Schlacht gewonnen, kehre nicht auf das Feld zurück. Er eilte näher. »Herr, Ihr habt eine Gelegenheit bekommen, Euer Leben weiterzuführen –«

Claudius setzte den Jungen vor Biterolf auf den Boden. »Passt auf Euren neuen Schüler auf.«

»Herr, wenn Ihr Euch jetzt von Godeoch ködern lasst, verliert Ihr, obwohl Ihr schon gewonnen hattet.«

Der Bischof schob sich an Biterolf vorbei und trat auf den Grafen zu. Godeoch sah ihm erstaunt entgegen.

»Was wünscht Ihr?«, fragte Claudius.

»Die Sache ist noch nicht ausgestanden, Ketzer.«

»Wenn Ihr mich hier vor dem Volk töten wollt, dann voran, tut es.«

»Nein, Ihr sollt Euch verteidigen. Ich werde Euch im gerechten Kampf in die Hölle stoßen.«

»Warum sollte ich mit Euch fechten? Suppo wird sich um Euch kümmern.«

Tatsächlich ritt der bleiche Mann heran, immer noch mit jenem Gesichtsausdruck, der ihn als völlig unbeteiligt erscheinen ließ. »Schafft ihn in seinen Palast. Er soll noch eine Nacht haben, Gott um Vergebung zu bitten.« Die Bewaffneten, die bis eben noch jedem Wink Godeochs gehorcht hatten, traten mit gezogenen Schwertern auf ihn zu.

»Dass Tyr dreinschlage! Ihr vergesst, dass unter meinen Vorfahren römische Senatoren waren!«

Ungerührt betrachtete Suppo, wie die Büttel Godeoch die Klingen an die Kehle setzten und ihm das Schwert abnahmen.

Als sich Biterolf dem Bischof zuwandte, sah er ein glückliches Gesicht. »Claudius, Ihr habt es geschafft, Euer Widersacher ist besiegt.«

»Das ist es nicht, woran ich denke. Lasst uns zum Hof laufen. Ihr sollt für mich einen Brief an einen alten Freund schreiben, der mir in den Rücken gefallen ist. Ich habe mich gerade entschlossen, ihn noch nicht aufzugeben. – Ein langer Brief, Biterolf. Wir überschreiben ihn *Apologeticum atque rescriptum Claudii episcopi adversus Theutmirum abbatem.* Theodemir ist ein intelligenter Bursche, er wird verstehen. Vielleicht braucht er nur etwas Zeit.«

29

Es vergingen einige Wochen. Dann stand ein Mann mit vollem Bart am Sennerhaus. Vor ihm kauerte eine schlanke, hübsche Gestalt zwischen Salatköpfen und rupfte Unkraut. Es war unmöglich, dass sie ihn nicht gehört hatte.

Germunt fuhr sich mit der Hand über den Nacken. Er sah Stilla an, wie sie friedlich zwischen den Pflanzen arbeitete, als wären es ihre Kinder. Und plötzlich kam es ihm vor, als würde er ihr Gebiet verletzen, wenn er hier eindränge. Sie hatte bei den Sennern Ruhe gefunden, ohne ihn, und er war ein Fremder für sie, sonst würde sie ihn begrüßen.

Er drehte sich um und starrte auf die Klüfte, die Geröllfelder, die sich hoch in den Himmel erhoben und Schatten von der Größe mehrerer Getreidefelder aufeinanderlegten. Wenn ich ein Vogel wäre, dachte er, könnte ich einfach hinüberfliegen.

Mit ruhigen Schritten ging er den Hang hinauf. Im Laufen öffnete er das Lederband um seinen Beutel und zog eine Weinpflanze hervor. Er hatte mit bischöflichem Geld einen Weinstock gekauft, dessen verholzter Teil ungefähr fingerdick war, so wie es ihm der alte Weinbauer beigebracht hatte. Den Trieb hatte er auf eine Knospe zurückgeschnitten. Nur eine Pflanze. Der Zipfel des Traumes vom eigenen Weinberg, den er an diesem Ort nicht wahr werden lassen konnte. Der Wein wäre hier oben sowieso nicht süß geworden, dachte er. Ich werde mir eine andere Heimat suchen. Es ist gut.

Der Wind fuhr ihm wie eine sanfte Hand über die Stirn. Germunt blieb stehen und schloss die Augen. »Was ist geschehen?«, hatte sie damals gefragt und mit den Fingerspitzen seine Stirn gestreichelt.

Gehe ich ohne ein Wort?, fragte er sich.

Germunt wandte sich um. Noch immer kauerte sie vor dem Sennerhaus. Sie musste ihn gehört haben. Er würde es sich nicht verzeihen, wenn er jetzt ohne Abschied ging. Er lief langsam, bis er hinter ihr stand.

Stilla erhob sich und ging zum Haus. Vor der Tür blieb sie stehen. Ohne sich umzudrehen, fragte sie: »Ihr kommt aus dem Süden, nicht wahr?«

»Ja.«

»Und möchtet wieder den Rückweg antreten.«

»Ich weiß es nicht.«

»Könnt Ihr mir von meinem Geliebten berichten? Will er heimkehren?«

»Er möchte nichts sehnlicher.«

Sie schwiegen.

»Und Ihr, seid Ihr meiner Geliebten begegnet? Wartet sie noch auf mich?«

»Sie wartet jeden Tag. Und sie ist wütend auf sich selbst, dass sie ihm einen solchen Abschied gemacht hat.«

Germunt fühlte sich, als flöge um ihn ein Schwarm Vögel auf, der ihn emportrug. Als es wieder still wurde in ihm, ging er mit kleinen Schritten auf Stilla zu. Er trat hinter sie und legte sanft seine linke Hand an ihre Hüfte. Stilla drehte sich um. Dann fanden, zart über sein Gesicht tastend, ihre Lippen die seinen.

Germunts Rechte öffnete sich. Der Weinstock fiel zu Boden.

Nachwort

Am Morgen nach dem Schaugericht fand Godeoch den Tod durch den Strick, aufgehängt an einem blätterlosen, kranken Baum an der Straße nach Pavia. Es war niemandem gestattet, ihn herunterzunehmen, bis er von selbst herabfiel. Suppos Sohn Mauring wurde vorläufig ins Grafenamt von Turin eingesetzt und kurze Zeit später vom Kaiser bestätigt.

Theodemir ließ sich von Claudius' Verteidigungsschrift nicht umstimmen, er sendete sie umgehend an den kaiserlichen Hof, von wo aus sie zur Widerlegung an Dungalus von Pavia und Jonas von Orléans gelangte.

Stilla und Germunt blieben bei den Sennern in den Bergen. Ein Dutzend Mal reisten sie nach Turin, bald auch begleitet von den ersten Kindern, und bereiteten Biterolf, Odo und Claudius große Freude. Der Bischof segnete bei jedem Besuch die Kinder, und er bestand darauf, dies jeweils unter einem eindrucksvollen Baum zu tun: einer vom Blitz gespaltenen Eiche, einer einzelnen Kastanie am Waldrand, einer besonders breit ausladenden Buche.

Germunt erhielt Claudius' neue Schriften. An langen Abenden verfertigte er im Haus der Senner beim Licht eines einfachen Talglichts Abschriften davon und verbarg sie in einer Felsspalte nahe beim Sennerhof.

Bis zu seinem Tod blieb Claudius Bischof von Turin. Er löste heftigen Streit unter den Klugen des Kaiserreiches aus, wurde aber nie müde, seine Erkenntnisse zu verteidigen, und fand zu einer bemerkenswerten Art von Humor, mit der er den Zugang zu den grundlegendsten Fragen der Kirche und des Glaubens öffnete. Obwohl seine Ansichten denen der Theologen seiner

Zeit völlig entgegenstanden, wagte man es nicht, ihn auszuschließen oder zu verdammen.

Er sah Adia nie wieder. Allerdings entspann sich ein reger Briefverkehr zwischen ihnen, Adia schrieb in einem ihrer Briefe treffend: »Wir üben Liebe auf dem Pergament.« Fünf Monate nach Claudius' Tod starb auch Adia: Als sie, acht Wochen nach seinem Ableben, die Nachricht erhielt, legte sie sich schlafen, um nicht wieder aufzustehen.

Es wurde ruhiger um Turin, und Claudius' Gegner hielten die Schwierigkeiten für beendet. 400 Jahre später allerdings kehrten die Nachfahren Stillas und Germunts aus den Bergen zurück und wanderten durch ganz Norditalien. Sie brachten eine Botschaft, die die Kirche und die Herrschenden das Fürchten lehrte. Seit Claudius' Tagen hatte sie nichts an Kraft verloren, hatte nur, in einer Felsspalte verborgen, gewartet, bis ihre Zeit angebrochen war.

Mancher Mann der Bewegung schaute mit gelben Eulenaugen auf seine Zuhörer, manche Frau war so ruhig und feinfühlig, dass es den Inquisitoren schwerfiel, an ihre Schuld zu glauben. Ihr Name gellte wie das Hifthorn eines Kriegsheeres über das Land: Waldenser.

Der historische Hintergrund

Claudius von Turin stammte aus Spanien und war Lehrer an der königlichen Hofschule Ludwigs des Frommen in Aquitanien. Nachdem Ludwig in der Nachfolge seines Vaters, Karls des Großen, Kaiser geworden war, setzte er Claudius zum Bischof von Turin ein, vermutlich, weil er nach Bernhards Aufruhr jemanden aus seinem engen Vertrautenkreis in Norditalien haben wollte.

Claudius schrieb an seinen Freund Theodemir: »Während ich durch harte Arbeit meinen Lebensunterhalt verdiene, denke ich weiterhin über die Heilige Schrift nach. Ich kümmere mich um die Diözese, sehe mich aber vielen Problemen gegenüber, die Anlass zur Sorge geben. Im Winter laufe ich die Korridore des Palastes auf und ab, und es ist schwierig für mich, das zu tun, was ich gern tun würde. Im Frühling reise ich, gerüstet mit Pergament und Waffen, zu den Wachposten an der Küste, wo ich oft wach liege aus Angst vor den Sarazenen und Mohren. In der Nacht halte ich mein Schwert, am Tage meine Bücher und den Griffel, und versuche, meinen Plan auszuführen. […] Du führst offenbar ein friedvolles Leben, wenn du meinst, ich hätte keine Sorgen.«

Theodemir nennt Claudius in seinen Briefen *magister*, wahrscheinlich war er einer von Claudius' Schülern in Chasseneuil oder Aachen, bevor er zum Abt des Klosters in Psalmody nahe Nîmes ernannt wurde. Als er den von Claudius ausgearbeiteten Kommentar zu den biblischen Korintherbriefen erhielt, leitete er ihn nach Aachen weiter, damit die Bischöfe, die sich dort versammelt hatten, Claudius verurteilten. Claudius allerdings hatte immer noch treue Freunde am Kaiserhof. Er wurde umgehend über Theodemirs Verrat in Kenntnis gesetzt. Seine Schrift wurde nicht verurteilt.

Trotz des Verrats versuchte er, Theodemirs Wohlwollen zurückzugewinnen, und widmete ihm den Kommentar über das Buch Könige. Er schickte das Manuskript, versehen mit einer besonderen Einleitung für Theodemir, nach Psalmody.

Theodemir antwortete mit einem öffentlichen Angriff auf Claudius' Ansichten. Daraufhin verfasste Claudius die Rechtfertigungsschrift *Apologeticum atque rescriptum Claudii episcopi adversus Theutmirum abbatem*. Im November 825 wurde in Paris ein Konzil abgehalten, auf dem die Bilderfrage diskutiert wurde. Claudius nahm aber nicht daran teil.

Er verfasste Kommentare zu den biblischen Büchern Genesis, Exodus, Leviticus, Josua, Richter, Rut, Könige, Matthäus und zu den Paulusbriefen. Während die Kaiser – Ludwig wie auch sein Vater Karl – im Bilderstreit zu vermitteln versuchten und weder für noch gegen die Verehrung von Bildern in den Kirchen einstanden, wehrte sich Claudius nach der Reichssynode von Paris als einziger abendländischer Theologe gegen den Bilderkult. Er sah ihn als heidnisch an. Ebenso kritisierte er die Verehrung des Kreuzes und die Wallfahrten nach Rom.

Er schrieb: »Als ich zum Bischof ernannt worden war und [...] in die Stadt Turin in Italien kam, fand ich alle Kirchen gegen die Ordnung der Wahrheit beschwert mit verachtenswerten Bildern, und da jeder sie verehrte, nahm ich es selbst in die Hand, sie zu zerstören. Da beschimpften sie mich, und wenn mir der Herr nicht geholfen hätte, hätten sie mich wahrscheinlich bei lebendigem Leibe gefressen.«

Damals hielt man ihm entgegen, die Leute würden doch nicht die Bilder an sich verehren, sondern die Heiligen. Er erwiderte, die Heiden würden mit demselben Argument die

Anbetung ihrer Götzen rechtfertigen, und wer von ihnen Christ würde, ändere einfach nur die Namen der Götzen. Wir müssten aber den Schöpfer anbeten, nicht das Geschöpf. »Wer die Rettung durch irgendein Lebewesen im Himmel oder auf der Erde erwartet, die wir doch allein bei Gott suchen sollen, ist ein Götzenanbeter«, schrieb er. Die Heiligen wollten weder von uns angebetet werden, noch könnten sie uns helfen.

Der Bilderstreit und die Frage, ob Christen Reliquien verehren sollten oder nicht, beschäftigte viele Gelehrte im achten und neunten Jahrhundert, vor allem im Byzantinischen Reich. Im Westen wurde die Debatte mit weniger Furor geführt, Claudius war hier eine Ausnahme. Er schreibt im *Apologeticum:* »Wenn ihr Bilder von Petrus und Paulus, Jupiter, Saturn oder Merkur an die Wand malt, sind diese Bilder keine Götter, noch sind sie Apostel, sie sind nicht einmal Menschen. [...] Warum erniedrigt ihr euch selbst und verbeugt euch vor falschen Bildern? Warum krümmt ihr euren Körper, gefangen vor lächerlichen Statuen und irdischen Abbildungen? Gott hat euch aufrecht geschaffen! Während Tiere bäuchlings der Erde zugeneigt sind, habt ihr einen gehobenen Status und seid aufrecht gemacht, mit dem Gesicht zum Himmel und zu Gott. Seht aufwärts, sucht Gott!«

Sein sarkastischer Humor ist für ein mittelalterliches Schriftstück ungewöhnlich: »Wenn wir alles Holz verehren wollen, das in die Form eines Kreuzes gebracht wurde, weil ja Christus an einem Kreuz hing, dann sollten wir dasselbe mit vielen anderen Dingen machen, die Christus im Fleische tat. Denn am Kreuz hing er nur sechs Stunden, aber im Bauch der Jungfrau war er neun Monate. [...] Deshalb lasst uns Jungfrauen verehren, weil eine Jungfrau Christus zur Welt brachte! Lasst uns Krippen verehren, denn er wurde kurz nach seiner Geburt in eine Krippe gelegt. Altes Leinen soll verehrt werden, darin wurde er gewickelt, als er geboren wurde.

Lasst uns Boote verehren, schließlich segelte er häufig auf Booten und lehrte die Menge von einem kleinen Boot aus. Er schlief auf einem Boot, befahl den Winden von einem Boot, und es war zur Rechten eines Bootes, wo nach seiner Prophezeiung der große Fischfang gemacht wurde.

Und lasst uns auch Lanzen verehren, denn einer der Söldner öffnete seine Seite mit einer Lanze und aus dieser Wunde flossen Blut und Wasser, die Sakramente, aus denen die Kirche geformt ist.

Dies sind alles Scherze. Man sollte lieber darüber lachen, anstatt sie aufzuschreiben. Aber wir sind gezwungen, mit dummen Argumenten gegen Dummköpfe vorzugehen und steinharte Schläge gegen steinerne Herzen zu führen.«

Im Jahr 827 starb Claudius im Alter zwischen 40 und 50 Jahren. Trotz aller Kontroversen war er nie offiziell verurteilt oder gar exkommuniziert oder gefangen gesetzt worden, sondern Zeit seines Lebens Bischof von Turin geblieben. Nach seinem Tod wurden seine Schriften weiterhin angegriffen, aber nicht verboten – jeder konnte in ihren Einleitungstexten lesen, dass sie im Auftrag des Kaisers geschrieben worden waren.

Für die Waldenser galt Claudius von Turin als einer ihrer Urväter.

Das Verzieren von Urkunden, wie Germunt es im Roman erlernt, war damals die übliche Methode, wichtige Dokumente fälschungssicher zu machen, ähnlich der Art, wie wir heute Geldscheine durch aufwendige Zeichnungen, Wasserzeichen, Mikroschrift und Hologramme gegen Fälschung schützen. Damals verwandten Kalligrafen ihre Kunst, um Verträge und andere Dokumente einzigartig zu machen.

Der Autor dankt

Dr. Eberhard Bohm von der Freien Universität Berlin: Seine Seminare über Mittelalterliche Geschichte weckten auf, anstatt einzuschläfern. Kein Wunder bei Fangfragen wie dieser: »Nennen Sie drei große Adelsgeschlechter mit Stammsitz, Familien- und Herkunftsnamen um 700!« Adelsgeschlechter mit Stammsitz? Um 700?

Gunnar Cynybulk für das hervorragende Lektorat. Zu einigen der besten Sätze in diesem Buch hatte er die Idee. Außerdem hat er unangenehme Fragen gestellt. Im Leben ist es immer wichtig, unangenehme Fragen gestellt zu bekommen – besonders aber beim Niederschreiben einer Geschichte.

Michael Gaeb, der an dieses Buch geglaubt hat, als es noch keine Heimat hatte.

Den Lesern, die sich auf Germunt und Stilla, Biterolf, Aelfnoth, Godeoch und Claudius eingelassen haben.

Claudius von Turin, der sich vor den Mächtigen seiner Zeit nicht fürchtete. Der mit Humor, Zorn und Geduld das gelebt hat, was er für die Wahrheit hielt. Der Autor wünschte, einen Bruchteil dieser Kraft zu haben.